D1034559

Элизабет
КОСТОВА

ИСТОРИК

МОСКВА
2005

УДК 821.111(73)
ББК 84 (7Сое)
К72

Серия «Интеллектуальный детектив» основана в 2004 году

Elizabeth Kostova
THE HISTORIAN

Перевод с английского Г. Соловьевой

Серийное оформление и компьютерный дизайн А. Кудрявцева

Печатается с разрешения автора, издательства Little, Brown and Company и литературного агентства Andrew Nurnberg.

Подписано в печать с готовых диапозитивов 04.07.05.
Формат 60×90 1/16. Бумага офсетная. Печать офсетная.
Усл. печ. л. 36,96. Тираж 15 000 экз. Заказ 1790.

Книга подготовлена издательством «Мидгард» (Санкт-Петербург)

Костова, Э.

К72 Историк : [роман] / Элизабет Костова; пер. с англ. Г. Соловьевой. — М.: АСТ, 2005. — 701, [3] с. — (Интеллектуальный детектив).

ISBN 5-17-032723-4

Старинный манускрипт и пачка пожелтевших писем — ключ к тайне ГРАФА ДРАКУЛЫ! К тайне, разгадать которую пытались многие. И многие поплатились за это жизнью…

Но даже это не останавливает молодую женщину-историка, стремящуюся найти ИСТИНУ в пугающих легендах о Владе Цепеше, талантливом полководце — и кровавом, безумном маньяке, чье имя стало синонимом слова «ЗЛО».

…Она всего лишь хотела узнать больше о своей семье и открыла старинную рукопись. И теперь ей предстоит по крупицам загадочных недомолвок и обрывочных воспоминаний воссоздать картину жизни трансильванского «князя тьмы» и пройти по бесконечному пути его страстей и страданий.

Город за городом…

Церкви и монастыри…

Рукописи и архивы…

Все ближе и ближе — РАЗГАДКА ВЕКОВОЙ ТАЙНЫ…

УДК 821.111(73)
ББК 84 (7Сое)

ISBN 985-13-4583-0 (ООО «Харвест»)

МОЕМУ ОТЦУ,
от которого я впервые услышала некоторые из этих историй

Обращение к читателю

Этот рассказ я не собиралась доверять бумаге, однако в последнее время несколько событий потрясли меня, заставили оглянуться и вспомнить самые напряженные моменты жизни — моей и самых близких людей. Это история шестнадцатилетней девочки и ее отца, некогда потерявшего любимого наставника, история самого наставника — и рассказ о том, как все мы нашли себя в самых темных закоулках хитросплетений судьбы. Это рассказ о тех, кто пережил эти поиски, и о том, как погибли те, кто не пережил их. Сама став историком, я узнала, что оглядываться в прошлое бывает смертельно опасно. А иной раз и до тех, кто не думал оглянуться, дотягиваются темные когти былого.

Тридцать шесть лет, минувших со времени, когда развернулись эти события, я прожила довольно тихо, посвятив свое время исследованиям и безопасным путешествиям, друзьям и ученикам, написанию книг — исторического, довольно бесстрастного содержания, и университету, приютившему меня. Обратившись к прошлому, я, к счастью, могла использовать почти все необходимые документы личного характера, поскольку они много лет хранились у меня. Когда находила уместным, я составляла их в единое целое, так чтобы они образовали непрерывное повествование, которое порой дополнялось моими собственными воспоминаниями. Рассказы отца я представила в том виде, как они звучали для меня тогда, но многое заимствовано из его писем, часто повторявших устные отчеты.

В дополнение к этим источникам, представленным почти исчерпывающе, я использовала всякую возможность освежить воспоминания и собрать дополнительные сведения. Посещение мест событий помогало мне оживить поблекшие образы. Одним из величайших удовольствий, какие доставила мне работа над этой книгой, были встречи — а иногда переписка — с немногочисленными участниками событий, дожившими до наших дней. Воспоминания этих ученых оказались неоценимым дополнением к прочим источникам сведений. Также пошли на пользу моей рукописи беседы с молодыми специалистами.

И последний источник, к которому мне приходилось обращаться, — воображение. Я прибегала к нему с величайшей осторожностью, сообщая читателю лишь те предположения, которые считала весьма вероятными, и только в тех случаях, когда плоды воображения идеально вписывались в документированные события. Если я не находила объяснения тому или иному событию или поступку, то оставляла их необъясненными из уважения к их скрытой сущности. К предыстории собственной жизни я относилась так же бережно, как к любому научному тексту. Отзвуки религиозных и политических конфликтов между исламским Востоком и иудео-христианским Западом могут показаться современному читателю болезненно злободневными.

Было бы почти невозможно воздать должную благодарность каждому из тех, кто помогал мне в работе, но хотелось бы назвать хотя бы некоторых. Приношу глубочайшую благодарность, среди многих других: доктору Раду Георгеску из археологического музея Белградского университета, доктору Иванке Лазаровой — Болгарская Академия наук, доктору Петеру Стойчеву из Мичиганского университета, неутомимым сотрудникам Британской библиотеки, библиотекарям Литературного музея Резерфорда и Филадельфийской библиотеки, отцу Василию из монастыря Зографо на горе Афон и доктору Тургуту Бора из Стамбульского университета.

Публикуя этот текст, я надеюсь, что найдется хотя бы один читатель, который узнает в нем то, чем он в сущности является: *cri de coeur*[1]. Тебе, понимающий читатель, я посвящаю свой рассказ.

Оксфорд, Англия
15 января 2008

[1] Крик души (*фр.*).

ЧАСТЬ ПЕРВАЯ

Последовательность, в которой представлены эти бумаги, будет ясна по мере их прочтения. Все ненужное опущено, так что эта история, какой бы невероятной она ни казалась по современным представлениям, выступает как абсолютный факт. Здесь ничего не говорится о прошлом, в отношении которого можно заблуждаться, но все отобранные сообщения практически современны отраженным в них событиям и соответствуют точке зрения и объему знаний тех, кому они принадлежат.

Брэм Стокер. «Дракула» (1897)

ГЛАВА 1

В 1927 году мне исполнилось шестнадцать, и, по словам отца, я была слишком молода, чтобы разъезжать с ним по дипломатическим командировкам. Ему спокойнее было знать, что я прилежно сижу в классе амстердамской школы для детей иностранцев; в то время штаб-квартира его фонда находилась в Амстердаме, и я так прижилась там, что почти забыла первые годы детства, проведенные в Соединенных Штатах. Теперь меня удивляет, что девочка-подросток проявляла подобное послушание в годы, когда молодежь всего мира экспериментировала с наркотиками и устраивала акции протеста против империалистической войны во Вьетнаме, но я была настолько «домашним» ребенком, что по сравнению с детскими годами взрослая жизнь кабинетного ученого казалась мне полной захватывающих приключений. Начнем с того, что я росла без матери, и отцовская любовь ко мне углублялась сознанием двойной ответственности. Своей нежной заботой он старался возместить потерю матери, которая умерла, когда я была совсем маленькой, еще до того как отец основал центр «За мир и демократию». Отец никогда не говорил о маме, тихо отворачивался, если я сама заводила разговор, так что я рано поняла: эта тема для него слишком мучительна. Зато сам он неустанно нянчился со мной и к тому же обеспечивал череду сменявших друг друга гувернанток и экономок: на мое воспитание он денег не жалел, хотя в общем мы жили достаточно скромно.

Последняя из наших экономок, миссис Клэй, следила за порядком в нашем доме, построенном в XVII веке. Узким фасадом он выходил на канал Раамграхт в сердце старого города. В обязанности миссис Клэй входило впускать меня в дом после школы и осуществлять родительский надзор во время частых отлучек отца. Эта англичанка с длинными лошадиными зубами, слишком старая, чтобы быть моей матерью, превосходно управлялась с метелкой для пыли и довольно неуклюже — с подростками; порой, глядя через огромный обеденный стол на ее жалостливое лицо, я ее ненавидела, догадываясь, что она думает о моей матери. Уезжая, отец оставлял в нашем красивом доме гулкую пустоту. Некому было помочь мне с алгеброй, восхититься новым костюмом, попросить обнять его или удивиться, когда я успела так вырасти. Вернувшись из очередного пункта, обозначенного на географической карте, висевшей у нас в столовой, он привозил с собой запахи иных мест и времен, пряные и томительные. Каникулы мы проводили в Париже или в Риме, усердно посещая достопримечательности, которые мне, по мнению отца, следовало посмотреть, но тянуло меня в иные места — места, где он скрывался, в странные старинные селения, где я никогда не бывала.

Пока он был в отъезде, я ходила только в школу да из школы и, возвращаясь, с грохотом сбрасывала на сверкающий паркет в прихожей сумку с книгами. Ни отец, ни миссис Клэй не позволяли мне выходить вечерами — разве что в кино на тщательно отобранный фильм с тщательно отобранной подружкой. Теперь я поражаюсь тому, что ни разу не возмутилась против этих запретов. Как бы то ни было, я предпочитала одиночество: в нем я росла и чувствовала себя как рыба в воде. Я преуспевала в учебе, но не в общественной жизни. Девочки-ровесницы приводили меня в ужас — особенно горластые, непрерывно курящие всезнайки из семей знакомых дипломатов. В их кругу я всегда чувствовала, что платье у меня слишком длинное — или слишком короткое — и опять я одета не «как все». Мальчики казались таинственными существами из иного мира, хотя порой я смутно мечтала о мужчинах. А в сущности, счастливее всего я бывала в отцовской библиотеке: огромной красивой комнате на втором этаже.

Возможно, когда-то отцовская библиотека была просто гостиной, но он проводил с книгами куда больше времени, чем с гостями, и считал, что просторная библиотека важнее большой гостиной. Мне с давних пор был открыт свободный доступ к его коллекции. Пока отца не было дома, я проводила часы за столом черного дерева, готовя домашние задания, или же лазала по полкам, скрывавшим стены. Позже я поняла, что отец то ли забыл, что стояло у него на верхних полках, то ли — скорее — полагал, что мне до них ни за что не добраться; однако со временем я дотянулась не только до перевода «Камасутры», но и до старинного тома, рядом с которым обнаружился конверт с пожелтевшими бумагами.

И посейчас не знаю, что подтолкнуло меня достать их с полки. Однако заставка посреди книги, дух древности, поднимавшийся от ее страниц, и открытие, что бумаги — частная переписка, властно захватили мое внимание. Я знала, что нехорошо читать личные бумаги, да и вообще чужие письма, и к тому же опасалась, что в комнату вдруг ворвется миссис Клэй с намерением смахнуть пыль с безукоризненно чистого стола, — и потому, наверное, то и дело оглядывалась через плечо на дверь. Но все же я не удержалась и, не отходя от полки, прочла первый абзац лежавшего сверху письма.

«12 декабря 1930 г.
Тринити-колледж, Оксфорд.

Мой дорогой и злосчастный преемник!

Жалость наполняет меня, когда я представляю, как ты, кем бы ты ни был, читаешь эту повесть. Отчасти я жалею и себя — потому что, если мои записи попали к тебе в руки, я несомненно в беде, а быть может, меня постигла смерть или худшее, чем смерть. Но и тебя мне жаль, мой еще неведомый друг, потому что письмо мое будет рано или поздно прочитано лишь тем, кому не обойтись без этих гибельных знаний. Ты не только в некотором смысле преемник мой: скоро ты станешь моим наследником — и мне горько передавать другому, быть может, недоверчивому читателю опыт моих собственных столкновений со злом. Не знаю, почему мне самому досталось такое наследство, однако надеюсь понять со временем — возможно, пока набрасываю для тебя эти записки или в ходе дальнейших событий».

На этом месте чувство вины — или иное чувство — заставило меня поспешно спрятать письмо обратно в конверт, но мысли о нем не оставляли меня весь день и наутро проснулись вместе со мной. Когда отец вернулся из последней поездки, я искала случая расспросить его о письме и о странной книге. Я ждала, когда он освободится и мы останемся наедине, но он в те дни был сильно занят, а в моем открытии было нечто, мешавшее мне обратиться к нему. В конце концов я напросилась с ним в следующую командировку. Впервые у меня появился от него секрет, и впервые я на чем-то настаивала.

Отец согласился нехотя. Он переговорил с моими учителями и с миссис Клэй, предупредил, что у меня окажется вдоволь времени для уроков, пока он будет на совещаниях. К этому я была готова: детям дипломатов не привыкать дожидаться родителей. Я уложила в свой матросский сундучок учебники и двойной запас чистых гольфов, а утром, вместо того чтобы отправиться в школу, вышла вместе с отцом и в молчаливом восторге прошагала с ним пешком до вокзала.

Поезд довез нас до Вены; отец не выносил самолетов, которые, по его словам, отняли у путешественников дорогу. Одну короткую ночь мы провели в отеле и снова сели в поезд, чтобы пересечь Альпы среди бело-голубых вершин с названиями, памятными мне по домашней карте. Пройдя через пыльное желтое станционное здание, отец нашел арендованную им машину, и я, затаив дыхание, смотрела вокруг, пока мы не свернули в ворота города, о котором он рассказывал так часто, что мне случалось видеть его во сне.

К подножию Словенских Альп осень приходит рано. Еще до сентября обильная жатва обрывается внезапными проливными дождями, которые льют дни напролет и сбивают листья на улочки деревень. Сейчас мне уже за пятьдесят, но раз в несколько лет я бываю здесь и в памяти неизменно оживает первая встреча с сельской Словенией. Это древняя земля. И она все более погружается *in aeturnum* с наступлением очередной осени, неизменно заявляющей о себе тремя красками в общей палитре: зеленая страна, два-три желтых листка и серый предвечерний сумрак. Должно быть, римляне, оставившие здесь крепостные стены, а западнее, у побережья, еще и гигантские арены, знавали эту осень и ощущали такой же холодок по спине. Когда машина проехала в ворота старейшего из юлианских городов, я обхватила себя за плечи. Впервые меня поразил мучительный восторг путешественника, заглянувшего в дряхлое лицо истории.

Поскольку моя повесть начинается с этого городка, то, ограждая от туристов, следующих дорогами судьбы с путеводителями в руках, я назову его Эмоной, как называли римляне. Эмона была построена на остатках свайного поселения бронзового века, тянувшегося вдоль реки, по берегам которой теперь высились современные здания. А через пару дней я увидела особняк мэра, жилые дома семнадцатого века, украшенные серебряными *fleurs-de-lys*, покрытый густой позолотой внутренний фасад огромного здания рынка, ступени которого от тяжелых дверей с мощными засовами спускались прямо к воде. Веками через эти двери товары, доставлявшиеся речным путем, попадали прямо в чрево города. А там, где по берегам когда-то теснились лачуги бедноты, теперь широко разрослись старые платаны — деревья европейских городов, они вознесли ветви над городской стеной и сбрасывали ленточки коры в речной поток.

За рынком под тяжелым небом раскинулась главная городская площадь. Эмона, как и ее южные сестры, щеголяла пестротой хамелеонового прошлого: венецианские «деко», величественные красные церковные здания от Ренессанса до славянского католицизма и сутулые бурые костелы, напоминавшие о Британских островах. (Святой Патрик посылал в эти края миссионеров, замкнув круг новой религии, вернувшейся к своим средиземноморским истокам, в городок, гордившийся первыми христианскими общинами в Европе.) То здесь, то там Оттоманская Порта заявляла о себе резьбой дверей или остроконечными оконными проемами. За рынком отзванивала вечернюю мессу маленькая австрийская церквушка. Мужчины и женщины в синих робах расходились по домам после социалистического рабочего дня, пряча под зонтами пакеты с покупками. Направляясь к сердцу Эмòны, мы с отцом пересекли реку по чудному старинному мостику, охраняемому зеленокожими бронзовыми драконами.

— Там замок, — сказал мне отец, притормозив на краю площади и указывая вверх сквозь пелену дождя. — Хочешь, посмотри!

Я, конечно, хотела. Я тянулась и высовывала голову в окошко, пока не сумела разглядеть сквозь промокшие кроны деревьев кусочек замка — будто выеденные молью на старинном гобелене бурые башни на крутом холме.

— Четырнадцатый век? — вспоминал отец. — Или тринадцатый? Я не слишком разбираюсь в этих средневековых руинах: с точностью до века, не больше. Посмотрим в путеводителе.

— А можно туда подняться и поразведать?

— Узнаем, когда я завтра освобожусь. На первый взгляд кажется, что в этих башнях и птицам селиться небезопасно, но ведь никогда не знаешь...

Мы оставили машину на стоянке у городского правления. Отец галантно помог мне выйти, протянув сухую руку в кожаной перчатке.

— В отель еще рановато. Не хочешь ли горячего чаю? Или можно перекусить в столовой. Дождь все сильней, — неуверенно заметил он, оглядывая мой шерстяной жакетик и юбку.

Я торопливо достала непромокаемую накидку с капюшоном, которую он в прошлом году привез мне из Англии. Поезд шел от Вены целый день, так что я успела снова проголодаться после обеда в вагоне-ресторане.

Однако не столовая, с ее красно-голубыми лампами за тусклой витриной и официантками в босоножках на высокой платформе и непременным линялым портретом товарища Тито, заманила нас к себе. Пробираясь сквозь промокшую толпу, отец вдруг ускорил шаг.

— Сюда!

Я вприпрыжку побежала за ним. Капюшон падал на глаза, и я двигалась почти вслепую. Отец высмотрел вход в авангардистскую чайную. За широкими окнами под завитками лепнины бродили аисты, на бронзовых дверях переплетались стебли лотоса. Дверь тяжело захлопнулась, впустив нас, и дождь превратился в туманную дымку на стеклах, словно серебряные птицы брели по широкой водяной глади.

— Поразительно, как им удалось сохраниться в последние тридцать лет... Социализм не слишком бережет свои сокровища.

Отец сворачивал свою накидку — «лондонский туман».

За столиком у окна мы пили чай с лимоном, обжигающий руки сквозь толстые стенки чашек, ели сардины, уложенные на намазанный маслом белый хлеб, и даже получили несколько кусочков торта.

— На этом лучше остановиться, — сказал отец.

В последние месяцы меня стала раздражать его привычка снова и снова дуть, остужая, на чай, и я до дрожи боялась неизбежной минуты, когда он прервет интересное занятие или оторвется от лакомства, сберегая место для ужина.

Глядя на его аккуратный твидовый пиджачок поверх свитера с высоким воротом, я думала, что он запретил себе все приятные мелочи, кроме дипломатии, которая полностью поглотила его. Мы были бы счастливее, думалось мне, если бы только он не принимал все так серьезно и позволял себе радоваться жизни.

Однако я молчала, зная, что он не выносит моих замечаний, между тем как мне хотелось кое о чем спросить. Пришлось дать ему допить чай, так что я откинулась на спинку стула, ровно настолько, чтобы у отца не было причин попросить меня не разваливаться. Сквозь серебряную поволоку на стекле мне виден был мокрый город, ставший сумрачным с наступлением вечера, и прохожие, перебегающие под косыми струями ливня. Чайная, где должны были бы толпиться дамы в длинных строгих платьях цвета слоновой кости и господа с острыми бородками над широкими бархатными воротничками, оставалась пуста.

— Только сейчас понял, как устал за рулем. — Отец отставил чашку и указал на смутно видневшийся сквозь ливень замок. — Мы приехали с той стороны, обогнув холм. С его вершины должны быть видны Альпы.

Я вспомнила белые плащи на плечах гор и почувствовала их дыхание над городом. Лишь их белые вершины оставались с нами по эту сторону хребта. Я выждала, задержав дыхание.

— Ты не расскажешь мне что-нибудь?

Рассказы были одним из тех утешений, в которых отец никогда не отказывал своему оставшемуся без матери ребенку: сюжеты одних он заимствовал из своего счастливого детства в Бостоне, другие повествовали о самых экзотических его путешествиях. Иногда он придумывал на ходу, но с возрастом я стала уставать от сказок, и они уже не увлекали меня как в детстве.

– Об Альпах?

– Нет... – Меня охватил необъяснимый приступ страха. – Я нашла одну вещь и хотела тебя спросить...

Он повернулся, снисходительно взглянул на меня, чуть подняв седеющие брови над серыми глазами.

– У тебя в библиотеке, – продолжала я. – Извини, я там рылась и нашла какие-то бумаги и книгу. Я не читала писем... почти. Я думала...

– Книгу? – Он говорил все так же мягко, вертя чашку в надежде выжать из нее последнюю каплю чая, и слушал, казалось, вполуха.

– Они такие... книга очень старая и на развороте нарисован дракон.

Он подтянулся, сел очень прямо, сдерживая заметную дрожь. Это странное движение мгновенно насторожило меня. Рассказ, если я его услышу, будет непохож на другие рассказы. Он смотрел на меня исподлобья, и я вдруг заметила усталость и грусть во взгляде.

– Ты сердишься? – Теперь я тоже разглядывала чашку.

– Нет, милая.

Он вздохнул глубоко, едва ли не горестно. Маленькая светловолосая официантка подлила нам чаю и снова оставила одних, а ему все никак было не начать.

ГЛАВА 2

– Ты уже знаешь, – сказал отец, – что до твоего рождения я преподавал в американском университете. Прежде чем стать преподавателем, пришлось много лет учиться. Сперва я занялся литературоведением. Однако вскоре понял, что подлинные истории нравятся мне больше вымышленных. Любое вымышленное произведение вело меня к своего рода... расследованиям исторических событий, и в конце концов я сдался. И очень рад, что ты тоже интересуешься историей.

Однажды, весенним вечером — я тогда учился в аспирантуре, — я занимался в университетской библиотеке и допоздна засиделся среди бесконечных рядов книг. Подняв взгляд от бумаги, я вдруг заметил, что кто-то оставил здесь книгу, корешка которой я никогда прежде не видел. Он сразу выделялся на полке с моими учебниками: на бледной коже изящное тиснение, изображающее зеленого дракона.

Я не припоминал, чтобы прежде видел здесь или еще где-нибудь эту книгу, так что, ни о чем особенно не задумываясь, снял ее с полки и стал рассматривать. Переплет был из мягкой вытертой кожи, и страницы выглядели очень старыми. Книга сама открылась на середине. На развороте страниц я увидел гравюру: дракон с распростертыми крыльями и длинным, загнутым петлей хвостом — свирепый зверь, протянувший к добыче когтистые лапы. В когтях он держал вымпел с надписью готическим шрифтом: «*Drakulya*».

Я сразу узнал имя и вспомнил роман Брэма Стокера, так и не прочитанный до сих пор. Вспомнились и вечерние киносеансы, на которые я пробирался мальчишкой: Бела Люгоши, склоняющийся над белым горлом какой-то старлетки. Но написание слова казалось необычным, и сама книга явно была старинной. Я, как-никак, был ученым и глубоко интересовался европейской историей, так что, поразмыслив несколько секунд, припомнил вычитанные где-то сведения. Имя происходит от латинского слова, означающего «дракон» или «дьявол» — это был почетный титул Влада Цепеша, карпатского феодала, знаменитого тем, что подвергал своих подданных и военнопленных неописуемо жестоким пыткам. Сам я занимался исследованием торговли в Амстердаме семнадцатого столетия, так что не понимал, каким образом книга на подобную тему затесалась среди моих. Я решил, что ее по забывчивости оставил кто-то, занимавшийся историей Центральной Европы или, может быть, феодальной символикой.

Я перелистнул страницы: когда целыми днями имеешь дело с книгами, каждая новая становится для тебя другом и искушением. Мое изумление возросло, когда обнаружилось, что остальные страницы — все эти тончайшие, принявшие от времени оттенок слоновой кости листки — девственно чисты. Не было даже титульного листа, и уж конечно, ни следа выходных данных, ни карт, ни форзацев, ни других иллюстраций. Не было и печати университетской библиотеки: ни ярлычка с номером, ни штампов.

Несколько минут полистав книгу, я оставил ее на столе и спустился на первый этаж, в каталог. В ящике предметного каталога нашлась карточка на «Влада Третьего (Цепеша), Валахия, 1431–1476 — см. также Валахия, Трансильвания и Дракула». Я решил для начала свериться с картой и быстро выяснил, что Валахия и Трансильвания — две древние области, ныне принадлежащие Румынии. Трансильвания выглядела более гористой, а Валахия граничила с ней на юго-западе. На стеллажах нашлась единственное, кажется, издание, какое имелось по этому предмету в библиотеке: странный английский перевод каких-то памфлетов о Дракуле, изданный в 90-х годах девятнадцатого века. Оригиналы были опубликованы в Нюрнберге между 1470 и 1480 годами, некоторые еще до смерти Влада. Упоминание Нюрнберга показалось мне зловещим: всего несколькими годами ранее я пристально следил за ходом суда над нацистскими лидерами. Война закончилась, когда мне еще год оставался до призывного возраста, так что я интересовался ее итогами с горячностью опоздавшего. В сборнике памфлетов имелся фронтиспис: грубая гравюра по дереву, изображавшая голову и плечи мужчины с бычьим загривком, темными глазами под тяжелыми веками, длинными усами и в шляпе с пером. Учитывая примитивность исполнения, портрет казался удивительно живым.

Я знал, что меня ждет собственная работа, однако не удержался и прочел начало одного из памфлетов. Это было перечисление преступлений Дракулы против собственного народа и против некоторых иных. Я мог бы по памяти повторить каждое слово, но не стану — слишком это было страшно. Захлопнув томик, я вернулся за свой стол и с головой ушел в семнадцатое столетие, в котором и оставался до полуночи. Странную книгу я оставил закрытой у себя на столе в надежде, что владелец на следующий день найдет ее там, а сам пошел домой спать.

С утра у меня была лекция. Я не выспался после вчерашнего, однако после занятий выпил две чашки кофе и вернулся к книгам. Старинный том лежал на том же месте и снова открылся на извивающемся драконе. Как говорится в старинных романах: во мне что-то дрогнуло — возможно, от недосыпа или оттого, что нервы были подстегнуты кофе. Я снова более внимательно осмотрел книгу. Явно гравюра на дереве, возможно, средневековая, судя по исполнению: изысканный образчик типографской техники. Я подумал, что книга, может быть, стоит больших денег и, кроме того, представляет, вероятно, большую ценность для кого-то из сотрудников университета — поскольку фолиант был явно не библиотечный.

Однако в таком настроении мне неприятно было даже смотреть на нее. Я с некоторым раздражением отодвинул том и до вечера писал о купеческих гильдиях, а выходя из библиотеки, остановился, чтобы отдать книгу кому-то из библиотекарей. Тот обещал передать ее в отдел находок.

Однако на следующее утро, когда я в восемь утра притащился к себе в отсек, чтобы закончить главу, книга снова лежала у меня на столе, открытая на единственной, устрашающей иллюстрации. Я поморщился: видимо, библиотекарь неправильно меня понял, — поспешно убрал книгу на полку и весь день, приходя и уходя, не позволил себе кинуть на нее ни единого взгляда. Вечером у меня назначена была встреча с моим куратором, и, собирая свои бумаги, я снял странную книгу с полки и добавил к общей кипе. Не знаю, что подтолкнуло меня: я не собирался оставлять книгу себе, однако профессор Росси увлекался историческими загадками, и я подумал, что ему эта история покажется интересной. Возможно, он, знаток европейской истории, смог бы и определить, что это за книга.

Я обыкновенно встречался с Росси после того, как он заканчивал последнюю лекцию, и мне нравилось на цыпочках пробраться в аудиторию и застать окончание его выступления. В том семестре он читал курс по древнему Средиземноморью, и я уже слышал окончания нескольких лекций — яркие и драматические, с несомненной печатью ораторского дара. В тот день, пробираясь на заднюю скамью, я услышал, как он подводит итоги дискуссии по поводу восстановления сэром Артуром Эвансом минойского дворца на Крите. В аудитории царил полумрак — просторный готический зал вмещал пять сотен студентов. И обстановка, и тишина приличествовали собору. Ни звука — и все глаза прикованы к строгой фигуре на кафедре.

Росси один стоял на освещенной сцене или прохаживался взад-вперед, словно рассуждая вслух в уединении своего кабинета. Порой он вдруг останавливался, уставив строгий взор на студентов и поражая их красноречивыми жестами и возвышенной декламацией. Он не замечал границ подиума, презирал микрофоны и никогда не пользовался заметками, хотя иногда прибегал к демонстрации слайдов, стуча по огромному экрану длинной указкой, чтобы подчеркнуть то или иное доказательство. В увлечении ему случалось бегать по кафедре, воздев руки к потолку. Студенческая легенда гласила, что однажды, восхищаясь расцветом греческой демократии, он свалился с кафедры и взобрался обратно, не пропустив ни слова в своей импровизации. Я ни разу не осмелился спросить его, правда ли это.

Сегодня он пребывал в задумчивом расположении духа и расхаживал, заложив руки за спину.

— Сэр Артур Эванс, как вы помните, реставрировал Кносский дворец Миноса отчасти на основании находок, а отчасти на основании собственных представлений о том, что являла собой минойская культура. — Росси возвел глаза к сводам аудитории. — Сведений не хватало, а те что были, допускали двойное толкование. И вот, вместо того чтобы ограничить свое творчество требованиями научной точности, он создает дворец-шедевр, потрясающий — и фальшивый. Имел ли он право так поступить?

Тут Росси сделал паузу, с жадным вниманием обведя взглядом море стрижек, прилизанных проборов, лохматых голов, нарочито рваных курток и серьезных юношеских лиц (вспомни, в те времена к университетскому образованию допускались только мальчики, хотя ты, доченька, теперь можешь выбирать любой университет по вкусу). Пятьсот пар глаз ответили на его взгляд.

— Я предоставляю вам обдумать это вопрос.

Росси улыбнулся, круто повернул и покинул лучи рампы.

Последовал общий вздох, студенты заговорили, засмеялись, начали собирать свои вещи. Росси имел обыкновение после лекции присаживаться на краешек кафедры, и самые увлеченные ученики подходили, чтобы обратиться к нему с вопросами. Он отвечал им серьезно и доброжелательно. Наконец последний студент скрылся за дверью, а я вышел вперед и поздоровался.

— Пол, друг мой! Давайте-ка для разминки поговорим по-голландски.

Он хлопнул меня по плечу, и мы вместе вышли из зала.

Меня всегда забавляло, насколько кабинет Росси противоречил представлению о рабочем месте рассеянного профессора: книги аккуратно расставлены по полкам, у окна современнейшая кофеварка, питавшая его пристрастие к хорошему кофе, стол украшен комнатными растениями, никогда не знавшими жажды, и сам он — всегда в строгом костюме: твидовые брюки и безупречная сорочка с галстуком. Он много лет назад перебрался в Америку из Оксфорда и с виду был из самых сухих англичан, с резкими чертами лица и ярко-голубыми глазами; однажды он мне рассказал, что любовь к хорошему столу унаследовал от отца-тосканца, эмигрировавшего в Суссекс. Наружностью Росси представлял мир четкий и вывереннный, как смена караула у Букингемского дворца.

Иное дело — его ум. После сорока лет упражнений в самодисциплине он все так же кипел, выплескивая остатки прошлого и испаряя нерешенные загадки. Энциклопедические познания давно обеспечили профессору место в издательском мире, и не только в академических издательствах. Едва закончив одну работу, он обращался к следующей, причем часто совершенно иного направления. В результате к нему в ученики напрашивались студенты самых разнообразных дисциплин, и мне очень повезло, что он стал моим куратором. К тому же у меня никогда не было такого доброго теплого друга, как он.

— Ну, — начал он, возясь с кофеваркой и кивая мне на кресло, — как дела с нашим опусом?

Я дал ему краткий отчет о нескольких неделях работы, и мы немного поспорили о торговых отношениях между Утрехтом и Амстердамом в начале семнадцатого века. За это время он успел налить свой изумительный кофе в фарфоровые чашечки, и мы оба устроились поудобнее: он — за своим большим письменным столом. В комнате царил приятный полумрак, наступавший с каждым вечером немного позднее, потому что весенние дни удлинялись. Тут я вспомнил свой загадочный подарок.

— Я принес вам редкостную вещицу, Росси. Кто-то по ошибке оставил в моем отсеке довольно мрачную древность, и, поскольку хозяин за два дня не спохватился, я решился принести показать ее вам.

— Давайте сюда.

Он отставил хрупкую чашечку и потянулся через стол за книгой.

— Хороший переплет. Кажется, пергамен, и тисненый корешок…

Что-то в оформлении корешка заставило его чуть сдвинуть спокойные брови.

— Откройте, — предложил я, не понимая, отчего мое сердце пропустило удар, пока он перелистывал уже знакомые мне чистые листы.

В опытных руках букиниста книга послушно открылась на середине. Мне через стол не видно было того, что видел он, зато я видел его лицо. Оно вдруг помрачнело — застыло и стало незнакомым. Он перелистал остальные страницы — с начала до конца, как и я, но суровость не сменилась удивлением.

— Да, все пусто. Чистые листы.

Он отложил открытую книгу на стол.

— Странная находка?

Кофе у меня в чашке остывал.

— И очень старая. Листы пусты не потому, что книга недописана. Эта ужасная пустота долженствует выделить для глаза рисунок на развороте.

— Да... Да, как будто эта зверюга, что скрывается в середине, слопала все вокруг себя, — начал я легкомысленно, однако к концу фразы стал запинаться.

Росси, казалось, не мог оторвать взгляда от развернутой перед ним страницы. Наконец он твердым движением закрыл книгу и помешал кофе, но пить не стал.

— Где вы ее взяли?

— Ну, я уже говорил, кто-то случайно оставил книгу на моем рабочем месте. Наверно, мне следовало бы сразу отнести ее в «редкую книгу», но я честно подумал, что это чья-то личная собственность, поэтому не стал.

— О, тут вы правы. — Росси, прищурившись, смотрел на меня. — Это чья-то собственность.

— И вы знаете чья?

— Да. Ваша.

— Нет! Я хочу сказать, я ее просто нашел и... — Увидев его лицо, я осекся. Он будто разом состарился лет на десять, если только зрение не обманывало меня в сумерках кабинета. — Как это — моя?

Росси тяжело встал и прошел в угол за столом, поднялся на две ступеньки библиотечной стремянки, чтобы дотянуться до маленького темного томика. Минуту он стоял, поворачивая его в пальцах, будто не желал доверить книгу моим рукам, потом протянул мне.

— Что вы скажете об этом?

Маленький томик был переплетен по старинной моде в коричневый бархат, как старый молитвенник или рукописный дневник. Корешок оказался гладким, а дощечки переплета застегивались бронзовой защелкой, которая с некоторым сопротивлением подалась моим пальцам. Книга сама открылась на середине. Там изображен был мой — я говорю, мой — дракон, на сей раз не уместившийся на развороте. Растопыренные когти, злобная пасть открыта, показывая клыки, и в лапах — тот же вымпел с той же готической надписью.

— Разумеется, — говорил Росси, — у меня было время установить происхождение книги. Центральная Европа, напечатана, скорее всего, в 1512 году, так что текст вполне мог быть выполнен рассыпным набором — если бы здесь был текст.

Я медленно перелистывал тонкие страницы. Титульный лист пуст — как я и ожидал.

— Какое странное совпадение...

— На задней крышке следы соленой воды, возможно, от путешествия по Черному морю. Даже Смитсоновская лаборатория не сумела определить, что повидала книга в своих странствиях. Как видите, я даже потрудился обеспечить химический анализ. Мне стоило трехсот фунтов определить, что этот предмет некоторое время находился в помещении со значительным количеством каменной пыли в воздухе. Возможно, это происходило до 1700 года. Я предпринял также путешествие в Стамбул, чтобы узнать больше о ее происхождении. Но самая большая странность кроется в том, как я приобрел это издание.

Он протянул руку, и я с радостью вернул ему ветхий старинный томик.

— Вы это где-то купили?

— Нашел у себя на столе, в бытность аспирантом.

Меня пробрал озноб.

— У себя на столе?

— В библиотечном отсеке. У нас они тоже были. Обычай, как вы знаете, берет начало в монастырях семнадцатого века.

— И откуда... как она туда попала? Подарок?

— Возможно. — Губы Росси тронула странная улыбка. Казалось, он сдерживает некие сложные чувства. — Хотите еще чашечку?

У меня пересохло в горле.

— Представьте себе, хочу.

— Я старался отыскать владельца, но безуспешно, и библиотека не смогла опознать книгу. Даже в Британской библиотеке такой прежде не видели и предложили мне за нее значительную сумму.

— Однако вы не продали?

— Нет. Вы же знаете, как я люблю головоломки. Как всякий ученый, стоящий своего жалованья. Награда за наше ремесло — возможность заглянуть в глаза истории и сказать: «Маска, я тебя знаю. Ты меня не одурачишь».

— Так что же, вы думаете, этот более крупный том мог быть издан тем же печатником в то же время?

Он барабанил пальцами по подоконнику.

— Я много лет не думал о нем — честно говоря, запретил себе думать, хотя всегда, как бы вам сказать... чувствовал его у себя за плечом. — Он кивнул на проем, оставленный на полке вынутой книгой. — Верхняя полка — ряд моих поражений. И вещей, о которых я предпочитаю не думать.

— Но, может быть, теперь, когда я нашел ей пару, вам удастся сложить головоломку? Наверняка они как-то связаны.

— Наверняка связаны... — Эхо прозвучало гулко и пусто, даже сквозь свист закипающего кофе.

Нетерпение и какая-то лихорадка, часто постигавшая меня в те дни из-за недосыпа и умственного перенапряжения, заставили меня поторопить его.

— А ваши исследования? Кроме химического анализа. Вы сказали, что узнали что-то еще?..

— Узнал.

Он обнял чашку маленькими усталыми ладонями.

— Боюсь, что я должен не просто рассказать вам, — он говорил тихо, — но и принести извинения — вы поймете, за что, — хотя я никогда бы сознательно не пожелал никому из своих студентов такого наследства. По крайней мере большинству своих студентов.

В его улыбке была теплота — и грусть.

— Вы слышали о Владе Цепеше?

— Ну да, Дракула. Карпатский феодал, Бела Лугоши в его роли был весьма убедителен.

— Тот самый — или один из них. Это был древний род еще до того, как власть перешла к самому неприятному члену семейства. Вы поискали о нем в библиотеке? Да? Дурной признак. Я, когда ко мне так странно попала эта книга, и сам откопал в каталоге слово Дракула — в тот же день, — потом Трансильванию, Валахию и Карпаты. Острая мания.

В его словах мне почудилась скрытая похвала: Росси любил, когда его студенты работали с увлечением, — но я пропустил ее мимо ушей, чтобы не прерывать рассказа посторонними замечаниями.

— Итак, Карпаты. Для историка в них всегда есть нечто мистическое. Кто-то из учеников Оккама путешествовал в тех местах — кажется, на ослике — и обобщил свой опыт в забавном произведении под названием «Философия ужасного». Разумеется, первоначальная история Дракулы со временем затемнялась и трудно поддается расследованию. Этот карпатский князь пятнадцатого столетия заслужил равную ненависть Оттоманской империи и собственного народа. Поистине один из самых отвратительных европейских тиранов. Считается, что он за годы правления погубил не меньше двадцати тысяч своих соотечественников — жителей Валахии и Трансильвании. «Дракула» приблизительно означает — «сын дракона». Его отец был посвящен в рыцари Ордена Дракона императором Священной Римской империи Сигизмундом. Эта организация была создана для защиты империи от оттоманских турок. В самом деле, имеются свидетельства, что отец Дракулы передал сына туркам как заложника в политическом договоре и что вкус к жестокости тот отчасти приобрел, наблюдая оттоманские казни и пытки.

Росси покачал головой.

— Как бы то ни было, Влад погиб в сражении с турками или, возможно, от рук собственных солдат и похоронен в монастыре на острове в озере Снагов, принадлежащем теперь дружественной социалистической Румынии. Память о нем перешла в легенды, передававшиеся из поколения в поколение среди суеверных крестьян. В конце девятнадцатого века восторженный и склонный к мелодраме литератор — Абрахам Стокер выхватил где-то имя Дракула и закрепил его за созданием собственной фантазии — вампиром. Влад Цепеш был страшно жесток, но, конечно же, вампиром он не был. И в книге Стокера вы не найдете упоминания имени Влад, хотя его герой вспоминает о заслугах своих предков в борьбе против турок. — Росси вздохнул. — Однако Стокер проделал полезную работу, собрав множество легенд о вампирах и о Трансильвании, хотя реальный Влад Дракула правил Валахией, которая граничит с Трансильванией. В двадцатом веке тему подхватил Голливуд и воскрешенный миф обрел новую жизнь. И здесь, кстати сказать, мое легкомыслие кончается.

Росси отодвинул чашку и сжал ладонь ладонью. Казалось, ему трудно было говорить дальше.

— Я способен шутить над легендой, тем более беззастенчиво пущенной с молотка, но не над тем, как обернулось мое исследование. По правде сказать, именно существование легенды удержало меня от публикации. Мне казалось, что сам предмет изучения уже невозможно рассматривать серьезно. Впрочем, были и другие причины.

Этого я понять не мог. Росси ни единой буквы не оставлял неопубликованной: это составляло часть его щедрого гения. И он строго наставлял своих учеников поступать так же: ничего не тратить даром.

— То, что я обнаружил в Стамбуле, было слишком серьезно для несерьезного отношения. Возможно, я был неправ, решив оставить эти сведения, информацию, — а я могу без натяжки назвать их так — за собой, но у каждого из нас свои суеверия. Мои собственные обычны для историков. Я испугался.

Я не сводил с него глаз, а Росси вздохнул, словно не желая продолжать рассказ.

— Видите ли, работа над историей Влада Дракулы всегда велась в крупнейших архивах Центральной и Восточной Европы или на его родине. Однако он начал свою карьеру как истребитель турок, а я выяснил, что никто не искал материалов легенды в оттоманском мире. Это и привело меня в Стамбул — тайное отступление от исследований по ранней экономике Греции. О, греческие находки я опубликовал, причем с какой-то мстительной радостью!

Он помолчал минуту, уставившись за окно.

— И вероятно, я должен просто, без обиняков, рассказать вам, что нашел в стамбульском архиве и о чем с тех пор старался не думать. В конце концов, вы унаследовали одну из этих милых книжиц. — Он торжественно возложил руку на оба тома, лежащие стопкой. — Если не рассказать вам, вы, вероятно, просто повторите мой путь, что может оказаться более опасным. — Он мрачновато улыбнулся, глядя на крышку стола. — Как бы то ни было, я сэкономлю вам массу усилий по выбиванию грантов.

Я не сумел сдержать сухого смешка. Господи, к чему же он клонит? Мне пришло в голову, что я недооценивал странного чувства юмора моего наставника. Может быть, все это — сложный розыгрыш: хранилось у него в библиотеке две версии жутковатой старинной книги, и он подбросил одну из них на мою полку, зная, что я приду с ней к нему, а я и попался, как дурак. Но в привычном свете настольной лампы он показался мне вдруг серым, обросшим к концу дня щетиной, и глаза, запавшие глубоко в глазницы, стали бесцветными и тусклыми. Я склонился к нему:

— На что вы намекаете?

— Дракула... — Он помолчал. — Дракула — Влад Цепеш — еще жив.

— Господи! — воскликнул отец, взглянув на часы. — Почему ты не сказала? Уже семь часов!

Я прятала застывшие руки под матросской курточкой.

— Я сама не знала. Но, пожалуйста, рассказывай дальше. Нельзя же на этом остановиться! — Лицо отца вдруг показалось мне каким-то ненастоящим; никогда до сих пор мне не приходило в голову, что он может быть... я не могла подобрать слова. Психически неуравновешенным? Или он утратил равновесие на несколько минут, рассказывая эту историю?

— Уже поздно для такого длинного рассказа. — Отец приподнял чайную чашку и тут же поставил снова. Я заметила, что у него дрожит рука.

— Пожалуйста, дорасскажи, — просила я.

Он не слушал.

— Даже не знаю, напугал я тебя или просто замучил. Тебе бы, пожалуй, больше понравилась обычная сказка о драконах.

— Там были драконы, — упрямо возразила я. Мне тоже хотелось верить, что он все это выдумал. — Два дракона. Ну, хоть завтра расскажешь дальше?

Отец тер руку об руку, словно озяб, и теперь я видела, как мучительно ему не хочется продолжать рассказ. Лицо его стало темным и замкнутым.

— Пойдем-ка ужинать. Багаж можно оставить в гостинице «Турист».

— Хорошо, — согласилась я.

— Да нас и так вот-вот выставят, если мы не уйдем.

Я видела светловолосую официантку, облокотившуюся на стойку бара: ей явно было все равно, сидим мы или уходим. Отец достал бумажник, разгладил несколько больших потертых банкнот с изображениями шахтеров и крестьян, героически улыбавшихся рядом с обозначением стоимости, и положил на подносик. Мы пробрались через заставленный коваными креслами и столиками зал и вышли за дверь, выпустившую вместе с нами клубы пара.

Ночь встретила нас неласково: холодом, туманом и сыростью. Восточно-европейский вечер с почти безлюдными улицами.

— Не забудь шляпу, — по обыкновению предупредил отец.

Мы не успели шагнуть под вымытые дождем платаны, как он вдруг остановился и придержал меня рукой, протянутой в сторону оберегающим жестом, словно мимо проносился автомобиль. Но машин не было, и улица в свете желтых уличных фонарей тихо блестела ржавчиной. Отец порывисто оглянулся по сторонам. Я никого не заметила вблизи, впрочем, мне плохо было видно из-под глубокого капюшона. Он стоял прислушиваясь, отвернув лицо и напряженно вытянувшись всем телом.

Наконец он тяжко выдохнул и мы двинулись дальше, обсуждая, что заказать на ужин в «Туристе», когда доберемся туда.

В этой поездке мы больше не вспоминали Дракулу. Я скоро изучила распорядок отцовских страхов: он рассказывал мне свою историю короткими взрывами, не ради драматического эффекта, а словно бы сберегая что-то — свои силы? Или разум от безумия?

ГЛАВА 3

Дома, в Амстердаме, отец был необычайно молчалив и все время занят, а я нетерпеливо дожидалась случая заговорить с ним о профессоре Росси. Миссис Клэй каждый вечер ужинала с нами в обитой темным деревом столовой, подавая нам блюда с бокового столика, но в остальном держась как член семьи, а я чутьем угадывала, что отец не хотел бы продолжать свой рассказ при ней. Если я заходила к нему в библиотеку, он торопливо спрашивал, как я провела день или просил показать домашнюю работу. Я тайком проверила ту полку в библиотеке — почти сразу после возвращения из Эмоны, — но книга и бумаги успели исчезнуть, и я не представляла, куда он их переставил. Если миссис Клэй брала свободный вечер, он предлагал сходить вдвоем в кино или угощал меня кофе с пирожными в шумной лавочке над каналом. Я сказала бы, что отец избегает меня, если бы иногда, когда я сидела рядом с ним над книгой, выжидая подходящей минуты для вопроса, он с рассеянной грустью не протягивал руку, чтобы погладить меня по голове. В такие минуты уже мне самой не хотелось напоминать о неоконченном рассказе.

Снова отправляясь на юг, отец взял меня с собой. Ему предстояла всего одна встреча, притом неофициальная, едва ли стоящая такого долгого путешествия, но он хотел показать мне красивые виды. В тот раз мы проехали на поезде далеко за Эмону, а потом еще пересели на автобус. Отец пользовался любой возможностью, чтобы проехать местным транспортом. И теперь, путешествуя, я часто вспоминаю его и оставляю наемную машину ради поездки на метро.

— Сама увидишь: Рагуза не место для автомобилей, — сказал он, цепляясь вместе со мной за металлический поручень, отгораживавший кабину. — Садись всегда впереди — меньше будет тошнить.

Я сжала поручень так, что побелели костяшки на пальцах: мы словно летели среди нагромождения серых скал, которые в тех краях заменяют горы.

— Господи! — вырвалось у отца, когда нас подбросило вверх на крутом повороте.

Остальные пассажиры чувствовали себя как нельзя лучше. Через проход от нас женщина в черном платье невозмутимо вязала, и только бахрома ее шали, накинутой на голову, вздрагивала, когда автобус подпрыгивал на ухабах.

Я усердно глядела в окно, мечтая, чтобы отец отказался от принятой на себя обязанности постоянно меня поучать и дал мне возможность самой вбирать в себя эти пирамиды серых скал и венчавшие их каменные деревушки. Перед закатом я была вознаграждена за терпение, увидев женщину, стоявшую на краю дороги, быть может, в ожидании встречного автобуса. Высокая и статная, она была в длинной тяжелой юбке и обтягивающей безрукавке, а головной убор, венчавший ее высокую фигуру, походил на кисейную бабочку. Она стояла одна среди скал, освещенная вечерним солнцем, с огромной корзиной, полной овощей. Я приняла бы ее за статую, если бы она не повернула вслед нам величественную голову. Лицо промелькнуло светлым овалом, слишком быстро, чтобы я успела заметить выражение. Когда я описала ее отцу, он сказал, что она, должно быть, одета в национальный наряд этой части Далмации.

— Большая шляпа с крыльями по бокам? Я видел такие на картинах. Можно сказать, она в какой-то мере призрак — и живет, должно быть, в маленькой деревушке. Молодые люди, я думаю, и здесь уже носят синие джинсы.

Я приклеилась носом к окну. Призраки больше не появлялись, но я не пропустила ни единого из чудес, промелькнувших за стеклом: Рагуза, далеко внизу, предстала передо мной городом из слоновой кости, окруженная рябым от солнечных бликов морем, с крышами в ограде средневековой стены краснее, чем закатное небо. Город занимал большой округлый мыс, и стены его казались неприступными для бурь и вражеских полчищ. Он напомнил мне гиганта, шагнувшего в море с побережья Адриатики. И в то же время с высоты горной дороги он казался миниатюрным, словно игрушка или украшение, втиснутое мастером между основаниями не по росту огромных гор.

Главная улица Рагузы, на которую мы въехали только через два часа, была вымощена мрамором, отполированным за века подошвами башмаков и отражавшим огни лавок и дворцов, подобно мерцающей глади канала. На портовом конце улицы, под защитой старинных стен, мы рухнули в кресла за столиком кофейни, и я подставила лицо ветру, пахнувшему брызгами прибоя и — странно для меня в это время года — спелыми апельсинами. И море, и небо были почти черными. Рыбацкие лодки танцевали на полосе зыби у входа в гавань, ветер нес мне морские запахи, морские звуки и новое спокойствие.

— Да, юг, — с удовольствием проговорил отец, придвинув к себе стакан виски и тарелку сардин на поджаренном хлебе. — Представь, что у тебя здесь лодка, и ночь хороша для плавания. Возьми курс по звездам и плыви прямо в Венецию, а хочешь — на албанское побережье или в Эгейское море.

— А сколько отсюда плыть до Венеции? — Я помешивала чай, и бриз сдувал вьющийся над ним пар к морю.

— Ну, на средневековом кораблике, пожалуй, неделю, а то и больше. — Он улыбнулся мне, на минуту расслабившись. — На этих берегах родился Марко Поло, и венецианцы частенько вторгались сюда. Мы с тобой сидим, можно сказать, в воротах мира.

— А когда ты здесь бывал? — Я только начинала верить в то, что отец существовал и жил как-то, когда меня еще не было.

— Несколько раз. Кажется, четыре или пять. Впервые — очень давно, еще студентом. Мой куратор посоветовал мне заехать в Рагузу из Италии, просто полюбоваться этим чудом… Я ведь тебе рассказывал, что одно лето прожил во Флоренции, изучая итальянский?

— Куратор — это профессор Росси?

Короткое молчание прорезали хлопки полотняного навеса, раздутого необычайно теплым бризом. Изнутри, где располагался бар и ресторан, доносился гомон туристов, звон посуды, звука саксофона и пианино. В темной гавани плескали весла лодок. Наконец отец заговорил.

— Надо бы рассказать тебе о нем еще кое-что.

Он не смотрел на меня, но голос звучал чуть надтреснуто, как мне показалось.

— Я бы хотела послушать, — осторожно сказала я.

Он глотнул виски.

— Ты упряма по части рассказов, верно?

«Это ты упрям», — хотелось мне сказать, но я прикусила язык: услышать историю хотелось больше, чем ссориться.

Отец вздохнул.

— Хорошо. Я расскажу тебе завтра, при дневном свете, когда отдохну и мы пойдем прогуляться по стене. — Он стаканом указал на эти сероватые, светящиеся собственным светом бастионы над отелем. — Истории лучше рассказывать днем. Особенно такие истории.

Утром мы устроились в сотне футов над краем прибоя, осыпавшего пеной городскую набережную. Ноябрьское небо сверкало летней синевой. Отец надел солнечные очки, сверился с часами, сложил брошюрку, посвященную архитектуре города, тянувшегося ржавыми крышами к нашим ногам, и пропустил мимо группку туристов из Германии. Я смотрела в море, за поросший лесом остров, в тающий голубой горизонт. Оттуда приходили венецианские корабли, приносили войну или купцов, их красно-золотые знамена трепал ветер под тем же блистающим небесным сводом. Ожидая, пока отец начнет говорить, я ощутила в себе трепет далеко не академического восторга. Быть может, эти корабли, которые мое воображение нарисовало на горизонте, были не просто ярким караваном. Отчего отцу так трудно начать?

ГЛАВА 4

— Я уже говорил тебе, — начал отец, раз или два прокашлявшись, — что профессор Росси был прекрасным ученым и верным другом. Мне не хотелось бы, чтобы ты представляла его по-другому. Я понимаю, что по моим словам он может представиться — и это, возможно, моя ошибка — чудаком. Как ты помнишь, его рассказ оказался ужасающе неправдоподобным. Я был поражен до глубины души и сомневался в нем, хотя в его лице видел и искренность, и понимание. Закончив говорить, он кинул на меня острый взгляд.

— Что же это такое вы говорите? — Должно быть, я заикался.

— Повторяю, — подчеркнуто произнес Росси, — в Стамбуле я обнаружил, что Дракула до сего дня живет среди нас. По крайней мере, жил тогда.

Я уставился на него.

— Понимаю, что должен казаться вам безумцем, — сказал он, заметно смягчаясь, — и, уверяю вас, любой, достаточно долго копавшийся в этой истории, вполне может сойти с ума. — Он вздохнул. — Есть в Стамбуле малоизвестное хранилище документов, основанное султаном Мехмедом Вторым, в 1453 году отбившим город у византийцев. Его архивы составляют в основном обрывки, собранные турками позднее, в то время, когда их постепенно снова оттесняли из созданной ими империи. Однако имеются там и документы конца пятнадцатого века, и среди них я нашел карты, долженствующие указать местонахождение «проклятой гробницы губителя турок». Я предполагал, что под этим именем могли подразумевать Влада Дракулу. Точнее, три карты, различавшиеся по масштабу, так что каждая следующая изображала ту же местность более подробно. Местность была мне незнакома, и на картах не было ничего, что помогло бы мне привязать их к известным регионам. Подписи оказались в основном на арабском, а датировка относила их к концу пятнадцатого — началу шестнадцатого века, как и мою книжицу. — Он постучал пальцем по странному томику, необычайно напоминавшему, как я уже говорил тебе, мою находку. — Сведения в середине самой крупной карты были на одном очень старом славянском диалекте. Он мог быть знаком, хотя бы в зачатке, только ученому-полиглоту. Я старался как мог, однако мой перевод остается сомнительным.

Тут Росси покачал головой, словно сожалея о своей ограниченности.

— Усилия, потраченные мною на то открытие, недопустимо отвлекали меня от основной работы над торговыми путями древнего Крита. Но, сидя в жарком душном библиотечном зале, я, кажется, начисто забыл о благоразумии. Помню, за пыльными оконными стеклами поднимались минареты Айя-Софии, а передо мной на столе громоздились словари, заметки и карты, в которых я надеялся отыскать ключ к турецкой точке зрения на владычество Дракулы. Я тщательнейшим образом копировал надписи и от руки перерисовывал карты.

Не стану углубляться в подробности исследовательской работы: скажу только, что наступил вечер, когда я упорно вглядывался в заботливо отмеченное на самой крупной и самой загадочной карте место, где находилась «проклятая гробница». Как вы помните, считается, что Влад Цепеш похоронен в островном монастыре на озере Снагов, в Румынии. Однако на той карте, как и на остальных, не было озер с островами — хотя обозначенная на них река расширялась посередине. Я, прибегнув к помощи специалиста по арабскому и турецкому языкам из Стамбульского университета, уже перевел все подписи на полях — иносказательные изречения о природе зла, в основном из Корана. Здесь и там, втиснувшись между грубыми набросками гор, на картах располагались надписи, казавшиеся, на первый взгляд, славянскими названиями мест, однако в переводе они звучали загадками или, возможно, зашифрованными указаниями на расположение: «долина Восьми Дубов», «деревня Свинокрадов» и тому подобное — мне эти странные крестьянские названия ничего не говорили.

Так вот, посреди карты, над местоположением «проклятой гробницы», имелся грубый набросок дракона, на голове которого, будто некая корона, помещался замок. Дракон ничем не напоминал изображение в моей — в нашей — старинной книге, однако я предполагал, что для турок он мог связываться с легендой о Дракуле. Под драконом кто-то чернилами сделал мелкую подпись, которая сперва показалась мне арабской, как и приписки на полях. Но, разглядывая буквы в лупу, я вдруг осознал, что надпись на самом деле греческая, и прочел вслух, прежде чем вспомнил о приличиях — впрочем, в зале было пусто, если не считать меня и, временами, скучающего библиотекаря, который заглядывал иногда, вероятно чтобы убедиться, что я ничего не украду. В ту минуту я был совсем один. Микроскопические буковки плясали у меня перед глазами, когда я озвучил их: «Здесь он обитает во зле. Читающий, словом извлеки его из могилы».

В тот же миг я услышал, как внизу хлопнула входная дверь. Вверх по лестнице прозвучали тяжелые шаги. Однако я был слишком занят осенившей меня мыслью: лупа только что открыла мне, что эта карта, в отличие от двух других, была подписана тремя разными людьми на трех различных языках. Почерки различались так же, как языки. Разными были и оттенки старых-старых чернил. И меня посетило внезапное озарение: вы знаете, тот прорыв интуиции, которому исследователь после долгих недель черновой работы обычно может доверять.

Мне показалось, что карта первоначально представляла собой тот центральный набросок, окруженный горами, с греческим указанием в центре. Позднее, вероятно, его снабдили славянскими надписями, уточнявшими местность, к которой он относился, — хотя бы и зашифрованными. А потом лист как-то попал в руки турок и был окружен изречениями из Корана, которые должны были заключить в себе и удержать зловещее послание или, быть может, служили талисманами, защищающими от темных сил. Но если так, что за знаток греческого первым подписал карту или даже начертил ее? Насколько мне было известно, во времена Дракулы греческим часто пользовались византийские ученые, но в оттоманском мире к нему обращались гораздо реже.

Я не успел записать новую гипотезу, которая, скорее всего, для проверки требовала средств, какими я не располагал, потому что дверь по ту сторону стеллажа распахнулась и высокий, хорошо сложенный мужчина быстрым шагом обогнул книжные полки, остановившись перед моим рабочим столом. Он явно намеренно нарушил мое уединение, и я не усомнился, что он не принадлежит к штату библиотеки. Еще я почему-то почувствовал, что мне следовало бы встать перед ним, но гордое упрямство помешало мне это сделать: после его внезапного и достаточно невежливого появления такой жест мог показаться заискивающим.

Мы смотрели друг на друга в упор, и я никогда не испытывал большего изумления. Подобному человеку явно не место было в этой эзотерической обстановке. Красивое ухоженное лицо с длинными, спускающимися к углам губ усами, смугловатое, как бывает у турок или южных славян; отличный темный костюм, вполне уместный на западном бизнесмене. Он воинственно встретил мой взгляд, причем длинные ресницы на этом суровом лице почему-то показались мне отвратительными. На землистой, но безупречно гладкой коже ярко выделялись очень красные губы.

— Сэр, — произнес он густым басом; из-за восточного акцента английские слова звучали почти рычанием. — Я полагаю, вы не получили надлежащего разрешения.

— На что? — тут же ощетинился я.

Обычная реакция научного работника, как вы понимаете.

— На подобные исследования. Вы работаете с материалами, которые правительство Турции относит к неприкосновенной собственности турецких архивов. Позвольте взглянуть на ваши документы?

— Кто вы такой? — не менее холодно отозвался я. — И могу ли я видеть ваши?

Он достал из внутреннего кармана пиджака бумажник, щелкнул им, раскрывая передо мной на столе, и тут же защелкнул снова. Я едва успел разглядеть желтоватую визитную карточку с вязью турецких и арабских слов. Руки этого человека были неприятного воскового оттенка, с длинными ногтями и порослью темных волосков на тыльной стороне ладоней.

— Министерство культурного наследия, — холодно сообщил он. — Насколько я понимаю, вы не согласовали исследования этих материалов с турецким правительством? Это верно?

— Совершенно неверно.

Я предъявил ему письмо от Национальной библиотеки, предоставившей мне права на исследовательскую работу в этом стамбульском ее отделении.

— Этого недостаточно, — заявил он, отбрасывая письмо на пачку бумаг. — Вероятно, вам следует пройти со мной.

— Куда?

Я встал, чувствуя себя увереннее в этом положении и надеясь, что он не сочтет мое движение за согласие.

— В полицию, если это окажется необходимо.

— Это возмутительно!

Я давно научился повышать голос в случае всяких бюрократических недоразумений.

— Я — аспирант Оксфордского университета и гражданин Соединенного Королевства. Я предъявил свои документы университетским властям в день приезда и получил это письмо, утверждающее мое положение. Я не позволю допрашивать себя полиции — и вам также.

— Понимаю… — От его улыбки желудок у меня сжался в комок.

Я читал кое-что о турецких тюрьмах, а также об их западных постояльцах, которым случалось туда попадать, и ситуация начала внушать мне опасения, хотя я так и не понял, в чем дело. Оставалось надеяться, что один из сонных библиотекарей услышит мой голос и войдет, чтобы попросить нас не нарушать тишины. Затем мне пришло в голову, что они, несомненно, сами допустили ко мне этого типа с его внушительной визитной карточкой. Возможно, это какая-то важная особа.

Он подошел вплотную к столу.

— Позвольте взглянуть, чем вы занимаетесь. С вашего разрешения…

Я неохотно подвинулся, и он склонился над моей работой, захлопывая словари, чтобы прочесть названия, — все с той же неприятной улыбкой. Его фигура почти скрыла собой стол, и я ощутил странный запах, словно сквозь аромат одеколона пробивалось что-то мерзкое. Наконец он добрался до карты, над которой я работал, и движения его рук вдруг стали мягкими, едва ли не ласкающими. Он взглянул мельком, словно узнал лист с первого взгляда, хотя я заподозрил, что он блефует.

– Это архивные материалы, не так ли?

– Да, – сердито признал я.

– Это весьма ценное достояние турецкого государства. Полагаю, для заграничных исследователей они не представляют интереса. И ради этого листочка, ради этой крошечной карты вы проделали весь путь из английского университета до Стамбула?

Я собирался резко ответить, что у меня есть и другие дела, чтобы сбить его со следа, но тут же сообразил, что только вызову дальнейшие расспросы.

– Да, в яблочко.

– В яблочко? – повторил он более мирным тоном. – Что ж, думаю, вам придется смириться с временной конфискацией. Какой стыд для иностранца!

Я внутренне кипел, расставаясь с почти разгаданной тайной, и только благодарил судьбу, что не принес с собой сегодня собственноручных копий старинных карт Карпатских гор, тщательно срисованных, чтобы назавтра сравнить их с архивными картами. Копии остались у меня в чемодане, в номере отеля.

– Вы не имеете никакого права конфисковывать документы, к которым я получил допуск, – процедил я сквозь зубы. – Я немедленно свяжусь с университетской библиотекой. И с британским посольством. И вообще, кто может возражать против работы с этими документами? Я уверен, что эти загадки Средневековья не имеют ничего общего с интересами государства.

Чиновник стоял, отвернувшись от меня, словно впервые увидел шпили Айя-Софии под новым углом и чрезвычайно ими заинтересовался.

– Это для вашего же блага, – невозмутимо проговорил он. – Лучше предоставьте заниматься этим кому-нибудь другому.

Он стоял совершенно неподвижно, отвернув голову к окну, словно предлагал мне проследить его взгляд. Мне почудилось, что не стоит этого делать, что тут какой-то подвох, и я упорно смотрел на него, ожидая продолжения. И тут я увидел, словно он нарочно подставил горло мутному солнечному лучу, — сбоку шеи, над дорогим воротничком, виднелись два запекшихся бурых прокола: не свежие, но и не зажившие до конца ранки, будто бы от пары шипов или от кончика ножа.

Я отшатнулся от стола, решив, что потерял разум от мрачного чтения, что на самом деле помутился рассудком. Но дневной свет казался совершенно будничным и человек в темном костюме — вполне реальным, вплоть до запаха немытого тела и пота и еще чего-то, прикрытого запахом одеколона. Никто и не думал исчезать или превращаться. Я не мог оторвать глаз от этих полузаживших ранок. Выждав несколько секунд, он отвернулся от окна, словно удовлетворившись тем, что увидел — он или я? — и снова улыбнулся.

— Ради вашего же блага, профессор.

Я стоял, онемев, пока он не покинул комнату со свертком карт в руке и его шаги не затихли на лестнице. Несколько минут спустя в помещение заглянул пожилой библиотекарь — старик с пышными седыми волосами — и стал расставлять на нижней полке тяжелые фолианты.

— Простите, — обратился я к нему, чувствуя, как слова застревают в горле, — простите, но это совершенно недопустимо.

Он недоуменно обернулся ко мне.

— Кто этот человек? Этот чиновник!

— Чиновник? — дрогнувшим голосом повторил библиотекарь.

— Я хотел бы немедленно получить от вас официальное удостоверение моего права работать в этом архиве.

— Ну конечно, вы имеете право здесь работать, — успокоительно заверил он, — я сам записывал вас.

— Знаю, знаю. Так задержите его и заставьте вернуть мне карты.

— Кого задержать?

— Человека из министерства... не помню — того, кто сейчас заходил. Разве не вы его впустили?

Он бросил на меня странный взгляд из-под седой челки.

— Сюда кто-то заходил? За последние три часа здесь никого не было. Я сам дежурил на входе. К сожалению, нашим архивом мало пользуются.

— Тот человек... — Я осекся, представив себя со стороны: нервно размахивающий руками иностранец. — Он забрал мои карты. То есть ваши, архивные карты.

— Карты, герр профессор?

— Я работал с картами. Выписал их сегодня утром на свой номер.

— Не эти ли? — Он смотрел на мой стол.

Прямо на виду лежала обычнейшая дорожная карта Балкан. Я никогда в жизни ее не видел, и, ручаюсь, пять минут назад ее там не было. Библиотекарь поставил на место последний том.

— Ладно, забудем.

Я торопливо собрался и как можно быстрей покинул библиотеку. На многолюдной шумной улице не было и следа того чиновника, хотя мимо меня прошло несколько мужчин того же роста и сложения с портфелями в руках. Добравшись до своего номера, я обнаружил, что вещи мои передвинули, устраняя какую-то техническую неполадку. Сделанные мной копии старых карт, а также и заметки, не понадобившиеся мне в тот день для работы, пропали. Чемоданы были полностью распакованы, но служащие отеля уверяли, что ничего не знают. Я всю ночь лежал без сна, вслушиваясь в шорохи за стеной. На следующее утро я собрал грязные рубашки и словари и первым рейсом отплыл в Грецию.

Профессор Росси снова сдвинул ладони и глядел на меня, словно терпеливо дожидаясь возгласов недоверия. Но я отчего-то проникся верой в его рассказ.

— Вы вернулись в Грецию?

— Да, и провел остаток лета, стараясь забыть о своем приключении в Стамбуле, хотя не замечать его последствий было невозможно.

— Вы уехали потому, что… испугались?

— Насмерть перепугался.

— Но потом вы проделали все эти исследования — или заказали кому-то — над своей странной книгой?

— Да, в основном химические анализы в Смитсоновском институте. Но когда результаты ничего не дали — и после еще одного случая, — я убрал книгу на полку. На самый верх, как видите.

Он кивнул на самый высокий насест в своей клетке.

— Странно — я иногда размышляю над теми случаями, и порой они вспоминаются очень отчетливо, а иногда только какие-то обрывки. Впрочем, привычка, вероятно, разъедает самые ужасные воспоминания. А бывает — я годами вовсе об этом не думаю.

— Однако вы в самом деле думаете… что тот человек с ранками на шее…

— А что бы вы подумали, если бы стояли там перед ним и притом твердо знали, что вы в своем уме?

Он встал, прислонившись к полкам, и в голосе его на миг прозвенела ярость.

Я глотнул остывшего кофе. Он был очень горек: застоялся на дне.

— И вы никогда больше не пытались вычислить, что означают те карты, откуда взялись?

— Никогда.

Он на минуту задумался.

— Одно из немногих исследований, которые я не доведу до конца. Однако у меня есть собственная теория, что эта призрачная область знания, как и некоторые менее устрашающие, относится к тем, которые пополняются понемногу то одним, то другим, и каждый, добавляющий крупицу знания, отдает за него часть своей жизни. Быть может, те трое, которые века тому назад чертили карты и пополняли их, внесли свой вклад, хотя, признаться, изречения из Корана не много прибавляют к сведениям о местоположении настоящего захоронения Цепеша. Разумеется, возможно, что все это чушь, и он похоронен в том самом озерном монастыре, как уверяет румынское предание, и покоится там в мире, как положено доброй душе — каковой у него не было.

— Но вы так не думаете?

Он снова помолчал.

— Наука должна двигаться вперед. К добру или ко злу, но это неизбежно в каждой области знаний.

— А вы не ездили на Снагов, чтобы взглянуть самому?

Он покачал головой.

— Я прекратил исследования.

Я поставил ставшую ледяной чашку, не сводя глаз с его лица.

— Но какую-то информацию вы сохранили? — медленно сказал я наугад.

Он дотянулся до верхней полки и вытащил вложенный между книгами запечатанный коричневый конверт.

— Конечно. Кто же уничтожает данные исследований? Я сделал по памяти копии тех трех карт и сохранил другие заметки, те, что были у меня тогда с собой в архиве.

Он положил невскрытый конверт на стол между нами и коснулся его с такой нежностью, которая, как подумалось мне, плохо сочеталась с ужасом перед его содержимым. Эта мысль или темнота весеннего вечера, сгущавшаяся за окном, усилила мою тревогу.

— Вам не кажется, что это опасное наследство?

— Пред богом, хотел бы я сказать «нет». Но, быть может, опасность тут лишь психологического свойства. Жизнь наша лучше, здоровее, когда мы не задумываемся без надобности над ее ужасами. Как вам известно, история человечества полна злодеяний, и, вероятно, нам и следует думать о них с ужасом, а не увлекаться ими. Все это было так давно, что я уже не уверен в точности своих стамбульских воспоминаний, а повторять попытку мне никогда не хотелось. Кроме того, у меня такое ощущение, будто все, что мне следует знать, я увез с собой.

— Чтобы идти дальше, хотите вы сказать?

— Да.

— Но вы так и не выяснили, кто мог составить карты, обозначающие, где находится могила? Или находилась?

— Не выяснил.

Я накрыл рукой коричневый конверт.

— Не обзавестись ли мне четками или еще каким оберегом?

— Я уверен, что вам будет достаточно собственной добродетели, или совести, если угодно, — мне хочется думать, что это свойство есть у большинства людей. Нет, я не стал бы носить в кармане чеснок.

— Заменив его сильным психическим противоядием?

— Да, я старался... — Его лицо стало грустным, почти мрачным. — Возможно, я сделал ошибку, не воспользовавшись советами старинных суеверий, но я считаю себя рационалистом и на том стою.

Я сжал пальцами конверт.

— Вот ваша книга. Интересная находка, и я желаю вам удачи в поисках ее происхождения. Приходите через две недели, и мы продолжим наш разговор о торговле в Утрехте. — Он подал мне переплетенный в пергамен томик, и мне показалось, что грусть в его глазах опровергает легкость тона.

Должно быть, я изумленно моргнул: собственная диссертация казалась сейчас принадлежащей иному миру.

Росси мыл кофейные чашки, а я непослушными пальцами собирал портфель.

— Еще одно, напоследок, — серьезно сказал он, когда я снова повернулся к нему.

— Да?

— Не будем больше говорить об этом.

— Вы не захотите узнать, как у меня дела? — поразился я, сразу почувствовав себя одиноким.

— Можете считать и так. Не хочу знать. Если, конечно, вам не понадобится помощь.

Он взял мою руку и сжал ее обычным теплым движением. Меня поразила невиданная прежде горечь в его взгляде, но он тут же заставил себя улыбнуться.

— Хорошо, — сказал я.

— Через две недели, — весело крикнул он мне вслед, когда я вышел из кабинета. — И смотрите, чтоб принесли мне законченную главу!

Отец замолчал. Я сама смутилась чуть не до слез, заметив слезы на его глазах. Такое проявление чувств удержало бы меня от расспросов, даже если бы он не заговорил.

— Как видишь, написание диссертации — довольно жуткое предприятие. — Теперь он говорил легко. — А вообще-то, напрасно мы стали ворошить эту старую запутанную историю, тем более что все закончилось хорошо: вот он — я, больше даже не занудный профессор, и ты тоже тут. — Он поморгал, приходя в себя. — Счастливый конец, как и полагается.

— Но до конца еще много чего было, — сумела выговорить я.

Солнце грело кожу, но не проникало до костей, зато в них, как видно, пробрался холод морского бриза. Мы потягивались и вертели головами, разглядывая город внизу. Последняя группа суетливых туристов прошествовала мимо нас по верху стены и остановилась у дальней ниши, разглядывая острова и позируя друг другу перед камерами. Я покосилась на отца, но он смотрел в море. Отстав от других туристов, но уже далеко обогнав нас, медленно и твердо шагал человек, не замеченный мной прежде: высокий и широкоплечий, в темном твидовом костюме. Мы видели в городе и других высоких мужчин в темных костюмах, но я почему-то упорно смотрела вслед этому.

ГЛАВА 5

Не решаясь откровенно поговорить с отцом, я вздумала заняться собственным расследованием и однажды после школы отправилась в университетскую библиотеку. По-голландски я объяснялась довольно сносно, а французский и немецкий изучала уже несколько лет, к тому же в университете имелось большое собрание книг на английском. Сотрудники были любезны и внимательны, и я, преодолевая застенчивость, быстро сумела получить то, что искала: тексты нюрнбергских памфлетов, о которых упомянул отец. Подлинного издания в библиотеке на нашлось, — раритет, как объяснил мне пожилой библиотекарь в отделе средневековой литературы, — однако он предложил мне сборник старинных немецких документов в переводе на английский.

— Это ведь то, что вам требуется, милая? — спросил он, улыбаясь.

Он был красив открытой чистой красотой, обычной среди голландцев: прямой взгляд голубых глаз и волосы, которые в старости не поседели, а словно бы выцвели. Родители моего отца, жившие в Бостоне, умерли, когда я была еще маленькой, и мне подумалось, как хорошо было бы иметь такого дедушку.

— Меня зовут Йохан Биннертс, — добавил он, — не стесняйтесь обращаться ко мне, если понадобится что-то еще.

Я ответила, что это именно то, что нужно, спасибо, и он, прежде чем тихонько удалиться, потрепал меня по плечу. В пустом кабинете я переписала в свой блокнот первый абзац:

«В год от рождества Господа нашего 1456 Дракула вершил дела ужасающие и прединвные. Поставленный господарем Валахии, он повелел сжечь четыре сотни юношей, прибывших в его земли, дабы изучить язык. По его велению большую семью посадили на колья, и множество своих подданных он повелел врыть в землю до пупа и после стрелять в них. Другие же были зажарены и с них сдирали кожу».

Внизу страницы имелось примечание. Значок сноски был так мелок, что я едва не пропустила его. Всмотревшись внимательней, я поняла, что комментарий относился к выражению: «сажать на кол». Влад Цепеш, то есть Влад Сажатель-на-кол, говорилось там, научился этому способу казни в Турции. Казнь заключалась в том, что тело казнимого протыкалось заостренным деревянным колом, обычно через анус или гениталии вверх, так что острие выходило через рот или голову. С минуту я старалась не видеть этих слов, потом еще несколько минут — забыть их, захлопнув книгу.

Однако мучительнее картин казней или образа Дракулы преследовало меня в тот день, когда я, убрав блокнот и накинув плащ, шла домой, сознание, что все это — было. Мне казалось, стоит прислушаться, и я услышу вопли мальчиков или «большой семьи», гибнущей разом. Отец, заботясь о моем историческом образовании, забыл предупредить: ужасные моменты истории — реальность. Теперь, десятилетия спустя, я понимаю, что он и не мог сказать этого. Только сама история способна убедить в своей истинности. И когда мы видим истину — действительно, видим, — то уже не можем отвести взгляд.

Добравшись в тот вечер домой, я ощутила в себе дьявольскую силу, толкнувшую меня бросить вызов отцу. Пока миссис Клэй гремела тарелками в кухне, он уселся почитать в библиотеке. Я прошла туда, закрыла за собой дверь и встала перед ним. В руках у него был томик любимого им Генри Джеймса — верный признак усталости. Я стояла молча, пока он не поднял взгляд.

— О, это ты? — Он с улыбкой заложил страницу закладкой. — Алгебра не идет? — Но в глазах его уже было беспокойство.

— Я хочу, чтобы ты закончил тот рассказ, — сказала я.

Он молча барабанил пальцами по ручке кресла.

— Почему ты не рассказываешь остального?

В первый раз я ощутила в себе угрозу для него. Он рассматривал закрытую книгу. Я чувствовала, что поступаю жестоко, хотя и не могла понять, в чем состоит жестокость, однако, начав свое кровавое дело, должна была закончить.

— Ты все от меня скрываешь.

Он наконец взглянул на меня. Лицо его было неописуемо печально и в свете лампы прорезано глубокими тенями морщин.

— Верно, скрываю.

— Я знаю больше, чем ты думаешь, — заявила я, хоть и сознавала, что это ребячество: спроси он меня, что же такое я знаю, мне было бы нечего ответить.

Он подпер ладонями подбородок и, помолчав, отозвался:

— Я знаю, что ты знаешь. И раз уж ты кое-что узнала, мне придется сказать тебе все.

Я в изумлении глазела на него.

— Так рассказывай же! — яростно вырвалось у меня.

Он снова опустил взгляд.

— Расскажу — и расскажу как только смогу. Но не все сразу. — Он вдруг взорвался: — Всего сразу мне не выдержать! Имей терпение!

Но взгляд его выражал мольбу, а не обвинение. Я подошла к нему и обняла его склоненную голову.

Март в Тоскане бывает холодным и ветреным, однако отец решил, что небольшая поездка по округе не помешает после миланских четырехдневных разговоров — для меня его профессия всегда была «разговорами». На этот раз его не пришлось упрашивать взять меня с собой.

— Флоренция прекрасна, особенно в межсезонье, — говорил он как-то утром, выезжая со мной из Милана к югу. — Я хотел бы показать ее тебе. Но сперва надо побольше узнать о ее истории и лучше изучить живопись — иначе половина удовольствия пропадет. А вот сельская Тоскана — это да. Радует глаз и успокаивает — сама увидишь.

Я кивнула, поудобней устраиваясь на пассажирском сиденье арендованного «фиата». Отец заразил меня своей любовью к свободе, и мне нравилось смотреть, как он распускает галстук и расстегивает воротничок, направляясь к новым местам. «Фиат» тихонько гудел, катясь по гладкой северной автостраде.

– Так или иначе, я уже много лет кормлю Массимо и Джулию обещаниями заехать к ним. Они бы не простили мне, если бы мы проехали мимо, не заглянув в гости.

Он откинулся назад и заложил ногу на ногу.

– Они довольно странные люди – пожалуй, можно назвать их оригиналами, – но очень добрые. Ты не против?

– Я же сказала, что согласна, – напомнила я.

Обычно мне больше нравилось быть с отцом вдвоем, чем общаться с незнакомыми, при которых неизменно просыпалась моя врожденная застенчивость, однако ему явно хотелось повидать старых друзей. Впрочем, мягкое движение «фиата» нагоняло на меня сон; я устала от поездки по железной дороге. Этим утром меня постигло событие, задержка которого вечно беспокоила моего доктора и в предвидении которого миссис Клэй напихала мне полный чемодан ватных прокладок. Впервые обнаружив его последствия в вагонном туалете, я чуть не расплакалась от неожиданности: пятно на перемычке «благоразумных» теплых трусиков походило на отпечаток большого пальца убийцы. Отцу я ничего не сказала. За окном машины речные долины и деревушки на холмах превратились в смутную панораму, а потом расплылись и исчезли.

Так и не проснувшись как следует, я съела завтрак в городке, состоявшем из кафе и темных баров, у дверей которых сворачивались и разворачивались клубки уличных котов. Зато в сумерках, когда два десятка крепостей на высоких холмах столпились над нами, словно на тесной фреске, я ожила. Несущиеся по ветру вечерние облака прорвались на горизонте полоской заката – над морем, сказал отец, над Гибралтаром и другими местами, в которых мы когда-нибудь побываем. Городок над нами пристроился на отвесной скале, его улочки круто карабкались вверх, а переулки поднимались узкими каменными ступенями. Отец сворачивал то вправо, то влево; раз мы проехали мимо траттории, и луч света из приоткрытой двери упал на холодную мостовую. Наконец мы плавно перевалили вершину холма.

— Где-то здесь, если не ошибаюсь.

Отец свернул в узенький переулок, вдоль которого стражей выстроились темные кипарисы.

— Вилла Монтефоллиноко в Монтепердуто. Монтепердуто — это город, помнишь?

Я помнила. За завтраком мы рассматривали карту, и отец водил пальцем вокруг кофейной чашки:

— Вот Сиена. Смотри от нее. Тут мы уже в Тоскане, и сразу попадаем в Умбрию. Вот Монтепульчано, знаменитый старинный город, а на следующем холме — наш Монтепердуто.

Названия застревали у меня в голове, однако «монте» означало гору, и мы были среди гор, будто внутри витрины с раскрашенными горами, как в магазинах игрушек в Альпах, через которые я уже дважды проезжала.

В непроглядной тьме вилла показалась мне маленькой: длинный приземистый крестьянский дом, сложенный из дикого камня, с красной крышей, занавешенной ветвями кипарисов и смоковниц, и въездом, отмеченным парой покосившихся каменных столбов. В окнах первого этажа горел свет, и я вдруг почувствовала, как проголодалась и измучилась от своего подросткового недомогания, которое придется скрывать от хозяев. Отец достал из багажника наши вещи, и я поплелась следом за ним.

— Даже колокольчик все тот же, — с удовольствием отметил он, дернув за короткий шнурок над дверью и приглаживая в темноте прическу.

На звонок ответил не человек — ураган! Хозяин обнимал отца, хлопал по спине, звонко расцеловал в обе щеки и слишком низко склонился, чтобы пожать мне руку. Ладонь у него оказалась необъятно широкой и горячей, и он обнял меня за плечи, чтобы ввести в дом. В полутемной, заставленной старинной мебелью передней он взревел, как бык:

— Джулия! Джулия, скорей! Смотри, какие гости! Сюда! — Его английский был шумным, уверенным и пылким.

Вошла, улыбаясь, высокая женщина. Она сразу понравилась мне тем, что начала с улыбки и не стала сгибаться, чтобы со мной поздороваться. Рука у нее была такой же теплой, как у мужа, и она тоже поцеловала отца в обе щеки, покачивая головой в такт плавному течению итальянской речи.

— А тебе, — обратилась она ко мне по-английски, — мы дадим отдельную комнату, хорошую, ладно?

— Ладно, — радостно согласилась я, утешаясь мыслью, что комната окажется в надежной близости от отцовской и из нее видна будет долина, по склону которой мы так долго карабкались к городку.

Покончив с ужином, накрытым в вымощенной камнем столовой, взрослые откинулись назад и вздохнули.

— Джулия, — объявил мой отец, — ты с каждым годом стряпаешь все искуснее. Величайшая повариха Италии.

— Чепуха, Паоло. — Ее английский дышал Оксфордом и Кембриджем. — Ты вечно болтаешь глупости.

— Может, тут виновато кьянти? Дайте-ка посмотреть на бутылку.

— Давай еще налью, — вмешался Массимо. — А ты чему учишься, прекрасная дочь?

— Мы в школе всякие предметы проходим, — натянуто ответила я.

— Кажется, ей нравится история, — вставил отец, — и любоваться видами она умеет.

— История? — Массимо снова наполнил стакан Джулии, а потом и свой вином цвета граната или темной крови. — Прямо как мы с тобой, Паоло. Мы дали твоему отцу это имя, — пояснил он мне между прочим, — потому что я не выношу этих ваших скучных английских имен. Извини, но просто не выношу. Паоло, друг мой, помнишь, я чуть не рухнул замертво, когда ты сказал, что променял жизнь ученого на всяческие «говорильни» по всему свету. Стало быть, говорить ему нравится больше, чем читать, сказал я себе. В твоем отце мир потерял великого ученого, вот что я тебе скажу.

Он налил мне полстакана вина, не спросив отца, и долил в него воды из кувшина. Я решила, что он не так уж плох.

— Теперь ты болтаешь глупости, — сдержанно сказал отец. — Вот путешествовать я люблю.

— Ах, — Массимо покачал головой. — А ведь ты, синьор профессор, когда-то собирался стать величайшим из всех. И в самом деле, начал ты великолепно.

— Мир и демократия нам сейчас нужнее ответов на никому не интересные мелкие вопросы, — с улыбкой возразил отец.

Джулия зажгла старинную лампу на маленьком столике и выключила электричество. Потом она перенесла лампу на большой стол и принялась нарезать торт, на который я давно уже незаметно поглядывала. Под ножом глазурь на нем блестела обсидианом.

— В истории не бывает «мелких» вопросов. — Массимо подмигнул мне. — Кроме того, сам великий Росси называл тебя лучшим своим учеником. А мало кому из нас удавалось ему угодить.

— Росси!

Имя вырвалось у меня прежде, чем я спохватилась, что говорю. Отец беспокойно глянул на меня через блюдо с тортом.

— А, так вам, юная леди, знакома легенда о научных подвигах вашего отца? — Массимо отправил в рот солидный кусок шоколада.

Отец снова взглянул на меня.

— Я ей кое-что рассказывал о тех временах, — сказал он.

В его голосе мне послышалось скрытое предостережение, но я тут же поняла, что оно предназначалось не мне, а Массимо, потому что следующие его слова обдали меня холодом прежде, чем отец успел заглушить их скучным разговором о политике.

— Бедняга Росси, — сказал Массимо. — Удивительная, трагическая личность. Странно подумать, что человек, которого ты хорошо знаешь, может так просто — пфф! — и пропасть.

На следующее утро мы сидели на залитой солнцем пьяцце на вершине городка-холма. Куртки у нас были застегнуты на все пуговицы, и в руках мы держали брошюрки, поглядывая на двух мальчишек, которым — как и мне — полагалось бы сидеть в школе. Они с криками гоняли футбольный мяч перед дверями церкви, а я терпеливо ждала. Я ждала все утро, пока мы обходили темные маленькие часовенки с «элементами Бруннелески», по словам невнятного и скучного гида, и «палаццо пубблико», приемная зала которого веками служила городской житницей. Отец вздохнул и протянул мне бутылочку «оранжино».

— Ты о чем-то хотела спросить? — суховато сказал он.

— Нет, я просто хотела узнать про профессора Росси.

Я вставила соломинку в горлышко бутылки.

— Так я и думал. У Массимо не хватило такта промолчать.

Как ни страшно мне было услышать ответ, но не спросить я не могла.

— Он умер? Когда Массимо сказал, что он «пропал», он это имел в виду?

Отец смотрел через солнечную площадь на кафе и мясные лавочки на дальней стороне.

— Да… Нет. Видишь ли, это грустная история. Ты в самом деле хочешь услышать?

Я кивнула. Отец торопливо огляделся. Мы сидели на каменной скамье, высеченной прямо в стене одного из чудесных старинных «палаццо», и на площади, кроме веселых мальчишек, не было ни души.

— Хорошо, — сказал он наконец.

ГЛАВА 6

— Видишь ли, — сказал отец, — в тот вечер, отдав бумаги, Росси проводил меня, и я оставил его улыбающимся в дверном проеме, хотя, когда я отвернулся, появилось у меня ощущение, что надо бы удержать его или самому остаться и поговорить с ним подольше. Но я понимал, что это чувство — просто следствие странного разговора (никогда в жизни я не вел более странной беседы), так что я сразу подавил его. Мимо, разговаривая, прошли двое аспирантов с нашего факультета. Они поздоровались с Росси, еще стоявшим в дверях, и сбежали следом за мной по лестнице. Их жизнерадостная болтовня помогла мне вернуться к обычной жизни, и все же мне было неспокойно. Книга, украшенная драконом, норовила прожечь насквозь портфель, а теперь еще Росси добавил к ней свой запечатанный конверт. Я гадал, надо ли читать его заметки в ту же ночь, в одиночестве моей квартирки. Я изнемогал и чувствовал, что не в силах встретиться лицом к лицу с их содержимым.

Отчасти я надеялся, что утро вернет мне уверенность и способность рассуждать здраво. Возможно, проснувшись, я бы уже не принимал историю Росси с таким доверием, хотя и предвидел, что она будет преследовать меня независимо от того, верю я или нет. И как, спрашивал я себя, проходя под окном Росси и невольно поглядывая вверх, где в кабинете еще горела лампа, — как можно не доверять своему куратору в вопросе, касающемся его специальности? Тогда не придется ли усомниться во всем, что мы делали вместе? Я вспомнил первую главу своей диссертации, сложенную кипой покрытых ровными печатными строчками листов на моем столе, — и содрогнулся. Если я не верю Росси — можно ли продолжать работу под его руководством? Или придется допустить, что он сумасшедший?

Быть может, из-за того, что Росси не шел у меня из головы, я так остро отметил, что лампа в его окне все горит. Во всяком случае, я шагнул прямо в лужицу света, падавшего из его окна, потому что она — светлая полоска — лежала прямо у меня под ногами. Шаг занял долю секунды, но за этот миг меня с ног до головы пронизал ужас. Только что я терялся в размышлениях, занося ногу над светлым квадратиком на мостовой, — и вот уже застыл на месте. Почти одновременно меня поразили две странности. Одна — что я никогда прежде не видел этого светлого пятна между двумя готическими зданиями, хотя тысячу раз проходил вечерами по этой улице. Я не видел его потому, что видеть было нечего. А увидел теперь — потому что все уличные фонари вдруг погасли. Я был на улице один, и единственным звуком здесь было эхо моего последнего шага. И кроме разбитого на квадраты пятна света из кабинета, в котором мы беседовали десять минут назад, не видно было ни проблеска.

Вторая странность, если она не была первой, бросившейся мне в глаза, и если она заставила меня окаменеть (я говорю: «бросилась в глаза», потому что странность эта поразила именно взгляд, а не разум или инстинкт) в тот самый миг, когда я застыл в его луче, теплый свет в окне моего куратора погас. Может быть, тебе покажется, что в этом не было ничего особенного: закончился рабочий день, и засидевшийся профессор уходит домой, погасив свет и оставив темной улицу, где на минуту отключились фонари. Но все было совсем не так. Мне даже не пришло в голову, что в помещении выключили настольную лампу. Казалось, что-то пронеслось над окном у меня за спиной и загородило его, отрезав луч света. И на улице стало совершенно темно.

На мгновенье у меня перехватило дыхание. Я повернулся, став неловким от ужаса, и взглянул на потемневшие окна, почти невидимые в темноте. Первым моим движением было броситься туда. Дверь, через которую я вышел, оказалась крепко заперта. На фасаде не видно было ни одного огня. В такой час, вероятно, двери запирались за каждым выходящим — вполне естественно. Я стоял в нерешительности, готовый бежать за угол и стучаться в другие двери, и в этот момент снова зажглись фонари. Я мгновенно устыдился своего порыва.

Двоих парней, выходивших следом за мной, не было видно: должно быть, они свернули в другую сторону; но мимо, смеясь, проходила другая компания. Если Росси выйдет сейчас — а он, наверное, выйдет, раз погасил свет и запер за собой кабинет, — и увидит меня здесь? Он ведь сказал, что не хочет больше обсуждать того, что мы обсуждали. Как я стану объяснять ему свой нелепый испуг, здесь, на ступенях, когда он закрыл тему — и, вероятно, все подобные мрачные темы. Я сконфуженно отошел, торопясь, чтобы он не застал меня, и поспешил домой. Там я оставил конверт лежать в портфеле невскрытым и проспал — хотя и беспокойно — всю ночь.

Следующие два дня у меня были забиты до отказа, и я не позволял себе заглянуть в бумаги Росси: по правде сказать, я решительно отринул все потусторонние мысли. И потому так поразил меня коллега, заговоривший со мной в библиотеке под вечер второго дня.

— Слыхал, что там с Росси? — выкрикнул он, ухватив меня за локоть и разворачивая к себе, когда я попытался пробежать мимо. — Подожди же, Паоло!

Да, ты угадала — это был Массимо. Он уже смолоду был большим и громогласным, это сейчас уже притих немного. Я стиснул его руку.

— Росси? Что? Что с ним?

— Он пропал. Исчез. Полиция обыскивает кабинет.

Я бегом бросился к зданию, которое выглядело как обычно: с пыльными лучами вечернего солнца и толпами студентов в полутемных коридорах. На втором этаже, перед кабинетом Росси, офицер полиции беседовал с деканом и еще несколькими незнакомыми мне людьми. Навстречу мне из кабинета вышли двое мужчин в темных костюмах. Они плотно закрыли за собой дверь и направились к лестничной площадке, куда выходили двери аудиторий. Я пробился вперед и заговорил с полицейским:

— Где профессор Росси? Что с ним?

— Вы его знаете? — спросил полисмен, отрываясь от своих записей.

— Он мой куратор. Я был здесь позапрошлым вечером. Кто сказал, что он исчез?

Подошел декан, поздоровался со мной за руку.

— Вы что-нибудь знаете? Хозяйка его квартиры позвонила сегодня днем и сказала, что он уже две ночи не был дома — не заказывал ни завтрака, ни ужина. Она уверяет, что такого с ним никогда не бывало. И он пропустил факультетское собрание, не предупредив по телефону, — такого с ним тоже ни разу не случалось. Потом зашел студент: они договорились о встрече, а кабинет оказался заперт и Росси не показывался. В довершение всего он пропустил сегодняшнюю лекцию, так что я распорядился вскрыть кабинет.

— И он был там? — Я сдержал судорожный вздох.

— Нет.

Я тупо проталкивался мимо них к двери Росси, однако полисмен удержал меня за локоть.

— Не спешите, — сказал он. — Говорите, позапрошлым вечером вы здесь побывали?

— Да.

— Когда вы видели его последний раз?

— Около половины девятого.

— Кто-нибудь еще был рядом?

Я задумался:

— Да, еще двое наших аспирантов — кажется, Бертран и Элиас. Они вышли вместе со мной.

— Хорошо. Проверьте, — приказал офицер одному из своих людей. — Вы не заметили каких-либо странностей в поведении профессора?

Что я мог сказать ему? Да, разумеется, — он уверял меня, что вампиры существуют, что Дракула ходит среди нас и что я унаследовал проклятье, обрушившееся на него из-за излишнего научного любопытства, а потом свет погас, словно гигантская...

— Нет, — сказал я, — мы обсуждали мою диссертацию и проговорили до полдевятого.

— Вы уходили вместе?

— Нет. Я вышел первым, а он проводил меня до дверей и вернулся в кабинет.

— Покидая здание, вы не заметили чего-либо или кого-либо подозрительного? Ничего не слышали?

Я снова помолчал.

— Нет, ничего. Вот разве только на улице было темно. Фонари погасли.

— Да, нам сообщали. Однако вы не видели и не слышали ничего необычного?

— Нет.

— Пока что вы последний, кто видел профессора Росси, — настаивал полицейский. — Подумайте хорошенько. В вашем присутствии он не говорил и не делал ничего странного? Не упоминал депрессию, самоубийство — ничего такого не было? А может быть, говорил, что собирается уехать, скажем, попутешествовать?

— Нет, ничего такого не было, — чистосердечно ответил я.

Полицейский удостоил меня пристального взгляда.

— Мне понадобится ваше имя и адрес.

Он записал мой ответ и обратился к декану.

— Вы можете поручиться за этого молодого человека?

— Он, безусловно, тот, кем себя назвал.

— Прекрасно, — сказал мне полисмен. — Я бы попросил вас зайти со мной и сказать, не замечаете ли вы чего-нибудь необычного. Особенно по сравнению с последним вечером. Ничего не трогайте. Честно говоря, обычно в таких случаях разгадка оказывается вполне заурядной: семейные неприятности или небольшой нервный срыв — скорей всего, через пару дней он объявится. Миллион раз такое видел. Но поскольку на столе кровь, приходится проверить все возможности.

Кровь на столе? Ноги у меня подкашивались, но я заставил себя не спеша пройти в кабинет следом за полицейским.

Десятки раз я заходил в эту комнату при дневном свете и видел ее точь-в-точь такой же: прибранной, уютной, с удобно расставленной мебелью и аккуратными пачками книг и бумаг на столах и полках. Я шагнул ближе к столу. Через застеленную коричневой бумагой столешницу тянулась длинная темная лужица — давно впитавшаяся и засохшая коркой. Полисмен ободряюще тронул меня за плечо.

— Потеря крови не настолько значительная, чтобы причинить смерть, — заметил он. — Возможно, сильное носовое кровотечение или иное кровоизлияние. При вас у профессора Росси не шла носом кровь? Он не жаловался на недомогание?

— Нет, — ответил я, — я не разу не видел, чтоб у него... шла кровь, и он никогда не жаловался на здоровье.

До меня вдруг с болезненной ясностью дошло, что в течение всего разговора я говорю о наших встречах в прошедшем времени, как будто они прекратились навсегда. У меня сжалось горло, когда я вспомнил, как весело он прощался со мной в дверях кабинета. Может быть, Росси порезался — пусть даже преднамеренно — в мгновенном помутнении рассудка, а потом поспешно вышел, заперев кабинет? Я пытался представить себе, как он блуждает по парку, голодный и продрогший, или садится в первый подвернувшийся автобус и едет неизвестно куда. Картина не складывалась. Я никогда не встречал более выдержанного и здравомыслящего человека, чем Росси.

— Осмотритесь как следует. — Полисмен выпустил мое плечо.

Он не спускал с меня глаз, и я ощущал спиной взгляды теснившихся у двери людей. Вдруг мне пришло в голову: если окажется, что Росси убит, я окажусь первым подозреваемым. Однако Бертран и Элиас должны были подтвердить мои показания, а я, в свою очередь, мог обеспечить их алиби. Я осматривал предметы один за другим, пытаясь угадать то, что видели они два дня назад. Безнадежное упражнение: все здесь было как всегда солидным и настоящим, только вещи эти больше не принадлежали Росси.

— Нет, — сказал я наконец, — все как было.

— Прекрасно, — полицейский развернул меня к окну, — а теперь взгляните!

На белой известке потолка, высоко над нами, растекалось темное пятно. Его конец был смазан в сторону окна, будто указывая на что-то снаружи.

— Это, видимо, тоже кровь. Не волнуйтесь: она могла и не принадлежать профессору Росси. Потолок слишком высокий: даже с табуретки до него не просто дотянуться. Но мы все проверим. А теперь вспомните — Росси не упоминал, чтобы в кабинет залетали птицы? А может, выходя, вы слышали, как что-то влетело в окно? Кстати, оно было открыто?

— Нет, — сказал я, — ничего такого он не упоминал. И окна были закрыты, ручаюсь.

Я не мог отвести глаз от пятна: мне казалось, что стоит всмотреться получше, и я сумею прочесть что-то в его страшных, таинственных очертаниях.

— В здание иногда залетали птицы, — внес свой вклад в следствие стоявший позади декан. — Голуби. Они забираются через вентиляцию.

— Возможно, — согласился полисмен, — правда, мы не обнаружили помета, но возможно.

— Или летучие мыши? — продолжал декан. — Как насчет летучих мышей? В таких старых зданиях кто только не селится!

— Что ж, вполне вероятно, особенно если Росси пытался дотянуться до кого-то шваброй или зонтиком и при этом поранился, — предположил стоящий в дверях преподаватель.

— Вы не видели здесь птиц или летучих мышей? — снова обратился ко мне полицейский.

Мне понадобилось несколько секунд, чтобы вспомнить простое слово и выдавить его сквозь пересохшие губы.

— Нет, — сказал я, вряд ли поняв смысл его вопроса.

Мой взгляд зацепился за внутренний край темного пятна и проследил, откуда оно тянулась. На верхней полке, в ряду «поражений» Росси недоставало книги. Там, куда он два вечера назад возвратил таинственный том, между корешков чернела узкая щель.

Коллеги вывели меня из кабинета, похлопали по спине и посоветовали не принимать близко к сердцу: должно быть, я выглядел белым как бумага. Я обернулся к офицеру, запиравшему за нами дверь.

— Вы не проверяли больницы? Возможно, если профессор Росси поранился или заболел, его подобрали и отвезли к врачу?

Полисмен покачал головой.

— С больницами мы связались в первую очередь. Его там нет и не было. А что, вы думаете, он мог поранить сам себя? Кажется, вы уверяли, что он не казался подавленным и не думал о самоубийстве.

— Да, не казался.

Я глубоко вздохнул и вновь ощутил землю под ногами. Потолок слишком высоко, чтобы на него могли попасть брызги крови из перерезанного запястья, — хотя это показалось мрачным утешением.

— Ну, идемте. — Он повернулся к декану, и они удалились, переговариваясь вполголоса.

Толпа у двери кабинета начала рассасываться, и я ушел первым. Мне нужно было найти тихое местечко и посидеть там.

Моя любимая ниша в старой университетской библиотеке еще не остыла от последних лучей весеннего солнца. Рядом читали или тихо разговаривали несколько студентов, и я ощутил, как привычное спокойствие этой академической заводи пропитывает меня насквозь. Окна в главном зале были украшены цветными стеклами, причем некоторые из них выходили не во двор, а в читальни и коридоры, так что мне видны были люди, движущиеся по залам или читавшие за большими дубовыми столами. Оканчивался обычный день: скоро солнце покинет каменные плитки у меня под ногами, скроется, погрузив мир в сумерки — и отметив сорок восемь часов с моей последней встречи с учителем. А пока все здесь дышало живой ученостью и не допускало даже мысли о тьме.

Должен сказать, что в те времена я предпочитал заниматься в полном одиночестве: в монастырской тиши и уединении. Я уже описывал тебе библиотечный отсек на верхнем этаже, где я часто работал, где у меня имелась собственная ниша и где я нашел книгу, в одночасье изменившую течение моей жизни и мыслей. Два дня назад я сидел там один, погрузившись в чтение и не ведая страха, собираясь захлопнуть книгу о Нидерландах и отправиться на приятную встречу с наставником. Все мысли у меня были только о трудах Хеллера и Херберта по экономике Утрехта, и меня полностью занимала идея по-новому использовать их соображения в своей статье — если из очередной главы диссертации могла получиться статья.

В сущности, если мне случалось тогда воображать картины прошлого, передо мной неизменно вставали эти простодушные, скуповатые голландцы, судачащие о мелких проблемах гильдии или, подбоченившись, наблюдающие за погрузкой новой партии товара на верхний этаж дома-пакгауза. Если мне вообще представлялось прошлое, то всегда рисовались их румяные, обветренные морем лица, густые брови и умелые руки; слышался скрип корабельных досок, доносились запахи смолы, пряностей, грязных причалов и радостные возгласы от удачных сделок.

Но оказалось, что история может быть совсем иной: брызгами крови, не высыхающей ни за две ночи, ни за столетия. И теперь для меня начиналась новая стадия исследований — новая для меня, но давно знакомая Росси и многим другим, прокладывавшим пути в тех же темных дебрях. Мне хотелось начать эту новую работу среди голосов и звона главного зала, а не в молчаливой келье, куда лишь изредка доносятся усталые шаги по ступеням далеких лестниц. Мне хотелось приступить к новой фазе своей жизни историка под невинными взглядами юных антропологов, седеющих библиотекарей, восемнадцатилетних юнцов, мечтающих о футболе или о новых белых теннисках, под взглядами улыбающихся студентов и безобидных чудаков-профессоров — среди толчеи университетского вечера. Я еще раз оглядел суету зала, солнечные пятна, торопливо отступающие от моих подошв, вслушался в скрип бронзовых петель входной двери, то и дело открывавшейся, чтобы пропустить новых читателей. Потом я поднял свой потрепанный портфель, отстегнул застежку и извлек туго набитый темный конверт, надписанный рукой Росси. Там было сказано только: «Сохранить для следующего».

Для следующего? Тем вечером я не рассмотрел конверта. Хотел ли он сохранить свои записи для нового штурма темной крепости своей темы? Или «следующим» был я сам? Не доказательство ли это его безумия?

Вскрыв конверт, я увидел в нем пачку листков разных оттенков и размеров, то хрупких и истончившихся от времени, то покрытых ровными строчками машинописи. Огромный материал. Придется разложить по порядку, решил я и направился к ближайшему, желтому как мед, столику предметного каталога. Вокруг было полно народа, дружелюбных незнакомцев, однако, прежде чем достать бумаги и разложить их перед собой, я суеверно оглянулся через плечо.

Два года назад мне приходилось работать с рукописями сэра Томаса Мора и с письмами Ханса Альбрехта из Амстердама, а незадолго до того я помогал каталогизировать счетные книги фламандских купцов за 1680 год. Я знал, как важно для историка упорядочить архивные находки. Откопав в портфеле карандаш и листок, я составил список документов в том порядке, в каком извлекал их из конверта. Первыми среди сокровищ Росси шли тонкие листки, покрытые тесными густыми строками печатных литер, более или менее напоминающих буквы. Я заботливо сложил их вместе, не позволив себе отвлекаться на чтение.

Следующим вложением оказалась карта, начерченная от руки с неимоверной аккуратностью. Бумага успела выцвести, так что значки и названия плохо читались на плотной, заграничного вида бумаге, вырванной, очевидно, из старого альбома. За ней лежали еще две похожие карты. Потом шли три листка отрывочных рукописных заметок, сделанных чернилами и, на первый взгляд, вполне разборчиво. Их я тоже сложил вместе. Затем мне попалась брошюрка, приглашающая в «Романтическую Румынию» — на английском языке, изданная, судя по оформлению, в 20-х или 30-х годах. Далее два счета: из гостиницы и за обед в гостиничном ресторане. В Стамбуле. Потом большая дорожная карта Балкан, аляповато выполненная в двух цветах. И последним оказался маленький пожелтевший конверт, запечатанный и ненадписанный. Я отложил его в сторону, героически не прикоснувшись.

Вот и все. Я перевернул большой коричневый конверт и встряхнул его, так что даже дохлая муха не завалялась бы незамеченной в уголке. При этом меня внезапно (и впервые) посетило чувство, которому суждено было сопровождать все дальнейшие мои усилия: Росси был здесь, он с гордостью следил за моей работой, словно его живой дух говорил со мной через дотошную методичность, к которой он сам меня приучил. Я знал, что он умел работать быстро, однако ничего не упускал и ничем не пренебрегал — ни единый документ, ни один архив, как бы далеко от дома он не располагался, и уж, конечно, ни одна идея, какой бы немодной она не числилась среди его коллег, не оставались им непроверенной. Его исчезновение и — мелькнула у меня дикая мысль — то, что он нуждался во мне, установило между нами своего рода равенство. При этом меня не оставляло чувство, что он предвидел этот исход, это равенство, с самого начала, и ждал только, когда я заслужу его.

Теперь все пахнущие пылью листки лежали передо мной. Я начал с писем: с тех длинных, густо исписанных эпистол, напечатанных на тонкой бумаге, с редкими ошибками и исправлениями. Каждое было в двух экземплярах, и они уже были разложены в хронологическом порядке. Каждое письмо было аккуратно датировано: все — декабрем 1930 года, двадцать лет назад. Каждое было озаглавлено: «Тринити-колледж, Оксфорд», без уточнений. Я бегло просмотрел первое письмо. Оно описывало историю появления таинственной книги и начала его архивных поисков в Оксфорде. Подпись была: «Ваш в горести, Бартоломео Росси». А начиналось оно — я крепче сжал тонкий листок, когда руки у меня начали подрагивать, — словами: «мой дорогой и злосчастный преемник...»

Отец внезапно прервал рассказ. Услышав, как дрогнул его голос, я тактично отвернулась, не требуя продолжения. Мы не сговариваясь собрали свои куртки и зашагали через маленькую пьяццу, притворяясь, что нас весьма интересует отделка фасада церкви.

ГЛАВА 7

Несколько недель отец не выезжал из Амстердама, и за это время я успела почувствовать, что он по-новому следит за мной. Однажды я немного дольше обычного задержалась после школы и, придя домой, застала миссис Клэй за телефонным разговором. Она сразу передала мне трубку.

— Где ты была? — спросил отец; он говорил из «Центра за мир и демократию» — Я звоню второй раз, а миссис Клэй ничего не знает. Ты доставила ей большое беспокойство.

Я понимала, что в большом беспокойстве был он сам, хотя и не повышал голоса.

— Читала в новом кафе возле школы, — ответила я.

— Очень мило, — сказал отец, — но почему бы не позвонить миссис Клэй или мне, если собираешься задержаться?

Мне не хотелось соглашаться, однако я обещала, что буду звонить. В тот вечер отец вернулся к ужину раньше обычного и читал мне вслух «Большие надежды». Потом достал старые фотоальбомы, и мы вместе просматривали фотографии: Париж, Лондон, Бостон, мои первые ролики, мой выпускной бал по случаю окончания третьего класса, Париж, Лондон, Рим. На всех карточках была только я: на фоне Пантеона или у ворот Пер Лашез — потому что отец снимал, а ездили мы всегда вдвоем. В девять часов он проверил, все ли двери и окна закрыты, и отпустил меня спать.

В следующий раз, собираясь задержаться, я честно позвонила миссис Клэй. Я объяснила ей, что собираюсь с одноклассницей сделать домашние задания в чайной. Она разрешила. Я повесила трубку и отправилась в университетскую библиотеку. Йохан Биннертс, сотрудник отдела Средневековья, как видно, уже привык ко мне: по крайней мере он сдержанно улыбался, когда я подходила к нему с очередным вопросом, и всякий раз спрашивал, как продвигается работа над рефератом по истории. Он, к моей большой радости, отыскал для меня отрывок из текста семнадцатого столетия, и я несколько часов делала из него выписки. То издание сейчас передо мной, в моем оксфордском кабинете, я наткнулась на него несколько лет назад в букинистическом магазине. «История Центральной Европы» лорда Геллинга. Сентиментальная привязанность к нему прошла сквозь все эти годы, хотя я всегда открываю книгу со смутным неприятным чувством. Как сейчас вижу выписки в ученической тетрадке, сделанные моим ровным полудетским почерком:

«Наряду с великой жестокостью Влад Дракула обладал великой доблестью. Такова была его отвага, что в 1462 году он переправился через Данубу и совершил ночью конный набег на лагерь самого султана Мехмеда Второго с войском, собравшегося вторгнуться в Валахию. В том набеге Дракула сразил несколько тысяч турецких воинов, и сам султан едва не расстался с жизнью, прежде чем турецкая гвардия принудила валахов к отступлению.

Сведения подобного рода можно было бы отнести к имени любого европейского феодального властителя той эпохи, о многих можно было бы сказать более этого, а об иных — намного более. Более всего поражает в рассказах о Дракуле их долговечность — иначе говоря, его живучесть как исторического персонажа, стойкость легенды. Несколько доступных для англичанина источников прямо или косвенно указывают на другие источники, разнообразие коих поставило бы в тупик любого историка. По всей видимости, он прославился по всей Европе еще при жизни — значительное достижение для времени, когда огромная ее территория представляла собой разрозненные миры, когда правительства сносились между собой посредством конных гонцов и речных путей и когда ужасающая жестокость была весьма обычным свойством знати. Слава Дракулы пережила его таинственную гибель и странные похороны в 1476 году и померкла, кажется, лишь в лучах европейского Просвещения».

Здесь заканчивался параграф, посвященный Дракуле. На один день я получила достаточно пищи для размышлений об истории, однако забрела еще в отдел английской литературы и с радостью обнаружила, что в библиотеке имелось издание «Дракулы» Брэма Стокера. За несколько посещений я успела бы прочитать небольшой роман. Я не знала, разрешат ли мне взять книгу на дом, но в любом случае не стала бы приносить ее домой, где пришлось бы решать: прятать ее, как неподходящее чтение, или демонстративно оставить на видном месте. Так что я предпочла читать «Дракулу», устроившись в жестком кресле у окна библиотеки. Выглянув наружу, я видела свой любимый канал — Сингел, с его цветочным рынком, и народ, раскупающий с лотка селедку на закуску. Местечко оказалось на удивление тихим, а книжные полки отгораживали меня от остальных читателей.

Там, в этом кресле, я постепенно погрузилась в стокеровские готические ужасы, перемежаемые уютными викторианскими любовными историями. Я сама не знала, что рассчитывала найти в его книге: по словам отца, профессор Росси считал ее не слишком полезным источником информации о реальном Дракуле. Однако холодная любезность романного графа Дракулы показалась мне весьма обаятельной, даже если герой романа имел мало общего с настоящим Цепешем. Впрочем, сам Росси полагал, что Дракула в жизни — в исторической реальности — стал одним из не-умерших. Я задумалась, не мог ли роман вызвать к жизни те или иные невероятные происшествия, в нем описанные. Как-никак, первые открытия Росси случились уже после его выхода в свет. С другой стороны, Влад Дракула правил почти за четыреста лет до рождения Стокера. Все это было так сложно!

Опять же, разве профессор Росси не признавал, что Стокер раскопал массу легенд о вампирах? Я ни разу не видела фильмов о вампирах, — отец не любил триллеров, — так что сюжет был для меня внове. Если верить Стокеру, вампир настигает свою жертву только между закатом и восходом. Вампир бессмертен, питается кровью смертных и тем обращает их в подобное же состояние не-смерти. Он способен оборачиваться нетопырем, волком или туманом; его отпугивает чеснок или распятие; уничтожить его можно, пронзив его сердце колом и набив рот чесноком, если застигнуть при дневном свете, спящим в гробу. И серебряной пулей его тоже можно убить, если попасть прямо в сердце.

Все это само по себе не напугало бы меня: слишком казалось далеким, вычурным, слишком много в этом было от суеверия. Только одна деталь преследовала меня каждый раз подолгу после того, как я ставила книгу на полку, заботливо отметив, на какой странице остановилась. Эта мысль следовала за мной по ступеням библиотеки, по дороге через мосты каналов до самого дома. Излюбленными жертвами Дракулы, вымышленного Стокером, были юные девицы.

Отец, по его словам, необычайно соскучился по южной весне и хотел, чтобы я тоже полюбовалась ею. Так или иначе, у меня скоро начинались каникулы, а совещание в Париже должно было занять у него всего несколько дней. Я уже научилась не давить на него, добиваясь путешествий или рассказов; очередной отрывок следовал, когда отец был готов, но никогда, никогда дома. Я догадывалась, что он не мог заставить себя впустить в наш дом это темное прошлое.

Мы отправились в Париж поездом, а оттуда на юг, в Севенны, на машине. По утрам я писала пару коротких очерков-сочинений на французском, на котором говорила все более бегло, и посылала их в школу почтой. Одно из них сохранилось у меня до сих пор, и даже теперь, спустя десятилетия, я, разворачивая его, возвращаюсь в непередаваемое сердце майской Франции, с запахом трав, которые были не травой, но *l'herbe*, аппетитно-свежим ароматом, словно вся французская зелень предназначалась для какой-то сказочной кухни с ее салатами или крестьянским сыром.

Мы останавливались в придорожных крестьянских домах и покупали лакомства, каких не купишь ни в одном ресторане: корзинки свежей клубники, сочно блестевшей на солнце так, что ее даже мыть не хотелось; круги козьего сыра, увесистые, как гири, и покрытые сероватым крошевом соли, словно их катали по полу погреба. Отец пил темное красное вино из бутылки без наклейки, купленной за сантимы, и после каждой трапезы тщательно затыкал бутыль пробкой и оборачивал салфеткой. На сладкое мы разламывали каравай свежеиспеченного хлеба, купленного в последнем городке, вкладывая между ломтями квадратики темного шоколада. Желудок мой сладко постанывал, а отец жаловался, что, вернувшись к обычной жизни, опять придется садиться на диету.

Так дорога провела нас через юго-восток страны, закончившись парой менее ясных деньков, полных горной прохлады.

— *Les Pyrenees-Orientales*, Восточные Пиренеи, — объявил отец, разворачивая дорожную карту на нашей походной скатерти, — я столько лет мечтал сюда вернуться!

Я пальцем проследила маршрут и оказалась на удивление близко к Испании. Эта мысль — и красивое слово «Ориентале» — взбудоражила меня. Мы приближались к границе известного мне мира, и я впервые задумалась о том, что с каждым годом буду уходить за них дальше и дальше. Отцу хотелось побывать в каком-то монастыре, и он заметил:

— Думаю, к вечеру доберемся в городок у подножия, а утром пешком отправимся туда.

— Это высоко в горах? — спросила я.

— Примерно на середине склона, так что монахи могли не опасаться никаких захватчиков. Монастырь основан ровно в 1000 году. Трудно поверить — его высекли в скалах, куда трудно добраться даже самым рьяным паломникам. Но тебе и городок внизу понравится. Старый и исполненный подлинного испанского очарования городишко. — Говоря это, отец улыбался, однако выдал свое беспокойство, слишком поспешно складывая карту.

Я предчувствовала, что скоро услышу продолжение рассказа; и, может быть, на этот раз мне не придется упрашивать.

Мне действительно понравился Лебен, куда мы въехали под вечер. Городок или большая деревня с домами из сероватого песчаника раскинулся на склонах небольшой вершины. Великие Пиренеи нависали над ним, затеняя все улочки, кроме самых широких, тянувшихся от подножия к речной долине и к сухим террасам возделанных полей. Пыльные уличные деревья на каменистых «пьяцца» были подстрижены кубиками и не давали тени ни прохожим, ни торговкам, выставлявшим на продажу кружевные скатерти и бутылочки лавандовой настойки. Вершину городка на холме украшала неизбежная каменная церковь, захваченная ласточками, и нам отовсюду видны были ее башенки, плывущие в тени большой горы, протягивавшейся все дальше в долину по мере захода солнца.

Мы со вкусом поужинали, съев холодный овощной суп гаспачо и телячьи отбивные в ресторанчике на нижнем этаже одной из городских гостиниц прошлого века. Управляющий остановился у нашего столика, опершись ногой на медное ограждение барной стойки, и лениво, но любезно расспрашивал нас о поездке. Это был незаметный человечек в безукоризненном черном костюме, длиннолицый и смуглый. Его французский звучал стаккато и сдобрен был незнакомым мне выговором, так что я понимала его намного хуже отца. Отец переводил мне.

— О, конечно же, — наш монастырь! — начал метрдотель, отвечая на вопрос отца. — Вы знаете, наш Сен-Матье каждое лето привлекает восемь тысяч туристов! Да-да. Но все они такие милые, тихие христиане: поднимаются наверх пешком, как настоящие паломники. Сами застилают утром постели — мы и не слышим, как они приходят и уходят. Конечно, многие приезжают ради «*le bains*», омовений в источниках. Вы тоже посетите ванны, нет?

Отец отвечал, что нам послезавтра надо возвращаться на север, и что следующий день мы собираемся провести в монастыре.

— Вы знаете, о нем ходит много легенд, очень удивительных, и все правда, — улыбнулся мэтр. Улыбка неожиданно украсила его узкое лицо. — Юная леди понимает? Ей будет интересно.

— *Je comprends, merci*[1], — вежливо сказала я.

— *Bon*. Я вам расскажу одну. Не возражаете? Пожалуйста, кушайте отбивные — горячие они лучше всего.

В этот момент ресторанная дверь распахнулась и пара улыбающихся стариков — несомненно местных жителей — уселась за столик.

— *Bon soir, buenas tardes*[2], — на одном дыхании выговорил наш собеседник.

Отец рассмеялся, заметив мой недоумевающий взгляд.

— Да, у нас здесь всякого намешано. — Управляющий тоже засмеялся. — Настоящий *la salade* из разных наций. Мой дед отлично говорил на испанском — на превосходном испанском — и сражался у них на гражданской войне, хотя был уже старым человеком. Мы здесь любим все языки. Никаких бомб, никаких террористов, как у *les Basques*. Мы не преступники!

Он с негодованием огляделся, словно кто-то противоречил ему.

— Потом объясню, — шепнул мне отец.

— Так я расскажу. Я горжусь тем, что меня называют историком нашего города. Вы ешьте, пожалуйста. Наш монастырь основан в 1000 году, вы уже знаете. На самом деле в 999-м, потому что монахи выбрали это место, готовясь к наступлению Апокалипсиса, грядущему с новым тысячелетием. Они забрались в горы, чтобы найти место для своей церкви.

---

[1] Я понимаю, спасибо (*фр.*).

[2] Добрый вечер (*фр.*); добрый вечер (*исп.*).

Тогда у одного во сне было видение, будто бы святой Матфей спустился с небес и возложил на вершину белую розу. На следующий день они взобрались туда и с молитвой освятили гору. Очень мило — вам понравится. Но это еще не главная легенда. Это только о том, как была заложена церковь аббатства. Так вот, когда монастырю и маленькой церкви исполнился всего один век, один очень добродетельный монах, наставлявший молодых, умер, не дожив до старости. Его звали Мигель де Кукса. Его горько оплакивали и похоронили в подземной часовне. Знаете, мы склепом и прославлены, потому что это самая старая постройка в романском стиле во всей Европе. Да!

Он звонко постучал по стойке бара длинными пальцами.

— Да! Некоторые говорят, эта честь принадлежит церкви Сен-Пьер под Перпиньяном, но они просто лгут, чтобы приманить туристов. Так вот, его похоронили в подземной часовне, и вскоре на монастырь обрушилось проклятие. Семеро монахов скончались от странной болезни. Их одного за другим находили мертвыми в их кельях — кельи очень красивые, вам понравится. Самые красивые в Европе. Итак, монахов находили бледными, как привидения, словно у них крови не осталось в жилах. Все подозревали яд. Наконец один молодой монах — любимый ученик того монаха, который умер, — спустился в склеп и откопал своего учителя, против воли аббата, который был очень напуган. И они увидели, что учитель жив, но не по-настоящему жив, если вы меня понимаете. Живой мертвец. Он вставал по ночам, чтобы забрать жизни других монахов. Чтобы отправить душу несчастного куда следовало, они принесли святую воду из алтаря и раздобыли очень острый кол... — Он выдержал драматическую паузу, чтобы я хорошенько прочувствовала, какой острый был кол.

Я целиком сосредоточилась на рассказчике и его странном французском, всеми силами стараясь отложить в памяти каждое слово. Отец больше не переводил и в этот момент позвенел вилкой о тарелку. Подняв на него взгляд, я увидела, что он белее скатерти и, прищурившись, смотрит на нашего нового приятеля.

— Нельзя ли нам... — Он прокашлялся и вытер рот салфеткой. — Нельзя ли попросить кофе?

— Но вы еще не пробовали *salade*! — ужаснулся наш хозяин. — Вам нигде такого не подадут! И еще у нас сегодня десерт из груш, и прекрасные сыры, и *gateau*, пирожные, для молодой леди!

— Конечно, конечно, — поспешил согласиться отец, — да, давайте попробуем все это.

Нижнюю из пыльных площадей городка заполняла шумная музыка, льющаяся из усилителей: шло какое-то местное празднество и выступали человек десять-двенадцать детей в костюмах, напомнивших мне «Кармен». Маленькие девочки извивались на месте, шелестя желтыми оборочками тафтяных юбок, скрывавших ноги до щиколоток. Их головки грациозно покачивались под кружевными мантильями. Мальчики притопывали перед ними, падали на колени или лихо кружили подружек. Каждый был наряжен в короткую черную курточку с узкими брючками, а головы их украшали бархатные шляпы. Музыка временами вспыхивала сильней, и тогда в ней слышались словно бы ритмичные щелчки бича, становившиеся все громче, по мере того как мы подходили. Еще несколько туристов стояли в стороне, любуясь танцорами, а родители, бабушки и дедушки занимали ряды складных кресел у сухого фонтана и встречали рукоплесканиями каждый взрыв музыки или особо звонкую чечетку мальчишеских каблуков.

Мы задержались всего на несколько минут, а затем свернули по дороге вверх, выбрав улицу, которая, очевидно, вела к церкви на вершине. Отец ни слова не сказал о быстро опускавшемся солнце, но я чувствовала, что наша спешка приурочена к внезапной смерти дня, и не удивилась, когда свет над этой дикой местностью разом погас. Мы поднимались вверх, и на горизонте все резче проступала кайма черно-синих Пиренеев, но вскоре она растаяла, слившись с черно-синим небосводом. От стен церкви открывался величественный вид: не головокружительный, как в тех итальянских городках, что до сих пор снились мне по ночам, но от него захватывало дух. Холмы и равнины сбегались к предгорьям, а предгорья тянулись к темным вершинам, отгораживающим широкие куски дальнего мира. Прямо под ногами загорались городские огни, люди выходили на улицы, в длинные переулки, говорили, смеялись, и над стенами маленьких садиков поднимался запах гвоздики. Ласточки залетали в колокольню и вылетали обратно, кружась в воздухе, словно привязанные к башне невидимой нитью. Я заметила одну, бестолково кувыркавшуюся среди остальных, невесомую и неуклюжую среди быстрокрылых подруг, и догадалась, что это первая летучая мышь поторопилась вылететь в догорающий вечер.

Отец вздохнул и задрал ноги на толстый и невысокий каменный столбик — коновязь или приступок, чтобы забираться на ослика? Ради меня он высказал эти догадки вслух. Как бы то ни было, столбик видел много веков, бессчетное множество таких же закатов, и для него совсем недавно огоньки свечей в домах сменились электрическим светом фонарей. Отец снова, казалось, расслабился, развалился после вкусного ужина и прогулки по кристально-чистому воздуху. Я не осмелилась расспрашивать, чем ему не угодила рассказанная ресторанным мэтром легенда, но у меня возникло чувство, что есть истории, повергающие отца в еще больший ужас, нежели та, которую он начал рассказывать мне. На этот раз я не просила его продолжать: он заговорил сам, словно отгораживаясь от чего-то худшего.

ГЛАВА 8

— Итак я прочел первое письмо, вот оно:

«13 декабря 1930 г.
Тринити-колледж, Оксфорд

Мой дорогой и злосчастный преемник!

Меня немного утешает то обстоятельство, что этот день в церковном календаре посвящен Лючии, святой Света, вывезенной викингами из южной Италии. Кто мог бы обещать лучшую защиту против сил тьмы — внутренней, внешней, вечной, — нежели свет и тепло, когда близится самый холодный и темный день в году? И я все еще здесь после новой бессонной ночи. Будешь ли ты менее озадачен, узнав, что я теперь сплю со связкой чеснока под подушкой или что ношу на своей атеистической шее маленькое золотое распятие? Разумеется, я не делаю ничего подобного, но предоставлю тебе, если пожелаешь, воображать эти средства защиты: у каждого из них есть интеллектуальное, психологическое соответствие, и за них-то я и цепляюсь теперь день и ночь.

Подведу итоги своему отчету о проделанной работе: да, прошлым летом я неожиданно включил в маршрут своей поездки Стамбул — и сделал это под влиянием маленького клочка пергамена. Я изучил все источники, имеющие отношение к *Drakulya* из моей таинственной книги, какие мог достать в Оксфорде и в Лондоне. По этой теме я делал выписки и заметки, которые ты, беспокойный будущий читатель, найдешь рядом с этими письмами. Я несколько дополнил их позднее и надеюсь, что они не только направят, но и защитят тебя.

Накануне отъезда из Греции я искренне намеревался забросить эти бесцельные поиски, затеянные из-за случайно подвернувшейся книги. Я прекрасно сознавал, что воспринимаю ее как вызов, брошенный мне судьбой, в которую я в сущности даже не верил, и что пустился в погоню за зловещим и неуловимым *Drakulya* из своеобразной ученой бравады, желая доказать неизвестно кому, что я во всем способен отыскать исторический след. Собирая и укладывая чистые рубашки и выгоревшую панаму, я пришел в столь смиренное состояние духа, что готов был забыть всю эту историю.

На беду, я, как обычно, оказался излишне предусмотрительным и оставил себе слишком большой запас времени. У меня оставалось ничем не занятым утро в день отъезда. Я мог бы, разумеется, зайти в "Золотого волка", выпить пинту темного и проверить, не там ли мой добрый приятель Хеджес; или же — невольно пришла на ум эта злосчастная мысль — мог напоследок заглянуть в отдел редкой книги, открывавшийся в девять. Была там одна папка, которую я намеревался просмотреть (хоть и сомневался, что это поможет делу), — ссылка под заголовком "Оттоманская империя", которая, как мне показалось, относилась к времени жизни Влада Дракулы, поскольку документы в списке были датированы от середины до конца пятнадцатого века.

Конечно, твердил я себе, невозможно выслеживать все возможные источники по этому периоду по всей Европе и Азии: на это ушел бы не один год, а вернее, не одна жизнь — а ведь добычи от этой охоты вряд ли хватит на статью. Тем не менее я обратил стопы прочь от веселой пивной — оплошность, не раз приводившая к гибели бедных ученых мужей, — и направился к редким книгам.

Папку с документами я нашел без труда. В ней обнаружились четыре расправленных свитка оттоманского производства, переданных в дар университету в восемнадцатом столетии. Каждый свиток пестрел арабской вязью. Англоязычное описание, вложенное в папку, заверяло, что для меня там не найдется кладов и сокровищ (я первым делом обратился к английской справке, поскольку мой арабский прискорбно слаб и, боюсь, таким и останется. У человека хватает времени лишь на горстку великих языков, если только он не готов пожертвовать всем прочим ради лингвистики). Три свитка представляли собой перечень налогов, выплаченных жителями Анатолии султану Мехмеду Второму. Последний перечислял подати, собранные в городах Сараево и Скопье, немного ближе к дому, если считать "домом" замок Дракулы в Валахии, однако для тех мест и времен все еще дальняя окраина империи. Я со вздохом отложил свитки и задумался, успею ли еще на краткое, но приятное прощание с "Золотым волком". Однако, когда я укладывал пергаменты обратно в картонную папку, мне на глаза попалась короткая надпись на обороте последнего из них.

Это был краткий список, небрежная записка, древние каракули на обороте официального документа, направленного султану из Сараево и Скопье. Я с любопытством прочел. Очевидно, это был счет расходов: слева перечислялись купленные предметы, а справа — их стоимость в неназванной валюте. "Пять молодых горных львов для преславного султана, 45", — с интересом прочел я. "Два золотых пояса, украшенных самоцветами, для султана, 290. Двести овчин для султана, 89". А в последней строке старого пергамента запись, от которой волоски у меня на руках встали дыбом: "Карты и военные отчеты Ордена Дракона, 12".

Как, спросишь ты, сумел я так быстро схватить все это, если мои знания в арабском так скудны, как я уже признавался? Мой сметливый читатель, ты не спускаешь с меня глаз, заботливо сопровождаешь каждый мой шаг, и за это я благословляю тебя. Эти каракули, эта средневековая памятка была составлена на латыни. И нацарапанная внизу дата врезалась мне в память: 1490.

В 1490 году, как я помнил, Орден Дракона обратился в прах, сокрушенный мощью Оттоманской империи; Влад Дракула был четырнадцать лет как мертв и похоронен, если верить преданию, в монастыре на острове Снагов. Орденские карты, отчеты, тайны — что бы ни подразумевала эта неясная запись — продавались по-дешевке, гораздо дешевле изукрашенных самоцветами поясов и кип вонючей овчины. Возможно, они были добавлены к сделке в последнюю минуту, как диковинка, образчик бумаг побежденных, назначенный позабавить и польстить просвещенному султану, дед и отец коего выражали невольное восхищение варварским Орденом Дракона, называя его острием ножа, грозящего сердцу империи. Кто был тот купец, странствовавший по Балканам, писавший на латыни и беседовавший на каком-нибудь славянском или романском наречии? Несомненно, он был человек высокообразованный, раз вообще умел писать: возможно, еврей-купец, овладевший тремя, а то и четырьмя языками. Кто бы он ни был, я благословлял его прах за его любовь к точным подсчетам. Если посланный им караван с добычей дошел благополучно и добрался до султана, и если — самое невероятное — груз его сохранился в султанской казне, среди драгоценностей, чеканной меди, византийского стекла, варварских святынь, трудов персидских поэтов, каббалистических сочинений, атласов, звездных карт...

Я подошел к столу, за которым заполнял бланки библиотекарь.

— Простите, — сказал я, — нет ли у вас каталога исторических архивов по странам? Архивов... скажем, Турции?

— Я знаю, что вам требуется, сэр. Есть такие каталоги для университетов и музеев, хотя они далеко не полны. Но здесь у нас их нет — обратитесь в основной фонд библиотеки. Вы можете зайти туда завтра после девяти утра.

Мой поезд в Лондон, как я хорошо помнил, отходил в 10:14. Не больше десяти минут ушло бы на проверку. И если в каталогах окажется имя Мехмеда Второго или его прямых потомков... что ж, не так уж мне хотелось повидать Родос.

В глубочайшей горести твой, Бартоломео Росси».

Время в читальном зале, казалось, застыло на месте, несмотря на движение вокруг. Я прочел целиком всего лишь одно письмо, а в пачке оставалось еще не менее четырех. Подняв глаза, я увидел глубокую синеву за верхними окнами: сумерки. Домой придется идти одному, — я поежился, словно боязливый ребенок. И мне снова захотелось броситься к кабинету Росси и громко постучать в дверь. Я был уверен, что найду его там, переворачивающим листы какой-нибудь рукописи в желтом круге света настольной лампы. Мне не верилось в реальность случившегося, как не верится в смерть друга. По правде сказать, я был столь же озадачен, сколь испуган, и сумятица мыслей усиливала страх, потому что я не узнавал себя.

Я в задумчивости обвел взглядом пачки бумаг на столе. Там почти не оставалось свободного места, и, быть может, поэтому никто не попытался занять место напротив или соседние стулья за тем же столом. Я как раз обдумывал, не пора ли собрать бумаги и отправиться домой, чтобы продолжить чтение там, когда у краешка стола присела молодая женщина. Оглядевшись, я увидел, что все остальные места были заняты до отказа и столы завалены книгами, листами, ящичками каталогов и блокнотами. Ей просто не оставалось другого места, однако я вдруг исполнился бдительности: меня пугало, что чужой взгляд упадет на записки Росси. Чего я боялся — что его сочтут безумцем? Или меня?

Я начал собирать бумаги, тщательно складывая их в первоначальном порядке теми нарочито медлительными движениями, которые должны внушить человеку, виновато присевшему за ваш столик в кафе, что вы так или иначе собирались уходить, — когда заметил книгу, которую девушка наклонно держала перед собой. Она уже пролистала ее до середины, а блокнот и карандаш лежали у нее под рукой. Я в изумлении перевел взгляд с заглавия на ее лицо, а потом на вторую книгу, которую она положила рядом. Потом я снова уставился ей в лицо.

Это было молодое лицо, однако уже тронутое усталостью, едва заметной и одухотворенной — тенью усталости у глаз, которую я каждое утро видел в зеркале на собственном лице, и по этим приметам утомления я вычислил, что она, должно быть, аспирантка. Лицу ее была присуща тонкость и заостренность черт, напоминающих изображения на средневековых алтарных фресках, оно казалось бы вытянутым, если бы не плавная округлость скул. Девушка была бледна, но недели на солнце хватило бы, чтобы выкрасить ее кожу в оливковый цвет. Ресницы прикрывали опущенные к книге глаза, однако твердая черта губ и сосредоточенный разлет бровей выдавали ее внимание к напечатанному на странице. Волосы, темные как смоль, были откинуты назад более небрежно, чем было принято в те бриолиновые времена. Название же книги, выбранной из всех мириадов книг, хранившихся здесь, гласило — я снова ошеломленно посмотрел на обложку — «Население Карпат». Ее обтянутый темным свитерком локоть опирался на «Дракулу» Брэма Стокера.

В этот момент девушка подняла голову и встретила мой взгляд, и лишь тогда я вдруг осознал, как беззастенчиво ее разглядывал. Взор глубоких темных глаз, таивших в глубине янтарные отблески, был негодующим и откровенно враждебным. Я совсем не разбирался в женской психологии и в женщинах, по правде сказать, я даже сторонился их, но все же смог сообразить, в чем дело, и торопливо принялся объясняться. Потом я понял, что ее враждебность была самозащитой привлекательной женщины от назойливого внимания.

— Простите, — поспешно заговорил я, — я невольно заинтересовался вашей книгой — то есть той, что вы читаете…

Она продолжала смотреть на меня, ничем не пытаясь мне помочь. Взгляд упал на раскрытую перед ней книгу, и крутые дуги бровей выгнулись еще круче.

— Видите ли, я занимаюсь тем же предметом, — настаивал я.

Брови ее поднялись чуть выше, но я обвел рукой разложенные бумаги.

— Нет, правда. Я как раз читал о... — Мой взгляд упал на письмо Росси, и я умолк.

Она презрительно сощурилась, и у меня загорелись щеки.

— О Дракуле? — язвительно подсказала девушка. — Ведь видно же, что перед вами документы и первоисточники.

В ее голосе слышался незнакомый мне сочный акцент, и звучал он приглушенно, мягко, но чувствовалось, что только обстановка библиотеки сдерживает его звучность.

Я попробовал повернуть разговор иначе:

— Вы читаете для забавы? Я хотел сказать, для развлечения? Или это ваша научная тема?

— Для забавы? — Она не выпускала из рук книгу, возможно, полагаясь на нее как на дополнительную оборону.

— Ну, тема достаточно необычная, а вы, должно быть, всерьез заинтересовались, если взяли еще и книгу о населении Карпат. — Я ни разу не говорил такой скороговоркой со времен речи на защите магистерской диссертации. — Я и сам собирался заказать эту книгу. Даже обе.

— Право? — проговорила она. — Для чего же?

— Ну, — запнулся я, — у меня имеются письма от... довольно необычный исторический источник... и в них упоминается Дракула. Они о Дракуле.

В ее глазах разгорался слабый интерес, словно янтарные отблески взяли верх и с боем прорывались на поверхность. Девушка слегка откинулась на стуле, расслабившись с несколько мужской небрежностью, но не отнимая руки от страниц. Мне пришло в голову, что я тысячу раз видел это движение, эту задумчивую расслабленность, погруженность в беседу. Где я мог это видеть?

— О чем же в точности эти письма? — спросила она своим мягким голосом с чужеземным акцентом.

Я спохватился, что прежде, чем начинать подобный разговор, следовало бы представиться. Что-то мешало мне тут же исправить свою оплошность — я не мог ни с того ни с сего протянуть ей руку, назвать имя и факультет, и тому подобное. Еще мне пришло в голову, что я никогда раньше ее не видел, а значит, она не с исторического, разве что недавно перевелась из другого университета. И должен ли я был солгать, защищая Росси? Почему-то мне не хотелось этого делать. Я просто вывел его имя за скобки уравнения.

— Я работаю с одним человеком, который... занимался той же темой. Эти письма написаны им более двадцати лет назад. Он отдал их мне в надежде, что я сумею помочь ему в... настоящем положении, которое связано с... он изучает... то есть изучал...

— Понимаю, — холодно произнесла девушка.

Она встала и принялась подчеркнуто неторопливо собирать свои книги и складывать их в портфель. Стоя, она оказалась даже выше, чем мне представлялось: немного суховатая фигура с прямыми плечами.

— Почему вы интересуетесь Дракулой? — в отчаянии спросил я.

— Должна заметить, что вас это не касается, — отрезала она, отворачиваясь, — однако я собираюсь в те места, хотя еще не знаю когда.

— В Карпаты? — Разговор вдруг показался мне необычайно важным.

— Нет.

Последнее слово явно должно было положить конец разговору. И все же, словно против воли, и с таким презрением, что я не осмелился продолжать, он бросила мне:

— В Стамбул.

— Господи! — воскликнул отец, обращая взгляд к мерцающему небу.

Последняя ласточка, спеша в гнездо, пролетела над нами. Огни в городке поредели и тяжело стекали в долину.

— Нам завтра еще идти, а мы тут засиделись. Паломникам наверняка полагается ложиться рано. С закатом или что-нибудь в этом роде.

Я разминала ноги, одна ступня совсем затекла, и булыжник церковного дворика показался вдруг острым и неровным, особенно когда впереди маячила постель. Теперь всю дорогу до гостиницы ногу будет колоть иголками. Но во мне закипало негодование, сильнее, чем покалывание в отсиженной ноге: отец опять слишком скоро оборвал рассказ.

— Смотри, — сказал отец, показывая на склон над нами. — Там, я думаю, Сен-Матье.

Я проследила его жест и на половине тяжелого темного склона увидела маленький огонек. Ни одного огня не было вблизи него: как видно, никто не жил рядом. Единственная искорка в складке тяжелого занавеса, высоко наверху, но много ниже высочайших вершин — она повисла между городком и ночными небесами.

— Да, монастырь должен стоять как раз там, — снова заговорил отец. — И завтра нам предстоит настоящее восхождение, пусть даже и по дороге.

Мы спускались по безлунным улицам, и мне было грустно, как бывает всегда, когда спускаешься вниз с высот. Сворачивая за угол старой колокольни, я обернулась, чтобы унести с собой в памяти тот крошечный неподвижный огонек. Он горел над стеной дома, обвитой бугенвиллеей. Я стояла, замерев, не сводя с него взгляда. И тут, всего на миг, огонек мигнул.

ГЛАВА 9

«14 декабря 1930 г.
Тринити-колледж, Оксфорд

Мой дорогой и злосчастный преемник!

Я должен возможно скорее завершить свой отчет, поскольку тебе придется извлечь из него жизненно необходимые сведения —

необходимые, чтобы сохранить нам обоим жизнь — о, если бы! — и притом жизнь в добре и благодати. Не всякая жизнь есть жизнь, как учит нас горький опыт истории. Худшие деяния человечества способны пережить столетия, тысячелетия, сохраняясь в поколениях потомков, между тем как лучшие движения каждой отдельной личности могут угаснуть с окончанием ее жизненного срока.

Однако продолжим: путешествие из Англии в Грецию выдалось для меня как никогда благополучным. Директор критского музея встретил меня на причале и приглашал вернуться к концу лета на открытие минойской гробницы. К тому же в одном пансионе со мной остановились два американских античника, с которыми я много лет мечтал повстречаться. Они уговаривали меня претендовать на вакансию, только что открывшуюся в их университете, — как раз для сотрудника моего направления — и осыпали похвалами мои работы. Мне был открыт свободный доступ к интересовавшим меня коллекциям, в том числе и частным. Когда солнце, перевалив через полдень, начинало клониться к западу, музеи закрывались и городок погружался в сиесту, я сидел на чудесной террасе под виноградными лозами, перебирая свои заметки. Тогда-то мне и пришли в голову идеи нескольких новых работ, которыми можно заняться впоследствии. Подобная идиллия словно нашептывала забросить мрачную фантазию: погоню по следам странного слова "*Drakulya*". К тому же я оставил дома старинный том, опасаясь потерять его или повредить в дороге, и был свободен от его колдовского очарования. Однако что-то — быть может, свойственная историкам страсть к педантизму или просто охотничья страсть — толкнуло меня не отказываться от задуманного и провести несколько дней в Стамбуле. И теперь я должен рассказать тебе об удивительном происшествии в стамбульском архиве. Вероятно, это первое, но не последнее из описываемых мною событий, которые возбудят в тебе недоверие. Однако умоляю, дочитай до конца».

— Повинуясь его мольбе, я прочел каждое слово, — сказал отец. — Письмо еще раз поведало мне о леденящих кровь событиях в хранилище из сокровищницы султана Мехмеда — о найденных картах с пометками на трех языках, по-видимому, обозначающих место захоронения Влада Цепеша, о похищении карт зловещим чиновником и о двух крошечных колотых ранках на его шее.

Стиль Росси в пересказе тех событий отчасти утратил лаконизм и сдержанность, которыми отмечены были два предыдущих письма, строчки стали бледнее и пестрели мелкими ошибками, словно печатались в сильном волнении. И несмотря на собственную тревогу (а я читал ночью, в одиночестве, заперев двери квартиры и суеверно задернув шторы), я заметил, что почти теми же словами Росси излагал мне эти события памятным вечером. События четвертьвековой давности так глубоко въелись в его мозг, что, повествуя о них, он словно читал с листа.

Оставалось еще три письма, и я нетерпеливо развернул следующее:

«15 декабря 1930 г.
Тринити-колледж, Оксфорд

Мой дорогой и злосчастный преемник!

С того момента, когда гнусный чиновник унес мои карты, удача оставила меня. Вернувшись в свой номер, я обнаружил, что хозяйка перенесла мои вещи в меньшую и довольно грязную комнатушку, поскольку в прежней обвалился с потолка кусок штукатурки. При этом пропала часть моих бумаг и исчезла пара любимых золотых запонок.

Сидя в своей новой конуре, я пытался по памяти воскресить записи истории Влада Дракулы — и карты, найденные в архиве. Вскоре я решил поехать в Грецию, чтобы возобновить изучение критских находок, поскольку времени у меня теперь было в избытке.

На Крит я возвращался морем, и плавание оказалось кошмаром: море было бурным и страшно качало. Горячий, сводящий с ума ветер, подобный печально известному французскому мистралю, беспрерывно дул с островов. Место в пансионе успели занять, и мне пришлось переселиться в жалкую, темную и душную комнатку. Американские коллеги отбыли, доброжелательный директор музея заболел, и никто, как видно, не помнил, чтобы меня приглашали на открытие гробницы. Я пытался закончить статью о Крите, однако напрасно искал вдохновения в предварительных заметках. Нервозность мою усиливали примитивные суеверия, которые проявлялись даже в разговорах с горожанами. Я не замечал этих суеверий в начале своей поездки, хотя в Греции они настолько распространены, что я не мог не натолкнуться на них раньше. Греки верят, что вампиром, или "вриколаком", может стать любой не похороненный покойник, а также труп, который не разлагается как обычно, не говоря уже о похороненных, по ошибке, заживо. В критских тавернах старики куда охотнее потчевали меня своими двунадесятью вампирскими байками, нежели отвечали на вопросы, где можно найти похожий на этот черепок или в каких местах их деды ныряли за добычей к останкам древних кораблекрушений. Однажды вечером какой-то незнакомец угостил меня местным напитком под остроумным названием "амнезия", после чего я проболел целый день.

Одним словом, все шло хуже некуда, пока я не добрался до Англии в сопровождении ужасающего промозглого урагана, от которого меня страшно укачало.

Я упоминаю эти обстоятельства на случай, если они как-то связаны с темой моего письма. По меньшей мере, они дадут тебе понять, в каком настроении я прибыл в Оксфорд. Я был измучен, подавлен и напуган. Отражение мое в зеркале выглядело бледным и осунувшимся. Если мне случалось порезаться при бритье, я каждый раз болезненно морщился, припоминая запекшиеся пятнышки крови на шее турецкого чиновника и все более сомневаясь в здравости собственного рассудка. Порой меня сводило с ума ощущение недостигнутой цели, какого-то невыполненного намерения. Мне было одиноко, меня одолевали предчувствия — одним словом, нервы мои никогда еще не бывали в таком дурном состоянии.

Разумеется, я старался держаться как обычно, никому ничего не говорил и с обычным прилежанием готовился к новому семестру. Американским античникам, с которыми познакомился в Греции, я написал, что был бы рад получить хотя бы временную работу в Штатах, если они смогут помочь мне ее добиться. Диссертация моя подходила к концу, и я испытывал все более острое желание начать заново. Казалось, перемены пойдут мне на пользу. Кроме того, я закончил две небольшие статьи о гончарном производстве на Крите, по археологическим и архивным свидетельствам. Каждый день я усилием воли призывал себя к обычной самодисциплине, и с каждым днем становился спокойнее.

В первый после возвращения месяц я старался не только подавить всякое воспоминание о неудачной поездке, но избегал даже смотреть на необычный томик, заставленный далеко на полку. Однако по мере того, как возвращалась ко мне уверенность, вернулся и интерес — порочный интерес. Однажды вечером я достал книгу и собрал заметки, сделанные в Англии и в Стамбуле. Последствия — а с некоторых пор я считаю эти события последствиями — явились немедленно, ужасные и трагические.

Здесь я должен прерваться, мой храбрый читатель. Не могу заставить себя писать далее, однако постараюсь — завтра.

В глубокой горести твой, Бартоломео Росси».

ГЛАВА 10

Став взрослой, я изведала странный дар, который время приносит путешественнику: тоску по виденным прежде местам, желание побывать там снова, сознательно отыскать то, на что в прошлый раз наткнулся по случаю, чтобы снова пережить чувства первооткрывателя. Случается, мы ищем место, само по себе ничем не примечательное — ищем просто потому, что помним. И конечно же, если его удается отыскать, оно оказывается совсем не тем. Дверь из грубых досок на месте, но меньше, чем помнилось, и день облачный, а тогда был ослепительно ясным, и теперь весна, а не осень, и ты один, а тогда вас было четверо. Или еще хуже: теперь ты в компании, а тогда был один.

Совсем юный путешественник мало знаком с этим феноменом, однако, еще не испытав его на себе, я видела его приметы в отце, в монастыре Святого Матфея в испанских Пиренеях. Я ощущала в нем, еще не умея распознать, таинство узнавания, повторения прошлого. Удивительно, что рассеянность эта накатила на него именно здесь. Ведь он побывал и в Эмоне до нашего приезда туда, а в Рагузе бывал не один раз. И из года в год заезжал весело поужинать на виллу к Массимо и Джулии. И все же только в Сен-Матье я ощутила, что его неудержимо влекло к знакомым местам, что по неведомым для меня причинам он много раз думал о них и молчаливо переживал в памяти прежние встречи. Он и сейчас молчал, разве что вслух обрадовался знакомому изгибу дороги перед самыми воротами аббатства и после вспоминал, какая дверь ведет в алтарь, какая — к кельям и какая, наконец, — в подземную часовню. Меня давно не удивляла подобная отчетливость его воспоминаний — сколько раз он при мне безошибочно находил нужную дверь в старом соборе, или нужный поворот к старинной трапезной, или останавливался купить билеты у сторожки, скрытой густыми кустами тенистой аллеи, а то и вспоминал, где в прошлый раз ему подавали превосходный кофе.

Разница с Сен-Матье состояла в каком-то настороженном внимании, с которым он вглядывался в стены зданий и крытых галерей. Он не говорил себе: «А, вот тот замечательный тимпан над дверью — я так и думал, что это здесь»; нет, он словно отыскивал виды, которые мог бы описать с закрытыми глазами, и искал в них перемен. И еще на крутом, обсаженном кипарисами подъеме к воротам я угадала, что ему вспоминаются не места — события.

Монах в длинной коричневой рясе стоял у дверей, безмолвно предлагая туристам брошюры.

— Я говорил тебе, что здесь до сих пор действующий монастырь, — обычным голосом заметил отец, надевая темные очки, хотя солнце еще не освещало монастырь и под стенами лежала густая тень. — Они пытаются не слишком поддаваться мирской суете и впускают туристов всего несколько часов в день.

Он улыбнулся монаху и, подойдя, протянул руку за книжечкой.

— Спасибо, мы возьмем одну на двоих, — проговорил он на своем изысканном французском.

И в этот момент, с интуитивной уверенностью ребенка, отгадывающего мысли родителей, я утвердилась в мысли, что он не просто проходил здесь прежде с фотоаппаратом в руках. Не просто поставил галочку в путеводителе. Может, все историко-архитектурные сведения о монастыре он и вычитал в книгах, но что-то — я уже точно знала — случилось с ним здесь.

Второе ощущение было таким же мимолетным, как и первое, но острее: когда он, взяв брошюрку, поставил ногу на каменный порог, словно бы случайно склонив голову, вместо того чтобы задрать ее к высеченному на фронтоне зверю (в ином случае не минувшему бы его глаз), я увидела, что он сохранил прежние чувства к святому месту, куда мы собирались вступить. И чувства эти — у меня перехватило дыхание от внезапной догадки — были либо страх, либо печаль, либо ужасная смесь того и другого.

Монастырь Святого Матфея расположен на высоте четырех тысяч футов над уровнем моря — а море к нему гораздо ближе, чем думается, в этой замкнутой стенами гор местности, над которой кружат орлы. Красные крыши его словно висят в воздухе, зато подножия стен вырастают прямо из камня — в сущности, так оно и есть, поскольку первая церковь в 1000 году была высечена монахами в толще скалы. Главные ворота аббатства носят выраженный отпечаток позднего романского стиля с заметным влиянием мусульман, веками пытавшихся отвоевать занятую монастырем вершину. Прямоугольный портал окаймлен геометрическим исламским орнаментом, а на надвратном барельефе скалятся христианские чудища: львы, медведи, нетопыри или грифоны — невиданные звери неведомого происхождения.

За стенами находится крошечная церковь аббатства Сен-Матье, утонувшая в буйно разросшихся розах, удивительных столь высоко в горах, окруженная хрупкими галерейками и витыми колоннами красного мрамора, столь тонкими, что можно представить себе какого-нибудь силача Самсона, закрутившего их штопором в нахлынувшем художественном вдохновении. Мощеный дворик залит брызгами солнца, а над ним синеет купол небосвода.

Но первое, что я заметила, едва войдя в ворота, был звон льющейся воды, неожиданный и прекрасный на этом сухом горном склоне и в то же время естественный, как шум горного ручейка. Он доносился от фонтанчика во дворе, где некогда прогуливались погруженные в размышление монахи: шестиугольная каменная чаша, украшенная по наружным граням резьбой, изображающей миниатюрный дворик, — отражение настоящего, окружавшего нас. Чаша фонтана стояла на шести мраморных опорах (и, думаю, еще на одной, центральной, через которую поступала вода). Из шести раструбов по углам, бурля, выливались во внутренний прудик струйки воды. Ее мелодия зачаровала меня.

Поднявшись на невысокую стену наружной террасы, я взглянула вниз с высоты несколько тысяч футов и разглядела белые черточки водопадов в синеве горных лесов. Нас, примостившихся на горе, окружали угрюмые необозримые стены высочайших пиренейских вершин. С такого расстояния водопады обрушивались со скал беззвучно и представлялись порой белыми облачками, а за спиной у меня звенел и переливался голос живого фонтана.

— Монастырская жизнь, — пробормотал отец, устроившись на стене рядом со мной. Лицо его казалось отчужденным, и он обнял меня за плечи — редкий для него жест. — Она кажется мирной и спокойной, но полна трудностей. А порой и жестока.

Он сидел, глядя в провал, казавшийся особенно глубоким, оттого что утреннее солнце еще не заглядывало в долины. В воздухе под нами висел какой-то поблескивающий предмет, и еще прежде, чем объяснил отец, я сообразила: стервятник, паривший у скальной стены, неторопливый охотник, с оперением, блестевшим медной фольгой.

— Построили выше, чем залетают орлы, — задумчиво рассуждал отец. — Знаешь, орел ведь очень древний христианский символ — символ святого Луки. Святой Матфей — Сан-Маттео — ангел, Иоанн — крылатый бык, а святой Марк, разумеется, крылатый лев. Львов ты достаточно насмотрелась в Адриатике, Марк ведь святой покровитель Венеции. Если лев держит в лапах раскрытую книгу, значит, статуя или рельеф были высечены в мирное время. А закрытая книга означала, что Венеция ведет войну. Такого мы видели в Рагузе, помнишь? Лев с закрытой книгой над воротами. А теперь мы повидали и орла, стража этого места. Да, оно нуждается в страже… — Нахмурившись, отец встал и резко отвернулся. Мне показалось, что он раскаивается, едва ли не до слез, что привел меня сюда. — Осматривать будем?

Только спускаясь по ступеням подземной часовни, я снова заметила в отце неуловимые приметы страха. Мы завершили неторопливый обход галерей, часовен, нефа и обветшавшего кухонного флигеля. Склеп был последней достопримечательностью нашей самодеятельной экскурсии: страшилка на закуску — как говаривал отец при осмотре других соборов. Мне показалось, что он вступил в зияющий лестничный пролет излишне целеустремленно, так что, даже не подняв руки, сразу оставил меня за спиной. Навстречу нам из темной толщи горы поднималось холодное дыхание. Другие туристы уже закончили осмотр и оставили нас в одиночестве.

— Здесь был неф первой церкви, — зачем-то повторил отец своим самым обычным голосом. — Когда аббатство набрало силу и смогло продолжить строительство, они выбрались на свежий воздух и построили новую церковь над старой.

Свечи в каменных нишах тяжелых колонн прорывали темноту. На стене апсиды было высечено распятие; оно тенью нависало над каменным алтарем или саркофагом — я не сумела бы сказать точно, — стоявшим в конце нефа. По сторонам нефа виднелись еще два или три саркофага, небольшие и примитивные, без всякой резьбы. Отец глубоко вздохнул, оглядывая эту тихую темную пещеру.

— Место упокоения аббата-основателя и еще нескольких, более позднего времени. И на этом экскурсии конец. Ладно, пойдем, надо бы пообедать.

Я задержалась на выходе. Меня волной накрыло, захлестнуло желание немедленно спросить отца, что ему известно о Сен-Матье, что вспомнилось ему здесь. Но его спина, широкие плечи в черном льняном пиджаке, говорили яснее сказанных вслух слов: «Подожди. Все в свое время». Я быстро оглянулась на саркофаг в конце старинной базилики. В мерцающем освещении он казался тяжелой глыбой камня. То, что скрывалось в нем, принадлежало прошлому, и никакие догадки не могли извлечь его оттуда.

И кое-что еще я знала наверняка: может быть, рассказ, который мне предстоит услышать за обедом на террасе монастыря, тактично расположенной ниже келий, окажется совсем о других местах, далеких отсюда, но, как и наш поход сюда, еще немного приоткроет тайну, гнетущую отца. Почему он не хотел рассказывать мне об исчезновении Росси, пока Массимо по неловкости не вытащил на свет этой истории? Почему задохнулся и побелел, когда мэтр в ресторане вспомнил предание о живых умерших? Неотвязные воспоминания, преследовавшие отца, ожили в этом монастыре, в котором святость места должна бы отгонять все ужасы, и, однако, воспоминания эти были так ужасны, что плечи его застывали под их тяжестью. Мне придется потрудиться, как говорил Росси, чтобы самой подобрать ключи. Я начинала постигать логику запутанных ходов повествования.

ГЛАВА 11

В Амстердаме я обнаружила, что библиотекарь мистер Биннартс, пока меня не было, кое-что для меня подыскал. Когда я вошла в читальный зал прямо из школы, с ранцем за спиной, он встретил меня улыбкой.

— Вот и вы, — сказал он на своем очаровательном английском, — мой юный историк, А я нашел кое-что для вашей работы.

Я подошла к его столу, и он достал книгу.

— Не такое уж старое издание, — пояснил он мне, — но в нем найдутся очень древние повести. Не слишком приятное чтение, милая, но, возможно, пригодится для вашего реферата.

Мистер Биннартс усадил меня за стол, и я с благодарностью проводила взглядом его удаляющуюся фигуру в свитере. Меня тронуло его доверие: не всякой девочке моего возраста выдадут книгу ужасов.

Книга называлась «Предания Карпатских гор» — блеклый томик, изданный в девятнадцатом веке неким английским собирателем фольклора по имени Роберт Дигби. В предисловии он описывал свои странствия среди диких гор и диких языцев, хотя в сборник были включены и легенды из германо- и русскоязычных источников. Сами легенды звучали тоже довольно дико, и проза была достаточно романтична, хотя, вернувшись к сборнику много лет спустя, я убедилась, что перевод выигрывал в сравнении с версиями позднейших собирателей. Две легенды под заголовком «Князь Дракула» я проглотила с жадностью. Первая повествовала, как Дракула пировал под открытым небом среди трупов своих насаженных на колья подданных. Один из слуг, как я узнала, осмелился выказать перед Дракулой отвращение к ужасному смраду, и князь велел насадить этого слугу на самый высокий кол, чтобы запах не оскорблял обоняния умирающего. Дигби приводил и другую версию легенды, в которой Дракула требовал кол в три раза длиннее обычных.

Вторая история оказалась не менее жуткой. В ней рассказывалось, как султан Мехмед Второй направил к Дракуле двух послов. Представ перед ним, те не сняли своих тюрбанов. Дракула пожелал узнать, отчего они проявляют подобную непочтительность, и те ответили, что всего лишь следуют обычаю своей страны. «Так я помогу вам еще крепче держаться своего обычая», — отвечал князь и велел гвоздями прибить тюрбаны к их головам.

Я списала предания из сборника Дигби в свою тетрадь. Когда мистер Биннертс подошел узнать, как у меня дела, я попросила его найти, если возможно, свидетельства современников Дракулы.

— Разумеется, возможно, — серьезно уверил он, кивая.

Сейчас ему нужно работать, однако он поищет, как только сумеет выбрать время. Но, может быть, в следующий раз, — тут он с улыбкой покачал головой, — может быть, в следующий раз мне стоит выбрать более приятную тему: например, средневековую архитектуру. Я обещала, — тоже с улыбкой, — что подумаю над его предложением.

Нет на земле места более восхитительного, чем Венеция в ветреный жаркий безоблачный день. Лодки в лагуне качаются и натягивают чалки, словно стремятся без команды отправиться на поиски приключений; лепные фасады светлеют под ярким солнцем; вода, в кои-то веки, пахнет свежестью. Весь город надувается парусом и, как корабль, пляшет на волнах, готовый выйти в море. Волны от прошедшего катерка набегают на парапет пьяцца ди Сан-Марко, названивая лихую, хоть и грубоватую мелодию, вроде звона цимбал. И в Амстердаме, Венеции Севера, в такую праздничную погоду город сверкает совсем по-новому. Однако здесь яркий свет безжалостно открывает взору изъяны в совершенстве: например, заросший тиной фонтан на одной из боковых площадей. Ему следовало бы сверкать мощными струями, а вместо того вода ржавыми каплями сочится через край чаши. Кони собора Святого Марка в солнечных лучах пляшут не так уж лихо, а колонны Дворца дожей выглядят ужасно неумытыми.

— Линялое празднество, — вслух заметила я, и отец рассмеялся.

— Ты умеешь уловить дух места, — сказал он. — Венеция знаменита карнавалами, и ее не смущает обветшалый наряд, пока весь мир стекается сюда, чтобы полюбоваться им.

Он обвел рукой кафе под открытым небом, — наше любимое после «Флориана», — потных туристов с их шляпами и разноцветными рубашками, хлопающими на ветру.

— Дождись вечера, и ты не будешь разочарована. Освещение сцены не должно быть слишком ярким. Ты еще обомлеешь, увидев, как все преобразится.

Пока что я втягивала через трубочку оранжад, и мне было так хорошо, что не хотелось шевелиться: вполне подходящее настроение, чтобы дожидаться приятного сюрприза. Это было последнее горячее дуновение лета перед тем, как осень вступит в свои права. Осенью вернутся школьные уроки, и, если повезет, меня ждут новые поучительные странствия с отцом в соответствии с картой переговоров, компромиссов и взаимоневыгодных договоров. Этой осенью он снова собирался в Восточную Европу, и я уже выговорила себе право его сопровождать.

Отец допил пиво и пролистал путеводитель.

— Да! — объявил он ни с того ни с сего. — Вот и Сан-Марко. Ты знаешь, Венеция веками соперничала с Византией за владение морями. И похитила у Византии немало сокровищ, в том числе и эту вот квадригу.

Я задрала голову к барабану купола, где медные кони, казалось, вращали его крытую свинцовыми листами громаду. Вся базилика словно плавилась в этом освещении — пронзительно ярком и горячем.

— Да и вообще, — добавил отец, — собор Святого Марка построен в подражание стамбульской Святой Софии.

— Стамбульской? — коварно переспросила я, наклоняя стакан, чтобы вытряхнуть льдинку. — То есть он похож на Айя-Софию?

— Ну, Айя-София, конечно, носит следы отттоманского завоевания, так что снаружи ее обступают минареты, а внутри ты найдешь щиты с отрывками из Корана. Там можно воочию увидеть слияние Востока и Запада. Но вот большой верхний купол, определенно христианский и византийский, очень похож на Сан-Марко.

— И тоже свинцовый, как здесь? — Я махнула рукой через площадь.

— Да, совсем как здесь, только больше. София поражает огромностью. Просто дыхание перехватывает.

— О! — сказала я. — А можно мне еще стакан, пожалуйста?

Отец бросил на меня яростно-настороженный взгляд, но было поздно. Я уже поняла, что он тоже бывал в Стамбуле.

ГЛАВА 12

«16 декабря 1930 г.
Тринити-колледж, Оксфорд.

Мой дорогой и злосчастный преемник!

С этого места мой рассказ начинает догонять меня — или я его, — и я должен описать события, приближающиеся к настоящему времени. На этом, надеюсь, я смогу остановиться, поскольку мне невыносима мысль, что будущее может принести с собой новые ужасы.

Как я уже говорил, я в конце концов снова потянулся к странной книге, как пьяница к стакану. При этом я уверил себя, что жизнь моя вернулась в привычную колею, что происшествия в Стамбуле, может, и необычны, но безусловно объяснимы, и только дорожная усталость заставила меня преувеличивать их значение. Итак я, в буквальном смысле, потянулся к книге, и, полагаю, описать этот момент следует без всяких иносказаний.

Был дождливый октябрьский вечер, всего два месяца назад. Начался учебный год, и я сидел в своей комнате, в приятном уединении, коротая часок после ужина. Я ждал к себе друга, Хеджеса, “дона” всего десятью годами старше меня. Он был особенно дорог мне своей застенчивостью и добродушием, манерой виновато пожимать плечами и доброй стеснительной улыбкой, скрывавшей ум такой остроты, что мне не раз случалось радоваться, что Хеджес обращает его на проблемы литературы восемнадцатого столетия, а не на своих коллег. Если бы не застенчивость, он мог бы чувствовать себя комфортно в обществе Аддисона, Свифта и Попа, собравшихся в лондонской кофейне. У него было не много друзей, он ни разу не осмелился поднять взгляд на женщину, не находящуюся с ним в родстве, его мечты не простирались за пределы окрестностей Оксфорда, по которым он любил бродить, облокачиваясь порой на изгородь, чтобы полюбоваться жующими жвачку коровами. Мягкость его проступала в очертаниях крупной головы, полных рук и в спокойных карих глазах, так что он представлялся этаким медведем или барсуком, пока наружу не прорывался его жалящий сарказм. Я любил послушать его рассказы о работе, которую он описывал с энтузиазмом, сдерживаемым лишь скромностью; а Хеджес неустанно подбадривал меня в моих исследованиях. Звали его… нет, его имя ты сам легко найдешь, порывшись в библиотеке, ведь он воскресил для простого читателя немало английских литературных дарований. Я же стану звать его Хеджес — Колючка — *nom-de-guerre*[1] моего собственного изобретения, чтобы в этом повествовании сохранить за ним достоинство и скрытность, определявшие всю его жизнь.

В тот вечер Хеджес собирался занести мне домой черновики двух статей, которые мне удалось выжать из поездки на Крит. Он по моей просьбе прочел и выправил их; хотя он и не мог судить о верности или ошибочности моих умозаключений, касающихся торговли в античном Средиземноморье, зато писал он, как ангел — из тех ангелов, тонкость которых позволяет им со-

[1] Прозвище (*фр.*).

бираться на острие иглы, — и часто предлагал мне стилистические поправки. Я предвкушал час, посвященный дружеской критике, потом стакан шерри и тот чудный миг, когда верный друг протягивает ноги к камину и спрашивает, как дела. Я не стал бы рассказывать ему о своих натянутых до звона нервах, но мы могли бы поговорить о чем-нибудь — да обо всем на свете.

Ожидая его, я пошевелил кочергой огонь, подложил еще поленце, выставил на стол два стакана и осмотрел приборы. В моих комнатах кабинет совмещался с гостиной, и я позаботился, чтобы в нем царили уют и порядок, соответствующие обстановке прошлого века. За день я успел провернуть несколько дел, к шести часам поужинал и разобрал оставшиеся бумаги. Темнело уже рано, и в сгустившихся сумерках закапал тусклый косой дождь. Такие осенние вечера не нагоняли на меня уныние, а казались даже приятными, и я ощутил разве что легчайшую дрожь предчувствия, когда в поисках чтения, чтобы занять десять минут, рука моя наткнулась на древний том, которого я так долго избегал. Я оставил его на полке над письменным столом среди более безобидных изданий. Теперь же я уселся за стол, снова ощутив ладонями мягкость старинной замши переплета, и открыл книгу.

Я немедленно ощутил некоторую странность. Запах, исходивший от страниц, не был знакомым мне тонким ароматом старой бумаги и потрескавшегося пергамена. Это было зловоние разложения, ужасная тошнотворная вонь тухлого мяса или гниющего трупа. Прежде я никогда не ощущал его и потому склонился ниже, недоверчиво принюхался и тотчас захлопнул книгу. Через полминуты я открыл ее снова, и снова желудок у меня сжался от поднимавшегося от страниц смрада. Маленький томик словно жил в моих руках, но запах его был запахом смерти.

Это отвратительное зловоние воскресило все страхи, пережитые мною при возвращении с континента, и только большим усилием воли я сумел утихомирить свои расходившиеся нервы. Старые книги подвержены, как известно, гниению, а я этим летом носил ее под дождем. Этим, несомненно, и объяснялось появление запаха. Вероятно, мне следовало снова отнести том в отдел редкой книги и узнать, как можно очистить его и устранить запах.

Я сознательно, усилием воли подавил естественный порыв немедленно отбросить книгу, снова убрать ее подальше. Из чувства противоречия впервые за много недель я заставил себя вернуться к изображению на развороте: к распростершему крылья дракону, скалящему клыки над девизом на вымпеле. И тогда я с пугающей ясностью словно увидел его заново и впервые понял. Никогда я не отличался особой остротой зрительной памяти, однако некое натяжение возбужденных нервов заставило меня обратить внимание на очертания всего зверя с его расправленными крыльями и загнутым петлей хвостом. В приступе любопытства я вытащил и перерыл привезенные из Стамбула бумаги, забытые в ящике стола. Вскрыв пакет, я быстро отыскал нужный лист: вырванную из моего блокнота страничку со сделанным в архиве наброском — копией первой из найденных там карт.

Как ты помнишь, всего там было три карты, возрастающие по масштабу, так что одна и та же местность изображалась все более подробно. Эта местность, даже срисованная моей неопытной рукой, имела вполне определенные очертания. Они, как ни смотри, изображали зверя с симметрично расправленными крыльями. Длинная река, вытекавшая из нее на юго-запад, повторяла изгиб драконова хвоста. Я разглядывал гравюру, и руки у меня странно подрагивали. Гребенчатый хвост дракона оканчивался стрелкой, указывавшей — здесь я чуть не ахнул вслух, забыв все долгие недели лечения от прежней мании, — на место, соответствующее в моей карте расположению проклятой гробницы.

Очевидное сходство двух изображений было слишком разительным, чтобы оказаться совпадением. Как я мог еще в архиве не заметить, что область, изображенная на карте, в точности повторяла силуэт моего дракона, словно он, раскинув крылья, парил над ней и отбрасывал свою тень на землю? Значит, гравюра, над которой я столько раздумывал перед поездкой, содержала определенный смысл, сообщение? Она должна была грозить и запугивать, должна была увековечить силу и власть. Однако для настойчивого читателя она могла оказаться и ключом: хвост указывал на гробницу, как палец человека указывает ему в грудь, говоря: “Это я. Я здесь”. Но кто же был там, в той центральной точке, в той “проклятой гробнице”? Ответ дракон сжимал в своих хищных когтях: “*Drakulya*”.

В горле у меня встал едкий комок, словно собственная моя кровь готова была прорваться наружу. Вся моя выучка историка советовала удержаться от поспешных заключений, но убежденность была сильнее доводов разума. Ни одна из карт не изображала озера Снагов, где, как считалось, похоронен был Влад Дракула. Следовательно, Цепеш — Дракула — покоится в другом месте — в месте, названия которого не сохранилось даже в легендах. Но где же? Этот вопрос невольно вырвался у меня сквозь стиснутые зубы. И почему могила его окружена такой тайной?

Я сидел там, пытаясь сложить кусочки головоломки, когда за стеной, в коридоре колледжа послышались шаги — шаркающая, милая походка Хеджеса, — и я рассеянно подумал, что надо бы спрятать бумаги, отворить дверь, разлить шерри и настроиться на задушевный разговор. Я уже приподнялся, собирая листки, когда услышал наступившую тишину. Это было как заминка в мелодии: нота, прозвучавшая на долю такта дольше, чем нужно, и режущая слух сильней, чем явная фальшь. Знакомые, добродушные шаги затихли у моей двери, но Хеджес не постучался, как обычно. Вместо не прозвучавшего стука в дверь резко стукнуло мое сердце. Сквозь шелест бумаги и журчание воды в водосточной трубе над потемневшим окном я услышал гул — гул крови в ушах. Я уронил книгу, кинулся к наружной двери, отпер ее и распахнул.

Хеджес был там, за дверью, но он лежал навзничь на гладком полу, запрокинув назад голову, и тело его было как-то свернуто набок, будто его свалил страшной силы удар. Мысль, что я не слышал ни крика, ни звука падения, принесла с собой припадок тошноты. Глаза его были открыты и смотрели мимо меня. Бесконечно долгое мгновенье я думал, что он мертв. Потом голова его шевельнулась и он застонал. Я склонился к нему:

— Хеджес!

Он снова застонал и быстро заморгал глазами.

— Ты меня слышишь? — задохнулся я, чуть не всхлипывая от облегчения, что друг жив.

В этот миг голова его склонилась, открыв кровяное пятно сбоку шеи. Ранка была невелика, но казалась глубокой. Такую рану могла бы оставить прыгнувшая и рванувшая клыком собака. Кровь струей лилась на воротник и на пол у его плеча.

— Помогите! — закричал я.

Думаю, за века существования этих обитых дубовыми панелями стен никто так дерзко не нарушал здесь тишину. Я не знал, услышит ли кто-нибудь мой крик: в этот вечер большинство моих коллег ужинали у ректора. Потом дверь в дальнем конце коридора распахнулась и из комнаты выбежал камердинер профессора Джереми Форестера — славный малый по имени Рональд Эгг. (Он уже оставил место.) Он, видимо, с первого взгляда все понял, глаза у него вылезли на лоб, однако он тут же принялся, опустившись на колени, перевязывать рану на шее Хеджеса носовым платком.

— Вот, — сказал он мне, — надо его усадить, сэр, чтобы кровь отлила от раны, если только нет других повреждений.

Он тщательно ощупал с ног до головы напрягшееся тело Хеджеса, и, убедившись, что в остальном мой друг невредим, мы усадили его, прислонив к стене. Он тяжело склонился набок, закрыв глаза, и я подпер его плечом.

— Я за доктором, — сказал Рональд и убежал по коридору.

Я пальцем нащупал пульс: голова Хеджеса упала на мое плечо, но сердце билось ровно. Мне все хотелось привести его в чувство.

— Что случилось, Хеджес? Тебя кто-то ударил? Ты меня слышишь, Хеджес?

Он открыл глаза, взглянул на меня. Лицо его перекосилось, обмякло и посинело с одной стороны, но говорил он разборчиво:

— Он велел сказать тебе...

— Что? Кто?

— Велел сказать тебе, что не терпит нарушителей границ.

Голова Хеджеса откинулась к стене — его большая прекрасная голова, скрывавшая один из лучших умов Англии. Я обнял его, и кожа у меня на руках пошла мурашками.

— Кто, Хеджес? Кто это тебе сказал? Это он тебя ранил? Ты его разглядел?

В уголках губ у него пузырилась слюна, а пальцы сжимались в кулаки и разжимались снова.

— Не терпит нарушителей, — выдавил он.

— Лежи-ка спокойно, — уговаривал я. — Не разговаривай. Сейчас будет врач. Попробуй расслабиться и дышать ровно.

— Господи, — бормотал Хеджес, — аллитерации у Поупа. Милой нимфы... спорный вопрос...

Я уставился на него, чувствуя, как сводит все внутри.

— Хеджес?

— “Похищение локона”, — продолжал Хеджес. — Разумеется.

Университетский врач, пригласивший меня в больницу, сообщил, что, помимо ранения, Хеджес перенес удар.

— Вызванный шоком. Эта рана на шее, — добавил он перед дверью палаты, где лежал Хеджес, — кажется, нанесена острым предметом, скорее всего острым клыком какого-то животного. Вы не держите собаку?

— Разумеется, нет. В здание колледжа собаки не допускаются.

Доктор покачал головой:

— Чрезвычайно странно. Я предположил бы, что на него по пути к вам напало какое-то животное, и в результате шока наступил инсульт, к которому, видимо, пациент был предрасположен. Он мало что соображает, хотя и выговаривает разборчивые слова. Поскольку он получил рану, боюсь, без следствия не обойдется, но мне представляется, виновником случившегося окажется чей-нибудь злобный сторожевой пес. Постарайтесь вычислить, какой дорогой он мог к вам добираться.

Следствие так ни к чему и не привело, однако и меня не заподозрили, поскольку полиция не сумела найти ни мотивов, ни свидетельств того, что я сам нанес рану Хеджесу. Сам он не мог давать показаний, и в конце концов происшествие отнесли к “несчастным случаям” — как мне показалось, только ради того, чтобы избежать пятна на репутации следователей. Однажды, навещая Хеджеса в санатории, я попросил его подумать над следующими словами: “Я не терплю нарушителей границ”.

Он обратил на меня отсутствующий взгляд, коснулся вялыми опухшими пальцами ранки на шее.

— Если так, Босуэлл, — произнес он ровным невыразительным тоном. — Если нет, уходи.

Через несколько дней он скончался от второго удара, случившегося ночью. Санаторий не сообщал о наличии новых наружных повреждений. Когда ректор пришел ко мне с этим известием, я поклялся, что буду трудиться без устали, чтобы отомстить за Хеджеса, если только сумею найти способ.

У меня не хватает духу описывать подробности отпевания, состоявшегося в церкви Тринити-колледжа: сдавленные рыдания старика-отца, когда хор мальчиков начал прекрасную череду псалмов в утешение живущим, и бессильный гнев, который я испытал при взгляде на гостью[1] на подносе. Хеджеса похоронили в родной деревеньке в Дорсете, и в ясный ноябрьский день я в одиночестве посетил его могилу. Надгробие гласило: "Покойся в мире" — то самое, что выбрал бы и я, если бы мне пришлось выбирать. К моему бесконечному облегчению, это тишайшее из сельских кладбищ, и пастор в церкви говорил о погребении Хеджеса так спокойно, как говорил бы о любой из покойных местных знаменитостей. Я не услышал в пивной на главной улице никаких историй об английских вриколаках, хотя разбрасывал самые прозрачные намеки. В конце концов, на Хеджеса было всего одно нападение, между тем как Стокер утверждает, что для заражения живого проклятием не-умерших необходимо несколько. Я полагаю, что его жизнь была принесена в жертву только ради предостережения — мне. И тебе также, злосчастный читатель.

В глубочайшей горести твой, Бартоломео Росси».

Отец помешивал льдинки в стакане — чтобы занять чем-то руки и успокоить дрожь. Полуденная жара сменилась прохладой венецианского вечера, и через пьяццу протянулись длинные тени туристов и зданий. Туча испуганных чем-то голубей взлетела с мостовой и закружилась над головами. Меня наконец пробрал озноб от всех этих прохладительных

---

[1] Причастие.

напитков. Вдалеке кто-то смеялся, а над густой тучей голубей слышались крики чаек. К нам, сидевшим за столиком, бочком подошел молодой парень в белой рубашке и синих джинсах. На плече у него висела холщовая сумка, а рубашка пестрела кляксами краски.

— Покупаете картины, *signore*? — спросил он, улыбнувшись.

На площадях и в переулках полным-полно было таких же начинающих художников. За день нам уже третий раз предлагали купить виды Венеции; отец едва взглянул на картину. Парень, по-прежнему улыбаясь и не желая уходить, не дождавшись хотя бы похвалы своей работе, повернул мольберт ко мне, и я сочувственно кивнула, разглядывая его. Он тут же захромал к другим туристам, а я сидела, покрывшись холодным потом, и смотрела ему в спину.

На яркой акварели виднелось наше кафе и краешек «Флориана» в ярком и спокойном предвечернем свете. Должно быть, художник работал где-то за моей спиной, но довольно близко к столикам: в цветных пятнах я узнала свою красную соломенную шляпку и рядом коричневый и синий — цвета отцовского костюма. Изящная непринужденная техника передавала настроение летней праздности, и туристу приятно было бы увезти с собой такой сувенир на память о безоблачном дне на побережье Адриатики. Но мне бросилась в глаза фигура человека, сидевшего чуть поодаль от отца: широкоплечая, с темной головой — черное пятно среди карнавальных расцветок тентов и скатертей. А я твердо помнила, что тот столик весь день пустовал.

ГЛАВА 13

Следующий маршрут опять увел нас с отцом на восток, за Юлийские Альпы. Городок Костаньевица — Каштановый — в самом деле был полон каштанов, уже опадавших под ноги, так что, неосторожно опустив ногу на мостовую, можно было запросто наткнуться на колючку. Перед домом мэра, построенным когда-то для австро-венгерского чиновника, вся земля была усыпана ощетинившимися зелеными ежиками каштановой скорлупы.

Мы с отцом прогуливались не спеша, радуясь теплому осеннему деньку — на местном наречии «цыганскому лету», как сказала нам одна женщина в магазине, — и я размышляла над различием западного мира, оставшегося в нескольких сотнях километров от нас, с этим, восточным, чуть к югу от Эмоны. Здесь один магазин нельзя было отличить от другого, и продавщицы казались мне похожими как близнецы, в своих небесно-синих рабочих халатах и цветастых шарфиках. Они улыбались нам из-за полупустых прилавков, блестя золотыми или стальными зубами. Мы купили для своего пикника необъятную плитку шоколада, добавив ее к припасенным заранее салями, черному хлебу и сыру, а отец прихватил еще бутылки своего любимого «наранхи»: апельсинового напитка, напомнившего мне о Рагузе, Эмоне, Венеции.

Последняя встреча в Загребе окончилась накануне, а я к этому времени успела переписать начисто домашнюю работу по истории. Отец хотел, чтобы я начала учить еще и немецкий, и я с радостью согласилась: не ради его настояний, а несмотря на них; я собиралась назавтра начать заниматься по книжке, купленной в магазине иностранной литературы в Амстердаме. На мне было короткое зеленое платье с желтыми гольфами, отец улыбался, вспоминая какой-то непонятный для меня дипломатический розыгрыш на утреннем совещании, и бутылки «наранхи» позванивали в сетке. Перед нами протянулся низкий каменный мостик через реку Костан. Я заторопилась туда, чтобы увидеть все первой, пока не подошел отец.

Недалеко за мостом изгиб реки скрывал ее от взгляда, а в излучине примостился крошечный замок, некий славянский «шато», размером не больше особняка, с лебедями, плававшими под стеной и чистившими перья на берегу. На моих глазах какая-то женщина в голубом халате открыла наружу верхнее окно, так что стекла в частом переплете мигнули на солнце, и вытряхнула пыльную тряпку. Под мостом теснились над глинистым обрывом молодые ивы, и ласточки влетали и вылетали из дырочек в отвесном береге под их корнями. В замковом парке я высмотрела каменную скамью (подальше от лебедей, которых все еще побаивалась) со склонившимся над ней каштаном. От стены замка к ней протянулась прохладная тень, а чистому костюму отца не грозила здесь никакая опасность, так что он мог просидеть дольше, чем собирался, и рассказывать, рассказывать...

— Пока я дома просматривал письма, — сказал отец, вытирая жирные после салями руки матерчатой салфеткой, — где-то на задворках сознания у меня зародилась мысль, не имевшая отношения к трагическому исчезновению Росси. Отложив письмо, описывавшее несчастье с его другом Хеджесом, я несколько минут чувствовал себя так дурно, что не мог сосредоточиться. Я ощущал, что попал в болезненный мир, скрывавшийся за знакомым мне академическим фасадом — в подтекст обычных исторических постулатов, которые считал непоколебимыми. В моем историческом опыте мертвые с достоинством покоились в земле, Средневековье полно было реальных, а не сверхъестественных ужасов, Дракула был красочной легендой Восточной Европы, воскрешенной виденными в детстве кинофильмами, а 1930-й год через три года ожидал прихода к власти Гитлера — ужаса, заслонявшего все прочие.

И вот на мгновенье я почувствовал себя больным или испорченным и рассердился на своего пропавшего наставника, завещавшего мне эти мерзкие фантазии. Потом мне снова вспомнился мягкий, сочувственный тон писем, и я устыдился своего предательства. Росси полагался на меня — на меня одного; если я откажусь верить ему из-за неких педантических принципов, мне его уже никогда не видать.

И еще что-то меня точило. Когда в голове немного прояснилось, я понял, что это воспоминание о молодой женщине, встретившейся мне в библиотеке всего два часа назад, хотя казалось, с тех пор прошел уже не один день. Я вспомнил необычайный блеск ее глаз, когда она слушала мои объяснения насчет писем Росси, ее по-мужски сдвинутые в задумчивости брови. Почему она читала книгу о Дракуле, выбрав для этого из всех столов мой стол, из всех вечеров — этот вечер, рядом со мной? Почему она заговорила о Стамбуле? Я был настолько потрясен прочитанным, что готов был простереть свою веру и далее, отвергнув мысль о совпадении в пользу чего-то более значительного. А почему бы и нет? Допустив возможность одного сверхъестественного события, следует принять и другие: это всего лишь логично.

Я вздохнул и взял со стола последнее из писем Росси. После него останется только просмотреть материалы, скрывавшиеся в безобидном с виду конверте, а дальше придется думать самому. Что бы ни означало появление той девушки — а скорей всего оно ничего особенного не означало, не так ли? — мне сейчас некогда было выяснять, кто она такая и почему разделяет мой интерес к оккультным знаниям. Странно было мне думать о себе как о человеке, интересующемся оккультными знаниями; да, по правде сказать, они нисколько меня не интересовали. Я хотел только найти Росси.

Последнее письмо, в отличие от остальных, было написано от руки — на разлинованных тетрадных листках, темными чернилами. Я развернул его.

«19 августа 1931 г.
Кембридж, штат Массачусетс, США

Мой дорогой и злосчастный преемник!

Да, я невольно уверяю себя, что ты есть, что ты ждешь где-то, готовый спасти меня в день, когда жизнь моя рухнет в пропасть. И, получив новую информацию, в дополнение к той, которую ты уже — я верю — усвоил, я должен наполнить до краев эту чашу горечи. “Малое знание опасно”, — говаривал мой друг Хеджес. Но его больше нет, и смерть его на моей совести так же верно, как если бы я открыл дверь, своей рукой нанес ему удар и потом стал звать на помощь. Конечно же, я этого не делал. Если ты продолжаешь читать, то не сомневаешься в моих словах.

Я же в конечном счете усомнился в собственных силах, и причина сомнений связана с несправедливой и ужасной кончиной Хеджеса. Я бежал от его могилы в Америку — почти буквально: я уже получил назначение и начал собирать вещи в тот день, когда посетил кладбище в Дорсете, где он покоится в мире. После переезда в Америку, разочаровавшего некоторых коллег в Оксфорде и, боюсь, сильно опечалившего моих родителей, я оказался в новом, более светом мире, где семестр (я зачислен на три и буду добиваться возможности остаться еще) начинается раньше, а у студентов открытые лица и деловитый вид, чего не бывает у оксфордцев. Но даже здесь я не мог совершенно забыть о своем знакомстве с не-умершими. И в результате, как видно, он... или оно — не порвало знакомства со мной.

Как ты помнишь, в ночь нападения на Хеджеса для меня неожиданно прояснилось значение гравюры в моей зловещей книге, и я уверился, что проклятая гробница со стамбульской карты должна быть могилой Влада Дракулы. Я произнес вслух: "Где же эта могила?" — и вторично растревожил некую ужасную сущность, приславшую мне предостережение ценой жизни моего любимого друга. Быть может, только ненормальный станет сражаться против законов природы — или, как в данном случае, ее беззакония, — но, поверь, моя ненависть оказалась сильнее страха, и тогда я поклялся себе отыскать последний ключ и, если достанет силы, настичь моего преследователя в собственном его логове. Эта дерзкая мысль сделалась для меня такой же привычной, как желание опубликовать очередную статью или получить постоянную должность в жизнерадостной атмосфере университета, пленившего мое израненное сердце.

Исполнение преподавательских обязанностей вошло в привычную колею, и я собирался в конце семестра ненадолго съездить в Англию: повидать родителей и передать свою докторскую для публикации в то доброе лондонское издательство, где мной все больше интересовались. И тут я снова вышел на след Дракулы, исторического или сверхъестественного, пока не знаю. Мне пришло в голову, что следующим шагом надо подробнее изучить таинственную книгу: откуда она взялась, кто ее создал и насколько давно. Я передал ее (признаюсь, с неохотой) в Смитсоновский институт. Там покачали головами по поводу необычности моих вопросов и намекнули, что столь подробное исследование обойдется мне дорого. Но я был упрям и твердо решил, что ни одного фартинга из оставшегося от деда наследства или из моих скромных сбережений не потрачу на еду и одежду, пока Хеджес, неотомщенный (но, слава богу, в мире), лежит на кладбище, которому еще лет пятьдесят полагалось бы дожидаться его гроба. Я больше ничего не боялся, потому что худшее, что я мог себе представить, уже случилось: по крайней мере в этом смысле силы тьмы просчитались.

Меня заставила отступиться и в полной мере возвратила во власть прежним страхам не зверская сторона следующего события, но его прозрачность.

В Смитсоновском институте мою книгу передали маленькому библиофилу по имени Говард Мартин: доброжелательному, хотя несколько замкнутому человеку, принявшему мою задачу так близко к сердцу, будто ему известна была моя история (нет, пожалуй, будь ему известна моя история, он с первого визита указал бы мне на дверь). Однако он, пожалуй, видел за ней лишь страсть к историческим загадкам и, разделяя ее, сделал для меня все что мог. А мог он очень много. Он провел самые тщательные анализы и собирал их результаты со вниманием, которое сделало бы честь Оксфорду и казалось почти невероятным в этой довольно бюрократической вашингтонской музейной конторе. Я преисполнился почтения к нему и, еще больше, — к его знанию издательского дела в Европе периода до и сразу после Гутенберга.

Сделав все, что считал возможным, он написал мне, что я могу получить результаты и что он считает нужным передать мне книгу из рук в руки, как она была вручена ему, если я не захочу получить ее по почте. Я взял билет на поезд, на следующее утро побродил немного по городу и явился к его кабинету за десять минут до назначенного времени. Сердце у меня стучало и во рту пересохло: руки чесались снова заполучить книгу и познакомиться с ее историей.

Мистер Мартин отворил дверь и с легкой улыбкой пригласил меня войти.

— Рад, что вы выбрались, — произнес он тем тягучим американским говорком, который со временем стал для меня самым близким наречием в мире.

Мы расположились в его заваленном манускриптами кабинете. Я оказался лицом к нему, и меня сразу поразила перемена в его внешности. Я несколько минут говорил с ним в прошлый раз, так что запомнил лицо, и ничто в его аккуратной профессиональной переписке со мной не наводило на мысль о болезни. Однако всего за полгода он исхудал и побледнел, осунулся, а на изжелта-серой коже неестественно выделялись алые губы. Костюм свободно висел у него на плечах, и сидел он, слегка подавшись вперед, словно от боли и слабости не мог держаться прямо. Казалось, жизнь вытекла из него.

Я убеждал себя, что просто в прошлый раз в спешке был невнимателен к собеседнику, а теперь, познакомившись с ним по переписке, стал наблюдательнее или более сочувственно отношусь к объекту наблюдений, однако не мог избавиться от чувства, что за короткое время его источил какой-то червь. Я уверял себя, что, возможно, он страдает мучительной и безнадежной болезнью, например скоротечной формой рака. Разумеется, приличия не допускали обсуждения этой темы.

— Итак, доктор Росси, — обратился он ко мне на американский манер, — думаю, вы даже не догадывались, насколько ценным предметом владеете.

— Ценным?

Разве мог он представить, чего стоил для меня этот предмет, подумалось мне. Никакие химические анализы не распознают в нем ключа к отмщению.

— Да. Это редчайший экземпляр средневековой центральноевропейской печати: очень интересный и необычный образец, причем я с достаточной уверенностью могу утверждать, что напечатан он был около 1512 года в Буде или, возможно, в Валахии. 1512 год – это заметно позднее “Святого Луки” Корвинуса, но ранее венгерского “Нового Завета”, изданного в 1520-м и, вероятно, оказавшего влияние на позднейшие издания. – Он поерзал на скрипучем стуле. – Возможно даже, ваша книга оказала влияние на “Новый Завет”, снабженный сходной иллюстрацией – крылатым Сатаной. Однако доказательств нет. Как бы то ни было, такая связь оказалась бы забавной, не правда ли? Я хочу сказать, что библейский текст с подобной дьявольской иллюстрацией…

– Дьявольской? – Мне сладостно было слышать это слово из чужих уст.

– Разумеется. Вы посвятили меня в предание о Дракуле, но не думаете ли, что я на этом остановился?

Он говорил так тягуче и простодушно, так по-американски, что я не сразу понял. Никогда я не слышал такой зловещей глубины в таком заурядном голосе. Я уставился на него во все глаза, однако странный намек уже исчез из его голоса, а лицо оставалось совершенно неподвижным. Он перебирал извлеченные из папки листки.

– Вот ответы на анализы, – сказал он. – Я для вас переписал их разборчиво и сделал от себя приписки, которые, думаю, покажутся вам любопытными. В сущности, главное я уже сообщил вам. О, еще два примечательных обстоятельства! Химический анализ показал, что книга хранилась – возможно, достаточно долго – в атмосфере, наполненной каменной пылью, и было это до 1700 года. Кроме того, задняя доска переплета пострадала от соленой воды – вероятно, при перевозке морем. Я, основываясь на предположении о месте издания, думаю, что это вода Черного моря, однако, конечно, возможны и другие объяснения. Боюсь, что ничего большего мы сказать не можем… вы говорили, что пишете историю средневековой Европы?

Он поднял на меня взгляд, сопроводив его такой искренней, добродушной улыбкой, что она показалась неуместной на его изможденном лице, и в тот же миг я осознал два обстоятельства, заставившие меня похолодеть.

Первое: я никогда ничего не говорил ему о написании “Истории”. Я попросил исследовать книгу для пополнения библиографического списка материалов, связанных с жизнью Влада Цепеша, известного в легендах как “Дракула”. Говард Мартин в своем деле был так же дотошен, как я в своем, и никогда не допустил бы подобной ошибки. Я еще раньше заметил его почти фотографическую память на подробности — свойство, которое я всегда замечаю и от всего сердца одобряю, если встречаю в других людях.

Второе, что я заметил в ту же секунду: что, быть может, вследствие перенесенной болезни — я с трудом заставил себя подумать: “бедняга”, — губы его стали мятыми, как несвежее мясо, и в улыбке открывали верхние клыки, выдававшиеся вперед, что придавало всему лицу неприятное выражение. Я слишком хорошо помнил стамбульского чиновника, хотя с горлом у Говарда Мартина, насколько я видел, все было в порядке. Я справился с приступом нервной дрожи и забирал у него из рук книгу с пачкой листков, когда он добавил:

— Карта, кстати, довольно примечательная.

— Карта? — Я окаменел. Только одна карта — или, вернее, три, различные по масштабу, — насколько я знал, имели отношение к моему делу, и, конечно, я ни разу не упоминал о них при этом человеке.

— Вы сами рисовали? Работа, безусловно, современная, но я бы никогда не заподозрил в вас художника. Причем довольно мрачного, не в обиду будь сказано.

Я смотрел на него, не в силах понять смысла слов и опасаясь переспросить, чтобы не выдать себя. Неужели я оставил в книге свои наброски? Какая была бы невероятная глупость! Но я точно помнил, что тщательно перелистал книгу и, конечно, заметил бы вложенный лист.

— Ну, я вложил ее обратно, так что она никуда не делась, — утешил он меня. — А теперь, доктор Росси, я могу проводить вас в кассу, или, если хотите, счет вам пришлют на дом.

Он открыл мне дверь и снова профессионально искривил губы в улыбке. Я совладал с собой и не стал тут же на месте листать том; к тому же в светлом коридоре я увидел, что болезненная бледность в лице Мартина, как и странность его улыбки, мне почудилась. Кожа у него была нормального цвета, и он всего лишь немного сутулился от десятилетий, проведенных над страницами прошлого. Он стоял в дверях, протягивая мне руку для радушного вашингтонского рукопожатия, и я встряхнул ее, пробормотав, что чек лучше прислать на адрес университета.

Я опасливо пробрался подальше от его дверей, по коридору и, наконец, наружу, из огромного красного замка, скрывавшего его труды и труды его коллег. Выбравшись на воздух, я прошагал по зеленой траве аллеи к скамейке и сел, стараясь выглядеть и ощущать себя беззаботным. Том сам открылся у меня в руках, с обычной своей зловещей услужливостью, но я тщетно искал в нем вложенный листок. Только перелистав книгу до конца, я нашел то, что искал, — кальку с еле видными карандашными линиями, словно кто-то срисовал для меня третий, самый подробный план, держа старинную карту перед глазами. Названия на славянском были те самые, какие мне запомнились: Деревня Свинокрадов и Долина Восьми Дубов. Только одна деталь чертежа оказалась для меня внове. Под обозначением "проклятой гробницы" виднелись латинские буковки, нанесенные, казалось, теми же чернилами, что и остальные надписи. Над местом проклятой гробницы, окружая ее сверху, так что не оставалось ни малейших сомнений, к чему она относится, читалась надпись: "Бартоломео Росси".

Читатель, ты можешь счесть меня трусом, но в эту минуту я сдался. Я, молодой профессор, живу в Кембридже в штате Массачусетс, читаю лекции, обедаю с новыми друзьями и каждую неделю пишу домой своим стареющим родителям. Я не ношу в кармане чеснок, не ношу на шее распятия и не крещусь, заслышав шаги в коридоре. У меня есть более надежная защита: я прекратил раскопки на этом жутком перекрестке истории. Как видно, нечто удовлетворено моим послушанием, потому что больше меня не тревожат никакие трагедии.

И теперь, если сам ты должен выбирать между здравым рассудком, привычной жизнью и вечной неуверенностью — что покажется тебе более подобающим современному ученому? Я знаю, Хеджес не стал бы требовать, чтобы я очертя голову бросился во тьму. И все же, если ты читаешь это письмо, значит, беда наконец настигла меня. И тебе тоже придется выбирать. Я передал тебе все, что знаю об этих ужасах. Зная мою историю, отзовешься ли ты на мой призыв о помощи?

В горести твой, Бартоломео Росси».

Удлинившиеся тени под деревьями почти поглотили свет, и отец поддал своим блестящим ботинком каштановый ежик под ногами. Мне вдруг почудилось, что не будь он так хорошо воспитан, плюнул бы сейчас себе под ноги, чтобы избавиться от какого-то омерзительного вкуса во рту. Однако же он только сглотнул и, собравшись, улыбнулся мне.

— Боже, о чем это мы говорим! Ну и настроение у нас сегодня! — Он стойко улыбался, но брошенный на меня взгляд выдал тревогу, словно он боялся, что некая тень опустится на меня, именно на меня, и без предупреждения сдернет со сцены.

Я разогнула захолодевшие пальцы, сжимавшие край скамейки, и тоже постаралась настроиться полегкомысленней. С каких пор для этого надо стараться? — удивилась я, но было поздно. Надо было постараться для него, отвлечь его так же, как он когда-то отвлекал меня. Я решила немножко покапризничать.

— Между прочим, не отказалась бы теперь поесть как следует.

Он улыбнулся более естественно и стукнул каблуками о землю, галантно помогая мне подняться. Мы сложили в сетку пустые бутылки из-под «наранхи» и прочие памятки нашего пикника. Я охотно делала свою половину работы, торопясь зашагать с ним к городу, подальше от места, откуда виден был фасад замка. Перед концом рассказа я разок оглянулась на его окна и увидела на месте прежней уборщицы темный и гордый силуэт. И я болтала о чем попало, лишь бы помешать отцу посмотреть туда же. Пока он не видит, столкновения не будет, и оба мы в безопасности.

ГЛАВА 14

Некоторое время мне пришлось держаться подальше от библиотеки: отчасти потому, что библиотечные занятия стали внушать мне странное беспокойство, а отчасти потому, что миссис Клэй, кажется, начала что-то подозревать. Задерживаясь после школы, я, как обещала, всегда звонила ей, но в ее голосе звучали теперь хитроватые нотки, услышав которые я рисовала в воображении, как она подолгу объясняется по телефону с отцом. Я считала ее слишком невинной, чтобы заподозрить что-то конкретное, но у отца могли зародиться собственные неловкие предположения: выпивка? Мальчики? Он и так уже порой с беспокойством поглядывал на меня, так что мне не хотелось расстраивать его еще больше.

Однако в конце концов искушение одолело, и я отправилась в библиотеку. Предлогом на сей раз послужил вечерний сеанс в кино в компании зануды-одноклассницы. Я знала, что Йохан Биннертс по средам работает в вечер, а у отца было совещание в Центре — так что я надела новый плащ и удалилась, не дав миссис Клэй и слова сказать.

Непривычно было идти в библиотеку так поздно — но особенно удивило меня, что в главном зале оказалось полно усталых студентов. Однако в читальне средневекового отдела было пусто. Я прошла к столу мистера Биннертса и застала его перебирающим пачку новых книг: ничего интересного для меня, пояснил он, ласково улыбаясь, ведь мне только ужасы нужны? Однако и для меня у него нашелся отложенный том — почему я за ним раньше не заходила? Я неловко извинилась, и он хмыкнул:

— Я уж испугался, что с вами что-нибудь случилось или же вы последовали моему совету и нашли тему, более подходящую для юной леди. Впрочем, я и сам заинтересовался вашей темой и нашел для вас эту книгу.

Я с благодарностью приняла его находку, а мистер Биннертс сказал, что уходит в свой кабинет, но скоро зайдет узнать, не нужно ли мне чего. Он уже показывал мне свое рабочее место: крошечную комнатушку с внутренними окнами в дальнем конце читального зала. Там сотрудники реставрировали старые книги и наклеивали ярлыки на новые. Когда он ушел, в зале стало на редкость тихо, и я с жадностью углубилась в чтение.

Тогда книга показалась мне замечательной находкой, хотя позже я узнала, что для историков Византии пятнадцатого века это основной источник: перевод «Истории турецкой Византии» Михаила Дуки. Дуке было что сказать о столкновениях между Владом Дракулой и Мехмедом Вторым, и за тем столом я впервые прочла описание зрелища, представившегося глазам султана, когда он в 1462 году вторгся в Валахию и двинулся к покинутой столице Дракулы, Тырговиште. За городской стеной, утверждал Дука, Мехмеда встречали «многие тысячи колов, украшенных, как плодами, мертвецами». Посреди этого сада смерти находился *piece-de-resistance*[1] Дракулы: Хамза, любимый военачальник султана, насаженный на кол среди других в своем «пурпурном одеянии».

Мне вспомнился архив султана Мехмеда, ради которого Росси отправился в Стамбул. Властитель Валахии, несомненно, был настоящей занозой в боку султана. Я решила, что неплохо бы почитать что-нибудь о Мехмеде: может быть, найдутся источники, проясняющие его взаимоотношения с Дракулой. Где их искать, я не представляла, но ведь мистер Биннертс обещал заглянуть ко мне.

Я нетерпеливо обернулась в надежде увидеть его, когда из задней комнаты раздался шум: вроде глухого удара — скорее сотрясение пола, чем настоящий звук. Так стучит птица, ударившись с разлета в прозрачное стекло. Что-то заставило меня броситься на шум, и я метнулась к кабинету позади зала. Сквозь внутренние окна мне не видно было мистера Биннертса, и это на миг успокоило меня, но, распахнув дверь, я увидела на полу ноги: ноги в серых брюках, а дальше скор-

[1] Зд.: символ сопротивления (*фр.*).

чившееся тело, в перекрученном синем свитере, и выцветшие волосы с запекшейся кровью. Лицо — слава богу, его почти не было видно — страшно разбито, и на углу стола еще виднелись кровь и клочки кожи. Книга, выпавшая у него из рук, лежала на полу так же помятая, как тело. На стене над столом в пятне крови виднелся большой отчетливый отпечаток ладони — словно ребенок забавлялся красками. Я так старалась сдержать крик, что, вырвавшись из моего горла, он показался мне чужим.

Два дня я провела в больнице — отец настаивал, а главный врач был его старым другом. Отец был нежен и суров, сидел на краешке кровати или скрестив руки, стоял у окна, слушая, как офицер полиции в третий раз допрашивает меня. Я никого не видела. Я спокойно читала за столом. Я услышала стук. Я не была лично знакома с библиотекарем, но он мне нравился. Офицер заверил отца, что я вне подозрений; просто других свидетелей у них не нашлось. Но и я ничего не видела: никто не проходил через читальный зал — в этом я была уверена — и мистер Биннертс не кричал. Других ранений на нем не оказалось: кто-то просто раздробил голову несчастного об угол стола. Для этого потребовалась недюжинная сила.

Офицер озадаченно покачал головой. Отпечаток ладони на стене не принадлежал библиотекарю: на его руках не было крови. Да и отпечаток не совпадал — странный отпечаток с полустершимся пальцевым узором.

— Его было бы легко установить — разговорился, беседуя с отцом, офицер, — только вот в картотеке не нашлось ничего похожего. Нехорошее дело. Амстердам уже не тот город, в котором вырос. Теперь люди сбрасывают велосипеды в каналы, не говоря уже о том ужасном прошлогоднем случае с проституткой, которую...

Тут отец остановил его взглядом.

Проводив офицера, отец снова присел ко мне на край кровати и в первый раз спросил, что я делала в библиотеке. Я объяснила, что занималась, что мне нравилось делать там после школы домашние задания, потому что в читальне тихо и уютно. Я боялась, что он вот-вот спросит, почему я выбрала для занятий отдел Средневековья, но, к моему облегчению, он умолк. Я не сказала отцу, что в поднявшейся после моего вопля сумятице по какому-то наитию спрятала в сумку том, который мистер Биннертс держал в руках перед смертью. Разумеется, прибывшие полицейские осмотрели мою сумку, но о книге ничего не сказали, если вообще обратили на нее внимание. Крови на ней не было. Это было французское издание девятнадцатого века, посвященное румынским церквям, и томик лежал, открывшись на странице с описанием собора на озере Снагов, возведенном на пожертвования Влада Третьего Валашского. Подпись под изображением апсиды сообщала, что предание помещает его могилу перед алтарем собора. Однако автор отмечал, что жители близлежащих деревень имеют на сей счет собственное мнение. Какое? — задумалась я, однако больше никаких подробностей не приводилось. Апсида на рисунке тоже выглядела вполне обычной.

Отец, неудобно устроившись рядом со мной, покачал головой:

— Я хотел бы, чтобы в дальнейшем ты делала уроки дома, — тихо сказал он (мог бы и не говорить — я и так в жизни не подошла бы больше к той библиотеке). — Если тебе будет страшновато, миссис Клэй может пока спать у тебя в комнате, и к доктору всегда можно обратиться. Просто скажи мне, если что.

Я кивнула, хотя, честно говоря, предпочла бы остаться наедине с описанием Снаговской церкви, чем в обществе миссис Клэй. Мне пришло в голову отправить книгу в канал — за компанию с помянутыми полицейским велосипедами, — но я понимала, что рано или поздно мне захочется снова открыть ее при свете дня и перечитать. И не только ради себя, но и ради этого доброго дедушки, мистера Биннертса, лежавшего теперь где-то в городском морге.

Несколько недель спустя отец объявил, что путешествие пойдет на пользу моим нервам, а я догадалась, что он боится оставлять меня одну.

— Французы, — пояснил он, — выразили желание встретиться с представителем фонда до начала переговоров, которые состоятся этой зимой в Центральной Европе, так что нам предстоит еще одно совещание. К тому же сейчас на Средиземноморском побережье лучшее время: толпы туристов уже разъехались, а до зимнего запустения еще далеко.

Мы внимательно изучили карту и с удовольствием обнаружили, что французы отказались от обычной привычки совещаться в Париже, назначив на сей раз местом встречи тихий курорт близ испанской границы. Это недалеко от жемчужины побережья — Кольор, заметил отец, и, может быть, не хуже ее. Чуть дальше от моря лежал Лебен и Сен-Матье, однако когда я упомянула об этом, отец нахмурился и принялся выискивать интересные названия вдоль береговой линии.

Так приятно было позавтракать на террасе «Ле Корбо», где мы поселились, что я осталась там погреться на нежарком утреннем солнце. Отец присоединился к другим мужчинам в темных костюмах, собиравшимся в конференц-зале, а я неохотно взялась за учебники, то и дело отвлекаясь, чтобы полюбоваться аквамариновым морем всего в нескольких сотнях ярдов от меня. Я добралась уже до второй чашки горького континентального шоколада, сдобрив его кусочком сахара и свежим рогаликом. Солнце на стенах старых зданий, казалось, никогда не закатывается — невозможно было представить себе непогоду или бурю на этом сухом средиземноморском берегу с его прозрачным светом. С террасы мне видны были две ранние яхты на краю невероятно синего моря и семья: мать и несколько малышей с ведерками в непривычных (для меня) французских купальниках — на песчаном пляже отеля. Справа бухту замыкали зубчатые вершины холмов, и на одной из них виднелись руины замка, одного цвета со скалами и сухой травой. К развалинам тщетно карабкались оливковые деревья, а над ними простиралось нежная синева утреннего неба.

Я вдруг остро ощутила себя чужой здесь и позавидовала невыносимо самодовольным ребятишкам с их мамашей. У меня не было ни матери, ни нормальной жизни. Я даже не знала, какой должна быть нормальная жизнь, но, листая учебник биологии в поисках третьей главы, смутно решила, что это значит: жить на одном месте, с матерью и с отцом, который всегда возвращается к ужину, в семье, где путешествие — это каникулы, проведенные на пляже, а не бесконечная кочевая жизнь. Свысока поглядывая на малышню, деловито копавшую совочками песок, я решила, что им уж, верно, никогда не грозила тьма истории.

Но вскоре, глядя на их лоснящиеся головки, я поняла, что тьма угрожает и им, только они не ведают о ней. Все мы беззащитны. Я вздрогнула и посмотрела на часы. Через четыре часа мы с отцом пообедаем здесь, на террасе. Потом я еще позанимаюсь, а в пять выпьем чаю и отправимся пешком к развалинам крепости, чтобы взглянуть от нее на новые горизонты и, если отец не ошибся, увидеть на другом берегу маленькую прибрежную церковь Кольор. За день мне предстоит выучить еще кусочек алгебры и несколько немецких глаголов, прочесть главу о войне Алой и Белой роз, а потом... что потом? На сухой скале я присяду, чтобы послушать следующий рассказ отца. Он станет рассказывать, нехотя, разглядывая песок или барабаня пальцами по обтесанному в далекие века камню, скрывая страх. А мне останется обдумывать услышанное и складывать кусочки головоломки. Внизу взвизгнула девочка, и я подскочила, разлив остатки какао.

ГЛАВА 15

— Дочитав последнее письмо Росси, — сказал отец, — я заново почувствовал себя покинутым, словно он исчез во второй раз. Но теперь я уже не сомневался, что его исчезновение не объяснить автобусной поездкой в Хартфорд или болезнью родственника во Флориде (или в Лондоне), как пыталась внушить нам полиция. Я изгнал из головы эту мысль и решился просмотреть остальные документы. Сперва читай, потом обдумывай. Потом выстраивай хронологию и начинай — не спеша — делать выводы. Знал ли Росси, обучая меня профессиональным навыкам, что заботится о собственном спасении? Все это напоминало жутковатый последний экзамен — и оставалось только надеяться, что он не станет в самом деле последним ни для меня, ни для него. Прежде чем составлять планы, надо дочитать до конца, сказал я себе, но в голове у меня уже замаячила мысль о том, что делать дальше. Я снова открыл пакет.

Следующие три листа оказались, как и обещал Росси, картами, начерченными от руки и выглядевшими не старше писем. Разумеется, это должны быть сделанные им по памяти копии карт из стамбульского архива. На первой я увидел гористую местность. Горы были обозначены мелкими зубчиками. С востока на запад через весь лист тянулись два хребта, а на западном краю они сливались в сплошное взгорье. Вдоль северного края карты изгибалась широкая река. Городов не было видно, хотя три-четыре мелких косых крестика среди западных гор могли обозначать селения. На этой карте не было названий, однако Росси — тем же почерком, что в последнем письме, — приписал на полях: «Кто не верует и умрет в неверии, на того падет проклятие Аллаха, ангелов и людей (Коран)», и еще несколько подобных изречений. Я задумался, не эта ли река, по его мнению, напоминала хвост дракона из книги. Нет, он имел в виду более крупную карту, которой я еще не видел. Я проклинал обстоятельства — все обстоятельства, лишившие меня возможности увидеть и изучить оригинал: при всей замечательной памяти и верности руки Росси, между оригиналом и копией неизбежно должны быть расхождения. Следующая карта сосредоточилась на западном взгорье. Я снова заметил кое-где косые крестики, расположенные так же, как на первой карте. Здесь появилась извивавшаяся среди гор маленькая река. Снова никаких названий. Наверху рукой Росси приписка: «Изречения из Корана повторяются». Что ж, в те времена он был так же дотошен, как и Росси, которого я всегда знал, ценил его научную обстоятельность. Но пока что карты были слишком примитивны, слишком грубо набросаны, чтобы соотнести их с тем или иным знакомым мне регионом.

Досада обжигала меня жаром, и я с большим трудом загнал ее внутрь, заставив себя сосредоточиться. Третья карта оказалась более вразумительной, хотя я пока не знал, какие сведения смогу из нее извлечь. Общие очертания в самом деле напоминали хищный силуэт, памятный мне по гравюрам в наших книгах, хотя, если бы не письмо Росси, я мог бы и не заметить сходства с первого взгляда. Вершины изображались все теми же треугольниками, и один пик на востоке выступал вверх, как складка крыла дракона. Горы выглядели очень высокими и образовывали тяжелые цепи с юга на север, а река огибала их и переходила в какой-то водоем. Может быть, то самое озеро Снагов в Румынии, где, по преданию, похоронен Дракула? Однако, как заметил Росси, в пойме реки не было показано острова, да и вообще все не слишком походило на озеро. Крестики на этот раз были подписаны кириллицей. Я предположил, что это и есть упомянутые Росси деревни.

Среди этих разбросанных поселений я отыскал квадратик, помеченный Росси: «(*арабск.*) Проклятая гробница истребителя турок». Над квадратиком виднелся довольно искусно нарисованный дракон с венчающим голову замком и под ним — греческая надпись с английским переводом Росси: «Здесь он обитает во зле. Читатель, словом извлеки его из могилы». Слова звучали как некое заклинание и зачаровывали, и я уже открыл рот, чтобы произнести его вслух, но опомнился и плотно сомкнул губы. Однако слова отложились в памяти, как строка стихотворения, и пару секунд отплясывали перед глазами адский танец.

Я отложил карты. Странно было видеть их у себя на столе, точь-в-точь такими, как описал Росси, но еще больше мучило меня, что передо мной не оригиналы, а сделанные его рукой копии. Где доказательства, что он не выдумал все это, снабдив розыгрыш подробными картами? Ни одного первичного источника, кроме его писем! Я барабанил пальцами по столу. Часы у меня в кабинете в тот вечер тикали особенно громко, и городская светлая ночь казалась слишком тихой за щелями жалюзи. Я ужинал давным-давно, и ноги у меня ныли, но остановиться сейчас было невозможно. Я наскоро проглядел дорожную карту Балкан, но в ней с виду не было ничего необычного и никаких пометок. Брошюра по Румынии тоже ничем не поразила меня, кроме своего кошмарного английского. Среди прочего, она приглашала «повестить наши пышные премучительные места». Оставалось просмотреть только заметки, сделанные рукой Росси, и маленький запечатанный конверт, который я заметил, перебирая бумаги. Конверт я собирался оставить напоследок, но не утерпел. Нож для бумаг лежал на столе, и я осторожно срезал печать и извлек тонкий листок. Это снова была третья карта, силуэт дракона, изогнутая река и карикатурные горные вершины. Как и копии Росси, она была начерчена черными чернилами, но рука была другой — твердый почерк, напоминающий почерк Росси, но несколько мельче, а если присмотреться внимательней, чуть архаичный и причудливый. Письмо Росси должно было бы подготовить меня к открытию единственного отличия, и все-таки оно настигло меня как удар: над квадратиком могилы с охраняющим ее драконом аркой выгибались слова: «Бартоломео Росси».

Усилием воли я отогнал все допущения, страхи и выводы, заставил себя отложить листок и прочесть заметки Росси. Две первые страницы были, по всей видимости, заполнены в архивах Оксфорда и Британской библиотеки и не сообщили мне ничего нового. В них кратко излагались основные события жизни Влада Дракулы, список исторических документов и легенд, упоминавших о нем. Дальше шла страница другой бумаги, датированная временем поездки в Стамбул и с пометкой: «воспроизводится по памяти», сделанной его быстрым, но твердым почерком. Должно быть, сообразил я, он, прежде чем вернуться в Грецию, не только воспроизвел карты, но и записал свои воспоминания о случае в архиве.

Среди заметок нашелся список документов времен султана Мехмеда Второго, хранившихся в стамбульской библиотеке — или той части их, какую Росси счел относящимися к его теме, — три карты, перечень сообщений о войнах карпатских стран с Оттоманской империей и счетных книг турецких купцов с окраин империи. Мне все это показалось не слишком интересным, однако я задумался, чем именно занимался Росси, когда его работу прервал зловещий чиновник. Не крылся ли в одном из перечисленных свитков или гроссбухов ключ к кончине или месту захоронения Цепеша? И успел ли Росси, прежде чем его спугнули, хотя бы просмотреть подобранные документы или только составил их список?

Последний пункт перечня оказался для меня неожиданным, и я на несколько минут задержался на нем. «Библиография, Орден Дракона (частично в виде свитков)». Запись поразила меня несвойственной Росси краткостью. Обычно каждая заметка его давала полную информацию: иначе, говаривал он, нет смысла делать заметки. Что за библиография попала в список в такой спешке? Возможно, библиотечное описание материалов по Ордену Дракона, имевшихся в их распоряжении? Но тогда почему оно «частично в свитках»? Нет, решил я, список наверняка старинный — может быть, из монастырской библиотеки времен Ордена. Не потому ли Росси не оставил подробной записи, что библиография оказалась для него несущественной?

Размышления над сокровищами далекого архива, давным-давно изученного Росси, казались не слишком прямой дорогой к разгадке его исчезновения, и я отбросил листок, исполнившись вдруг отвращения к утомительным мелочам исследовательской работы. Я жаждал ответов. Если не считать содержания отчетов, счетных книг и последней библиографии, Росси с удивительной полнотой посвятил меня в свои открытия. Впрочем, такая дотошность и внимательность были в его духе, не говоря о том, что ему выпала удача — хотя бы в этом — объясниться с преемником в длинных письмах. И все же мне не хватало знаний, хотя я уже представлял свой следующий шаг. Конверт лежал передо мной совсем пустой, выпотрошенный, и последние документы не много прибавили к тому, что я успел узнать из писем. И еще я догадывался, что действовать надо как можно скорее. Мне и прежде случалось не спать ночами, и в оставшиеся до утра часы следовало собрать в памяти все, что обронил в разговорах Росси о прежних случаях, когда жизни его угрожала опасность.

Я встал, хрустнув суставами, и прошел в свою тесную кухоньку вскипятить бульон. Нагнувшись за чистой кастрюлькой, я вспомнил, что мой кот не явился домой, чтобы, как обычно, составить мне компанию за ужином. Он был прирожденным бродягой, и я подозревал, что он не только мне дарит свою привязанность, однако ко времени ужина он обычно возникал за кухонным стеклом, вытягивая морду с пожарной лестницы, чтобы напомнить мне: пора вскрывать его банку тунца или, если я расщедрился, выставлять к столу мисочку сардин. Я полюбил минуты, когда он спрыгивал с подоконника в мою пустынную квартирку и, мяукая, терся о колени, изображая приступ признательности и любви. Случалось, окончив трапезу, он соглашался провести со мной немного времени и засыпал на диване или поглядывал, как я глажу свои рубашки. Иногда мне казалось, что его в круглых желтых глазах загорается настоящая нежность, но, возможно, я принимал за нежность снисходительную жалость. Под его мягкой черно-белой шубкой скрывалось сильное жилистое тело. Я называл его Рембрандт. Вспомнив о нем, я приподнял край жалюзи, открыл окно и позвал его, ожидая услышать мягкий топоток по подоконнику. Но услышал только отдаленный шум городских улиц. Я пригнул голову и выглянул.

Его тело занимало весь подоконник. Он лежал, причудливо изогнувшись, словно, играя, повалился вдруг на бок. Я втянул его в кухню нежным и боязливым движением, чувствуя под руками сломанный позвоночник и жутко обвисающую голову. Глаза Рембранта были открыты так широко, как никогда не открывались при жизни, губы оттянуты назад, обнажая клыки, а когти на растопыренных передних лапах выпущены во всю длину. Я сразу понял, что он не мог сам упасть точно на узкий подоконник. Чтобы так изломать сильного кота, требовалась зверская хватка большой руки. Я погладил его мягкую шкурку и почувствовал, как ярость вытесняет страх — и преступник наверняка исцарапан в кровь, а может быть, и основательно покусан, но мой приятель мертв, и его уже не воскресишь. Я тихонько опустил его на кухонный стол, чувствуя, как дым ненависти наполняет легкие, и только тогда осознал, что его тельце еще не остыло.

Я резко обернулся, захлопнул окно, задвинул щеколду и принялся судорожно соображать: что дальше? Как мне защитить себя? Окна заперты, и дверь тоже — на два замка. Но много ли я знаю о вырвавшихся из прошлого кошмарах? Способны они проникнуть, подобно туману, в щель под дверью? Или разбить стекло и ворваться ко мне открыто? Я огляделся в поисках оружия. Пистолета у меня не было — да и не помогали никакие пистолеты против Белы Люгоши в вампирских фильмах, разве что герой заранее запасся бы серебряной пулей. Что советовал Росси? «Нет, я не стал бы носить в кармане чеснок». И еще: «Я уверен, что вам будет достаточно собственной добродетели, или совести, если угодно, — мне хочется думать, что это свойство есть у большинства людей».

Я нашел в кухонном шкафчике чистое полотенце, нежно завернул тело своего друга и отнес его в переднюю. Надо будет похоронить его завтра, если завтрашний день настанет обычным порядком. Зарою его за домом — поглубже, чтобы собаки не откопали. После такого не хотелось и думать о еде, но я все же налил себе миску супа и отрезал кусок хлеба.

Поев, я снова уселся за письменный стол и собрал бумаги Росси, аккуратно сложив их обратно в конверт и перевязав. Свою таинственную Книгу Дракона положил сверху, позаботившись, чтобы она не открылась. Прижал сверху своим экземпляром классического германновского «Золотого века Амстердама» — излюбленным чтением с давних пор. Разложил перед собой заметки к диссертации и статейку о купеческих гильдиях в Утрехте, скопированную в библиотеке и так и не прочитанную. Рядом я положил наручные часы и с суеверным чувством отметил, что они показывают без четверти двенадцать. Завтра же, сказал я себе, пойду в библиотеку и прочитаю все, что может вооружить меня на будущее. Не повредит разузнать побольше о серебряных кольях, чесноке и крестиках, раз уж сельская медицина столько веков прописывала против не-умерших эти немудреные средства. По крайней мере, продемонстрирую уважение к традициям. Пока я располагал только советами Росси, однако Росси никогда не подводил меня, если мог помочь. Я взял ручку и склонился над статьей.

Никогда еще мне не бывало так трудно сосредоточиться. Каждым нервом тела я ловил чужое присутствие — если там было присутствие, — словно разум скорее, чем ухо, мог уловить его вкрадчивый шорох за окном. Огромным усилием я перенесся в Амстердам 1690 года. Написал фразу, за ней другую. Четыре минуты до полуночи. «Поискать анекдоты о жизни голландских моряков» — записал я в блокноте. Я задумался о купцах, сбивавшихся в свои, уже тогда древние, гильдии, чтобы выжать все, что можно, из своей жизни и товара, живших день ото дня, руководствуясь незатейливым чувством долга, и жертвовавших часть выручки на больницы для бедняков. Две минуты до полуночи. Я записал имя автора статьи, чтобы посмотреть другие его работы. Записал для памяти: «изучить значение печатного дела для торговли».

Минутная стрелка на циферблате моих часов внезапно дернулась, и я дернулся вместе с ней. Ровно двенадцать часов. Книгопечатание могло сыграть весьма важную роль, рассуждал я, не позволяя себе оглянуться через плечо, особенно, если гильдии владели некоторыми печатными мастерскими Они могли покупать печатные станки или платить издателям. Как в тех условиях идея свободы печати у голландских интеллектуалов соотносилась с частным владением типографиями? Я по-настоящему заинтересовался и пытался припомнить, попадалось ли мне что-нибудь по первым книгопечатням в Амстердаме и Утрехте. И вдруг я всем телом ощутил разлившуюся в воздухе неподвижную тишину – а потом напряжение прорвалось. Я взглянул на часы: три минуты первого. Я вздохнул спокойно, и перо забегало по бумаге.

Следившая за мной сила оказалась не так уж проницательна, размышлял я, стараясь не прерывать работы. Как видно, не-умерший купился на фальшивку и решил, что я внял предостережению, вернулся к обычным занятиям. Мне не удастся долго скрывать, чем я занят на самом деле, но в ту ночь притворство было моей единственной защитой. Я придвинул поближе настольную лампу и углубился в семнадцатый век еще на час. Прикидываясь, что занят выписками, я рассуждал сам с собой: последняя угроза Росси относилась к 1931 году – его имя над могилой Влада Цепеша. И Росси не нашли мертвым за письменным столом, как нашли бы меня, если бы я не принял мер предосторожности. Его не обнаружили истекающим кровью в коридоре, как Хеджеса. Его похитили. Разумеется, может, он и лежит где-то мертвый, но, пока не узнаю наверное, я буду надеяться, что он жив. С завтрашнего дня начинаю поиски могилы.

Сидя на камнях старой французской крепости, отец всматривался в морскую даль, как смотрел в пропасть под Сен-Матье, на парившего под нами орла.

– Вернемся в отель, – сказал он наконец. – Дни уже стали короче, ты заметила? Не хочу, чтобы нас застигла здесь темнота.

От нетерпения я решилась спросить напрямик:

– Застигла?

Он серьезно посмотрел на меня, будто взвешивая опасность ответа.

– Тропа крутая, – наконец сказал он, – и мне что-то не хочется впотьмах продираться сквозь ту чащу. А тебе? – Мне показалось, что и в его голосе прозвучал вызов.

Я взглянула на оливковую рощу внизу. Деревья уже казались не персиково-серебристыми, а бледно-серыми. Каждое деревцо, извиваясь, тянулось к крепости, когда-то охранявшей его — или его предков — от сарацинских факелов.

— И мне не хочется, — ответила я.

ГЛАВА 16

В начале декабря мы снова были в пути, а усталость летних поездок давно забылась. Снова резкий ветер Адриатики играл моими волосами, и мне нравились его грубоватые прикосновения: будто зверь с тяжелыми лапами бродил по гавани, заставляя резко хлопать флаги перед отелями и вытягивая верхние ветви городских платанов вдоль улиц.

— Что? — прокричала я.

Отец снова сказал что-то неразборчивое, указывая на верхний этаж императорского дворца. Оба мы запрокинули головы.

Стройная твердыня Диоклетиана высилась над нами в ярком утреннем свете, и я чуть не опрокинулась назад, пытаясь увидеть ее доверху. Тут и там промежутки между колоннами его прекрасной колоннады были заложены каменной кладкой, — в основном людьми, разделившими здание на квартиры, как объяснил позже отец, — так что по всему фасаду светились каменные заплаты, собранные из разворованных плит древнеримских строений. Кое-где виднелись трещины: следы землетрясений или потопов. Из них тянулись плети вьюнков, а то и тонкие деревца. Ветер хлопал широкими матросскими воротниками. Моряки по двое, по трое прогуливались вдоль набережной, сверкая медными лицами и проволочными ежиками уставной стрижки, особенно темными над белыми форменными бушлатами. Я за отцом прошла вдоль подножия дворца, по сухой опавшей листве платанов и палым каштанам, и вышла на площадь, пропахшую мочой и окаймленную монументальными памятниками архитектуры. Прямо перед нами поднималась фантастическая башня, открытая всем ветрам и разукрашенная, как свадебный пирог. Под ней было не так ветрено, и можно было говорить, а не кричать.

— Мне всегда хотелось на нее посмотреть, — обычным голосом сказал отец. — Хочешь подняться наверх?

Я пошла первой, боязливо ступая по решетчатым ступеням. Сквозь ажурное мраморное плетение иногда открывался уличный базар. Деревья, отделявшие его от гавани, сияли тусклым золотом, и тем чернее на их фоне казалась темная зелень кипарисов. Под нами виднелась синяя, как матросский воротник, вода бухты и крошечные фигурки моряков, переходящих из бара в бар. Далекий изгиб берега за нашим солидным отелем стрелой тянулся к внутренним землям славяноязычного мира, куда вскоре должны были унести моего отца волны разрядки.

Под самой крышей мы остановились и дружно вздохнули, стоя над бездной на крохотной площадке, пустота под ногами была видна сквозь паутину решетчатых ступеней. Мир, скрытый до того каменными стенами, широко распахнулся во все стороны за каменными перилами, достаточно низкими, чтобы не помешать неосторожному туристу кувырнуться с высоты девятого этажа на брусчатку площади. Мы предпочли устроиться на скамеечке в середине площадки, лицом к воде, и сидели так тихо, что стриж, изогнув крыло, пронесся над нашими головами и скрылся за карнизом. Он нес в клюве что-то яркое, искоркой блеснувшее на солнце.

— На следующий день после того, как закончил читать бумаги Росси, — сказал отец, — я проснулся рано. Никогда я так не радовался солнечному свету, как в то утро. Меня ожидало грустное дело — похоронить беднягу Рембрандта. Покончив с этим, мне ничуть не составило труда успеть к дверям библиотеки к самому открытию: хотелось иметь весь день для подготовки к следующей ночи, к следующему приступу темноты. Многие годы ночь была мне другом: она окружала меня коконом тишины, в котором я спокойно читал и писал. Теперь она стала угрозой: неотступной опасностью, маячившей всего в нескольких часах от меня. Кроме того, меня вскоре ожидало путешествие, и к нему тоже следовало подготовиться. Все было бы несколько проще, — горестно заключил я, — если бы хоть знать, что делать.

В главном зале было еще тихо, если не считать гулких шагов библиотекарей, расходившихся по своим местам: мало кто из студентов выбирался сюда в такую рань, и по крайней мере полчаса я мог рассчитывать на тишину и покой. Пробравшись в лабиринт каталогов, я открыл блокнот и стал выдвигать нужные мне ящики. Там нашлось несколько ссылок по Карпатам и одна по легендам Трансильвании. И одна книга о вампирах: легенды и поверья египтян. Я задумался, много ли общего у вампиров с разных концов света. Похожи ли вампиры египтян на восточноевропейских вампиров? На этот вопрос мог бы ответить какой-нибудь археолог, но не я. Тем не менее я выписал еще и номер книги по китайским поверьям.

Затем я обратился к теме «Дракула». Темы и заглавия стояли в этом каталоге вперемежку: между «Драб-Али Великий» и «Драконы, Азия», должна была помещаться хотя бы одна карточка: по заголовку «Дракулы» Брэма Стокера, которого я видел вчера в руках у молодой брюнетки. Может быть, в библиотеке имеется и второй экземпляр столь классического издания. Он нужен был мне немедленно: по словам Росси, Стокер втиснул в него все основные сведения о вампирах, и я рассчитывал найти там какие-нибудь полезные советы по самозащите. Я просмотрел ящик из конца в консц. Ни одной карточки на «Дракулу» — ни одной! Я и не ожидал, что научная библиотека отведет много места этой легендарной личности, но хоть одна книга должна была найтись! И тогда я заметил нечто, завалившееся между карточками «Драб-Али» и «Драконов»: мятый клочок бумаги на дне ящика ясно показывал, что отсюда выдернули по меньшей мере одну карточку. Я поспешно выдвинул ящик «Ст». И здесь вместо карточки «Стокер Брэм» те же следы поспешной кражи. Я тяжело упал на ближайший стул. Слишком все это было странно. Зачем кому-то выдергивать именно эти карточки?

Темноволосая девушка последней заказывала книгу. Может быть, она желала скрыть, что читает? Тот, кто задумал украсть или спрятать библиотечный экземпляр, не станет читать его при всех, посреди библиотеки. Нет, карточку выдернул кто-то другой; вероятно кому-то — но с какой стати? — не хотелось, чтобы другие нашли здесь эту книгу. И сделал он это второпях, забыв скрыть улики. Я снова начал рассуждать. Каталог — святая святых; студент, всего лишь забывший поставить ящик на место, получит суровый выговор от поймавшего его на месте преступления сотрудника. Всякое насилие над каталогом должно было совершиться мгновенно, в тот редкий момент, когда рядом никого не оказалось или никто не смотрел в эту сторону. Если девушка не крала карточки, она, скорее всего, и не знала, что кто-то не желает, чтобы эту книгу заказывали. И, скорей всего, книга еще у нее. Я бросился в главный зал.

Построенное в стиле высокой готики библиотечное здание возводилось примерно в те годы, когда Росси заканчивал докторскую в Оксфорде (где, его, конечно, окружала подлинная готика), и мне оно всегда казалось одновременно красивым и смехотворным. Чтобы добраться до главного дежурного, мне пришлось пробежать длинный соборный неф. Его стол поставили как раз там, где в настоящем соборе помещался бы алтарь: под фреской Мадонны — Мадонны знаний, я полагаю, — в небесно-голубых одеждах и со стопкой толстых небесных фолиантов в руках. Заказать здесь книгу было все равно что причаститься. Но в тот день старая шутка показалась мне нестерпимо циничной и я, не поднимая головы к гладкому равнодушному лицу мадонны, обратился к библиотекарю, по возможности спокойно:

— Я ищу книгу, которой в данный момент нет на открытом доступе, — начал я, — и хотел бы узнать, она сейчас на руках или, может быть, уже в стопке возврата?

Библиотекарь, маленькая неулыбчивая женщина лет шестидесяти, подняла взгляд от работы.

— Пожалуйста, название.

— «Дракула» Брэма Стокера.

— Одну минуту, пожалуйста; я посмотрю.

Она бесстрастно покопалась в ящичке с заявками.

— Простите, книга на руках.

— Какая жалость, — с неподдельным сожалением сказал я. — Когда ее должны сдать?

— Через три недели. Ее только вчера выписали.

— Боюсь, что для меня это слишком поздно. Видите ли, я читаю курс...

Как правило, эти слова служили вместо «Сезам, откройся».

— Если хотите, можете поискать в запасниках, — холодно отозвалась библиотекарша и склонилась над работой, отгородившись от меня седыми локонами.

— Возможно, ее взял кто-то из моих студентов, чтобы подготовиться заранее. Если вы скажете мне имя, я сам с ним свяжусь.

Она прищурилась:

— Не полагается.

— Но ведь и ситуация необычная, — доверительно поведал я ей. — Видите ли, книга мне совершенно необходима для составления экзаменационных вопросов, а я... понимаете, я одолжил свою книгу студенту, а теперь он не может ее найти. Я сам виноват, но вы ведь знаете студентов. Следовало быть умнее.

Лицо ее смягчилось, отразив даже легкое сочувствие.

— Ужасно, правда? — Она покачала головой. — Мы после каждого семестра недосчитываемся целых полок книг. Хорошо, я попробую найти вам имя читателя, но только не распространяйтесь об этом, ладно?

Она повернулась к шкафчику, стоявшему у нее за спиной, а я стоял, размышляя над коварством собственной натуры. С каких пор я выучился так легко врать? Да притом с каким-то нездоровым удовольствием. Тут я заметил, что из-за алтаря появился еще один библиотекарь и остановился поодаль, наблюдая за мной. Это был худой человек средних лет, ненамного выше маленькой библиотекарши ростом, в поношенном костюме и выцветшем галстуке. Я часто видел его раньше, и сейчас меня поразила перемена в его внешности. Лицо его казалось землистым и изможденным, как после тяжелой болезни.

— Я могу чем-нибудь помочь? — вдруг обратился он ко мне, словно опасался, что, если меня оставить без внимания, я утащу что-нибудь со стола.

— О, нет, спасибо. Мне уже помогают.

Я кивнул в спину пожилой сотрудницы.

— Так-так.

Он отступил в сторону, когда женщина повернулась и выложила передо мной на стол листок бумаги. Я не сразу нашел то, что искал, — буквы поплыли у меня перед глазами. Потому что второй библиотекарь отвернулся, нагнувшись над одной из сданных в возврат книг. И когда он близоруко склонился над ней, вытянув шею из вытертого воротничка рубашки, я увидел на ней две темные колотые ранки с запекшимися уродливым кружевом струйками крови. Библиотекарь выпрямился и отошел с книгой в руках.

— То, что вам требовалось? — спросила дама-библиотекарь. Я взглянул на листок. — Видите, заявка на «Дракулу» Брэма Стокера. У нас всего один экземпляр.

Потертый щуплый библиотекарь почему-то уронил книгу, и звук падения эхом отдался под высокими сводами нефа. Выпрямившись, он в упор взглянул на меня, и никогда я не видел — никогда до того мига не видел — такой ненависти и страха в человеческих глазах.

— Вам это требовалось, не так ли? — настаивала библиотекарша.

— О нет, — проговорил я, мгновенно овладев собой и соображая на ходу. — Видимо, вы меня неправильно поняли. Я искал «Историю упадка и крушения Римской империи» Гиббона. Я ведь сказал, что читаю по нему курс и нам нужны дополнительные экземпляры.

Она нахмурилась:

— Но вы говорили…

Даже в таких неприятных обстоятельствах мне не хотелось обижать пожилую даму, тем более что она так внимательно отнеслась к моей просьбе.

— Ничего, — заметил я, — может быть, я просто плохо смотрел. Пойду еще раз справлюсь в каталоге.

Но уже выговаривая слово «каталог» я понял, что перенапряг свои способности ко лжи. Глаза библиотекаря превратились в щелки, и он чуть повернул голову, как хищник, следящий взглядом за намеченной жертвой.

— Большое спасибо, — вежливо пробормотал я и отошел и, пока шел по проходу между столами, все чувствовал, как буравят мне спину его острые глаза. Для виду я на минуту заглянул в каталог, но тут же закрыл портфель и устремился к двери, сквозь которую уже вливался поток прилежных почитателей Мадонны знания. На улице я отыскал скамью, ярче всех освещенную солнцем, и прислонился спиной к псевдоготической стене, так что никто не смог бы подобраться ко мне незаметно. Я нуждался в пяти минутах на размышление, которое, как учил Росси, должно быть своевременным, а не затяжным.

Однако так много предстояло мне переварить, что за минуты никак было не управиться. Не только окровавленное горло библиотекаря поразило меня в тот жуткий миг перед столом дежурного: я успел прочитать имя читательницы, перехватившей «Дракулу» у меня из-под носа. Ее звали Элен Росси.

Холодный ветер задувал все сильней. Отец прервал рассказ и вытащил из футляра фотоаппарата две ветровки — для меня и для себя. Скатанные в тугие комочки, они умещались поверх фотоаппарата, полотняных шляп и маленькой аптечки. Мы молча натянули куртки поверх свитеров, и он продолжал:

— Когда я сидел там, глядя, как пробуждается к повседневной жизни университет, меня вдруг пронзила острая зависть к расхаживающим туда-сюда студентам и преподавателям. Для них завтрашний экзамен был серьезным испытанием, а факультетские интриги представлялись высокой трагедией, с горечью думал я. Кто из них поймет меня, не говоря уже о том, чтобы помочь? Мне вдруг стало очень одиноко — я торчал посреди своего университета, своей вселенной, словно рабочая пчела, изгнанная из улья. С изумлением я осознал, что мир перевернулся для меня за каких-нибудь сорок восемь часов.

Теперь мне приходилось соображать и точно и быстро. Прежде всего, я нашел подтверждение рассказу Росси — помимо его исчезновения — в лице этого неумытого чудака библиотекаря, укушенного в шею. «Допустим, — сказал я себе, сдерживая насмешку над собственным легковерием, — просто допустим, что библиотекарь укушен вампиром, причем совсем недавно. Росси сгинул из кабинета, где остались следы крови, — напомнил я себе, — всего за две ночи до этого. Дракула, если он здесь замешан, питает, кажется, пристрастие не только к лучшим представителям научного мира (здесь я вспомнил беднягу Хеджеса), но и к библиотекарям и архивистам. Нет... — поправился я, резко выпрямившись, — он питает пристрастие к тем, кто роется в архивах, связанных с легендой. Первым был стамбульский чиновник, отобравший у Росси карты. Потом сотрудник смитсоновского музея, — перечислял я, вспоминая письма Росси. — И, само собой, сам Росси, хранивший экземпляр "сей милой книжицы" и раскопавший все доступные источники. Затем сегодняшний библиотекарь, хотя у меня пока не было доказательств, что он имел дело с документами о Дракуле. И наконец... я?»

Я подхватил портфель и бросился к ближайшей телефонной будке рядом с общежитием.

— Справочное университета, пожалуйста.

Насколько я мог судить, никто меня не преследовал, но все же я плотно закрыл дверь и сквозь стекло пристально разглядывал прохожих.

— У вас в списках есть мисс Элен Росси? Да, аспирантка, — наугад уточнил я.

Ответ оператора был краток. Я слышал, как девушка листает страницы.

— Есть адрес некой Э. Росси в женском аспирантском общежитии, — сообщила она.

— Это она, благодарю вас.

Я записал номер телефона и снова закрутил диск. Куратор общежития отвечала неприветливо и настороженно.

— Мисс Росси? Да? Простите, а кто ее спрашивает?

О господи, вот этого-то я и не предвидел.

— Ее брат, — торопливо отозвался я. — Она говорила, что ее можно найти по этому номеру.

В трубке послышались удаляющиеся шаги, потом — более отрывистые — приблизились и чья-то рука подняла трубку.

— Спасибо, мисс Льюис, — проговорил кому-то далекий голос, а затем тот же глубокий сильный голос, запомнившийся мне по библиотеке, проговорил мне в ухо: — У меня нет братьев.

Это звучало предостережением, а не простой констатацией факта.

— Кто говорит?

Отец потер застывшие на ветру руки, его ветровка зашелестела, как папиросная бумага. Элен, подумала я, не решаясь произнести имя вслух. Мне всегда нравилось имя Элен: напоминало что-то героическое и прекрасное, может быть, прерафаэлитский фронтиспис, изображающий Елену Троянскую в «Иллиаде для детей». Такая книжка была у меня дома, в Штатах. И, главное, так звали мою маму, а о ней отец никогда не заговаривал.

Я заглянула ему в лицо, однако он уже говорил о другом.

— В тех кафе внизу наверняка подают горячий чай. Я бы не отказался. А ты?

Я впервые заметила на его лице, красивом сдержанном лице дипломата, пятна теней вокруг глаз и в основании носа.

Словно он долго не высыпался. Отец встал, потянулся, и мы в последний раз заглянули через ненадежные перильца. Он чуть оттягивал меня назад, словно опасаясь, как бы я не упала.

ГЛАВА 17

Я в первый же день заметила, что отца Афины раздражают и утомляют. А меня они будоражили: мне нравилось смешение духа распада и жизненной силы: непрерывный тесный поток машин и людей, круживший по площадям и паркам, обтекавший древние памятники, ботанический сад, посреди которого стояла клетка со львом, потрясающий холм Акрополя, облепленный у подножия легкомысленными ресторанчиками и лотками... Отец обещал, что мы обязательно заберемся на холм, как только будет время. Стоял февраль 1974 года, мы впервые за три месяца выехали из дому, и меня он взял очень неохотно: его тревожили слишком часто попадавшиеся на улицах греческие военные. Я не желала ни минуты терять даром.

Между тем я усердно трудилась в номере отеля, не забывая поглядывать на увенчанные храмами холмы за окном, будто опасалась, что на двадцать пятом веку жизни они вдруг отрастят крылья и улетят куда-нибудь, не дождавшись меня. Мне видны были улочки, тропинки, аллеи, вившиеся вверх по склону к основанию Парфенона. Подъем будет долгим и утомительным — мы снова гостили в жарких странах, и лето здесь начиналось рано. Мимо беленьких домиков и пестрых лавочек, торгующих лимонадом, дорога вырывалась на древнюю рыночную площадь, обходила несколько храмовых площадок и поворачивала обратно к черепичным крышам внизу. Часть лабиринта была мне видна сквозь немытое стекло. Мы будем подниматься от одного вида к другому, любуясь тем, что жители окрестных домишек каждый день видят с крыльца. Я уже отсюда представляла себе череду античных руин, мрачных жилых домов, субтропических садов, вьющихся переулков и церквей, сверкавших в вечернем свете золотыми или красными черепичными кровлями, как цветные камушки, разбросанные по серому пляжу.

А вдали нам откроются многоквартирные новостройки, башни отелей, куда моложе нашего, широко раскинувшиеся пригороды, которые мы вчера проезжали на поезде. И, украдкой косясь на них, я буду помнить, что на вершине меня ждут не только древние руины, но и новый взгляд на собственное прошлое.

— Я пригласил ее пообедать, — сказал отец, — достаточно далеко от кампуса, чтобы не оглядываться то и дело в поисках того подозрительного библиотекаря (который, конечно, в эти часы должен быть на работе, но вполне может отлучиться перекусить где-нибудь по соседству), но достаточно близко, чтобы приглашение выглядело естественным и не походило на коварный план какого-нибудь «потрошителя», заманивающего девиц подальше от дома. Не знаю, ожидал ли я, что девушка опоздает, раздумывая, идти или не идти, однако Элен пришла раньше меня, так что, протолкавшись в людный обеденный зал, я сразу заметил ее за угловым столиком. Она развязала синий шелковый шарфик и снимала белые перчатки — не забудь, то была эпоха, когда даже самые суровые ученые дамы не отказывались от милых непрактичных мелочей в наряде. Волосы ее были уложены в валик на затылке, и заколки гладко прижимали их надо лбом, так что когда девушка повернулась мне навстречу, взгляд ее показался мне еще строже, чем накануне.

— Доброе утро, — холодно приветствовала она меня. — Ваш голос показался мне усталым, поэтому я заказала вам кофе.

Меня поразила ее самонадеянность: когда она успела научиться отличать мой усталый голос от отдохнувшего и откуда ей было знать, что мой кофе не успеет остыть? Однако я представился — на сей раз по имени — и, скрывая смущение, обменялся с ней рукопожатием. Мне хотелось сразу же спросить ее о фамилии, но я решил выждать более подходящего времени. Рука у нее оказалась сухой и гладкой, холоднее моей, словно на руке еще была перчатка. Я поставил стул напротив и сел, раскаиваясь, что, занятый охотой на вампиров, не удосужился сменить рубашку. Ее строгая белая блузка под черным жакетом выглядела безупречно свежей.

— Кто бы мог ожидать, что я снова услышу о вас? — Тон был резким, почти оскорбительным.

— Понимаю, что вы удивлены, — откровенно ответил я, пытаясь заглянуть ей в глаза и гадая, сколько вопросов успею задать, прежде чем она встанет и уйдет. — Простите. Это не розыгрыш, и я вовсе не хотел беспокоить вас или вмешиваться в вашу работу.

Она снисходительно кивнула. Вглядываясь в ее лицо, я неожиданно решил, что его черты — как и голос — столь же негармоничны, сколь привлекательны, и ободрился этой мыслью, словно недостатки внешности делали ее более человечной.

— Этим утром я обнаружил странную вещь, — приободрившись, начал я, — поэтому и разыскал вас в широком мире. Библиотечный «Дракула» еще у вас?

Она овладела собой быстро, но я успел заметить, потому что ожидал этого мгновенного смущения, этой бледности, проступившей на и без того бледном лице.

— Да, — настороженно отозвалась она. — Кому какое дело, что берут в библиотеке другие люди?

Я пропустил укол мимо ушей.

— А вы не выдергивали из каталога карточки на вашу книгу?

На этот раз она и не пыталась скрыть удивления:

— Что-что?!

— Я сегодня утром стал искать кое-что в каталоге — по теме, которой, видимо, занимаетесь и вы. И обнаружил, что карточки на Дракулу и Стокера вырваны из ящика.

Ее лицо напряглось и стало еще некрасивей, а глаза заблестели слишком ярко. Она впилась взглядом в мое лицо, а мне в ту минуту, впервые с того вечера, когда Массимо прокричал мне об исчезновении Росси, полегчало, словно с плеч упал груз одиночества. Она не смеялась над тем, что могло бы показаться ей актерством, и не хмурилась недоуменно. И, самое главное, в ее взгляде не было задней мысли, не было ничего, выдающего тайную враждебность. Но лишь одно чувство, прорвавшееся сквозь строгую замкнутость, можно было прочитать на ее лице — тончайший налет страха.

— Вчера утром карточки были на месте, — медленно проговорила она, словно сложив оружие и предлагая переговоры. — Я первым делом посмотрела на «Дракулу», и там была ссылка, один экземпляр. Тогда я подумала, нет ли других сочинений Стокера, и посмотрела на его имя. И нашла несколько карточек, в том числе на «Дракулу».

Равнодушный официант принес нам кофе, и Элен не глядя придвинула к себе чашку. Мне вдруг мучительно захотелось увидеть Росси, разливающего кофе — куда лучше этого — в свою и мою чашку, ощутить его щедрое гостеприимство. Да, у меня же были еще вопросы к этой девушке!

— Видимо, кому-то очень не хочется, чтобы вы... или я... кто угодно, читал эту книгу, — заметил я, стараясь говорить совершенно спокойно и не спуская с нее глаз.

— В жизни не слышала большей нелепицы, — резко отозвалась она, насыпав в чашечку сахар и помешивая его.

Но ее словам не хватало убежденности, и я продолжал настаивать:

— Книга еще у вас?

— Да.

Звякнув, упала ложечка.

— В моей сумке. — Она опустила взгляд, и я заметил рядом с ней дамский портфель, тот же, что был вчера.

— Мисс Росси, — заговорил я, — прошу прощения и понимаю, что вы можете принять меня за сумасшедшего, но я убежден, что вы в опасности, пока носите при себе книгу, которую кто-то очень стремится от вас скрыть.

— Что за мысль? — огрызнулась она, так и не подняв на меня взгляд. — Кому, по-вашему, понадобилось скрывать от меня книгу?

Легкий румянец снова окрасил ее скулы, а взгляд был виновато устремлен в чашку. Иначе не скажешь: именно виновато. Мелькнула ужасная мысль, что девушка в союзе с вампирами: невеста Дракулы — перед глазами всплыла яркая афиша воскресного утренника. Ее хоть сейчас на сцену с этими черными как сажа волосами, неуловимым и странным акцентом, с яркими, как клубничный сок, губами на бледном лице, в элегантном черно-белом костюме. Я отогнал эту идею — разыгралось воображение от нервного напряжения.

— А не знаете ли вы кого-нибудь, кто хотел бы не допустить вас к подобному чтению?

— Вообще говоря, знаю. Но вас это определенно не касается. — Наградив меня сердитым взглядом, она снова уткнулась в чашку. — Вас-то она отчего интересует? И если вам нужен был мой телефон, почему вы прямо не спросили, без лишней канители?

Теперь настал мой черед краснеть. Разговаривать с ней было все равно что терпеливо сносить серию пощечин, не зная притом, в какой момент последует очередной удар.

— Мне в голову не приходило узнавать ваш телефон, и, только обнаружив пропажу карточек, я решил, что вам следует об этом сказать, — натянуто пояснил я. — И книга эта мне нужна срочно, так что я пришел в библиотеку проверить, нет ли у них второго экземпляра.

— А когда оказалось, что нет, — прошипела девица, — вы придумали идеальный предлог вытянуть ее из меня. Если вам нужна моя книга, почему было просто не встать на очередь?

— Некогда ждать, — огрызнулся я, начиная уставать от этого тона.

Обоим нам грозит опасность, а она ломается, словно перед кавалером, напрашивающимся на свидание. Я напомнил себе, что девушке наверняка неизвестна вся темная подоплека дела. Может, если бы рассказать ей все, она и не сочла бы меня обычным психом. Однако, поверив мне, она окажется еще в большей опасности. Не удержавшись, я громко вздохнул.

— Вы надеетесь уговорить меня отдать вам книгу? — Голос ее немного смягчился, и я заметил насмешливую улыбку в уголке ее твердого рта. — Надо думать, так оно и есть.

— Нет, не так. Но я хотел бы узнать, кто, на ваш взгляд, хотел бы помешать вам ее заказать.

Поставив чашку, я в упор взглянул на нее.

Девушка беспокойно дернула плечом под тонкой шерстью жакета. На лацкане прилепился длинный волос — ее волос, но на черной ткани он блестел яркой медью. Видимо, она никак не могла решиться и вдруг спросила:

— Кто вы такой?

Я ограничился привычным в академических кругах сообщением:

— Аспирант, на историческом.

— Историк? — быстро и, кажется, сердито перебила она.

— Пишу диссертацию по торговле в Голландии семнадцатого века.

— О... — Девушка помолчала и заговорила спокойнее.

— А я антрополог-этнограф. Но тоже интересуюсь историей. Изучаю быт и традиции Балканского полуострова и Центральной Европы, особенно своей родной... — она чуть понизила голос, но это прозвучало скорее грустно, чем таинственно, — своей родной Румынии.

Теперь смутился я. Дело становилось все более странным.

— Потому вы и решили почитать «Дракулу»?

Улыбка застала меня врасплох. Блеснули белые зубы, слишком мелкие для такого сильного лица, загорелись глаза. Но тут же вернулась строгость.

— Вероятно, можно сказать и так.

— Вы так и не ответили на вопрос, — заметил я.

— А с какой стати? — Она пожала плечами. — Я с вами не знакома, к тому же вы пытаетесь вытянуть у меня библиотечную книгу.

— Возможно, мисс Росси, вам угрожает опасность. Я не хочу запугивать вас, но говорю совершенно серьезно.

Она прищурилась и взглянула на меня.

— Вы тоже что-то скрываете. Откровенность за откровенность.

Мне ни разу не приходилось видеть, встречаться, разговаривать с подобной женщиной. В ее воинственности не было ни малейшего оттенка флирта. Слова ее казались ледяным прудом, и нырять приходилось, не успев подумать о последствиях.

— Хорошо, — впадая в тот же тон, ответил я, — вам первой говорить. Кто, по-вашему, мог бы пожелать отнять у вас книгу?

— Профессор Бартоломео Росси. Вы с исторического. Не слыхали о таком?

В ее голосе послышался жесткий сарказм.

Я остолбенел.

— Профессор Росси? Как же так…

— Я ответила на вопрос.

Девушка выпрямилась, одернула жакет, сложила друг на друга перчатки, показывая, что сделала свое дело. На мгновенье мне показалась, что она наслаждается произведенным эффектом.

— А теперь расскажите, зачем вся эта мелодрама вокруг моей книги.

— Мисс Росси, — заговорил я, — прошу вас, я все расскажу. Все, что смогу. Но, пожалуйста, объясните, каким образом вы связаны с профессором Бартоломео Росси.

Она нагнулась, открыла портфель и достала кожаную коробочку.

— Ничего, если я закурю? Хотите сигарету?

Меня вновь поразила мужская уверенность, проявлявшаяся в ней, когда девушка отбрасывала женскую агрессивность.

Я помотал головой: я не выносил табачного дыма, но из этой спокойной гладкой руки почти готов был принять и сигарету. Она непринужденно затянулась, сжимая мундштук правым уголком губ.

— Не знаю, с какой стати говорить об этом с посторонним. Должно быть, мне здесь одиноко. Я уже два месяца ни с кем по-настоящему не разговаривала, только о работе. И вы, мне кажется, не из сплетников, хотя, видит бог, на нашем факультете их полным-полно.

В ее голосе прозвучала сдержанная злость, и сквозь нее прорвался заметный акцент.

— Но если вы сдержите слово...

Она снова взглянула жестко, выпрямилась, напряженно сжимая в руке сигарету.

— Мои отношения с профессором Росси совсем просты. Или должны бы быть простыми. Он мой отец. Он встречался с моей матерью, когда приезжал в Румынию на поиски Дракулы.

Я расплескал кофе по скатерти, залил колени, рубашку — все равно ее пора было сменить, — забрызгал ей щеку. Девушка, уставившись на меня, стерла брызги ладонью.

— Господи, извините. Извините...

Я пытался навести порядок, схватив и свою и ее салфетку.

— Вы в самом деле удивились, — не шевелясь, сказала она. — Значит, вы с ним знакомы.

— Знаком, — признал я. — Он мой куратор. Но о Румынии он никогда не рассказывал и... не говорил, что у него есть семья.

— У него нет семьи.

Ее слова резанули меня ледяным холодом.

— Я, видите ли, ни разу с ним не встречалась, хотя теперь, вероятно, это только вопрос времени.

Она чуть откинулась на неудобном стуле и неловко ссутулила плечи, словно отстраняя всякую попытку сочувствия.

— Я видела его однажды, издалека, на лекции — представьте себе, так вот, издали, впервые увидеть собственного отца.

Я смял салфетки в мокрый ком и сдвинул все в сторону — чашки, ложки, все как попало.

— Но почему?

— Это довольно странная история, — сказала она, не сводя с меня взгляда; нет, она не ушла в свои мысли, а чутко ловила каждое мое движение. — Ну, хорошо. История из серии «поматросил и бросил». — При ее акценте это прозвучало странно, но мне не хотелось улыбаться. — В сущности, ничего особенного. Он познакомился с матерью в деревне, некоторое время наслаждался ее обществом, а потом уехал, оставив свой адрес в Англии. Уже после его отъезда мать поняла, что беременна, и сестра, которая жила в Венгрии, помогла ей выбраться туда до моего рождения.

— Румыния? — Я с трудом произносил слова. — Он никогда не говорил мне, что бывал в Румынии.

— Неудивительно, — горько усмехнулась она. — И матери тоже. Она написала ему из Венгрии, что родился ребенок. Он ответил, что понятия не имеет, кто она такая и где взяла его адрес, и что он никогда не бывал в Румынии. Вы способны представить такую жестокость?

Глаза у нее стали большими и совсем черными. Они будто сверлили во мне дыру.

— В каком году вы родились? — Я и не подумал извиниться, что задаю даме подобный вопрос; она настолько не походила на знакомых мне женщин, что обычные условности были к ней неприложимы.

— В тридцать первом, — невозмутимо ответила девушка. — Мать однажды на несколько дней возила меня в Румынию, но тогда я еще и не слыхала о Дракуле, да и в Трансильванию мы не заезжали.

— Господи, — прошептал я в пластиковую скатерть. — Господи. Я думал, он рассказал мне все, но этого он не говорил.

— Что — все? — вскинулась девушка.

— Почему вы с ним не встретились? Он не знал, что вы здесь?

Она кинула на меня непонятный взгляд, но ответила напрямик.

— Можете назвать это своего рода игрой. Простая прихоть... — Она запнулась. — Я неплохо успевала в Будапештском университете. Меня даже считали гениальной.

Это было сказано очень скромно, но я только теперь сообразил, что она невероятно свободно владеет английским – сверхъестественно свободно. Может, она и была гениальна.

– Моя мать не окончила и начальной школы – представьте, бывает и так, – хотя она получила кое-какое образование уже взрослой. А я в шестнадцать лет поступила в университет. Конечно, мать говорила, что я пошла в отца, ведь даже в глубь стран Восточного блока доходили выдающиеся труды профессора Росси: о минойской цивилизации, по средиземноморским религиозным культам, по эпохе Рембрандта… Он сочувственно отзывался о британском социализме, поэтому наши власти допускали распространение его работ. Я в старших классах стала учить английский: хотите знать зачем? Чтобы читать потрясающие книги Росси в подлиннике. И найти его оказалось совсем несложно: на задней странице обложки всегда писали, в каком университете он работает. Я дала себе слово когда-нибудь попасть туда. Все продумала. Завязала нужные связи в политических кругах – якобы стремилась изучать славную историю английского рабочего движения. Так что со временем у меня появилась возможность выехать за границу для продолжения образования. У нас в Венгрии сейчас чуть свободнее дышать, хотя никто не знает, долго ли Советы будут с этим мириться. Это, кстати, о палачах и тиранах… Как бы то ни было, я провела шесть месяцев в Лондоне, а оттуда устроила себе перевод сюда четыре месяца назад.

Она задумчиво выпустила колечко серого дыма, но взгляд мой не отпускала. Мне пришло в голову, что для Элен Росси преследования коммунистических властей, о которых она отзывалась с таким цинизмом, могут оказаться опаснее мести Дракулы. Но, может быть, она уже стала «невозвращенкой»? Я сделал себе заметку в памяти спросить об этом позже. Позже? А что стало с ее матерью? Или всю эту историю она заранее сочинила еще в Венгрии, чтобы обратить на себя внимание известного западного ученого?

Она думала о своем.

— Представляете картину? Забытая дочь достигает высот в науке, находит отца, счастливая встреча...

От горечи в ее голосе у меня перехватило горло.

— Но у меня на уме было другое. Я хотела, чтобы он услышал обо мне как бы случайно — о моих публикациях, моих лекциях. Посмотрим, сумеет ли он и тогда прятаться от собственного прошлого, не замечать меня, как не замечал мою мать. И это дело с Дракулой... — Она нацелилась на меня кончиком сигареты. — Мать, благослови боже ее простую душу, мне кое-что рассказала.

— О чем рассказала? — слабо спросил я.

— О том, как Росси интересовался этой темой, я узнала только прошлым летом, перед отъездом в Лондон. Так они и познакомились: он выспрашивал в деревне предания о вампирах, а она кое-что слышала о них от отца и его подружек — хотя, вы понимаете, в тех местах мужчине нельзя на людях заговорить с молодой девушкой. Но он, наверно, не знал. Понимаете, историк — не этнограф. Он приехал в Румынию за сведениями о Владе Цепеше, о нашем милом графе Дракуле. И не кажется ли вам странным, — она вдруг склонилась вперед, приблизив лицо к лицу, но это был жест возмущения, а не мольбы, — не кажется ли вам жутко странным, что он ни слова не написал на эту тему? Ни единой статейки, вы же знаете. Почему? — спросила я себя. Отчего выдающийся знаток исторических мест — и женщин, как видно: кто знает, сколько у него в тех местах осталось гениальных дочурок? — отчего он не опубликовал результаты столь необычных исследований?

— Почему же? — Я замер.

— Могу объяснить. Он приберегает их для заключительного аккорда. Хранит как тайную страсть. Какие еще причины могут быть у ученого для молчания? Но его ожидает сюрприз... — Очаровательная улыбка превратилась в усмешку, довольно неприятную. — Вы не поверите, как много я успела сделать за год, с тех пор как узнала о его страстишке. С Росси я не встречалась, но позаботилась, чтобы на факультете знали, над чем я работаю. Как он будет разочарован, увидев, что его опередили, опубликовав подробную статью на ту же тему — да еще под его собственным именем. Великолепно! Я, как видите, переехав сюда, даже взяла себе отцовскую фамилию: этакий научный *nom-de-plume*[1]. Кроме того, у нас в Восточном блоке не любят, когда кто-то крадет наше наследие и рассуждает на его счет: у нас такого не понимают.

Должно быть, я застонал вслух, потому что она осеклась и, сдвинув брови, взглянула на меня.

— К концу лета я буду самым сведущим в мире специалистом по легендам о Дракуле. Кстати, можете взять вашу старую книжонку. — Она открыла портфель и, к моему ужасу, на виду у всех швырнула книгу на стол. — Я просто хотела вчера кое с чем свериться, а идти домой за своей — жалко было времени. Как видите, она мне вовсе и не нужна. И все равно, это всего лишь художественная литература, да и я давно выучила эту чертовщину наизусть.

Отец осмотрелся, словно проснувшись. Мы уже четверть часа стояли над обрывом Акрополя, попирая ногами творение древней цивилизации. Я с трепетом поглядывала на мощные колонны у нас за спиной и с удивлением — на открывшиеся у горизонта горы: длинные, иссушенные солнцем хребты, мрачно нависшие над городом в этот закатный час. Но мне понадобилась целая минута, чтобы собраться с мыслями и ответить на вопрос очнувшегося от видений прошлого отца: как мне нравится великолепная панорама? Я думала в это время о прошлой ночи.

Вчера я позже обычного заглянула к нему в комнату, чтобы попросить проверить алгебру, и застала его, как обычно вечерами, заканчивающим дневную работу среди россыпи бумаг. В тот вечер он не писал, а сидел неподвижно, склонив голову над столом, размышляя над каким-то документом. От дверей мне не видно было, просматривает ли он присталь-

[1] Псевдоним (*фр.*).

ным, почти не видящим взглядом то, что успел написать, или просто разгоняет дремоту. За его спиной на гладкой стене лежала темная тень: фигура человека, неподвижно склонившегося над черным столом. Если бы я не знала, как он измучен, не видела знакомо ссутуленных плеч, я могла бы на секунду — не узнав — принять его за мертвеца.

ГЛАВА 18

Торжествующе ясные дни, наполненные светом, как горное небо, вместе с весной провожали нас в Словению. На вопрос, заедем ли мы снова в Эмону — для меня она уже связывалась с ранним периодом моей жизни, с полузабытым ее ароматом, с началом, а я уже говорила, что в такие места людей тянет вновь и вновь, — отец поспешно объяснил, что времени не хватит, что конференция проводится на большом озере далеко к северу от Эмоны, а потом нам придется срочно вернуться в Амстердам, чтобы я не слишком отстала в школе. Я и не думала отставать, но отец все равно беспокоился.

Озеро Блед не разочаровало меня. Оно залило горную долину в конце ледникового периода и тогда же дало приют древним кочевникам, поселившимся в свайных хижинах над водой. Оно и теперь лежало, как сапфир в ладони Альп, и по голубой воде вечерний бриз гонял барашки. На одном берегу скальный обрыв был выше других, и на нем примостился большой замок. Бюро путешествий, восстанавливая его, проявило, как ни странно, хороший вкус. Он смотрел своими амбразурами на лежащий внизу островок, на котором белой уточкой выделялась типичная австрийская церквушка, крытая красной черепицей. К островку несколько раз в день ходил кораблик. Гостиница была как гостиница: стекло и сталь — модель номер пять социалистического туризма, и на второй день мы сбежали из нее, чтобы пешком обойти озеро по нижнему берегу. Я уверила отца, что не проживу и суток, если не осмотрю замка, каждый раз попадавшего мне на глаза из окна столовой, и он хмыкнул:

— Раз так, ничего не поделаешь.

Новый этап разрядки превзошел надежды его команды, и за последние дни морщины у него на лбу немного разгладились.

Так что на третий день, оставив дипломатов оттачивать формулировки уже отполированных накануне документов, мы сели в микроавтобус. Обогнув озеро, он довез нас почти до уровня замка, а дальше к вершине мы пошли пешком. Бурые камни замка напоминали цветом старые кости, сросшиеся в груду за долгие века упадка. Я ступила в тронный зал (как мне помнится, миновав первый коридор), и у меня перехватило дыхание: сквозь свинцовые стекла сияла гладь озера — в тысяче футов под нами. Замок склонился над пропастью, цепляясь за край обрыва. Желтые стены и красная крыша церкви, веселые лодчонки, шныряющие среди пестрых островков водяных цветов, необъятное синее небо — туристическое бюро обеспечено до скончания века, подумалось мне. Но этот замок, выглаженный ветрами до блеска за восемь столетий, с пирамидами алебард, копий и топоров, угрожающих рухнуть при малейшем прикосновении, — он был сутью озера. Те первые поселенцы, устремляясь к небу от своих тростниковых, загорающихся от одной искры лачуг у воды, в конце концов поселились рядом с орлами под властью единого феодала. Несмотря на свежую реставрацию, замок дышал древней жизнью. Я отвернулась от ослепительного окна к переходу в следующий зал и там, в деревянном гробу со стеклянной крышкой, увидела скелет маленькой женщины, умершей задолго до пришествия христианства. Бронзовые бляшки рассыпались по треснувшей грудине, позеленевшая бронза колец соскользнула с костяных пальцев. Я склонилась над крышкой, чтобы рассмотреть ее, и она вдруг улыбнулась мне бездонными колодцами глазниц.

На террасе замка нам подали чай в белых фарфоровых чайничках: элегантное приложение к туристическому бизнесу. Чай был крепкий и хорошего сорта, а кубики сахара в бумажных обертках в кои-то веки оказались не слежавшимися. Отец сцепил пальцы над стальной столешницей. Костяшки их побелели. Я отвела взгляд, посмотрела на озеро, потом налила ему еще чаю.

— Спасибо, — сказал отец.

На дне его глаз была боль. Я снова заметила, каким он стал худым и усталым: не надо ли ему сходить к врачу?

— Послушай, милая, — заговорил он, чуть отвернувшись, так что мне виден был только его профиль на фоне блестевшей в пропасти воды. — Ты не думала их записать?

— Рассказы?

Сердце у меня сжалось, а потом застучало много быстрее прежнего.

— Да.

— Зачем? — спросила я.

То был взрослый вопрос, без примеси ребяческих капризов и отлынивания. Он взглянул на меня, и за усталостью его глаз я увидела доброту и грусть.

— Потому что если ты не записываешь, то, может быть, стоит записать мне, — сказал он и вернулся к чаепитию.

Я поняла, что больше он ничего не скажет.

Тем же вечером, в скучной гостиничной комнатке рядом с его номером, я начала записывать все, что он успел рассказать мне. Он всегда говорил, что у меня превосходная память — слишком хорошая память, как он иногда замечал.

На следующее утро за завтраком отец сказал, что хочет два-три дня посидеть спокойно. Я с трудом представляла его сидящим спокойно, но вокруг глаз у него снова появились черные круги, и мне хотелось дать ему отдохнуть. Я невольно чувствовала, что с ним что-то не так, что его придавила новая молчаливая тревога. Но мне он сказал только, что соскучился по пляжам Адриатики. Вагон экспресса проносился мимо станций с названиями, написанными латиницей и кириллицей, потом мимо станций с одной кириллицей. Отец научил меня читать новую азбуку, и я развлекалась, пытаясь прочесть на ходу вывески, представлявшиеся мне тайными паролями, способными открыть потайные двери.

Я призналась в своей фантазии отцу, и он улыбнулся. Он сидел, откинувшись на стенку купе и разложив на портфеле книжку, но то и дело отрывался от работы, чтобы выглянуть в окно: то на молодого тракториста, пахавшего поле на маленьком тракторе, то на конную тележку неизвестно с чем, то на старушек, рыхливших и половших грядки в своих огородах. Мы снова ехали на юг, и землю постепенно заливала золотистая зелень. Дальше встали серые скалистые горы и оборвались, открыв слева сияющее море. Отец глубоко вздохнул — радостный вздох, а не замученный полустон, обычный в последнее время.

Мы вышли из поезда в шумном базарном городке, и отец нанял машину, которая должна была провезти нас по крутым изгибам приморской дороги. Мы то и дело выглядывали в окно, чтобы увидеть внизу воду, в густой предвечерней дымке раскинувшуюся до самого горизонта, и по другую сторону — остовы турецких крепостей, круто вздымавшихся к небу.

— Турки держались на этих берегах очень, очень долго, — сказал отец. — Их вторжение сопровождалось всевозможными жестокостями, но правление было довольно терпимым, как свойственно победившим империям — и весьма эффективным. Сотни лет. Земля здесь скудная, но она господствует над морем. Им нужны были бухты и гавани.

Городок, где мы остановились, лежал прямо на море: вдоль причалов бились друг о друга на волнах прибоя рыбацкие лодки. Отцу хотелось поселиться на соседнем островке, и он взмахом руки подозвал лодку, вернее, ее хозяина, старика в сдвинутом на затылок черном берете. Был уже вечер, но воздух оставался теплым, и брызги воды были свежими, но не холодными. Я встала на носу, и склонилась вперед, изображая носовую фигуру корабля.

— Осторожней, — сказал отец, ухватив меня сзади за подол свитера.

Лодочник уже подводил лодку к причалу островка, за которым стояла деревня с красивой старой церковью. Набросив конец на причальную тумбу, он протянул мне узловатую ладонь, чтобы помочь выйти. Отец расплатился с ним несколькими цветными социалистическими бумажками, и старик тронул пальцами берет. Забираясь обратно к своей скамье, он обернулся.

— Ваша дочка? — прокричал он по-английски. — Дочка?

— Да... — Отец выглядел удивленным.

— Благословляю ее, — просто сказал старик и начертил передо мной в воздухе крест.

Отец нашел нам квартиру с окнами на материк, а потом мы поужинали в открытом ресторанчике у причала. Медленно вечерело, и над морем уже показались первые звезды. Бриз стал холодней и доносил полюбившиеся мне запахи: кипарис, лаванда, розмарин и тимьян.

— Почему приятные запахи в темноте сильнее? — спросила я отца.

Мне и вправду было непонятно, но в то же время вопрос помогал оттянуть разговор о другом. Мне нужно было время, чтобы прийти в себя среди огней и людских разговоров, хотя бы на минуту забыть о старческой дрожи отцовских рук.

— Правда? — Он отвечал рассеянно, но мне стало легче.

Я сжала его руку, чтобы остановить дрожь, он с тем же отсутствующим видом обнял пальцами мою ладонь. Он был слишком молод, чтобы вот так состариться. Силуэты гор на большой земле плясали почти над самой водой, нависали над нашим островком. Когда почти двадцать лет спустя в тех горах завязалась гражданская война, я закрывала глаза, вспоминала их и дивилась. На их склонах не была места войскам. Горы, вспоминавшиеся мне, казались девственными, лишенными человеческого присутствия: приют опустевших руин, сторожившиx прибрежные монастыри.

ГЛАВА 19

Когда Элен Росси швырнула книгу — которую, очевидно, считала костью раздора между нами — на обеденный стол, мне показалось, что все кафе должно обратиться в бегство или что сейчас кто-то с криком «Ага!» бросится на нас с ножом. Разумеется, ничего подобного не случилось, а девушка сидела, глядя на меня с ядовитым удовольствием. Могла ли эта женщина, медленно спросил я себя, с ее застарелой обидой и научной вендеттой против Росси пойти на то, чтобы причинить ему вред?

— Мисс Росси, — проговорил я, как мог сдержанно, снимая книгу со стола и укладывая ее заглавием вниз на свой портфель, — ваш рассказ поразителен, и, признаюсь, мне нужно время, чтобы его переварить. Но я должен сказать вам очень важную вещь.

Я сделал глубокий вдох, и еще один...

— Я хорошо знаю профессора Росси. Я уже два года занимаюсь научной работой под его руководством, и мы много часов провели вместе, за работой и разговорами. Я уверен, что если вы... когда вы с ним встретитесь, то убедитесь, что этот человек гораздо лучше и добрее, чем вам представляется.

Она сделала движение, будто хотела заговорить, но я поспешно продолжал:

— Дело в том... Дело в том, что из ваших слов я понял, что вы еще не знаете: профессор Росси — ваш отец — пропал.

Она уставилась на меня, и в ее лице я не уловил ни малейшей скрытой мысли — одно лишь смятение. Значит, новость застала ее врасплох. Сердце у меня немного отпустило.

— Что вы хотите сказать? — резко спросила она.

— Я хочу сказать, что три дня назад, вечером, я говорил с ним, а на следующий день он исчез. Сейчас его ищет полиция. Он исчез, видимо, из своего кабинета и, возможно, был ранен, поскольку на столе остались следы крови.

Я вкратце изложил события того вечера, начав с того, как принес ему странную книгу, но о рассказанной Росси истории промолчал.

Она глядела на меня, недоуменно нахмурившись.

— Вы хотите меня запугать?

— Ничуть. Ничего подобного. Я с тех пор почти не могу ни есть, ни спать.

— А полиция не представляет, куда он девался?

— Насколько мне известно, нет.

Она вдруг остро взглянула на меня:

— А вы?

Я помедлил:

— Возможно. Это долгая история, и с каждым часом она становится длиннее.

— Подождите... — Она не сводила с меня испытующего взгляда. — Вчера в библиотеке вы читали какие-то письма и сказали, что они имеют отношение к делам какого-то профессора, который нуждается в помощи. Вы говорили о Росси?

— Да.

— Что за помощь ему нужна? В чем?

— Я не хотел бы вовлекать вас в затруднительное или опасное положение, сообщив то немногое, что знаю сам.

— Вы обещали ответить на мои вопросы, если я отвечу на ваши!

Глаза у нее были не голубые, черные, но в остальном лицо ее в ту минуту было копией лица Росси. Теперь я ясно видел сходство: сухие англо-саксонские черты Росси, оправленные в темную твердую романскую раму. Но, быть может, мысль, что она — его дочь, заставляла меня видеть то, чего не было? И как она могла быть его дочерью, если Росси упорно отрицал, что бывал в Румынии? По крайней мере, он твердо сказал, что не бывал в Снагове. С другой стороны, румынская брошюра среди его бумаг... А девушка прожигала меня взглядом — чего никогда не делал Росси.

— Поздно теперь говорить, что, мол, лучше не спрашивать. Какое отношение имеют те письма к его исчезновению?

— Еще не знаю. Но мне может понадобиться помощь специалиста. Не знаю, что вы обнаружили, работая над своей темой… — снова тот же настороженный взгляд из-под тяжелых век, — но уверен, что Росси до своего исчезновения предвидел какую-то опасность.

Она, видимо, пыталась усвоить новый взгляд на отца, в котором до сих пор видела только противника.

— Опасность? Какую?

И я решился. Росси просил меня не доверять его безумную историю коллегам. И я молчал. Однако сейчас, совершенно неожиданно, у меня появилась возможность заручиться помощью знатока. Девушке уже сейчас известно то, чего мне не узнать и за много месяцев. Возможно, она и не ошибается, утверждая, что знает больше, чем сам Росси. Профессор всегда подчеркивал, как важно обращаться за консультациями к узким специалистам. Что ж, так я и поступлю. И молюсь всем силам добра: простите, если тем я подвергаю ее опасности. А вообще-то, в этом была своеобразная логика: если девушка его дочь, она больше чем кто бы то ни было вправе знать его историю.

— Что такое для вас Дракула?

— Для меня? — Она сдвинула брови. — В главном? Возможность отомстить, пожалуй. Вечная горечь.

— Да, это я понял. И ничего больше?

— О чем вы говорите? — Уклоняется она или честно не понимает?

— Росси, — начал я, все еще сомневаясь, — ваш отец был… он убежден, что Дракула еще ходит по земле.

Девушка уставилась на меня.

— Что вы об этом думаете? — спросил я. — Считаете бредом?

Я ждал, что она захохочет или просто встанет и уйдет, как тогда в библиотеке.

— Забавно, — протянула Элен. — В общем, я бы сказала, что это — крестьянская легенда: суеверие, закрепившее память о кровавом тиране. Однако странность в том, что моя мать твердо убеждена в том же самом.

— Ваша мать?

— Да, я ведь говорила, что по происхождению она — крестьянка. Имеет право разделять крестьянские суеверия, хотя, пожалуй, уже не с той верой, что у ее родителей. Но откуда они в просвещенном западном ученом муже?

Да, она явно хороший этнограф, при всей своей мстительности. Поразительно, как быстро ее гибкий ум переключился с личных вопросов на научные.

— Мисс Росси! — Я окончательно решился. — Я почему-то не сомневаюсь, что вы предпочитаете сами разбираться в источниках. Не хотите ли прочитать письма Росси? Хочу искренне предостеречь: всякий, кто занимается изучением его бумаг, подвергается, насколько я могу судить, некой опасности. Но если вы не боитесь, прочтите их сами. Так мы сэкономим время: мне не придется долго уверять вас, что я не выдумал того, что сам считаю правдой.

— Сэкономим время? — язвительно повторила она. — Вы уже рассчитываете на мое время?

Я слишком устал, чтобы чувствовать укол.

— Во всяком случае, вы лучше меня подготовлены, чтобы оценить их содержание.

Она обдумывала мое предложение, зажав подбородок в кулак.

— Вы нащупали мое слабое место. Конечно же, как мне устоять перед искушением узнать побольше о папочке Росси да еще заглянуть в его материалы? Но если я найду в письмах признаки сумасшествия, предупреждаю, не ждите от меня сочувствия. Сочту большой удачей, если его выставят из университета еще прежде, чем я сама смогу помучить его.

Ее улыбка не слишком походила на улыбку.

— Прекрасно. — Я пропустил мимо ушей последнее замечание и отвел взгляд от исказившегося лица.

Я заставил себя не вглядываться в ее мелкие зубки, бывшие — я уже ясно видел — не длиннее нормы. Однако, прежде чем закончить беседу, нужно было прояснить еще одно.

— Простите, но у меня с собой нет тех писем. Я не рискнул держать их при себе.

На самом деле я не рискнул оставить бумаги дома, так что они лежали у меня в портфеле. Но будь я проклят — может быть, в буквальном смысле, — если стану вытаскивать их на людях. Я понятия не имел, кто здесь может следить за нами — какой-нибудь дружок нашего жутковатого библиотекаря? Я должен был удостовериться, что Элен Росси не в союзе с... ведь могло быть и так, что всякий враг ее врага — ей друг.

— Мне придется сходить за ними домой. И мне придется просить вас читать их в моем присутствии: бумаги в плохом состоянии, а мне они очень дороги.

— Хорошо, — холодно согласилась девушка. — Встретимся после полудня?

— Слишком поздно. Мне бы не хотелось откладывать. Извините. Понимаю, звучит странно, но, когда прочтете, вы поймете, что меня гонит.

Она пожала плечами:

— Если не придется ждать слишком долго...

— Не придется. Вы могли бы встретиться со мной в... в церкви Святой Марии?

Последняя проверка была продумана мной со скрупулезностью, достойной Росси. Элен Росси не дрогнув, спокойно смотрела на меня.

— Это на Брод-стрит, в двух кварталах от...

— Я знаю, — прервала она, натягивая и разглаживая свои перчатки и снова закручивая голубой шарфик, лазурью сверкнувший на ее шее. — Когда?

— Дайте мне полчаса: я заберу бумаги из квартиры и приду.

— Хорошо. Встречаемся в церкви. Я еще зайду в библиотеку: надо взять одну статью. Прошу вас не опаздывать: у меня много дел.

Ее спина под черным жакетом была прямой и стройной. Глядя ей вслед, я слишком поздно спохватился, что девушка успела заплатить за кофе.

ГЛАВА 20

— «Святая Мария», — продолжал отец, — была уютной викторианской церквушкой, сохранившейся на краю старого квартала кампусов. Я сто раз проходил мимо, не заглядывая внутрь, но сейчас католическая церковь представилась мне самым подходящим местом для всех этих ужасов. Разве католицизм, что ни день, не имеет дела с кровью и возрождающейся плотью? И где еще найдешь таких знатоков суеверий? В университете хватало простых и гостеприимных протестанских костелов, но я не надеялся на их помощь: им явно не по силам тягаться с не-умершими. Я был уверен, что большая прямоугольная пуританская церковь городка бессильна перед лицом европейского вампира. Сжечь парочку ведьм — больше по их части: обычное, будничное дело среди соседей. Само собой, я пришел к церкви Святой Марии задолго до своей невольной знакомой. Появится ли она здесь — вот первый вопрос экзамена.

К счастью, церковь была открыта, и в ее тесных стенах витал запах воска и пыльных занавесей. Две старые дамы в шляпках с искусственными цветами украшали алтарь букетами настоящих. Я застенчиво пробрался внутрь и сел на скамью в заднем ряду. Отсюда мне видна была дверь, а сам я оказался скрыт от входящего. Ждать пришлось долго, но церковная тишина и приглушенные разговоры старушек помогли мне немного успокоиться. Только сейчас я почувствовал усталость бессонной ночи. Входная дверь наконец распахнулась, скрипнув девяностолетними суставами петель, и Элен Росси показалась на пороге, огляделась и шагнула внутрь.

Свет из боковых окон испещрил ее одежду переливчатыми зайчиками. Не заметив меня, девушка прошла вперед. Я всматривался, не дрогнет ли ее лицо, не исказится ли, выдавая аллергию на древнего врага Дракулы — церковь. Хотя, быть может, викторианские реликвии в ящичках потеряли уже силу отвращать зло? Однако, как видно, для Элен Росси церковь что-то значила, потому что спустя мгновения она шагнула сквозь разноцветные лучи к алтарю. Она сняла перчатку, опустила руку в купель и коснулась лба, и тогда мне стало стыдно за свое подглядывание. Движение ее руки было нежным, а лицо издалека показалось мне серьезным и строгим. Ну что ж, я старался ради Росси. Зато теперь я точно знал, что Элен не вриколак, каким бы жестким, а иногда и зловещим не выглядело ее лицо.

Она вернулась в неф и чуть отступила, заметив меня. Я встал перед ней.

— Принесли письма? — шепнула она, укоризненно глядя на меня. — Мне к часу надо на факультет.

Девушка снова огляделась.

— Что-то не так? — быстро спросил я. За последние два дня у меня выработалось нечто вроде шестого чувства ко всему пугающему. — Вы чего-то боитесь?

— Нет, — тем же шепотом отвечала Элен. Она сжимала перчатки в руке, и на фоне темной ткани костюма они казались букетиком белых цветов. — Я просто подумала... сюда сейчас никто не входил?

— Нет.

Я тоже осмотрелся. Если не считать служительниц алтаря, в церкви царила успокоительная пустота.

— За мной кто-то шел, — тихо сказала девушка. — Думаю, он следил за мной. Маленький тощий человечек в поношенной одежде: твидовый пиджак, зеленый галстук.

Ее лицо, обрамленное валиком тяжелых черных волос, выказывало смесь бравады и подозрительности. Я впервые задумался, какой ценой она приобрела свою отвагу.

— Вы уверены? Где вы его заметили?

— В каталоге, — шептала она. — Я решила проверить, действительно ли там недостает карточек, — невозмутимо пояснила девушка, и не думая извиниться за недоверие. — Там я его увидела, а потом, на Брод-стрит, заметила, что он идет за мной, но не приближается.

— Да, — уныло кивнул я, — библиотекарь.

— Библиотекарь? — Она ожидала продолжения, но я не мог заставить себя рассказать ей о ранках на его шее. Слишком все было странно и неправдоподобно: она мигом поставила бы мне диагноз.

— Он, кажется, интересуется моими передвижениями. Вам совершенно необходимо держаться от него подальше, — сказал я. — Потом я расскажу подробнее. А пока устраивайтесь поудобнее. Вот письма.

Я усадил ее на лиловые подушки скамьи для молящихся и раскрыл портфель. Она сразу стала внимательной, осторожно вскрыла пакет и достала бумаги с тем же почтением, что и я накануне. Я мог только гадать, какие чувства испытывала девушка, увидев почерк предполагаемого отца, на которого столько лет копила злобу. Я заглянул ей через плечо. Да, твердая, честная, добрая рука. Может быть, дочь уже начинала видеть в нем кое-что человеческое. Сообразив, что снова подглядываю, я встал.

— Поброжу здесь, пока вы читаете. Если понадобятся объяснения или какая-то помощь…

Она рассеянно кивнула, не отрывая глаз от первого письма, и я отошел. Я уже видел, что девушка не помнет и не растеряет мои драгоценные листки и что читает она очень быстро. Полчаса я изучал резьбу на алтаре, роспись на стенах и кисточки накидки на кафедре проповедника, потом мраморную статую усталой матери над младенцем, сучившим ножками. Одна фреска особенно привлекла мое внимание: устрашающий прерафаэлитский Лазарь, выбирающийся из гробницы в объятиях сестер, в лохмотьях савана, из-под которого виднеются зеленовато-серые лодыжки. На лице его, потемневшем от курений и копоти свечей, была усталость и горечь, словно менее всего он испытывал благодарность к вызвавшему его из покоя смерти. Христос с воздетой рукой, нетерпеливо ожидавший у входа в гробницу, был воплощением чистого зла, алчного и жгучего. Я заморгал и отвернулся. Недосыпание, кажется, отравляет мысли.

— Я закончила, — сказала у меня за спиной Элен Росси; говорила она тихо и казалась усталой и бледной. — Вы были правы. Он нигде не упоминает знакомства с матерью и вообще поездку в Румынию. Тут вы сказали правду. Не понимаю. Это как раз тогда и было, наверняка в ту же поездку на континент, потому что я родилась как раз через девять месяцев.

— Мне очень жаль. Я хотел бы помочь вам, но вы сами видите… Я тоже не могу ничего объяснить.

Ее темное лицо не просило о жалости, но жалость я чувствовал.

— Зато теперь мы верим друг другу, правда? — Она прямо взглянула мне в глаза.

Вспышка радости среди горестей и тревог вдруг поразила меня.

— Верим?

— Да. Не знаю, существует ли нечто, что можно назвать Дракулой, и если да, то не знаю, что это такое, но я верю вашим словам, что Росси… что отец предчувствовал опасность. Ясно, что он уже много лет жил под угрозой, и ваша книжечка, напомнившая ему прошлое, те злополучные происшествия, вполне могла возродить прежние страхи.

— А как вы объясните его исчезновение?

Элен покачала головой.

— Может, конечно, и нервный срыв. Но я теперь понимаю, о чем вы думаете. Его письма несут отпечаток… — она запнулась, — логичного и бесстрашного ума. И другие его работы тоже. И по книгам можно многое сказать об историке. Его книги я знаю наизусть. Это произведения твердой, уверенной мысли.

Я провел ее обратно к скамье, где остались письма и мой портфель: мне делалось не по себе, если они хоть на несколько минут оставались без присмотра. Элен аккуратно уложила все в конверт — наверняка в прежнем порядке. Мы сели рядом, как добрые друзья.

— Допустим, что в его исчезновении замешаны некие сверхъестественные силы, — решился начать я. — Никогда не поверил бы, что могу такое сказать, но все же, как гипотезу… Что бы вы посоветовали делать дальше?

— Ну, — протянула она. Ее резкий задумчивый профиль в полумраке виднелся совсем близко. — Не знаю, поможет ли это в научной работе, но если следовать легенде, надо полагать, что Росси стал жертвой вампира и похищен им. Вампир его убьет или — вероятнее — отравит проклятием несмерти. Три укуса, смешивающих вашу кровь с кровью Дракулы или его подручных, как вы знаете, навечно превращают вас в вампира. Если его уже один раз укусили, нужно отыскать его как можно скорее.

— Но с чего бы Дракуле появляться именно здесь? Что, нет других мест? И зачем ему похищать Росси? Что мешало нападать снова и снова и развратить его незаметно для окружающих?

— Не знаю, — отозвалась она, покачав головой. — В легендах о таком не упоминается. Должно быть, Росси — если, конечно, допустить сверхъестественное вмешательство, — должно быть, он представляет для Влада Дракулы особый интерес. Может быть, даже угрозу.

— Но вы думаете, находка книги и то, что я принес ее Росси, как-то связано с исчезновением?

— С точки зрения логики это абсурд. Однако… — Она аккуратно раскладывала перчатки на скрытом темной юбкой колене. — Я думаю, не упустили ли мы еще какого-то источника информации.

Она задумалась. Я мысленно поблагодарил девушку за это «мы».

— Какой же?

Девушка вздохнула и собрала перчатки.

— Мою мать.

— Но ведь… Откуда ей знать… — У меня на языке вертелось множество вопросов, но они остались невысказанными. Луч света и дуновение сквозняка. Обернувшись к дверям, я видел их, сам оставаясь невидимым, — потому и выбрал это место, дожидаясь Элен. Сейчас в дверь просунулась костлявая рука, а за ней острое личико. В церковь заглянул странный библиотекарь.

Не сумею описать чувство, охватившее меня в этой тихой церквушке при виде просунувшегося в щель лица. Острая морда зверька почудилась мне, воровато принюхивающегося хорька или крысы. Элен застыла, уставившись на дверь. Вот-вот он поймает наш запах. Но оставалась еще секунда или две, и, подхватив одной рукой портфель с бумагами, другой я ухватил за локоть Элен — некогда было уговаривать — и увлек ее в боковой проход. Там виднелась открытая дверь в крошечную комнатку, и в эту дверь мы проскользнули. Я беззвучно прикрыл створку. Изнутри она, увы, не запиралась, хотя тут же лежал большой железный ключ.

В комнатушке было темнее, чем в нефе. Посредине стояла крестильная купель, а вдоль стен пара мягких скамей. Мы с Элен молча переглянулись. Я не разобрал всего, что выражало ее лицо, но кроме страха в нем была настороженность и готовность к отпору. Не обменявшись ни словом, ни знаком, мы тихо пробрались за купель, и Элен, чтобы удержаться на ногах, оперлась на ее краешек. Прошла минута, и я не выдержал: передал ей бумаги и пробрался обратно, к замочной скважине. В отверстие мне виден был проходивший мимо колоннады библиотекарь. Он и впрямь напоминал хорька, когда, вытянув острую мордочку, шмыгал глазами по скамьям. Когда он повернулся в мою сторону, я невольно подался назад. Он явно изучал дверь нашего укрытия и даже шагнул к нему, но тут в поле моего зрения появился лавандовый свитерок. Я услышал приглушенный голос старой дамы.

— Я могу вам чем-то помочь? — ласково спросила она.

— О, я просто искал знакомую... — Резкий свистящий голос библиотекаря в церкви звучал неуместно громко. — Я... вы не видели здесь молодую женщину в черном костюме? Темноволосую...

— О, да, — добрая старушка тоже осмотрелась. — Только что здесь была такая. Сидела с каким-то молодым человеком на задней скамье. Но, как видите, ее здесь уже нет.

«Хорек» стрелял глазками во все стороны.

— А не могла она спрятаться в боковых помещениях?

Хитрости ему явно не хватало.

— Спрятаться? — Лавандовая старушка тоже обернулась в нашу сторону. — Уверяю вас, в нашей церкви никто не прячется. Не позвать ли священника? Вам нужна помощь?

Библиотекарь попятился:

— Нет, нет, нет… Я, должно быть, ошибся.

— Не возьмете ли нашу литературу?

— О нет! — Он все дальше пятился по проходу и уже исчез из поля зрения. Послышался резкий щелчок, стук… дверь за ним закрылась.

Я кивнул Элен, и та с облегчением перевела дыхание, но мы простояли еще несколько минут, глядя друг на друга через купель. Элен первой опустила взгляд, насупилась. Я понимал, что девушка гадает, как ее занесло в такую ситуацию и что все это значит. Гладко причесанные волосы у нее на макушке блестели, как черное дерево: сегодня она опять была без шляпки.

— Он искал вас, — тихо произнес я.

— А может быть, вас? — Она подняла зажатый в руке конверт.

— У меня появилась странная мысль, — медленно проговорил я. — Не знает ли он, где Росси?

Элен снова нахмурилась.

— Ни одна мысль не кажется пока особенно разумной, так почему бы и нет? — пробормотала она.

— Я не могу позволить вам вернуться в библиотеку. Или к себе. Он будет сторожить и у общежития.

— Не можете позволить?.. — в голосе послышались раскаты далекой грозы.

— Прошу вас, мисс Росси. Вы хотите тоже исчезнуть?

Она помолчала, а затем насмешливо проговорила:

— И каким же образом вы намерены меня защитить?

Мне вспомнилось ее странное детство, побег в Венгрию еще во чреве матери, политические интриги, позволившие девушке выбраться в другую половину мира ради научной мести. Если, конечно, ее рассказ был правдив.

— У меня есть идея, — медленно продолжал я. — Я понимаю, что это... не соответствует приличиям, но мне станет легче, если вы мне уступите. Мы можем найти в этой церкви кое-какие... амулеты...

Она подняла бровь.

— Свечи, крестики, что-нибудь такое... и купим чеснока по дороге домой... я хочу сказать, ко мне...

Брови поднялись еще выше.

— Я хотел сказать, если вы согласились бы проводить меня и... мне завтра нужно будет уехать, но вы могли бы...

— Поспать у вас на кушетке?

Она уже надела перчатки и скрестила руки на груди.

Я покраснел до ушей.

— Я не могу отпустить вас домой, зная, что там вас станут искать. И в библиотеку, конечно, тоже. А нам надо многое обсудить. Я хотел спросить, почему вы думаете, что ваша матушка...

— Все это можно обсудить и здесь, — возразила она холодно, как мне показалось. — Что касается библиотекаря, не думаю, что он сумеет проникнуть в мою комнату, разве только... — Кажется, у нее на подбородке появилась маленькая ямочка. Или это от саркастической улыбки? — Разве только он уже научился оборачиваться нетопырем. Видите ли, наша матрона не допускает в общежитие вампиров. И мужчин, между прочим, тоже. Кроме того, я надеюсь, что он вернется за мной в библиотеку.

— Надеетесь? — поразился я.

— Он, конечно, не стал бы говорить с нами здесь, в церкви. Возможно, он поджидает нас снаружи. Я брошу ему кость... — Она снова удивила меня свободным владением английским. — Он покушается на мое право пользования библиотекой, а вы полагаете, что он может знать что-то о моем... профессоре Росси. Почему бы не дать ему меня выследить? А по дороге можем побеседовать о моей матушке.

Должно быть, я выглядел ужасно растерянным, потому что Элен вдруг рассмеялась, блеснув ровными белыми зубками.

— Ну, Пол, не кинется же он на вас среди бела дня!

ГЛАВА 21

Около церкви мы библиотекаря не увидели. Прогулочным шагом мы направились к библиотеке. У меня гулко билось сердце, но Элен держалась спокойно. В карманах у нас лежало по маленькому распятию, купленному при входе в церковь: «Возьми и оставь четвертак». Элен, к моему разочарованию, не заговорила о матери. Мне казалось, что она просто временно снисходит к моему безумию и задумала потихоньку улизнуть, едва мы попадем в читальный зал, но девушка снова удивила меня.

— Он опять здесь, — тихо заметила она в двух кварталах от церкви. — Я заметила, когда мы сворачивали. Не оглядывайтесь.

Я подавил готовое вырваться восклицание, и мы пошли дальше.

— Я поднимусь наверх, — сказала Элен. — Скажем, на седьмой этаж. Там уже тихо. Вы за мной не ходите. Он скорее пойдет за мной, если вас рядом не будет: вы сильнее его.

— Ничего подобного вы не сделаете! — пробормотал я, — Я, а не вы, занимаюсь поисками Росси.

— Ошибаетесь, Росси занимаюсь именно я, — так же тихо огрызнулась она. — И пожалуйста, не думайте, что я делаю это ради вас, мистер Голландский купец.

Я покосился на нее сбоку. Понемногу я начал привыкать к ее резким шуткам, и складка губ показалась мне насмешливой, почти игривой.

— Хорошо. Но я прослежу за ним и, если вы попадете в беду, смогу сразу оказаться рядом.

У дверей библиотеки мы расстались, изобразив дружеское прощание.

— Удачи в работе, мистер Голландец, — улыбнулась Элен, протягивая мне руку в перчатке.

— И вам, мисс...

— Тсс! — шепнула она и отошла. Я скрылся за стойку каталога и для виду вытащил наугад один из ящичков. Мне попался «Бен Гур — Бенедектин». Склонившись над карточками, я поглядывал на стол дежурного: Элен выписывала пропуск в фонды. Ее стройная черная спина была демонстративно обращена к длинному нефу библиотеки. Затем я увидел и библиотекаря, крадущегося вдоль дальней стены, под прикрытием стоек каталога. Когда Элен вошла в двери фондов, он успел уже добраться до «Е». Дверь была моей доброй знакомой, я чуть не каждый день проходил в нее, но никогда ее проем не разверзался так многозначительно, как теперь перед Элен. Вход в фонды оставался открыт целый день, но вахтер проверял пропуска у каждого входящего. Библиотекарь задержался у следующей буквы, затем нашарил что-то в кармане пиджака — должно быть, свой пропуск сотрудника, взмахнул карточкой перед вахтером и скрылся за дверью.

Я бросился к дежурной.

— Прошу вас, мне нужен пропуск в фонды.

Незнакомая дежурная писала ужасно медленно — мне показалось, прошла целая вечность, пока ее полная рука протянула мне желтый листок пропуска. Наконец-то и я прошел в ту же дверь и начал осторожный подъем по ступеням. Между металлическими ступеньками с каждого этажа виден был один пролет вверх — но не более того. Библиотекарь уже скрылся из виду, и я не слышал его шагов. Я миновал второй этаж — экономику и социологию. На третьем тоже было пустынно, только пара студентов занимались в своих отсеках. На четвертом я начал всерьез беспокоиться. Слишком уж было тихо. Нельзя было позволять Элен разыгрывать из себя наживку. Мне вспомнилась история Хеджеса — друга Росси, и я ускорил шаг. Пятый этаж — археология и антропология. Полно студентов, занятия какой-то группы младшекурсников: записывают, тихонько переговариваются. На душе у меня стало легче: ни здесь, ни этажом выше нет места тайным преступлениям. На шестом этаже я услышал над головой шаги, а на седьмом — в отделе истории — остановился, задумавшись, как войти, не выдавая своего присутствия.

Но этот этаж я знал как свои пять пальцев: это были мои владения, и я мог бы расхаживать здесь с закрытыми глазами, не задев ни единого стула, не зацепив плечом ряды не умещавшихся на полке фолиантов. Сперва все казалось так же тихо, как на других этажах, но, прислушавшись, я уловил в углу за отсеками сдавленные голоса. Голос Элен я узнал сразу, а второй — неприятный скрежещущий голос — наверняка принадлежал библиотекарю. У меня перевернулось сердце. Я понял, что они разговаривают в отделе Средневековья, — я уже подошел так близко, что различал слова, хотя все еще не решался обогнуть последний стеллаж. Они стояли за полками по правую руку от меня.

— Это верно? — враждебно спрашивала Элен.

Снова раздался скрежещущий голос:

— Вы не имеете права совать нос в эти книги, мадам.

— В эти книги? Но, кажется, это собственность университета? Кто вы такой, чтобы конфисковывать библиотечные книги?

В голосе библиотекаря смешались злоба и сладкая настойчивость:

— Не надо вам иметь дела с такими книжками. Неподходящее это чтение для молодой леди. Сдайте их сегодня же, и забудем об этом.

— Они вам так необходимы? — Элен говорила раздельно и твердо. — Может быть, дело в профессоре Росси?

Я, скрючившись за стеной английского феодализма, не знал, браниться или кричать «Ура!». Элен несомненно заинтересовалась. Не сочла меня сумасшедшим. И готова мне помогать, пусть даже и в собственных целях.

— Какой профессор? Не понимаю вас! — почти выкрикнул библиотекарь.

— Вам известно, где он сейчас? — резко спросила Элен.

— Мадам, я совершенно не представляю, о чем вы говорите. Однако я настаиваю, чтобы вы вернули книги, необходимые библиотеке для иных целей. И предупреждаю — отказ отразится на вашей научной карьере.

— Неужто? — фыркнула Элен. — Но я никак не могу сейчас вернуть книги. Они нужны мне для важной работы.

— Так я вас заставлю их вернуть. Где они?

Я услышал звук, словно Элен отступила на шаг назад. Я готов был уже вырваться из-за стеллажа и обрушить на голову мерзкого «хорька» фолиант цистерцианского аббатства, но тут Элен зашла с нового козыря.

— Вот что я вам скажу, — предложила она. — Если вы расскажете мне о профессоре Росси, я, может быть, покажу вам одну... — Она выдержала паузу. — Одну карту, которую недавно видела.

Сердце у меня оборвалось с седьмого этажа до самых подвалов. Карту? О чем она только думает? Как могла проговориться о жизненно важных сведениях? Эта карта, если Росси правильно оценил ее значение, самый опасный из наших документов и самый важный. Самый опасный из моих документов, поправился я. Неужели Элен ведет двойную игру? Все мгновенно прояснилось: она надеется воспользоваться картой, чтобы первой добраться до Росси, довести до конца начатое им исследование; она использует меня, чтобы вызнать все, известное ему, опубликовать, сорвать его планы... времени на дальнейшие разоблачения у меня не осталось, потому что библиотекарь взревел:

— Карту! У тебя карта Росси! Убью!

Элен слабо ахнула, затем послышался вскрик и звук глухого удара.

— Убери! — завопил библиотекарь.

Я добрался до него одним прыжком, не касаясь земли. Его головенка ударилась о пол со звуком, от которого перевернулись мозги и у меня в голове. Элен нагнулась надо мной. Она была совсем белой и совершенно спокойной. Серебряный крестик, купленный за двадцать пять центов, свисал из ее руки к лицу плюющегося и брыкающегося человечка. Библиотекарь был слабоват, и через несколько минут возни я прижал его к земле — ценой немалых усилий, потому что и сам проводил время над старинными бумагами, а не в спортзале.

Он обмяк в моих руках, и я прижал ему бедра коленом.

— Росси, — визжал побежденный. — Это нечестно. Была моя очередь! Ради этого я двадцать лет вел поиски.

Он зарыдал — отвратительные, жалкие всхлипывания. Голова его моталась то вправо, то влево, и мне хорошо видны были две ранки над краем воротничка — два неровных прокола. Я старался не касаться их пальцами.

— Где Росси? — зарычал я. — Говорите сейчас же — где он! Что вы с ним сделали?

Элен ближе поднесла к его лицу крестик, и он отвернулся, корчась под моими коленями. Даже в такое время меня поразило, какое действие производит символ веры на эту тварь. Что это — Голливуд, суеверие или история? Но ведь он вошел в церковь, хотя держался поодаль от алтаря и приделов. Мне припомнилось, что даже перед служительницей алтаря он попятился.

— Я его не трогал! Ничего не знаю!

— Еще как знаешь! — Элен нагнулась ниже.

На лице ее была ярость, но щеки белы как мел, и теперь я заметил, что свободной рукой она зажимает горло.

— Элен!

Должно быть, я закричал, но она только отмахнулась, нависнув над библиотекарем.

— Где Росси? Чего ты ждал двадцать лет?

Он съежился на полу.

— Положить тебе его на лоб? — пригрозила Элен, опуская распятие.

— Нет! — взвизгнул он. — Я скажу. Росси не хотел. Я хотел. Нечестно. Он взял Росси вместо меня. Взял силой — когда я готов был служить ему по доброй воле, помогать ему, каталогизи... — Он вдруг захлопнул рот.

— Кто? — Я слегка приложил его затылком об пол. — Кто забрал Росси? И где вы его держите?

Элен поднесла ему крестик к самому носу, и человечек всхлипнул.

— Мой повелитель, — прохныкал он.

Элен протяжно вздохнула у меня над ухом и села, откинувшись на пятки, словно брезгливо отстраняясь от его признаний.

— И кто твой повелитель? — Я сильнее нажал коленом. — Куда он забрал Росси?

Его глаза полыхнули огнем. Страшно было видеть, как нормальные человеческие черты превратились в иероглифы, таящие ужасный смысл.

— Туда, куда должен был забрать меня! В могилу!

Может быть, у меня ослабли руки, или признание разбудило в нем новую силу — одним своим ужасом, как мне подумалось позднее. Так или иначе, он вдруг выдернул одну руку. Она взметнулась жалом скорпиона и ударила меня по запястью. Резкая боль пронзила ладонь, и я отдернул руку, выпустив его плечо. Не успел я опомниться, а он уже был на лестнице, и я бросился в погоню, грохоча по железным ступеням, нарушая спокойное течение семинара и тишину царства знаний. Мне мешал портфель, но даже в горячке погони я не желал оставить или бросить его. Или передать Элен. Она рассказала ему про карту. Изменница! И он ее укусил, хоть на мгновенье. Значит, теперь и в ней скверна?

В первый и последний раз я промчался бегом сквозь тишину нефа, где полагалось ходить чинной поступью. Я едва замечал обращенные ко мне изумленные лица. Библиотекаря не было. Он мог спрятаться в задних комнатах, в отчаянии соображал я, в закоулках каталогов или в комнатушках уборщиц, в помещениях, куда нет допуска читателям. Я распахнул настежь переднюю дверь: дверцу, прорезанную в высоких, запертых навечно створках готических дверей в вестибюль — и встал на ступенях. Солнечный свет слепил, словно и я тоже был обитателем подземного мира, сожителем крыс и летучих мышей. Перед библиотекой остановились машины. Скапливалась пробка, и на тротуаре рыдала, указывая куда-то, девушка в униформе официантки. Кто-то что-то кричал, двое мужчин стояли на коленях перед колесом одной из машин. Ноги хорька-библиотекаря, неправдоподобно перекрученные, торчали из-под днища автомобиля. Закинув одну руку на затылок, он лежал, уткнувшись лицом в выпачканный кровью асфальт, уснув навеки.

ГЛАВА 22

Отец долго не соглашался взять меня в Оксфорд. Он собирался провести там шесть дней, и мне опять пришлось бы пропускать школу. Я дивилась, как это он соглашается оставить меня одну дома: он ни разу не делал этого с тех пор, как мне попалась Книга Дракона. Возможно, позаботился об особых предосторожностях? Я напомнила, что поездка по югославскому побережью заняла две недели, что ничуть не помешало моим школьным успехам. Отец возразил, что образованием пренебрегать нельзя. Я напомнила ему, что он всегда считал путешествия лучшим образованием и что май — лучший месяц для путешествий. Я предъявила последнюю ведомость успеваемости, блистающую высокими оценками, и диплом по истории, на котором моя восторженная наставница приписала: «Ты проявила необычайное, особенно для твоих лет, понимание методики исторического исследования». Сей комплимент я заучила наизусть и перед сном повторяла как мантру.

Отец заметно колебался и даже отложил нож и вилку, что, как мне было известно, означало лишь перерыв в трапезе за старинным голландским обеденным столом, а не решительное ее окончание. Он сказал, что будет слишком занят и не сможет мне все показать и что не хочет испортить мне первое впечатление от Оксфорда, держа меня взаперти. Я сказала, что лучше буду сидеть взаперти в Оксфорде, чем дома в компании миссис Клэй, — тут мы оба понизили голос, хотя нашей хозяйки в тот вечер не было дома. Кроме того, добавила я, я уже не маленькая и могу походить сама. Он сказал, что просто сомневается, стоит ли мне ехать, поскольку переговоры обещают оказаться довольно… напряженными. Это может быть не совсем… Он не стал продолжать, и я знала, в чем дело. Так же как я не могла признаться, зачем так рвусь в Оксфорд, он не мог открыто сказать, что мешает ему взять меня. Я не могла признаться, что, глядя на черные тени у глаз и бессильно ссутуленные плечи, уже боюсь выпускать его из виду. А он не мог прямо сказать, что в Оксфорде для него небезопасно, а значит, небезопасно и для меня. Он помолчал минуту или две, а потом мягко спросил, что у нас на сладкое, и я принесла ужасный рисовый пудинг с черносливом, который миссис Клэй всякий раз готовила в качестве извинения, когда отправлялась в «Центр Британского кино», оставляя нас без присмотра.

Оксфорд представлялся мне тихим зеленым городком, своего рода собором под открытым небом, где доны в сопровождении преданных учеников расхаживают по дорожкам, рассуждая об истории, литературе и о темных вопросах теологии. Действительность оказалась разительно живой: бибиканье мотоциклов, шныряющие туда-сюда малолитражки, студенты, перебегающие улицу под самыми колесами, и толпы туристов с фотоаппаратами перед уличным крестом, где четыре столетия назад сожгли на костре парочку епископов. Доны и студенты разочаровали меня современной одеждой: по большей части шерстяными свитерами с фланелевыми брюками у наставников и синими джинсами у послушников. Мы еще не успели выйти из автобуса на Брод-стрит, а я уже вздыхала по временам Росси, минувшим сорок лет назад. Оксфорд мог бы хоть одеться поприличнее ко встрече со мной.

Но тут на глаза мне попался первый колледж, в утреннем свете возвышающийся над стеной двора, а поодаль удивительная Камера Рэдклифф, которую я приняла сперва за небольшую обсерваторию. За ней тянулись к небу шпили огромного темного собора, а стена вдоль улицы казалась такой старой, что даже лишайник на ней представлял собой антикварную ценность. Я попробовала вообразить, что подумали бы о нас люди, ходившие по этим улицам, когда стена была новенькой, — о моем коротком красном платьице с вязаными гольфами, о моей школьной сумке, и об отце в капитанском пиджачке и серых слаксах, и о наших чемоданах на колесиках.

— Прибыли, — провозгласил отец и, к моей великой радости, свернул в ворота поросшей лишайником стены. Ворота были на замке, и пришлось ждать, пока студент распахнет перед нами кованую решетку.

Отцу предстояло сделать сообщение по вопросам отношений США и Восточной Европы в разгар оттепели. Университет выступал хозяином конференции, так что нас пригласили остановиться в квартире одного из преподавателей колледжа. Здешние наставники, пояснил мне отец, как доброжелательные диктаторы, надзирали за жизнью студентов. Пробравшись темными низкими переходами в солнечное сияние внутреннего дворика, я впервые задумалась, что вскоре и мне предстоит поступать в колледж. Я скрестила пальцы на ручке портфеля и загадала желание, чтобы мне достался такой же, как этот.

Вокруг нас лежала мостовая из выглаженных шагами плит мягкого камня, раздвинутых здесь и там, чтобы дать место тенистым деревьям — строгим, меланхоличным старикам-деревьям, сторожившим узкие скамейки. Перед главным зданием колледжа раскинулся прямоугольник великолепного газона с узким прудиком. Здание было одним из старейших в Оксфорде, заложено при Эдуарде III в XIII веке, а новейшие усовершенствования вносили елизаветинские архитекторы. Даже клочок стриженой травки внушал почтение: я ни за что не посмела бы ступить на него.

Мы обошли газон и пруд, прошли мимо столика портье и дальше, в комнаты, прилегающие к помещениям ректора. Должно быть, комнаты эти не перестраивались с самой постройки колледжа, хотя трудно было судить, для чего они предназначались в те времена. Низкие потолки, темные панели стен, крошечные свинцовые окошки... В спальне отца занавеси оказались голубого цвета, а в моей, к моему восторгу, обнаружилась высокая кровать под ситцевым балдахином.

Мы разобрали часть вещей, в общей умывальной отмыли дорожную пыль над бледно-желтой раковиной и пошли знакомиться с мастером Джеймсом, ожидавшим нас в кабинете на другом конце здания. Мастер Джеймс оказался сердечным, любезным человеком с сединой в волосах и узловатым шрамом на скуле. Мне понравилось его теплое рукопожатие и взгляд больших, чуть выпученных ореховых глаз. Он не подал виду, что мое присутствие на конференции кажется ему странным, и даже предложил дать мне вечером в провожатые по городку одного из своих студентов. «Весьма достойного и знающего юношу», — заверил он. Отец разрешил: сказал, что сам будет занят, так что почему бы тем временем не осмотреть местные сокровища? К трем часам я была готова: новый берет в одной руке, блокнот — в другой. Отец посоветовал сразу делать заметки для школьных сочинений. Проводником моим оказался голенастый студент с бесцветными волосами. Мистер Джеймс представил его как Стивена Барли. Мне понравилась его тонкая рука с голубыми жилками и толстый рыбацкий свитер; он, когда я выразила свое восхищение, назвал свое одеяние: «джемпер». Шагая рядом с ним, я чувствовала, что временно приобщилась к избранному обществу. Кроме того, едва ли не впервые я ощутила еле слышный голос пола: неуловимое чувство, что стоит мне вложить свою руку в его, как где-то в длинной стене реальности откроется дверца, которая — я знала — никогда не закроется вновь. Я уже говорила, что была домашним ребенком: настолько домашним, что в семнадцать лет даже не представляла, как тесны стены дома. Предчувствие мятежа, обуявшее меня рядом с красавцем-студентом, долетело как обрывок мелодии чужой страны. Однако я крепко вцепилась в свой блокнот и в свое детство и спросила, почему во дворе не газон, а плиты. Парень улыбнулся мне сверху вниз:

— Вот уж не знаю. До сих пор никто не спрашивал.

Он провел меня в трапезную — сводчатый длинный зал тюдоровских времен, уставленный деревянными столами, и показал место, где молодой граф Рочестер вырезал на скамье какую-то непристойность. По стене тянулись свинцовые окна, в центре украшенные старинными витражами отличной работы: Томас Беккет на коленях у смертного ложа; священник в длинной рясе, разливающий похлебку смиренно выстроившимся в очередь беднякам; средневековый доктор, перевязывающий кому-то бедро. Над местом Рочестера оказалась картина непонятного мне содержания: человек с крестом на шее и с палкой в руке склонился над грудой черных лохмотьев.

— А это в самом деле любопытная вещица, — ответил на мой вопрос Стивен Барли. — Мы ею очень гордимся. Видите ли, этот человек — один из первых донов колледжа. Он пронзает серебряным колом сердце вампира.

Я, онемев, уставилась на него и наконец с трудом выговорила:

— А что, в Оксфорде тогда водились вампиры?

— Точно не скажу, — с улыбкой признался он, — но есть легенда, что первые ученые помогали окрестным крестьянам избавиться от вампиров. Они в самом деле собрали немало преданий на сей счет, весьма устрашающих. Записи и теперь хранятся в Камере Рэдклифф, через дорогу от нас. Легенда говорит, что первые доны не желали держать у себя даже записок о чудовищах, так что хранили их в разных местах, пока не построили Камеру.

Я вспомнила Росси и задумалась, заглядывал ли он в это хранилище.

— А нельзя ли узнать имена студентов, которые учились в вашем колледже раньше… скажем, лет пятьдесят назад. Или аспирантов?

— Не знаю. — Мой провожатый удивленно разглядывал меня через деревянную скамью. — Если хотите, могу спросить мастера колледжа.

— Нет, нет. — Я почувствовала, что краснею — проклятие моей юности. — Неважно. А можно… можно посмотреть записи о вампирах?

— Любите ужастики, да? — усмехнулся Стивен. — Там особенно не на что смотреть — старые пергаменты да кожаные тома. Ну да ладно. Пойдем сейчас посмотрим библиотеку колледжа — она того стоит! — а потом отведу вас в Камеру.

Библиотека, воистину, была жемчужиной университета. С тех невинных дней я повидала много колледжей и многие из них изучила насквозь — бродила по библиотекам и трапезным, вела занятия в аудиториях, чаевничала в гостиных — и могу с чистой совестью утверждать, что ничего подобного той первой библиотеке не видала: кроме, может быть, часовни колледжа Магдалены с ее божественной росписью. Прежде всего мы вошли в читальный зал, окруженный, как некий террариум, стенами цветного стекла. Студенты — редкие образчики флоры — сидели вокруг столов, равнявшихся древностью самому колледжу. Удивительные люстры свисали с потолка, а в углах на пьедесталах возлежали необъятные глобусы эпохи Генриха VIII.

Стивен Барли указал на стену, уставленную рядами томов первого «Оксфордского словаря английского языка». Другие полки были заняты атласами разных веков, третьи — старинными родословными и трудами по истории Англии, греческими и латинскими грамматиками разных времен. Посреди читальни на резной барочной подставке разместилась гигантская «Энциклопедия», а у входа в следующий зал в стеклянном ящике виднелась растрепанная книга: по словам Стивена — «Библия» Гутенберга.

Над головой окошки, похожие на отверстия в куполах византийских церквей, пропускали внутрь столбы солнечного света. Над ними кружились голуби. Пронизанные пылью лучи касались рук студентов, переворачивающих темные листы, их вязаных «джемперов» и серьезных лиц. Здесь был рай ученья, и я молилась, чтобы однажды его врата открылись мне.

В следующем зале на высоких стенах виднелось множество балкончиков, винтовых лестниц и, под самым потолком, — ряд пыльных окошечек. А все пространство стен между ними было скрыто книгами, сверху донизу — от каменных плит пола до сводчатого потолка. Акры тисненой кожи корешков, кипы папок, массы темно-красных миниатюрных томиков девятнадцатого века. Что могло скрываться под всеми их переплетами? Смогу ли я хоть что-нибудь в них понять? Я не знала, в библиотеке мы или в музее. Должно быть, все эти чувства явственно отразились на моем лице, потому что мой провожатый довольно улыбнулся:

— Недурно, а? Вы, должно быть, и сами из книжных червей. Раз так, пойдемте: покажу самое лучшее, а потом — в Камеру.

После тишины библиотеки яркий день и гул машин были почти непереносимы. Однако у меня был повод благодарить их: проходя по шумной улице, Стивен на всякий случай взял меня за руку. Наверняка он заботливый старший брат, подумалось мне, однако от прикосновения его теплой сухой ладони у меня по спине разбегалась звенящая дрожь, оставшаяся и тогда, когда он выпустил мою руку. Поглядывая искоса на его беззаботный веселый профиль, я не сомневалась, что сигнал передался только в одну сторону. Но мне хватило и того, что я получила его.

Камера Рэдклифф, как известно любителям английской старины, — одно из чудес английской архитектуры: странная и прекрасная бочка, полная книг. Одна ее окруженная широким газоном стена выдвинута из ряда домов почти на середину улицы, так что трудно рассмотреть ее целиком, разве что как силуэт над крышами университетских зданий. Мы вошли молча, хотя середину величественного круглого зала уже заполнила группа говорливых туристов. Стивен показывал мне особенности интерьера, описанные во всех учебниках по английской архитектуре и в каждом путеводителе. Но здесь было все трогательно и мило, и я подивилась, какое неподходящее место нашли давние ученые мужи для науки зла. Наконец Стивен подвел меня к лестнице, и мы поднялись на балкон.

— Вон там, — он указал на дверцу, пробитую в стене книг, будто вход в пещеру в скальной стене, — там маленькая читальня. Я сам всего раз туда заходил, но, по-моему, вампирская коллекция у них там и хранится.

Темная комнатушка в самом деле оказалась крохотной, тесной и молчаливой. Здесь не слышны были голоса туристов, а углы древних переплетов торчали с полок, как осколки окаменевших костей. Человеческий череп в золоченом ящичке довершал мрачное впечатление. Комната была так мала, что в ней нашлось место всего для одного стола посередине, и мы, входя, едва не налетели на него. А значит, оказались лицом к лицу с ученым, переворачивавшим хрусткие листы фолианта и делавшим короткие заметки на листке бумаги. На бледном костлявом лице этого человека темнели провалы глазниц, и из них на нас удивленно и сосредоточенно взглянули горящие глаза. Глаза моего отца.

ГЛАВА 23

— В столпотворении машин скорой помощи и полиции, среди столпившихся зевак, — сказал отец, — я простоял с минуту на мостовой перед библиотекой, глядя, как извлекают из-под колес и увозят погибшего библиотекаря. Страшно и невозможно было представить, что жизнь, пусть даже весьма неприятного человека, оборвалась так внезапно, однако меня в ту минуту больше заботила судьба Элен. Я проталкивался сквозь разросшуюся толпу, высматривая девушку, и вздохнул с бесконечным облегчением, когда она сама нашла меня и тронула за плечо рукой в перчатке. Элен была бледна, но собрана. Шею она плотно обмотала шарфиком. Я содрогнулся, увидев повязку на ее нежной шее.

— Я несколько минут ждала, а потом спустилась за вами, — пояснила Элен. Толпа так шумела, что ей не приходилось понижать голос. — Хочу поблагодарить вас за помощь. Этот тип был настоящим чудовищем, а вы просто храбрец!

Оказывается, ее лицо умело быть и добрым.

— Храброй-то оказались вы. Но он вас ранил, — тихо ответил я, не решаясь на людях коснуться ее горла. — Он?..

— Да, — так же тихо ответила она. Я невольно шагнул к ней ближе, чтобы никто в толпе не подслушал нашего разговора. — Он бросился на меня и прокусил горло. — Губы у нее задрожали, словно девушка готова была расплакаться. — Он не мог успеть вытянуть много крови. И ранка почти не болит.

— Но вы... — Я запнулся, не веря тому, что собирался сказать.

— Не думаю, что заразилась, — договорила она. — Крови почти не было, и я сразу перевязала.

— Может, обратиться к врачу? — Я сразу пожалел о своих словах, и не только из-за ее убитого взгляда. — Или попробуем обработать сами?

Наверно, мне представлялось тогда, будто этот яд можно извлечь, выдавить, как змеиный. На ее лице отразилась такая боль, что у меня сердце перевернулось в груди. Но тут же мне вспомнилось, как она чуть не выдала доверенную ей тайну.

— Но зачем же вы...

— Я знаю, о чем вы думаете, — поспешно перебила она. В ее речи сейчас ясно слышался акцент. — Но я не могла придумать, чем его заманить, и хотела посмотреть, как он среагирует. Я не собиралась отдавать ему карту и ни о чем бы не рассказала, честное слово.

Я с подозрением смотрел на ее лицо: серьезное, с опущенными книзу уголками стиснутых губ.

— Правда?

— Даю слово, — просто отозвалась она и тут же саркастически усмехнулась. — К тому же я вовсе не склонна делиться тем, что нужно мне самой. А вы?

Я хмуро улыбнулся шутке, но что-то в ее лице говорило против моих опасений.

— А реагировал он весьма необычно, не правда ли?

Она кивнула:

— Сказал, что сам собирался в могилу и что кто-то забрал туда Росси. Чрезвычайно странно, но, по-видимому, он знал что-то о моем... о вашем кураторе. Не то чтобы я верила в историю с Дракулой, но ведь Росси могли похитить члены какой-то секты?

Я в свою очередь кивнул, хотя верил много большему, чем она.

— Что вы намерены делать? — спросила она, удивив меня внезапной отчужденностью.

Ответа я не обдумывал: он вырвался сам.

— Поеду в Стамбул. Уверен, что Росси не успел прочесть всех документов, а в оставшихся могут содержаться сведения о захоронении — может быть, о захоронении Дракулы на острове Снагов.

Элен рассмеялась.

— А не хотите ли совершить незабываемое турне по моей родной Румынии? Отправиться в замок Дракулы с серебряным колом наперевес, а то и посетить его в Снагове? По слухам, природа там очаровательная.

— Слушайте, — обиженно прервал ее я. — Понимаю, что выгляжу смешным, но мне приходится проверять каждый след, если он может привести к Росси. И вы прекрасно знаете, легко ли американскому гражданину проникнуть за «железный занавес» и отыскать кого-то по ту сторону.

Моя горячность, должно быть, немного пристыдила ее, и девушка промолчала.

— Я хотел вас спросить. В церкви вы сказали, что вашей матушке может быть известно что-то о Дракуле и о том, как Росси за ним охотился. Что вы имели в виду?

— Только то, что он говорил ей, будто приехал в Румынию собирать легенды о Дракуле, и что сама она верит в эти легенды. Может быть, она знает о его поисках больше, чем успела мне рассказать, — не знаю. Ей нелегко о нем вспоминать, и я унаследовала страстишку милого старого *pater familias*[1] не в лоне семьи, а по научным каналам. Жаль, что не расспросила мать раньше.

— Довольно странное для этнографа упущение, — фыркнул я. Поверив, что Элен на моей стороне, я с облегчением сбрасывал напряженность.

---

[1] Отец семейства (*лат.*).

Элен заулыбалась:

— *Touche*[1], Шерлок. При следующей встрече обязательно расспрошу.

— Когда же?

— Думаю, годика через два. Моя драгоценная виза не предусматривает возможности скакать с Востока на Запад и обратно.

— Но разве вы ей не звоните, не переписываетесь?

Элен долго и удивленно рассматривала меня.

— О святая простота западных душ! — наконец усмехнулась она. — Вы думаете, у нее есть телефон? Может, и письма, по-вашему, доходят невскрытыми?

Я смущенно молчал.

— Что за документ вы так рветесь отыскать, Шерлок? — продолжала девушка. — Ту библиографию Ордена Дракона? Я заметила последний пункт в списке. Единственная статья без полного описания. Вы о ней думали?

Естественно, она угадала. Я уже проникся восхищением перед ее интеллектом и с сожалением думал, какой замечательной собеседницей могла бы стать эта девушка при других обстоятельствах. С другой стороны, ее догадливость меня тревожила.

— А вам зачем знать? — вопросом на вопрос ответил я. — Для монографии?

— Разумеется, — сухо проговорила она. — Вы не откажетесь снова связаться со мной по возвращении?

На меня вдруг навалилась усталость.

— По возвращении? Я не слишком представляю, куда отправляюсь, тем более — когда возвращусь. Может, мне и самому придется столкнуться с вампиром.

Я намеревался пошутить, однако при этих словах неправдоподобие происходящего открылось мне во всей полноте: я стоял перед библиотекой, как сотни раз до того, и рассуждал о вампирах так, словно поверил в их существо-

---

[1] Туше (*фр.*) — удар, не требующий ответа.

вание, и с кем — с румынкой-этнографом! А вокруг врачи и полиция суетились над убитым, к чьей смерти мы имели отношение, хотя бы и косвенное. Я отвел взгляд от их жутковатой суеты. Надо было уходить: быстро, но с видимой неторопливостью. У меня не было времени отвечать на расспросы полиции. Дел предстояло множество, и каждое было неотложным: получить турецкую визу — а значит, лететь в Нью-Йорк, — и купить билет на самолет, и еще скопировать и оставить в надежном месте все сведения, которые успел получить. К счастью, в этом семестре я не вел занятий, но все же надо было представить хоть какое-то алиби на факультет и придумать успокоительное объяснение для родителей.

Я повернулся к Элен:

—- Мисс Росси. Если вы сохраните происшедшее в тайне, я обещаю связаться с вами, как только вернусь. Вы ничего больше мне не скажете? Нет ли способа связаться с вашей матушкой до моего отъезда?

— Только письмом, — твердо сказала девушка. — Да и по-английски она не говорит. Вот уеду домой через два года, тогда сама обо всем ее расспрошу.

Два года были для меня равны вечности. Я вздохнул. Приходилось расставаться с единственным человеком, знакомым мне всего несколько дней — да что там, часов, — который разделял мою тревогу за Росси. Вскоре я окажусь в одиночестве среди незнакомой страны. Однако делать нечего. Я протянул руку:

— Благодарю вас, мисс Росси, что вы два дня снисходительно терпели общество безобидного лунатика. Если я вернусь, то обязательно дам вам знать... Я хотел сказать, может быть... если мы вернемся с вашим отцом...

Она неопределенно повела рукой в перчатке, показывая, что ее меньше всего заботит возвращение Росси, однако тут же вложила свою руку в мою и мы обменялись сердечным рукопожатием. Мне почудилось вдруг, что, отняв руку, я разорву последнюю связь со знакомым мне миром.

— До свиданья, — сказала Элен, — всего вам самого лучшего в ваших розысках. Она отвернулась — шофер «скорой помощи» как раз захлопнул дверцы машины, — и я тоже отвернулся и стал спускаться с крыльца. В сотне шагов от библиотеки я оглянулся в надежде взглядом отыскать в толпе ее черный жакетик. К моему удивлению, девушка шла за мной и уже почти догнала. Мы оказались лицом к лицу, и я заметил у нее на скулах яркий румянец. Элен явно спешила.

— Я подумала... — Она замолчала и набрала в грудь побольше воздуха. — Меня ведь все это тоже касается.

Она с вызовом смотрела мне в глаза.

— Не знаю еще, как это устроить, но я еду с вами.

ГЛАВА 24

Отец сумел вполне убедительно объяснить, почему вместо совещания он оказался в хранилище вампирской коллекции.

— Отменили совещание, — сказал он, с обычной теплотой пожимая руку Стивену Барли. — Вот он и забрел сюда, в компанию привидений... — Тут он осекся, закусил губу и начал сначала: — Искал спокойного местечка...

Последнему я поверила без труда. Я прямо чувствовала, как он рад Стивену, его цветущему здоровьем, открытому лицу, обыденности и надежности всего его облика. В самом деле, что бы он мне сказал, если бы я застала его здесь без свидетелей? Как объяснялся бы, как успел бы незаметно прикрыть фолиант, лежавший на столе? Он и теперь закрыл его, но опоздал: я успела прочесть выделявшееся на плотной желтоватой бумаге название главы: «*Vampires de Provence et des Pyrenees*»[1].

Ночь на кровати под балдахином в доме главы колледжа я провела скверно, каждые несколько часов просыпаясь от стран-

[1] «Вампиры Прованса и Пиренеев» (*фр.*).

ных сновидений. Раз, проснувшись, я заметила свет под дверью в ванную, разделявшую мою комнату с отцовской, и немного приободрилась. Но чаще ощущение, что он не спит, что в комнате за стеной идет некая беззвучная деятельность, мешало мне заснуть. В последний раз я проснулась перед рассветом, когда мгла за тюлевыми занавесками приняла цвет сухого асфальта.

Меня разбудила тишина. Тишина в смутных очертаниях ветвей за окном (я выглянула наружу, отогнув краешек занавески), тишина в необъятном платяном шкафу у кровати и, самое тревожное, — тишина в соседней комнате. Не то чтобы отцу уже пора было вставать: наоборот, в такой час он должен был спать, быть может, чуть похрапывая, если лежал на спине, — стараясь стереть все заботы прошедшего дня и отложить назойливую маету ожидавших назавтра докладов, семинаров, дебатов. Обычно в поездках я успевала проснуться сама и тогда уже слышала знакомый стук в дверь, приглашающий прогуляться с отцом до завтрака.

Но в то утро тишина подавляла без всяких к тому причин, так что я слезла с «постамента», на котором провела ночь, оделась и повесила на шею полотенце. Умоюсь, а заодно послушаю сонное дыхание отца. Я тихонько постучалась в дверь ванной на случай, если помещение занято. Потом я стояла перед зеркалом, вытирая лицо, а молчание за стеной становилось все глубже. Я прижалась ухом к двери. Наверное, крепко спит. Я понимала, как бессердечно лишать отца трудно заслуженного отдыха, но паника уже разливалась по телу до самых кончиков пальцев. Я тихонько постучала. Ни шороха по ту сторону. Каждый из нас годами соблюдал право другого на уединение, но в то серое утро, просочившееся в окно ванной, я повернула дверную ручку и вошла к отцу.

В его спальне окна были задернуты тяжелыми шторами, и я не сразу различила очертания мебели и картин на стенах. Тихо было так, что по спине побежали мурашки. Я шагнула к кровати, окликнула его и тогда увидела, что постель гладко застелена покрывалом, черным в темноте спальни. В комнате никого не было. Я перевела дыхание. Он вышел, пошел прогуляться без меня. Может, ему нужно было побыть одному, поразмыслить... Но что-то подтолкнуло меня включить лампочку над кроватью и осмотреться внимательней. В светлом кругу лежала адресованная мне записка, а на ней два предмета. Я растерянно смотрела на маленькое серебряное распятие на крепкой цепочке и на лежащую рядом головку свежего чеснока. От страшной реальности этих подарков под ложечкой у меня стало холодно, а ведь я еще не прочла письма:

«Доченька!

Прости, что не мог тебя предупредить, но пришлось уехать по срочному делу, а будить тебя среди ночи не хотелось. Надеюсь, что вернусь через несколько дней. С мастером Джеймсом я договорился, что тебя отвезет домой твой юный друг Стивен Барли. Он получит два дня отпуска от занятий и сегодня же проводит тебя до Амстердама. Я хотел вызвать миссис Клэй, но у нее захворала сестра, так что она снова уехала в Ливерпуль. Она постарается к ночи уже быть дома и встретить тебя там. В любом случае о тебе позаботятся, и я уверен, что ты сама сумеешь быть благоразумной. За меня не беспокойся. Дело личное, но я постараюсь как можно скорей вернуться и тогда все объясню. А пока умоляю тебя: носи крестик, не снимая, и все время держи в кармане чеснок. Ты ведь знаешь, я никогда не был привержен религии или суевериям, да и сейчас остаюсь неверующим. Но со злом приходится вести дела по его правилам, а тебе они уже знакомы. Прошу тебя от всего отцовского сердца, не пренебрегай моей просьбой».

Письмо дышало теплой любовью, но я видела: отец писал второпях. Я быстро застегнула на шее цепочку и разложила дольки чеснока по карманам платья. Как похоже на отца, размышляла я, оглядывая безмолвную комнату, среди торопливых сборов аккуратно застелить постель. Но с чего такая спешка? Явно не дипломатическое поручение, а то бы он так и написал. Ему и раньше случалось срываться без предупреждения в горячие точки в разных концах Европы, но он всегда сообщал, куда едет. А сейчас бешено стучащее сердце твердило мне, что он не в деловую поездку отправился. Не говоря уж о том, что эту неделю он должен был провести в Оксфорде, сделать доклад, участвовать в совещаниях. Он не из тех, кто запросто нарушает обещания.

Нет, его исчезновение как-то связано с тревожными признаками, которые я в последнее время замечала в нем. Только теперь я поняла, что все время боялась чего-то подобного. И потом та вчерашняя сцена — отец, погруженный в чтение... да что же он такое читал? И куда, куда же исчез? Без меня! Впервые за все годы, когда отец защищал меня от одиночества жизни без матери, без братьев и сестер, без родины, впервые за все годы, когда он был мне и отцом и матерью — впервые я почувствовала себя сиротой.

Глава колледжа, мастер Джеймс, когда я предстала перед ним с упакованным чемоданом и накинутым на руку дождевиком, был очень добр. Я объяснила ему, что вполне способна добраться самостоятельно. Я заверила, что весьма благодарна, что он предоставляет мне студента в провожатые — даже через пролив, — и что никогда не забуду его доброты. При этом во мне шевельнулось легкое, но чувствительное разочарование: так приятно было бы провести целый день в компании улыбчивого Стивена Барли! Однако приходилось отказаться. Я повторила, что уже через несколько часов буду дома, и отогнала встававшее перед глазами видение красной мраморной чаши, куда с мелодичным звоном падали струйки воды, опасаясь, что этот ласковый человек проникнет в мои мысли или прочтет что-то по лицу. Я скоро буду дома и сразу позвоню, чтобы он не беспокоился. К тому же, хитро продолжала я, и отец ведь скоро будет дома.

Мастер Джеймс не сомневался, что я прекрасно доберусь в одиночку. Безусловно, я вполне самостоятельная девица. Однако он просто не может — он одарил меня еще одной ласковой улыбкой, — он просто не может отступиться от слова, данного старому другу, моему отцу. Для отца я самое бесценное сокровище, так что он обеспечит мою доставку со всевозможными предосторожностями. Я должна понять, что это не столько ради меня, сколько ради спокойствия отца — придется немножко уступить его слабости. Стивен Барли уже возник рядом, не дав мне ни продолжить спор, ни осознать толком идею, что глава колледжа — старый друг отца. А я-то думала, они только позавчера познакомились. Это стоило обдумать, но рядом уже стоял Стивен, и выглядел моим старым другом, и в руках у него была куртка и дорожная сумка, и, несмотря ни на что, я рада была его видеть. Правда, из-за него придется сделать лишний крюк, но сожаления о потерянном времени не слишком мучили меня. Как было устоять перед его лукавой усмешкой, перед его «Вот спасибо за внеочередные каникулы!».

Мастер Джеймс держался строже.

— Вы не на прогулке, мой мальчик, — одернул он Стивена. — Я прошу вас позвонить сразу, как прибудете в Амстердам, и прошу связать меня с домоправительницей. Вот вам карманные деньги: прошу представить мне расходные счета. — Тут в его глазах мелькнул веселый блеск. — Впрочем, не стану вас упрекать, если вы купите на вокзале голландского шоколада. Он не так хорош, как бельгийский, но тоже ничего. Привезите и мне плитку. А теперь отправляйтесь и будьте благоразумны.

Он пожал мне руку и вручил свою карточку.

— До свидания, милая. Не забудьте о нас, когда станете выбирать, где учиться дальше.

За порогом Стивен тут же отобрал у меня чемодан.

— Ну, идемте. Билеты у нас на десять тридцать, но хорошо бы прийти заранее.

Отец с мастером обо всем позаботились, отметила я про себя и задумалась, не посадят ли меня и дома на цепочку. Впрочем, сейчас надо было думать о другом.

— Стивен? — начала я.

— Ой, зовите меня Барли, — рассмеялся он. — Меня все так зовут, так что настоящее имя я уже слышать не могу.

— Ладно.

Сегодня его улыбка была так же заразительна, как вчера.

— Барли, я... можно вас попросить, пока мы еще здесь?

Он кивнул.

— Я просто хотела еще разок побывать в Камере. Там так красиво... и я хотела посмотреть все-таки вампирскую коллекцию. Вчера-то не получилось.

Он застонал:

— Что за страсть к ужастикам! Наверно, это у вас семейное.

— Я знаю.

Щеки у меня загорелись.

— Ладно уж. Посмотрим быстренько, но потом придется бежать. Если опоздаем на поезд, мастер Джеймс пронзит колом мое сердце.

В Камере с утра было тихо и почти пусто. По гладким ступеням лестницы мы взбежали к мрачной келье, где вчера застали отца. Входя в комнатушку, я сглотнула подступившие слезы: совсем недавно отец сидел здесь, глядя в неизвестную даль, а где он теперь?

Я запомнила, куда он поставил книгу, хотя отец за разговором незаметно вернул ее на полку. Под ящичком с черепом, чуть левее. Я пробежала пальцами по корешкам. Барли стоял рядом (в тесноте ему больше некуда было деваться, но я предпочла бы, чтоб он вышел на галерею) и следил за мной, не скрывая любопытства. На месте, где вчера стояла книга, темнела дыра, как от вырванного зуба. Я застыла: отец никогда, ни за что в жизни не украл бы книгу. Так кто же мог ее взять? Но в ту же секунду мой взгляд сдвинулся на ладонь вправо, и я узнала переплет. Кто-то успел переставить том. Может, отец возвращался сюда? Или кто-то еще снимал его с полки? Я с подозрением покосилась на череп под стеклом, но тот ответил мне пустым взглядом анатомического препарата. Тогда я сняла книгу, очень бережно касаясь высокого переплета цвета старой кости с торчавшей сверху шелковой ленточкой закладки. Разложив фолиант на столе, я открыла титульный лист: «*Vampires du Moyen Age*»[1], Барон де Хайдук, Бухарест, 1886.

— И на что вам этот заупокойный бред? — Барли заглядывал мне через плечо.

— Школьное сочинение, — промямлила я. Книга, как мне помнится, делилась на главы: «*Vampires de la Toscane*»[2], «*Vampires de la Normandie*»[3] и так далее. Я наконец нашла нужную главу: «*Vampires de la Provence et des Pyrenees*»[4]. О господи, хватит ли моего французского? Барли уже поглядывал на часы. Я пробежала пальцем по странице, стараясь не касаться изысканного шрифта и пожелтевшей бумаги. «*Vampires dans les villages de Provence...*»[5] Что искал здесь отец? Вот здесь, на первой странице главы? «*Il y aussi une legende...*»[6] Я склонилась ближе.

С того раза я много раз переживала подобное. До тех пор были французские упражнения, абстрактные, как примеры по математике. Понятая фраза служила лишь мостиком к новому упражнению. Никогда еще я не испытывала трепета понимания, когда слово от мозга переходит к сердцу, когда новый язык обретает движение, разворачивает кольца, вплывает в жизнь перед твоими глазами, когда дикий скачок памяти в мгновенном восторге высвобождает значение, когда печатные значки букв взрываются горячим светом. С тех пор то же случалось со мной и при работе с текстами на других языках: с немецким, с русским, с греческим и — на краткий час — с санскритом.

Но первое откровение стоит всех последующих. «*Il y aussi une legende...*» — выдохнула я, и Барли склонился над моим плечом, но еще прежде, чем он подсказал перевод, я уже понимала: «Есть еще предание, что Дракула, самый благо-

---

[1] «Вампиры в Средние века» (*фр.*).

[2] «Вампиры Тосканы» (*фр.*).

[3] «Вампиры Нормандии» (*фр.*).

[4] «Вампиры Прованса и Пиренеев» (*фр.*).

[5] «Вампиры в прованской деревне...» (*фр.*).

[6] «Как рассказывает одна легенда...» (*фр.*).

родный и опасный из всех вампиров, приобрел свою силу не в странах Валахии, но посредством ереси монахов Сен-Матье-де-Пиренее-Ориентале, бенедиктинской обители, основанной в тысячном году от рождества Господа нашего».

— Да зачем это все? — спросил Барли.

— Для школьного сочинения, — повторила я, но наши глаза встретились над страницей, и он словно впервые увидел меня.

— Вы хорошо знаете французский? — смиренно спросила я.

— Конечно. — Он улыбнулся мне и опять нагнулся к странице. — «Говорят, что Дракула каждые шестнадцать лет посещает монастырь, чтобы воздать дань своему истоку и обновить связь, позволяющую ему жить в смерти».

— Пожалуйста, дальше! — Я вцепилась в край стола.

— Пожалуйста, — отозвался он. — «Вычисления, произведенные в начале семнадцатого века братом Пьером Провансchallenge ским показывают, что Дракула появляется в монастыре во второй четверти майской луны».

— В какой фазе сейчас луна? — жадно спросила я, но и Барли тоже не помнил.

Дальше о Сен-Матье не упоминалось: следующие абзацы пересказывали документ перпиньянской церкви о поветрии, поразившем овец и коз в 1428 году, причем неясно было, кого винит в этой беде монастырский летописец — вампиров или угонщиков скота.

— Забавная история, — высказался Барли. — У вас дома, в семье такое читают развлечения ради? Не хотите ли послушать о вампирах на Кипре?

В толстом фолианте не нашлось больше ничего полезного для моих целей, и, когда Барли многозначительно взглянул на часы, я со вздохом отвернулась от заманчивых корешков вдоль стен.

— Ну, я повеселился, — заметил Барли, спускаясь по лестнице. — Вы не похожи на других девушек, правда?

Я не очень поняла, что он хотел сказать, однако решилась считать его замечание комплиментом.

В поезде Барли развлекал меня болтовней о студенческой жизни, историями о чудачествах преподавателей, а потом сам пронес мой чемоданчик по сходням парома над маслянистой серой водой. День был холодный и ясный, так что мы устроились в пластиковых креслах внизу, подальше от ветра. Барли сообщил мне, что за весь семестр ни разу не высыпался, и тут же задремал, подложив под локоть скатанный валиком плащ.

Он проспал часа два, и за это время я успела многое обдумать. Прежде чем пытаться связать звенья исторических событий, пришлось решать, что делать с миссис Клэй. Она, конечно, встретит меня на пороге дома, исходя беспокойством за меня и отца. Значит, мне до утра из дому не выйти, а когда я не вернусь из школы в обычное время, дама пустится по моему следу, неотступная, как волчья стая, да еще созовет на помощь всю амстердамскую полицию. С Барли тоже надо было что-то решать. Я послушала, как он скромно похрапывает себе под нос. Завтра мы выйдем из дома вместе, только я — в школу, а он — на паром, и мне придется позаботиться, чтобы он не опоздал.

Миссис Клэй и вправду встретила на пороге дома. Барли стоял рядом со мной, пока я искала ключи, и восторженно вертел головой, любуясь старыми доходными домами над блеском канала.

— Восхитительно! И рембрандтовские лица прямо на улице!

Когда миссис Клэй распахнула дверь и втащила меня в дом, он, кажется, готов был обратиться в бегство. К моему облегчению, хорошие манеры возобладали. Они вдвоем удалились в кухню звонить мастеру Джеймсу, а я взбежала наверх, крикнув через плечо, что хочу умыться с дороги. На самом деле — и сердце у меня виновато толкнулось в груди — я собиралась взять штурмом отцовскую цитадель. Потом подумаю, как разобраться с миссис Клэй и с Барли. Я чувствовала, что в комнате отца меня ждет находка.

В нашем доме, построенном в 1620 году, наверху располагались три спальни: узкие комнатушки со стенами темного дерева. Отец любил эти комнаты, все еще полные, по его словам, тенями простых тружеников, живших здесь до нас. Он спал в самой просторной спальне, обставленной восхитительной смесью разных периодов голландского столярного искусства. К спартанской мебелировке он добавил турецкие ковры на полу и на стенах, этюд Ван Гога и дюжину медных сковородок с французской фермы, развешанных на стене напротив кровати и отражавших блеск канала под окном. Я только сейчас почувствовала, как необычна его комната: не только эклектической обстановкой, но и монастырской простотой. Здесь не было ни единой книги: их место было внизу, в библиотеке. На спинках простых старинных стульев ни единой детали одежды; наклонную крышку конторки не осквернял ни один газетный лист. Ни телефона, ни даже будильника: отец привык просыпаться рано. Жилое пространство: здесь можно было спать, бодрствовать и, может быть, молиться — хотя я не знала, звучит ли здесь эхо молитв, повторявшихся ежевечерне, когда дом был моложе. Я любила эту комнату, но редко бывала здесь.

Я вошла бесшумно как вор, закрыла дверь и выдвинула ящик конторки. Ужасное чувство, словно срываешь гробовую печать, но я была упряма: перерыла все тайники, выдвинула все ящики, бережно возвращая на место каждый осмотренный предмет: письма друзей, изящные авторучки, бумагу с личной монограммой. Наконец в руках у меня оказался запечатанный пакет. Я бесстыдно сломала печать и увидела под клапаном несколько строк, адресованных мне и дозволяющих прочесть письма только в случае внезапной кончины отца или его долговременного безвестного отсутствия. Да ведь я видела, как он писал вечерами и рукой прикрывал от меня написанное, если я подходила слишком близко! Я жадно схватила пакет, закрыла ящик и унесла находку к себе, опасливо вслушиваясь, не зазвучат ли на лестнице шаги миссис Клэй.

Пакет был набит письмами. Каждое в отдельном конверте на мое имя, с адресом нашего дома, словно отец предполагал, что придется посылать их откуда-то издалека. Я разложила их по порядку — о, я многому успела научиться, сама того не заметив, — и бережно вскрыла первое. Оно было написано шесть месяцев назад и начиналось не словами — криком сердца. «Доченька... — буквы расплывались у меня перед глазами, — если ты читаешь это, прости меня. Я пытаюсь отыскать твою мать».

ЧАСТЬ ВТОРАЯ

Куда я попал? К каким людям? В какую ужасную историю я впутался?.. Я начал протирать глаза и щипать себя, чтобы убедиться, что не сплю. Все это продолжало казаться мне каким-то ужасным ночным кошмаром, и я надеялся, что проснусь у себя дома и в окно льются солнечные лучи — временами я так чувствовал себя наутро после целого дня умственного перенапряжения. Но, к сожалению, мое тело явственно чувствовало щипки, и мои глаза не обманывали меня. Я действительно не спал, а находился в Карпатах. Мне оставалось только запастись терпением и ожидать наступления утра.

Брэм Стокер. «Дракула»

ГЛАВА 25

Я тысячу раз бывала на вокзале Амстердама и отлично знала его. Но никогда еще я не бывала здесь одна. Я никуда не ездила в одиночку и, сидя на скамейке в ожидании утреннего экспресса в Париж, чувствовала, как ускорился пульс, не только от тревоги за отца, — это был трепет первой минуты свободы. Миссис Клэй мыла посуду на кухне и полагала, что я уже подхожу к школе. Мне стыдновато было обманывать добрую нудную миссис Клэй, и еще больше я жалела о разлуке с Барли, который, прощаясь на крыльце, вдруг галантно поцеловал мне руку и одарил плиткой шоколада, хотя я напомнила ему, что мне голландские лакомства доступны в любое время. Я подумывала написать ему письмо, когда все уладится, — но это были мечты о далеком будущем.

А пока вокруг меня сверкало, блестело и переливалось амстердамское утро. Несмотря ни на что, прогулка вдоль каналов от дома к вокзалу, запах свежего хлеба и воды и простодушная деловитая чистота вокруг утешили меня. Сидя на вокзальной скамеечке, я мысленно перебирала собранные вещи: смена одежды, отцовские письма, хлеб с сыром и картонные пакетики сока с кухни. Заодно я совершила налет на хозяйственные деньги — семь бед, один ответ, — пополнив ими свой кошелек. Конечно, миссис Клэй хватится их слишком скоро, но тут уж ничего не поделаешь: не могла я дожидаться открытия банка, чтобы снять деньги со своего детского скудного счета. На мне был теплый свитер и непромокаемая куртка, паспорт, книга, чтоб не скучать в пути, и карманный французский словарик.

И еще кое-что я украла. В гостиной, на стеллаже с сувенирами, лежал серебряный нож, привезенный отцом из первой дипломатической миссии, когда он еще только утверждался в мысли основать свой фонд. Я была слишком мала, чтобы ездить с ним, и он оставил меня в Штатах с родственниками. Клинок был опасно заточен, а по рукояти вилась изящная гравировка. Нож хранился в разукрашенных ножнах и был в нашем доме единственным оружием: отец терпеть не мог пистолетов, а его вкус к коллекционированию не распространялся на мечи и боевые топоры. Я представления не имела, как обороняться этим маленьким клинком, но все же от сознания, что он лежит у меня в дорожной сумке, становилось спокойнее на душе.

Ко времени, когда подали экспресс, на перроне собралась толпа. Тогда я почувствовала — как чувствую и по сей час, —

что ни одна радость не сравнится с прибытием поезда, и особенно европейского поезда, да еще и отправляющегося на юг. В своей жизни, в последней четверти двадцатого века, я успела услышать свистки последних паровозов, пересекающих Альпы, и теперь, крепко сжимая свою школьную сумку, готова была улыбнуться. Впереди было много свободных часов, и я собиралась потратить их с пользой — не на книгу, а на чтение драгоценных отцовских писем. Я надеялась, что верно выбрала маршрут, но мне еще надо было понять, почему наши пути сходились именно там.

Я нашла свободное купе и задернула занавеску, отгородившись от прохода и надеясь, что никто не займет соседних мест. В ту же минуту в купе вошла пожилая женщина в синем плаще и шляпке, но она, улыбнувшись мне, тут же зарылась в груду голландских журналов. Я уютно устроилась в уголке, глядя, как мимо проплывает старый город и зеленые кварталы окраин. Потом я развернула первое письмо. Его первые строки я успела выучить наизусть: потрясающие слова, поразительная дата и место, твердый торопливый почерк:

«Доченька!

Если ты читаешь это, прости меня. Я пытаюсь отыскать твою мать. Долгие годы я был уверен, что ее нет в живых, но теперь начал сомневаться. Такие сомнения тяжелее любого горя, и когда-нибудь ты, быть может, поймешь, как они день и ночь терзают мне сердце. Я никогда не говорил с тобой о ней и сознаю, что это — моя слабость, но мне слишком больно было открывать тебе нашу историю. Я всегда собирался рассказать тебе больше, когда ты повзрослеешь и сможешь лучше понять и меньше устрашиться, хотя у меня самого страх со временем так и не стал меньше, так что последнее оправдание, пожалуй, никуда не годится.

В последние месяцы я старался расплатиться за прежнюю слабость, открывая тебе понемногу отрывки прошлого, и собирался постепенно ввести в эту историю и твою мать — хотя в моей жизни она появилась довольно внезапно. Теперь я опасаюсь, что не успею рассказать тебе всего прежде, чем буду принужден умолкнуть — буквально лишен возможности сообщить о себе — или стану жертвой собственного молчания.

Я уже описал тебе вкратце свою жизнь аспиранта, которую вел до твоего рождения, и изложил странные обстоятельства исчезновения моего куратора. Рассказал и о встрече с молодой женщиной по имени Элен, не менее, а может быть, и более моего желавшей разыскать профессора Росси. При всякой возможности я стараюсь продолжить рассказ, но, кажется, пора начать записывать продолжение, доверив бумаге сохранить его. Если теперь тебе приходится читать его, вместо того чтобы слушать мою повесть, разворачивающуюся перед тобой на каком-нибудь скалистом взгорье, или на тихой "пьяцце", в укромной бухте или за столиком уютного кафе, то моя вина в том, что я не сообщил тебе всего раньше.

Я пишу это, глядя на огни в старой гавани — а ты спишь в соседней комнате спокойным невинным сном. Я устал после делового дня, и мне трудно начать это долгое повествование — мой печальный долг, горькая предосторожность. Мне кажется, еще несколько недель, а может, и месяцев я смогу вести рассказ сам, так что не стану повторять того, что ты уже слышала в наших разъездах по разным странам. Но в том, что еще осталось достаточно времени, я не могу быть уверен. Эти письма — попытка уберечь тебя от одиночества. В худшем случае ты унаследуешь мой дом, деньги, мебель и книги, но я верю, что эти бумаги будут для тебя дороже всего остального имущества, потому что в них — рассказ о тебе самой, твоя история.

Почему я не открыл тебе всего сразу и не покончил с этим одним ударом? Быть может, по слабости своей, но и потому также, что краткое изложение стало бы действительно, ударом. Я не могу допустить, чтоб ты испытала такую боль, пусть даже она лишь малая доля моей боли. Кроме того, узнав все сразу, ты не смогла бы мне поверить в полной мере, как я не вполне поверил своему куратору, пока не проследил шаг за шагом его воспоминания. И наконец, какую историю можно без ущерба свести к простому перечислению фактов? И потому я рассказываю тебе свою историю постепенно. И начинаю наугад, не зная, сколько успел поведать до того, как письма эти оказались в твоих руках».

Отец рассчитал не совсем точно, в продолжении уже знакомой мне истории образовался некоторый разрыв. Я так и не узнала, к сожалению, ни как он отозвался на поразительное решение Элен Росси, ни увлекательных подробностей путешествия из Новой Англии в Стамбул. Я могла только гадать, как они уладили формальности, как пробились через препоны политической напряженности, как получили визы, миновали таможни. Какую сказку отец преподнес своим родителям, добрым и рассудительным бостонцам? Удалось ли им с Элен побывать в Нью-Йорке, как он собирался сначала? И в одном ли номере они ночевали в гостинице? Этот вопрос меня, как всякого подростка, очень занимал. В конце концов я успокоилась на том, что представила их в образе героев кинофильмов времен их молодости: Элен, скромно прикорнувшую под одеялом двуспальной кровати, и отца, притулившегося в раскладном кресле, разувшегося, но ни в чем более не поступившегося приличиями, — а за окном соблазнительно сверкают огни Таймс-сквер.

«На шестой день после исчезновения Росси мы туманной ночью вылетели из аэропорта Идлвайлд в Стамбул, с пересадкой во Франкфурте. Второй самолет приземлился на следующее утро, и нас выпроводили из него вместе с табуном туристов. Я к тому времени уже дважды побывал в Западной Европе, но здесь для меня открывался совершенно новый мир — Турция в 1954 году была самобытна еще более, чем теперь. Только что я ерзал в неуютном кресле, протирая лицо горячей салфеткой, — и вот мы уже стоим на раскаленном асфальте, и горячий ветер несет в лицо непривычные запахи, пыль и полощет шарф стоящего впереди араба: этот шарф то и дело забивался мне в рот. Элен смеялась, заглядывая в мое ошеломленное лицо. Она еще в самолете причесалась, тронула губы помадой и казалась на удивление свежей после бессонной ночи. Ее шея была скрыта под узким шарфиком, и я не видел, что скрывалось под ним, а попросить ее снять не осмеливался.

— Добро пожаловать в широкий мир, янки, — с улыбкой проговорила она.

Улыбка была настоящей — не обычная ее ухмылка.

Пока мы доехали на такси до города, мое изумление возросло вдвое. Сам не знаю, чего я ждал от Стамбула: может быть, ничего и не ждал, не имея времени на предвкушение путешествия — но от красоты города перехватывало дыхание. Очарование "Тысячи и одной ночи" не могли перебить ни гудящие автомобили, ни бизнесмены, одетые по западной моде. Как же неимоверно прекрасен был первый город Константинополь, столица Византии и христианского Рима, думал я, город, смешавший римскую роскошь с мистицизмом ранних христиан! Мы вскоре подыскали себе квартиру в старом квартале Султанахмет, но к тому времени у меня кружилась голова от обилия мимолетных ярких и необычных впечатлений, сливающихся в один многоликий сюжет: десятки мечетей и минаретов, пестрые ткани базара и многокупольная четырехрогая Айя-София, царственно возвышающаяся над мысом.

Элен тоже была здесь впервые и проникалась атмосферой окружающего с молчаливой сосредоточенностью, она лишь раз за время поездки обратилась ко мне, заметив, как странно ей видеть исток — кажется, именно так она выразилась — Оттоманской империи, оставившей столь яркий след на ее родине. Ее короткие точные замечания стали лейтмотивом проведенных нами в Стамбуле дней; замечания обо всем, что было ей издавна знакомо: турецкие названия мест, огуречный салат, поданный в уличном ресторанчике, стрельчатые проемы окон... Ее рассказы вызвали во мне странное двойственное чувство, словно я узнавал одновременно и Стамбул, и Румынию, и, по мере того как вопрос о поездке в Румынию вырастал между нами, мне все больше казалось, что меня влечет туда иллюзорное прошлое, увиденное глазами Элен. Но я отвлекаюсь — рассказ об этом еще впереди.

Прихожая, куда провела нас хозяйка пансиона, после пыльного сияния улиц казалась прохладной. Я с облегчением упал в стоявшее у входа кресло, предоставив Элен договариваться о двух комнатах на ее беглом, но с жутким акцентом французском. Хозяйка — армянка, из любви к странникам изучившая их языки, — ничего не слышала об отеле, название которого упоминал Росси. Возможно, его уже много лет не существовало.

Я решил, что, если Элен нравится устраивать все самой, я вполне могу предоставить ей такую возможность. По негласному, но твердому соглашению мне предстояло оплачивать все счета. Я забрал из банка все свои небогатые сбережения: Росси заслуживал любых усилий, пусть даже бесплодных. Если у нас ничего не выйдет, я вернусь домой банкротом, только и всего. Я понимал, что сбережения Элен, иностранной студентки, скорее всего, исчисляются отрицательными величинами. Я уже заметил, что у нее всего два костюма и она разнообразит их искусным подбором строгих блузок.

— Да, нам нужны две комнаты рядом, — втолковывала она старой статной армянке. — Мой брат — *mon frere ronfle affreusement*[1].

— *Ronfle*? — спросил я из своего угла.

— Храпишь, — отрезала она. — Да, ты сам знаешь, что храпишь. Я в Нью-Йорке не могла замкнуть глаз.

— Сомкнуть, — поправил я.

— Прекрасно, — согласилась она, — так что держи дверь закрытой, *s'il te plait*[2].

Как бы я ни храпел, но, не выспавшись, с дороги, мы ни на что не были способны. Элен стремилась на поиски архива, но я решительно потребовал сначала отоспаться и поесть. Так что мы выбрались в лабиринт переулков, скрывающих за стенами зелень садов, только к вечеру.

Росси в своих письмах не приводил название архива, а в разговоре со мной назвал его просто: "малоизвестное хранилище

[1] Мой брат ужасно храпит (*фр.*).

[2] Пожалуйста (*фр.*).

документов эпохи султана Мехмеда Второго". В письме он уточнил, что здание было пристроено к мечети в семнадцатом веке. Кроме того, мы знали, что из окна ему видна была Айя-София, что в здании было больше одного этажа и что дверь выходила прямо на улицу. Перед отъездом я попытался обиняками выспросить что-нибудь в университетской библиотеке, однако не добился толку. Странно, что Росси в письме не назвал архива: обычно он не упускал столь важные подробности. Пожалуй, Росси просто не хотелось вспоминать о нем. Все его бумаги, включая и последний список, были при мне, в портфеле, да я и наизусть помнил на удивление невразумительный последний пункт: "Библиография Ордена Дракона". Глядя на огромный город, полный куполов и минаретов, мне представилось, что искать в нем загадочную статью списка Росси — довольно безнадежное предприятие.

Нам ничего не оставалось, как обратить стопы к единственному ориентиру, к Айя-Софии, бывшей прежде великой византийской церковью Святой Софии. Оказавшись перед ней, мы не удержались от искушения войти внутрь. Ворота были открыты, и поток туристов втянул нас во мрак святилища, как волна в грот. Я задумался о паломниках, которые четырнадцать столетий входили в эти же двери. Оказавшись внутри, я вышел на середину и задрал голову, оглядывая огромное божественное пространство под ее прославленным куполом, сквозь который лился небесный свет, освещая арабскую вязь на щитах над сводами арок. Мечеть скрыла церковь — церковь, тоже в свою очередь стоящую на руинах древнего мира. Она вырастала высоко-высоко над нами воплощением византийского мира. Я не верил своим глазам, дух захватывало.

Вспоминая теперь ту минуту, я понимаю, что так долго жил в книгах, в узком университетском мирке, что они внутренне подавили меня. Там, в гулких пространствах Византии — одного из чудес света — дух мой вырвался из привычных пределов. В тот миг я понял, что, чем бы ни кончились наши поиски, возврата к прежнему уже не будет. Я пожелал тогда, чтобы жизнь моя тянулась вверх, простиралась вширь, подобно сводам этого огромного собора. Его величие переполняло сердце, ни разу не изведавшее подобного в окружении голландских торговцев.

Я взглянул на Элен и увидел, что она тоже взволнована и, так же как я, запрокинула голову, так что черные пряди упали на воротник блузы, а обычно замкнутое, циничное лицо побледнело, будто обратившись к вечности. Повинуясь порыву, я взял ее за руку, и она ответила сильным пожатием жестких, почти костлявых пальцев, уже знакомых мне по рукопожатию. То, что в другой женщине могло быть знаком кокетства или подчинения, у Элен было движением, таким же простым и страстным, как ее взгляд или возвышенность позы. Она тут же опомнилась: выпустила мою руку, ничуть не смутившись, и мы вместе стали бродить по церкви, восхищаясь тонкой отделкой кафедры и блеском византийского мрамора. Только громадным усилием я заставил себя вспомнить, что вернуться в Айя-Софию мы можем в любое время, а первым делом надо найти архив. Как видно, та же мысль посетила и Элен, потому что она двинулась к выходу одновременно со мной, и мы вместе протолкались сквозь толпу на улицу.

— Архив мог быть довольно далеко, — заметила она. — Святая София выше всех зданий, и ее можно видеть с любого места в городе, а то и с той стороны Босфора.

— Да. Надо найти другую примету. В письме сказано, что архив находится в пристройке семнадцатого века, примыкающей к маленькой мечети.

— В этом городе на каждом шагу мечети.

— Верно...

Я полистал путеводитель.

— Давайте начнем отсюда — с мечети Фатих. Там молился Мехмед Второй со своей свитой — построена она в конце пятнадцатого века — и библиотеке там самое место, а?

Элен сочла, что попробовать стоит, и мы снова отправились в путь. На ходу я снова зарылся в путеводитель:

— Послушайте-ка... Здесь сказано, что "Истанбул" — византийское слово, означавшее "город". Видите, турки не смогли уничтожить Константинополь, а только переименовали его — да и то византийским названием. Здесь говорится, что Византийская империя существовала с 333 по 1453 год. Вообразите, какой долгий, долгий закат власти.

Элен кивнула.

— Невозможно представить себе эту часть мира без Византии, — серьезно сказала она. — А, вы знаете, в Румынии повсюду замечаешь ее отблески — в каждой церкви, на каждой фреске, в монастырях, даже в лицах людей. Там она даже ближе, чем здесь, где повсюду турки. Завоевание Константинополя Мехмедом Вторым было одной из величайших трагедий истории. Он разбил эти стены ядрами и на три дня отдал город войску на разграбление. Его солдаты насиловали молодых девушек и мальчиков на алтарях церквей, даже в Святой Софии; растащили иконы и святыни, чтобы выплавить из них золото, а мощи святых бросили псам. А до того история не знала города прекраснее.

Рука ее сжалась в кулак.

Я молчал. Город и теперь был прекрасен, полон нежных и сочных цветов, причудливых куполов и минаретов, а следы давней резни давно стерлись. Я начинал понимать, почему зло пятисотлетней давности так реально для Элен, но разве обязательно переносить его в настоящее, в свою жизнь? Мне пришло в голову, что я напрасно проделал столь долгий путь в поисках англичанина, быть может, отправившегося на автобусную экскурсию в Нью-Йорк. Эту мысль я проглотил, зато не удержался чуточку поддразнить девушку:

— Как вы хорошо знаете историю! А я-то думал, вы этнограф.

— Так и есть, — серьезно отозвалась она, — но невозможно изучать культуру, не зная ее прошлого.

— Почему было просто не заняться историей? На мой взгляд, это не мешает изучать культуру.

— Возможно… — Она снова замкнулась и не желала встретить мой взгляд. — Но я искала поле деятельности, еще не распаханное отцом.

В золотом закатном свете мечеть Фатих продолжала впускать как туристов, так и правоверных. Я опробовал свой посредственный немецкий на привратнике: смуглокожем курчавом парнишке — не так ли выглядели византийцы? — но тот заявил, что в мечети нет ни библиотеки, ни архива, и он не слыхал, чтобы поблизости было что-то в этом роде. Мы спросили, куда он посоветует обратиться.

Он задумчиво предложил попытать счастья в университете, что же до маленьких мечетей, то в городе их не одна сотня.

— В университет сегодня уже поздно, — заметила Элен, изучая путеводитель. — Завтра можно зайти туда расспросить об архивах времен Мехмеда. Думаю, это самый короткий путь. А пока давайте осмотрим древние стены Константинополя. К ним можно выйти прямо отсюда.

Она выбирала дорогу, с путеводителем в обтянутой перчаткой руке и черной сумочкой на ремне через плечо, а я послушно следовал за ней. Мимо шныряли велосипедисты, турецкие одеяния смешивались с европейскими, иностранные автомобили ловко разъезжались с телегами. Нам то и дело попадались мужчины в темных костюмах и круглых шерстяных шапочках и женщины в шароварах под цветастыми платьями, с лицами, прикрытыми складками платков. Они несли пакеты и корзины с покупками, тюки ткани, клетки с цыплятами, хлебные лепешки, цветы. Жизнь на улицах кипела ключом, как бурлила, должно быть, на протяжении уже шестнадцати столетий. По этим улицам следовали на носилках императоры христианского Рима, направлявшиеся из дворца в церковь, чтобы принять святое причастие. Они были самовластными правителями, щедрыми покровителями искусств, архитекторов и теософии. И не все были приятными людьми: многие имели привычку резать придворных и ослеплять родственников, в лучших традициях Древнего Рима. То были времена расцвета византийской политики, и, пожалуй, парочка вампиров вполне вписались бы в эту обстановку.

Элен остановилась перед полуразрушенной каменной стеной. У ее подножия приютились лавочки торговцев, в щелях древней кладки проросли фиговые деревца, а над высоким гребнем безоблачное небо уже окрасилось в цвет бронзы.

— Вот что осталось от стен Константинополя, — тихо проговорила она, — представьте, какое было величие! Книга утверждает, что море тогда омывало их подножие, так что император прямо из дворца ступал на палубу корабля. А вот та стена была частью ипподрома.

Мы стояли, глазея на руины, пока я снова не осознал, что целых десять минут не вспоминал о Росси, и не произнес довольно резко:

— Давайте-ка подумаем об ужине. Уже восьмой час, а завтра нам рано вставать. Я твердо намерен завтра отыскать архив.

Элен кивнула, и мы мирно вернулись в центр старого города.

Неподалеку от нашего пансиона обнаружился ресторанчик, украшенный изнутри изящными изразцами и медными вазами. Столик стоял под незастекленным стрельчатым окном, откуда мы могли наблюдать за прохожими. Ожидая ужина, я впервые обратил внимание на некое свойство жителей Востока, доселе мной незамеченное: здесь даже тот, кто спешил, вовсе не спешил, а шествовал мимо. То, что в Стамбуле выглядело торопливой походкой, сошло бы на улицах Нью-Йорка или Вашингтона за ленивую прогулку. Я обратил внимание Элен на этот феномен, и она зло рассмеялась:

— Куда спешить тем, кто все равно не надеется разбогатеть?

Официант принес нам нарезанный хлеб, миску густого айрана с ломтиками огурцов и крепкий ароматный чай в стеклянных кувшинчиках. После утомительного дня мы ели от всей души и как раз перешли к зажаренным на деревянных вертелах цыплятам, когда в ресторан вошел и огляделся кругом человек с седыми усами и серебряной гривой волос. Он присел за соседний столик и раскрыл книгу. Заказ он непринужденно сделал по-турецки, а потом, заметив нас и, как видно, оценив наш аппетит, с дружелюбной улыбкой поклонился и заметил, с акцентом, однако на превосходном английском:

— Я вижу, вам по вкусу местная кухня?

— Несомненно, — удивленно отозвался я. — Она превосходна.

— Позвольте, — продолжал он, обратив ко мне красивое мягкое лицо. — Вы не англичане. Америка?

— Да, — признал я.

Элен молчала, разрезая цыпленка и настороженно поглядывая на нашего соседа.

— Ах да, как чудесно. Вы любуетесь нашим прекрасным городом?

— Именно так, — согласился я, подумав, что Элен могла бы держаться подружелюбнее: ее враждебность казалась какой-то подозрительной.

— Добро пожаловать в Стамбул, — провозгласил мой собеседник с приятной улыбкой, поднимая в тосте свой кувшин.

Я ответил тем же, и он просиял.

— Простите любопытство незнакомца, но что вам показалось лучшим?

— Ну, выбрать нелегко... — Мне нравилось его лицо; оно просто вызывало на откровенность. — Меня больше всего поразило смешение в одном городе Востока и Запада.

— Мудрое наблюдение, юноша, — согласился он, промокая усы большой белой салфеткой. — Некоторые из моих коллег всю жизнь изучают Стамбул и уверяют, что не успели узнать его, хотя прожили здесь всю жизнь. Это поистине поразительное место.

— А кто вы по профессии? — с любопытством спросил я, хотя и предчувствовал, что Элен вот-вот незаметно наступит мне на ногу.

— Профессор Стамбульского университета, — с важностью сообщил он.

— Какая необычайная удача! — воскликнул я. — Мы...

И тут туфелька Элен опустилась на мою ногу. Она, как все женщины той эпохи, носила лодочки с очень острыми каблучками.

— Мы очень рады с вами познакомиться, — неловко закончил я. — Что вы преподаете?

— Моя специальность — шекспироведение, — пояснил мой новый друг, сосредоточенно накладывая себе салат из стоявшей перед ним миски. — Я преподаю английскую литературу на старшем курсе аспирантуры. Должен заметить, наши аспиранты достойны всяческих похвал.

— Просто удивительно, — сумел выговорить я. — Я и сам учусь в аспирантуре, специализируюсь по истории в Соединенных Штатах.

— Весьма тонкий предмет, — серьезно заметил тот, — в Стамбуле вы найдете для себя много интересного. В каком вы университете?

Взглянув, как Элен мрачно поглощает свой ужин, я сообщил ему название.

— Превосходный университет. Я слышал о нем, — сообщил профессор, отпивая чай из кувшинчика и постукивая книгой по тарелке. — Послушайте! — вдруг воскликнул он. — Почему бы вам не зайти к нам в университет, пока вы в Стамбуле? Это почтенное учебное заведение, и я буду счастлив показать его вам и вашей очаровательной жене.

Я услышал тихое фырканье со стороны Элен и поспешил прикрыть ее:

— Сестре, моей сестре.

— О, прошу прощения, — шекспировед через стол поклонился Элен. — Я — доктор Тургут Бора, к вашим услугам.

Мы представились: вернее, я представил нас обоих, потому что Элен упрямо хранила молчание. Я почувствовал, что она не одобрила меня, когда я назвался настоящим именем, и потому наспех сочинил ей псевдоним "Смит", за каковую глупость был награжден еще одним хмурым взглядом. Обменявшись рукопожатиями, мы уже не могли не пригласить нового знакомого за наш столик.

Тот вежливо отказывался, но совсем недолго, и через минуту пересел к нам, захватив с собой салат и стеклянный кувшинчик.

— Пью тост за вас и приветствую вас в нашем прекрасном городе! — провозгласил он. — Ура! — Даже Элен слабо улыбнулась, продолжая молчать. — Простите мне нескромность, — извиняющимся тоном обратился к ней Тургут, ощутив ее настороженность, — но мне так редко представляется возможность попрактиковаться в английском с носителями языка.

Он еще не заметил, что для нее английский тоже не был родным, — впрочем, и трудно было заметить, поскольку Элен так и не произнесла ни слова.

— Как случилось, что вы занялись изучением Шекспира? — спросил я, когда мы снова обратились к своим тарелкам.

— А! — тихо отозвался Тургут, — Это странная история. Моя мать была необыкновенная женщина — ослепительная! — и большая любительница языков, притом инженер на выданье…

“Выдающийся”, — догадался я про себя.

— …и она поступила в университет в Риме и там познакомилась с отцом. Он восхитительный человек, изучал итальянский Ренессанс и особо возлюбил…

Здесь увлекательное повествование было прервано появлением молодой женщины, заглянувшей в наше окно с улицы. Я до тех пор видел цыган только на картинах, однако сразу угадал в ней цыганку: смуглое, с резкими чертами лицо, броская яркая одежда и неровно подстриженная челка, падающая на глаза — черные и пронзительные. По ее худому лицу невозможно было угадать возраст: ей могло быть и пятнадцать, и сорок лет. В руках она держала охапку красных и желтых цветов — как видно, торговала ими. Женщина сунула мне через стол букетик и завела пронзительную скороговорку, в которой я не понял ни слова. Элен смотрела на нее с отвращением, а Тургут — с досадой, но назойливая торговка словно не замечала их. Я уже полез за бумажником, собираясь преподнести Элен — в шутку, разумеется, — турецкий букет, но тут цыганка резко обернулась и, тыча в нее пальцем, зашипела что-то. Тургут опешил, а бесстрашная Элен испуганно отшатнулась.

Увидев ее движение, Тургут вернулся к жизни: привстал с места и начал гневно отчитывать цыганку. По его тону и жестам легко было угадать, что наш гость недвусмысленно предлагает торговке убираться вон. Та сверкнула на нас глазами и испарилась так же внезапно, как возникла в окне, тут же скрывшись в толпе пешеходов. Тургут снова сел, изумленно взглянул на Элен и вдруг извлек из жилетного кармана какой-то предмет и положил его рядом с ее тарелкой. Я разглядел плоский голубой камушек с дюйм длиной, с белыми краями и голубой серединой. Он напоминал неумелое изображение глаза. При виде его Элен побледнела и, словно бы инстинктивно, коснулась подарка указательным пальцем.

— Это что же такое? — Я невольно почувствовал себя чужаком в обществе иностранцев.

— Что она сказала? — Элен впервые обратилась к Тургуту. — Она по-цыгански говорила или на турецком? Я ничего не поняла.

Наш новый друг замялся. Ему явно не хотелось повторять слова торговки.

— По-турецки, — промямлил он. — Пожалуй, трудно сохранить вежливость, объясняя вам. Она говорила очень грубо. И странно.

Он заинтересованно разглядывал Элен, но я уловил в его взгляде искру страха.

— Я не стану переводить, как она назвала вас, — медленно продолжал он, — но потом она сказала: “Уходи, румынка, дочь волков. Ты и твой друг принесли в наш город проклятие вампира”.

У Элен побелели даже губы. Мне очень хотелось взять ее за руку, но вместо этого я успокаивающе проговорил:

— Это совпадение.

Она метнула на меня гневный взгляд; опять я распустил язык при профессоре.

Тургут взглянул на нее, снова на меня и заговорил:

— Воистину, милые собеседники, это весьма странно. Думаю, нам должно продолжить разговор».

Я едва не задремала под стук колес, хотя рассказ держал меня в неослабевающем напряжении. Вчера я читала его впервые и легла далеко заполночь, так что сейчас у меня слипались глаза. В залитом солнце купе меня охватило ощущение нереальности происходящего, так что я отвернулась к окну, чтобы взглянуть на привычные голландские пейзажи, проплывавшие за стеклом. За окном то и дело мелькали поселки и маленькие города, на окраинах которых под облачным небом зеленели крошечные огороды. В Голландии поля зеленеют с ранней весны до первого снега — их питает влажность земли и воздуха и блестящие, куда ни глянь, каналы. Впрочем, местность, богатая каналами и мостами, уже осталась позади, и поезд окружали стада коров на разгороженных по линеечке выпасах. Почтенная пожилая пара, мерно крутившая колеса велосипеда, поравнялась с нашим окном и тут же отстала, за окном вновь проплывали пастбища. Скоро граница Бельгии. Я по опыту знала, что это государство легко пропустить, вздремнув на несколько минут.

Я крепко прижимала письма к коленкам, но ресницы у меня слипались. Милая женщина напротив уже спала над своим журналом. Я только успела закрыть глаза, когда дверь купе распахнулась и в мои грезы вторглась голенастая фигура и запыхавшийся голос произнес:

— Каково нахальство! Я так и думал. Все вагоны обыскал!

Барли утирал взмокший лоб и грозно хмурился.

ГЛАВА 26

Барли был очень сердит, и мне не приходилось его винить, но и я, совершенно не ожидая такого неприятного оборота событий, тоже основательно взбесилась. Злость моя только усилилась, когда первое мгновенье досады сменилось облегчением: я и не подозревала, пока не увидела его, как одиноко мне было в поезде, уносящем к неведомой цели и, быть может, к еще большему одиночеству напрасных поисков или к вселенскому одиночеству от невозвратной потери отца. Я знала Барли всего несколько дней, но теперь его лицо воплощало для меня знакомый мир.

Впрочем, сейчас это лицо было не слишком дружелюбным.

— Куда это, черт побери, ты направилась? Устроила мне гонку! Да что ты такое затеяла?

Последнего вопроса я пока предпочла не услышать.

— Я не хотела тебя беспокоить, Барли. Думала, ты уже на пароме и ничего не узнаешь.

— Ага, вернусь к мастеру Джеймсу, заверю его, что благополучно довез тебя до Амстердама, а тут как раз и сообщат, что ты пропала? Ого, то-то он меня поблагодарит!

Он шлепнулся на сиденье рядом со мной, скрестил на груди руки и закинул ногу на ногу (ноги протянулись через все купе). У него был с собой все тот же чемоданчик, а соломенные волосы надо лбом стояли дыбом.

— А ты с какой стати за мной следишь? — огрызнулась я.

— Паром сегодня задержался с отплытием. Какая-то поломка.

Теперь парень невольно улыбался.

— Я проголодался, как лошадь, вот и вернулся на пару кварталов раздобыть чаю с круассанами, и тут вижу — вроде ты тоже идешь не в ту сторону. Заметил тебя издалека, и даже не уверен был, что это ты. Думал, показалось, и спокойно принялся завтракать. Но совесть не давала покоя — ведь если это ты была, меня ждали колоссальные неприятности. Вот я и прошелся в ту же сторону и вышел к вокзалу. Меня чуть кондрашка не хватила, когда ты на моих глазах прошествовала на посадку.

Он снова насупился.

— Дала ты мне жизни нынче утром! Пришлось бежать на другую сторону за билетом — только-только хватило гульденов, — а потом обшаривать весь поезд. А теперь он шпарит без остановки, так что и сойти-то нельзя.

Прищурив карие глаза, он покосился на окно, а потом на пачку конвертов у меня на коленях.

— Будь любезна объяснить, как это ты вместо школы оказалась в парижском экспрессе?

Что мне было делать?

— Извини, Барли, — смиренно сказала я. — Мне в голову не приходило тебя втягивать. Я правда думала, что ты давным-давно в пути и с чистой совестью можешь вернуться к мастеру Джеймсу. Я не хотела тебя беспокоить.

— Да ну? — Он явно ожидал продолжения. — Потому и решила прогуляться в Париж вместо урока истории.

— Ну... — Я пыталась протянуть время. — Отец прислал мне телеграмму, что у него все в порядке и мне можно на несколько дней съездить к нему.

Барли помолчал минуту.

— Извини, но не проходит. Телеграмма могла прийти только ночью, и тогда бы я о ней знал. И кто сомневался, что с твоим отцом «все в порядке»? Я думал, он просто уехал по делам. А что это ты читаешь?

— Это долгая история, — медленно проговорила я. — А ты и так уже считаешь меня странной...

— Еще какой странной, — сурово перебил Барли. — Но давай-ка, рассказывай, в чем дело. У тебя как раз хватит времени до Брюсселя, откуда мы пересядем на обратный поезд до Амстердама.

— Нет! — Крик вырвался у меня непроизвольно.

Дама напротив зашевелилась, и я понизила голос.

— Мне обязательно надо в Париж. Со мной все в порядке. А ты, если хочешь, можешь сойти там и к вечеру будешь в Лондоне.

— Я могу сойти, да? А ты, значит, не собираешься? И куда же еще идет этот поезд?

— Нет, он идет до Парижа...

Барли снова ждал, скрестив руки. Он был еще хуже отца. Может быть, даже хуже профессора Росси. Мне на минуту представился Барли, как он стоит, скрестив руки, перед классом, озирая несчастных учеников пронзительным взором: «И что же привело Мильтона к ужасному заключению о падении Люцифера? Хоть кто-нибудь читал?»

Я сглотнула слюну и повторила еще более смиренно:

— Это долгая история.

— Времени хватит, — сказал Барли.

«Все мы смотрели друг на друга: я, Тургут и Элен. Я ощущал, как между нами возникает некая связь. Элен, желая, быть может, заполнить паузу, взяла и протянула мне голубой камушек, подложенный Тургутом к ее тарелке.

— Это древний символ, — сказала она. — Талисман от дурного глаза.

Я взял камешек, ощутив его гладкую поверхность, нагревшуюся в ее руке, и снова положил на стол.

Однако Тургута не так легко было отвлечь.

— Мадам, вы румынка?

Элен молчала.

— Если это так, вам следует быть здесь осторожнее. — Он немного понизил голос. — Вами может заинтересоваться полиция. Между нашими странами нет дружбы.

— Я знаю, — холодно сообщила Элен.

— Но как вас узнала та цыганка? Вы с ней не заговаривали.

— Я не знаю... — Элен беспомощно пожала плечами.

Тургут покачал головой.

— Люди говорят, у цыган особый дар видеть. Никогда этому не верил, однако... — Он не договорил и погладил усы салфеткой. — Как странно, что она упомянула вампиров.

— Странно? — усмехнулась Элен. — Она просто сумасшедшая. Как все цыгане.

— Может, и так, может, и так... — Тургут задумчиво помолчал. — Но мне ее слова особенно удивительны, потому что они — моя вторая специальность.

— Цыгане? — не понял я.

— Нет, сэр, вампиры.

Мы с Элен дружно уставились на него.

— Шекспиром я зарабатываю на жизнь, а вампирами занимаюсь для души. У нас существует множество древних преданий о вампирах.

— У вас в Турции?.. Э-э, турецких преданий? — ошеломленно переспросил я.

— О, легенды, дорогие коллеги, восходят еще к Древнему Египту. Но здесь, в Стамбуле... начнем с того, что существует легенда, будто самые кровожадные из византийских императоров были вампирами, будто бы христианский обряд причастия они понимали как дозволение пить кровь смертных. Но этому я не верю. Я считаю, что все началось позднее.

— Ну... — Я опасался слишком открыто проявлять интерес, больше из страха перед каблучком Элен, чем из подозрения, что милейший Тургут состоит в заговоре с силами тьмы.

Но и сама Элен не сводила глаз с рассказчика.

— А легенда о Дракуле вам знакома?

— Знакома? — фыркнул Тургут, сверкнув глазами, и салфетка в его руках скрутилась в узел. — А вы знаете, что Дракула существовал в действительности, что он — лицо историческое? Кстати, ваш соотечественник, мадам… — Он поклонился Элен. — Он был господарь, воевода в Западных Карпатах в пятнадцатом веке. Личность, знаете ли, примечательная.

Мы с Элен кивали — просто не могли удержаться. Я, по крайней мере, не мог, а она, видимо, слишком увлеклась рассказом, чтобы замечать, что делает. Она склонилась к нему, и глаза ее сверкали тем же темным огнем, и сквозь обычную для нее бледность проступил румянец. Несмотря на волнение, я невольно отметил редкий миг, когда сквозь ее резкие черты, словно освещенная изнутри, проступала красота.

— Итак, — Тургут явно увлекся предметом. — Не утомляя вас скучными подробностями, скажу, что, согласно моей теории, Дракула сыграл важную роль в истории Стамбула. Мало кто знает, что мальчиком он жил заложником султана Мехмеда Второго, в Галлиполи, а потом восточнее — в Анатолии. Его отец сам передал его отцу Мехмеда — султану Мураду Второму — в залог договора, на шесть долгих лет, с 1442 по 1448 год. Отец Дракулы тоже не был джентльменом, — хмыкнул Тургут. — Солдаты охранявшей мальчика стражи были мастерами в искусстве пытки, и он, должно быть, многому у них научился. Однако, мои добрые сэры, — он сгоряча, как видно, забыл, что один из его собеседников женщина, — согласно моей теории, и он оставил на них свою мету.

— Что же вы имеете в виду? — задохнулся я.

— Примерно с этого времени появляются письменные свидетельства о случаях вампиризма в Стамбуле. Гипотеза моя еще не разработана, и я, увы, не могу представить доказательств, но полагаю, что первой его жертвой стал турок — быть может, стражник, с которым подружился мальчик. Он занес в нашу империю эту заразу, и после она пришла в Константинополь вместе с Завоевателем.

Мы, онемев, смотрели на него. Мне пришло в голову, что, согласно легенде, вампирами становятся только после смерти. Значит, Дракула был убит уже тогда, в Малой Азии, совсем юным, и уже тогда стал не-умершим, или он просто обрел тогда странные вкусовые предпочтения и внушил их другим? Я напомнил себе обязательно расспросить Тургута, когда мы познакомимся с ним поближе.

— О, хобби у меня довольно оригинальное. — Тургут снова расплылся в искренней улыбке. — Простите, что я оседлал любимого конька. Жена уверяет, что я бываю невыносим.

Сияя, он приветствовал нас изящным царственным жестом, подняв в тосте свой кувшин, прежде чем отхлебнуть из него.

— Однако, клянусь, одну вещь я могу доказать! У меня есть доказательства, что султан боялся его как вампира.

Он ткнул пальцем в потолок.

— Доказательства? — эхом отозвался я.

— Да! Я обнаружил их несколько лет назад. Султан так интересовался личностью Влада Дракулы, что после его смерти собрал у себя часть его бумаг и принадлежащих ему вещей. Султан, разумеется, ненавидел Дракулу, убившего множество турецких солдат, но архив был основан по другой причине. В 1478 году султан даже писал паше Валахии, спрашивая, не сохранилось ли у того каких-либо записей о Владе Дракуле. А зачем? Затем, пояснял он, что собирается основать библиотеку, для противостояния злу, распространившемуся в городе после его смерти. Вы понимаете? Разве мог бы султан бояться мертвого врага, если бы не верил в его возвращение? Я разыскал копию ответного письма паши, и, — он ударил кулаком по столу и торжествующе улыбнулся, — я нашел библиотеку, созданную, чтобы отразить зло!

Мы с Элен застыли как статуи. Слишком невероятным представлялось подобное совпадение. Наконец я собрался с силами, чтобы спросить:

— Профессор, это, случайно, не то хранилище, что основано султаном Мехмедом Вторым?

Теперь уже он уставился на нас во все глаза.

— Клянусь своими сапогами, вы и вправду великолепный знаток истории. Вы интересовались этим периодом?

— Да, весьма, — отвечал я, — и нам бы... очень хотелось увидеть найденный вами архив.

— Разумеется, — заверил Тургут, — с величайшим удовольствием. Жена моя будет сражена, что кто-то хочет его видеть, — хмыкнул он. — Однако, увы! — прекрасное здание, где он хранился, снесли, чтобы расчистить место министерству дорожного строительства — тому вот уже восемь лет. Такой был прекрасный особнячок в старом центре, у Голубой мечети. Такая жалость!

Я почувствовал, как кровь отхлынула от лица. Так вот почему никто ничего не знал об архиве Росси.

— А документы?

— Не тревожьтесь, добрый сэр. Я сам позаботился, чтобы они были переданы Национальной библиотеке. Их необходимо сохранить, даже если никто не интересуется ими, как я.

По его лицу, впервые после стычки с цыганкой, пробежала тень.

— В старом городе, как и в иных местах, еще обитает зло, с которым нужно сражаться.

Он взглянул в глаза мне, потом Элен.

— Если вам нравятся старинные диковинки, я с радостью проведу вас туда завтра утром. Сегодня там, конечно, уже закрыто. Я знаком с библиотекарем, который позволит вам ознакомиться с коллекцией.

— Огромное вам спасибо... Но каким образом... как случилось, что вы увлеклись столь необычной темой?

Я не смел оглянуться на Элен.

— О, это долгая история, — покачал головой Тургут. — Я не позволю себе наскучить вам...

— Нам ничуть не скучно, — настаивал я.

— Вы чрезвычайно любезны. — Он несколько минут молчал, протягивая между большим и указательным пальцем кончик вилки.

За окном нашего кирпичного алькова гудели, разъезжаясь с велосипедистами, машины, проходили перед окном прохожие — словно актеры через сцену: женщины в ярких платьях, с платками и шарфами на головах, с длинными золотыми серьгами в ушах, и другие, в черных платьях, с крашенными хной волосами; мужчины в европейских костюмах в белых сорочках и галстуках. До нашего столика доносилось дыхание теплого соленого ветерка, и мне представились корабли со всего света, несущие изобильные товары в сердце империи — сначала христианской, позже магометанской — и причаливающие прямо к городской стене, обрывающейся в море. Затерянный в лесах замок Дракулы, с его варварски жестокими обычаями, казался невообразимо далеким от этого древнего города-космополита. Неудивительно, что валашский князь ненавидел турок, а они его. И все же турки Стамбула, живущие в окружении золотых и бронзовых статуй, базаров и книжных лавок и множества храмов, были ближе христианской Византии, нежели Влад, охранявший от них свои рубежи. Отсюда, из средоточия цивилизованного мира, он представлялся лесным дикарем, провинциальным чудищем, средневековым вариантом дикого индейца. Мне вспомнилась гравюра в энциклопедии — тонкое длинноусое лицо над придворным платьем. Здесь крылся некий парадокс.

Видение растаяло, изгнанное голосом Тургута:

— Скажите, друзья мои, чем вызван ваш интерес к Дракуле?

Он смотрел на нас через стол с деликатной — или подозрительной? — улыбкой.

Я оглянулся на Элен.

— Видите ли, пятнадцатый век европейской истории может расширить тему моей диссертации. — Я немедля поплатился за неискренность чувством, что ложь моя вполне может стать правдой.

Бог весть когда мне снова представится возможность сесть за диссертацию, думал я, и только расширения темы мне сейчас и не хватало!

— А вы, — не отступая, продолжал я, — как вы перескочили от Шекспира к вампиру?

Тургут грустно улыбнулся, и его спокойная откровенность еще более пристыдила меня.

— А, странное и довольно давнее дело. Видите ли, я работал над второй книгой о Шекспире — о его трагедиях. Писал каждый день понемногу в маленькой… как это называется?.. нише на кафедре английской литературы. И однажды нашел там книгу, которой не видел раньше.

Он снова повернулся ко мне с печальной улыбкой, а меня уже бил ледяной озноб.

— Книга, непохожая на другие книги, пустая, очень старая, с драконом посредине и словом — "Drakulya". Я прежде ничего не знал о Дракуле. Но картина была странная — и сильная. И тогда я подумал: "Я должен узнать, что это". И я постарался узнать все.

Элен сидела, застыв так же, как и я, но при этих словах она встрепенулась и тихо, жадно спросила:

— Все?»

Мы с Барли подъезжали к Брюсселю. Я не заметила, как пролетело время, — но на простой и краткий пересказ услышанного от отца у меня ушел не один час. Барли смотрел мимо меня в окно: на маленькие бельгийские домики и садики, грустившие под завесой туч. Порой солнечный луч пробивался сквозь мрак, высвечивая поблескивающий шпиль церкви или темную от времени заводскую трубу в окрестностях Брюсселя. Голландка тихонько похрапывала; журнал соскользнул с ее колен на пол.

Я собиралась перейти к описанию последних недель, рассказать о постоянной тревоге отца, его нездоровой бледности и странном поведении, но тут Барли вдруг повернулся ко мне.

— Ужасно странно, — объявил он. — Не понимаю, как можно поверить такой дикой истории, но я почему-то верю. По крайней мере, хочу верить.

Мне пришло в голову, что я впервые вижу его серьезным: раньше он либо все время улыбался, либо, совсем недавно — злился. Его глаза — клочки небесной синевы — превратились в щелки.

— Забавно, что все это мне кое о чем напоминает.

— О чем? — У меня даже голова закружилась оттого, что спало напряжение.

Он поверил!

— Ну, в том-то и странность. Сам не пойму, о чем. Что-то такое с мастером Джеймсом. Но что именно?

ГЛАВА 27

Барли сидел, спрятав подбородок в ладони, и тщетно пытался вспомнить, что же такое было с мастером Джеймсом. Наконец он поднял на меня взгляд, и я поразилась, каким красивым стало его свежее узкое лицо в задумчивости. Лишенное беспокойной улыбки, лицо это вполне могло быть ликом ангела или, может быть, монаха в каком-нибудь нортумберлендском монастыре. Впрочем, тогда я только смутно ощутила красоту: сравнения всплыли в моем мозгу позднее.

— Ну, как я понимаю, есть две возможности, — заговорил он наконец. — Либо ты свихнулась, и тогда мне надо остаться с тобой и постараться доставить тебя домой; либо ты не свихнулась, и тогда, того гляди, угодишь в беду, и значит, тем более я не могу тебя бросить. Завтра мне полагается быть на лекции, но уж что-нибудь я придумаю.

Он со вздохом откинулся назад.

— Насколько я понимаю, на Париже ты не остановишься. Не просветишь ли меня насчет цели нашего путешествия?

«Пара пощечин, полученных каждым из нас от профессора Боры, поразила бы нас меньше, чем его рассказ за уютным столиком о происхождении его “оригинального хобби”. Однако встряска пришлась кстати: мы вполне очнулись. Я и думать забыл о смене часовых поясов и дорожной усталости, а вместе с усталостью ушла и безнадежность. Мы прибыли туда, куда надо. Возможно — тут сердце у меня сжалось, и не только от радостного предчувствия, — возможно даже, гробница Дракулы тоже найдется в Турции.

Мысль эта возникла тогда впервые, но сразу показалась разумной. Неспроста Росси столкнулся здесь с одним из присных Дракулы. Может быть, не-умерший охранял не только архив, но и могилу? И появление вампиров, о которых вспоминал Тургут, могло быть наследием Дракулы, навсегда поселившегося в городе. Я снова перебрал в уме сведения и легенды о Владе Цепеше. Здесь он в юности жил пленником — не мог ли он и после смерти вернуться в места, где впервые обучался искусству пытки? Он мог даже испытывать своего рода ностальгию, вроде той, что манит людей в места, где они выросли. Если можно считать роман Стокера справочником по привычкам вампиров, те вполне способны менять места обитания, перенося с собой свою могилу. В романе Дракула был доставлен в Англию в собственном гробу. Почему бы ему не переехать в Стамбул, не стать ночным кошмаром народа, чьи воины привели его к гибели? Пожалуй, это была бы достойная месть.

Но я еще не осмеливался заговорить обо всем этом с Тургутом. Мы едва знали его, и я все еще гадал, можно ли доверять новому знакомому. Он казался искренним, но слишком уж невероятной “случайностью” было его появление за нашим столом. Сейчас он говорил с Элен, и она наконец-то отвечала ему.

— Нет, дражайшая, я не узнал “всего” об истории Дракулы. Поистине, знания мои далеко не полны. Но я подозреваю, что наш город все еще в его власти — злой власти, — и потому я продолжаю искать. А вы, друзья мои? — Он перевел проницательный взгляд с Элен на меня. — Вы, кажется, немало заинтересовались моей темой. Какова тема вашей диссертации, юноша?

— “Голландское купечество в семнадцатом веке”, — беспомощно признался я.

По крайней мере для меня это прозвучало признанием, и я уже не знал, как сумею выпутаться. Что ни говори, голландские купцы не имели привычки набрасываться на людей и похищать их бессмертные души.

— А... — озадаченно протянул Тургут и решительно продолжил: — Что ж, если вас интересует история Стамбула, вы можете завтра с утра сходить со мной посмотреть собрание султана Мехмеда. Этот блестящий старый тиран собрал, помимо моих заветных бумаг, множество любопытных вещиц. Сейчас я должен вернуться домой к жене, которую мое опоздание приведет в состояние распада.

Он сиял, словно такое состояние жены было предпочтительнее других.

— И она, несомненно, захочет позвать вас завтра к обеду, как пожелаю и я.

Я задумался: судя по легендам о гаремах, турецкие жены отличались покорностью. Или он имел в виду, что жена его так же гостеприимна, как и он? Я ждал фырканья со стороны Элен, но она молча глядела на нас.

— Итак, друзья мои... — Тургут собрался уходить.

Он извлек несколько банкнот — из ниоткуда, как мне показалось, — и подсунул их под свою тарелку, затем последний раз поднял в тосте свой кувшин и допил остатки чая.

— Адье, до завтра!

— Но где мы встретимся? — остановил его я.

— О, я зайду за вами сюда. Скажем, в десять часов утра? Хорошо. Желаю счастливого вечера.

Он поклонился и исчез. Только через минуту я сообразил, что он почти ничего не ел, расплатился не только за себя, но и за нас, да к тому же оставил нам талисман против дурного глаза, сверкавший на белой скатерти посреди стола.

Ту ночь я, как говорится, проспал как убитый: сказался перелет и обилие впечатлений. Только в половину седьмого меня разбудил городской шум. Еще не вполне проснувшись, смотрел я на беленые стены, на простую, непривычную обстановку и переживал жутковатое смятение чувств. Здесь, в этом или другом пансионе, проживал когда-то Росси; здесь перетрясли его багаж и выкрали копии драгоценных карт — и все это вспоминалось так, словно было не с ним, а со мной, сию минуту. Только окончательно проснувшись, я заметил, какие чистота и покой царили в моей комнатке; мой чемодан в неприкосновенности лежал на конторке, и, главное, мой портфель со всем драгоценным содержимым нетронутым стоял у кровати, так что я мог, протянув руку, потрогать его. Даже во сне я не мог забыть о притаившихся в нем старинных безмолвных томах.

Теперь я услышал, как Элен возится в ванной комнате за стеной, включает и выключает воду. Еще минуту спустя я сообразил, что, кажется, подслушиваю, и мне стало стыдно. Чтобы стряхнуть смущение, я быстро вскочил, пустил воду в раковину в углу спальни и шумно ополоснул лицо и руки. Лицо мое в зеркале — ты не поверишь, доченька, каким молодым казалось оно тогда даже мне самому — выглядело совсем обычным. Глаза немного покраснели от усталости, но смотрели живо. Я пригладил волосы капелькой обязательного в те времена бриолина, зачесал их так, что голова стала гладкой и блестящей, и влез в помятый костюм, дополнив его чистой, хотя и неглаженой, рубашкой с галстуком. Поправляя перед зеркалом узел галстука, я услышал, что возня в ванной прекратилась, и, выждав немного, достал бритвенные принадлежности и постучал в дверь. Никто не ответил, и я вошел в ванную. Запах резкой дешевой туалетной воды Элен, должно быть, привезенной ею с родины, еще держался в воздухе. Запах этот потихоньку начинал мне нравиться.

Завтрак в ресторане состоял из черного кофе — очень крепкого, к которому подали хлеб с соленым сыром и оливками, а также газету на турецком. Мы ели молча, и у меня было время поразмыслить, смиряясь с густым сигаретным дымом, тянувшимся к нашему столику из уголка официантов. В зале с утра было пусто, только солнечные лучи пробрались сквозь стрельчатое окно да уличный гомон наполнял его благозвучным жужжанием. За окнами мелькали прохожие, кто в рабочей одежде, кто с рыночной корзиной в руках. Мы бессознательно выбрали самый дальний от окна столик.

— Профессор придет только через два часа, — заметила Элен, засыпав сахар во вторую чашечку кофе и бодро помешивая его ложечкой. — Чем займемся?

— Я бы сходил еще раз к Айя-Софии, — предложил я. — Хочется осмотреть не спеша.

— Почему бы и нет, — хмыкнула Элен. — Раз уж мы здесь, будем осматривать достопримечательности, как добропорядочные туристы.

Она выглядела отдохнувшей и надела к черному костюму светло-голубую блузу — впервые отступив от уже привычной мне черно-белой гаммы. Шарф все так же прикрывал укус на горле, а настороженно-ироничная маска — лицо, но у меня, без особых к тому причин, появилось ощущение, что она привыкла к моему присутствию и готова чуточку смягчиться.

К тому времени, как мы выбрались на улицу, там уже полно было людей и машин, и мы влились в их поток, пробираясь к сердцу старого города с его базаром. Проходы между прилавками были забиты покупателями: старухи в черном перебирали пальцами радугу тончайших тканей; молодые женщины в ярких платьях, скрывавшие лица под платками, торговались с продавцами незнакомых мне фруктов или рассматривали разложенные на подносах золотые украшения; старики, прятавшие под фесками седины или лысины, читали газеты или, склонившись, озирали выставки резных курительных трубок. Кое-кто перебирал в руках четки. Повсюду мелькали красивые, выразительные смуглые лица, подвижные руки, указующие пальцы и ослепительные улыбки, открывавшие порой целые россыпи золотых зубов. И повсюду слышались горячие, уверенные гортанные голоса и смех.

Элен со своей задумчивой полуулыбкой рассматривала горожан. Лицо ее будто бы говорило, что народ ей по душе, однако она слишком многое о нем знает. Мне тоже нравился город, но не оставляла и настороженность — чувство, с которым я познакомился всего неделю назад, преследовавшее меня теперь повсюду в людных местах. Я невольно обшаривал взглядом толпу, оглядывался через плечо, искал в лицах приметы добрых или злых намерений — и чувствовал, что за мной тоже следят. Неприятное чувство, единственная резкая нота в гармонии звучавших вокруг голосов, и я который раз задумался, не это ли чувство скрывалось и под циничной усмешкой Элен. Быть может, думал я, дело тут не в характере, и чувство это свойственно каждому, выросшему в полицейском государстве.

Собственная паранойя, где бы ни крылись ее корни, оскорбляла мои прежние представления о самом себе. Всего неделю назад я был нормальным американским студентом, щеголял недовольством собой и своей работой, гордился в глубине души достатком и высокими моральными принципами своей страны, а на словах сомневался в них, как и во всем на свете. Теперь "холодная война" воплотилась для меня в разочаровании, застывшем на лице Элен, а в своих жилах я чувствовал отзвуки давней вражды. Мне представился Росси, бродивший по этим улицам летом 1930 года, еще до того, как встреча в архиве заставила его бежать из Стамбула, и он тоже был для меня живой реальностью — не только знакомый мне профессор, но и тот, молодой Росси из его писем. Элен на ходу тронула меня за плечо и кивнула на стариков, склонившихся в сторонке у магазинчика над деревянным столиком.

— Взгляните — вот ваша теория праздности в действии, — заметила она. — В девять утра они уже играют. Странно, правда, что не в "табла" — здесь это излюбленная игра. Но у них, по-моему, шахматы.

В самом деле, старики как раз расставляли фигуры на потертой деревянной доске. Черные против слоновой кости: башни и конница охраняли своих владык, пешки выстроились в строю — военный порядок, общий для всего мира, отметил я про себя, остановившись понаблюдать за игрой.

— Вы играете в шахматы? — спросила Элен.

— Как же не играть? — обиделся я. — Меня отец научил.

— А!

В ее восклицании мне послышалась горечь, и я запоздало вспомнил, что в ее детстве не было таких уроков и она вела со своим отцом совсем другую игру — с отцом или с его образом. Но Элен уже погрузилась в исторические соображения.

— Вы ведь знаете, эта игра пришла с востока: “Шахмат” — арабское название. По-английски оно звучит “чекмэйт”. “Шах” — означает “король”. Битва королей.

Я следил за разворачивающейся партией, глядя, как движутся под узловатыми пальцами первые пехотинцы. Так я мог бы простоять весь день, если бы Элен не увела меня. Старики, кажется, только тогда заметили нас, когда мы прошли мимо их столика, и нас проводили насмешливые взгляды. В нас сразу узнавали иностранцев, хотя лицо Элен прекрасно вписывалось в окружающую толпу. Я задумался, сколько времени продлится игра — уж не полдня ли? — и кто останется победителем.

Между тем лавочка, у которой они устроились, как раз открывалась. Молодой человек в черных брюках и белой рубашке расставлял перед будкой столы и раскладывал на них свой товар — книги. Деревянный прилавок, полки в будке и даже пол были завалены стопками книг.

Я тут же устремился в ту сторону, и юноша встретил меня кивком и улыбкой, признав библиофила под иностранной упаковкой. Элен не столь поспешно, однако последовала за мной, и мы долго перебирали книги, разбираясь в многоязычных заглавиях. Многие были на арабском или на современном турецком; другие написаны кириллицей или греческим алфавитом, а рядом лежали книги на английском, французском, немецком, итальянском. Мне попался том на иврите и целая полка латинской классики. Были здесь и современные дешевые издания в крикливых бумажных обложках, и старинные книги, чаще всего арабские.

— Византийцы тоже любили книги, — пробормотала Элен, перелистывая страницы двухтомника немецкой поэзии. — Может, и в то время здесь была книжная лавка.

Тем временем молодой человек разложил свой товар и подошел, чтобы приветствовать нас.

— Говорите по-немецки? По-английски?

— По-английски, — поспешно отозвался я, видя, что Элен не собирается отвечать.

— У меня есть английские книги, — юноша одарил меня приятной улыбкой, — прошу вас!

У него было тонкое выразительное лицо, длинноносое, с большими зеленоватыми глазами.

— И газеты из Лондона и Нью-Йорка.

Я поблагодарил и спросил его о старых книгах.

— Да, есть, очень старые.

Он протянул мне "Много шума из ничего" — дешевое издание девятнадцатого века в потертом переплете. Любопытно было бы узнать, какое путешествие проделал этот томик, чтобы попасть — скажем, из деловитого Манчестера — сюда, на перекресток древних миров. Я из вежливости полистал книгу и вернул ее владельцу.

— Недостаточно старая? — улыбнулся тот.

Элен заглянула мне через плечо, а потом многозначительно взглянула на часы. Мы так и не добрались до Айя-Софии.

— Да, надо идти, — согласился я.

Юный торговец любезно поклонился, не выпуская из рук книги. На мгновение мне померещилось в нем что-то знакомое, но паренек уже отвернулся к новому посетителю — старику, неотличимому от пары шахматистов. Элен подтолкнула меня локтем, и мы вышли из лавочки, уже не глядя по сторонам, обогнули базар и свернули обратно, к своему пансиону.

В ресторане было все так же пусто, но всего несколько минут спустя в дверях появился Тургут. Кивая и улыбаясь, он спросил, как нам спалось. Сегодня он, презрев надвигающуюся жару, нарядился в костюм оливкового оттенка, и я приметил в нем сдерживаемое волнение. Курчавые волосы он зачесал к затылку, его начищенные ботинки сияли, и он торопливо теснил нас к выходу из ресторана. Я снова отметил бурлящую в нем энергию и решил, что нам посчастливилось найти подобного проводника. Во мне тоже нарастало возбуждение. Бумаги Росси надежно скрывались в моем портфеле, а в ближайшие несколько часов нам, быть может, удастся еще на шаг приблизиться к их хозяину, где бы он сейчас ни был. По крайней мере, скоро я смогу сравнить его копии с оригиналами, изученными им много лет назад.

По дороге Тургут объяснил нам, что архив Мехмеда Второго хранился не в главном здании библиотеки, хоть и под охраной государства. Его передали филиалу библиотеки, помещавшемуся в здании медресе — традиционной мусульманской школы. Ататюрк в своем стремлении к секуляризации страны позакрывал эти училища, и здание было передано Национальной библиотеке, разместившей там отдел редких и старинных книг по истории империи. Среди них мы и найдем коллекцию султана Мехмеда Второго.

Филиал библиотеки оказался небольшим строением причудливой архитектуры. С улицы в него вела деревянная дверь с медными бляшками. Окна скрывались под мраморной резьбой; солнечные лучи, пробиваясь сквозь нее, образовывали на полу полутемной прихожей светлый узор из звезд и многоугольников. Тургут провел нас к книге записей, лежавшей на столике у входа (я отметил, что Элен подписалась неразборчивыми каракулями), и сам вписал свое имя пышным росчерком.

Затем мы прошли в единственный зал библиотеки — просторное тихое помещение под куполом, украшенным зеленой и белой мозаикой. По всей длине его тянулся ряд блестящих столов, и за ними уже работали трое или четверо архивистов. На полках рядом с книгами виднелись деревянные ящики и коробки, а с потолка свисали изящные медные светильники с электрическими лампочками вместо свечей. Библиотекарь — человек лет пятидесяти с цепочкой четок на запястье — оторвался от работы и подошел пожать руку Тургуту. Они коротко переговорили — в турецкой речи Тургута я уловил название своего университета, — после чего библиотекарь, кланяясь и улыбаясь, обратился, по-турецки же, к нам.

— Мистер Эрозан приветствует вас в своей библиотеке, — с довольным видом перевел нам Тургут. — Он будет до смерти рад соучаствовать.

Я невольно поежился, а Элен растерянно улыбнулась.

— Он немедленно представит вам документы султана Мехмеда об Ордене Дракона. Но прежде мы должны уютно усесться и ждать его.

Мы присели за один из столов, подальше от других читателей. Они с любопытством взглянули на нас, но тут же вернулись к работе. Через минуту вернулся и мистер Эрозан, нагруженный закрытой на замок большой деревянной коробкой с арабской надписью на крышке.

— Что здесь написано? — спросил я профессора.

— А... — Он провел по крышке кончиками пальцев. — Тут сказано: “Здесь содержится... хм... обитает зло. Замкни его ключами святого Корана”.

У меня дрогнуло сердце: так похожа была эта фраза на ту, что, по словам Росси, он нашел на полях таинственной карты и произнес вслух в старом архиве. В его письме не упоминалась коробка, но ведь он мог и не видеть ее, если библиотекарь принес ему только бумаги. Или, может быть, их уложили в коробку уже после отъезда Росси?

— Это старинная коробка? — спросил я Тургута.

Тот покачал головой.

— Не знаю, и друг мой тоже не знает. Она деревянная, так что вряд ли сохранилась со времен Мехмеда. Мой друг однажды говорил мне... — он блеснул улыбкой в сторону мистера Эрозана, и тот вежливо улыбнулся в ответ, — что документы были собраны в коробку в 1930 году, для лучшей сохранности. Он слышал об этом от прежнего хранителя. Мой друг чрезвычайно дотошен.

1930 год! Мы с Элен переглянулись. Похоже, примерно в то же время, когда Росси заканчивал свои письма, — в декабре 1930-го — для неизвестного будущего преемника бумаги султана для сохранности уложили в коробку. Обычная деревянная крышка могла защищать от мышей и сырости, но что подвигло библиотекаря нашего времени скрыть документы Ордена Дракона под именем священной книги?

Друг Тургута принес кольцо с ключами. Я едва не рассмеялся, вспомнив наш современный каталог, открытый доступ к тысячам редких книг в современной библиотечной системе. Мне в голову никогда не приходило, что тайны истории придется открывать настоящими старомодными ключами. Ключ, между тем, щелкнул в замке.

— Ну вот, — пробормотал Тургут, и библиотекарь удалился.

Тургут улыбнулся нам — его улыбка показалась мне довольно грустной — и откинул крышку».

В поезде Барли закончил читать про себя второе письмо отца. Как ни тревожно было мне отдавать их в чужие руки, я понимала, что Барли скорее поверит авторитетному для него голосу отца, чем моему слабому голосу.

— Ты раньше бывал в Париже? — спросила я, больше ради того, чтобы скрыть свои чувства.

— Еще бы не бывал! — с жаром ответствовал Барли.— Я там год проучился перед поступлением в университет. Мамаша считала, что мне надо усовершенствоваться во французском.

Мне захотелось расспросить его о матери, почему она требует от сына таких достижений, и вообще, каково это — иметь мать, но Барли уже снова углубился в чтение.

— Твой отец, должно быть, отличный лектор, — заметил он между прочим. — Это гораздо увлекательней наших оксфордских лекций.

Передо мной открывался новый мир. Неужели лекции в Оксфорде могут быть скучными? Барли был кладезем интереснейших сведений, посланником мира, которого я и вообразить не могла. Мои рассуждения прервало появление кондуктора, который прошел по коридору, возглашая: «Брюссель!» Поезд замедлил ход, и через несколько минут мы увидели за окном брюссельский вокзал. В вагон зашли таможенники. На платформе пассажиры спешили к вагонам, и голуби подбирали крошки булки.

Быть может оттого, что испытывала тайную слабость к голубям, я пристальнее вгляделась в толпу, и в глаза мне бросилась неподвижная фигура в суетливой толпе. Высокая женщина в черном плаще стояла на платформе. Черный шарф прикрывал ее волосы, обрамляя белое лицо. Издалека я не сумела отчетливо рассмотреть ее лица, но заметила блеск темных глаз, неестественно красные губы — должно быть, яркая помада. Нечто странное было и в ее одежде: вместо юбки «миди» и модных туфель на широком каблуке она носила узкие черные лодочки.

Но другое привлекло мой взгляд и удержало на минуту, пока поезд не тронулся: напряженное внимание во всей ее позе. Она обшаривала глазами вагоны, и я невольно отстранилась от окна, так что Барли поднял на меня вопросительный взгляд. Женщина не могла видеть нас, однако сделала шаг в нашу сторону, но, как видно, передумала и повернулась к поезду, подошедшему на соседний путь. Я провожала взглядом ее прямую суровую спину, пока поезд не отошел от станции, а женщина не затерялась в толпе пассажиров, словно ее и не было.

ГЛАВА 28

Вместо Барли всю дорогу проспала я. А проснувшись, обнаружила у себя под головой его плечо, обтянутое рыбацким свитером. Барли глядел в окно, аккуратно сложив письма в конвертах у себя на коленях и скрестив ноги, а лицо его — совсем рядом с моим — поворачивалось, провожая пролетающие за окном пейзажи сельской Франции. Открыв глаза, я уперлась взглядом в его костлявый подбородок, а опустив взгляд, увидела его руки, лежащие поверх стопки писем: длинные белые ладони с квадратными кончиками пальцев. Я снова прикрыла глаза, притворяясь спящей, чтобы не пришлось убирать голову с его успокоительно теплого плеча. Потом вдруг испугалась, не рассердится ли он, что я к нему прислонилась или что во сне я обслюнявила ему свитер, и резко выпрямилась. Барли обернулся ко мне. В его глазах еще хранилось отражение каких-то далеких мыслей, а, может быть, просто навеянных видами за окном — уже не плоской голландской равнины, а мягких французских холмов с фермами. Через минуту он улыбнулся.

«Когда крышка шкатулки с секретами султана откинулась, я ощутил знакомый запах — запах старых документов, пергамента или пыли веков, страниц, давно отданных во власть времени. Так же пахла книжечка с драконом на развороте — моя книга. Я ни разу не осмелился сунуть нос прямо в ее страницы, как делал иногда потихоньку с другими старинными томами, — опасаясь, может быть, уловить в ее аромате оттенок зловония или даже тайного яда.

Тургут бережно извлекал из коробки документы, обернутые, каждый в отдельности, в желтую папиросную бумагу. Все они были разного размера и формы. Тургут раскладывал их на столе.

— Я сам покажу вам бумаги и расскажу все, что знаю о них, — сказал он. — Потом вам, вероятно, захочется посидеть над ними в раздумьях, да?

— Пожалуй, что так...

Я кивнул, и он, сняв обертку со свитка, осторожно развернул его у нас перед глазами.

Пергамент был накручен на тонкие деревянные штырьки — непривычно для меня, работавшего чаще с большими плоскими листами и переплетенными гроссбухами века Рембрандта. Поля пергамента украшал яркий геометрический орнамент, блиставший позолотой и ярчайшими оттенками синего и красного цветов. К моему разочарованию, рукописный текст был написан арабской вязью. Не знаю, с какой стати я ожидал другого от документа, написанного в сердце империи, говорившей и писавшей по-арабски и вспоминающей греческий, только чтобы угрожать Византии, а латынь — при штурме ворот Вены.

Тургут взглянул на мое лицо и поспешно пояснил:

— Перед вами, друзья мои, письмо валашского паши, в котором он обещает отсылать султану все оказавшиеся у него документы Ордена Дракона. А вот счет расходов на войну с Орденом Дракона, написанный чиновником из небольшого селения на южном берегу Дуная. Он отчитывается, так сказать, за казенные деньги. Отец Дракулы, Влад Дракула, как видите, дорого обходился Оттоманской империи в середине пятнадцатого века. Чиновник исчисляет расходы на броню и — как вы их называете? — ятаганы для трех сотен пограничной стражи в Западных Карпатах. Они должны были удержать от мятежа местное население, причем он закупает для них и коней. Вот здесь, — его тонкий палец коснулся нижней части свитка, — он жалуется, что Влад Дракула — разорение и... и несносная обуза, и паша не может тратить на него столько денег. Паша в унынии и горести, и желает долголетия Несравненному во имя Аллаха.

Я переглянулся с Элен и прочел в ее глазах отражение того же трепета, что испытывал сам: открывшийся нам уголок истории был так же ощутим, как изразцовый пол под ногами или полированная крышка стола под пальцами. Люди в нем жили и дышали, думали и чувствовали, как мы, а потом умерли — как умрем мы. Я смущенно отвел взгляд, увидев волнение на ее волевом лице.

Тургут скатал свиток и уже вскрывал следующую упаковку, доставая другой.

— Вот отчет о торговле на Дунае в 1461 году, в местности, близ земель, подвластных Ордену. Как вы понимаете, границы их не были несокрушимы — они то и дело изменялись. Здесь списки шелков, пряностей и лошадей, отданных пашой местным пастухам в обмен на тюки шерсти.

Следующие два списка оказались сходного содержания. Затем Тургут развернул маленький пакет с плоским пергаментным листком.

— Карта, — пояснил он.

Я невольно потянулся к своему портфелю с набросками Росси, но Элен остановила меня чуть заметно покачав головой. Я угадал ее мысль: мы еще слишком плохо знали Тургута, чтобы обсуждать при нем свои тайны. "Пока", — мысленно оговорился я, чувствуя себя виноватым перед человеком, откровенно выкладывавшим нам все, что ему известно.

— Я так и не сумел разобраться в этой карте, друзья мои, — с сожалением говорил между тем Тургут, задумчиво поглаживая усы. — Я не узнаю местности, и к тому же, не представляю, в каком... как вы говорите?.. масштабе она изображена.

Склонившись над пергаментом, я вздрогнул, узнав в нем повторение первой карты Росси — длинных хребтов с извивающейся на севере рекой.

Тургут отложил лист в сторону.

— Вот еще одна карта, как видно, дающая ту же местность более крупно.

Я узнал и эту карту и уже с трудом сдерживал дрожь возбуждения.

— Кажется, это взгорье с западной части той карты, нет?

Он вздохнул.

— Но больше никаких сведений, и подписей, как видите, нет, если не считать изречений из Корана и этого странного девиза — я когда-то сделал буквальный перевод: "Здесь он живет со злом. Читающий, откопай его словом".

Я вскинул руку, пытаясь остановить его, но слишком быстро он говорил и застал меня врасплох.

— Нет, — вскрикнул я, но было поздно, а Тургут в недоумении уставился на меня.

Элен переводила взгляд от одного к другому, и мистер Эрозан оторвался от работы и удивленно рассматривал меня с другого конца зала.

— Простите, — прошептал я, — просто меня поразили эти документы. Они так… интересны.

— О, я рад, что вы находите их интересными. — Серьезная мина Тургута не могла скрыть его восторга. — А слова эти поистине звучат немного странно. Что-то от них, знаете ли, переворачивается.

В зале послышались шаги. Я нервно оглянулся, наполовину ожидая увидеть самого Дракулу, как бы он ни выглядел, но в дверях показался маленький человечек в феске, с клочковатой седой бородкой. Мистер Эрозан поспешил ему навстречу, а мы вернулись к нашим документам. Тургут достал из коробки очередной пергамент.

— Это последний, — заметил он. — Я никогда не мог его понять. В каталоге архива он числится как "Библиография Ордена Дракона".

У меня дрогнуло сердце, а на щеках Элен показался слабый румянец.

— Библиография?

— Да, друг мой. — Тургут бережно расправил пергамент.

Лист казался очень древним и хрупким, а греческие строки на нем был выведены тонким пером. Верхний край упорно загибался внутрь, словно когда-то лист был частью свитка, а нижний был грубо оборван. Эта рукопись не была украшена орнаментом — просто длинный столбец тонких строк. Я вздохнул. Греческого я совершенно не знал, а чтобы разобрать этот документ, несомненно, нужен был настоящий знаток.

Тургут, видимо, разделявший мои затруднения, достал из портфеля блокнот.

— Перевод для меня сделал коллега, занимающийся Византией. Он дотошный знаток языка и документов. Это список литературных трудов, хотя многие названия нигде больше не упоминаются.

Раскрыв блокнот, Тургут разгладил страницу, покрытую вязью турецких значков. На сей раз вздохнула Элен. Тургут хлопнул себя по лбу:

— О, миллион извинений! Вот, я буду переводить, хорошо? Геродот, “Обращение с военнопленными”; Фезей, “О доказательствах и пытке”; Ориген, “Трактат о началах”; Евфимий Старший, “Судьба проклятых”; Губент Гентский, “Трактат о Природе”; Святой Фома Аквинский, “Сизиф”. Как видите, довольно странная подборка, и некоторые из книг — большая редкость. Мой друг, изучающий Византию, говорит, например, что сочтет чудом, если где-то обнаружится неизвестная версия трактата раннего христианского философа Оригена — большая часть его работ была уничтожена после того, как Оригена обвинили в ереси.

— В какой ереси? — заинтересовалась Элен. — Я где-то о нем читала, точно помню.

— Его обвиняли в том, что в своих трактатах он утверждал, будто согласно логике христианства даже сатану ожидает спасение и воскрешение, — пояснил Тургут. — Читать дальше?

— Если вас не затруднит, — попросил я, — не могли бы вы написать нам заглавия по-английски?

— С удовольствием.

Тургут достал ручку и склонился над блокнотом.

— Что вы об этом думаете? — спросил я Элен.

Ее лицо ясно говорило: “И мы проделали такой путь ради клочка бумаги со списком книг?”

— Я понимаю, что пока все кажется бессмыслицей, — продолжал я вполголоса, — но подождем с выводами.

— А теперь, друзья мои, я прочту вам еще несколько названий.

Тургут бодро скрипел пером.

— Почти все они так или иначе связаны с пыткой или убийством или чем-нибудь столь же неприятным. Вот смотрите: Эразм, “Судьба ассасинов”, Йохан фон Вебер, “Каннибалы”, Джорджо Падуанский, “Проклятый”.

— А датировки трудов здесь нет? — спросил я, склонившись над документом.

Тургут вздохнул:

— Нет. Некоторых названий мне просто больше нигде не удалось разыскать, однако те, что я нашел, датируются не позднее 1600 года.

— Однако все же после смерти Влада Дракулы, — отметила Элен.

Я удивленно покосился на нее: мне эта мысль в голову не приходила. Простая мысль, но очень верная, и она заставила меня задуматься.

— Верно, дражайшая мадам, — согласился и Тургут. — Самые ранние из этих трудов были написаны спустя более ста лет со смерти Дракулы, а также и султана Мехмеда. Увы, я не сумел уточнить, как и когда библиографию присоединили к коллекции султана. По-видимому, ее вложили позднее, возможно, много позднее времени, когда собрание бумаг было доставлено в Стамбул.

— Однако до 1930 года, — заметил я тихо.

Тургут бросил на меня острый взгляд.

— В этом году документы были заперты под замок, — сказал он. — Что навело вас на эту мысль, профессор?

Я почувствовал, что краснею оттого, что проговорился, и Элен отвернулась от меня в отчаянии от моей тупости; а также и оттого, что до профессора мне было еще далеко. Минуту я молчал; никогда не любил врать и всегда, доченька, старался по возможности избегать лжи.

Тургут изучал мое лицо, и я только сейчас заметил, каким пронзительным был взгляд его темных глаз, окруженных разбегающимися морщинками. Глубоко вздохнув и решив, что с Элен потом как-нибудь все улажу, я решился довериться Тургуту. Он с самого начала вызывал у меня доверие и уже очень помог нам. И все же мне хотелось оттянуть решительный момент, так что я принялся разглядывать греческий текст и турецкий перевод. Что можно ему сказать? Не усомнится ли он в серьезности наших намерений и в состоянии наших рассудков, если целиком изложить ему повесть Росси? И тут, в нерешительности опустив взгляд, я заметил... Рука моя непроизвольно протянулась к греческому пергаменту. Оказывается, в нем были не только греческие строки. Я отчетливо различил имя в конце списка: "Бартоломео Росси". За ним следовала фраза на латыни.

— Господи! — Вырвавшееся у меня восклицание всполошило читателей по всему залу, но я просто не смог удержать его. Мистер Эрозан, не прерывая беседы с седобородым посетителем, удивленно поднял на меня бровь. Тургут тут же насторожился, и Элен тоже придвинулась ко мне.

— Что такое?

Тургут потянулся к пергаменту. Я все еще пялился на последнюю строку, и ему нетрудно было проследить мой взгляд. Он вскочил на ноги, выдохнув, словно эхо моего крика, такое явственное, что оно принесло мне утешение среди всего необъяснимого:

— Господи боже! Профессор Росси!

Мы все смотрели друг на друга, и долго никто не нарушал молчания. Наконец я открыл рот.

— Вам, — тихо спросил я Тургута, — знакомо это имя?

Тургут взглянул на Элен.

— А вам? — помолчав, отозвался он».

Барли добродушно улыбнулся.

— Здорово же ты вымоталась, что так крепко заснула. Я и сам устал от одних мыслей о твоих делах. Представь, если рассказать все это кому-нибудь, что бы они сказали? Я хочу сказать, кому-нибудь еще. Например, этой даме... — Он кивнул на нашу соседку, которая, задремав еще перед Брюсселем, как видно, не собиралась просыпаться до самого Парижа. — Или полиции? Всякий бы подумал, что ты просто свихнулась.

Он вздохнул.

— А ты и правда собиралась в одиночку добраться в Южную Францию? Сказала бы мне, куда именно, чтобы я не мучился догадками. Дал бы я телеграмму миссис Клэй, и тебе бы некогда стало думать о других, мелких, неприятностях.

Теперь уже заулыбалась я. Разговор этот он заводил не первый раз.

— Что за упрямица! — простонал Барли. — Никогда бы не подумал, что одна маленькая девочка может доставить столько хлопот — не говоря уж о том, что устроит мне мастер Джеймс, если я брошу тебя посреди Франции.

Я чуть не расплакалась при этих словах, но его следующая фраза мгновенно осушила мне слезы:

— Хорошо хоть, мы успеем позавтракать до следующего поезда. На вокзале Гар-дю-Нор продают отличные сэндвичи если, конечно, у нас хватит франков.

Сердце мне согрели выбранные им местоимения.

ГЛАВА 29

Из современного вагона мы шагнули прямо под стеклянные своды Гар-дю-Нор, этой великой арены путешественников, в его пронизанную светом гулкую красоту, заключенную в стекло и металл ажурных перекрытий. Мы с Барли вышли из поезда рука об руку и пару минут простояли, замерев и впитывая свет и звуки этого места. По крайней мере, занималась я именно этим, хотя и не раз бывала здесь проездом вместе с отцом. Вокзал гудел, дробя под сводами скрежет тормозов, людские разговоры, шаги, свист локомотивов, шелест голубиных крыльев, звон монет. Мимо прошел старик в черном берете, под руку с молоденькой девушкой. Ее рыжие волосы были тщательно завиты, на губах — розовая помада, и я, провожая ее взглядом, на минуту представила себя на ее месте. Подумать только, парижанка, взрослая, на высоких каблучках, с настоящей грудью и под ручку с элегантным старым художником! Потом мне пришло в голову, что тот мог быть ее отцом, и вдруг стало очень одиноко.

Я обернулась к Барли, который, как видно, упивался больше запахами, чем видами.

— Боже, как есть хочется, — ворчал он. — Раз уж мы здесь, давай хоть съедим что-нибудь стоящее.

Он устремился к какому-то углу, будто знал вокзал как свои пять пальцев — как выяснилось, не только вокзал, но и местную горчицу и вкус каждого вида ветчины, так что вскоре мы получили по сэндвичу, завернутому в белую салфетку. Барли забыл даже присесть на выбранную мной скамеечку.

Я тоже проголодалась, но еще больше растерялась, не зная толком, что делать дальше. Теперь, когда мы вышли из поезда, Барли мог направиться к первому уличному телефону и вызвать мастера Джеймса или миссис Клэй, а то и целую армию жандармов, которые отправят меня обратно в Амстердам в наручниках. Я исподтишка взглянула на него, но его лица не видно было из-за сэндвича. Когда он оторвался от него, чтобы хлебнуть содовой с апельсиновым соком, я заговорила:

— Барли, можно тебя попросить?

— Ну что еще?

— Пожалуйста, никуда не звони. Я хочу сказать, пожалуйста, Барли, не выдавай меня. Ты же понимаешь — не могу я вернуться домой, не повидав отца и не узнав, что с ним!

Он серьезно прожевал кусок.

— Это-то я понимаю.

— Пожалуйста, Барли!

— За кого ты меня принимаешь?

— Не знаю, — растерялась я. — Я думала, ты сердишься, что я сбежала, и хочешь меня вернуть.

— Ну, подумай, — сказал Барли, — будь я человек твердый, я бы уже был на полдороге к завтрашней лекции и хорошему выговору от мастера Джеймса — и ты бы ехала со мной, как миленькая. Но вот я здесь, из рыцарства или из любопытства готов немедля отправиться с юной девицей на юг Франции. Думаешь, я упущу такой шанс?!

— Не знаю, — повторила я уже с благодарностью.

— Давай-ка лучше узнаем, когда ближайший поезд на Перпиньян, — предложил Барли, решительно комкая бумажку от сэндвича.

— Как ты узнал? — опешила я.

— А ты думала, ты такая таинственная? — усмехнулся Барли. — Не я ли переводил тебе ту вампирскую байку? Куда тебе еще направляться, как не в тот монастырь в восточных Пиренеях? Думаешь, я не учил географию Франции? Ну-ну, брось хмуриться. Тебе не идет.

И мы рука об руку направились к *bureau de change*[1].

«Когда Тургут произнес, явно узнав, имя Росси, мир для меня будто сдвинулся, знакомые цвета и формы смешались, сложившись в сложный и невнятный узор. Было так, будто я смотрел знакомый наизусть фильм и вдруг из-за экрана выступил и беззастенчиво вмешался в действие совершенно новый персонаж.

— Вы знакомы с профессором Росси? — тем же тоном повторил Тургут.

Я все еще не мог вымолвить слова, но Элен уже решилась:

— Профессор Росси — куратор и научный руководитель Пола у нас на историческом.

— Невероятно, — медленно и раздельно произнес Тургут. — Я понятия не имел, что профессор Росси работает в вашем университете. Несколько лет назад, насколько мне известно, он был на другом краю Америки.

— Так вы его знали, — спросил я, — или просто слышали о его работах, но никогда не встречались?

— Нет, мы с ним не встречались, — сказал Тургут, — и я услышал о нем при самых необыкновенных обстоятельствах. Прошу вас, мне кажется, я должен вам рассказать. Сядем, коллеги. — Его жест выражал все то же гостеприимство, неискоренимое никаким удивлением. Мы с Элен, только теперь заметив, что вскочили на ноги, сели рядом с ним.

[1] Бюро обмена валюты (*фр.*).

— Это совершенно невероятно… — Он осекся и, сделав над собой усилие, принялся объяснять. — Несколько лет назад, когда этот архив буквально зачаровал меня, я попросил библиотекаря собрать для меня все возможные сведения о нем. Тот ответил, что на его памяти никто никогда не занимался документами, но, возможно, его предок — я имею в виду, прежний библиотекарь — что-нибудь знает. И я пошел к старому библиотекарю.

— Он еще жив? — ахнул я.

— Нет, друг мой. К сожалению, он и тогда был ужасно стар, а через год после нашего разговора скончался. Однако он обладал превосходной памятью и сказал мне, что запер коллекцию, потому что она внушала ему дурные предчувствия. Он рассказал, что ею занимался один иностранный профессор, и он — как вы говорите? — стал вне себя, совсем сумасшедший, и вдруг убежал из библиотеки. По словам старика, несколькими днями позже он работал в архиве один, и вдруг, подняв голову, заметил какого-то человека, просматривавшего те же документы. Дверь с улицы заперли после окончания рабочего дня, так что тот никак не мог войти. Библиотекарь не мог понять, как попал в зал тот человек. Подумал, что забыл запереть дверь и, увлекшись работой, не услышал шагов на лестнице. И он рассказал мне… — Тургут понизил голос и нагнулся ближе к нам. — Он рассказал, что когда он подошел к тому человеку, чтобы спросить, чем он занимается, тот человек поднял голову и… понимаете… у него из угла рта стекала струйка крови.

Меня передернуло от отвращения, а Элен ссутулилась, словно сдерживая дрожь.

— Старик сперва не хотел мне об этом рассказывать. Он, пожалуй, боялся, что я сочту его сумасшедшим. Он сказал, что у него тогда потемнело в глазах, а когда он пришел в себя, в зале никого не было. Но документы были разбросаны по столу, и на следующий день он купил на рынке древностей коробку со священной надписью и вложил в нее документы. Он больше не открывал замка, и никто при нем не открывал. И того человека он больше не видел.

— Но при чем тут профессор Росси? — настаивал я.

— Видите ли, я решил проследить все нити этой истории, поэтому спросил у старика, как звали иностранца. Тот вспомнил только, что его имя звучало как итальянское, но посоветовал просмотреть книгу записей за 1930 год. После долгих поисков я нашел в ней имя профессора Росси и выяснил, что тот прибыл из Оксфорда в Англии. И я написал ему в Оксфорд.

— Он ответил? — Элен прожигала Тургута взглядом.

— Да, однако не из Оксфорда. Он перешел в американский университет — ваш университет, хотя я не вспомнил об этом при первом нашем разговоре, так что письмо переслали ему туда, и спустя долгое время я получил ответ. Он писал, что сожалеет, но, не имея никаких сведений об упомянутом мною архиве, ничем не может мне помочь. Я покажу вам письмо, когда вы пойдете ко мне обедать. Оно у меня дома. Пришло перед самой войной.

— Как странно, — пробормотал я, — не могу понять...

— Это еще не самое странное, — встревоженно заметил Тургут и, обернувшись к столу, коснулся пальцем имени Росси на обрывке пергамента.

Я снова всмотрелся в записанные после имени слова. Несомненная латынь, однако мои знания латыни ограничивались программой двух первых курсов колледжа и никогда не блистали, а теперь и вовсе заржавели.

— Что там написано? Вы читаете на латыни?

К моему облегчению, Тургут кивнул:

— Тут говорится: "Бартоломео Росси, дух... или призрак... в амфоре".

В мыслях у меня взметнулся вихрь.

— Но это название мне знакомо! Кажется... нет, точно, так называлась статья, над которой он работает... — я осекся, — работал весной. Он показывал мне ее месяц назад. Об античной трагедии и предметах, которые использовались в греческих театрах как реквизит. — Элен пристально глядела на меня. — Да-да, я уверен, его последняя работа.

— Очень, очень странно, — проговорил Тургут, и я услышал в его голосе явственную ноту страха. — Я много раз просматривал список, и никогда не видел последней графы. Кто-то вписал сюда имя Росси.

Я задыхался:

— Узнайте, кто это был. Надо узнать, кто мог поработать над документами. Когда вы были здесь в последний раз?

— Недели три назад, — мрачно ответил Тургут. — Подождите, пожалуйста. Для начала спрошу мистера Эрозана. Не двигайтесь. — Но едва он поднялся, внимательный библиотекарь заметил его движение и подошел сам. Они перекинулись несколькими словами.

— Что он говорит? — спросил я.

— Ну почему он не сказал раньше?! — простонал Тургут. — Вчера приходил человек, брал коробку.

Он снова спросил о чем-то своего друга, и мистер Эрозан в ответ указал на дверь.

— Тот человек, — перевел Тургут, оборачиваясь в ту же сторону. — Он говорит, тот человек, который только что заходил, с которым он разговаривал.

Мы, ахнув, обернулись, но было поздно. Седобородый человек в белой шапочке исчез».

Барли рылся в своем бумажнике.

— Придется разменять все, что есть, — уныло сказал он. — Деньги, которые дал мастер Джеймс, и еще несколько фунтов из моих карманных.

— У меня тоже есть, — сказала я. — В Амстердаме захватила. Куплю билеты и, думаю, хватит еще, чтобы заплатить за еду и постель, хотя бы на пару дней.

В глубине души я сомневалась, сумею ли прокормить Барли. Я никак не могла понять, как можно столько есть и оставаться таким тощим. Я тоже не была толстушкой, но и скорость, с какой Барли умял два сэндвича, была мне недоступна. Проблема питания занимала меня, пока мы не подошли к окошку обмена, где девушка в синем свитерке оглядела нас с головы до ног. Барли с пулеметной скоростью стал расспрашивать ее о валютных курсах, и через минуту она подняла трубку телефона.

— Что она делает? — испуганным шепотом спросила я.

Барли удивленно оглянулся:

— Уточняет зачем-то курс. Не знаю. А что?

Я сама не знала, что. Может быть, меня заразил тон отцовских писем, но все вокруг казалось мне подозрительным, будто за мной следили невидимые глаза.

«Тургут, больше моего сохранивший присутствие духа, бросился к двери и скрылся в маленькой прихожей. Через несколько секунд он вернулся, качая головой.

— Ушел, — тяжко уронил он. — На улице его нет. Затерялся в толпе.

Библиотекарь виновато проговорил что-то, и Тургут коротко ответил ему, потом снова обернулся к нам.

— У вас есть основания думать, что за вами следят?

— Следят? — У меня были все основания думать так, но я понятия не имел, кто может этим заниматься.

Под пронзительным взглядом Тургута мне вспомнилась вчерашняя цыганка.

— Мой друг библиотекарь говорит, что тот человек хотел снова получить наши документы и очень рассердился, узнав, что они уже выданы. Он говорит, тот человек говорил по-турецки как иностранец. Вот почему я спросил, не следят ли за вами. Давайте уйдем отсюда, друзья мои, но будем начеку. Я попрошу своего друга сторожить документы и взять на заметку всякого, кто придет за ними. Если тот человек вернется, он постарается узнать его имя. Может быть, он вернется скорее, если нас здесь не будет.

— Но как же карты! — Я боялся оставить в коробке драгоценные документы.

И ведь мы так ничего и не добились. Своими глазами убедились в их существовании, но ни на шаг не приблизились к разгадке.

Тургут обернулся к мистеру Эрозану, и они обменялись понимающими улыбками.

— Не беспокойтесь, профессор, — сказал мне Тургут, — я собственноручно скопировал все документы, и копии хранятся у меня в доме. Кроме того, мой друг не допустит, чтобы с оригиналами что-нибудь случилось. Поверьте мне.

Я и сам хотел ему верить. Элен испытующе оглядела обоих новых знакомых, и мне оставалось только гадать, что она в них увидела.

— Ладно, — согласился я.

— Так идемте, друзья мои. — Тургут начал собирать бумаги, касаясь их с такой нежностью, что большего нельзя было и пожелать. — Кажется, нам многое нужно обсудить наедине. Я отведу вас к себе, и там мы будем говорить. Там я покажу вам и некоторые материалы из моего собрания. Но не будем говорить о нашем деле на улицах. Уйдем как можно заметнее и, — он кивнул на библиотекаря, — оставим лучшего из наших генералов защищать ворота.

Мистер Эрозан пожал всем нам руки, тщательно запер коробку и вместе с ней скрылся за книжными стеллажами в конце зала. Я проводил его взглядом и невольно вздохнул. Меня не покидало чувство, что в коробке скрывался ключ к спасению Росси, словно, спаси господь, сам Росси был похоронен в ней — а мы не сумели спасти его.

Мы покинули здание, нарочно задержавшись на несколько минут на крыльце под предлогом разговора. Нервы у меня были натянуты как струна, а лицо Элен бледно как никогда, но Тургут держался спокойно.

— Он где-то выжидает, — тихо заметил наш спутник. — Гаденыш не пропустит нашего выхода.

Он предложил Элен опереться на его руку, и она согласилась куда охотнее, чем я ожидал, после чего мы втроем спустились на забитую толпой улицу. Было время первого завтрака, и ароматы жареного мяса и горячих лепешек смешивались с темным дымом горящих углей, похожим на гарь дизельного мотора. Тот запах до сих пор иногда без предупреждения настигает меня, принося с собой память обо всем мире Востока. Что бы ни случилось дальше, думалось мне, все будет загадочно, как сам этот город: я вглядывался в лица прохожих, в иглы минаретов над каждой улочкой, в древние купола над смоковницами, под которыми скрывались таинственные боги, — все вокруг было загадкой. И величайшая из всех загадок лежала тяжестью у меня на сердце: где Росси? Здесь, в этом городе, или далеко отсюда? Жив ли он, или мертв, или ни то и ни другое?»

ГЛАВА 30

Экспресс на Перпиньян отходил в 4:02. Барли забросил свою сумку на площадку и за руку втащил меня по крутым ступеням. В поезде было мало пассажиров, и мы легко нашли пустое купе. Поезд тронулся, а попутчиков так и не появилось. Я устала: дома в этот час миссис Клэй, усадив меня за кухонный стол, вручала мне стакан молока и сдобный кекс. Сейчас я лишь мечтательно вздохнула о ее надоедливой опеке. Барли сел рядом со мной, хотя в его распоряжении было еще четыре свободных места, а я просунула руку под его локоть в шершавом рукаве свитера.

— Мне надо заниматься, — объявил студент, однако раскрыть книгу не торопился: за окном города то и дело открывались новые виды Парижа. Мне вспомнилось, как мы с отцом поднимались на Монмартр или разглядывали понурого верблюда в зверинце Ботанического сада. Теперь я словно открывала город заново.

Барли, шевеля губами, читал Мильтона, а меня стало клонить в сон, так что когда он сообщил, что хочет выпить чаю в вагоне-ресторане, я только головой помотала.

— Отключаешься, — улыбнулся он. — Тогда поспи здесь, а я возьму с собой книжку. Когда ты проголодаешься, сходим еще раз, пообедаем.

Он не успел выйти из вагона, как у меня закрылись глаза, а открыв их снова, я обнаружила, что, как ребенок, лежу, свернувшись в клубочек на сиденье, а длинная юбка натянута до самых лодыжек. Напротив кто-то сидел, скрыв лицо за газетой, и я поспешила сесть как следует. Это был не Барли. Человек читал «Le Monde», и из-за двойного листа виднелись только его колени да черный кожаный портфель, стоявший с ним рядом.

На долю секунды мне почудилось, что рядом отец, и меня захлестнуло радостное смятение, но тут мне бросились в глаза ботинки. На соседе были черные, начищенные до блеска кожаные ботинки с изящным ажурным узором на мыске и с черными же шнурками, оканчивающимися черными кисточками. Мужчина сидел, заложив ногу на ногу, и под безупречными черными брюками виднелись черные шелковые носки. Но ботинки были не отцовские, и вообще что-то было не так с этими ботинками или с ногами, которые в них скрывались, хотя я не могла бы сказать, в чем дело. Мне стало неприятно от мысли, что странный попутчик вошел, пока я спала, и, может быть, смотрел на меня спящую. Я поежилась, гадая, удастся ли встать и выйти из купе, чтобы он меня не заметил. Тут я заметила, что он задернул занавеску, отделяющую купе от прохода, так что мы были скрыты от пассажиров, проходящих через вагон. Или это Барли задернул ее, уходя?

Украдкой я посмотрела на часы: почти пять. Судя по холмистой местности за окном, мы уже на юге. Человек за газетой сидел так тихо, что меня пробрала дрожь. Теперь я поняла, что с ним было не так: я не спала уже несколько минут, но за это время он ни разу не перелистнул газету.

«Квартира Тургута располагалась в дальней части города, на берегу Мраморного моря, и мы попали туда на пароме. Элен стояла у перил, глядя на летящих за кормой морских чаек и на величественный силуэт удаляющегося старого города. Я встал рядом с ней, и Тургут называл для нас имена куполов и шпилей, а ветер уносил его слова. Квартал, куда мы попали, сойдя с парома, оказался гораздо более современным — что в данном случае означало застройку девятнадцатого века. Проходя по тихим улочкам, тянувшимся от пристани, я открывал для себя новый Стамбул: гордо распростершие ветви деревья, каменные и деревянные дома, какие можно увидеть в пригородах Парижа, чистые тротуары, цветочные клумбы, приподнятые над мостовой, и резные карнизы. Здесь и там старая империя прорывалась полуразрушенной аркадой или одинокой мечетью, а иногда — зданием турецкой архитектуры, с нависающим вторым этажом. Но на улице, где жил Тургут, западный комфорт смел местный колорит. Позже я встречался с подобным сочетанием противоположностей в других городах: в Праге и Софии, в Будапеште и Москве, в Белграде и Берлине — во всех восточных городах, щеголявших заемным стилем жизни.

— Прошу входить!

Тургут остановился перед старым многоквартирным домом, вместе с нами поднялся по двухпролетной лестнице и заглянул в почтовый ящик, оказавшийся пустым, с надписью: “Профессор Бора”. Отворив дверь, он отступил в сторону.

— Добро пожаловать. Мой дом — ваш дом.

Мы оказались в прихожей с блестящим паркетным полом и деревянной обивкой стен и здесь, следуя примеру Тургута, сменили туфли на расшитые цветным узором шлепанцы. Затем он провел нас в гостиную, где Элен восторженно охнула, и я невольно отозвался эхом ее восклицанию. Комнату наполнял приятный зеленоватый свет, смешивавшийся с отсветами мягких розовых и желтых оттенков. Спустя минуту я сообразил, что солнечный свет пробивался сквозь кроны деревьев, заслонявших два больших окна, и вливался в комнату через дымку кружева белых занавесок. Вдоль стен стояли дивные кушетки резного дерева — очень низкие, полускрытые кружевными накидками поверх гор цветных шелковых подушек. Выше на беленых стенах располагались картины и гравюры с видами Стамбула и среди них — портреты старика в феске и человека помоложе, в черном костюме, а также лист пергамента с арабской вязью, вставленный в рамку. Среди видов города было несколько поблекших, цвета сепии фотографий, а в стороне — шкафчик с медным кофейным сервизом. Углы комнаты украшали яркие керамические вазы с букетами роз. Прямо посреди комнаты, сияя в ожидании новой трапезы, стоял большой круглый поднос на низких подпорках.

— Как красиво! — выдохнула Элен, обращаясь к хозяину, и я снова поразился, как хорошеет она, когда искреннее чувство расправляет жесткие морщинки вокруг глаз и губ. — Прямо "Тысяча и одна ночь"!

Тургут рассмеялся, взмахом широкой ладони словно бы отстраняя комплимент, однако он явно был польщен.

— Это все жена, — сказал он. — Она любит старину: картины и вещи, и получила многие из них в наследство. Может, кое-что сохранилось даже со времен султана Мехмеда, — улыбнулся он мне. — И кофе она варит лучше меня — по ее словам, но я сделаю все, что в моих силах.

Он усадил нас рядком на низкие кушетки, и я понял, что неспроста именно турецкие слова служат в нашем языке символами уюта: диван, халат и, в конце концов, оттоманка.

В силах Тургута оказалось угостить нас настоящим обедом, который он принес из кухни, отвергнув наши настойчивые предложения помочь. Не представляю, как он умудрился так быстро все соорудить — должно быть, приготовил заранее. На круглом подносе появились соусы и салаты, нарезанная ломтиками дыня, тушеное мясо с овощами, цыплята на вертеле, вездесущая простокваша с огурцами, кофе и россыпи медовых сластей в миндальной крошке. Мы ели от всей души, а Тургут все потчевал и потчевал нас, пока мы не взмолились о пощаде.

— Ну, — заметил он, — жена, пожалуй, скажет, что я морил вас голодом.

На закуску были поданы стаканы с водой и к ним — блюдечки с чем-то белым и сладким.

— Розовое масло, — попробовав, определила Элен. — Очень мило. У нас в Румыни такое тоже делают.

Она капнула немного белой пасты в свой стакан и выпила. Я последовал ее примеру — мне было не до забот о пищеварении.

Когда мы, чуть не лопнув, откинулись на низеньких диванах — теперь-то я понимал, как необходимы они после подобных обедов, — Тургут удовлетворенно оглядел нас.

— Вы уверены, что сыты?

Элен расхохоталась, а я только слабо застонал, однако Тургут на всякий случай снова наполнил наши стаканы и кофейные чашки.

— Вот и хорошо. А теперь давайте поговорим о вещах, которых еще не обсуждали. Прежде всего, я поражен мыслью, что вы также знакомы с профессором Росси, однако я еще не понял, как вы с ним связаны. Он ваш куратор, юноша? — Тургут опустился на оттоманку и выжидательно склонился к нам.

Я взглянул на Элен, и она чуть заметно кивнула. Должно быть, розовое масло смягчило ее подозрительность.

— Видите ли, профессор Бора, боюсь, что мы не были с вами до конца откровенны, — признался я. — Поймите, мы занимаемся необычными поисками и не знаем, кому можем довериться.

— Понимаю, — с улыбкой кивнул он. — Вы, может быть, сами не сознаете своей мудрости.

Его слова привели меня в замешательство, но Элен снова кивнула, и я продолжал:

— Мы особенно интересуемся всеми сведениями о профессоре Росси, и не только потому, что он — мой куратор, но и потому, что, доверив нам... мне некую информацию, он... он исчез.

Взгляд Тургута пронзительно блеснул:

— Исчез, друг мой?

— Да.

Запинаясь, я рассказал ему о своей дружбе с Росси, о работе над диссертацией и о странной книге, найденной мною в библиотеке. Когда я начал описывать книгу, Тургут выпрямился на диване, сцепив пальцы, но ничего не сказал и только слушал с удвоенным вниманием. Я рассказал, как принес книгу Росси и как тот поведал мне историю собственной находки. "Три книги", — думал я, смолкнув на минуту, чтобы перевести дыхание. Нам известны уже три такие книги — волшебное число. Но что связывает их друг с другом? Я пересказал рассказ Росси о поездке в Стамбул — здесь Тургут недоуменно покачал головой — и об открытии в архиве карты, силуэт которой повторял очертания дракона на гравюре.

Я рассказал об исчезновении Росси, о чудовищной тени, которая померещилась мне в тот вечер над его окном, и о том, как начал — еще не до конца уверовав — собственные поиски. На этом месте я снова замялся, не зная, что можно рассказать об участии Элен. Та шевельнулась и спокойно взглянула на меня из глубины диванных подушек, а потом, к моему удивлению, заговорила сама и своим низким, резковатым голосом повторила для Тургута все, что уже знал от нее я, — историю своего рождения, мстительные замыслы против Росси, исследование связанных с Дракулой легенд и планы поездки в Стамбул. Брови Тургута взлетели прямо к напомаженным волосам. Ее слова, ее глубокий ясный голос, впечатляющая ясность мысли, а может быть, и тень румянца над голубым воротничком блузы: все отразилось в его лице восхищенным изумлением, и впервые за все время нашего знакомства во мне шевельнулось враждебное чувство к Тургуту.

Элен умолкла, и минуту мы все молчали. Зеленоватое сияние, наполнявшее комнату, стало глубже, и меня снова охватило ощущение нереальности происходящего. Наконец Тургут заговорил:

— Ваша история примечательна, и я благодарен, что вы доверили ее мне. Я сожалею о горестной истории вашей семьи, мисс Росси. Я по-прежнему недоумеваю, почему профессор счел нужным написать мне, что ничего не знает о нашем архиве. Похоже на ложь, не правда ли? Но это ужасно, исчезновение столь выдающегося ученого. Профессор Росси претерпел наказание за некий поступок... или претерпевает его ныне, в самое время нашей беседы.

Сонливость и чувство покоя, проникшие в мое сознание, словно смело холодным ветром.

— Отчего вы так думаете? И как нам найти его, если вы правы?

— Я, видите ли, рационалист, — тихо проговорил Тургут, — однако внутреннее чувство заставляет меня поверить истории, рассказанной вам в тот вечер. Доказательством служит и рассказ старого библиотекаря о бежавшем в страхе иностранце, и имя Росси в старой книге записей. Не говоря уже о появлении демона с кровью на... — Он недоговорил. — А теперь и эта страшная шутка: его имя — и название его статьи — вписанное кем-то в старинную библиографию... Непостижимо! Вы, дорогие коллеги, правильно поступили, приехав в Стамбул. Если профессор Росси здесь, мы найдем его. Я сам давно задумывался, не в Стамбуле ли похоронен Дракула. Мне кажется, что если имя Росси совсем недавно появилось в библиографии, то и сам он мог появиться здесь. А вы полагаете, что Росси надо искать у могилы Дракулы. Я полностью предоставляю себя к вашим услугам. Я чувствую себя... ответственным...

— Теперь я хочу вас спросить! — произнесла Элен, прищурившись и разглядывая нас. — Профессор Бора, что привело вас вчера в тот ресторан? Мне трудно поверить в подобное совпадение: стоило нам прибыть в Стамбул в поисках архива — и тут же появляетесь вы, много лет изучавший тот же самый архив!

Тургут, приподнявшись, взял с маленького столика медную шкатулку и, открыв, предложил нам сигареты. Я отказался, а Элен взяла одну, и Тургут поднес ей огонь. Потом закурил сам, и они так долго смотрели друг на друга, что я почувствовал себя лишним. Дым сигарет оказался ароматным — как видно, тот самый турецкий табак, столь широко известный в Соединенных Штатах. Тургут тихо вдыхал дым сигареты, а Элен скинула шлепанцы и поджала под себя ноги, словно век провела на турецких подушках. Такой я ее еще не видел: спокойная грация затаившейся враждебности.

Наконец Тургут заговорил:

— Что привело меня в ваш ресторан? Я сам несколько раз задавался этим вопросом, но не нашел на него ответа. Могу только со всей искренностью заверить вас, что не знал вас и не догадывался о вашем деле, когда подсел к вашему столику. По правде сказать, я часто обедаю там — в своем любимом ресторане в старом городе. Я люблю заходить туда в перерыве между лекциями. И в тот день я ни о чем особенном не думал, но, увидев двух иностранцев, почувствовал вдруг себя одиноким и мне захотелось вылезти из своего угла. Моя жена говорит, что я безнадежно компанейский человек.

Он улыбнулся, стряхивая сигаретный пепел в медную тарелочку и подвигая ее к Элен.

— Но это не такой уж большой порок, не правда ли? Как бы то ни было, узнав о вашем интересе к своему архиву, я был удивлен и растроган, а теперь, услышав ваш поразительный рассказ, я чувствую, что мне суждено быть вашим помощником. В конце концов, что привело вас в мой любимый ресторан? Почему я отправился туда со своей книгой? Я понимаю ваши подозрения, мадам, но не могу ответить на них — разве что уверить, что это совпадение внушает мне надежду.

“Есть многое на свете...” — Он задумчиво оглядел нас, и лицо его было открытым и искренним — и очень грустным.

Элен выдохнула в луч рассеянного света облачко ароматного дыма.

— Что ж, будем надеяться. Но что нам делать с нашими надеждами? Мы увидели оригиналы карт, нашли библиографию Ордена Дракона, которую так хотел увидеть Пол... и что дальше?

— Идемте со мной, — внезапно велел Тургут.

Он поднялся на ноги, разогнав последние остатки послеобеденной дремоты. Элен затушила сигарету и тоже встала, задев рукавом мою ладонь. Я поднялся последним.

— Прошу вас на минуту пройти в мой кабинет, — произнес Тургут и открыл дверь, скрытую складками старинного шелка, и вежливо отступил в сторону».

ГЛАВА 31

Я замерла на краешке вагонного сиденья, не сводя взгляд с загородившегося газетой мужчины. Надо было двигаться, вести себя как ни в чем не бывало, но он сидел так неподвижно, что чудилось, будто он даже и не дышит, и мне самой стало трудно дышать. Прошла минута, и тогда случилось то, чего я больше всего боялась: не опуская газеты, он заговорил. Голос у него был точь-в-точь как его ботинки и безупречного покроя брюки: он говорил по-английски с чуть заметным акцентом — может быть, французским — или это померещилось из-за французских заголовков газеты, колебавшейся перед моим помутившимся взглядом? Страшные дела творились в Кампучии, в Алжире, в местах с незнакомыми названиями, и слишком много поводов было у меня в тот год совершенствоваться во французском. Но человек, говоривший из-за печатных столбцов, не сдвинулся ни на миллиметр. Кожа у меня пошла мурашками, и я не верила своим ушам. Тихим голосом, учтивым тоном он задал всего один вопрос:

— Где твой отец, милая?

Я сорвалась с сиденья и рванулась к двери. Я слышала, как упал у меня за спиной газетный лист, но сейчас меня занимала только задвижка. Дверь была не заперта. Не помню, как открыла ее, и, не смея обернуться, выскользнула в проход, бросилась в ту сторону, куда уходил проголодавшийся Барли. Мне на счастье, в проходе стояли пассажиры, другие сидели в купе, не задернув занавесок, и их удивленные лица оборачивались ко мне над газетами, книгами и корзинками с завтраком. Я неслась мимо, не чуя ног и не слушая, звучат ли за спиной шаги. Мелькнула мысль, что все наши пожитки остались в купе. Заберет он их или станет обыскивать? Сумочка болталась у меня на плече — я так и заснула с ней.

Барли устроился в дальнем конце вагона-ресторана, разложив перед собой на столе открытую книгу. Он заказал к чаю немало закуски и не сразу оторвался от своих сокровищ при моем появлении. Должно быть, по моему лицу было видно, что стряслось неладное, потому что, подняв голову, он мгновенно втянул меня к себе за столик.

— Что такое?

Я уткнулась носом ему в плечо, стараясь не разреветься.

— Я проснулась, а там в нашем купе человек, читал газету, и мне не видно было лица.

Барли погладил меня по голове.

— Человек с газетой? И ты так расстроилась?

— Он не показал мне лица, — шептала я, поворачиваясь, чтобы видеть двери вагона — в них никого не было, человек в черном костюме не догнал меня. — Но он заговорил со мной из-за газеты.

— Да? — Барли, кажется, понравилось гладить мои кудряшки.

— Он спросил, где мой отец!

— Что? — Барли резко выпрямился. — Ты уверена?

— Да, по-английски.

Я тоже села прямо.

— Я убежала, и, по-моему, он за мной не пошел, но он в поезде. Мне пришлось оставить сумки.

Барли закусил губу: я вдруг испугалась, что увижу струйку крови, стекающей по его белой коже. Потом он подозвал официанта, коротко переговорил с ним и выудил из кармана горсть мелочи, оставив ее рядом с блюдцем.

— Следующая остановка в Блуа, — сказал он, — через шестнадцать минут.

— А как же сумки?

— У тебя осталась сумочка, а у меня бумажник... — Барли вдруг растерянно взглянул на меня. — Письма...

— У меня в сумочке, — торопливо отозвалась я.

— Слава богу. Остальной багаж придется оставить, и бог с ним. — Барли за руку провел меня в самый конец вагона-ресторана, и мы, к моему изумлению, оказались в кухне.

Официант вбежал за нами и поспешно оттеснил нас в узкую нишу между холодильниками. Барли указал мне на маленькую дверцу в стене. Так мы и простояли шестнадцать минут, и я судорожно сжимала в руках свою сумочку. Мне почему-то не казалось странным, что мы стоим, прижавшись друг к другу в узком пространстве, словно двое беглецов. Вдруг вспомнился подарок отца, и рука сама потянулась к крестику на шее. Я хорошо помнила, что он висел открыто, на виду: неудивительно, что газета ни разу не опустилась.

Наконец поезд замедлил ход, заскрежетали, взвизгнули тормоза, и вагон остановился. Официант дернул рычаг, и дверца открылась. Парень заговорщицки улыбнулся Барли; ему все это, должно быть, представлялась романтической комедией: разгневанный отец гоняется по вагонам за молодыми влюбленными.

— Выходи, но не отходи от вагона, — тихо подсказал мне Барли, и мы протиснулись сквозь узкую дверцу, спрыгнув на низкий перрон. Рядом под серебристыми тополями было низкое станционное здание, и на нас пахнуло сладким теплом. — Видишь его?

Я посмотрела вдоль вагонов и среди толпы высаживающихся пассажиров с трудом различила темную широкоплечую фигуру — казалось бы, ничего особенного, но было в ней что-то неправильное, от чего у меня все сжалось в животе. Теперь незнакомец нахлобучил на голову широкополую шляпу, так что я так и не смогла рассмотреть его лица. В руках он держал портфель и белый сверток — кажется, скатанную в трубочку газету.

— Вон тот. — Я постаралась не тыкать пальцем в его сторону, но Барли мгновенно втащил меня обратно на ступеньки вагона.

— Не показывайся. Я посмотрю, куда он пойдет. Смотрит по сторонам... — Барли высунулся наружу, а я без колебаний спряталась к нему за спину. Сердце так и колотилось. Барли придерживал меня одной рукой. — Отлично... пошел в другую сторону. Нет, возвращается. Заглядывает в окна. Кажется, собирается войти в вагон. Господи, ну и наглец... смотрит на часы. Зашел. Нет, снова вышел и идет сюда. Приготовься — если что, прячемся внутрь и удираем по вагонам. Готова?

В этот момент поезд дернулся, и у Барли вырвалось ругательство.

— Господи, вскочил в вагон. Думаю, уверился, что мы не сошли.

Он без предупреждения выдернул меня на платформу. Еще один толчок, и поезд тронулся. Кое-кто из пассажиров опустил окна и выглядывал наружу, чтобы покурить или просто подышать воздухом. В нескольких вагонах от нас среди других лиц я заметила темную голову, повернутую в нашу сторону, — мне показалось, что лицо человека выражает холодную ярость. Но поезд уже набирал скорость, втягиваясь за поворот. Я взглянула на Барли, он на меня. Если не считать нескольких крестьян, сидевших на лавочках маленькой сельской станции, мы с ним были одни посреди Франции.

ГЛАВА 32

«Я ожидал, что кабинет Тургута окажется еще одной сказкой "Тысяча и одной ночи" — раем восточного мудреца, однако ошибся. Мы очутились в комнате, поменьше гостиной, но с такими же высокими потолками, ярко освещенной светом из двух широких окон. Две стены полностью скрывались за книжными полками. По краям окон висели раздвинутые шторы из черного бархата, а ковер с изображением конной охоты придавал помещению восточный колорит, но на столе посреди комнаты грудами лежали английские справочники, а рядом отдельный шкафчик дивной работы был отведен под полное собрание сочинений Шекспира — высокие, толстые, массивные фолианты.

Однако не господство английской литературы первым поразило меня в кабинете нашего хозяина. Едва переступив порог, я ощутил некое мрачное присутствие, признаки мании, постепенно вытеснявшей светлый дух шекспировских пьес, над которыми работал Тургут. Она проявлялась в том, что смотрела с множества портретов одного и того же лица, надменно глядевшего мне в глаза с гравюры над письменным столом, из рамки на столе, с искусной вышивки на одной стене, с крышки папки, с карандашного этюда у окна. Одно и то же лицо, переданное разными средствами и в разных положениях, но всегда одно и то же худое усатое лицо средневекового властелина.

Тургут наблюдал за мной.

— А, вы узнали, — мрачно сказал он. — Я, как видите, собрал целую коллекцию.

Он остановился рядом со мной, глядя на оправленную в рамку гравюру над столом. Оттиск той же гравюры я уже видел дома, но сейчас она висела на высоте нашего роста, и чернильные глаза словно впивались в наши лица.

— Где вы раздобыли такие разнообразные портреты? — спросил я.

— Где только мог.

Жестом Тургут указал на лежавшую на столе папку.

— Часть скопировал со старинных книг, часть нашел в антикварных лавках или на аукционах. Просто диву даюсь, сколько его портретов гуляют по нашему городу — стоит начать искать. Мне казалось иногда, что если собрать их все, то в его глазах я смогу найти разгадку тайны своей книги, — он вздохнул, — но эти гравюры такие грубые, такие... черно-белые. Мне они не нравились, и наконец я попросил своего друга-художника свести их воедино.

Он подвел нас к нише между окнами, тоже занавешенной черным бархатом. Когда он поднес руку к шторе, меня вдруг охватила паника, когда же шторка раздвинулась под его руками, сердце у меня на миг замерло. Складки бархата открыли картину маслом — потрясающе живую. Это был поясной портрет в натуральную величину, изображавший молодого, коренастого, полного жизни человека. Тяжелые черные кудри падали ему на плечи, а кожа лица, красивого и невероятно злобного, будто светилась, как и неестественно яркие зеленые глаза. Человек раздувал ноздри длинного прямого носа и кривил в жестокой усмешке красные губы под длинными темными усами. Рисунок губ выдавал страстную чувственность, но они были плотно сжаты, словно человек сдерживал дрожь подбородка. Острые скулы, тяжелые черные брови под темно-зеленой бархатной шапочкой, украшенной белым и коричневым пером, — лицо, полное жизни, но лишенное жалости; оно выдавало бьющую через край силу и ум, но не могло скрыть неустойчивости характера. Нарисованные глаза смотрели так пронзительно, что я с облегчением вздохнул, отводя взгляд. Элен, стоявшая у меня за плечом, придвинулась чуть ближе: не из потребности в защите, а, скорее, желая успокоить меня.

— Мой друг — прекрасный художник, — тихо заметил Тургут. — Вы понимаете, почему я держу его работу за шторой. Мне не нравится смотреть на него.

С тем же успехом, подумалось мне, он мог бы сказать, что ему не нравится, когда портрет смотрит на него.

— Примерно так Влад Дракула должен был выглядеть около 1456 года, в начале своего правления Валахией. Ему было тогда двадцать пять лет, по меркам своего времени он получил хорошее образование — и прекрасно ездил верхом. В последующие двадцать лет он погубил тысяч пятнадцать своих соотечественников, отчасти по политическим соображениям, но больше — ради удовольствия видеть их смерть.

Тургут задернул шторку, и я порадовался, что не вижу больше этих страшных горящих глаз.

— Я хотел показать вам несколько редкостей, — продолжал Тургут, указывая на деревянный секретер. — Вот здесь у меня — печать Ордена Дракона. Я нашел ее на рынке древностей у старой гавани. А это — серебряный кинжал времен начала оттоманского владычества над Стамбулом. Я полагаю, что его использовали для охоты на вампиров — на эту мысль наводит надпись на рукояти. Цепи и клинья, — он указал на соседнюю полку, — увы, орудия пытки, может быть даже из самой Валахии. А вот, коллеги, жемчужина коллекции.

Он поднял стоявшую на краю столика шкатулку и откинул инкрустированную крышку. Внутри, в складках потускневшего черного атласа, лежали несколько острых орудий, напоминавших инструменты хирурга, а рядом — миниатюрный серебряный револьвер и серебряный нож.

— Что это? — Элен нерешительно потянулась к шкатулке и тут же отдернула пальцы.

— Подлинный набор инструментов охотника за вампирами, — гордо объявил Тургут. — Вероятно, из Бухареста. Несколько лет назад мне привез его друг — антиквар. Таких наборов существовало довольно много — в восемнадцатом-девятнадцатом веках их продавали в Восточной Европе путешественникам. Здесь полагалось быть еще чесноку — вот в этом отделении, но я свой повесил на стену.

Проследив его взгляд, я увидел гирлянды головок чеснока, висевшие по обе стороны двери, перед глазами сидящего за столом. У меня мелькнула мысль — как неделей раньше в разговоре с Росси, — что скрупулезность профессора Бора переходит в безумие.

Теперь, через много лет, я лучше понимаю свою первую реакцию: настороженность, которую вызвал у меня кабинет Тургута с его шкафчиком, полным орудий пытки, и обстановкой, достойной замка Дракулы. Дело в том, что интересы историка во многом выражают его самого — ту часть души, которую он предпочитает скрывать даже от самого себя, давая ей волю только в научном исследовании. Нельзя отрицать, что по мере того, как мы отдаемся предмету исследований, он все больше вторгается в наше сознание. Через несколько лет после того я был с визитом в одном американском университете — не в нашем, — и меня познакомили с одним из первых историков нацистской Германии. В своем просторном доме на окраине кампуса он собрал не только литературу по своей теме, но и коллекцию парадного фарфора Третьего Рейха. Собаки — две здоровенные немецкие овчарки — день и ночь патрулировали двор. За напитками в гостиной, где собирались сотрудники факультета, он горячо рассказывал мне, как ненавидит преступления гитлеризма и как стремится в мельчайших подробностях обнажить их перед цивилизованным миром. Я рано ушел с вечеринки, опасливо обошел сторожевых псов и долго не мог отделаться от отвращения.

— Вы, может быть, думаете, что это уж слишком, — извиняющимся тоном заметил Тургут, видимо, прочитав по лицу мои мысли; он снова кивнул на гирлянды чеснока. — Просто дело в том, что мне не нравится сидеть здесь в окружении злых дел прошлого без всякой защиты, понимаете? А теперь взгляните, зачем я привел вас сюда.

Он усадил нас в кресла-качалки, обитые дамасской парчой. На резной спинке своего кресла я заметил инкрустацию — не костью ли? — и не стал на нее откидываться. Тургут снял с полки тяжелую папку и достал из нее рукописные копии документов, которые мы совсем недавно просматривали в архиве, наброски карт, такие же, как у Росси, только скопированные более тщательно, и, наконец, письмо. Взяв его в руки, я увидел адрес университета, напечатанный вверху листа, и подпись Росси. Я сразу узнал руку: хорошо знакомые мне колечки "B" и "R". И дата отправления: в то время Росси действительно преподавал в Штатах. Несколько строк письма подтверждали рассказ Тургута: он, Росси, ничего не знает об архиве султана Мехмеда Второго. Он сожалеет, что должен разочаровать профессора Бора и желает тому успехов в работе. В самом деле, загадочное письмо.

А Тургут уже протягивал мне маленький томик в старинном кожаном переплете. Я с трудом сдержался, чтобы не вцепиться в него, но совладал с собой и дождался, пока владелец, перелистав страницы, предъявит нам чистые форзацы и, наконец, гравюру на развороте — знакомый уже коронованный дракон с угрожающе распростертыми крыльями, сжимающий в когтях вымпел все с тем же единственным грозным словом. Я открыл собственный портфель, который захватил с собой, и достал свой экземпляр. Тургут положил оба тома рядом на стол, открыв каждый на середине. Мы сравнивали наши сокровища, и каждый видел, что гравюра одна и та же — его оттиск темнее и занимает страницу от края до края, мой чуть бледнее, но это один и тот же дракон. Одинаковым было даже смазанное пятнышко у кончика драконова хвоста, словно щербинка на клише размазывала краску. Элен угрюмо молчала.

— Поразительно! — выдохнул наконец Тургут. — Мне и не снилось, что наступит день, когда я увижу вторую такую книгу.

— И услышите о третьей, — напомнил я. — Вспомните, третью я видел собственными глазами. И у Росси тоже гравюра ничем не отличалась.

Тургут кивнул.

— И что бы это значило, друг мой? — Он уже разложил рядом с книгами свои копии карт и обводил пальцем силуэт дракона, сравнивая его с очертаниями реки и вершин. — Поразительно! Как я раньше не заметил? В самом деле повторяется. Дракон — карта! Но карта чего?

Его глаза блестели.

— Именно это пытался выяснить в вашем архиве Росси, — вздохнул я. — Если бы он успел сделать следующий шаг, тогда или позже...

— Может быть, он его сделал... — задумчиво проговорила Элен, и я недоуменно обернулся к ней.

В ту же секунду дверь между гирляндами чеснока распахнулась и оба мы подскочили от неожиданности. Но на пороге возникло не устрашающее видение, а маленькая улыбающаяся женщина в зеленом платье. Все мы встали, чтобы поздороваться с женой Тургута.

— Здравствуй, дорогая. — Тургут втянул ее в комнату. — Я рассказывал тебе о своих друзьях, профессорах из Соединенных Штатов.

Он любезно представил нас, и миссис Бора, ласково улыбаясь, пожала нам руки. Она была ровно в пол-Тургута ростом — зеленые глаза под длинными густыми ресницами, тонкий нос с горбинкой и вихрь рыжеватых кудрей. По-английски она говорила медленно, тщательно выговаривая слова.

— Возможно, муж не дал вам есть, нет?

Мы вскричали, что он накормил нас доотвала, но она только покачала головой:

— Мистер Бора не умеет хорошо накормить гостей. Я... браню его!

Она погрозила мужу крошечным кулачком. Тот явно наслаждался.

— Я ужасно боюсь своей жены, — сообщил он нам. — Настоящая свирепая амазонка!

Элен, на две головы возвышавшаяся над миссис Бора, улыбалась обоим. В самом деле, пара была неотразима.

— А теперь, — продолжала миссис Бора, — он мучает вас своей ужасной коллекцией. Извините.

Через минуту мы снова сидели на мягких диванах, и миссис Бора, сияя, разливала нам свежий кофе. Теперь я заметил, как она красива — красотой маленькой птички, — тихая женщина лет сорока. Ее запас английских слов был не слишком велик, но она использовала их с добродушным юмором, словно муж каждый день притаскивал домой англоязычных гостей. Одета она была с простым изяществом и выразительно жестикулировала при разговоре. Я представил ее в детском саду, где она работала, — как малыши толпятся вокруг нее и ребячьи макушки достают ей почти до подбородка. Я задумался, есть ли у них с Тургутом свои дети: в комнате не было детских фотографий, а спрашивать мне не хотелось.

— Муж показывал вам город? — расспрашивала Элен миссис Бора.

— Да, немного, — отвечала Элен. — Боюсь, мы сегодня отняли у него много времени.

— Нет-нет, это я отнимаю у вас время! — Тургут с явным удовольствием прихлебывал кофе. — Но у нас еще много дел. Дорогая, — обратился он к жене, — мы собираемся искать пропавшего профессора, и несколько дней я буду очень занят.

— Пропавшего профессора? — невозмутимо улыбнулась миссис Бора. — Очень хорошо. Но сперва надо обедать. Надеюсь, вы едите обед? — обернулась она к нам.

Я думать не мог о еде и старался не смотреть на Элен. Моя спутница, однако, ничуть не удивилась.

— Спасибо, миссис Бора. Вы очень добры, но нам пора возвращаться в отель. В пять часов у нас назначена встреча.

— Да? — Для меня это было новостью, но я послушно подыграл ей: — Верно. С одним американцем. Но я надеюсь еще встретиться с вами обоими.

Тургут кивнул.

— Я сейчас же отправлюсь в библиотеку и отыщу все, что может нам помочь. Надо проверить, не окажется ли гробница Дракулы в Стамбуле — не совпадают ли наши карты с каким-нибудь районом в городе или окрестностях. У меня есть несколько книг по старому Стамбулу, и у друзей богатые коллекции. К вечеру я все для вас выясню.

— Дракула, — покачала головой миссис Бора. — Шекспир мне нравится больше Дракулы. Более здоровый интерес.

И еще, — она лукаво взглянула на нас, — Шекспир платит по нашим счетам.

Они устроили нам шумные проводы, и Тургут назначил новую встречу в нашем пансионе в девять утра. Он собирался рассказать, что ему удалось раскопать в книгах, а потом надо было заглянуть в архив и узнать, какие там новости. Тем временем, предупредил он, нам следует вести себя осторожнее и не пропустить слежку или другие признаки опасности. Тургут собирался проводить нас до пансиона, но мы уверили, что доберемся сами — паром, по его словам, отходил через двадцать минут. Супруги Бора проводили нас до улицы и стояли рядом у дверей, крича нам вслед "до свиданья". Я пару раз оглянулся на них, проходя по улочке, под крышей листвы лип и тополей.

— Вот счастливая семья, — заметил я вслух и тут же пожалел о своих словах: Элен, по обыкновению, презрительно фыркнула.

— Вперед, янки, — сказала она. — У нас еще много дел.

В другой раз это прозвище заставило бы меня улыбнуться, но сейчас я невольно вздрогнул, взглянув на нее. Ее лицо возвратило меня к мысли, которую я всеми силами подавлял до последней минуты. Элен устремила на меня свой прямой взгляд, а я смотрел ей в глаза и не мог отогнать видения бледного жестокого лица на портрете — лица, сильные, но тонкие черты которого так похожи были на ее черты».

ГЛАВА 33

Когда перпиньянский экспресс скрылся за серебристыми кронами деревьев и крышами поселка, Барли встряхнулся:

— Ну вот, теперь он в поезде, а нас там нет.

— Да, — сказала я, — зато он точно знает, где мы есть.

— Это ненадолго. — Барли решительно прошагал к окошку билетной кассы, возле которого дремал какой-то старик, и скоро вернулся — обескураженный.

— Следующий поезд на Перпиньян только утром, — сообщил он, — и автобус в ближайший городок отходит завтра после полудня. А снять комнату можно только на какой-то ферме за полкилометра от деревни. Можно переночевать там и вернуться к утреннему поезду.

Я не знала, злиться или плакать.

— Барли! Мне нельзя ждать до завтра! Мы теряем время.

— Да, но что еще остается? — сердито возразил Барли. — Я все выспросил: нельзя ли нанять машину, грузовик, ослика, проголосовать на шоссе... Ничего не выходит. Что я еще могу сделать?

Мы молча прошли через деревню. День клонился к вечеру — сонный теплый день, и люди, которых мы видели на крылечках или в огородах, казались оцепеневшими, словно мы попали в сказочное сонное царство. Мы добрели до фермы, перед которой красовалась написанная от руки вывеска и столик с выставленными на продажу сырами, хлебом и винными бутылями. Нам навстречу вышла, вытирая руки о передник, женщина и взглянула на нас без удивления. Когда Барли представил меня как свою сестру, она ласково улыбнулась и не задавала больше вопросов — не спросила даже, почему мы без багажа. На вопрос Барли, найдется ли комната на двоих, она отозвалась: «*Oui, oui*»[1], выговаривая слова на вдохе, словно самой себе. На утоптанном дворе фермы росли редкие цветы, скребли землю курицы, а под карнизами выстроился ряд пластиковых ведер. К дому дружелюбно жались обшарпанные каменные сараюшки. Обед, пояснила фермерша, будет подан в саду за домом, и наша комната тоже выходит в сад из самой старой части дома.

---

[1] Да, да (*фр.*).

Мы вслед за хозяйкой прошли через кухню с низкими потолочными балками во флигель, где когда-то, должно быть, спала кухарка. Я с облегчением увидела в спальне две узкие кровати у противоположных стен, разделенные большим платяным шкафом. За стеной помещалась комнатушка с крашеным туалетным сиденьем и раковиной. Все здесь сияло чистотой, крахмальные занавесочки были украшены кружевом, и даже старинная вышивка на стене добела выгорела на солнце. Пока Барли расплачивался с хозяйкой, я прошла в ванную и ополоснула лицо холодной водой.

Потом Барли предложил прогуляться: женщина обещала подать обед только через час. Мне не хотелось выходить из-под защиты этих уютных стен, но аллею снаружи укрывали ветвями тенистые деревья, и мы с удовольствием прошли по ней к развалинам когда-то, должно быть, очень богатого дома. Барли перелез через забор, и я вскарабкалась следом. Неровный ряд камней обозначал линию фундамента, а единственная уцелевшая угловая башенка придавала руинам дух ветхого величия. Рядом стоял амбар с сеном — как видно, кто-то использовал старый дом под склад. Среди камней валялись мощные балки рухнувших перекрытий.

Барли устроился на развалинах и взглянул на меня.

— Вижу, что ваша милость в ярости, — задиристо начал он. — Конечно, ты не против, когда я тебя спасаю, но как я смел не позаботиться о твоих удобствах!

От такого нахальства я на миг лишилась дара речи.

— Да как ты смеешь? — наконец выговорила я и гордо зашагала прочь, спотыкаясь о камни.

Барли мгновенно вскочил и догнал меня.

— Ты что, хотела остаться в поезде? — спросил он чуть более мирно.

— Конечно, нет! — буркнула я через плечо. — Но ты не хуже меня знаешь, что отец уже наверняка добрался до Сен-Матье.

— Зато Дракула, или кто он там, еще не добрался.

— Он теперь обгоняет нас на целый день, — огрызнулась я, глядя вдаль через поля.

Над вершинами тополей виднелась деревенская церковь: все было мирно, словно на старой картине — не хватало только коров или козочек.

— Прежде всего, — начал Барли невыносимо наставительным тоном, — мы не знаем, кто там был в поезде. Может, и не сам старый негодяй, а кто-то из его слуг. Судя по тому, что пишет твой отец, у него немало подручных, верно?

— Тогда еще хуже, — сказала я. — Если там был кто-то из подручных, значит, сам он может быть уже в Сен-Матье.

— Или... — начал Барли и осекся.

Я знала, что он хотел сказать: «Или здесь, рядом с нами».

— Мы ясно показали ему, куда направляемся, — сказала я, чтобы избавить его от труда договаривать.

— А теперь кто говорит гадости?

Подойдя, Барли довольно неловко обхватил меня за плечи, и только тогда до меня дошло, что он говорит так, будто до конца поверил рассказу отца. Слезы, скопившиеся под веками, наконец прорвались и покатились по щекам.

— Ну-ну, — сказал Барли.

Я уткнулась лицом в его плечо, теплое от солнца и пота. Потом отстранилась, и мы молча пошли обедать.

«До самого пансиона Элен ничего больше не пожелала сказать, и я занимал себя тем, что разглядывал лица прохожих, ища признаков враждебного внимания и временами оглядываясь через плечо в поисках слежки. Пока мы добрались до своих комнат, я успел изнемочь от чувства беспомощности. Где теперь искать Росси? Чем нам поможет список книг, если многие из них даже не существуют?

— Идем ко мне в комнату, — бесцеремонно распорядилась Элен. — Надо поговорить.

В другое время меня позабавило бы ее невнимание к правилам этикета, но лицо ее было так сурово, что я молча гадал только, что у нее на уме. Ее взгляд не допускал и мысли о флирте. Постель в ее комнате оказалась гладко застелена, а немногочисленные предметы ее туалета надежно скрыты от постороннего взгляда. Элен уселась на подоконник и указала мне на кресло.

— Слушай, — начала она, стягивая перчатки и снимая шляпку, — мне кое-что пришло в голову. Похоже, мы уперлись в тупик.

Я угрюмо кивнул.

— Последние полчаса я только об этом и думаю. Но может быть, Тургут что-нибудь сумеет разузнать.

Она покачала головой:

— Мы ищем черного кота в черной комнате.

— Черную кошку в темной комнате, — уныло поправил я.

— В темной, — согласилась Элен, — и мне пришло в голову, что мы упускаем важный источник информации.

Я уставился на нее:

— Какой же это?

— Мою мать, — ровным тоном проговорила Элен. — Ты не зря расспрашивал меня о ней еще в Штатах. Я весь день о ней думала. Она познакомилась с профессором Росси намного раньше вас, а ведь я никогда не расспрашивала ее о нем с тех пор, как она призналась, кто мой отец. Не знаю почему, если не считать, что ей больно было говорить о нем. И еще...— Она вздохнула. — Мать у меня — простая женщина. Я не думала, что она сумеет многое добавить к тому, что я узнала из работ Росси. Даже когда она в прошлом году заговорила о том, что Росси верил в существование Дракулы, я не слишком удивилась, зная, как она суеверна. Но теперь я задумалась, не знает ли она чего-нибудь, полезного для нас.

При первых же ее словах я воспрянул к новой надежде.

— Но как же с ней поговорить? Ты сказала, у нее нет телефона?

— Нет.

— Тогда... как же?

Элен перехватила перчатки в одну руку и хлопнула ими о колено.

— Надо повидаться с ней. Она живет в деревушке неподалеку от Бухареста.

— Вот как? — Настал мой черед поупражняться в язвительности. — Что ж, проще простого. Прокатимся на поезде с твоим венгерским паспортом и моим — кстати сказать, американским, и заскочим поболтать с вашей матушкой о Дракуле.

Неожиданно для меня Элен улыбнулась.

— Не заводись, Пол. У нас есть поговорка: “Нет ничего невозможного”.

Я невольно рассмеялся:

— Ладно-ладно. И у тебя уже есть план? Я заметил, что ты всегда знаешь, что делать.

— Совершенно верно. — Она разгладила на колене перчатки. — Точнее, я надеюсь, что моя тетя знает, что делать.

— Тетя?

Элен смотрела в окно, на облупившуюся штукатурку старых домов. Вечерело, и средиземноморское солнце, которое я успел полюбить, окрасило весь город золотом.

— Тетя с 1948 года работает в министерстве внутренних дел и считается важной персоной. Это она дала мне возможность получить образование. В моей стране без тетушки или дядюшки ничего не добьешься. Она мамина старшая сестра и помогла матери сбежать из Румынии в Венгрию. Сама она перебралась туда задолго до моего рождения. Мы с тетей очень близки, и она выполнит мою просьбу. И у нее есть телефон, так что я собираюсь ей позвонить.

— Думаешь, она сможет пригласить твою мать к телефону, так что ты сможешь с ней поговорить?

Элен застонала:

— Господи, да разве можно говорить по телефону о том, о чем не обязательно знать властям?

— Извини, — коротко сказал я.

— Нет уж. Ехать придется самим. Но тетя все устроит. Тогда с матерью можно будет поговорить лицом к лицу. Кроме того… — ее голос немного смягчился, — они будут рады повидаться со мной. Мы совсем рядом, а ведь они меня два года не видели.

— Ну, — сказал я, — для Росси я готов почти на что угодно, хотя мне в голову не приходило соваться в коммунистическую Венгрию.

— Неужели, — хмыкнула Элен, — а как насчет "соваться", как вы изволили выразиться, в коммунистическую Румынию?

На этот раз я ответил не сразу.

— Понимаю, — помолчав, заговорил я. — Об этом я тоже думал. Если могилы Дракулы не окажется в Стамбуле, где ей еще быть?

На минуту каждый из нас погрузился в свои мысли, и мы были невозможно далеки друг от друга. Потом Элен шевельнулась.

— Спрошу у хозяйки, нельзя ли от нее позвонить, — сказала она. — Тетя должна уже вернуться с работы, а я не хочу откладывать разговор.

— Можно пойти с тобой? — спросил я. — Как-никак, меня это тоже касается.

— Конечно.

Элен надела перчатки, и мы прошли в гостиную хозяйки пансиона. Десять минут ушло на то, чтобы объяснить, чего мы хотим, но несколько турецких лир вместе с обещанием полностью оплатить звонок сильно помогли делу. Элен села на стул перед аппаратом и сосредоточенно набрала длинный многозначный номер. Наконец ее лицо прояснилось:

— Соединили.

Она улыбнулась мне прекрасной открытой улыбкой.

— Тетушка будет очень недовольна, — заметила она и тут же снова насторожилась: — Ева? Это Елена!

Вслушиваясь в ее речь, я догадался, что разговор ведется по-венгерски: румынский все-таки относился к группе романских языков, и я мог бы распознать хоть несколько слов. Но звуки, которые произносила Элен, звучали как копыта несущихся вскачь лошадей: угро-финский галоп, в котором мое ухо не сумело выделить ни единого внятного звука. Я задумался, говорят ли у них в семье на румынском, или они давно ассимилировались и забыли прошлую жизнь вместе с ее языком. Голос Элен взлетал и падал, она то улыбалась, то хмурила брови. Как видно, тетушке Еве на том конце провода было что сказать: иногда Элен подолгу слушала молча, вставляя только отрывистые односложные восклицания.

Она как будто забыла о моем присутствии, но вдруг подняла на меня глаза и, победоносно улыбнувшись, кивнула. Потом улыбнулась в микрофон и повесила трубку. Тут же в комнате возникла консьержка, которую, вероятно, встревожил огромный счет за переговоры, и я поспешил отсчитать ей обещанную плату, добавив немного сверх того и положив деньги в ее протянутую ладонь. Элен уже вышла из комнаты, сделав мне знак идти за ней: такая таинственность казалась мне излишней, но, в конце концов, откуда мне было знать.

— Скорее, Элен, — взмолился я, снова опускаясь в ее кресло. — Неведение меня убивает.

— Хорошие новости, — невозмутимо откликнулась она. — Тетя постарается помочь.

— Что же ты ей такое сказала?

Она усмехнулась:

— Только то, что можно было сказать по телефону. Пришлось держаться официального тона. Но я сказала, что нахожусь в Стамбуле с одним коллегой и что для завершения научной работы нам необходимы пять дней в Будапеште. Я объяснила, что ты американский профессор и что мы работаем над совместной статьей.

— На какую тему? — насторожился я.

— Рабочие движения в Европе во время турецкой оккупации.

— Недурно. Но я совершенно не знаком с предметом.

— Ничего. — Элен смахнула ниточку с подола своей строгой черной юбки. — Кое-что я тебе расскажу.

— Как ты похожа на своего отца!

Случайное проявление ее научного кругозора так напомнило мне Росси, что слова слетели с языка помимо воли. Я испуганно заглянул ей в лицо: не оскорбило ли ее такое сравнение? Мне пришло в голову, что я сам не заметил, когда перестал сомневаться в их родстве.

К моему удивлению, Элен ответила мне грустным взглядом, хотя и не удержалась от язвительного замечания:

— Хорошее доказательство превосходства наследственности над влиянием среды. Так или иначе, Ева, конечно, рассердилась, особенно когда я сказала, что ты американец. Я заранее знала, что так будет: она всегда считала меня безрассудной и склонной к авантюрам. Наверно, так оно и есть. И в любом случае ей пришлось бы изобразить недовольство для тех, кто прослушивает разговоры.

— Зачем?

— Чтобы не потерять работу и положение. Но она обещала что-нибудь придумать и велела позвонить завтра вечером. Вот так. Тетя очень умная, она наверняка найдет средство. Надо узнать, как добраться от Стамбула в Будапешт. Может быть, лучше самолетом?

В глубине души я вздыхал, думая о предстоящих расходах и гадая, долго ли еще смогу платить по счетам, но вслух сказал только:

— Будет просто чудом, если ей удастся благополучно протащить меня в Будапешт — и обратно.

Элен рассмеялась:

— А она и есть волшебница. Иначе бы я сейчас работала заведующей клубом в какой-нибудь деревне.

Мы снова спустились вниз и, не сговариваясь, вышли на улицу.

— Теперь нам нечем заняться, — рассудил я, — только ждать, что принесет завтрашний день — вернее, Тургут и твоя тетя. Самое трудное дело — ждать. Как бы провести время?

Элен в задумчивости остановилась посреди улицы. Она снова была в перчатках и шляпке, но золотые лучи вечернего солнца отыскали несколько выбившихся черных прядей и коварно выкрасили их в рыжий цвет.

— Хочу как следует посмотреть город, — объявила она наконец. — Кто знает, вернусь ли я сюда еще? Вернемся к Айя-Софии? И можно побродить до ужина по старому городу.

— С удовольствием.

Больше мы не разговаривали, пока огромное здание собора не выросло над нами, заслонив небо своими куполами и минаретами. Молчание между нами все углублялось, и я раздумывал, чувствует ли Элен то же, что и я. Величие древнего храма заставляло остро ощутить свою малость. И еще я размышлял над словами Тургута — о том, что Дракула заразил проклятием вампиризма великий Стамбул.

— Элен, — заговорил я, с трудом заставив себя нарушить связывающее нас молчание, — как ты думаешь, могли его похоронить здесь — в Стамбуле? Если так, понятно, почему он тревожил султана Мехмеда и после смерти...

— А?.. Да-да... — Она кивнула, одобряя мое нежелание называть его имя посреди толпы. — Мысль интересная, но как мог Мехмед об этом не знать? Да и Тургуту наверняка удалось бы обнаружить хоть какие-то свидетельства. За столько веков что-нибудь да прорвалось бы наружу.

— Но еще трудней допустить, что Мехмед позволил бы похоронить своего врага в Стамбуле...

Она задумалась. Мы уже подходили к огромным воротам Айя-Софии.

— Элен? — тихо проговорил я.

— Да? — Мы остановились посреди потока туристов и паломников, спешащих пройти внутрь.

— Если могила окажется здесь, то и Росси тоже здесь.

Она обернулась, взглянула мне в лицо. Глаза ее сияли, но между тонкими бровями пролегла усталая морщинка.

— Ну конечно, Пол.

— В путеводителе сказано, что под Стамбулом скрываются развалины подземных строений — катакомбы, подземные резервуары для воды... как в Риме. До отъезда у нас еще остается целый день, если не больше, — надо поговорить с Тургутом.

— Неплохая мысль, — мягко согласилась Элен. — Под дворцом византийских императоров наверняка есть подземные ходы. — Она слабо улыбнулась, но рука ее сама поползла вверх и осторожно, как свежей раны, коснулась шарфика на горле. — В любом случае в этом дворце должно водиться множество злых духов — призраков императоров, приказавших ослепить собственного брата, и тому подобное. Вполне подходящее общество.

Мы так увлеклись беседой и планами нашей невероятной охоты, что я не сразу заметил человека, пристально разглядывавшего меня. Ведь это был не грозный темный дух, возвышающийся над толпой, а всего лишь обыкновенный щуплый человечек, притулившийся к стене собора шагах в двадцати от нас.

А потом меня словно что-то толкнуло, и я мгновенно узнал маленького архивиста с клочковатой седой бородкой, в белой вязаной шапочке и поношенной одежде, заходившего этим утром в архив. Он сделал ошибку, дав мне почувствовать свой пристальный взгляд и заглянуть ему в лицо. Хотя шпион тут же исчез, как призрак растворился в толпе туристов, и когда я, увлекая за собой Элен, бросился вперед, то уже нигде не увидел знакомой фигуры. Но он опоздал: заглянув ему в лицо, я безошибочно распознал под клочковатой бородкой и восточной шапочкой лицо, знакомое еще по университету. В последний раз я заглянул в это лицо перед тем, как его укрыли простыней: лицо мертвого библиотекаря».

ГЛАВА 34

Я видела несколько фотографий отца, относившихся ко времени, когда он еще не покинул аспирантуру в поисках пропавшего учителя. Одну из них я вставила в рамочку, и она много лет провисела над столом, за которым я делала уроки: черно-белая карточка тех времен, когда цветные фотографии еще были редкостью. Таким я никогда не видела отца в жизни. Он прямо смотрел в объектив, чуть задрав подбородок, словно собирался кивнуть фотографу. Я понятия не имела, кто снимал: не подумала спросить отца, помнил ли он сам. Это не могла быть Элен, скорее, кто-то из приятелей, таких же студентов. В 1952 году — дата была проставлена на обороте рукой отца — он закончил первый курс аспирантуры и уже начал интересоваться голландскими купцами.

На той фотографии отец снят на фоне университетского здания — судя по элементам псевдоготики на заднем плане. Одну ногу он непринужденно поставил на сиденье скамьи, обхватив руками колено. На нем белая или очень светлая рубашка с галстуком в косую полоску, темные, немного помятые брюки и блестящие ботинки. Он и тогда был того же сложения, как много лет спустя, — среднего роста, не слишком широкие плечи и прямая, но не выдающаяся осанка. Глубоко посаженные глаза на фотографии кажутся серыми, но в жизни они были голубыми, почти синими. Запавшие глаза и кустистые брови, острые скулы, широкий нос и широкий рот с полными губами: он порядком напоминал обезьяну — очень смышленую обезьяну. На цветной фотографии его гладко зачесанные волосы должны были отливать на солнце бронзой: я знала об этом только потому, что он мне однажды рассказал. На моей памяти, с самых ранних лет жизни, волосы у него были белыми.

«В ту ночь в Стамбуле я в полной мере узнал, что такое бессонница. Стоило начать засыпать, и передо мной вставало лицо — ожившее лицо мертвого человека. Кроме того, мне то и дело хотелось проверить, на месте ли лежащие в портфеле бумаги — все мерещилось, что призрачный библиотекарь сумел до них добраться. Он знал, что у нас с Элен есть копия карты. Почему он появился в Стамбуле: следил за нами или каким-то образом проведал, что здесь находятся оригиналы?

И если проведал, то где источник его знаний? Он успел по крайней мере однажды просмотреть документы, собранные Мехмедом Вторым. Но нашел ли среди них карты, успел ли сделать копии? На все эти загадки не было ответов, но я боялся сомкнуть глаза, думая, как он алчет заполучить наши карты, и вспоминая страшную сцену на седьмом этаже университетской библиотеки. Больше всего меня пугала мысль, что он успел попробовать крови Элен и, может быть, захочет еще.

И если бы всего этого было мало, чтобы часами, тянувшимися все более медленно, отгонять от меня сон, его отогнало бы лицо на моей подушке — совсем близкое и все-таки недостижимое. Я твердо решил, что Элен должна спать на моей кровати, а сам устроился в глубоком старинном кресле рядом. Стоило моим ресницам чуть опуститься, как вид этого сурового сильного лица обдавал меня, как холодной водой, волной беспокойства. Элен хотела остаться у себя — что подумает консьержка, если увидит нас в одной комнате! — и только после долгих уговоров ворчливо согласилась спать под моим бдительным взором. Я смотрел слишком много фильмов и читал слишком много романов — в том числе и пресловутый роман Стокера, — чтобы сомневаться, что девица, оставшаяся на несколько часов одна в темной комнате, неизбежно станет жертвой ненасытного вампира. Элен так устала, что сразу уснула, но в ее лице с голубоватыми тенями в углах глаз я уловил тень страха. Это мимолетное выражение испугало меня больше, чем в другой женщине — испуганные рыдания. Кроме того, признаюсь, я не мог насмотреться на мягкие очертания ее фигуры под одеялом — фигуры, становившейся в часы ее бодрствования такой жесткой, прямой и неприступной. Она спала на боку, подложив ладонь под подушку, и ее локоны казались еще темнее на белизне простыней.

Я не мог заставить себя читать или писать. Меньше всего мне хотелось открывать портфель, который я с вечера запихнул под кровать, где спала теперь Элен. Но проходили часы, а я не слышал ни подозрительных шорохов в коридоре, ни дыхания зверя, принюхивающегося у замочной скважины, ни хлопанья крыльев за окном. Ни клочка тумана не просочилось в щель под дверью, а темнота наконец сменилась серой предрассветной мглой, и Элен шевельнулась во сне, почувствовав приближение дня. Потом в щели жалюзи пробился пучок солнечных лучей, и она потянулась. Я взял свой пиджак, тихонько вытянул из-под кровати портфель и деликатно вышел, чтобы подождать ее на площадке. Еще не было шести утра, но откуда-то доносился аромат крепкого кофе, и, к своему удивлению, я увидел Тургута, сидевшего в коридоре с черной папкой для бумаг на коленях. Он выглядел поразительно свежим и выспавшимся и тут же вскочил, чтобы пожать мне руку:

— Доброго утра, друг мой. Хвала Всевышнему, я нашел вас без промедления.

— И я благодарю его за то, что вы здесь, — отозвался я, опускаясь в соседнее кресло, — но что заставило вас подняться в такую рань?

— А, я не мог спать, не поделившись с вами новостью.

— У меня тоже есть новости, — мрачно заметил я. — Вы первый, доктор Бора.

— Тургут, — рассеянно поправил он и стал возиться с тесемками папки. — Вот, взгляните. Я ведь обещал вчера просмотреть свои бумаги. Копии архивных материалов вы уже видели, но я собрал и много других отчетов о событиях в Стамбуле — при жизни Влада и после его смерти.

Он вздохнул.

— В некоторых из них упоминаются таинственные происшествия, необъяснимые смерти, слухи о вампирах. Я выбирал сведения и из книг — все о деятельности Ордена Дракона в Валахии. Но ничего нового для нас я там прошлой ночью не нашел. Тогда я позвонил своему другу, Селиму Аксою. Он не сотрудник университета, а букинист, но человек весьма ученый. Никто в Стамбуле не разбирается в книгах лучше него — особенно в тех, что посвящены истории и легендам города. К тому же он очень великодушный человек и вчера уделил мне почти весь вечер. Мы с ним вместе рылись в его библиотеке. Я попросил найти любые упоминания о каком-либо жителе Валахии, похороненном в Стамбуле в пятнадцатом веке, а также о любой могиле или захоронении, как-то связанном с Валахией, Трансильванией или Орденом Дракона. Еще я показал ему свою книгу и копии карт — он их уже видел — и рассказал о вашем предположении, что гравюра в зашифрованном виде обозначает место захоронения Цепеша. Мы вместе переворошили груду книг по истории Стамбула, рассматривали старые гравюры и его альбомы с копиями находок, которые он сделал в музеях и библиотеках. Он необыкновенно трудолюбив, наш Селим Аксой. У него нет ни семьи, ни жены, ни других увлечений. Его поглотила история Стамбула. Мы трудились до глубокой ночи, потому что его библиотека так велика, что он сам не донырнул еще до дна и не представлял, что мы можем найти. В конце концов мы отыскали странную вещь — письмо, перепечатанное в сборнике переписки между министрами султана с наместниками окраин империи в пятнадцатом-шестнадцатом веке. Селим сказал, что перекупил книгу у книготорговца из Анкары. Издана она в девятнадцатом веке одним стамбульским историком, собиравшим все документы этого времени. Селим говорит, что ему больше нигде не встречались экземпляры этого издания.

Я терпеливо слушал, понимая, как важно это предисловие, и отмечая про себя дотошность Тургута. Он оказался чертовски хорошим историком для литературоведа.

— Да, Селим не видел других экземпляров, но он считает, что представленные в сборнике документы не... как вы говорите? — не фальшивки, потому что одно из тех писем он видел в оригинале, в уже знакомом вам архиве. Он тоже восхищен этим архивом, и я часто встречаю его там. — Тургут улыбнулся. — Итак, в той книге наши утомленные и слипающиеся глаза увидели перед самым рассветом письмо, которое может помочь вам в ваших поисках. Составитель сборника относит его к пятнадцатому веку. Я сделал для вас перевод.

Тургут достал из папки блокнотный листок.

— Предыдущие письма, на которые ссылается автор, увы, не представлены. Бог знает, возможно, они утеряны навсегда, раз мой друг Селим еще не раскопал их.

Он прокашлялся и начал читать вслух:

— “Почтеннейшему усмирителю народных возмущений”.

Он прервался, чтобы пояснить:

— Это нечто вроде шефа современной полиции, как вы знаете.

Я не знал, но покорно кивнул, и он продолжил чтение:

— “Почтеннейший повелитель, я ныне продолжаю следствие по вашему приказанию. Некоторые из монахов вполне удовлетворились выделенной вами суммой, и при их содействии я сам осмотрел могилу. Их донесения оказались истиной. Они ничего более не могли объяснить, и все их слова были лишь выражением владевшего ими ужаса. Осмелюсь дать совет продолжать расследование в Стамбуле. В Снагове я оставил двоих стражей, которые донесут мне о любых подозрительных происшествиях. Остаюсь ваш во имя Аллаха...”

— А подпись? — с любопытством спросил я.

— Подписи нет. Селим предположил, что в оригинале она была оторвана, случайно или чтобы защитить личность автора письма.

— Или он сам не подписался, секретности ради, — предположил я. — Других писем, относящихся к нашему делу, в книге не было?

— Никаких. Ни предыдущих, ни последующих. Только этот отрывок. Мы тщательно искали и в других книгах и бумагах, но ничего не нашли. Селим говорит, что ни разу не встречал слова “Снагов” в документах по истории Стамбула. Он, правда, просматривал тот сборник всего один раз несколько лет назад — и вспомнил о нем только потому, что я рассказал ему, где, по общепринятому мнению, располагается могила Дракулы. Так что он мог и не запомнить, если встречал название где-то еще.

— Господи, — проговорил я.

Зыбкая надежда на память мистера Аксоя и пугающая связь между шумным Стамбулом и далекой неизвестной Румынией...

— Да. — Тургут улыбался так беззаботно, словно мы обсуждали меню предстоящего завтрака. — "Усмиритель народных возмущений" был сильно обеспокоен чем-то, происходящим в Стамбуле; настолько обеспокоен, что послал людей на могилу Дракулы в Снагов.

— Но что, черт побери, они там нашли? — Я с размаху опустил кулак на ручку кресла. — Что сказали им монахи? Что привело их в такой ужас?

— Точь-в-точь те же вопросы задавал и я, — заверил меня Тургут. — Если Влад Дракула мирно покоился в могиле, к чему тревожиться о нем в сотнях миль оттуда, в Стамбуле? И если Влад похоронен в Снагове, почему местность на карте не соответствует тем местам?

Я с уважением подумал, что Тургут ничего не упустит из виду.

— И все-таки, неужели вы считаете возможным, чтобы тело Дракулы оказалось в Стамбуле? Конечно, это объяснило бы опасения султана и появление в городе вампиров...

Тургут хлопнул в ладоши и уставил вверх длинный палец.

— Важный вопрос! Чтобы разрешить его, нам понадобится помощь, а поможет нам мой друг Селим.

С минуту мы молча сидели в полутемном коридоре пансиона, вдыхая запах свежего кофе, — недавние друзья, объединенные давней тайной. Потом Тургут оживился:

— Несомненно, надо продолжать розыски. Селим обещал как можно скорее проводить нас в архив. Ему знакомы там все источники пятнадцатого века, а я ведь интересовался только тем, что казалось мне связанным с Дракулой. Мы теперь будем искать вместе. Я уверен, что мистер Эрозан пустит нас в зал еще до открытия — стоит мне только обратиться к нему. Он живет совсем рядом с архивом, и мы сможем поработать там, пока Селиму не придется уйти на службу. Но где же мисс Росси? Она еще не выходила из своей комнаты?

В мыслях у меня воцарилось такое смятение, что я не знал, с чего начать свой собственный рассказ. Заговорив о библиотекаре, Тургут невольно напомнил мне вчерашнюю встречу, о которой я, обрадованный новой находкой, едва не позабыл. Теперь мне предстояло снова испытывать доверчивость Тургута повестью о восставшем мертвеце. Может быть, человек, верующий в древних вампиров, способен легче поверить в рассказ о современных? В то же время его последний вопрос напомнил мне, что я непростительно надолго оставил девушку одну. Мне хотелось дать ей спокойно проснуться и встать, и я ожидал, что она почти сразу вслед за мной спустится вниз. Почему ее до сих пор нет? А Тургут продолжал говорить:

— Так вот, Селим — он, знаете ли, никогда не спит — пошел выпить кофе, пока я подготовлю вас к его появлению... ах, вот и он!

Над входной дверью звякнул колокольчик, и в прихожую, прикрыв за собой дверь, вошел стройный мужчина. Думается, я ожидал увидеть величественную фигуру старца в строгом костюме, — но моим глазам представился совсем молодой человек в просторных и довольно поношенных брюках и белой рубахе. Он устремился ко мне, забыв даже улыбнуться, и, только встряхивая его худую ладонь, я узнал эти зеленые глаза и длинный острый нос. Я уже видел его совсем недавно и почти сразу вспомнил где, — вспомнил эту тонкую руку, протягивающую мне томик Шекспира. Продавец книг с базара!

— Да ведь мы уже знакомы! — воскликнул я, и мое восклицание слилось с его голосом, произносившим, должно быть, те же слова на диковинной смеси турецкого с английским.

Тургут озадаченно разглядывал нас, и я поспешил объясниться. Выслушав мой рассказ, он только покачал головой:

— Совпадения!

— Вы готовы? — спросил мистер Аксой, отмахнувшись от Тургута, предложившего ему занять соседнее кресло.

— Не совсем, — отозвался я. — С вашего позволения, пойду взгляну, как дела у мисс Росси и готова ли она выйти.

Тургут кивнул чуть преувеличенно невинно, но мне некогда было соображать, не говорил ли я ему, что Элен – моя сестра. Я столкнулся с ней на лестнице – буквально столкнулся, потому что мчался наверх, перескакивая через три ступеньки.

– Ой! – вскрикнула она, хватаясь за перила, чтобы не упасть. – Что ж это ты делаешь, прости господи?

Она сердито растирала ушибленный локоть, а я невольно старался сохранить подольше ощущение в ладонях, коснувшихся ее жесткого плеча под строгим костюмом.

– Тебя ищу, – отозвался я. – Извини... больно? Я просто немножко забеспокоился, что ты так долго не выходишь.

– Со мной все в порядке, – уже более мирно заверила девушка. – Появилась новая мысль. Ты не звонил профессору Бора?

– Он уже здесь, – отрапортовал я, – и привел с собой друга.

Элен тоже узнала молодого букиниста, и они занялись, преодолевая смущение и языковые трудности, разговором, пока Тургут набирал номер и кричал в телефонную трубку.

– Прошла гроза, – пояснил он, оборачиваясь к нам. – В старой части города после грозы всегда помехи. Мой друг будет ждать нас возле архива. Голос у него больной, должно быть, простудился, но сказал, что обязательно придет. Хотите кофе, мадам? Я куплю вам по дороге сладких булочек.

Он, к моему неудовольствию, поцеловал Элен руку, и мы все вместе поспешно вышли в город.

Я рассчитывал поговорить с Тургутом по дороге, немного отстав, чтобы не слышал новый знакомый, тем более что, по словам Тургута, молодой человек не разделял его увлечения вампирами. Мне хотелось поскорей рассказать ему о появлении зловещего библиотекаря, но Тургут сразу увлеченно заговорил с Элен, и мне оставалось только уныло брести рядом, наблюдая, как его болтовня вызывает на лице девушки редкую для нее улыбку, и мучаясь невысказанной тайной. Мистер Аксой шел рядом, время от времени поглядывая на меня, но по большей части он казался погруженным в свои мысли, и я не счел возможным прерывать его замечаниями о красоте утреннего города.

Дверь библиотеки оказалась отворена. Тургут с улыбкой заметил, что не сомневался: его друг опередит нас. Мы тихо вошли внутрь. Тургут галантно пропустил даму вперед. В тесной прихожей, украшенной мозаикой, где лежала наготове для ранних посетителей раскрытая книга записей, было пусто. Тургут распахнул перед Элен следующую дверь, и она успела сделать несколько шагов в глубь пустынного полутемного читального зала, — и тут я услышал, как девушка резко вздохнула и остановилась так внезапно, что наш друг едва не уперся ей в спину. Я еще не видел, в чем дело, но волоски у меня на загривке встали дыбом, и что-то толкнуло меня, грубо отстранив профессора, броситься к Элен.

Библиотекарь ожидал нас, стоя неподвижно посреди зала и словно бы нетерпеливо обратив к нам лицо. Только лицо его было не тем, что мы ожидали увидеть, и он не держал наготове коробку с пыльными свитками. Оно его было бледно, словно лик мертвеца — именно мертвеца. Нас встретил не стамбульский библиотекарь, а наш университетский, и мне показалось, что он причмокнул кроваво-красными губами, обратив к нам голодный взгляд горящих глаз. Когда его взгляд остановился на мне, я ощутил резкую боль в руке, жестоко вывернутой им несколько дней назад в университетской библиотеке. Алчный взгляд. Не знаю, способен ли я был задуматься, чего он алчет: знаний или другой пищи — у меня не было времени. Я не успел даже шагнуть вперед, чтобы защитить Элен от его жадного взгляда. Она выхватила из кармана жакета пистолет и выстрелила».

ГЛАВА 35

«Позже я имел возможность наблюдать Элен в разных ситуациях, включая и те, что мы зовем обыденной жизнью, и она никогда не уставала поражать меня. Часто я дивился быстроте, с какой ее ум устанавливал связи между фактами, — связи, которые обычно приводили ее к прозрениям, недоступным мне своей глубиной. Удивлялся я и широте ее кругозора. Элен была полна сюрпризов, и со временем я пристрастился к ним, наслаждаясь ее способностью заставать меня врасплох. Но никогда, ни до ни после, не поражала она меня так, как в тот миг в стамбульском архиве, когда выстрелила в библиотекаря.

Но тогда у меня не было времени удивляться, потому что библиотекарь, подавшись вбок, мгновенно швырнул в нас книгой, которая едва не попала мне в голову. Я услышал, как тяжелый том ударился о стол слева от меня и обрушился на пол. Элен снова выстрелила, шагнув вперед и наводя пистолет на цель с такой твердостью, что у меня перехватило дыхание. И только тогда до меня дошла неправдоподобность происходящего. Я прежде видел, как в людей попадает пуля, только в кино, зато на экране, увы, с одиннадцати лет смотрел, как умирают от выстрелов тысячи индейцев, а позже разнообразные негодяи, грабители и убийцы, вплоть до полчищ нацистов в голливудских агитках военного времени. Неправдоподобность состояла в том, что от настоящего выстрела на груди у библиотекаря появилось, как полагается, темное пятно, однако он и не подумал судорожно зажимать ладонью рану. Второй выстрел задел его вскользь по плечу: он уже убегал, метнулся за ближайший стеллаж.

— Дверь! — выкрикнул сзади Тургут. — Там дверь!

Все мы бросились в погоню, опрокидывая стулья и виляя между столами. Селим Аксой, быстрый и легкий, как антилопа, первым добрался до стеллажей и скрылся за ними. Мы услышали шорох, удар, а потом хлопнула дверь, а мистер Аксой выкарабкался из-под обрушившейся на него лавины хрупких старинных свитков, растирая большую красную шишку на лбу. Тургут, а следом за ним и я бросились к двери, но замок уже защелкнулся, а когда мы справились с ним, за дверью обнаружился пустой переулок, перегороженный штабелем пустых ящиков. Мы рысцой обежали ближайшие улицы, и Тургут ухватил за шиворот нескольких случайных прохожих, но никто не видал беглеца.

Ничего не оставалось, как понуро вернуться через заднюю дверь в библиотеку. Элен прикладывала свой носовой платок ко лбу Селима Аксоя. Пистолета не было видно, а рукописи снова аккуратной пачкой лежали на полке. Она подняла взгляд нам навстречу.

— Он на минуту потерял сознание, — тихо пояснила она, — но теперь все в порядке.

Тургут опустился на колени рядом с лежащим другом.

— Дорогой мой Селим, ну и шишка!

Селим слабо улыбнулся:

— Я в хороших руках.

— Вижу, — согласился Тургут. — Мадам, я поздравляю вас. Это была доблестная попытка. Но нельзя убить мертвеца.

— Откуда вы знаете? — задохнулся я.

— Да вот знаю, — мрачно ответил он. — Я уже видел такие лица. Никто, кроме не-умерших, не смотрит так. Я и раньше видел такой взгляд.

— Пуля была серебряная, — сказала Элен, плотнее прижала компресс ко лбу Селима и уложила его голову себе на плечо. — Но вы же видели, он двигался, и я не попала в сердце. Я понимаю, что рисковала... — Она выразительно взглянула на меня, но я не понял, что она хотела сказать. — Но вы сами видели: я не ошиблась в расчетах. Живой человек был бы серьезно ранен, а этот... — Она глубоко вздохнула и снова занялась компрессом.

Я в изумлении глядел на нее:

— У тебя был с собой пистолет?

— Ну да.

Она закинула руку Аксоя себе на плечи.

— Ну, помоги же мне поднять его!

Мы вместе поставили Селима на ноги — он был не тяжелее ребенка, — и он улыбнулся, кивнул, показывая, что справится сам.

— Я всегда ношу с собой пистолет, если чувствую какую-нибудь... угрозу. И не так уж трудно раздобыть пару серебряных пуль.

— Верно, — кивнул Тургут.

— И где ты выучилась так стрелять? — Я все еще не мог оправиться от изумления.

Элен рассмеялась:

— На родине нам дают весьма разностороннее образование — хотя в то же время довольно однонаправленное. Я еще в шестнадцать лет получила приз лучшего стрелка в молодежной бригаде. К счастью, оказалось, что ничего не забыла.

Тургут вдруг вскрикнул и хлопнул себя по лбу.

— А мой друг?! — Мы все уставились на него. — Мой друг... мистер Эрозан! Я и забыл о нем.

Мы не сразу сообразили, о чем он говорит. Селим Аксой первым опомнился и, пошатываясь, бросился к рядам стеллажей, а остальные тем временем обыскивали длинный зал, заглядывали под столы и за стулья. Поиски продолжались несколько минут, когда нас окликнул Селим. Мы бросились на зов. Молодой человек стоял на коленях возле шкафа, заставленного всевозможными коробками, пакетами и связками свитков. Коробка с бумагами Ордена Дракона стояла рядом с ним на полу, открытая, и часть ее содержимого вывалилась на пол.

Тут же, среди пожелтевших пергаментов, лежал мистер Эрозан, белый как бумага и неподвижный. Тургут склонился над ним, приложил ухо к груди.

— Слава богу, — сказал он чуть погодя, — он дышит.

Выпрямившись, он присмотрелся внимательней и указал нам на шею своего друга. Над воротничком рубахи в бледной дряблой коже виднелась рваная ранка. Элен встала на колени рядом с Тургутом. Все мы на минуту онемели. Я помнил и рассказ Росси о таинственном чиновнике, и сцену с Элен в фондах библиотеки, и все же не мог поверить своим глазам. Лицо лежащего было бледно до синевы, и он втягивал воздух короткими мелкими глотками, так что услышать его дыхание можно было, лишь напряженно прислушавшись.

— Он отравлен, — тихо проговорила Элен, — и, видимо, потерял много крови.

— Будь проклят этот день! — Лицо Тургута исказила боль, он сжимал в своих широких ладонях маленькую руку раненого друга.

Первой пришла в себя Элен.

— Давайте рассуждать здраво. Первое нападение...

Она обернулась к Тургуту:

— Вы прежде или вчера не замечали в нем тревожных признаков?

Тургут покачал головой:

— Ничего подобного.

— Ну, тогда... — Она опустила руку в карман, и я невольно отпрянул, ожидая снова увидеть в ее руке пистолет.

Но Элен достала из кармана и положила на грудь библиотекарю головку чеснока. Тургут улыбнулся сквозь боль, извлекая точно такую же головку из своего кармана и кладя рядом с первой. Представления не имею, когда Элен нашла время покупать овощи? Может быть, во время прогулки через базар, пока я любовался видами?

— Вижу, у великих умов мысли сходятся, — заметила Элен.

Потом она достала бумажный пакет и развернула его. Внутри оказался крошечный серебряный крестик. Я узнал распятие, купленное в церкви Святой Марии, — то самое, которым она запугивала злодея-библиотекаря в историческом отделе фондов.

На сей раз Тургут мягко удержал ее руку:

— Нет-нет, — сказал он, — у нас здесь свои методы.

Откуда-то из-за пазухи пиджака он вытащил четки, какие я часто видел в Стамбуле в руках у мужчин. На них висел резной медальон с вязью арабской надписи. Тургут едва коснулся медальоном губ мистера Эрозана, но лицо несчастного библиотекаря исказила гримаса боли или отвращения. Зрелище это ужаснуло нас, но длилось лишь мгновение, а раненый открыл глаза и чуть сдвинул брови. Тургут склонился к нему, тихонько говоря что-то по-турецки, погладил его лоб и дал отхлебнуть какой-то жидкости из крошечной фляжки, которую, словно фокусник, извлек из кармана.

Через минуту мистер Эрозан приподнялся, оглядываясь по сторонам и осторожно ощупывая горло. Когда его пальцы наткнулись на ранку с запекшимися струйками крови под ней, он закрыл лицо ладонями и душераздирающе зарыдал.

Тургут обнял беднягу за плечи, а Элен гладила его локоть. Я невольно задумался о том, что второй раз за последний час вижу, какой нежной становится она с ранеными. Тургут принялся расспрашивать о чем-то библиотекаря и спустя несколько минут посмотрел на нас.

— Мистер Эрозан говорит, что рано утром, еще до рассвета, в его квартире появился незнакомец, под угрозой смерти требовавший открыть для него библиотеку. Когда я звонил ему из пансиона, вампир был рядом, но он не осмелился предупредить меня. Незнакомец, узнав, кто звонил, заторопился, и они немедленно отправились в архив. Мистер Эрозан не смел ослушаться и, войдя в зал, открыл для него коробку. Как только крышка отскочила, этот дьявол кинулся на него, прижал к земле — мой друг говорит, что он невероятно силен, — и вонзил зубы ему в горло. Больше Эрозан ничего не помнит... — Тургут горестно покачал головой.

Мистер Эрозан вдруг схватил его за локоть и принялся пылко умолять о чем-то.

Минуту Тургут молча слушал его турецкую речь, потом взял ладони друга в свои, вложил в них бусины четок и коротко и тихо ответил.

— Он говорит, что понимает — еще два укуса этого дьявола, и он сам станет таким же. Умоляет, если такое случится, убить его собственной рукой.

Тургут отвернулся, но я заметил, что в его глазах блеснули слезы.

— До этого не дойдет, — твердо объявила Элен. — Мы должны найти источник этой заразы.

Я не знал, подразумевает ли она мертвого библиотекаря или самого Дракулу, но, увидев, как решительно она стиснула зубы, готов был поверить, что обоим от нее не уйти. Я уже видел прежде такой взгляд: за кофе в столовой кампуса, когда мы заговорили о ее происхождении. Тогда она клялась найти предавшего ее отца и разоблачить его перед всем научным миром. Теперь, если только я не ошибался, она, сама того не заметив, избрала для себя новую цель.

Селим Аксой все это время держался позади, но теперь он негромко заговорил с Тургутом, и тот кивнул:

— Селим напоминает мне, что мы пришли сюда по делу, и он прав. Скоро появятся первые читатели, и нам следует решить: запереть библиотеку или открыть ее для посетителей. Он готов оставить свою лавку и временно заменить библиотекаря. Но прежде надо привести в порядок эти документы, проверить, не повреждены ли они, и, прежде всего, уложить моего друга. Он нуждается в отдыхе и защите. Кроме того, мистер Аксой собирается, пока не пришли посетители, что-то показать нам в архиве.

Я начал собирать разбросанные по полу документы, и мои худшие опасения немедленно оправдались.

— Оригиналы карт пропали, — угрюмо сообщил я.

Мы поискали на стеллажах, однако карты странной местности, с загнутой подобно драконьему хвосту рекой, бесследно исчезли. Видимо, вампир унес их с собой или спрятал где-то до нашего появления. Я едва не застонал. Разумеется, у нас оставались копии, сделанные Росси и Тургутом, но мне оригиналы казались самым надежным ключом, самой тесной связью с пропавшим Росси.

В довершение несчастья мне пришла в голову мысль, что злой библиотекарь может раньше нас найти разгадку шифра. И если Росси находится в могиле Дракулы, где бы она ни скрывалась, злодей мог успеть добраться туда раньше нас. Мысли эти одновременно подстегивали меня и отнимали надежду. И мне снова почему-то подумалось, что Элен, по крайней мере теперь, окончательно на моей стороне.

Тургут и Селим посовещались над больным другом, а потом, видимо, о чем-то спросили его, потому что Эрозан, приподнявшись, слабо махнул рукой за стеллажи. Селим отошел и через несколько минут вернулся с маленькой книжечкой, переплетенной в красную кожу, довольно потертой, но с золотой надписью на арабском. Присев за ближайший стол, молодой человек полистал ее и через некоторое время махнул рукой Тургуту, который тем временем успел, свернув свой пиджак, подложить его под голову другу. Тот, казалось, немного успокоился. У меня вертелось на кончике языка предложение вызвать "скорую", но Тургут, как видно, знал, что делает. Поднявшись, он подошел к Селиму, несколько минут они о чем-то переговорили — мы с Элен между тем старались не смотреть друг на друга, затаив в себе надежду и боязнь нового разочарования, — а потом Тургут подозвал нас к себе.

— Вот то, что собирался показать нам Селим, — серьезно сказал он. — Поистине, не знаю, поможет ли это в наших поисках, однако прочитаю вам. Этот том составлен в начале девятнадцатого столетия неким издателем, имени которого я прежде не встречал, — историком Стамбула. Он собрал здесь все сведения о первых годах жизни нашего города — то есть первых годах после того, как султан Мехмед в 1453 году завладел городом и объявил его столицей своей империи.

Он указал на страницу, покрытую изящным арабским шрифтом, и я в сотый раз пожалел о том, что человеческие языки и даже алфавиты претерпели это досадное вавилонское смешение, из-за которого я, глядя на страницу арабской книги, отгорожен от ее смысла частоколом символов, непроницаемых, как стена волшебного шиповника.

— Мистер Аксой вспомнил, что недавно наткнулся на этот абзац. Автор неизвестен, а описание событий относится к 1477 году — да, друзья мои, через год после смерти Влада, погибшего в Валахии. Здесь упоминаются вспышки чумы, поразившей в тот год Стамбул: чумы, которая вынудила имамов хоронить умерших от нее с колом в сердце. Дальше повествуется о вступлении в город группы монахов из Карпатских гор —

именно этот фрагмент вспомнился Селиму — с телегой, запряженной мулами. Монахи молили дать им убежище в одном из стамбульских монастырей и оставались там девять дней и девять ночей. Больше о них не упоминается, и сам отчет очень неясен — непонятно, что сталось с монахами в дальнейшем. Но мой друг Селим хотел показать нам его ради слова "Карпаты".

Селим выразительно закивал, я же не сумел подавить вздоха. Отрывок намекал на что-то зловещее, но ничуть не помогал пролить свет на цель наших поисков. 1477 год — это действительно странное, но, может быть, и простое совпадение. Однако из любопытства я спросил Тургута:

— Как монахи могли найти приют в городе, уже захваченном турками?

— Хороший вопрос, друг мой, — солидно кивнул Тургут. — Уверяю вас, в Стамбуле с самого начала турецкого правления существовало немало церквей и монастырей. Султан проявил великодушие.

Элен покачала головой:

— После того как позволил своим солдатам разграбить церкви или отобрал их под мечети.

— Не могу отрицать, что, захватив город, султан Мехмед на три дня отдал его войскам, — признал Тургут, — но этого бы не случилось, если бы город сдался ему, не оказав сопротивления, — он предлагал достойный мирный договор. Сохранились записи, что, вступив в Константинополь и увидев, что сотворили с ним его солдаты: изуродованные здания, оскверненные церкви, убитых горожан, — султан заплакал над судьбой прекрасного города. И с того времени он дозволил открыть многие церкви и даровал многие привилегии жителям-византийцам.

— Обратив в рабство более пятидесяти тысяч из них, — сухо добавила Элен, — о чем вы, кажется, забыли.

Тургут восхищенно улыбнулся ей.

— Мадам, не мне с вами спорить. Но я всего лишь хотел показать, что султан не был чудовищем. После завоевания той или иной местности он, в общем, правил довольно милостиво для своего времени. Война, разумеется, приносила множество жестокостей.

Он кивнул на дальнюю стену архива:

— Там вы можете видеть и, если пожелаете, приветствовать, самого преславного Мехмеда.

Я подошел ближе, но Элен упрямо осталась на месте. Вставленная в рамку репродукция — по-видимому, дешевая копия акварельного портрета — изображала сидящего человека в белом одеянии и красном тюрбане. Светлая кожа и мягкая бородка, брови, словно выведенные тонким пером, и оленьи глаза — он подносил к крупному крючковатому носу цветок розы и, вдыхая ее аромат, глядел вдаль. На мой взгляд, он больше походил на суфийского мистика, чем на безжалостного завоевателя.

— Неожиданное изображение, — признался я.

— Да-да. Он искренне восхищался искусствами, покровительствовал художникам и построил в городе немало чудесных зданий. Но, друг мой, что вы думаете об открытии Селима Аксоя?

— Интересная находка, — вежливо отозвался я. — Однако не вижу, чем она поможет нам в поисках гробницы?

— Я тоже не вижу, — признался Тургут, — однако я нахожу некоторое сходство его фрагмента с письмом, о котором рассказывал вам утром. События у гробницы в Снагове, что бы там ни происходило, случились в том же году — в 1477. Как мы знаем, через год после смерти Дракулы монахи снаговского монастыря были чем-то встревожены. Не могли ли то быть те же самые монахи или другие, но также связанные со Снаговом?

— Возможно, — согласился я, — но это всего лишь произвольное допущение. Сказано только, что монахи прибыли из Карпат. В Карпатских горах в ту эпоху, вероятно, существовало множество монастырей. Как же удостовериться, что монахи прибыли именно из Снагова? Элен, что ты думаешь?

Должно быть, я застал ее врасплох и увидел, обернувшись, что она смотрит на меня так ласково, как никогда еще не смотрела. Впрочем, возможно, мне почудилось, потому что странное выражение мгновенно исчезло с ее лица. А может быть, она вспоминала мать или мечтала о предстоящей поездке в Венгрию. Как бы то ни было, она моментально собралась.

— Да, В Карпатах было много монастырей. Пол прав — без новых сведений рано делать выводы.

Мне показалось, что Тургут разочарован и хочет возразить, но тут наш разговор прервал судорожный вздох, исходивший от мистера Эрозана, все еще лежавшего на полу.

— Он в обмороке! — воскликнул Тургут. — А мы тут болтаем, как сороки! — Он снова поднес к носу своего друга головку чеснока, и тот, поморщившись, ожил.

— Скорей, надо перенести его в дом. Профессор, мадам, помогите мне! Вызовем такси и отвезем его ко мне. Мы с женой о нем позаботимся. Селим пока останется в архиве — через несколько минут его пора открывать.

Он по-турецки дал Аксою несколько распоряжений.

Потом мы с Тургутом подняли бледного, бессильного библиотекаря и, подпирая его плечами, вывели в заднюю дверь. Элен вышла за нами, захватив пиджак Тургута. Из тенистого переулка мы вышли на залитую ярким солнцем улицу. Едва солнце коснулось лица Эрозана, тот скорчился, цепляясь за мое плечо, и вскинул руку к глазам, словно защищаясь от удара».

ГЛАВА 36

Я никогда не спала меньше, чем в ночь, проведенную на ферме в Блуа, в одной комнате с Барли.

Мы улеглись около девяти, потому что делать было нечего — разве только слушать, как кудахчут куры, да смотреть, как темнеет небо над крышами сараев. Я изумилась, узнав, что на ферме нет электричества.

— Разве ты не заметила, что сюда не протянуты провода? — спросил Барли.

Хозяйка принесла нам фонарь, пару свечей и пожелала доброй ночи. В тусклом свете полированная старинная мебель превратилась в темные громады, теснившие нас от стен, а вышивка на стене тихонько шелестела.

Барли пару раз зевнул, бросился, не раздеваясь, на кровать и немедленно уснул. Я не решилась последовать его примеру, но и оставлять свечи гореть на всю ночь тоже было страшно. В конце концов я задула их, оставив зажженным только фонарь, от которого тени стали еще темнее, а темнота за окном словно вползла со двора в комнату. Скреблись в окно виноградные лозы за стеной, деревья подступали все ближе, и я, свернувшись в клубок на постели, присушивалась к жутковатым стонам — быть может, голосам горлиц или амбарных сов. Спящий Барли с тем же успехом мог быть на другом краю света: прежде я радовалась второй кровати, но теперь меня уже не заботили приличия, и я бы только обрадовалась, если бы нам пришлось спать спина к спине.

Я лежала неподвижно так долго, что все тело затекло, и тогда, шевельнувшись, я заметила, что в окно просачивается и падает на пол тусклый свет. Вставала луна, и с ее приходом страхи отступили, словно старый друг пришел спасти меня от одиночества. Я старалась не думать об отце: в другой поездке на соседней кровати лежал бы он — переодевшись в уютную пижаму и уронив на пол забытую книгу. Он первый заметил бы старую ферму, рассказал бы, что старая часть дома восходит еще к временам Аквитании, купил бы у милой фермерши три бутылки вина и обсудил бы с ней виды на урожай винограда.

Я невольно задумалась, как мне быть, если отец не вернется из Сен-Матье. Я подумать не могла о том, чтобы возвратиться в Амстердам и скитаться по опустевшему дому наедине с миссис Клэй; там боль только стала бы сильнее. По европейской системе мне оставалось еще два года до поступления в какой-нибудь университет. А до тех пор кто возьмет меня к себе? Барли-то вернется к прежней жизни: не может же он вечно возиться со мной. Мне вспомнился мастер Джеймс, его добрая грустная улыбка и ласковые морщинки у глаз. Потом я подумала о Массимо с Джулией на вилле в Умбрии. Я снова увидела, как он наливает мне вина: «А ты чему учишься, прекрасная дочь?» — а Джулия обещает дать мне лучшую комнату. У них нет детей; они любят отца. Если бы мой мир рухнул, я хотела бы уехать к ним.

Расхрабрившись, я задула фонарь и на цыпочках подбежала к окну. И ничего не увидела, кроме луны, выглядывавшей в разрывы облаков. По лунному диску проплывал силуэт — слишком знакомый мне силуэт... Нет, уже ничего нет, да и было только облачко, верно? Распростертые крылья, изогнутый хвост... Оно сразу растаяло, но я вместо своей постели отправилась к Барли и долгие часы до утра продрожала, прижавшись к его бесчувственной спине.

«Мистера Эрозана мы отвезли в квартиру Тургута и уложили, бледного, но уже овладевшего собой, на уютный восточный диван. Происшествие заняло все утро. Миссис Бора, вернувшись в полдень из своего детского сада, застала нас еще у себя. Она вошла, волоча в каждой маленькой, обтянутой перчатками ручке по большой сумке с продуктами. Сегодня на ней было желтое платье и украшенная цветами шляпка, так что вся она походила на миниатюрный одуванчик. И улыбка у нее осталась свежей и нежной, даже когда она рассмотрела, что мы толпимся в гостиной вокруг распростертого человека. Мне подумалось, что любой поступок своего мужа она воспримет как должное: несомненно, залог успешного брака.

Тургут по-турецки объяснил ей, что случилось. Веселая улыбка сменилась поджатыми в сомнении губками, но и скептическое выражение тут же исчезло с ее лица, уступив место ужасу, когда муж показал ей ранку на шее нового гостя. Она в безмолвном отчаянии переводила взгляд с меня на Элен, однако быстро справилась с волной жестоких новостей, подсела к мистеру Эрозану и взяла его руку — белую и холодную. Я знал это точно, потому что сам только что выпустил ладонь несчастного библиотекаря. Через минуту она наспех утерла глаза и прошла в кухню, откуда тотчас же донесся звон кастрюль и сковородок. Что бы ни случилось, отличный обед раненому обеспечен. Тургут и нас уговорил остаться пообедать, и Элен, к моему удивлению, тут же отправилась на кухню помогать миссис Бора.

Удостоверившись, что мистер Эрозан спокойно уснул, Тургут провел меня в свой кабинет. Я с облегчением увидел, что шторка над портретом плотно задернута. Мы задержались там ненадолго, чтобы обсудить положение дел.

— Вы не думаете, что, приютив у себя этого человека, подвергаете опасности себя и жену? — не удержавшись, спросил я.

— Я позабочусь обо всех возможных предосторожностях. Если через пару дней он немного оправится, найду ему надежное место и человека, который будет за ним присматривать.

Тургут придвинул мне кресло и сам сел за письменный стол. Мне вспомнился кабинет Росси, так же сидевшего когда-то напротив меня, — только у Росси, с его цветами в горшках и ароматным кофе, в кабинете царила светлая атмосфера, здесь же все напоминало о тьме.

— Я не ожидаю нового нападения, но если такое случится, наш американский друг встретит решительный отпор.

Глядя на широкие прямые плечи Тургута, я ни на минуту не усомнился в его словах.

— Простите, — сказал я. — Мы, кажется, доставляем вам огромное беспокойство, профессор, вплоть до того, что навлекаем опасность на ваш дом.

Я вкратце описал ему прежние столкновения с растленным библиотекарем, вплоть до последней встречи у Айя-Софии накануне вечером.

— Поразительно, — проговорил Тургут.

Он слушал меня с мрачным увлечением и непрестанно барабанил пальцами по столу.

— У меня к вам тоже есть вопрос, — признался я. — Сегодня утром в архиве вы сказали, что уже видели прежде такие лица. Где и каким образом?

— А! — Мой друг сложил ладони на столе. — Да, я расскажу. Дело было очень давно, но я помню как сейчас. Да, это случилось через несколько дней после того, как я получил ответ от профессора Росси. Я после занятий допоздна засиделся в архиве — тогда он еще находился в здании старой библиотеки. Помнится, я искал какие-то материалы для статьи об утерянном произведении Шекспира: "Король Ташкани" — есть версия, что под именем Ташкани в нем изображался Стамбул. Вы, может быть, слышали?

Я покачал головой.

— Некоторые английские историки приводят цитаты из этой пьесы. Если судить по этим отрывкам, действие начинается с того, что злой дух по имени Драколе, предстает перед правителем прекрасного города, который он — правитель — захватил силой. Дух объявляет, что некогда был врагом короля, но теперь видит в нем собрата по кровожадности, и советует монарху пить побольше крови горожан, новых своих подданных. Страшноватый отрывок. Некоторые считают, что его приписывают Шекспиру ошибочно, однако я, — он в увлечении хлопнул ладонью по столу, — я полагаю, что цитата, если она точна, несомненно взята у Шекспира, и что в ней говорится о Стамбуле, скрытом под псевдотурецким наименованием Ташкани.

Тургут наклонился ко мне.

— И еще я полагаю, что тиран, которому является злой дух, — не кто иной, как султан Мехмед Второй, завоеватель Константинополя.

У меня по спине пробежали мурашки.

— И что это может означать, по вашему мнению? Как вы полагаете, какая тут связь с Дракулой?

— Ну, прежде всего, друг мой, достойно удивления, что легенда о Дракуле дошла даже до протестантской Англии, примерно, скажем, к 1590 году. Насколько же широко она распространилась! Далее, если Ташкани — действительно Стамбул, можно видеть, насколько ощущалось там во времена Мехмеда присутствие Дракулы. Мехмед вступил в город в 1453 году, через пять лет после того, как молодой Дракула вернулся из Малой Азии в Валахию. Нет никаких свидетельств, что тот при жизни возвращался в места своего заключения, хотя существует предположение, что он лично вручал султану собранную дань. На мой взгляд, это недоказуемо. Я придерживаюсь теории, что он оставил в наследство городу вампиризм, заразив им горожан при жизни или после смерти, однако, — Тургут вздохнул, — граница между литературой и историей становится временами слишком зыбкой, а я ведь не историк.

— Вы поистине прекрасный историк, — смиренно сказал я. — Мне трудно поверить, как много исторических нитей вы сумели проследить и с каким успехом!

— Вы очень добры, друг мой. Итак, однажды вечером, когда я работал над статьей, излагающей эту теорию, — она, увы, так и не была опубликована, поскольку редактор объявил, что в научном журнале не место суевериям, — я засиделся допоздна и, проведя три часа в архиве, вышел в соседний ресторан съесть *бюрек*. Вы уже пробовали бюреки?

— Нет еще, — признался я.

— Попробуйте не откладывая — одно из лучших блюд нашей кухни! — посоветовал Тургут и продолжил рассказ: — Итак, я вошел в ресторан. На улице было уже темно, потому что стояла зима. Сев за стол, я достал из кармана письмо профессора Росси, чтобы перечитать его. Я уже говорил, что получил его лишь за несколько дней до того, и все еще был озадачен его содержанием. Официант принес мой заказ, и, пока он расставлял тарелки, я случайно заглянул ему в лицо. Тот не поднимал глаз, но мне почудилось, что его взгляд устремлен на письмо, где в первой строке стояло имя Росси. Он вскользь пару раз взглянул на листок, и лицо его оставалось совершенно бесстрастным, но я заметил, что он, якобы поправляя прибор, зашел мне за спину, чтобы еще раз заглянуть в письмо через плечо. Я не мог понять его поведения, и мне стало не по себе, так что я аккуратно сложил письмо и взялся за ужин. Официант отошел, не сказав ни слова, но я невольно продолжал следить за ним. Это был высокий широкоплечий человек крепкого сложения, с темными, откинутыми назад волосами и большими темными глазами. Можно сказать, красивый, если бы красота его не была... как вы говорите? — зловещей. Целый час он, казалось, не вспоминал обо мне, хотя я уже закончил есть. Я достал книгу, чтобы немного почитать после ужина, и тут он снова возник у столика и поставил передо мной чашку горячего чая. Я удивился, потому что чая не заказывал. Решил, что это угощение от ресторана или, может быть, ошибка. "Ваш чай, — сказал официант, опуская чашку на стол. — Самый горячий, я позаботился". При этом он посмотрел мне прямо в глаза, и мне не передать, как страшен был его взгляд. Он был изжелта-бледен, словно бы... как вы говорите? — гнил изнутри, но темные глаза под густыми бровями горели, как глаза зверя. И губы, словно вылепленные из красного воска, а под ними очень белые и длинные зубы — странно здоровые на этом болезненном лице. Он улыбнулся, склонившись надо мной, чтобы подать чай, и я ощутил странный запах, от которого мне чуть не сделалось дурно. Можете смеяться, друг мой, но запах был мне знаком, и в других обстоятельствах казался мне приятным: запах старых книг. Вы знаете, так пахнет пергамен и старая кожа... и что-то еще?

— Знаю, и мне совсем не смешно.

— Он тут же отошел, неспешно прошел на кухню, но у меня осталось впечатление, будто он хотел что-то показать мне: например, свое лицо. Он хотел, чтобы я хорошенько рассмотрел его, хотя в нем не было ничего такого, что оправдало бы мой ужас. — Тургут и сейчас побледнел, откинувшись на высокую спинку старинного кресла. — Чтобы успокоить нервы, я насыпал в чай немного сахару из стоявшей на столе мисочки, и помешал его ложечкой. Я решительно собирался успокоить себя горячим питьем, но тут произошло нечто... нечто весьма необыкновенное.

Голос его ослаб, и, пожалуй, Тургут уже раскаивался, что начал рассказ. Его чувства были мне слишком знакомы, и я ободряюще кивнул:

— Прошу вас, продолжайте.

— Сейчас этому трудно поверить, но я не лгу. Пар, поднимавшийся над чашкой... вы знаете, как вьется парок над горячей жидкостью? Так вот, когда я размешивал сахар, пар вдруг свился в изображение крошечного дракона, который закружился над чашкой. Он продержался несколько секунд и исчез, но я видел его очень ясно, собственными глазами. Вообразите сами мои чувства! Я быстро собрал свои бумаги, расплатился и вышел.

Во рту у меня пересохло, и я с трудом выговорил:

— А того официанта вы больше не встречали?

— Никогда. Несколько недель я обходил тот ресторан стороной, но потом любопытство превозмогло, и я снова зашел туда вечером, но официанта не застал. Я даже расспрашивал о нем других официантов, но те сказали, что мой знакомый проработал у них совсем недолго, так что они даже не знали его фамилии. Имя было — Акмар. Я больше ни разу его не встречал.

— И вы думаете, его лицо было лицом... — Я недоговорил.

— Оно привело меня в ужас. Большего я тогда бы не смог сказать. Но, увидев лицо библиотекаря, которого вы... завезли к нам, я узнал его. Это не просто лицо мертвеца. В его выражении есть нечто... — Тургут беспокойно оглянулся на занавешенный портрет в нише.

— Одно обстоятельство вашего рассказа ошеломило меня — то, что, по вашим словам, американский библиотекарь за это время успел зайти дальше по своему роковому пути.

— Что вы имеете в виду?

— В Америке, когда он напал на мисс Росси, вам удалось сбить его с ног. Но мой друг-архивист, сражавшийся с ним нынче утром, утверждает, что враг был неимоверно силен, а ведь мой друг немногим слабее вас. К тому же демон, увы, сумел высосать из моего друга много крови. Между тем ваш вампир показывается при дневном свете, следовательно, он еще не до конца развращен. Я делаю вывод, что либо у вас в университете, либо здесь, в Стамбуле, он лишь второй раз отдал врагу свою кровь и жизнь. В третий раз причастившись зла, он навечно станет не-умершим.

— Да, — согласился я, — но найти его в Стамбуле почти невозможно, поэтому вам придется неусыпно охранять своего друга.

— Я так и сделаю, — выразительно пообещал Тургут и замолчал на минуту.

Когда он снова повернулся ко мне, взгляд его стал жестким.

— А теперь, друг мой, — как вы собираетесь искать профессора Росси?

Прямой вопрос пронзил меня как стальной клинок.

— Я все еще стараюсь связать вместе клочки информации, — неохотно признался я, — но даже при вашей и мистера Аксоя великодушной помощи я все еще чувствую, что знаю слишком мало. Предположим, Влад Дракула после смерти так или иначе появлялся в Стамбуле: что это дает для поисков его могилы? Ее местонахождение остается тайной. Что до нашего следующего шага, могу только сказать, что мы собираемся на несколько дней съездить в Будапешт.

— В Будапешт? — Я будто видел, как скачут мысли за его наморщенным лбом.

— Да... Помните рассказ Элен о встрече профессора с ее матерью? Элен уверена, что мать что-то знает, и хочет поговорить с ней сама. Тетушка Элен — какая-то важная особа в правительстве, и мы надеемся, что она все устроит.

Тургут, несмотря ни на что, готов был улыбнуться.

— Что бы мы делали без высокопоставленных друзей и родственников, благослови их боги? Когда вы выезжаете?

— Завтра или послезавтра. Насколько я понимаю, мы проведем там пять-шесть дней, а потом вернемся сюда.

— Очень хорошо. И обязательно захватите с собой... — Тургут резко поднялся и достал из шкафчика набор охотника на вампиров, который показывал нам накануне. Он твердо поставил шкатулку передо мной.

— Да ведь это жемчужина вашей коллекции! — заупрямился я. — К тому же ее не пропустят на таможне.

— О, ни в коем случае не показывайте ее на таможне! Тщательно спрячьте. Найдите подходящий тайник в своем чемодане, а еще лучше, пусть ее несет мисс Росси. Дамский багаж досматривают не так тщательно. — Он ободряюще кивнул. — Но у меня сердце будет не на месте, если вы уедете безоружными. Я, пока вы будете в Будапеште, зароюсь в старые книги, вы же отправляйтесь на охоту за чудовищем. Ну же, положите шкатулку в портфель — она совсем крошечная и почти ничего не весит. — Я, отказавшись от возражений, взял набор и положил его рядом с Книгой Дракона.

— А пока вы расспрашиваете матушку Элен, я раскопаю здесь все возможные упоминания о гробнице. Я еще не отказался от своей идеи... — Он прищурился: — Не нахожу другого объяснения чуме, распространившейся в городе с тех времен. Если бы мы сумели не только объяснить ее, но и покончить с ней...

На этих словах дверь комнаты приоткрылась, и миссис Бора, просунув в щель голову, позвала нас обедать. Обед был, пожалуй, даже вкуснее вчерашнего, но и намного мрачнее. Элен была молчалива и казалась усталой, миссис Бора с безмолвным изяществом ухаживала за гостями, а мистер Эрозан, хотя и сумел подняться и сесть с нами за стол, почти ничего не ел. Все же миссис Бора сумела уговорить его выпить добрую порцию красного вина и поесть немного мяса, после чего он немного ожил. Даже Тургут выглядел подавленным и ел, устремив перед собой меланхоличный взгляд. Мы с Элен откланялись при первой возможности.

Тургут проводил нас до парадных дверей и пожал руки с обычной теплотой, просил звонить, как только прояснятся планы на поездку, и обещал горячий прием после возвращения. Потом он кивнул мне и похлопал по моему портфелю. Я понял, что он молчаливо напоминает о шкатулке. Я понимающе кивнул и бросил на Элен взгляд, обещавший объяснить все позднее. Тургут, пока мы могли его видеть, махал нам рукой, когда же он скрылся за поворотом липовой аллеи, Элен устало оперлась на мою руку. Ветер пах тополями, и на минуту, шагая по солидной серой мостовой с играющими по ней солнечными зайчиками, я готов был поверить, что мы с ней просто проводим каникулы в Париже».

ГЛАВА 37

«Элен в самом деле устала, и я неохотно оставил ее вздремнуть в комнате пансиона. Мне не хотелось оставлять ее одну, но яркий солнечный свет должен был послужить достаточной защитой. Даже если злодей-библиотекарь знал, где мы поселились, едва ли он постучится в полдень в двери пансиона — к тому же Элен не расставалась с маленьким распятием. До следующего звонка тетушке оставалось несколько часов и делать пока было нечего. Я доверил Элен сторожить портфель и заставил себя выйти на улицу, предчувствуя, что сойду с ума от ничегонеделания, если стану притворяться, что увлечен чтением или погрузился в задумчивость.

Предоставлялась прекрасная возможность еще раз погулять по Стамбулу, так что я свернул к запутанному как лабиринт дворцовому комплексу Топкапи. Здесь султан Мехмед, утвердившись в захваченном городе, устроил свою резиденцию. Его купол, увиденный издали, и описание в путеводителе с первого дня привлекали меня к нему. Топкапи занимает большой квартал на мысу и с трех сторон омывается водами: Босфора, залива Золотой Рог и Мраморного моря. Мне казалось, что не побывать в нем — значит упустить самую суть истории Стамбула. Может быть, я отклонялся от пути, избранного когда-то Росси, но утешал себя тем, что и Росси обязательно побывал бы здесь, окажись у него несколько свободных часов.

Прогуливаясь по парку, осматривая дворики и беседки, где сотни лет назад билось сердце империи, я с разочарованием узнал, как мало здесь осталось от времен Мехмеда: всего лишь несколько украшений из его сокровищницы да несколько мечей, выщербленных неустанным применением. Я понял, что, направляясь сюда, мечтал увидеть чуть яснее образ султана, чье войско сражалось с полками Дракулы и чьи советники были так озабочены странными событиями на его предполагаемой могиле в Снагове. Но попытка эта, думал я, вспоминая стариков-шахматистов на базаре, так же безнадежна, как старания представить позицию противника, зная только расположение собственных фигур.

Однако и без того во дворце нашлось, чем занять свои мысли. Вспоминая, что рассказывала мне накануне Элен, я воображал полчища слуг со звучными титулами вроде "великого свивальщика чалмы", покорных воле султана; евнухов, охранявших огромный гарем, комнаты которого напоминали роскошные камеры темницы; вспоминал султана Сулеймана Великолепного, который в середине шестнадцатого века сумел сплотить империю, установить в ней единые законы и вернул Стамбулу блеск, какой он знавал при византийских императорах. Подобно им, султан раз в неделю выезжал в город, чтобы поклониться Айя-Софии, — только не в воскресенье, а в пятницу, священный день мусульманской недели. Я представлял мир сурового этикета и пышных пиров, чудные ткани и тончайшую роспись керамики, одетых в зеленое пророков и царедворцев в пурпурных одеяниях и высоких тюрбанах, в сапогах с изящно загнутыми изукрашенными носками.

Особенно поразил меня рассказ Элен о янычарах — гвардейском корпусе, набиравшемся из числа пленных мальчиков, доставленных со всех концов империи. Я вспомнил, что и раньше читал о них: мальчиков-христиан, доставленных, в том числе, из Сербии и Валахии, воспитывали в исламской вере и обучали ненавидеть народы своей родины, а потом, вырастив, натравливали на забытых соотечественников, как соколов на добычу. Мне даже попадалось в какой-то книге, может быть, в альбоме репродукций, изображение янычар. Вспомнив бесстрастные молодые лица гвардейцев, обступивших султана непроницаемым кольцом, я ощутил озноб.

Мне пришло в голову, что из юного Влада Дракулы получился бы отличный янычар. Какой шанс упустила империя, какого беспощадного воина могла бы заполучить для себя! Им пришлось бы начинать его воспитание с ранних лет, думалось мне, может быть, стоило не отдавать отцу, а оставить молодого заложника в Малой Азии. Позже он стал уже слишком независим: отступник, верный лишь собственным интересам, с равной легкостью казнивший своих и уничтожавший врагов-турок. “Как Сталин!” — мысль перескочила неожиданно для меня. Сталин, о котором я задумался, глядя на ослепительную гладь Босфора, умер год назад, и в западную печать просачивались все новые сведения о его преступлениях. Мне припомнилось сообщение о верном властям генерале, которого перед самой войной обвинили в подготовке переворота. Генерала схватили среди ночи на собственной квартире и на несколько дней, пока он не умер, повесили вниз головой на многолюдном московском вокзале. Пассажиры не могли не видеть его, но никто не смел бросить лишний взгляд на казнимого. Много лет спустя жители ближайших домов спорили между собой, было такое или не было.

Занятый столь безрадостными размышлениями, я переходил из зала в зал, обводя взглядом великолепие старого дворца: и во всех помещениях, казалось мне, витал некий зловещий дух — возможно, просто память о беспредельной власти султанов, которую только подчеркивали узкие извилистые переходы, зарешеченные окна и тесные садики за высокими стенами. Наконец, спасаясь от тяжкого впечатления, созданного дворцом, где чувственность смешивалась с теснотой тюрьмы, изящество — с насилием, я снова выбрался наружу, в залитый солнцем внешний двор.

Но здесь меня поджидал самый страшный из призраков прошлого: мой путеводитель сообщил, что именно здесь располагалось лобное место, и в подробностях описывал привычку султана обезглавливать провинившихся царедворцев и прочих непокорных. Отрубленные головы насаживали на пики и выставляли у дворцовых ворот в качестве сурового урока подданным. Султан вполне стоил своего врага из далекой Валахии, подумал я, с отвращением отвернувшись. Прогулка по близлежащему парку вернула мне покой, а блики закатного солнца на воде, где чернели силуэты кораблей, напомнили, что день прошел и пора возвращаться к Элен, узнать, как дела у ее тетушки.

Элен ждала меня в общем зале, читая английскую газету.

— Как погулял? — спросила она, отрываясь от статьи.

— Невесело, — пожаловался я. — Ходил во дворец Топкапи.

— А... — Она сложила газету. — Жаль, я не посмотрела.

— Не жалей. Какие новости в широком мире?

Ее палец пробежал по заголовкам.

— Невеселые. Но для тебя у меня есть хорошая новость.

— Говорила с тетей? — Я устроился в продавленном кресле рядом с ней.

— Да, и она, как обычно, совершила чудо. Разумеется, дома меня ждет хорошая выволочка, но это пустяки. Главное — она нашла для нас подходящую конференцию.

— Конференцию?

— Да. Лучше и быть не может! На этой неделе в Будапеште состоится международная конференция по истории. Мы приглашены, и визу для нас она уже заказала, так что можно выезжать, — Элен улыбнулась. — Кажется, у тети есть друзья на историческом факультете в Будапеште.

— А тема конференции? — Я не скрывал восхищения.

— Проблемы труда в Европе до 1600 года.

— Да, тема широкая. А мы, как видно, приглашены в качестве специалистов по Оттоманской империи?

— Совершенно верно, мой дорогой Ватсон.

Я вздохнул:

— Хорошо, хоть в Топкапи побывал.

Элен улыбалась, будто бы не сомневаясь в моей способности преодолеть любые затруднения, но мне в ее улыбке почудилась доля ехидства.

— Конференция начинается в пятницу, так что на дорогу у нас всего два дня. В выходные слушаем доклады, и ты выступишь со своим. В воскресенье половина дня свободна, чтобы участники могли осмотреть историческую часть Будапешта, так что мы сможем улизнуть и повидаться с моей матерью.

— С чем я выступлю?!

Мне казалось, что гневный взгляд мой заставит ее покраснеть, но Элен как ни в чем не бывало заложила за ухо выбившуюся прядь и улыбнулась невиннейшей улыбкой:

— С докладом. Сделаешь доклад. Это наш входной билет.

— Да о чем хоть доклад?!

— Кажется, о турецкой оккупации Валахии и Трансильвании. Тетя любезно позаботилась вставить его в программу. Доклад может быть довольно кратким, тем более что туркам так и не удалось полностью подчинить Трансильванию. Я решила, что для тебя тема самая подходящая, ведь о Дракуле мы уже знаем довольно много, а он, как-никак, герой освободительной борьбы.

— Вот уж спасибо, — фыркнул я. — Помнится, это ты довольно много знаешь о Дракуле. И ты предлагаешь мне выступить на международной научной конференции с легендой о нем? Ты не забыла, случайно, что я писал диссертацию по торговым отношениям в Голландии, да и ту не закончил? Почему бы тебе самой не выступить?

— Не смеши. — Элен сложила ладони на газетных листах. — Я... как это по-английски... шутка с бородой. Меня знает весь университет и кому нужно в сотый раз меня слушать? А вот американец — настоящая изюминка, и я получу множество благодарностей за то, что тебя доставила. Присутствие на конференции настоящего американца затмит и обшарпанную гостиницу, и неизбежный зеленый горошек на торжественном банкете. А с докладом я тебе помогу — могу даже сама написать, — и ты прочтешь его в субботу. Кажется, тетя говорила, в час дня.

Я застонал. Совершенно невозможная особа. К тому же мне подумалось, что полученное приглашение имеет более глубокую политическую подоплеку, о которой Элен предпочла умолчать

— Ну и какое отношение имеют турки к европейским проблемам труда?

— Трудовые проблемы как-нибудь приплетем. Вот тебе преимущества солидного марксистского образования, которого ты не имел счастья получить. Не сомневайся, проблемы труда можно найти в чем угодно, надо только хорошенько поискать. Кроме того, Оттоманская империя представляла собой мощную экономическую силу, а Влад нарушал торговые сношения и перекрыл доступ к природным ресурсам придунайских областей. Не волнуйся, ты сделаешь блестящий доклад.

— Господи! — от всей души взмолился я.

— Нет-нет, — строго возразила Элен. — Пожалуйста, ни слова о Господе. Только о проблемах труда и эксплуатации.

Я невольно рассмеялся, любуясь блеском ее темных глаз.

— Остается надеяться, что дома об этом не прослышат. Представляю себе, что сказал бы диссертационный совет... С другой стороны, Росси, пожалуй, был бы в восторге.

Я снова рассмеялся, представив себе такой же озорной блеск в голубых глазах Росси, но тут же осекся. Мысль о Росси задела больное место у меня в сердце: от кабинета, где я видел его в последний раз, меня занесло на другой край света, и трудно надеяться, что я еще увижу его живым или хотя бы узнаю, что с ним сталось. Перед глазами у меня встало написанное большими буквами слово “никогда”, но я отогнал мучительные мысли. Отправляемся в Венгрию поговорить с женщиной, которая знала его — близко знала — задолго до нашего знакомства, в самый разгар его погони за Дракулой. Такой след нельзя упустить. Если чтобы пройти

#204 09-13-2010 2:47PM
Item(s) checked out to p2148595.

TITLE: Kosye teni daleko? zemli : roman
BARCODE: 33029058086497
DUE DATE: 10-04-10

TITLE: Istorik
BARCODE: 33029056682289
DUE DATE: 10-04-10

по нему, надо разыгрывать из себя шарлатана — что ж, буду разыгрывать.

Элен молча наблюдала за мной, и в который раз мне почудилось, что она читает мои мысли. Минуту спустя она подтвердила мою догадку, спросив:

— Дело того стоит, правда?

— Правда... — Я отвел глаза.

— Вот и хорошо, — мягко сказала она, — и я рада познакомить тебя с тетей. Она удивительная женщина, и моя мать тоже удивительная, хотя совсем в другом роде. И хорошо, что они с тобой познакомятся.

Я украдкой покосился на Элен — она говорила так мягко, что у меня на миг сжалось сердце, — но лицо ее было скрыто обычной броней иронии.

— Когда же мы выезжаем? — спросил я.

— Завтра с утра получим визы, а послезавтра вылетим, если удастся достать билеты. Тетя велела подойти в венгерское консульство до открытия — к половине восьмого — и позвонить в дверь. Прямо оттуда зайдем в бюро путешествий и закажем билеты на самолет. Если мест не окажется, придется ехать поездом, но это долго.

Она покачала головой, а мне вдруг представился лязгающий, ревущий балканский поезд, прокладывающий извилистый путь от столицы к столице, и я всем сердцем пожелал, чтобы в самолете не осталось ни единого места, и пропадай пропадом потерянное время.

— Мне показалось или нет, что ты больше похожа на тетю, чем на мать? — Может быть, моя улыбка была вызвана мысленной картиной путешествия по железной дороге.

Элен замешкалась не больше чем на секунду.

— И опять вы правы, Ватсон. Я, слава богу, очень похожа на тетю. Но тебе мать понравится больше — она почти всем больше нравится. А теперь позвольте пригласить вас, сударь, поужинать в нашем излюбленном заведении, а заодно обсудить предстоящий доклад?

— С удовольствием, — согласился я. — Лишь бы вокруг не болтались цыганки.

Я с шутливой галантностью предложил ей руку, и она отложила газету, чтобы опереться на нее. Как странно, думал я, проводя ее сквозь золотистое сияние византийских улочек, что даже в самых тяжелых обстоятельствах, в самые опасные моменты жизни, в самой чужой и чуждой обстановке человеку выпадают мгновенья самой чистой радости».

Солнечным утром мы с Барли сели в остановившийся в Блуа поезд на Перпиньян.

ГЛАВА 38

«В самолете, вылетевшем в пятницу из Стамбула в Будапешт, оказалось полно свободных мест, и мне, сидевшему в кресле среди одетых в черные костюмы турецких бизнесменов, мадьярских чиновников в серых пиджаках и старушек в синих плащах, с платками на головах, — то ли они нанялись в Будапешт уборщицами, то ли их дочери вышли замуж за венгерских дипломатов, гадал я, — оставалось все время короткого перелета вздыхать об ушедшем без нас поезде.

Ты знаешь, что с тех пор мне дважды удалось проделать этот путь между скальных стен, через темные хвойные леса. В картинах, встающих за окном поезда, уносящего тебя из мира ислама к христианам, из Оттоманской в Австро-Венгерскую империю, от мусульман к католикам и протестантам, мне видится нечто бесконечно таинственное. Меняется городская архитектура, реже становятся иглы минаретов, и среди них все чаще мелькают купола христианских церквей, становятся другими леса и берега рек, так что постепенно в самой природе начинаешь улавливать дыхание истории. Действительно ли скат турецкого холма так уж отличается от зеленого склона мадьярских взгорий? Конечно же, нет, но стереть кажущееся различие так же невозможно, как уничтожить историю, запечатлевшую его в нашем воображении. Позднее, проезжая через те края, я попеременно представлял их то благословенными, то утопающими в крови — опять же шутки воображения историка, разрывающегося между добром и злом, межу картинами войны и мира. Вспоминая рейды турок за Дунай и предшествовавшее им нашествие гуннов, я видел пред собой сменяющие и теснящие друг друга образы: победителей, с криками торжества и ненависти воздевающих над собой отрубленные головы побежденных, — и старушку, быть может, прабабку старух, увиденных тогда в самолете, потеплее одевающую круглощекого турчонка-внука, не забывая при этом ловко помешивать одной рукой жаркое из дичины.

Но эти видения оставались для меня делом будущего, а тогда, в самолете, я сожалел о картинах, которых еще не видал, и о раздумьях, еще не приходивших в голову. Элен, более опытная и хладнокровная путешественница, воспользовалась возможностью вздремнуть, уютно свернувшись в кресле. Два вечера подряд мы подолгу засиживались за столиком ресторана, обдумывая доклад для конференции. Мне пришлось узнать о сражениях Влада с турками гораздо больше, чем прежде, однако, и лишившись счастливого неведения, я далеко не стал знатоком. Оставалось только надеяться, что никто не станет задавать дополнительных вопросов по дурно выученному мною уроку. Зато я восхищался необъятными запасами знаний, хранившихся в памяти Элен, и неизменно дивился тому, что подобная жажда знаний могла питаться зыбкой надеждой показать себя перед отцом, остававшимся для нее не живым человеком, а персонажем, быть может, вымышленным матерью. Когда ее голова склонилась мне на плечо, я замер, стараясь не дышать запахом — венгерского шампуня? — исходившим от ее кудрей. Она устала, и я ни разу не пошевелился, пока она спала.

Будапешт, увиденный впервые из окна такси, произвел на меня впечатление благородного величия. Элен объяснила, что мы остановимся в гостинице неподалеку от университета, в

Пеште, на восточном берегу Дуная, однако она, видимо, попросила таксиста сделать крюк, чтобы провезти нас по набережной. Только что мы проезжали по солидным улицам застройки восемнадцатого-девятнадцатого века, в которую кое-где светлой нотой врывалась модернистская архитектурная фантазия или необъятное вековое дерево, — и вот уже перед нами Дунай. Через величественную реку — она поразила меня своей шириной — перекинуты три больших моста. На нашем берегу высились невероятные новоготические шпили и купол здания парламента, а на противоположном над мягкими кронами сада виднелись стены королевского дворца и шпили средневековых соборов. А между ними простиралась серо-зеленая речная гладь, и на ней играли солнечные блики. Простор голубых небес выгибался над куполами и шпилями, отражаясь в реке переливами синевы.

Я ожидал, что Будапешт изумит и восхитит меня, но не думал, что он повергнет меня в трепет. Город, веками принимавший в себя захватчиков и союзников, от римлян до австрийцев — или до Советов, подумал я, вспомнив едкие замечания Элен, — остался непохожим ни на кого из них. Он не принадлежал ни Западу, ни Востоку. Из узкого окошка автомобиля мне открывалось неповторимое пышное своеобразие. Элен тоже любовалась видами и не сразу обернулась ко мне. Как видно, чувства мои отчасти отразились на лице, потому что она вдруг рассмеялась.

— Вижу, тебе по нраву наш городишко, — сказала она, и я почувствовал под шутливым тоном пронзительную гордость за свой город. — А ты знаешь, что Дракула здесь тоже побывал? В 1462 году король Матьяш Корвинус держал его пленником в двадцати милях от Буды. Влад представлял угрозу интересам мадьяр в Трансильвании, однако король, видимо, обращался со своим пленником скорее как с гостем и даже женил его на даме королевской крови, хотя никто не знает точно, кто она была — вторая жена Дракулы. Дракула выразил свою благодарность, перейдя в католичество, после чего ему позволили какое-то время жить в Пеште. А едва его выпустили из Венгрии…

— Кажется, догадываюсь, — подхватил я. — Он отправился прямиком в Валахию, поторопился возвратить себе трон и принялся за старое.

— В общих чертах верно, — улыбнулась Элен. — Ты уловил характер нашего друга. Первым его желанием было захватить и удержать валашский престол.

К сожалению, такси скоро свернуло с набережной, снова углубившись в старый Пешт, однако и здесь хватало своеобразия, и я глазел без всякого стеснения на галерейки кофейных домиков, напоминающих о славе Египта и Ассирии, пешеходные улочки, заполненные деловитой толпой покупателей и лесом кованых фонарей, мозаики и скульптуры, мраморные и бронзовые святые, ангелы, короли, императоры, а на перекрестках играют уличные скрипачи в белых рубахах.

— Ну, вот и приехали, — вдруг сказала Элен. — Университетский квартал, а перед нами — библиотека университета.

Я задрал голову, чтобы разглядеть классический фасад красивого желтого здания.

— Зайдем сюда, если будет возможность, — продолжала Элен. — Я даже хотела здесь кое-что поискать. А вот и гостиница совсем рядом с *Мадьяр утка*, для тебя — "Мадьяр-стрит". Надо постараться раздобыть карту, чтобы ты не заблудился.

Водитель оставил наш багаж перед элегантным патрицианским фасадом серого камня, а я тем временем подал Элен руку, помогая выйти из машины.

— Так я и думала, — фыркнула моя спутница. — Для всех конференций одна и та же гостиница.

— Мне нравится, — рискнул заметить я.

— Да, она не из худших. Особенно тебя порадует выбор между холодной и очень холодной водой и обеды из полуфабрикатов.

Элен расплатилась с водителем горстью серебряных и медных монет.

— Я всегда считал, что венгерская кухня изумительно хороша, — примирительно сказал я. — Где-то слышал: гуляш, паприка и прочее.

Элен закатила глаза.

— Стоит произнести “Венгрия”, в ответ тут же услышишь “гуляш”. А заговорив о Трансильвании, обязательно вспомнят Дракулу. — Все же она рассмеялась. — Только не суди венгерскую кухню по гостиничным обедам. Погоди, пока тебя угостит тетя или мать, тогда и поговорим.

— Я думал, тетя и мать у тебя — румынки, — вставил я и тут же пожалел об этом: ее лицо застыло.

— Думай, что хочешь, янки, — бросила она и подхватила свой чемодан, не позволив мне помочь.

В вестибюле гостиницы было прохладно и тихо. Мрамор и позолота напоминали о более щедрой эпохе. Я не понимал, чего стыдится Элен — помещение показалось мне вполне приятным. Впрочем, мне вскоре напомнили, что я впервые попал в страну коммунизма: на стене над столиком портье располагались фотографии членов правительства, а в темно-синей униформе гостиничного персонала было что-то нарочито пролетарское. Элен совершила процедуру регистрации и подала мне ключ от номера.

— Тетя все прекрасно устроила, — удовлетворенно сообщила она, — и оставила телефонограмму: мы встречаемся здесь в семь часов и она отвезет нас поужинать. Но сперва надо зарегистрироваться на конференции и побывать на организационном собрании — там же, в пять часов.

Я с разочарованием услышал, что тетя не собирается приглашать нас домой: мне хотелось попробовать домашней еды и взглянуть, как живется местной партийной элите. Пришлось напомнить себе, что американцу здесь не приходится ожидать, чтобы перед ним распахнулись все двери. Принимать меня в гостях было рискованно, ответственно или, по меньшей мере, неудобно. Я решил держаться тише воды, ниже травы, чтобы не доставлять хозяевам лишних хлопот. И без того было большой удачей попасть сюда, так что мне меньше всего хотелось подвести Элен и ее семью.

Наконец добравшись до расположенного этажом выше номера, я нашел его простым и чистым. Следы былого величия сохранялись в виде толстеньких золоченых херувимов на лепной отделке потолка и огромной морской раковины мраморного умывальника. Умываясь и причесываясь перед зеркалом, я переводил взгляд от жеманных *putti* к узкой, гладко застеленной кровати, наводившей на мысль о казарме, и невольно ухмылялся. На сей раз наши с Элен комнаты оказались на разных этажах — тетушка позаботилась? — но мне не придется скучать в компании пузатых херувимчиков и гербов австро-венгерской монархии.

Элен поджидала меня в вестибюле и молча провела через роскошные двери гостиницы на столь же величественную улицу. На ней снова была светло-голубая блузка; моя одежда за время поездки успела основательно измяться, она же умудрялась оставаться чистенькой и свежевыглаженной — я счел эту способность природным даром жителей Восточной Европы, — а волосы она скатала в мягкий валик на затылке и заколола булавками. Всю дорогу до университета Элен задумчиво молчала, и я не решался спросить, о чем она размышляет. Впрочем, кое-что она высказала добровольно.

— Так странно вернуться сюда, вот так внезапно, — сказала она, взглянув на меня.

— Да еще с чудаковатым американцем?

— Да еще с чудаковатым американцем, — тихонько повторила она, и в ее устах эти слова не прозвучали комплиментом.

Университет располагался в величественных зданиях, напоминавших уже виденную мною библиотеку, и я с некоторой робостью проследовал за Элен в просторный классический дворец со статуями в нишах второго этажа. Задрав голову, я сумел разобрать несколько имен в венгерской транскрипции: Платон, Декарт, Данте — все в римских тогах и в лавровых венках. Другие имена были мне незнакомы: Святой Иштван, Матьяш Корвинус, Янош Хуньяди... Эти помавали скипетрами или щеголяли в высоких коронах.

— Кто это? — спросил я Элен.

— Завтра расскажу, — пообещала она. — Идем, уже шестой час.

Мы прошли через вестибюль, заполненный веселой молодежью — скорее всего, студентами, — и вступили в просторную комнату на втором этаже. Мне стало нехорошо при виде множества профессоров в черных и серых твидовых костюмах и небрежно повязанных галстуках, вкушающих с маленьких тарелочек белый сыр и красный перец, запивая сии яства напитком, издающим сильный лекарственный аромат. “Все они историки”, — при этой мысли я чуть не застонал, а от сознания, что мне предстоит изображать их коллегу, ощутил сильнейшее сердцебиение. Элен тут же окружила кучка знакомых, и я мельком заметил, как она пожимает руку мужчине, чья белая шевелюра напомнила мне пуделя. Я уже собирался затаиться у окна, притворившись, что любуюсь великолепной церковью на другой стороне улицы, но тут рука Элен на секунду сжала мне локоть — благоразумно ли с ее стороны? — и направила в толпу.

— Профессор Шандор, заведующий кафедрой истории Будапештского университета и наш крупнейший медиевист, — сказала она, представляя мне белого пуделя, и я поспешил представиться в ответ.

Руку мне сжали словно стальные тиски, и профессор Шандор изъявил восторг по поводу моего участия в конференции. Я задумался, не он ли — друг таинственной тетушки. К моему удивлению, профессор говорил по-английски медленно, но отчетливо и правильно.

— Это большая честь для нас, — сказал он, — и мы все с радостным нетерпением ожидаем вашего доклада.

Я, всеми силами стараясь не встречаться глазами с Элен, выразил соответствующий восторг по поводу чести быть приглашенным на конференцию.

— Превосходно, — басом прогудел профессор Шандор. — Мы питаем большое уважение к университетам вашей страны. Да здравствует мир и дружба между нашими странами!

Он приветствовал меня поднятием бокала с пахучей жидкостью, которую я учуял при входе, и я поспешно ответил тем же: бокал каким-то чудом возник у меня в руке.

— А теперь, если мы можем как-либо осчастливить ваше пребывание в Будапеште, вам следует только сказать.

Блеск темных глаз, разительно выделявшихся на старческом лице под пышной седой гривой, вдруг напомнил мне глаза Элен, и я почувствовал, что профессор Шандор мне нравится.

— Благодарю вас, профессор, — искренне ответил я, и он похлопал меня по плечу своей тяжелой лапой.

— Пожалуйста, проходите, ешьте, пейте и будем беседовать...

Однако, проговорив это, он немедленно скрылся в толпе, спеша к иным обязанностям, а я обнаружил, что меня успела окружить кучка любопытных ученых — местных и приглашенных. Кое-кто из них на вид казался еще моложе меня. Они столпились вокруг нас с Элен, и постепенно я стал различать в гомоне голосов французские и немецкие фразы и незнакомый язык, который решил считать русским. Компания была живая — очаровательная компания, по правде сказать, так что постепенно я оправился от первой застенчивости. Элен представляла меня с отчужденным изяществом, удивительно точно соответствовавшим обстановке, без запинки рассказывала о нашей совместной работе, излагала содержание статьи, которая вот-вот появится в американском журнале. Вокруг нас мелькали любопытные лица, звучали вопросы на венгерском. Элен чуть разрумянилась, обмениваясь рукопожатиями и даже целуя в щеку кое-кого из старых знакомых. Ее явно помнили — да разве можно было ее забыть? Я заметил в комнате и других женщин, в большинстве пожилых, и несколько — еще моложе Элен, но она затмевала всех. Высокий рост, живые манеры, прямая осанка, широкие плечи, красивая лепка головы под тяжелыми волнами волос и выражение живой иронии на лице... я с трудом оторвал взгляд, повернувшись к одному из сотрудников факультета: подававшаяся здесь огненная вода успела разойтись по жилам.

— Такие собрания здесь обычны? — Я сам толком не знал, что имею в виду, но надо же было что-то сказать, чтобы изгнать из головы образ Элен.

— Да, — с гордостью ответил мой собеседник; им оказался невысокий человек лет шестидесяти в сером пиджаке с серым галстуком. — В нашем университете часто проводятся международные форумы, особенно теперь.

Я собирался спросить, что понимается под "особенно теперь", но рядом снова материализовался профессор Шандор. С ним подошел красивый мужчина, стремившийся познакомиться со мной.

— Это профессор Гежа Йожеф, — представил его декан. — Он просил меня представить его вам.

Элен мгновенно повернулась к нам, и меня поразило выражение недовольства — или даже отвращения? — скользнувшее по ее лицу. Она поспешно протолкалась поближе, с явным намерением вмешаться.

— Как поживаешь, Гежа?

Рукопожатие их показалось мне официальным, если не холодным, а сам я даже не успел поздороваться.

— Как приятно снова видеть тебя, Елена, — произнес, слегка кланяясь, профессор Йожеф.

В его тоне мне послышался какой-то намек, может быть, тень насмешки или иного чувства. Я задумался, только ли ради меня они ведут разговор по-английски.

— И мне приятно, — равнодушно отозвалась Элен. — Позволь представить моего американского коллегу...

— Мы уже знакомы. — Обращенная ко мне улыбка словно осветила его тонкое лицо.

Он был повыше меня ростом, с густыми каштановыми волосами и уверенной осанкой человека, наслаждающегося своей жизненной силой, — я легко представлял его в седле, объезжающим овец, пасущихся на широкой равнине. Ладонь у него оказалась теплой, и, пожимая мне руку, он другой рукой дружески хлопнул меня по плечу. Я не мог понять, чем вызвана неприязнь к нему Элен, но ошибиться в ее чувствах было невозможно.

— Так завтра мы будем иметь честь услышать ваш доклад? — продолжал он. — Чудесно. Однако... — он чуть замялся, — я не слишком хорошо говорю по-английски. Возможно, вы предпочли бы французский? Или немецкий?

— Ваш английский несомненно лучше моего французского и немецкого, — возразил я.

— Вы так добры... — Его улыбка цвела как целый луг цветов. — Как я понял, ваша область — эпоха оттоманского владычества в Карпатах?

Быстро же здесь расходятся слухи, подумалось мне. Совсем как дома.

— О да, — признался я, — хотя я больше рассчитываю пополнить свои знания на вашем факультете, чем удивить вас.

— Вы слишком скромны, — любезно проговорил он. — Впрочем, я сам интересуюсь этим предметом и был бы рад обсудить его с вами.

— У профессора Йожефа чрезвычайно широкий круг интересов, — вмешалась Элен.

От ее тона кипяток покрылся бы корочкой льда. Я снова удивился, однако напомнил себе, что в любом ученом сообществе имеются свои подводные течения и, вероятно, Будапешт не исключение. Мне хотелось как-то смягчить ее резкость, но я не успел придумать подходящей реплики, как Элен решительно повернулась ко мне:

— Профессор, у нас назначена еще одна встреча.

Я не сразу сообразил, к кому она обращается, однако она так же решительно взяла меня под руку.

— О, я вижу, у вас напряженный график... — Профессор Йожеф всем существом выражал сожаление. — Возможно, случай поговорить о турецком владычестве выпадет позже? Я был бы рад показать вам город, профессор, или пригласить на обед...

— Время профессора до конца конференции полностью расписано, — сообщила Элен, даровав ему теплое рукопожатие и ледяной взгляд.

— Я рад, что ты вернулась домой, — повторил Гежа, взяв ладонь Элен, и, склонившись, поцеловал ей руку.

Она выдернула ладонь, но по лицу ее пробежала странная тень. Мне показалось, что она искренне растрогана его движением, и очаровательный венгерский историк впервые показался мне неприятным. Элен между тем уже вела меня к профессору Шандору, которому мы принесли свои извинения и заверили, что с нетерпением ждем завтрашних выступлений.

— И мы со всем удовольствием ожидаем вашего выступления.

Он обеими руками стиснул мою ладонь. "Удивительно душевный народ — венгры", — подумал я с чувством, которое лишь отчасти объяснялось алкоголем в крови. Пока мне удавалось не думать о предстоящем испытании, я пребывал в полном довольстве. Элен снова взяла меня под руку и, направляясь к выходу, окинула зал быстрым взглядом.

— Что все это значит? — Вечерняя прохлада освежила меня, и я чувствовал себя совершенно счастливым. — Твои соотечественники поразительно сердечные люди, но мне показалось, что ты готова откусить голову профессору Йожефу.

— Так и есть, — коротко отозвалась она. — Он невыносим.

— Зато готов многое вынести от тебя, — заметил я. — За что ты с ним так обошлась? Я думал, он твой старый друг.

— О, он очень мил, если тебе нравятся гиены и стервятники. Настоящий вампир... — Она осеклась. — Я не хотела сказать...

— Я ничего такого и не подумал, — успокоил я Элен. — Клыки у него не больше нормы.

— И ты тоже невыносим! — Элен гневно выдернула у меня руку.

Я с сожалением покосился на нее, но решил отшутиться:

— Я не против ходить с тобой под руку, но стоит ли так расхаживать на виду у всего университета?

Она отступила на шаг, и глаза у нее потемнели. Я не мог понять, что с ней творится.

— Не беспокойся. Этнографов там не было.

— Но у тебя много знакомых среди историков, а сплетников всюду хватает, — настаивал я.

— Только не здесь, — насмешливо фыркнула Элен. — Наш девиз — сотрудничество. Ни сплетен, ни интриг — исключительно товарищеская критика. Завтра увидишь: настоящая маленькая утопия.

— Элен, — простонал я, — ты можешь хоть иногда говорить серьезно? Я ведь беспокоюсь о твоей репутации — политической репутации. Как-никак, рано или поздно тебе придется сюда вернуться.

— Придется? — Элен снова взяла меня под руку, и мы пошли дальше. Я не пытался отстраниться: не многое в мире было для меня сейчас дороже, чем прикосновение рукава ее черного жакета к моему локтю. — Все равно, дело того стоило. Я просто добивалась, чтобы Гежа оскалил зубы. Показал клыки, я хочу сказать.

— Ну, спасибо, — пробормотал я и замолчал, не доверяя собственному голосу.

Если ей хотелось заставить кого-то приревновать, то со мной она, безусловно, добилась желаемого. Я вдруг представил ее в объятиях сильных рук Гежи. Может быть, до отъезда Элен из Будапешта между ними что-то было? Красивая получилась бы пара, подумалось мне: оба уверенные и ловкие, высокие и стройные, темноволосые, широкоплечие. Я вдруг ощутил себя карликом из племени англов, беспомощным перед степными наездниками. Однако одного взгляда на лицо Элен хватило, чтобы отказаться от расспросов, и я утешался прикосновением ее руки.

Слишком скоро для меня мы оказались перед золочеными дверями гостиницы и вошли в тихий вестибюль. Нам навстречу из кресла, стоявшего между горшками с пальмами, поднялась женщина. Она молча ждала, пока мы приблизимся, но Элен тихонько вскрикнула и бросилась к ней с распростертыми объятиями:

— Ева!»

ГЛАВА 39

«Со времени нашего знакомства — мы виделись всего три раза, причем второй и третий совсем недолго — я часто думал о тетушке Еве. Есть люди, которые после короткого знакомства остаются в памяти надежнее, чем другие после долгих лет ежедневных встреч. Тетя Ева, несомненно, принадлежала к таким ярким личностям и на двадцать лет завладела моей памятью и воображением. Я часто представлял ее на месте литературных или исторических персонажей; например, мадам Мерль, обаятельная интриганка из "Женского портрета" Генри Джеймса, неизменно представлялась мне с ее лицом.

По правде сказать, мое воображение наделяло ее чертами такое множество отважных, тонких и коварных женщин, что мне уже нелегко вспомнить ее такой, как она предстала нам теплым будапештским вечером 1954 года. Я помню, как горячо обнимала ее сдержанная холодноватая Элен, и помню, что сама тетя Ева сохраняла величественную осанку, даже обнимая племянницу и звонко целуя ее в обе щеки. Но когда раскрасневшаяся Элен обернулась, чтобы представить нас, я заметил, что у обеих в глазах блестели слезы.

— Ева, я рассказывала тебе о своем американском коллеге. Пол, познакомься с моей тетей: Ева Орбан.

Я пожал ей руку, стараясь глазеть не слишком заметно. Миссис Орбан оказалась высокой статной женщиной лет пятидесяти пяти. Меня загипнотизировало ее поразительное сходство с Элен. Они были похожи как сестры, старшая и младшая, или как близнецы, если представить, что одна состарилась, в то время как другая чудом сохранила молодость и свежесть. Тетя Ева была чуть ниже Элен и отличалась той же прямой грациозной осанкой. В молодости лицо ее могло быть даже красивее, чем у племянницы, и до сих пор сохраняло красоту: тот же прямой, довольно длинный нос, высокие скулы и темные внимательные глаза. Меня смутил цвет волос, но я скоро догадался, что он не имеет отношения к природе: под дикой лилово-рыжей краской виднелись отросшие корни седых волос. Позже в Будапеште мне часто встречались женщины, использовавшие такую же краску, но тогда ее оттенок ошеломил меня. В ушах у тети были маленькие золотые сережки, а под черным костюмом — родным братом костюма Элен — виднелась красная блузка.

Протянув мне руку, тетя Ева впилась мне в лицо серьезным строгим взглядом. Мне подумалось, что она выискивает пороки характера, чтобы предостеречь свою племянницу, но я тут же выбранил себя за эту мысль: с какой стати ты вообразил себя женихом? Вблизи мне видна была паутинка морщин в уголках ее глаз и легкие складки у губ — следы мимолетных улыбок. Если Ева не сдерживала себя, улыбка тут же всплывала у нее на губах. Я больше не удивлялся тому, как легко эта женщина добилась для нас приглашения на конференцию и визы: такая улыбка и такой ум, какой светился в ее глазах, заставили бы каждого мужчину повиноваться мановению ее пальчика. И у нее, как и у Элен, блестел в улыбке ровный ряд белых зубов — я уже успел заметить, какая это редкость для венгров.

— Очень приятно с вами познакомиться, — сказал я ей. — Позвольте поблагодарить: приглашение на конференцию — большая честь для меня.

Тетя Ева рассмеялась, пожала мне руку. Если на минуту я счел ее холодноватой и замкнутой, то сильно ошибся: она немедленно разразилась потоком венгерских фраз, и я задумался, предназначаются ли они хоть отчасти для меня. Элен пришла мне на выручку.

— Тетя не говорит по-английски, — объяснила она, — хотя понимает лучше, чем сознается. Люди старшего поколения изучали немецкий и русский, иногда французский. Английский тогда почти не преподавали. Я буду переводить. Тс-с... — Она ласково тронула тетю за локоть, добавив что-то по-венгерски. — Она говорит, что рада видеть тебя и надеется, что ты не ввяжешься в неприятности, потому что ради нашей визы она поставила на ноги все министерство иностранных дел. Она рассчитывает, что ты пригласишь ее послушать доклад — она мало что поймет, но тут дело принципа, — и любопытствует узнать о твоем университете, как ты со мной познакомился, хорошо ли я себя веду в Америке и какие кушанья готовит твоя мама. Остальные вопросы она задаст потом.

Я остолбенел. Две женщины с улыбкой смотрели на меня, и я снова увидел отражение привычной иронии Элен на лице ее тетушки, хотя племянница много выиграла бы, переняв ее привычку часто улыбаться. Нечего было и думать дурачить женщину такого ума, как Ева Орбан: я напомнил себе, что она сумела подняться от простой румынской крестьянки до высокопоставленной особы в венгерском правительстве.

— Я обязательно удовлетворю ее любопытство, — сказал я Элен. — Скажи ей, пожалуйста, что мамины коронные блюда — макароны с сыром и ветчинный хлебец.

— Ах, ветчинный хлебец… — Выслушав объяснение Элен, тетя одобрительно улыбнулась. — Она просит тебя передать привет твоей маме в Америке и поздравить ее с замечательным сыном.

Я с досадой почувствовал, как щеки заливает краска, однако покорно обещал передать.

— А теперь она отвезет нас в ресторан, который тебе обязательно понравится, — во вкусе старого Будапешта.

Через минуту мы все трое оказались на заднем сиденье автомобиля, видимо, частной машины Евы — кстати сказать, модель оказалась далеко не пролетарской, — а Элен, при поддержке тетушки, показывала мне мелькающие за окном виды. Должен сказать, что тетя Ева за время нашей встречи не вымолвила ни слова по-английски, однако у меня создалось впечатление, что это тоже дело принципа — возможно, антибуржуазный протокол? — потому что, когда мы с Элен перекидывались несколькими фразами, она явно понимала — хотя бы частично, — еще не выслушав перевода. Я решил, что таким лингвистическим методом тетя Ева как бы заявляла: Запад в целом не достоин доверия и его следует держать на расстоянии, но отдельно взятый американец вполне может оказаться милым человеком и заслуживает полной меры венгерского гостеприимства. Постепенно я так привык вести с ней разговор через Элен, что иногда понимание казалось почти бессловесным.

Так или иначе, иногда мы вполне обходились без переводчика. Миновав набережную с ее величественным видом, мы пересекли реку по мосту, который, как я позднее узнал, назывался *Сечени Ланчид* — Сеченский цепной мост — чудо инженерного искусства девятнадцатого столетия, названное именем графа Иштвана Сечени, много сделавшего для украшения города. Мы свернули на мост, когда город уже заполнил вечерний свет, позолотивший дворцы и замки открывавшейся перед нами Буды. Легкий пролет моста плавно выгнулся над рекой, а по берегам въезд на него охраняли львы у подножия триумфальных арок. Я восторженно ахнул, вызвав улыбку тети Евы. Элен, сидевшая между нами, тоже с гордостью улыбнулась.

— Удивительный город, — сказал я, и тетя Ева потрепала меня по плечу как родного сына.

Элен перевела для меня замечание тети о реконструкции моста.

— Будапешт страшно пострадал в войну, — сказала та. — Один из наших мостов до сих пор не восстановлен, и многие здания тоже повреждены. В любой части города видны восстановительные работы. Но этот мост был восстановлен к столетию его открытия, в 1949 году. Мы им очень гордимся. И я тоже горжусь, потому что тетя Ева работала в организационном комитете реконструкции.

Тетя с улыбкой кивнула, на минуту забыв, что ей не полагается понимать по-английски.

Дальше мы нырнули в туннель, который, видимо, проходил прямо под замком. Тетя Ева объяснила, что выбрала для нас свой любимый ресторан: “настоящий венгерский ресторан на улице Аттилы Йожефа”. Я не уставал удивляться названиям будапештских улиц — некоторые звучали для меня таинственно и экзотично, но другие, как эта улица, сохраняли живую память истории, которая, как мне казалось прежде, жила только в книгах. Впрочем, улица Аттилы Йожефа обернулась не грязной колеей, истоптанной копытами коней гуннских воинов, а чистой солидной улочкой, подобной множеству других в этом городе. В изысканном зале ресторана было малолюдно, и метрдотель вышел нам навстречу, поприветствовав тетю Еву по имени. Она явно привыкла к подобному вниманию. Через несколько минут мы оказались за лучшим столиком, откуда открывался вид за окно, на старые здания и старые деревья, на спешащих пешеходов в ярких летних нарядах и шумные машины, не скупившиеся на гудки по всему городу. Я откинулся назад с довольным вздохом.

Тетя Ева сделала заказ на всех, даже не подумав спросить нашего согласия, и с первыми блюдами нам подали бутылку крепкого напитка — палинки, которую, по словам Элен, гнали из абрикосов.

— К ней мы попробуем очень хорошее блюдо, — пояснила для меня тетя Ева. — У нас оно называется “хортобаги палясчинта”. Нечто вроде пирога с телятиной, народное блюдо пастухов венгерских долин. Вам понравится.

Мне действительно понравилось, как понравились и следующие блюда: тушеное мясо с овощами, слоеная запеканка из картофеля и салями, сытный салат, зеленые бобы с бараниной и удивительный золотисто-коричневый хлеб. Я только теперь понял, как проголодался за время перелета. Между прочим, и Элен с тетей ели вволю, с аппетитом, какого никогда не позволит себе на людях американка.

Впрочем, я не хотел бы создать ложного впечатления. Мы не только ели. Загружаясь национальными кушаньями, тетя Ева непрестанно говорила, а Элен переводила. Я временами задавал вопрос-другой, однако по большей части просто впитывал пищу духовную заодно с телесной. Тетя Ева ни на минуту не забывала, что имеет дело с историком: возможно, она заподозрила мое невежество в области венгерской истории и не желала, чтобы я опозорился на конференции, или просто выказывала патриотизм старого иммигранта. Так или иначе, она держала блестящую речь, и каждую следующую фразу я, еще не услышав перевода Элен, читал на ее оживленном выразительном лице.

Например, после тоста за дружбу между нашими странами тетя Ева сдобрила пастушеский пирог рассказом о происхождении Будапешта — город вырос из римского гарнизона, называвшегося Аквинум, и в окрестностях еще можно видеть развалины римских строений. Она нарисовала яркое полотно, изображавшее гуннов Аттилы, в пятом веке выживших отсюда римлян. Слушая ее, я понял, что турки для этих мест оказались не более чем дурно воспитанными запоздавшими гостями. Тушеное мясо с овощным гарниром — Элен назвала блюдо "гульяш" и строго посоветовала не путать с "гуляшом", по-венгерски обозначавшим совершенно другое блюдо, — сопровождалось длинным описанием вторжения мадьяр, случившегося в девятом веке. За картофельной запеканкой, оказавшейся неизмеримо вкуснее макарон с сыром и ветчинных хлебцев, тетя Ева повествовала о коронации короля Стефана Первого, известного как Святой Иштван — его в 1000 году нашей эры короновал сам папа римский. "Он был язычник, одетый в звериные шкуры, — сказала мне тетя, — но стал первым королем венгров и обратил Венгрию в христианство. В Будапеште вы повсюду встретите его имя".

В ту самую минуту, когда я понял, что больше не могу проглотить ни кусочка, два официанта водрузили на наш стол блюда с пирожными и тортом, которому место было на столе австро-венгерского монарха — сплошные завитки шоколада и взбитого крема, — и чашечки кофе. "Эспрессо", — пояснила тетя Ева. Каким-то чудом нашлось место и для них.

— Кофе в Будапеште напоминает о трагической истории, — заметила тетя. — Давным-давно — еще в 1541 году — вторгшийся в страну Сулейман Первый пригласил одного из наших военачальников, Балинта Тюрюка, на роскошный завтрак в своем шатре. Когда подали кофе — он, видите ли, был первым из венгров, попробовавшим кофе, — Сулейман уведомил гостя, что, пока они завтракали, турецкие войска овладели замком Буда. Вообразите, каким горьким показался ему кофе!

В сияющей улыбке тети Евы тоже проскользнула горечь. Снова турки, подумалось мне. Коварные и жестокие, странная смесь изысканной тонкости вкусов и варварской тактики. В 1541 году они уже почти сто лет владели Стамбулом; мне представилась необоримая мощь турецкого воинства, простирающего свои щупальца по всей Европе. Их сумели остановить только у ворот Вены. Борьба Влада Дракулы, как и множества его соотечественников-христиан, представилась мне борьбой Давида с Голиафом, в отличие от того древнего сражения обреченной на поражение. С другой стороны, усилия мелких властителей Восточной Европы и Балканского полуострова — не только Валахии, но и Греции, Венгрии, Болгарии и многих других — в конце концов подточили мощь турецкого владычества. Элен, потрудившаяся наполнить мою память этими сведениями, незаметно для себя вызвала во мне своего рода извращенное преклонение перед Дракулой. Он не мог не знать, что его борьба обречена на скорое поражение, и все же потратил большую часть жизни на избавление своих земель от захватчиков.

— Эта была вторая волна оккупации.

Элен отхлебнула кофе и со вздохом наслаждения опустила чашку — глядя на нее, можно было поверить, что нигде в мире не подают такого кофе, как здесь.

— В 1456 году Янош Хуньяди выбил турок из Белграда. Он числится у нас одним из величайших героев, наряду с королем Иштваном и Матьяшом Корвинусом, построившим новый замок и библиотеку, о которой я тебе говорила. Завтра ты услышишь, как утром по всему городу зазвонят колокола, — вспомни, они звонят в честь давней победы Хуньяди. Его победа каждый день отмечается колокольным звоном.

— Хуньяди, — задумчиво повторил я. — По-моему, ты вспоминала его вчера вечером. Говоришь, он разбил турок в 1456-м?

Мы переглянулись: любая дата, попадавшая в сроки жизни Дракулы, звучала для нас многозначительно.

— Он в то время был в Валахии, — понизив голос, напомнила Элен. Я понимал, что она говорит не о Хуньяди, но, по молчаливому сговору, мы не произносили вслух имя Дракулы.

Тетя Ева не позволила сбить себя с толку молчанием или языковым барьером.

— Хуньяди? — переспросила она и добавила что-то на венгерском.

— Тетя спрашивает, интересует ли тебя эпоха Хуньяди? — перевела Элен.

Я не знал, что сказать, и осторожно ответил, что интересуюсь всей европейской историей. За этот неловкий ответ я заслужил пронзительный взгляд из-под нахмуренных бровей и поспешил отвлечь проницательную собеседницу.

— Пожалуйста, спроси миссис Орбан, можно ли и мне задать несколько вопросов.

— Конечно.

Судя по тому, как улыбнулась Элен, она одобрила и вопрос, и причину, заставившую меня задать его. Тетя Ева, выслушав перевод, чуть склонила голову, изображая внимание.

— Я хотел бы знать, — заговорил я, — верно ли то, что говорят о наступившей в Венгрии эпохе либерализма.

Теперь уже Элен метнула на меня настороженный взгляд, и я приготовился ощутить прикосновение под столом острого каблучка, но тетя уже кивала и делала ей знак переводить. Поняв суть вопроса, она снисходительно улыбнулась мне и мягко ответила:

— Мы, венгры, высоко ценим свой образ жизни и независимость. Вот почему нам так тяжело было переносить время оттоманского и австрийского правления. Истинное правительство Венгрии всегда прогрессивно служило нуждам народа. Революция вывела рабочих из нищеты и бесправия и утвердила нас в верности своим обычаям. Венгерская коммунистическая партия всегда идет в ногу со временем.

Мне почудилось, что за ее улыбкой кроется некая тайная мысль, и я пожалел, что не могу прочесть ее.

— Так вы считаете, что под управлением Имре Надя страна процветает? — Я с самого прибытия в город искал следов перемен, которые ввел в стране новый и на удивление либеральный премьер-министр, сменивший год назад на этом посту твердолобого коммуниста Ракоши.

Мне хотелось знать, действительно ли он пользуется такой поддержкой населения, как писали в наших газетах. Элен немного занервничала, переводя мои объяснения, но тетя стойко продолжала улыбаться.

— Я вижу, молодой человек, вы в курсе текущих событий.

— Меня всегда интересовали международные отношения. Считаю, что изучение истории должно помочь нам лучше понимать настоящее, а не уводить в прошлое.

— Весьма разумно. Итак, удовлетворю вашу любознательность: Надь чрезвычайно популярен в народе и проводит реформы в духе нашей славной истории.

Мне понадобилось не меньше минуты, чтобы понять, что тетя Ева вежливо уклонилась от ответа, и еще минута ушла на размышления о дипломатической стратегии, позволившей ей удержаться в правительстве при всех приливах и отливах просоветской и провенгерской политики. Что бы она сама ни думала о Наде, он был главой правительства, в котором она работала. Но вероятно, только проводившаяся им открытая политика позволила высокопоставленному сотруднику министерства пригласить на обед американца. В ее темных глазах мне почудилось одобрение, но тогда я не был уверен. Будущее показало, что догадка моя была верна.

— А теперь, друг мой, вам надо выспаться перед важным выступлением. Я желаю услышать ваш доклад и непременно скажу, какого о нем мнения.

Она одарила меня милостивым кивком, и я невольно улыбнулся в ответ. Рядом с ней, словно услышав ее слова, появился официант; я сделал слабую попытку получить счет, хотя понятия не имел о местном этикете, а также достаточно ли разменял местной валюты, чтобы заплатить за роскошный пир. Однако счет, если и был, мгновенно исчез, и мне не удалось увидеть, как по нему платили. В гардеробе я подал тете Еве жакет, оспорив эту честь у метрдотеля, и мы прошествовали к ожидающему нас автомобилю.

У въезда на великолепный мост тетя Ева бросила несколько слов своему шоферу, и тот остановил машину. Мы вышли на мост и залюбовались отдаленным сиянием Пешта, бросавшего отблески на темную рябь воды. Ветер стал холоднее и после бальзамического тепла Стамбула почти обжигал лицо, принося с собой из-за горизонта дух бескрайних равнин Центральной Европы. Я мог бы стоять так и смотреть всю жизнь, и не смел поверить, что передо мной — огни Будапешта.

Тетя Ева что-то тихо сказала, и Элен перевела:

— Наш город всегда останется великим городом.

Впоследствии я часто вспоминал ее слова. Они вернулись ко мне два года спустя, когда я узнал, как глубоко разделяла Ева Орбан идеи новой власти: два ее сына погибли на площади под советскими танками во время восстания венгерских студентов в 1956-м, а сама Ева бежала в северную Югославию, где затерялась в числе пятнадцати тысяч других беженцев, спасавшихся из страны, превратившейся в марионетку русских. Элен послала ей много писем в надежде, что тетя позволит нам вызвать ее в США, но Ева отказалась даже подать прошение об эмиграции. Несколько лет назад я снова пытался отыскать ее след — безуспешно. Потеряв Элен, я потерял и связь с тетей Евой».

ГЛАВА 40

«Первое, что я увидел, проснувшись на следующее утро на своей солдатской койке, были золотые херувимы над головой, и я долго не мог вспомнить, где нахожусь. Неприятное чувство: оторвавшись от дома, не знать, в каком из чужих городов очутился. За окном мог быть Нью-Йорк, Стамбул, Будапешт или любой другой город. Я чувствовал, что перед пробуждением меня мучил кошмар, а боль в сердце остро напоминала об отсутствии Росси. Эта боль часто посещала меня по утрам, и мне подумалось, не перенесло ли меня сновидение в какое-то мрачное место, где я мог бы найти его, если бы задержался.

Элен уже завтракала в гостиничной столовой, расстелив перед собой на столе венгерскую газету — увидев напечатанными слова ее родного языка, я проникся ощущением безнадежности: не мог разобрать ни единого слова, даже в заголовках. Элен приветствовала меня жизнерадостным взмахом руки. Должно быть, на моем лице еще отражалось впечатление от утреннего кошмара, невнятных заголовков и мысли об ожидавшем меня докладе. Пока я усаживался напротив, девушка окинула меня критическим взором.

— Какая печаль на челе! Снова размышлял над жестокостями турок?

— Нет, всего лишь об ужасах международных конференций.

Я завладел рогаликом из ее корзинки и одной из белых салфеток. Гостиница, несмотря на свою несколько обветшавшую роскошь, щеголяла безупречной опрятностью, и рогалики с маслом и клубничным джемом оказались восхитительны, как и поданный через несколько минут кофе. В нем не было горечи.

— Не волнуйся, — утешила меня Элен. — От твоего доклада все…

— Выскочат из штанов? — предположил я.

Она расхохоталась:

— В твоем обществе я значительно усовершенствую свой английский… или окончательно испорчу, не знаю.

— Я в восторге от твоей тети. — Я намазал маслом следующий рогалик.

— Я еще вчера заметила.

— Расскажи, как она умудрилась выбраться из Румынии и достигнуть таких высот? Если можно, конечно.

Элен отхлебнула кофе.

– Игра случая, пожалуй. Она из очень бедной семьи – в Трансильвании они владели клочком земли в деревушке, которой, я слышала, уже не существует. У деда было девятеро детей, из них Ева – третья. Ее с шести лет посылали на заработки, потому что нуждались в деньгах и не могли ее прокормить. Она поступила служанкой к каким-то богатым венграм, у которых неподалеку от деревни была собственная вилла. До войны в Румынии было много венгерских помещиков – после передела границ по Трианонскому договору они внезапно оказались в иностранном государстве.

Я кивнул:

– Это после Первой мировой войны, когда прокладывали новые границы?

– Пять с плюсом. Так что Ева с детства служила в их семье. Она рассказывала, что к ней там были очень добры. Иногда по воскресеньям отпускали домой, чтобы она не потеряла связи с родными. Ей было семнадцать, когда ее хозяева решили вернуться в Венгрию и взяли ее с собой. Там она встретила молодого человека: журналиста и революционера по имени Янош Орбан. Они полюбили друг друга и поженились, и он живым вернулся с войны. – Элен вздохнула. – Так много венгерских юношей сражались в Первую мировую по всей Европе. Сколько их могил в Польше, в России... Как бы то ни было, Орбан при послевоенном коалиционном правительстве вошел в силу, а наша славная революция наградила его министерским постом. Потом он погиб в автомобильной катастрофе, а Ева осталась растить сыновей и продолжать политическую карьеру. Она поразительная женщина. Даже я не знаю, каковы ее политические убеждения; иногда мне кажется, что она не вносит в политику ни капли чувства – для нее это просто ремесло. Думаю, дядя был страстным человеком, убежденным последователем ленинской доктрины, и искренне восхищался Сталиным, пока сюда не дошли слухи о его жестокости. О тетушке того же сказать не могу, зато она сделала замечательную карьеру, так что обеспечила своим сыновьям все возможные привилегии, и мне тоже смогла помочь, как я тебе рассказывала.

Я не упустил ни слова из ее рассказа.

— А как сюда попали вы с матерью?

Элен снова вздохнула.

— Мать на двенадцать лет моложе Евы, — сказала она. — Ева всегда любила ее больше других маленьких братьев и сестер, но когда Ева уехала в Будапешт, матери было всего пять лет. Потом матери исполнилось девятнадцать, она была не замужем и забеременела. Она боялась, что узнают родители и односельчане — понимаешь, в традиционной культуре ей грозила опасность изгнания и голодной смерти. Она написала Еве и попросила о помощи, а тетя с дядей устроили ей переезд в Будапешт. Дядя встретил ее на границе, которая тогда строго охранялась, и отвез в город. Тетя рассказывала, что пограничной страже пришлось дать огромную взятку. В Венгрии ненавидели трансильванцев, особенно после договора. Мать всей душой полюбила дядю: он не только спас ее от большой беды, но и никогда ни словом не намекнул на национальные различия. Она очень горевала после его гибели. Это он доставил ее в Венгрию и помог начать новую жизнь.

— А потом родилась ты? — тихонько спросил я.

— А потом родилась я. В будапештской больнице, и тетя с дядей помогли вырастить меня и дали мне образование. Пока я не окончила школу, мы жили с ними. В войну Ева увезла нас в деревню и как-то умудрилась прокормить. Мать тоже получила здесь образование и выучила венгерский. И наотрез отказалась учить меня румынскому, хотя во сне иногда говорит на нем. — В ее взгляде сквозила горечь. — Как видишь, твой обожаемый Росси много сделал для нас, — сказала она с кривой усмешкой. — Если бы не тетя с дядей, мать умерла бы одна где-нибудь в горном лесу и ее тело сожрали бы волки. И меня заодно.

— Я тоже благодарен твоим тете и дяде, — выговорил я и, боясь встретить ее взгляд, стал наливать себе еще кофе из медной джезвы.

Элен помолчала и спустя минуту зашелестела листками, извлеченными из сумочки.

— Повторим твой доклад?

И солнечный свет, и утренняя прохлада казались мне полными угрозы; быстро шагая к недалекому университетскому зданию, я только и думал о приближавшейся минуте, когда объявят мой доклад. До сих пор мне только раз приходилось выступать публично: совместно с Росси, на организованной им в прошлом году конференции по голландским колониям. Каждый из нас писал свою часть доклада: в моей половине содержалась жалкая попытка втиснуть в двадцатиминутную речь содержание еще не написанной диссертации. Половина Росси представляла собой блестящее эссе на темы культурного наследия Нидерландов, стратегической мощи голландского флота и природы колониализма. Я, хотя и страдал от сознания своей неполноценности, был польщен его приглашением участвовать в докладе. Кроме того, меня поддерживала мысль о его незаметном, но ощутимом присутствии на кафедре и воодушевил добротный хлопок по спине, когда я передал ему аудиторию. Но сегодня надеяться предстояло только на себя. Перспектива провала ужасала и повергала в отчаяние, и я спасался, лишь представляя на своем месте Росси.

Мы проходили по светлым и прекрасным улочкам Пешта, и теперь, при дневном свете, я видел, что его великолепие создается — или, скорее, воссоздается — прямо у меня на глазах. Целые кварталы были разрушены войной. Во многих домах рухнули передние стены или не было стекол в верхних этажах, а то и самих этажей, а присмотревшись, я видел на уцелевших стенах оспенную рябь пулевых отметин. Я жалел, что идти нам недалеко и я слишком мало увижу город, но мы с Элен договорились прослушать все утренние доклады, как положено законным гостям конференции.

— Кроме того, на вторую половину дня у меня есть дело, — задумчиво добавила Элен. — Надо успеть в библиотеку до закрытия.

Подходя к большому зданию, где вчера проходило первое собрание, она приостановилась.

— Окажи мне услугу…

— Конечно. Какую?

— Не говори с Гежей Йожефом о наших разъездах и поисках.

— Я и не собирался! — возмутился я.

Элен примирительно подняла обтянутый перчаткой палец.

— Предупреждаю на всякий случай. Он умеет очаровывать.

— Хорошо. — Я открыл перед ней тяжелую дверь, украшенную в стиле барокко, и мы вошли.

В конференц-зале на втором этаже в креслах уже сидели многие из тех, с кем я успел познакомиться накануне. Люди оживленно переговаривались или шуршали бумагами.

— Господи, — пробормотала Элен, — и вся кафедра этнографии явилась!

Через минуту ее закрутило в водовороте приветствий и расспросов. Я смотрел, как она улыбается старым знакомым, друзьям, коллегам, и чувствовал себя очень одиноким. Элен, кажется, показывала на меня, пыталась издали представить меня кому-то, но гомон разговоров на непостижимом венгерском языке воздвиг между нами почти ощутимый барьер.

И тут меня тронули за плечо. Передо мной стоял великолепный Гежа, все с той же теплой улыбкой и душевным рукопожатием.

— Как вам понравился наш город? — спросил он. — Все ли вам по вкусу?

— Все, — так же тепло отозвался я.

Предупреждение Элен не забылось, но трудно было противостоять обаянию этого человека.

— А, я рад, — сказал он. — Ваш доклад сегодня днем?

Я закашлялся.

— Да-да, именно так. А ваш? Вы сегодня выступаете?

— О нет, только не я! Я сейчас работаю над очень интересной темой, но докладывать еще не готов.

— А над какой темой? — не удержался я от вопроса, но в это время над кафедрой вознесся белый помпадур профессора Шандора, призвавшего аудиторию к порядку.

Толпа расселась по рядам, как птицы на проводах, и затихла. Я занял место в заднем ряду, рядом с Элен, и взглянул на часы. Была половина десятого, так что пока я мог расслабиться. Гежа Йожеф сидел впереди: в первом ряду я видел его аккуратный затылок. Меня окружали лица, смутно знакомые по вчерашней встрече, — серьезные, чуть напряженные лица, обращенные к профессору Шандору.

— *Guten Morgen*, — прогудел тот в заскрежетавший микрофон. Скрежет продолжался, пока студент в синей рубашке с черным галстуком не подбежал поправить его. — Доброе утро, почтенные гости. *Guten Morgen*, *bonjour*, добро пожаловать в Будапешт. Мы рады приветствовать вас на первом европейском собрании историков… — Тут микрофон снова взвизгнул, и несколько фраз пропали для слушателей.

Профессор Шандор, видимо, успел за это время покончить с английской частью и продолжал на смеси венгерского, французского и немецкого. Из французских и немецких вставок я узнал, что ланч будет подан в двенадцать, а потом, к своему ужасу, что я — гвоздь программы, звезда конференции, светило среди собравшихся, что я — выдающийся американский исследователь, специализирующийся не только в истории Нидерландов, но и в области экономики Оттоманской империи, а также в истории рабочего движения Соединенных Штатов (собственноручное добавление тетушки Евы?), что в будущем году выходит моя книга о голландских купеческих гильдиях эпохи Рембрандта и что им с большим трудом удалось в последний момент добиться моего согласия на участие в конференции.

Такого мне не снилось и в кошмарных снах, и про себя я поклялся, что Элен, если она приложила к этому руку, непременно поплатится за мой позор. Ко мне оборачивались, мне улыбались, кивали, даже показывали на меня соседям. Элен восседала рядом, царственная и серьезная, но что-то в изгибе ее обтянутого черным плеча наводило на мысль — только меня, как я надеялся, — что она с трудом сдерживает смех. Я тоже пытался принять солидный вид, напоминая себе, что выношу это — даже это — ради Росси.

Отгрохотавшего свою речь профессора Шандора сменил маленький лысый человечек с докладом, как мне показалось, о Ганзейском союзе. За ним выступала седая женщина в синем платье, говорившая об истории Будапешта, однако из ее доклада я не понял ни слова. Последним перед ланчем выступил молодой ученый из Лондонского университета — он выглядел не старше меня и, к моему великому облегчению, говорил по-английски, а студент с филологического переводил его речь на немецкий. (Мне казалось странным постоянно слышать немецкую речь в Будапеште, который всего десять лет назад так сильно пострадал от немцев, но я напомнил себе, что немецкий служил *lingua franca* по всей Австро-Венгерской империи.) Профессор Шандор представил англичанина как Хью Джеймса, профессора европейской истории.

Профессор Джеймс был солидным молодым человеком в твидовом костюме с оливковым галстуком. В этом окружении он выглядел таким типичным англичанином, что я с трудом удержался от смеха. Он обвел аудиторию блестящими глазами и улыбнулся нам.

— Я никак не ожидал, что получу возможность побывать в Будапеште, — начал он, — и для меня большое счастье своими глазами увидеть величайший из городов Центральной Европы, ворота между Востоком и Западом. А теперь я отниму у вас несколько минут обзором следов влияния оттоманской Турции в Центральной Европе после отступления ее разбитого под Веной войска в 1685 году.

Он сделал паузу, улыбаясь студенту-переводчику, старательно читавшему первую фразу его доклада по-немецки. Так они и продолжали весь доклад, сменяя языки, однако профессору Джеймсу приходилось больше молчать, чем говорить, потому что студент все чаще бросал на него растерянный, умоляющий взгляд.

— Все мы, разумеется, знаем историю изобретения круассанов: дань, отданную парижскими кондитерами победителям под Веной. Круассан, как вы знаете, символизирует полумесяц турецкого знамени, и до сего дня весь Запад пожирает этот символ за утренним кофе. — Он бросил смешливый взгляд на слушателей и, кажется, только тогда сообразил, как и я, что почти никто из них никогда не бывал ни в Париже, ни в Вене. — Да... итак, оставленное отттоманскими турками наследство можно обозначть одним словом: эстетика.

Он перешел к описанию архитектуры дюжины центрально- и восточноевропейских городов, развлечений и мод, пряностей и предметов обстановки. Я наслаждался его выступлением, и отнюдь не только потому, что наконец-то понимал докладчика: слушая описание турецких бань в Будапеште и псевдомавританской архитектуры Сараева, я видел перед собой картины Стамбула. Когда Джеймс перешел к описанию дворца Топкапи, я поймал себя на том, что ревностно киваю, соглашаясь с докладчиком, и не без труда вернулся к более сдержанному поведению.

Его доклад был вознагражден громом рукоплесканий, после чего профессор Шандор пригласил нас перейти в банкетный зал. В толпе закусывающих ученых мне удалось отыскать усаживающегося за столик профессора Джеймса.

— Позвольте к вам присоединиться?

Он вскочил, заулыбался:

— Конечно, конечно! Хью Джеймс. Очень приятно.

Я тоже представился и пожал протянутую руку. Усевшись, мы с доброжелательным любопытством воззрились друг на друга.

— А, — заговорил он, — так это вы — основной докладчик? Я очень жду вашего выступления.

Вблизи он оказался старше меня лет на десять. На лице его привлекали внимание удивительные светло-карие глаза, влажные и выпуклые, как у собаки-бассета. Я уже распознал в его речи выговор северной Англии.

— Благодарю, — выдавил я, стараясь морщиться не слишком заметно, — а я наслаждался каждым словом вашего. Удивительная широта обзора. Я подумал, не знакомы ли вы с моим... э-э... учителем, Бартоломео Росси. Он тоже англичанин.

— Ну конечно! — Хью Джеймс с энтузиазмом встряхнул развернутой салфеткой. — Профессор Росси — один из моих любимых авторов. Я прочел чуть не все его работы. Вы работаете у него? Как вам повезло!

Я потерял было из виду Элен, но в эту минуту заметил ее у буфета в обществе Гежи Йозефа. Он что-то серьезно говорил ей на ухо, и она позволила ему проводить ее к столику на дальней от нас стороне зала. Даже с такого расстояния я сумел различить кислую мину на ее лице, и тем не менее сцена произвела на меня неприятное впечатление. Он склонялся к ней, заглядывая в лицо, склоненное над тарелкой, и я едва не корчился от желания подслушать его слова.

— Как бы то ни было... — Хью продолжал рассуждать о работах Росси, — я считаю, что его обзор греческой театральной техники неподражаем. Этот человек умеет все.

— Да, — рассеянно проговорил я, — Он работал над статьей "Дух в амфоре", о сценическом реквизите в греческой трагедии... — Я осекся, сообразив, что выдаю профессиональные секреты учителя. Но если бы меня не остановила эта мысль, то заставило бы замолчать изменившееся лицо профессора Джеймса.

— Как? — изумленно выдохнул он и отложил нож и вилку, забыв о еде. — Вы сказали, "Дух в амфоре"?

— Да. — Я, в свою очередь, забыл об Элен и Геже. — А что вас удивляет?

— Но это поразительно! Я намерен немедленно написать профессору Росси. Видите ли, я недавно изучал чрезвычайно интересный письменный источник. Венгрия, пятнадцатый век. Я и в Будапеште оказался в первую очередь из-за него — занялся этим периодом венгерской истории, знаете ли, и с любезного разрешения профессора Шандора подал заявку на участие в конференции. Да, так документ написан одним из придворных ученых Матьяша Корвинуса, и в нем упоминается дух в амфоре.

Я вспомнил, что рассказывала вчера Элен о короле Матьяше: кажется, он основал библиотеку в замке Буды? И тетя Ева тоже о нем говорила...

— Прошу вас, — взволнованно попросил я, — объясните.

— Ну, звучит довольно глупо, но я уже несколько лет интересуюсь легендами Центральной Европы. Начал, пожалуй, шутки ради, но легенды о вампирах меня совершенно околдовали.

Я уставился на него. Добродушное лицо собеседника не изменилось, но я чувствовал себя как во сне.

— Понимаю, это кажется ребячеством: граф Дракула и все такое, — но вы знаете, как начнешь копаться, тема оказывается чрезвычайно интересной. Видите ли, Дракула ведь лицо историческое, хотя, разумеется, не вампир, и я увлекся поисками происхождения народных легенд в событиях жизни реального человека. Несколько лет назад я начал разыскивать письменные свидетельства, не зная даже, существуют ли они, поскольку вампиры, конечно, существовали в основном в устных преданиях крестьян Центральной и Восточной Европы...

Он откинулся назад, постучал пальцами по крышке стола.

— И вот, смотрите-ка, в университетской библиотеке нашелся документ, высланный, по-видимому, самим Корвинусом — он желал, чтобы кто-нибудь собрал для него все, известное о вампирах с древнейших времен. Человек, работавший по его заказу, кто бы он ни был, явно был знатоком античности и, вместо того чтобы бродить по деревням, как положено доброму этнографу, углубился в греческие и латинские источники — Корвинус владел богатым собранием, — ища в них упоминания о вампирах. И он обнаружил у древних греков предание — я больше нигде его не встречал, пока вы сейчас не упомянули — о духе в амфоре. В древнегреческих трагедиях говорится, что в амфорах нередко хранился прах умерших, и, видите ли, среди невежественных греков существовало поверье, что если амфора не захоронена по всем правилам, из нее может выйти вампир – каким образом, я еще не разобрался. Если профессор Росси пишет на эту тему, он может что-нибудь знать. Замечательное совпадение, верно? Кстати, в современной Греции еще сохранились поверья о вампирах...

– Я знаю, – сказал я, – вриколаки.

Выпуклые глаза профессора Джеймса чуть не выкатились из глазниц.

– Откуда вы знаете? – ахнул он. – Я хотел сказать... простите, ради бога, но я просто удивился, встретив человека, который тоже...

– Интересуется вампирами? – сухо подсказал я. – Да, меня это тоже поначалу удивляло, но постепенно я начинаю привыкать. Как случилось, что вы заинтересовались вампирами, профессор Джеймс?

– Хью, – задумчиво поправил он. – Пожалуйста, зовите меня Хью. Ну, я... – Он кинул на меня короткий пристальный взгляд, и я в первый раз заметил сквозивший под его простецкой наружностью острый ум. – Это ужасно странно, и я обычно не рассказываю, однако...

Я больше не мог ждать.

– Не нашли ли вы, случайно, где-нибудь старую книгу с драконом на развороте?

Румянец сошел с его лица, и взгляд стал почти диким.

– Да, – проговорил он, – я нашел книгу.

Его пальцы вцепились в край стола.

– Кто вы?

– Я тоже нашел такую.

Мы долго глядели друг на друга и просидели бы так, онемев, еще дольше, если бы наше молчание не было прервано. Голос Гежи Йожефа прозвучал у меня над ухом раньше, чем я заметил его присутствие: он приблизился сзади и смотрел на нас с мягкой улыбкой. Элен тоже спешила к нам и еще издалека взглянула на меня странно – я бы сказал, виновато.

– Добрый день, товарищи, – сердечно приветствовал нас Гежа. – Что там за книги вы нашли?»

ГЛАВА 41

«При виде дружески склонившегося над нашим столиком профессора Йожефа я совершенно растерялся. Необходимо было, не откладывая, продолжить разговор с Хью Джеймсом, но в сутолоке банкетного зала, да еще при человеке, против которого меня предостерегала Элен — почему? — об этом нечего было и думать. Наконец я неуверенно пробормотал:

— Оказывается, нас объединяет страсть к старинным книгам. Впрочем, то же самое, наверно, может сказать о себе всякий историк.

Элен между тем успела протолкаться к нам, и в ее взгляде я уловил тревогу, смешанную с одобрением. Встав, я придвинул ей стул. Элен, видимо, почувствовала мою растерянность, потому что сейчас же перевела внимательный взгляд с меня на Хью. Гежа выглядел в нашей компании самым простодушным, но мне почудилось, будто его прекрасные глаза на мгновенье напряженно сощурились; так, подумалось мне, должно быть, щурились на западное солнце гунны сквозь прорези своих кожаных шлемов. Я поспешил отвести взгляд от его лица.

Вероятно, мы могли бы провести весь день, обмениваясь или сталкиваясь взглядами, но нас выручил профессор Шандор.

— Прекрасно, — протрубил он, — я вижу, ланч вам понравился. Вы закончили? А теперь, если вы будете так добры проследовать за мной, мы подготовимся к началу вашего доклада.

Я вздрогнул — на несколько минут ожидавшая меня пытка почти вылетела из головы, — однако покорно поднялся. Гежа почтительно отступил за спину профессору Шандору («Не слишком ли почтительно?» — спросил я себя) и тем подарил мне счастливую возможность переглянуться с Элен. Многозначительно округлив глаза, я чуть заметно кивнул на Хью Джеймса, вежливо вставшего навстречу Элен и до сих пор безмолвно стоявшего у стола. Она озадаченно нахмурилась, но тут Шандор, к моему великому облегчению, дружески хлопнул Гежу по плечу и увел его за собой. Мне показалось, что даже широкая спина молодого венгра выражает досаду, но, возможно, я просто заразился подозрительностью от Элен. Так или иначе, мы выиграли минуту свободы.

— У Хью тоже книга, — шепнул я, бесстыдно выдавая тайну, доверенную мне англичанином.

Элен округлила глаза, но в ее взгляде мелькнуло недоумение.

— У Хью?

Я поспешно кивнул на разглядывавшего нас англичанина. Теперь у Элен, а следом и у него отвисла челюсть. Молодой англичанин заговорил первым:

— У нее тоже?..

— Нет, — шепнул я, — она помогает мне. Это мисс Элен Росси, этнограф.

Хью горячо сжал ей руку, но глаза у него стали еще круглее. Однако профессор Шандор уже вернулся и стоял рядом, поджидая нас, так что мне пришлось уйти с ним. Элен с Хью жались ко мне, так что все мы немного напоминали испуганных овец.

Конференц-зал понемногу наполнялся, и я поспешно занял место в первом ряду, вытащил из портфеля конспект доклада и развернул его почти не дрожащими руками. Профессор Шандор с помощниками опять возились с микрофоном, и я с надеждой подумал, что, может быть, аудитория меня просто не услышит, а значит, и беспокоиться не о чем. Однако, к несчастью, технику успели наладить, и добрый профессор уже представлял меня, склоняя седую прическу в особенно важных пунктах. Он снова повторил основные моменты моей карьеры, упомянул, каким престижным считается в США мой университет, и поздравил собравшихся выслушать мое выступление с редкой удачей — все по-английски, словно нарочно, чтобы я ничего не упустил. Тут до меня дошло, что на кафедре не было переводчика, который переложил бы мои помятые записки на благородный немецкий. От этой мысли я преисполнился уверенности в себе и смело взошел на кафедру.

— Добрый день, коллеги-историки, — начал я и тут же, почувствовав, что смел не по чину, опустил конспект. — Выступить перед вами на этой конференции — большая честь для меня. Я хотел бы поговорить о некоторых моментах оттоманского вторжения в Трансильванию и Валахию — две исторические области, хорошо известные каждому из вас как части современной Румынии. — Мне показалось, что по морю обращенных ко мне лиц прошло легкое волнение. Трансильвания для венгерских историков, как и для большинства венгров, была темой щекотливой. — Как вы знаете, Оттоманская империя более пятисот лет владела территориями в Восточной Европе, управляя ими из захваченного в 1453 году Константинополя, утвердившегося как столица империи. Турецкая армия успешно покорила десятки стран, однако некоторые области до конца более или менее успешно сопротивлялись захватчикам, в том числе горные районы Восточной Европы, где сама природа помогала гордому и непокорному местному населению. Среди таких областей была и Трансильвания.

Таким образом я продолжал и дальше, то по памяти, то сверяясь с записками и волнуясь, как школьник, не выучивший урока, — несмотря на все старания Элен, я еще слишком слабо владел материалом. Закончив короткое введение, я поговорил о торговых путях, связывавших империю с названными областями, упомянул властителей и знатных особ, возглавлявших сопротивление. Имя Влада Дракулы я произнес непринужденно и бегло — мы с Элен сошлись во мнении, что, полностью исключив его из списка, могли возбудить подозрения в любом историке, осведомленном о его славе истребителя турецких полчищ. Я не догадывался, как трудно окажется выговорить его имя перед толпой незнакомцев — когда я заговорил о двадцати тысячах турецких солдат, посаженных на кол, рука у меня внезапно дрогнула и я опрокинул стоявший передо мной стакан с водой.

— О, простите! — воскликнул я, жалобно оглядывая зал, полный сочувственных лиц — сочувственных за двумя исключениями. Элен была бледна и настороженна, а Гежа Йожеф подался вперед, словно моя неловкость представляла для него огромный интерес. Студент в голубой рубашке и профессор Шандор одновременно поспешили ко мне на помощь, вооружившись носовыми платками, и через две секунды я получил возможность продолжать, собрав все оставшееся во мне мужество. Я указал, что, хотя турки совладали с Дракулой и многими его товарищами — мне показалось уместным хоть раз вставить в речь это слово, — сопротивление продолжалось из поколения в поколение, и в конце концов цепь непрерывных национально-освободительных восстаний опрокинула гигантскую империю. Ее могучая машина спасовала перед самой природой этих выступлений, где атакующие, получив отпор, немедленно растворялись в родных горах и лесах.

Я собирался закончить более красноречивым пассажем, однако аудитория, кажется, осталась довольна и горячо аплодировала. Я, против всяких ожиданий, добрался до конца, и ничего страшного не случилось. Элен, успокоившись, откинулась на спинку кресла, а сияющий профессор Шандор подошел, чтобы пожать мне руку. Оглядев зал, я заметил в заднем ряду Еву. Она звонко хлопала в ладоши и улыбалась очаровательной широкой улыбкой. Однако в зале не хватало чего-то знакомого, и только спустя минуту я понял, что исчезла гордая фигура Гежи. Я не заметил, когда он выскользнул из зала. Вероятно, окончание доклада показалось ему слишком скучным.

Едва я закончил, все встали с мест и в зале поднялось вавилонское столпотворение языков. Еще несколько венгерских историков подошли пожать мне руку и поздравить. Профессор Шандор был в восторге.

— Превосходно, — восклицал он, — я полон удовольствия узнать, как прекрасно в Америке понимают историю нашей Трансильвании!

Я задумался, что сказал бы он, узнав, что весь доклад выучен мной со слов одной из его сотрудниц за столиком стамбульского ресторана.

Ева тоже подошла и протянула мне руку. Я не мог решиться, поцеловать ее или пожать, и выбрал второе, хотя она выглядела еще более величественно и царственно среди множества мужчин в потертых костюмах. Сегодня на ней было темно-зеленое платье, золотые серьги, а волосы, пышными кудрями ниспадающие из-под маленькой шляпки, за ночь изменили цвет с пурпурного на черный.

Элен тоже заговорила с ней, и я заметил, как официально они держатся друг с другом в этом собрании: трудно было поверить, что только вчера Элен с разбегу повисла у нее на шее. Для меня Элен перевела поздравления тетушки.

– Очень мило сделано, молодой человек. По лицам слушателей я видела, что вы умудрились никого не задеть, так что, вероятно, не сказали ничего нового. Но вы уверенно держитесь на кафедре и смотрите в глаза слушателям – далеко пойдете. – Свой комментарий тетя Ева смягчила ослепительной белозубой улыбкой. – А теперь меня ждут домашние хлопоты, но мы с вами еще увидимся завтра за ужином. Встретимся в вашей гостинице.

Известие о еще одном ужине с ней оказалось для меня неожиданностью, но неожиданностью приятной.

– Простите, что не приглашаю домой, – продолжала Ева. – Мне бы хотелось вас по-настоящему угостить, но моя квартира, как и весь Будапешт, перестраивается, и невозможно принимать гостя при таком беспорядке в столовой.

Как ни слепила меня ее улыбка, в этой короткой речи я сумел высмотреть два обрывка информации: во-первых, в городе крошечных (по слухам) квартир у нее имеется отдельная комната для столовой и, во-вторых, порядок там или беспорядок, но тетушка слишком предусмотрительна, чтобы приглашать к себе незнакомого американца.

— Но мне нужно провести небольшую конференцию с племянницей. Вы отпустите Элен вечером ко мне? — Элен смутилась, но переводила дословно.

— Ну конечно, — отозвался я, возвращая тете Еве ее улыбку. — Наверняка вам о многом нужно поговорить после долгой разлуки. А я и сам собирался пригласить коллегу на ужин.

Взглядом я уже отыскал в толпе твидовый пиджак Хью Джеймса.

— Прекрасно.

Она снова протянула руку, и на сей раз я поцеловал ее, как истинный венгр, — мне впервые приходилось целовать руку женщине, — после чего тетушка Ева удалилась.

После перерыва последовал доклад на французском о крестьянских восстаниях во Франции в начале новоисторического периода и еще два выступления на немецком и венгерском. Я снова устроился в последнем ряду вместе с Элен и наслаждался тем, что никто на меня не смотрит. Когда с кафедры сошел русский историк, занимавшийся прибалтийскими государствами, Элен тихонько сообщила мне, что наш долг исполнен и можно сбежать из зала.

— Библиотека через час закрывается. Выходим.

— Одну минуту, — отозвался я, — только договорюсь об ужине.

Я без малейшего труда нашел Хью Джеймса — англичанин, видимо, тоже искал меня. Мы договорились встретиться в семь часов в вестибюле университетской гостиницы. Элен собиралась на автобусе добраться к тете, и по ее лицу было ясно, что она всю дорогу будет гадать, что я услышал от Джеймса. Стены библиотеки сияли гладкой свежей охрой, и я в который раз подивился, как быстро отстраивается Будапешт, стирая следы, оставленные войной. Вспомнив намеки тети Евы, я подумал, что подобного результата помогает добиться не только коммунистический задор, но и жар венгерского патриотизма.

— О чем задумался? — спросила Элен.

Она снова натянула перчатки и придерживала перекинутый через плечо ремешок сумочки.

– О твоей тете.

– Если она тебя так очаровала, возможно, мама окажется не вполне в твоем стиле, – она лукаво улыбнулась, – но завтра увидим. А пока нам надо кое-что поискать здесь.

– Что именно? Что за таинственность?

Она не отозвалась, и мы вместе прошли в широкую резную дверь.

– Ренессанс? – шепнул я Элен, но она покачала головой.

– Стилизация девятнадцатого века. Первоначальное собрание только в восемнадцатом веке перенесли в Пешт – оно хранилось в Буде, да и университет находился там же. Мне один библиотекарь рассказывал, что большая часть старинных книг попала в библиотеку из семей, спасавшихся в шестнадцатом веке от оттоманского нашествия. Как видишь, и мы кое-чем обязаны туркам. Кто знает, где были бы теперь эти книги, если бы не они.

Приятно было снова войти в библиотеку, почувствовать родной домашний запах. В этой псевдоклассической сокровищнице повсюду виднелись темные резные панели, галереи, балкончики, фрески. Но мой взгляд манили книги – ряды книг, сотни и тысячи книг, выстроившихся вдоль стен от пола до потолка: красные, коричневые, позолоченные корешки, мраморная гладкость переплетов и форзацев, темная от времени шероховатость обрезов. Я задумался, где прятали их во время войны и сколько труда ушло, чтобы снова расставить их по порядку. За кипами книг на длинных столах еще скрывались несколько студентов, а молодой библиотекарь за столиком дежурного разбирал стопки возврата. Элен заговорила с ним, и он кивнул, жестом направив нас в большой читальный зал, видный в приоткрытую дверь. Туда он принес нам толстый фолиант, положил на стол и оставил нас одних. Элен села, стянула перчатки.

— Да, — пробормотала она себе под нос, — кажется, тот самый. Я просматривала его перед отъездом из Будапешта, но тогда он показался мне малоинтересным.

Она открыла титульный лист, и я снова увидел незнакомый язык. Слова казались смутно знакомыми, но понять было невозможно.

— Что это? — Я ткнул пальцем в строку, в которой заподозрил название.

Буквы, отпечатанные на плотной гладкой бумаге, отливали коричневым.

— Румынский, — пояснила Элен.

— Ты на нем читаешь?

— Ну конечно... — Она положила ладонь на страницу рядом с моей, и я заметил, что руки у нее немногим меньше моих, хотя ладонь уже и пальцы тоньше. — Вот, — продолжала она, — ты латынь учил?

— Очень мало, — сознался я, но все же попробовал перевести заглавие: — "Поэзия Трансильванских... чего-то там... 1690".

— Гор, — подсказала Элен. — Нет, точнее будет нагорий. "Поэзия Трансильванских нагорий". Очень неплохо.

— Я думал, ты не говоришь на румынском, — заметил я.

— Почти не говорю, но читать с грехом пополам могу. Я ведь десять лет учила латынь в школе, и тетя часто заставляла меня читать и писать по-румынски. Мать, конечно, была против, но тетя очень упряма. Она никогда не говорит о Трансильвании, но в душе никогда не забывает о ней.

— А что это за книга?

Элен бережно перевернула первую страницу. Я увидел длинные колонки текста, в котором с первого взгляда не нашел ни одного знакомого слова, к тому же взгляд терялся во множестве крестиков, ударений, апострофов и других значков над знакомыми латинскими буквами. Может, язык и принадлежал к романской группе, но больше напоминал колдовские заклинания.

— Я наткнулась на это издание, когда в последний раз просматривала литературу перед поездкой в Англию. Честно говоря, у нас в библиотеке материалов почти не нашлось. Я отыскала несколько документов, относящихся к вампирам вообще — Матьяш Корвинус, наш король-библиофил, ими весьма интересовался.

— Да, Хью говорил, — пробормотал я.

— Что?

— Потом объясню. Продолжай.

— Ну, я решила перевернуть каждый камешек, поэтому пришлось перечитать массу материалов по Валахии и Трансильвании. Потратила несколько месяцев и заставила себя прочесть даже книги на румынском. Конечно, большая часть исторических сведений написана на венгерском, как-никак, земли веками принадлежали Венгрии, но и на румынском кое-что попадалось. То, что ты видишь, это собрание народных песен Валахии и Трансильвании, собранных анонимным автором. Здесь не только песни — встречаются настоящие эпические поэмы.

Я разочарованно вздохнул, прощаясь с надеждой увидеть редкий исторический источник, относящийся к Дракуле.

— И здесь упоминается имя нашего друга?

— Боюсь, что нет. Но одна песня застряла у меня в памяти, и я вспомнила ее, когда ты рассказывал о находке Селима Аксоя в стамбульском архиве — помнишь, тот отрывок о вступлении в город карпатских монахов с телегой и мулами? Теперь я жалею, что не попросила Тургута записать нам перевод.

Она начала осторожно листать страницы. Изредка вверху страниц попадались иллюстрации: гравюры, в основном копирующие орнамент народных вышивок, хотя встречались и грубые наброски деревьев, домов и животных. Печать была отчетливой и аккуратной, но сама книга немного напоминала примитивную рукопись, сшитую и переплетенную вручную. Элен пробежала пальцем первые строки какой-то песни, пошевелила губами, покачала головой.

— Некоторые такие грустные, — сказала она вслух. — Знаешь, мы, румыны, в душе совсем не похожи на венгров.

— Чем же?

— Ну, знаешь, есть венгерская пословица, которая говорит: “Мадьяр и радуется грустя”. И это верно — Венгрия полна грустных песен, а в селах много жестокости, пьянства, самоубийств. Но румыны еще печальнее. Наша печаль, мне кажется, идет не от тягостей жизни, а кроется в нас самих. — Она склонила голову над старинной книгой, тень густых ресниц легла ей на щеки. — Вот послушай — очень типичная песня.

Она, запинаясь, перевела, и я услышал нечто в этом роде — хотя здесь привожу другую песню из собственного маленького сборника переводов девятнадцатого века:

> Как улыбалось мертвое дитя,
> теперь его сестричка улыбнулась,
> И говорит: “Ах, мамочка моя,
> сестричка умерла, сказала мне, не бойся.
> Непрожитую жизнь она мне отдала,
> чтоб я тебя подольше радовать могла”.
> Но мать не поднимает головы,
> над опустевшей колыбелькою грустит.

— Господи, — я содрогнулся, — неудивительно, что народ, поющий такие песни, верит в вампиров — и даже создает их.

— Да, — кивнула Элен, но рука ее уже перевернула следующую страницу. — Погоди… вот, кажется, здесь.

Она показала на короткое стихотворение, под которым виднелась гравированная заставка: кажется, густая чаща, в которой с трудом различались домики и какие-то животные.

Я долгие минуты просидел в напряженном ожидании, пока Элен молча разбирала текст. Наконец она подняла на меня просветлевший взгляд.

— Вот послушай, попробую перевести.

Ниже я привожу точную запись двадцатилетней давности, сохранившуюся среди моих бумаг:

Они подъехали к воротам, подъехали к великому городу.
Подъехали к великому городу из страны смерти.
Мы люди божьи, люди карпатские,
мы монахи, люди святые,
да несем вести дурные.
Несем в город великий о чуме вести.
Своему владыке служим, пришли смерть его оплакать.
Едут они к воротам, и плачет с ними весь город,
когда в город они въезжают.

Жуть пронизала меня от диких слов стишка, но я должен был возразить:

— Это слишком обще. Упоминаются Карпаты, да, но упоминание о них можно найти в десятках, если не сотнях текстов. И "великий город" точно не назван. Возможно, подразумевается Град Господень, царствие небесное?

Элен покачала головой:

— Не думаю. Для жителей Балкан и Центральной Европы — и христиан, и мусульман — великим городом всегда был Константинополь, если сбросить со счета тех, кто веками совершал паломничества в Иерусалим или в Мекку. И упоминание чумы и монахов тоже привязывает отрывок к тексту Селима Аксоя. Не сам ли Влад Цепеш — тот "владыка"?

— Возможно, — с сомнением признал я, — но все это только догадки. Как ты считаешь, к какому времени относится песня?

— Датировка народного творчества почти всегда неопределенна, — задумчиво проговорила Элен. — Издание 1690 года, как видишь, хотя ни имени издателя, ни места издания не указано. Но народные песни часто живут по три, а то и четыре века, так что они могут быть на столетия старше книги. Если песня старше пятнадцатого века, то к нашим поискам она отношения не имеет.

— Забавная гравюра... — Я присмотрелся внимательней.

— Гравюр здесь много, — пробормотала Элен. — Поначалу они меня тоже поразили. Эта, кажется, совсем не подходит к содержанию песни: скорее ожидаешь увидеть коленопреклоненного монаха или высокие городские стены...

— Да, — сказал я, — но присмотрись-ка получше. Тебе не кажется, что в лесу — или в чаще, вернее сказать, — что-то скрывается? Не то чтобы великий город, но, если присмотреться, здание напоминает церковь, с крестом над куполом, а рядом...

— Какое-то маленькое животное. — Элен прищурилась и тут же вскрикнула: — Господи! Это дракон.

Я кивнул, и мы едва не столкнулись головами над страницей. Очертания крошечной фигуры оказались ужасающе знакомыми: распростертые крылья, загнутый едва различимой петелькой хвост. Мне не пришлось даже доставать из портфеля книгу.

— Что же это значит?

От вида дракона, каким бы миниатюрным он ни был, у меня тяжело забилось сердце.

— Погоди... — Элен приблизила глаза к самой странице. — Проклятье. Не могу разобрать, но там что-то написано — буквы по одной разбросаны между деревьев. Очень мелко, но я уверена, буквы.

— Дракулиа? — ровным голосом предположил я.

Она мотнула головой:

— Нет. Но может быть, тоже имя: Иви... Ивиреану. Не знаю, что это может означать. Никогда не встречала такого, но в румынских именах "у" — обычное окончание. Что же это значит, ради всего святого?

Я вздохнул:

— Не знаю, но, кажется, чутье тебя не подвело — страница каким-то образом связана с Дракулой, иначе откуда здесь дракон? Тем более, этот дракон.

Мы беспомощно уставились друг на друга. Зал, полчаса назад казавшийся таким приятным и гостеприимным, теперь словно сдвинул вокруг нас стены, представившись темным мавзолеем запретных знаний.

— Библиотекарь ничего не знает, — сказала Элен. — Я помню, расспрашивала, ведь издание выглядит очень редким.

— Ну, тогда нам здесь больше ничего не решить, — сказал я. — Давай захватим с собой перевод и срисуем, чтоб не забыть.

Я под ее диктовку переписал слова и сделал на том же листке поспешную копию гравюры. Элен смотрела на часы.

— Мне пора возвращаться в гостиницу.

— И мне тоже, а то я упущу Хью Джеймса.

Мы собрали свои вещи и благоговейно вернули книгу на полку.

Сказалось ли взбудораженное новой находкой воображение, или волнение первого самостоятельного выступления, или еще не прошла усталость от перелета, усиленная поздним ужином накануне, но мне понадобилось очень много времени, чтобы осознать то, что я увидел, вернувшись в свой номер, и еще больше — чтобы догадаться, что Элен, ушедшей к себе наверх, могло представиться такое же зрелище. Только тогда я испугался за нее и бросился к лестнице, не задержавшись, чтобы рассматривать подробности. Я и так видел, что комнату обыскали насквозь, перерыв и шкаф, и тумбочку, и постельное белье, и все мои вещи валялись на полу, измятые и разорванные в клочья. В этом разгроме чувствовалась не спешка, а сознательная ненависть».

ГЛАВА 42

«— А полиция не может помочь? Здесь они, кажется, на каждом шагу? — Хью Джеймс разломил кусок хлеба и откусил, сколько влезло в рот. — Надо же такому случиться в иностранной гостинице!

— Полицию мы вызвали, — заверил я его. — То есть надеюсь, что вызвали, потому что звонил портье. Сказал, что они смогут прийти только поздно ночью или даже утром, а до тех пор ничего не трогать. Нам дали другие комнаты.

— Как? Вы хотите сказать, что и в номер мисс Росси вломились? — Большие глаза Хью стали еще круглее. — А другие номера?

— Не думаю, — мрачно сказал я.

Мы сидели в ресторане под открытым небом, недалеко от Замкового холма в Буде, и через Дунай нам открывался вид на здание парламента. Было еще довольно светло, и небо отражалось в речной воде голубыми и розовыми отблесками. Ресторан выбирал Хью — сказал, что это его любимое место. Мимо проходили будапештцы, молодые и старые, и многие задерживались у ограды набережной, чтобы полюбоваться видом, словно и они никак не могли насмотреться на свой город. Хью заказал для меня несколько местных блюд, которые я еще не пробовал, а пока на столике стоял неизменный золотисто-коричневый хлеб да бутылка токайского — знаменитого вина с виноградников на северо-западе Венгрии, как объяснил мне Хью. Мы уже миновали стадию знакомства — обсудили мою диссертацию (Хью захихикал, услышав, как ошибался на мой счет профессор Шандор), поговорили о своих университетах и о книге по истории Балкан, которая скоро должна была выйти у Джеймса.

— Что-нибудь украли? — Хью наполнил мой бокал.

— Ничего, — все так же уныло отозвался я. — Конечно, я не оставлял в номере денег и других... ценностей, а паспорт у дежурного или в полиции, не знаю точно.

— Что же они искали? — Хью приветственно поднял свой бокал и отпил вина.

— Это очень, очень долгая история, — вздохнул я, — но она вполне вписывается в разговор, который нам предстоит.

Он кивнул:

— Ладно, тогда на штурм.

— Только если и вы примете участие.

— Само собой.

Я подкрепил свои силы, выпив полстакана токая, и начал с самого начала. Все колебания о том, насколько можно доверить профессору Джеймсу историю Росси, я отринул еще на трезвую голову: доверие могло быть только полным и взаимным. Хью слушал молча, очень внимательно, но когда я заговорил о решении Росси продолжить поиски в Стамбуле, он подскочил:

— Клянусь Юпитером, я сам собирался туда съездить. Правда, я уже два раза бывал в Стамбуле, но заняться там поисками Дракулы решил совсем недавно.

— Избавлю вас от лишних трудов... — Теперь уже я долил вина и поведал ему о стамбульском приключении Росси, потом о его исчезновении — здесь глаза у Хью вылезли на лоб, однако он промолчал.

Потом я рассказал о встрече с Элен, не утаив ее странного отношения к Росси, обо всех наших поисках и находках, включая сегодняшнюю, описав попутно Тургута и его друзей.

— Как видите, — заключил я, — меня не слишком удивляет перерытая сверху донизу комната.

— Да уж... — Он задумчиво помолчал. К этому времени мы успели управиться со множеством мясных блюд и пряных закусок, и он с явным сожалением отложил вилку, которой больше не находилось применения. — Удивительно... я имею в виду нашу встречу. Но исчезновение профессора Росси — это очень, очень печально. Ужасно странно. До вашего рассказа я считал, что изучение истории Дракулы не слишком отличается от любой другой научной работы. Разве что от той книги мне всегда делалось не по себе. Конечно, это не основание для выводов, но все же...

— Я вижу, что не так злоупотребил вашим доверием, как опасался, — заметил я.

— Да, эти книги, — продолжал рассуждать Хью. — Я насчитал четыре: ваша, Росси, моя и того стамбульского профессора.. Дьявольски странно... четыре одинаковых.

— Вы не знакомы с Тургутом Бора? — спросил я. — Вы сказали, что уже бывали в Стамбуле.

Он покачал головой:

— Нет, даже имени не слыхал. Но ведь он литературовед, так что я не мог столкнуться с ним на исторической или на какой-нибудь конференции. Я буду благодарен, если вы согласитесь как-нибудь нас познакомить. В архиве, о котором вы говорили, я сам не бывал, но читал о нем в Англии и подумывал туда добраться. Вы, как и обещали, избавили меня от лишних трудов. Знаете, мне в голову не приходило, что дракон в моей книге может оказаться картой. Поразительная идея!

— Да, а для Росси, возможно, дело жизни и смерти, — договорил я.— Но теперь ваша очередь. Как вы наткнулись на вашу книгу?

Он посерьезнел.

— Как и в вашем случае — и в двух других, о которых вы говорили, — я не столько наткнулся на нее, сколько получил — не могу сказать, от кого или каким образом. Пожалуй, начну с небольшого предисловия. — Он помолчал, и мне почудилось, что разговор его тяготит. — Видите ли, я получил ученую степень девять лет назад в Оксфорде и после этого преподавал в Лондонском университете. Семья моя живет в Камбри, это в Озерном краю, — небогатая семья. Им нелегко пришлось, но они сделали все, что могли — как и я, — чтобы я получил лучшее образование. Я всегда чувствовал себя немного чужим, особенно в частной школе — меня устроил туда дядя. Зато работал больше других, старался быть первым учеником. И с самого начала увлекся историей.

Хью промокнул губы салфеткой и покачал головой, словно вспоминая юношеское безрассудство.

— К концу второго курса в университете я уже понимал, что многое могу, и удвоил старания. Потом началась война, и все оборвалось. Я к тому времени почти три года провел в Оксфорде. Кстати, там я впервые услышал о Росси, хотя и не был с ним знаком: он уже был в аспирантуре и публиковал статью за статьей. Но он, должно быть, перебрался в Америку вскоре после моего поступления.

Он погладил подбородок большой обветренной ладонью.

— Дороже науки для меня ничего не было, но я любил и свою страну, так что сразу завербовался во флот. Мы отплыли в Италию, а пять месяцев спустя я вернулся. Ранение в предплечье и в ноги. — Он коснулся белого манжета хлопчатой рубахи, может быть, вспоминая окровавленный бинт. — Я довольно быстро поправился и хотел вернуться, но меня больше не взяли — при взрыве корабля пострадало и зрение. Так что я вернулся в Оксфорд, старался не слышать воя сирен и к концу войны закончил курс. Последние дни, проведенные в университете, были, пожалуй, счастливейшими днями моей жизни, несмотря на все трудности: мир избавлен от ужаснейшего проклятия, я наконец закончил образование, а девушка, которую я любил, сколько себя помню, согласилась стать моей женой. Денег у меня не было, да еды и за деньги нельзя было купить, но я ел у себя в комнате сардинки и писал любовные письма домой — простите, что рассказываю вам все это, — и как черт готовился к экзаменам. И, конечно, замучил себя до полусмерти.

Он поднял бутылку токайского, увидел, что она пуста, и со вздохом поставил обратно.

— Последнее испытание подходило к концу, и венчание было назначено на конец июля. В ночь перед последним экзаменом я чуть не до утра просидел над конспектами. Понимал, что готов ответить на любой вопрос, но просто не мог остановиться. Я работал в уголке библиотеки колледжа, забившись между полками, откуда мне видны были другие такие же безумцы, листавшие конспекты. В наших маленьких библиотеках попадались ужасно славные книжицы, и я позволил себе отвлечься на пару минут, вытянув с соседней полки два томика сонетов Драйдена. Потом я заставил себя поставить их на место — решил, что лучше выйти покурить и потом снова сосредоточиться. Я втиснул книги на полку и вышел во двор. Была чудная весенняя ночь, и я задумался об Элспет, и о домике, который она обставляет для нас, и о своем лучшем друге — он был бы куда лучше меня, — погибшем на нефтяных полях Плоешти, — он воевал в американской армии, — а потом я вернулся в библиотеку. К моему удивлению, Драйден снова лежал на столе, словно я и не убирал его, и мне подумалось, что я, пожалуй, переработался. Я хотел поставить его на место, но места не оказалось. Я точно помнил, что томики стояли следом за Данте, но место было занято другой книгой — книгой в старинном переплете с вытесненной на корешке фигуркой маленького зверя. Я вытащил ее, и она сама открылась в руках — ну, это вам знакомо.

Его добродушное лицо побледнело, и он принялся рыться в карманах сперва рубашки, потом в брючных, пока не откопал пачку сигарет.

— Не курите? — Он закурил и глубоко затянулся. — Меня захватила наружность книги, явно старинной, и грозный вид дракона — ну, понятно, точь-в-точь как у вас. В три часа ночи библиотекаря, конечно, не было, так что я прошел в каталог и поискал сам, но узнал только имя: Влад Цепеш, и его происхождение. На книге не было штампа библиотеки, так что я унес ее к себе. В ту ночь я плохо спал и на следующее утро мне было не до экзамена: я только и думал, в какие еще библиотеки обратиться и не съездить ли в Лондон, где могло оказаться больше литературы. Но времени не было, и, уезжая домой, я захватил книгу. Посматривал на нее время от времени. Элспет поймала меня на этом, и когда я ей рассказал, почему-то очень встревожилась. До нашей свадьбы оставалось пять дней, а я только и думал о книге и постоянно заговаривал о ней с Элспет, пока она не попросила меня перестать. А однажды утром — за два дня до венчания — меня вдруг осенило. Понимаете, недалеко от деревушки, где жили мои родители, был большой особняк, построенный еще при Якове, — он входил в маршрут автобусных экскурсий. Мне еще в школе надоели разговоры о нем, но я запомнил, что вельможа, построивший его, был большим книголюбом и собрал коллекцию книг со всего света. Я не мог уехать в Лондон перед самой свадьбой и подумал, нельзя ли порыться в его знаменитой домашней библиотеке — там могло найтись что-нибудь о Трансильвании. Родителям я сказал, что пойду прогуляться, а они, конечно, решили, что у меня свидание с Элси. Утро было дождливое — и туманное, и холодное. Хранительница особняка сказала, что сегодня экскурсии не проводятся, но в библиотеку меня впустила. Она слышала о нашей свадьбе, была знакома с моей бабушкой, так что даже угостила меня чашкой чая. Я скинул макинтош и, увидев два десятка полок, собранных добрым якобитом, забиравшимся гораздо дальше на восток, чем большинство собирателей, забыл обо всем на свете. Я перебирал эти чудеса, сначала купленные в Англии, вероятно, уже после окончания его великих путешествий, пока не добрался до Венгрии и Трансильвании, и там нашел одно упоминание Влада Цепеша, потом другое, третье и, наконец, с восторгом и изумлением обнаружил описание погребения Влада на озере Снагов, перед алтарем облагодетельствованной им церкви. Описание представляло собой легенду, записанную англичанином, побывавшим в тех краях, — на титульном листе вместо имени стояло просто "Путешественник". Автор был современником вельможи времен Якова Первого. Значит, как вы понимаете, предание пережило Влада на добрых сто тридцать лет. Путешественник побывал в снаговском монастыре в 1605 году. Он беседовал с монахами и от них услышал легенду о великой книге, сокровище монастыря, лежавшей на алтаре во время похорон. Все монахи, присутствовавшие при погребении, оставили в ней свои подписи, а те, кто не умел писать, нарисовали дракона в честь Ордена Дракона. Потом, говорит Путешественник, он захотел увидеть могилу, и монахи показали ему большую плиту в полу перед алтарем. На ней был нарисован портрет Дракулы и под ним — надпись на латыни, возможно тоже краской, поскольку автор не упоминает о резьбе. Его поразило отсутствие на могильной плите обычного креста. Что-то заставило меня заботливо скопировать эпитафию... — Хью огляделся, затушил окурок в пепельнице и понизил голос: — Я списал ее и, припомнив уроки латыни, прочел вслух перевод: "Читатель, подними его..." — вы знаете, как там дальше. Снаружи все еще лил дождь, и где-то в библиотеке хлопнуло растворенное окно — в лицо дунуло сырым холодом. Нервы у меня были так натянуты, что я подскочил, опрокинул чашку и пролил чай на книгу. Промокая лужу и проклиная свою неуклюжесть, я ненароком взглянул на часы — был уже час дня, и меня ждали домой к обеду. Мне показалось, что все нужное я уже нашел, так что я собрал книги, поблагодарил хранительницу и пошел назад по аллее среди цветущих июньских роз. Дома я ожидал застать родителей, а может быть, и Элси за столом, а застал целую толпу друзей и соседей. Отец на себя был не похож. — Хью зажег новую сигарету, в собирающейся темноте огонек спички заметно дрожал. — Он положил руку мне на плечо и рассказал, что Элспет, возвращаясь на одолженной у кого-то машине из соседнего городка, куда ездила за покупками, попала в аварию. Шел сильный дождь, ей показалось, что на дороге что-то мелькнуло, и она затормозила, машину занесло... Слава богу, она была жива, но тяжело ранена. Ее родители сразу поехали в больницу, а мои дожидались меня. Я нашел машину и гнал так, что сам чудом не попал в аварию. Думаю, подробности вас не интересуют — она лежала с перевязанной головой, широко открыв глаза. Вот так... она живет в каком-то санатории, с хорошим уходом, но не говорит и мало что понимает, и есть сама не может. Самое страшное... — голос у него дрогнул, — самое страшное, что я всегда считал это случайностью, просто несчастным случаем, а теперь, после ваших рассказов — о друге Росси Хеджесе и о вашем... о вашем коте, — не знаю, что и думать.

Он нервно затянулся.

Я тяжело выдохнул:

— Мне очень, очень жаль. Не знаю, что сказать. Как ужасно.

— Спасибо. — Хью понемногу приходил в себя. — Прошло немало лет, а время, знаете ли, лечит. Просто...

Тогда я не понимал, как понимаю сейчас, чего он недоговорил — напрасные слова, непроизносимая литания о потерянном. Мы сидели так, разделенные и связанные прошедшим, когда подошел официант и поставил на наш столик свечу в стеклянном фонарике. Кафе наполнялось людьми, изнутри донесся взрыв смеха.

— То, что вы рассказали о Снагове, — снова заговорил я, — знаете, я ничего этого не знал — о надписи на могиле, и о нарисованном лице, и о том, что там не было креста. Мне кажется очень важным, что надпись совпадает с надписью на карте Росси, — доказательство, что первое погребение в самом деле находилось в Снагове. — Пальцами я стиснул виски. — Но тогда почему же на карте — я имею в виду карту с драконом в книгах и те, в архиве, — почему на них не изображены приметы Снагова: озеро, остров на нем?

— Хотел бы я знать.

— А после того вы продолжали заниматься Дракулой?

— Несколько лет не занимался. Не хватало духу. Но около двух лет назад я поймал себя на том, что снова задумываюсь о нем, так что, начав работу над последней книгой — о Венгрии, я не пропускал ничего, связанного с этой темой.

Уже совсем стемнело, и в воде Дуная отражались огни фонарей на мостах и набережной Пешта. Подошел официант, предложил нам "эспрессо", и мы с благодарностью согласились. Хью сделал глоток и отставил чашку.

— Хотите взглянуть на мою книгу? — спросил он.

Я не сразу понял его:

— На ту, что вы пишете?

— Нет, с драконом.

Я опешил:

— Она у вас с собой?

— Я всегда ношу ее с собой, — строго пояснил Хью. — Или почти всегда. На время доклада оставлял в номере — решил, что там она будет в большей сохранности. Стоит мне подумать, что ее могут украсть... — Его голос прервался. — Вашей ведь не было в номере?

— Нет. — Я невольно улыбнулся. — Свою я тоже ношу с собой.

Он вдруг сдвинул в сторону посуду и открыл свой портфель. Из портфеля появилась шкатулка полированного дерева, из нее — матерчатый пакет, который Хью положил на стол. В пакете оказалась книга — меньше моей, но в таком же переплете из потертого пергамена. Страницы были темнее и крошились сильнее моих, но оттиск, сделанный в двух цветах — драматическое сочетание черного и красного, был точно таким же и занимал разворот от края до края — скалящийся на нас дракон. Я молча открыл свой портфель и, выложив на стол собственную книгу, открыл разворот и положил рядом с гравюрой Хью. Совершенно идентичны, подумал я, склонившись над ними.

— Смотрите, даже клякса одинаковая. Отпечатаны с одного клише, — тихо сказал Хью.

Я видел, что он прав.

— Знаете, вы напомнили мне еще одно. Забыл сказать. Мы с мисс Росси сегодня заходили в университетскую библиотеку — она хотела вспомнить кое-что, прочитанное два года назад... — Я описал том румынского фольклора и жутковатый стишок о монахах в великом городе. — Ей казалось, что песня может иметь отношение к стамбульскому манускрипту, о котором я вам рассказывал. Текст, на мой взгляд, может относиться к чему угодно, зато на странице оказалась примечательная заставка: чаща леса, в которой виднеется церковь и дракон рядом с ней, и еще слово.

— Дракулиа? — мысль Хью следовала тем же путем, что и моя.

— Нет, “Ивиреану”... — Заглянув в свой блокнот, я показал ему написание слова.

Он широко распахнул глаза:

— Потрясающе!

— Что? Говорите же скорее.

— Да ведь я только вчера наткнулся на это слово в библиотеке.

— В той же библиотеке? Где? В той же книге? — В нетерпении я сыпал вопросами, не дожидаясь ответов.

— Да, в университетской библиотеке, но книга была другая. Я шарил в каталоге в поисках материалов по своей теме, а поскольку наш друг не идет у меня из головы, то я вечно натыкаюсь и на его имя. Знаете, Дракула и Хуньяди были смертельными врагами, а позже он враждовал с Матьяшем Корвинусом, так что, читая о них, то и дело натыкаешься на его имя. Я ведь говорил вам за ланчем, что нашел документ, составленный по приказу Корвинуса, — тот, где упоминается дух в амфоре?

— Да-да, — живо откликнулся я. — И там вам встретилось слово “Ивиреану”?

— Нет... Документ Корвинуса чрезвычайно интересен, но по другим причинам. В нем сказано... вот, я сделал выписку. Оригинал на латыни.

Он достал блокнот и прочел мне несколько строк:

— “В год Господа нашего 1463 смиренный слуга короля предлагает ему сии слова из великих писаний, дабы уведомить его величество о проклятии вампира, да сгинет он в аду. Составлено для книжного собрания его величества, в помощь ему в исцелении от чумы нашего города, изгнании вампиров и спасении наших обителей от великого зла”... И так далее. Потом добрый книжник, имя которого забылось, приводит ряд ссылок на различные классические труды, среди которых и описание духа в амфоре. Вы видите, что документ датируется первым годом после ареста Дракулы, годом его заключения в замке Буды. Как видно, Матьяша тревожили те же беды, что и турецкого султана. Мне представляется, что Дракула приносил с собой беду повсюду, где оказывался. Оба документа говорят о чуме, и оба упоминают вампиров. Большое сходство, не правда ли? — Он задумчиво помолчал. — Вообще-то, чуму можно понимать и в буквальном смысле. В Англии я читал, что Дракула использовал в борьбе против турок заразу. Засылал в турецкий лагерь своих людей, больных инфекционными заболеваниями, — в турецком платье.

Хью Джеймс задумчиво прищурился на свет фонаря, и его добродушное лицо изменилось. Мне пришло в голову, что в новом союзнике нам посчастливилось встретить обладателя проницательного ума.

— Поразительно, — признал я, — однако насчет "Ивиреану"?

— О, прошу прощения, — Хью улыбнулся, — отклонился от темы… Да, это слово тоже попалось мне в библиотеке. Три или четыре дня назад, кажется, в румынском издании Нового Завета. На титульном листе внизу значилось "Ивиреану" — ручаюсь вам, то самое слово. Я просматривал книгу, потому что в оформлении переплета явственно сказывалось оттоманское влияние. Тогда я особенно не задумался — то и дело натыкаюсь на румынские слова, для меня, по правде сказать, весьма таинственные, потому что румынского я почти не знаю. Я засмотрелся на него из-за шрифта — очень изящного. Решил, что это, должно быть, название местности или города.

У меня вырвался стон:

— И все? Больше вы его нигде не видели?

— Боюсь, что нет… — Хью занялся остывшим кофе. — Но если снова где-нибудь наткнусь, обязательно дам вам знать.

— Ну, возможно оно и не связано с Дракулой, — протянул я, утешая сам себя, — жаль только, у нас нет времени хорошенько покопаться в здешней библиотеке. В понедельник мы вылетаем обратно в Стамбул — к несчастью, нам разрешили въезд в страну только на время конференции. Если найдете что-либо интересное…

— Ну конечно, — заверил Хью. — Я пробуду здесь еще шесть дней. Если что-нибудь найду, писать вам на факультет?

Я чуть вздрогнул: уже несколько дней я совсем не вспоминал о доме и понятия не имел, когда снова смогу заглянуть в свой почтовый ящик на факультете.

— Нет, нет, — поспешно возразил я, — пока не надо. Если вам попадется что-то, что покажется важным для нас, позвоните, пожалуйста, профессору Бора. Просто скажите ему, что знакомы с нами. Если я сам буду с ним говорить, то предупрежу, что вы можете с ним связаться. — Достав визитную карточку Тургута, я переписал для Хью номер его телефона.

— Очень хорошо. — Он сунул записку в нагрудный карман. — И возьмите мою карточку. От всей души надеюсь, что мы еще встретимся.

Мы несколько секунд помолчали. Он сидел, опустив взгляд на стол с пустыми чашками, освещенный мерцающим огоньком свечи.

— Послушайте, — заговорил он наконец, — если все, что вы рассказывали, — правда... вернее, все, что рассказывал Росси... и граф Дракула, или Влад Цепеш, жив — в каком-то ужасном смысле этого слова... я хотел бы помочь вам...

— Избавиться от него? — тихо договорил я. — Буду иметь в виду.

После этого нам, казалось, уже не о чем было говорить, хотя я тоже надеялся, что смогу когда-нибудь продолжить разговор. Мы нашли такси, доставившее нас в Пешт, и Хью настоял на том, чтобы проводить меня в гостиницу. Мы сердечно прощались с ним в вестибюле, когда портье, с которым я разговаривал днем, вышел из своей кабинки и схватил меня за локоть.

— Герр Пауль! — возбужденно воскликнул он.

— Что такое? — Мы оба встревоженно обернулись к нему.

Перед нами был высокий сутулый человек в синей рабочей куртке, отрастивший усы, приличествовавшие гуннскому воину. Он притянул меня к себе, чтобы шептать почти в самое ухо, но я успел сделать Хью знак задержаться. В зале больше никого не было, и мне не особенно хотелось оказаться наедине с новыми проблемами.

— Герр Пауль, я знаю, кто заходил сегодня в вашу циммер.

— Как? Кто? — воскликнул я.

— Хм, хм... — Портье замычал себе под нос, оглядываясь по сторонам и поглаживая карманы.

В его жестах чувствовался несомненный намек, только вот я не мог его уразуметь. Мне пришло в голову, что у парня не все в порядке с головой.

— Ему нужна взятка, — вполголоса перевел для меня Хью.

— О, боже всевышний, — выдохнул я, однако взгляд портье в самом деле мгновенно просветлел, как только в моих руках оказались две крупные венгерские купюры.

Вороватым жестом он выдернул у меня бумажки и мгновенно спрятал в карман, однако ни словом не отметил моей капитуляции.

— Герр американец, — шептал он, — я знаю, в вашей комнате был не айн менш. Их было двое. Один вошел первым, очень важный. Потом второй. Я видел, когда нес чемодан в другую циммер. Тогда я их видел, они разговаривали. Они вышли вместе.

— И никто их не остановил? — зло поинтересовался я. — Кто они такие? Венгры?

Портье снова оглядывался через плечо, и я не без труда подавил искушение придушить его. Атмосфера всеобщей подозрительности начала сказываться на нервах. Но вид у меня, наверно, был достаточно грозный, потому что портье умоляюще погладил меня по плечу.

— Важный человек — венгр. Второй — нет.

— Откуда вы знаете?

Он понизил голос.

— Один был венгр, но говорили они англиш. — Больше он ничего не мог сообщить, несмотря на мои настойчивые расспросы.

Он явно решил, что уже отработал полученные им форинты, и, пожалуй, мне не удалось бы выжать из него ни слова больше, если бы что-то вдруг не привлекло его внимания. Он смотрел мимо меня, и я тоже обернулся, проследив его взгляд, устремленный в широкое окно рядом с входной дверью. На мгновенье глаза мои встретили знакомый голодный взгляд запавших глаз. Промелькнувшему за окном лицу место было в могиле, а не на улице. Клерк брызгал слюной, вцепившись в мой локоть.

— Это он, это он, с лицом дьявола — англишер!

Я, должно быть, взвыл, стряхнул с себя клерка и рванулся к двери. Хью, продемонстрировав большое присутствие духа (как я сообразил позже), захватил из стойки у дверей зонтик и с этим оружием бросился следом. Я даже теперь не выпустил из рук портфель и потому бежал медленнее, чем хотелось бы. Мы метнулись в одну сторону, в другую, обежали соседние переулки — тщетно. Я даже не слышал шагов и не мог угадать, в какой стороне скрылся враг.

Наконец я остановился, прислонившись к стене, чтобы отдышаться. Хью пыхтел рядом.

— Что это было? — выговорил он.

— Библиотекарь. — Мне не сразу удалось набрать воздуху на связную фразу. — Тот, что следил за нами в Стамбуле. Я его узнал.

— Великий боже! — Хью вытер лоб рукавом. — Что он здесь делает?

— Пытается добыть остальные мои бумаги, — проскрежетал я. — Он вампир, хотите верьте, хотите нет, а теперь мы притащили его за собой в этот прекрасный город.

По правде сказать, я добавил еще немало слов, и, вероятно, Хью основательно пополнил свой словарь американского сквернословия. Я чуть не плакал от мысли, что повсюду тащу за собой это проклятие.

— Ну-ну, — утешал меня Хью, — мы-то знаем, что здесь и до вас водились вампиры. — Однако он был бледен и судорожно сжимал свой зонтик, оглядываясь по сторонам.

— Чтоб его! — Я грохнул кулаком о стену дома.

— Вам придется смотреть во все глаза, — рассудительно заметил Хью. — Мисс Росси уже вернулась?

— Элен! — Я не сразу вспомнил о ней, но теперь вырвавшееся у меня восклицание вызвало на лице Хью тень прежней улыбки. — Пойду проверю. И сразу позвоню профессору Бора. Слушай, Хью, ты тоже смотри во все глаза. Будь осторожен, ладно? Он видел нас вместе, а я, кажется, последнее время не приношу людям удачи.

— За меня не беспокойся. — Хью задумчиво уставился на зажатый в руке зонтик. — Сколько ты заплатил этому портье?

Я рассмеялся сквозь слезы.

— Да, забудь!

Мы горячо пожали друг другу руки, и Хью ушел по улице к своей гостинице, находившейся почти рядом. Мне не хотелось отпускать его одного, но на улице уже появился народ, прохожие толкались и разговаривали. К тому же я понимал, что он все равно не позволил бы себя провожать — не тот человек.

Вернувшись в вестибюль гостиницы, я не нашел перепуганного портье. Впрочем, возможно, у него просто закончилась смена, потому что его место занял гладко выбритый молодой человек, который показал мне, что ключ от номера Элен висит на месте. Стало быть, она еще у тети. Молодой портье позволил мне, подробно договорившись о плате, воспользоваться телефоном. Всего с трех попыток мне удалось дозвониться до Тургута. Очень неприятно было звонить по общему телефону, наверняка прослушивавшемуся, но в такой поздний час другой возможности не было. Оставалось надеяться, что содержание нашего разговора слишком необычно, чтобы подслушивающий сумел в нем разобраться. Наконец в трубке щелкнуло, и голос Тургута, далеко не радостный, проговорил что-то по-турецки.

— Профессор Бора! — прокричал я в микрофон. — Тургут, это Пол из Будапешта!

— Пол, дорогой мой! Тут неполадки на линии, дайте мне ваш номер на случай, если разъединят.

Кажется, я никогда не слышал ничего слаще этого рокочущего далекого голоса. Я спросил номер у портье и прокричал его в трубку. Он крикнул в ответ:

— Как у вас? Нашли?

— Нет! — кричал я. — У нас все в порядке и кое-что еще удалось узнать, но тут страшные дела.

— Что такое? — Даже издалека я расслышал в его голосе озабоченность. — Вы не пострадали? А мисс Росси?

— Нет, мы в порядке, но библиотекарь здесь.

Сквозь треск разрядов я не разобрал какого-то замысловатого шекспировского проклятия.

— Как вы думаете, что нам делать?

— Еще не знаю, — голос Тургута стал чуть ближе. — Вы носите с собой тот набор, что я вам дал?

— Да, — сказал я, — но мне не подобраться к нему достаточно близко, чтобы что-нибудь можно было сделать. Кажется, он сегодня перерыл все у меня в номере, и кто-то здесь ему помогал.

Слушает ли нас полиция, и если да, что они подумают?

— Будьте очень осторожны, профессор, — в голосе Тургута звучало беспокойство. — Я пока не нашел для вас мудрого совета, но скоро будут новости, может быть, еще до того, как вы вернетесь в Стамбул. Хорошо, что вы сегодня позвонили. Мы с мистером Аксоем нашли новый документ, раньше ни он, ни я его не видели. Он разыскал в архиве Мехмеда записки монаха восточной православной церкви, их еще надо перевести. Датированы 1477 годом.

На линии снова начались помехи, и мне пришлось кричать:

— 1477 год? На каком языке?

— Не слышу, друг мой, — прогудел издалека Тургут. — У нас гроза прошла. Позвоню вам завтра вечером.

Следующие слова потерялись в мешанине голосов — не знаю, турецких или венгерских, а потом раздался щелчок и трубка умерла. Я медленно опустил ее на рычаг, раздумывая, не попробовать ли перезвонить, но обеспокоенный портье уже забрал у меня аппарат и, что-то бормоча, записал на клочке бумаги расчеты. Я мрачно расплатился и постоял минуту, оттягивая возвращение в новый номер, куда мне разрешили перенести только бритву и одну чистую рубашку. Настроение падало на глазах — как-никак, день был долгий, а часы на стене показывали уже одиннадцать часов.

Я бы совсем пал духом, если бы в этот момент у дверей не остановилось такси. Элен вышла, расплатилась с водителем и прошла в тяжелую дверь. Она не сразу увидела меня, и я успел заметить на ее лице строгую замкнутость, усиленную меланхолией, какую видел на нем и раньше. Она куталась в пушистую черно-красную шаль — должно быть, подарок тети. Мягкий платок сглаживал угловатость фигуры, а кожа ее на фоне ярких цветов казалось особенно белой и сияющей. Настоящая принцесса, и я беззастенчиво пялился на нее несколько секунд, пока она меня не заметила. Но не только ее красота и царственная осанка, подчеркнутая изящной драпировкой, поразили меня. Я вздрогнул, снова вспомнив портрет в комнате Тургута — гордая посадка головы, длинный прямой нос, огромные темные глаза, прикрытые тяжелыми веками. Должно быть, я просто устал, сказал я себе, и, когда Элен, заметив меня, улыбнулась, картина исчезла из памяти».

ГЛАВА 43

Если бы я не растолкала Барли, он бы, пожалуй, проехал до испанской границы, а то и дальше, если бы испанские таможенники из вежливости не стали его будить. А так он, полусонный, вывалился на перрон в Перпиньяне, и мне пришлось самой узнавать дорогу к автобусной станции. Кондуктор в синей куртке нахмурился, явно полагая, что мне в такой час следовало бы спать дома в детской. Куда это мы направляемся? Я объяснила, что нам нужен автобус на Лебен, и он покачал головой. Ждать придется до утра — известно ли мне, что уже почти полночь? На той же улице есть приличный отель, где мы с моим... братом, поспешно вставила я, можем переночевать. Кондуктор оглядел нас с ног до головы: меня, темноволосую и явно слишком молодо выглядевшую, и тощего светловолосого Барли, но ничего не сказал, а только поцокал языком и пошел дальше.

«Погода наутро была еще ярче и прекраснее, чем накануне, и вчерашние предчувствия показались мне дурным сном.

Я встретился с Элен в гостиничном ресторане. Солнечный свет, пробиваясь сквозь пыльное окно, освещал крахмальную скатерть и тяжелые кофейные чашки. Элен что-то записывала в свой маленький блокнот.

— Доброе утро, — тепло поздоровалась она, когда я уселся и налил себе кофе. — Готов к встрече с моей матерью?

— Только ее и жду с самого приезда в Будапешт, — признался я. — Как мы к ней доберемся?

— В их деревню ходит автобус. Это к северу от города. В воскресенье только один утренний рейс, так что опаздывать нельзя. Ехать около часа, через скучнейшие пригороды.

Для меня в этой поездке ничто не могло показаться скучным, однако я промолчал. Кроме того, меня беспокоила еще одна мысль:

— Элен, я тебе точно не помешаю? Если ты предпочитаешь поговорить с ней наедине... Может быть, неловко заявиться с незнакомым мужчиной — да еще американцем. И не подведем ли мы ее под неприятности?

— Именно в твоем присутствии мне будет проще с ней говорить, — твердо возразила Элен. — Со мной она, знаешь ли, очень сдержанна. А ты ее очаруешь.

— Кажется, очаровательным меня еще никогда не обзывали... — Я подвинул к себе три ломтика хлеба и блюдце с маслом.

— Можешь не беспокоиться — чего нет, того нет. — Элен наградила меня обычной язвительной улыбкой, но в ее глазах мне почудился теплый свет. — Просто мою маму очаровать нетрудно.

Она не добавила: "Если ее очаровал Росси, так чем ты хуже", но я предпочел сменить тему.

— Надеюсь, ты ее предупредила о нашем приезде? — Глядя на нее, я гадал, расскажет ли она матери о нападении библиотекаря.

Неизменный шарфик надежно скрывал ее горло, я изо всех сил старался не коситься на него.

— Тетя Ева вчера послала телеграмму, — холодновато отозвалась Элен, передавая мне джем.

Мы поймали автобус на северной окраине города. Как и предупреждала Элен, он неторопливо крутил по улицам предместий, кое-где разрушенных войной, а местами уже застроенных высокими блочными домами, напоминавшими надгробия гигантов. Тот самый коммунистический прогресс, который так враждебно описывают западные газеты, размышлял я. Миллионы людей по всей Восточной Европе загнаны в стерильные однообразные квартирки. Наш автобус останавливался у новых кварталов, и я подметил, что они и в самом деле кажутся стерильно чистыми: у подножия каждого дома уютные скверики, пестревшие цветами и бабочками. В автобус заходили женщины в ярких цветастых блузках — воскресный наряд? — и одна из них везла клетку с живой курицей. Шофер спокойно пропустил ее внутрь, и хозяйка уселась на заднее сиденье, тут же достав вязание.

Когда предместья остались позади и автобус выбрался на пыльный проселок, вокруг потянулись возделанные поля. Несколько раз мы обгоняли конную упряжку — тележка представляла собой нечто вроде плетеной корзины — с крестьянами в жилетах и черных широкополых шляпах. Попадавшиеся на дороге автомобили в Штатах сочли бы музейными экспонатами. Зато земля была скрыта свежей зеленью, и над вьющимися через поля ручейками склонялись светлые ивы. Мы проехали несколько деревень. Над некоторыми церквями виднелись луковки православных куполов. Элен тоже поглядывала в окно.

— Дальше эта дорога идет в Эстергом — первую столицу венгерского королевства. Его стоит посмотреть — жаль, что у нас нет времени.

— В следующий раз, — солгал я. — А почему твоя мать здесь поселилась?

— А, она переехала сюда, когда я заканчивала школу, чтобы жить поближе к горам. Я не захотела переезжать с ней —

осталась в Будапеште, у Евы. А мать никогда не любила города. Она говорит, что горы Боршони напоминают ей Трансильванию. Каждое воскресенье выходит в горы с туристской группой, если нет снега или сильного дождя.

Еще один кусочек к мозаичному портрету матери Элен, который я мысленно составлял по ее редким обмолвкам.

– А почему она не живет в горах?

– Там нет работы – заповедник. Кроме того, тетя была бы против, а она умеет быть очень суровой. Она и так считает, что мать непозволительно уединяется.

– А где работает твоя мать? – Я выглядывал в окно на единственную пассажирку, ожидавшую автобуса на остановке: старая женщина в черном платье, с черным платком на голове и букетиком красных и розовых цветов в руке. Впрочем, когда двери открылись, она не села в автобус и не поздоровалась ни с кем из приехавших. Когда автобус тронулся, старуха долго смотрела ему вслед, склонив лицо к букетику.

– Работает в сельском клубе: заполняет бумаги, печатает на машинке и подает кофе заезжему городскому начальству. Я пыталась ее убедить, что это не работа для ее ума, но она только пожимает плечами и продолжает свое. Моя мать достигла выдающихся успехов в простоте и скромности.

В голосе Элен сквозила горечь, и мне подумалось, что скромная карьера матери могла, по мнению дочери, вредить и ее собственным успехам. Хотя то, чего недодала мать, щедро возместила тетушка Ева. Элен грустно усмехнулась:

– Увидишь сам.

На обочине промелькнул указатель с названием нужной деревни, и через несколько минут автобус остановился на маленькой площади под пыльным платаном. На другой стороне виднелась церковь в лесах. Под навесом остановки ждала старуха – копия одетой в черное бабушки, оставшейся позади. Я оглянулся на Элен, но та покачала головой, а старушка уже обнимала сошедшего перед нами солдатика.

Элен, как видно, и не ожидала, что нас встретят, и, не оглядываясь, зашагала по боковой улочке мимо тихих домиков с цветочными ящиками на подоконниках и зашторенными от солнца окнами. Какой-то старик, сидевший у крыльца в деревянном кресле, улыбнулся нам и тронул рукой шляпу. В конце улочки привязанная к столбу серая лошадь жадно тянула воду из ведра. Две женщины в домашнем платье и шлепанцах болтали у кафе, кажется, закрытого. Из-за полей доносился колокольный звон, а пение птиц слышалось в листве лип над самыми головами. В воздухе разносилось сонливое жужжание.

Улочка резко оборвалась, затерявшись в траве луга, а Элен постучала в дверь последнего домика. Очень маленький домик под красной черепичной крышей сиял свежей желтой штукатуркой. Крыша выдавалась вперед, образуя террасу, а на темной входной двери краснела ржавчиной большая дверная ручка. Домик стоял чуть на отшибе от соседей, и при нем не было яркой кухоньки или посыпанных свежим песком дорожек, какие я видел у многих других домов на улице. В густой тени карниза я не сразу разглядел лицо женщины, вышедшей на стук. Когда же увидел его отчетливо, она уже поцеловала Элен в щеку — объятия были не слишком жаркими — и повернулась ко мне.

Сам не знаю, чего я ожидал: может быть, после рассказа об измене Росси мне представлялась грустная стареющая красавица, жалкая и беспомощная. У женщины, стоявшей передо мной, была та же прямая осанка, что и у дочери, и веселое смелое выражение лица, темноглазого и румяного. Прямые темные волосы были собраны в узел на затылке, а поверх полосатого платья был повязан украшенный цветами передник. В отличие от тети Евы, мать Элен не пользовалась косметикой и не носила украшений, а такие же платья я видел на женщинах у кафе. Она явно хлопотала по хозяйству и закатала рукава до локтя. Твердое рукопожатие, открытый взгляд в глаза. Она ничего не сказала, но, встретив ее взгляд, я на миг увидел застенчивую девушку, какой она была два десятилетия назад, скрывавшуюся в глубине окруженных морщинками глаз.

Она пригласила нас в дом и усадила за стол, поставила перед нами три выщербленные чашки и тарелку с булочками. В доме пахло горячим кофе, свежим луком и картошкой – как видно, хозяйка нарезала овощи для салата.

Незаметно оглянувшись по сторонам, я понял, что в доме всего одна комната – она служила и кухней, и спальней, и гостиной. Сразу бросалась в глаза чистота: на узкой кровати в углу – белое покрывало и горка подушек в кружевных наволочках. На столике у кровати лежали книга и очки, стояла керосиновая лампа. Рядом небольшой стул, в ногах кровати – деревянный сундук, расписанный цветами. Кухонный уголок, где мы сидели, состоял из простой плиты и окруженного стульями стола. В доме не было электричества, не было и ванной (о пристройке на заднем дворе я узнал только в конце визита). На стене висел календарь с фотографией фабричных рабочих, а другую стену скрывал вышитый красной и белой нитью коврик. Цветы в кувшине, белоснежные занавески на окнах, и дрова у плиты аккуратно уложены в маленькую подставку – все дышало теплом и уютом.

Мать Элен чуть застенчиво улыбнулась мне, и тогда я увидел в ней сходство с тетей Евой и понял, кажется, чем она привлекла Росси. В ее улыбке было столько тепла, так медленно она возникала и постепенно расцветала до полной открытости, превращаясь в сияние. И так же медленно ее улыбка погасла, когда она снова села резать овощи. Взглянув на меня, мать по-венгерски что-то сказала Элен.

– Она просит меня налить тебе кофе.

Элен подошла к плите, налила кофе, насыпала сахару из жестянки и поставила передо мной чашку. Ее мать отложила нож, чтобы придвинуть ко мне тарелку с булочками. Я вежливо взял одну и поблагодарил по-венгерски, наполовину исчерпав свой словарный запас. На ее лице снова замерцала медленная сияющая улыбка, и, переведя взгляд от меня к Элен, мать снова сказала что-то непонятное для меня. Элен залилась краской и поспешно занялась кофе.

– Что такое?

— Ничего. Мать рассуждает по-деревенски, только и всего.

Элен поставила чашку перед матерью и, налив себе, села к столу.

— Теперь, Пол, потерпи, пока я расспрошу, как она жила и какие новости в деревне.

Прислушиваясь к быстрому альту Элен и негромким ответам ее матери, я потихоньку рассматривал комнату. Эта женщина жила не только поразительно скромно — так же жили все ее соседи, — но и совершенно одиноко. Я нашел взглядом две-три книги, но ни следа домашних животных. Не было даже цветов в горшках. Комната походила на келью монахини.

Снова взглянув на мать Элен, я заметил, как она молода — гораздо моложе моей матери. В проборе виднелось много седых прядей, и годы оставили морщины на ее лице, но крепкая фигура сохранила привлекательность, не зависящую от моды и возраста. Она могла сто раз выйти замуж, подумалось мне, а вот живет здесь в монашеском уединении. Встретив ее улыбку, я улыбнулся в ответ: в ее глазах светилось столько тепла, что мне захотелось протянуть руку и нежно взять и погладить ее пальцы, тихонько чистившие картофелину.

— Матери хотелось бы побольше узнать о тебе, — обратилась ко мне Элен, и при ее посредстве я старался как можно полнее отвечать на тихие вопросы, заданные на венгерском.

Под ее испытующим взглядом мне казалось, что мы могли бы обходиться без переводчика. Из какой я части Америки? Зачем приехал сюда? Кто мои родители? Не беспокоятся ли они, что я так далеко уехал? Как я познакомился с Элен? — Среди этих вопросов были и другие, которые Элен не пожелала переводить, и, задавая один, мать тихонько погладила Элен по щеке. Та возмущенно вскинулась, и я не стал просить объяснений. Вместо этого мы продолжали обсуждать мои занятия, планы на будущее и любимые кушанья.

Удовлетворив свое любопытство, мать Элен встала, разложила овощи с кусками мяса на большое блюдо и, полив чем-то красным из стоявшего над плитой кувшина, поставила блюдо в духовку. Потом вытерла руки о передник и снова села, поглядывая на нас и не торопясь говорить, словно все время мира принадлежало ей. Наконец Элен шевельнулась, и, по тому, как она откашлялась, я угадал, что она намерена объявить о цели нашего приезда. Мать спокойно слушала ее, не меняясь в лице, пока Элен, указав на меня, не произнесла слова "Росси". Мне понадобилась вся моя выдержка, чтобы не отвести взгляд от ее застывшего лица. При этом слове мать Элен моргнула, словно от удара, и взгляд ее метнулся ко мне. Потом она задумчиво кивнула и о чем-то спросила Элен.

— Она хочет знать, давно ли ты знаком с Росси.

— Три года, — ответил я.

— Теперь, — продолжала Элен, — я расскажу о его исчезновении.

Мягко и настойчиво, словно обращаясь к ребенку или, вернее, словно уговаривая самое себя продолжать против воли, Элен заговорила с матерью, временами кивая на меня или руками рисуя картины в воздухе. Потом я уловил в ее речи "Дракула", и тут мать побледнела и ухватилась за край стола. Мы оба вскочили, и Элен поспешно налила ей воды из стоявшего на плите чайника. Мать проговорила что-то, резко и отрывисто. Элен обернулась ко мне.

— Она говорит, что всегда знала, что это случится.

Я беспомощно стоял рядом, но мать Элен, сделав несколько глотков, казалось, опомнилась. Она взглянула на меня и, к моему смущению, мягко взяла меня за руку, словно угадав желание, которое я подавил несколько минут назад, и притянула к своему стулу. Она мягко гладила мою ладонь, будто утешала ребенка. Я не мог представить, чтобы моя соотечественница позволила себе такой жест при первой встрече с мужчиной, и, однако, ничто не могло быть для меня естественнее ее движения. Теперь я понимал Элен, утверждавшую, что ее мать понравится мне больше, чем тетя.

— Мать хочет знать, действительно ли ты веришь, что профессора Росси забрал Дракула.

Я глубоко вздохнул:

— Действительно верю.

— И она хочет знать, любишь ли ты профессора Росси.

В голосе Элен сквозило презрение, но лицо ее было серьезно. Мне хотелось свободной рукой погладить ее руку, но я не осмелился.

— Я бы жизнь за него отдал, — ответил я.

Элен повторила мои слова матери, и та вдруг до боли сжала мою ладонь — позже я догадался, что рука у нее стала железной от бесконечной работы. Я ощутил твердые бугорки мозолей на ее ладони, узловатые суставы шершавых пальцев и, опустив взгляд на ее маленькую руку, увидел, что она много старше женщины, сидевшей рядом со мной.

Мгновенье спустя мать Элен выпустила мою руку и прошла к стоявшему за кроватью сундуку. Она медленно откинула крышку, передвинула что-то внутри и вынула пакет — с письмами, мгновенно понял я. У Элен округлились глаза, и она что-то резко спросила, но ее мать, не ответив, вернулась к столу и вложила пакет мне в руку.

Пожелтевшие письма в пакетах без штемпелей были перевязаны линялой красной ленточкой. Передавая мне пакет, мать Элен обеими руками погладила ленточку, словно заклиная меня бережно хранить письма. Одного взгляда на конверты хватило мне, чтобы узнать почерк Росси и прочесть имя, уже хранившееся у меня в памяти. Адрес был: "Тринити-колледж, Оксфордский университет, Англия"».

ГЛАВА 44

«Глубоко растроганный, я сжимал в руках письма Росси, однако, прежде чем думать о них, я должен был отдать один долг.

— Элен, — заговорил я, поворачиваясь к ней, — я знаю, что ты иногда чувствовала: я не верю в историю твоего рождения. Я и правда иногда сомневался. Пожалуйста, прости меня.

— Я удивлена не меньше тебя, — вполголоса отозвалась Элен. — Мать никогда не говорила, что у нее остались письма Росси. Но ведь они не ей адресованы, верно? По крайней мере те, что наверху.

— Да, — согласился я. — Но имя мне знакомо. Известный историк английской литературы — он занимался восемнадцатым веком. Я еще в колледже читал одну его книгу, и Росси о нем говорит в одном из своих писем.

— Но при чем тут моя мать и Росси? — недоумевала Элен.

— Может быть, очень даже при чем. Разве ты не поняла? Это, должно быть, Хеджес — тот самый друг, о котором пишет Росси, помнишь? Наверно, Росси писал ему из Румынии, хотя я все равно не понимаю, как письма оказались у твоей матери.

Мать Элен между тем сидела, сложив руки и глядя на нас с величайшим терпением, но мне показалось, что ее лицо чуть разгорелось от волнения. Теперь она заговорила, и Элен перевела мне:

— Она говорит, что расскажет тебе все.

У Элен сел голос, да и я волновался.

Дело шло медленно, потому что рассказчица говорила не спеша, а Элен, работавшая переводчицей, порой прерывала рассказ, чтобы выразить собственное изумление. Как видно, история эта была ей известна только в самых общих чертах, и услышанное поразило ее. В тот же вечер, вернувшись в гостиницу, я, как мог, по памяти записал рассказ: помнится, просидел за столом до самого утра. К тому времени случилось много странного, и я должен был бы с ног валиться от усталости, но я не забыл, с какой вдохновенной дотошностью воспроизводил каждое слово.

— Девочкой я жила в деревне П*** в Валахии, у реки Арджеш. В семье было много детей, и почти все мои братья и сестры до сих пор живут в тех местах. Отец всегда твердил, что наши предки принадлежали к древнему и славному роду, но род пришел в упадок, и я росла, не зная, что такое башмаки или теплое одеяло. Округа была бедная, и хорошо жили только несколько венгерских семейств в больших поместьях ниже по реке. Отец был очень строг, и все мы боялись его кнута. Мать часто болела. Я с малолетства работала в поле за деревней. Священник иногда приносил нам еду или одежду, но чаще нам приходилось обходиться своими силами.

Мне было восемнадцать лет, когда из горной деревни к нам пришла старая женщина. Она была целительницей и умела заглядывать в будущее. Она сказала отцу, что принесла подарок ему и его детям, что слышала о нашей семье и хочет отдать ему волшебную вещь, по праву принадлежащую нам. Отец был человек раздражительный и не желал тратить время на суеверную старуху, хотя и сам всегда натирал все отверстия дома чесноком — дымоход, дверной косяк, окна и замочные скважины, — чтобы отогнать вампиров. Он грубо прогнал лекарку, сказав, что у него нет денег на попрошаек. Позже я вышла в деревню за водой, увидела старушку и дала ей воды и кусок хлеба. Она благословила меня, сказала, что я добрее своего отца и она вознаградит меня за доброту. И она достала из мешка крошечную монетку и вложила мне в руку, посоветовав спрятать и не терять, потому что это наследство нашей семьи. Еще она сказала, что монетка — из замка над Арджешем.

Я знала, что деньги надо отдавать отцу, но не стала, боялась, что он рассердится, зачем я говорила со старой ведьмой. Я спрятала денежку в своем углу кровати, где спала вместе с братьями и сестрами, и никому о ней не рассказала. Иногда, когда никого не было рядом, я доставала ее полюбоваться и гадала, зачем старушка мне ее подарила. На одной стороне монеты был зверь с длинным, загнутым петлей хвостом, а на другой — какая-то птица и крест.

Прошло еще года два. Я все так же работала на отцовском поле и помогала матери по хозяйству. Отец вечно горевал, что у него столько дочерей. Говорил, что нас никак не выдать замуж, потому что приданого не собрать, и мы так и будем висеть у него на шее. Но мать говорила, что вся деревня видит, какие мы красавицы, так что женихи обязательно найдутся. Я старалась держать одежду в чистоте и волосы причесывала и заплетала в косы, чтобы меня не пропустили. Никто из парней, с которыми я танцевала в праздники, мне не нравился, но я знала, что за кого-то из них все равно придется выйти, чтобы не быть обузой родителям. Сестра Ева давно уже уехала в Будапешт с венгерской семьей, в которой служила. Иногда она присылала нам немного денег, а однажды даже прислала мне пару туфелек — настоящих городских туфелек, которыми я очень гордилась.

Так я жила, когда повстречала профессора Росси.

В нашу деревню редко заходили чужие, тем более издалека, но однажды прошел слух, что в таверне сидит человек из Бухареста и с ним приезжий иностранец. Сосед, передавший нам эту новость, шепнул еще что-то на ухо отцу, сидевшему на лавке у крыльца, и тот перекрестился и сплюнул в пыль.

— Чушь и чепуха, — сказал он. — Нельзя о таком спрашивать. Все равно что самому кликать дьявола.

Но меня одолевало любопытство. Я быстро собралась за водой к колодцу на деревенской площади и за одним из двух столиков деревенской таверны увидела пару незнакомцев, беседовавших со стариком, который целые дни проводил за этим столом. Один из мужчин был большой и черный как цыган, только одет по-городскому. На другом была коричневая куртка, каких я раньше не видела, широкие брюки, заправленные в походные башмаки, и широкая коричневая шляпа на голове. Колодец был на другом краю площади, и мне не видно было лица приезжего. Две мои подружки захотели взглянуть на него поближе, и мы шепотом сговорились подойти. Я побаивалась, потому что знала: отец будет сердиться.

Когда мы проходили мимо таверны, иностранец поднял голову, и я удивилась, увидев, что он молод и хорош собой. У него была золотистая бородка и голубые глаза, как у жителей немецких деревень в наших местах. Он курил трубку и тихо говорил со своим спутником. У его ног лежал потертый полотняный мешок с наплечными лямками, и он писал что-то в картонной книжечке. Мне сразу понравился его взгляд: рассеянный, мягкий и в то же время очень внимательный. Он коснулся полей шляпы, приветствуя нас, и сразу отвел взгляд, и черный урод тоже коснулся шляпы и уставился на нас, не отрываясь от разговора со старым Иваном и записывая что-то. Тот, большой, кажется, говорил с Иваном по-румынски, а потом вдруг повернулся к молодому и сказал что-то на незнакомом языке. Я с подружками быстро прошла мимо — не хотела, чтобы красивый иностранец решил, будто я нескромная.

На следующее утро в деревне говорили, что приезжие заплатили молодому парню из таверны, чтоб тот провел их к разрушенному замку высоко над Арджешем — замок назывался Пенари. Они собирались там переночевать. Я слышала, как отец говорил приятелю, будто они ищут замок князя Влада — он помнил, что дурак с цыганской рожей бывал здесь и прежде. "Дурака ничему не научишь", — сердито сказал отец. Я раньше не слыхала этого имени — князь Влад. В нашей деревне замок всегда называли Пенари или Арефу. Отец сказал, что парень, который взялся проводить их туда, позволил задешево задурить себе голову. Он поклялся, что его, отца, никакими деньгами не соблазнишь провести ночь в развалинах, где полным-полно злых духов. Он сказал, что чужаки, должно быть, ищут клад, и это тоже дурь, потому что все сокровища жившего там князя закопаны глубоко и на них наложено злое заклятье. А если бы их откопали и изгнали злых духов, тогда, сказал отец, ему тоже полагается доля, потому что клад отчасти принадлежит ему. Тут он заметил, что мы с сестрой слушаем, и прикусил язык.

Отцовские рассуждения напомнили мне о монетке, подаренной старухой, и я виновато подумала, что ее надо бы отдать отцу. Но тут я возмутилась и решила попробовать отдать монетку красивому иностранцу, раз уж ему нужен клад из замка. Улучив минутку, я достала монетку из тайника, завязала в уголок платка и повесила на пояс передника.

Незнакомец не показывался три дня, а потом я снова увидела его за столиком таверны. Он выглядел очень усталым, и одежда была порвана и испачкана. Подружки рассказали мне, что городской цыган уехал в тот же день и иностранец остался один. Никто не знал, зачем он задержался. Он снял шляпу, и мне видны были его всклокоченные золотистые волосы. С ним сидели другие мужчины, и все выпивали. Я не решилась подойти и заговорить с незнакомцем из-за этих мужчин, а остановилась в сторонке поговорить с подружкой. Пока мы разговаривали, незнакомец встал и зашел в таверну.

Я загрустила, не зная, как передать ему денежку. Но счастье в тот вечер было на моей стороне. Я задержалась в поле, пока братья и сестры занимались другими делами, и тут увидела, как иностранец один идет краем леса. Он шел по тропинке к реке, склонив голову и сцепив руки за спиной. С ним никого не было, но теперь, когда можно было подойти к нему, я испугалась. Чтобы придать себе храбрости, я потрогала завязанную в платок монетку, а потом вышла ему навстречу и встала на тропе, поджидая его.

Мне показалось, что ждать пришлось очень долго. Он, должно быть, заметил меня, только когда мы оказались лицом к лицу. Тогда он вдруг поднял взгляд от земли, очень удивленный. Он снял шляпу и отступил в сторону, пропуская меня, но я набралась отваги и осталась стоять и поздоровалась с ним. Он поклонился и улыбнулся, и мы стояли так, глядя друг на друга. В его лице и повадке не было ничего пугающего, но меня одолела застенчивость.

Пока храбрость совсем не оставила меня, я развязала узелок и развернула монетку. Молча протянула ему, и он взял денежку у меня из руки, перевернул, всмотрелся. Вдруг лицо его загорелось, и он снова взглянул на меня так пронзительно, словно хотел заглянуть в сердце. У него были самые яркие голубые глаза, какие только можно вообразить. Я вся дрожала.

— “*Де унде*?” — откуда? — он жестами пояснил вопрос.

Я удивилась, увидев, что он может что-то сказать на нашем языке. Он постучал по земле, и я поняла: “Нашла в земле?” Я покачала головой. “*Де унде*?”

Я постаралась изобразить старушку, с платочком на голове, опирающуюся на клюку, — и показала, как она дает мне монетку. Он кивнул, нахмурился. Сам изобразил старуху и рукой указал в сторону деревни: "Оттуда?" Нет, снова замотала головой я и указала вверх по реке и в небо, где, по моим представлениям, находился замок и горная деревенька. Я показала на него и пальцами изобразила шагающие ноги: "там, наверху". Его лицо снова просветлело, и он сжал монетку в кулаке. Потом снова протянул мне, но я отказалась, указала на него и почувствовала, что краснею. Он в первый раз улыбнулся, поклонившись мне, и мне показалось, что передо мной на минуту открылись небеса.

— *Мультумеш*, — сказал он, — спасибо.

Потом я хотела убежать, потому что отец, наверно, уже хватился меня за ужином, но незнакомец быстрым движением остановил меня. Он ткнул себя в грудь.

— *Ма намеш* Бартоломео Росси, — сказал он.

Повторил и написал для меня на земле. Я смеялась, пытаясь повторить его имя. Потом он указал на меня.

— *Вой*? Как тебя зовут?

Я сказала, и он повторил, снова улыбнулся:

— *Фамилиа*? — Он с трудом подбирал слова.

— Моя фамилия Гетци, — сказала я ему.

Его лицо выразило крайнее удивление. Он показал в сторону реки, потом на меня, и повторял что-то снова и снова. Я узнала слово "Дракулиа" — дракон, но не могла понять, чего он хочет. Наконец, покачав головой и вздохнув, он произнес: "Завтра". Показал на меня, на себя, на место, где мы стояли, и на солнце в небе. Я поняла, что он предлагает встретиться на том же месте в такое же время. Я знала, что отец ужасно рассердится, поэтому тоже показала на землю под ногами и приложила палец к губам. Я не знала, как объяснить, чтобы он не рассказывал обо мне никому в деревне. Он взглянул недоуменно, но потом улыбнулся и тоже приложил палец к губам. До этой минуты я еще побаивалась его, но улыбка была такой доброй, и голубые глаза так сияли. Он снова попробовал вернуть мне монетку, а когда я отказалась, приподнял шляпу, поклонился и ушел по тропе в ту сторону, откуда пришел. Я поняла, что он дает мне возможность вернуться в деревню одной, и побежала, запретив себе оглядываться на него.

В тот вечер, сидя за отцовским столом, а потом помогая матери убрать и вымыть тарелки, я думала о незнакомце. Вспоминала его иностранный наряд, вежливый поклон, рассеянный и одновременно внимательный взгляд и красивые яркие глаза. И назавтра я вспоминала о нем весь день, пока пряла и ткала с сестрами, готовила обед, носила воду и работала в поле. Мать несколько раз выбранила меня за то, что я не гляжу, что делаю. Вечером я нарочно замешкалась с прополкой, чтобы остаться одной, и с облегчением проводила взглядом уходивших в деревню братьев и сестер.

Как только они скрылись из виду, я побежала к опушке. Незнакомец сидел там под деревом и, увидев меня, вскочил и знаком предложил мне присесть на бревно у тропинки. Но я боялась, что мимо пройдет кто-нибудь из деревенских, и увела его глубже в лес. Сердце у меня громко стучало. Мы сели на камни. Весь лес был полон птичьим пением — стояло раннее лето, и кругом было тепло и зелено.

Незнакомец вынул подаренную мной монетку и бережно положил на землю. Потом он достал из рюкзака две толстые книжечки и стал листать. Позже я поняла, что это были словари — румынского и какого-то незнакомого мне языка. Очень медленно, то и дело заглядывая в книги, он спросил меня, видела ли я где-нибудь еще такие монетки. Я сказала, что не видела. Он сказал, что зверь с загнутым хвостом — дракон, и спросил, не видела ли я еще где-нибудь таких драконов — на здании или в книге. Я сказала, что у меня такой на плече.

Сперва он просто не мог понять, что я говорю. Я очень гордилась, что знаю азбуку и немного умею читать — когда я была маленькой, священник устроил в деревне школу и сам приходил учить нас. Разобраться в словаре оказалось очень трудно, но общими усилиями мы нашли слово “плечо”. Незнакомец взглянул недоуменно, снова спросил: “Дракул?” Он поднял монетку. Я коснулась своего плеча под кофточкой и кивнула. Он глядел в землю, и лицо у него заливалось краской, и тогда я вдруг почувствовала себя очень храброй. Я расстегнула и сняла шерстяную безрукавку и раскрыла ворот кофточки. Сердце так и колотилось, но что-то на меня нашло, и я просто не могла остановиться. Он отводил взгляд, но я стянула блузку с плеча и показала ему.

Я сама не помнила, когда был наколот у меня на плече темно-зеленый дракон. Мать говорила, что в семье отца так отмечают одного из детей в каждом поколении и что меня выбрали потому, что решили, что я, когда вырасту, буду самой уродливой. Отец говорил, что дед велел ему поступать так, чтобы отогнать от семьи злого духа. Я всего раз или два подслушала такие разговоры, потому что отец предпочитал об этом не говорить, и я даже не знала, у кого из его поколения есть такая же метка — у него или у кого-то из его братьев и сестер. Мой дракон был совсем не похож на дракона на монетке, так что пока приезжий не спросил меня, видела ли я таких, мне в голову не пришло их связывать.

Приезжий очень внимательно осмотрел выколотого на моей коже дракона, сравнил его с чеканкой монеты, но ни разу не коснулся моего плеча и даже не наклонился поближе. Краска сошла с его лица только тогда, когда я застегнула блузку и надела безрукавку. Тогда он снова заглянул в словарь и спросил меня, кто сделал метку. Я ответила, что рисунок делал мой отец и ему помогала старуха-лекарка, и тогда он спросил, нельзя ли поговорить с отцом. Я так яростно замотала головой, что незнакомец снова залился краской. Тогда он, ужасно медленно подбирая слова, объяснил мне, что наша семья ведет род от злого князя, выстроившего замок над рекой. Князя называли “сын дракона”, и он погубил много людей. Он сказал, этот князь стал вампиром — “приколич”. Я крестилась и молила Деву Марию защитить меня. Он спросил, знаю ли я эту историю, и я ответила: “нет”. Он спросил, сколько мне лет, есть ли у меня братья и сестры и кто еще в нашей деревне носит ту же фамилию.

Наконец я указала ему на солнце, которое почти закатилось, чтобы объяснить, что меня ждут дома, и он сразу поднялся. Он выглядел очень серьезным. Он протянул мне руку, чтобы помочь подняться. Когда я коснулась его руки, сердце у меня метнулось в пальцы. Я смешалась и поспешно отвернулась. Но тут мне пришло в голову, что он слишком много думает о злых духах и может навлечь на себя беду. Нужно было дать ему что-нибудь для защиты. Я указала на землю и на солнце: “Приходи завтра”. Он помедлил секунду, но тут же улыбнулся, надел шляпу, коснулся ее полей и скрылся в лесу.

На следующее утро я пошла к колодцу и увидела его со стариками в таверне. Он снова что-то записывал. Мне стало тепло внутри, потому что я поняла, что он сохранил нашу тайну. Днем, когда никого не было дома, я совершила дурной поступок. Я открыла сундук моих родителей и вытащила маленький серебряный кинжал, который несколько раз видела прежде. Мать рассказывала, что такими убивали вампиров, если те приходили тревожить людей или стада. Еще я набрала в огороде горсть чеснока и спрятала все в узелок, когда отправилась в поле.

На этот раз братья долго работали вместе со мной, а когда собрались уходить, велели мне идти с ними. Я отговорилась, что хочу собрать травы на опушке и вернусь через несколько минут. Приезжего незнакомца я отыскала в глубине леса на том же камне. Он курил трубку, но, увидев меня, сразу отложил ее и встал. Я присела на камень рядом с ним и показала, что ему принесла. Он опешил, увидев кинжал, и очень заинтересовался, когда я объяснила, что им убивают приколичей. Он не хотел брать кинжал, но я так упрашивала, что он перестал улыбаться и задумчиво спрятал его к себе в рюкзак, завернув прежде в мой платок. Потом я отдала ему чеснок и показала, что он должен всегда носить его в карманах.

Я спросила, сколько он пробудет в нашей деревне, и он показал пять пальцев — еще пять дней. Он сумел объяснить мне, что собирался обойти несколько соседних деревень, каждый раз возвращаясь в нашу, и поговорить с людьми о замке. Я спросила, куда он уедет, когда кончатся пять дней, и он сказал: в страну, которая называется Греция — я о ней слышала, а потом вернется на родину в свою деревню. Рисуя на земле карту, он объяснил, что его страна называется Англия и что это остров, далеко от нас. Он показал мне, где находится его университет — я не знала, что это такое, — и крупно начертил его название. Я и сейчас помню каждую букву: ОКСФОРД. Я после часто писала их, чтобы увидеть снова. Никогда я не видела более странного слова.

И вдруг я поняла, что он скоро уедет, что я никогда больше не увижу его и никого, такого как он, и к глазам подступили слезы. Я не хотела плакать — я никогда не плакала из-за грубости деревенских парней, — но слезы не слушались и побежали по моим щекам. Он совсем растерялся и дал мне свой платок утереть лицо. Что случилось? Я только мотала головой. Он медленно поднялся и, как и вчера, протянул мне руку. Поднимаясь, я споткнулась и нечаянно налетела на него, и, когда он подхватил меня, мы поцеловались. Потом я повернулась и бросилась в лес. С тропы оглянулась. Он стоял на том же месте, неподвижный как дерево, и глядел мне вслед. Я бежала всю дорогу до деревни и ночью не спала, зажав в руке его носовой платок.

На следующий вечер он оказался на том же месте, словно и не сходил с него. Я подбежала, и он раскинул руки и поймал меня. Когда мы не могли больше целоваться, он расстелил на земле куртку и мы легли. Тогда я узнала о любви, все и сразу. Вблизи его глаза были голубыми, как небо. Он вплетал мне в косы цветы и целовал мои пальцы. Многое, что делал он и что делала я, казалось мне странным, и я знала, что это дурно, грех, но мне было радостно, словно нам отворились небеса.

Теперь до его отъезда оставалось три ночи. Каждый вечер мы встречались все раньше. Я придумывала для родителей какие-то оправдания и приносила в подоле травы, словно ходила в лес собирать их. Каждый вечер Бартоломео повторял, что любит меня, и умолял уйти из деревни вместе с ним. Мне хотелось согласиться, но большой мир, откуда он пришел, пугал меня, и я не могла вообразить, как это можно убежать без позволения отца. Каждый вечер я спрашивала, нельзя ли ему остаться со мной, но он качал головой и говорил, что должен вернуться домой, к своей работе.

В последний вечер я расплакалась, едва он коснулся меня. Он обнимал меня и целовал мои волосы. Я никогда не встречала такого нежного и доброго мужчину. Когда я перестала плакать, он стянул с пальца маленькое серебряное кольцо с печатью. Не знаю наверняка, но теперь я думаю, что это было кольцо выпускника Оксфорда. Он носил его на мизинце левой руки. Он снял его и надел мне на безымянный палец. Потом он попросил меня стать его женой. Должно быть, он заранее выучил слова по словарю, потому что я поняла его с первого раза.

Сперва это показалось так невероятно, что я снова расплакалась — я ведь была очень молода, — а потом я согласилась. Он втолковал мне, что вернется через четыре недели. Ему надо было вернуться в Грецию и что-то там сделать — я не поняла что. Потом он вернется ко мне и привезет денег, чтобы успокоить отца. Я пыталась объяснить ему, что за мной не дадут приданого, но он не слушал. Улыбаясь, показал на подаренные мной денежку и кинжал и потом руками очертил круг вокруг моего лица и поцеловал меня.

Мне бы радоваться, но я чувствовала присутствие злого духа и боялась, что что-нибудь помешает ему вернуться. Каждый миг, проведенный с ним вместе в тот вечер, был сладок, потому что мог оказаться последним. Но он был так решителен, так уверен, что мы скоро увидимся. Я до темноты не могла заставить себя распрощаться, но потом вдруг испугалась отцовского гнева, последний раз поцеловала Бартоломео, удостоверилась, что чеснок у него в кармане, и рассталась с ним. Я без конца оглядывалась назад и каждый раз видела, что он так и стоит со шляпой в руках. Он казался очень одиноким.

Я плакала, идя по лесу, и, сняв с пальца колечко, поцеловала его и завязала его в платок. Дома меня встретил рассерженный отец. Он хотел знать, куда я хожу так поздно без позволения. Я сказала ему, что моя подружка Мария потеряла козу и я помогала искать. Я пошла спать с тяжестью на сердце и всю ночь то надеялась, то грустила.

На следующее утро я услышала, что Бартоломео покинул деревню — уехал с крестьянином, на телеге отправившимся в Тырговиште. День показался мне очень долгим и грустным, и вечером я ушла на наше место в лесу. Мне хотелось побыть одной. Там я снова расплакалась, села на наш камень, а потом прилегла там, где мы лежали вчера. Всхлипывала, уткнувшись лицом в землю, и тут моя рука наткнулась на что-то в траве. Я очень удивилась, увидев пачку писем в конвертах. Я не смогла прочесть адреса, но каждый конверт был украшен его прекрасным именем, напечатанным, как в книгах. Я открывала конверты и целовала написанные им строчки, хотя и видела, что письма не мне адресованы. На минуту я задумалась, не писал ли он другой женщине, но сразу прогнала эту мысль из головы. Должно быть, письма выпали у него из мешка, когда он открывал его, чтобы показать мне кинжал и монетку.

Я думала отослать их в Оксфорд на остров Англия, но не знала, как сделать это незаметно. Да и денег заплатить за пересылку у меня не было. Посылка на далекий остров наверняка стоила очень дорого, а свою единственную денежку я отдала Бартоломео. И я решила, что отдам ему письма, когда он приедет за мной.

Четыре недели тянулись очень, очень долго. Я делала зарубки на дереве у нашего тайного места, чтобы не сбиться со счета. Я работала в поле, помогала матери, пряла и ткала полотно для зимней одежды, ходила в церковь и все ждала вестей о Бартоломео. Сперва старики поговаривали о нем, качали головами, не одобряя его интереса к вампирам. "Добра не будет", — говорил кто-нибудь из них, и остальные согласно кивали. Я слушала их разговоры со страхом и затаенной радостью. Я была счастлива услышать от других имя того, о ком сама не смела сказать ни слова, но мне становилось холодно при мысли, что он мог навлечь на себя внимание приколичи.

Я неустанно воображала в уме, как все будет, когда он вернется. Подойдет к дому, постучит в дверь и попросит у отца моей руки? Я рисовала перед собой изумленные лица домашних. Как они все столпятся вокруг Бартоломео, а он будет раздавать всем подарки, а я — целовать их на прощанье. Потом он поведет меня к своей бричке или даже к автомобилю. Мы умчимся из нашей деревушки в земли, каких я и вообразить не могла, за горами, дальше города, в котором живет сестра Ева. Я надеялась, что мы остановимся там повидать Еву — я всегда любила ее больше всех. И Бартоломео тоже ее полюбит, потому что она сильная и храбрая, путешественница, как и он.

Так я прожила четыре недели и к концу четвертой чувствовала себя такой усталой, что не могла ни есть, ни спать. Подсчитав зарубки на дереве, я стала поглядывать на дорогу, и мое сердце всякий раз замирало при скрипе тележных колес. Я три раза на дню ходила за водой, чтобы послушать разговоры у колодца. Я говорила себе, что он мог не успеть точно в срок, и уговаривала себя подождать еще неделю. К концу пятой я была совсем больна и уверилась, что его сгубили приколичи. Однажды мне даже подумалось, что мой любимый вернется за мной в облике вампира. Я среди бела дня бросилась в церковь и молилась перед ликом Девы Марии, чтобы она прогнала из моей головы эту ужасную мысль.

Шестая и седьмая недели ушли на расставание с надеждой. На восьмую я по многим признакам, о которых знала от замужних женщин, поняла, что беременна. Ночью я тихо плакала на постели сестры и думала, что весь мир, даже Господь и Святая Мария отступились от меня. Я не знала, что сталось с Росси, но твердо знала — с ним случилась беда, потому что он меня на самом деле любил. Я тайком собирала травы и коренья, которые должны были помешать ребенку появиться на свет, но они не помогали. Дитя во мне было сильным, сильнее меня, и я против воли начинала любить его. Я украдкой клала руку себе на живот и чувствовала в себе любовь Бартоломео и верила, что он не мог забыть обо мне.

Прошло три месяца, как он уехал, и я поняла, что должна уйти из дома, чтобы не навлечь позор на своих родных и отцовский гнев на себя. Мне хотелось отыскать ту старушку, что подарила мне монетку. Может, она взяла бы меня к себе, а я бы стряпала и убирала для нее. Она пришла из деревеньки над Арджешем, близ замка приколича, но я не знала, где ее деревня и жива ли еще старушка, а в горах водились волки, медведи и злые духи, и я не осмелилась одна уйти в лес.

Тогда я решилась написать сестре Еве. Я и раньше писала ей раз или два. Взяла бумагу и конверт в доме священника, где иногда помогала на кухне. В письме я рассказала ей все и умоляла приехать за мной. Ответ пришел только через пять недель. Слава богу, крестьянин, который привез его из города, отдал письмо мне, а не отцу, и я убежала в лес, чтобы прочитать его тайком. Живот у меня уже округлился, так что я чувствовала его, присев на бревно, хотя передник еще скрывал брюхо от чужих глаз.

В письмо были вложены деньги — румынские деньги, столько, сколько я никогда не видела, не то что в руках не держала, а записка Евы была короткой и деловой. Она велела мне пешком уйти из деревни, дойти до соседней, километрах в пяти от нас, а потом на телеге или грузовике добраться до Тырговиште. Оттуда я должна была найти попутчика до Бухареста, а из Бухареста поездом доехать до венгерской границы. Ее муж будет встречать меня на таможне в Т*** двадцатого сентября — я до сих пор помню дату. Она велела мне рассчитать время так, чтобы добраться до границы к этому числу. К письму прилагалось заверенное печатью приглашение венгерского правительства, которое поможет мне получить разрешение на въезд. Она посылала мне поцелуй, просила беречь себя и желала благополучного путешествия. Добравшись до конца письма, я поцеловала подпись и от всего сердца благословила сестру.

Свои скудные пожитки я завязала в узелок, вместе с городскими туфельками, чтобы сберечь их до путешествия на поезде. Туда же я положила письма Бартоломео и серебряное колечко. Утром, уходя из дому, обняла и поцеловала мать, которая состарилась и все чаще болела. Мне хотелось, чтобы она потом вспомнила, что я попрощалась перед побегом. Мать удивилась такой нежности, но ни о чем не спросила. В то утро, вместо того чтобы выйти в поле, я свернула в лес и зашла попрощаться на наше с Бартоломео тайное место. Зарубки, оставленные на стволе дерева, уже заплывали корой. Там я надела на палец серебряное кольцо и повязала платок, как замужняя. Пожелтевшие листья и холодный ветер говорили о приближении зимы. Я постояла немного и, не выходя на дорогу, тропинками направилась к соседней деревне.

Плохо помню, как я добиралась, — запомнилось только, что все время хотелось есть и сил совсем не было. Один раз меня пустила переночевать женщина, которая накормила меня горячим супом и сказала, что муж не должен был отпускать меня одну. В другой раз я спала в овине. Наконец кто-то согласился довезти меня до Тырговиште, а оттуда до Бухареста. Иногда я покупала немного хлеба, но боялась тратить деньги, потому что не знала, сколько стоит билет на поезд. Бухарест оказался очень большим и очень красивым, но меня пугали толпы народу, все такие нарядные, и мужчины, которые открыто рассматривали меня на улицах. Спать мне пришлось на вокзале. Поезд тоже напугал меня: огромное черное чудище — но, забравшись внутрь и присев у окна, я чуточку воспрянула духом. Мы проезжали мимо таких чудесных мест, через горы и реки и широкие поля, совсем не похожие на леса нашей Трансильвании. На пограничной станции я узнала, что еще только девятнадцатое сентября, и спала на лавке, пока кто-то из пограничной стражи не позвал меня к себе в караульную и не угостил горячим кофе. Он спросил, где же мой муж, и я ответила, что еду к нему в Венгрию. На следующее утро обо мне спросил мужчина в черном костюме и в шляпе. У него было доброе лицо, он поцеловал меня в обе щеки и назвал сестрой. Я полюбила своего зятя с первого дня и любила до самой его смерти, и сейчас люблю. Он был мне больше брат, чем родные братья. Он обо всем позаботился и в поезде купил мне горячий обед, и мы ели его за столиком, накрытым скатертью. Можно было есть и смотреть в окошко.

На вокзале в Будапеште нас встречала Ева. И на ней был костюм и красивая шляпка — она показалась мне настоящей королевой. Она без конца обнимала и целовала меня. Малютка родилась в лучшей больнице Будапешта. Я хотела назвать ее Евой, но Ева сказала, что лучше сама выберет имя, и назвала девочку Еленой. Это была чудесная малышка, с темными глазками, и она научилась улыбаться, когда ей было всего пять дней от роду. Я надеялась, что у нее будут голубые глаза Бартоломео, но дочка пошла в меня. Я не писала ему, пока не родилась малышка, потому что хотела рассказать о настоящем ребенке, а не о своей беременности. Когда Елене исполнился месяц, я попросила тестя найти для меня адрес университета в Оксфорде и сама вывела на конверте это странное слово. Тесть написал по-немецки под мою диктовку, а подписалась я своей рукой. В письме я объясняла Бартоломео, что ждала его три месяца, а потом мне пришлось уйти из деревни, потому что у меня должен был родиться ребенок. Я рассказала ему о своем путешествии и о доме сестры в Будапеште. Я спрашивала, когда же увижу его и когда он сможет приехать в Будапешт за мной и Еленой, и уверяла что, что бы ни случилось, буду любить его до конца жизни.

Потом я снова ждала, долго-долго, и, когда Елена уже делала первые шаги, пришло письмо от Бартоломео. Пришло не из Англии, а из Америки, и написано было по-немецки. Тесть перевел его для меня. Он читал очень ласковым голосом, но я знала, что он слишком честен, чтобы изменить хоть одно слово. В письме Бартоломео говорил, что получил мое письмо, адресованное на его прежнее место жительства в Оксфорде. Он вежливо заверял, что никогда не слышал обо мне и не видел моего имени и что никогда не бывал в Румынии, так что ребенок никак не может быть его. Он сожалел о моей печальной истории и желал мне счастья в будущем. Это было короткое письмо и очень доброе, и я не нашла в нем ничего, выдававшего, что он знает меня.

Я долго плакала. Я была молода и не понимала, как меняются люди. Прожив несколько лет в Венгрии, я поняла, что можно быть одним человском дома и совсем другим — в чужой стране. Я догадывалась, что с Бартоломео случилось нечто в том же роде. Тогда я жалела уже только об одном — что он солгал, сказав, что не знает меня. Я сожалела о нем, потому что со мной он был правдивым, достойным человеком, и мне не хотелось думать о нем дурно.

Родственники помогли мне поднять Елену. Она выросла умной и красивой девушкой. Я уверена, что в ней сказывается кровь Бартоломео. Я рассказала ей об отце — я ей никогда не лгала. Может быть, я сказала слишком мало, но она была еще слишком молода, чтобы понять, как ослепляет людей любовь. Она поступила в университет, и я очень гордилась ею, а потом она сказала, что слышала, будто отец — большой американский ученый. Я надеялась, что когда-нибудь они встретятся. Но я не знала, что он работает в том же университете. — Мать взглянула на Элен с мягкой укоризной и тем неожиданно оборвала рассказ.

Элен пробормотала что-то, оправдываясь или извиняясь, и покачала головой. Рассказ поразил ее так же, как меня. В продолжение его она сидела смирно, переводя еле слышным шепотом, и только раз что-то пробормотала, когда мать рассказывала о татуировке дракона у себя на плече. Позже она сказала мне, что мать при ней никогда не раздевалась и в общую баню с ней ходила только Ева.

Мы все трое молча сидели за столом, но через минуту Элен обернулась ко мне и беспомощно махнула рукой на лежавшую передо мной пачку писем. Мы думали об одном.

— Почему она не послала Росси эти письма в доказательство, что он бывал в Румынии? — спросил я.

Элен взглянула на мать — не решаясь, как мне показалось, заговорить с ней, — но, помедлив, все же перевела ей мой вопрос. От ее ответа у меня комок подкатил к горлу — боль за нее и за своего неверного учителя.

— Я думала об этом, но по его письму поняла, что он больше не хочет меня знать, а значит, доказательства ничего бы не изменили, а только принесли бы еще боль. А я лишилась бы немногого, оставленного мне в память о нем. — Она протянула руку, словно хотела коснуться следов его руки, и тут же отдернула ее. — Нехорошо только, я не вернула то, что ему принадлежало. Но он забрал у меня так много... разве я не могла получить взамен хоть это?

Она переводила взгляд с меня на Элен, и глаза ее больше не были спокойны — в них была тень вины и отблеск давней любви. Я отвернулся.

Элен и не думала разделять смирение матери.

— Так почему же ты давным-давно не отдала письма мне? — горячо воскликнула она.

Та покачала головой. Элен выслушала ответ, и лицо ее стало жестким.

— Она говорит, что знала, как я ненавижу отца, и ждала кого-нибудь, кто бы любил его.

"Так же, как любит она", — мог бы добавить я, потому что всем сердцем ощущал любовь, давно похороненную в этом домике-келье.

Я думал уже не только о Росси. Одна моя рука потянулась к руке Элен, другая — к обветренной ладони ее матери, и я крепко сжал их. В ту минуту весь мир, в котором я вырос, с его сдержанностью и умолчаниями, с его моралью и манерами, — мир, в котором я учился и добивался чего-то и пытался кого-то полюбить. казался далеким как Млечный Путь. Стоявший в горле ком мешал мне заговорить, но, если бы мог, я сказал бы этим двум женщинам, связанным с Росси такими разными чувствами, что ощущаю его присутствие среди нас.

Элен, помедлив, тихо высвободила свою руку, но ее мать, как раньше, взяла мою ладонь в свои и мягко проговорила что-то.

— Она хочет знать, как может помочь тебе найти Росси.

— Скажи, что она уже помогла и что я прочитаю эти письма сегодня же, и, может быть, они скажут больше. Скажи, что мы дадим ей знать, когда его найдем.

Мать Элен покорно склонила голову и поднялась, чтобы посмотреть на жаркое в духовке. От блюда поднялся такой вкусный дух, что даже Элен улыбнулась, словно признавая, что возвращение домой имеет свои плюсы. И тогда я отважился спросить:

— Узнай, пожалуйста, не знает ли она о вампирах чего-нибудь такого, что помогло бы нам в поисках.

Голос Элен, переводившей мои слова, вдребезги разбил хрупкое спокойствие минуты. Оглянувшись, ее мать поспешно перекрестилась, но не сразу заставила себя отвечать. Элен выслушала ее и кивнула.

— Она говорит, ты должен помнить — вампир меняет облик. Он может явиться тебе во многих видах.

Я хотел уточнить, расспросить подробнее, но она уже принялась раскладывать угощение по тарелкам, и руки у нее дрожали. Тепло от духовки расходилось по комнатке запахом мяса и теплого хлеба, и ели мы от души, хоть и в молчании. То Элен, то ее мать подкладывали мне еще хлеба, гладили по руке и подливали в чашку свежий чай. Еда была простой, но удивительно вкусной и сытной, а солнечный свет украшал скатерть золотистым узором.

Наевшись, Элен вышла на улицу с сигаретой, а ее мать поманила меня за собой на задний двор. Там в загончике скребли землю несколько цыплят и стояла клетка с длинноухими кроликами. Она вытащила одного за уши, и мы стояли, поглаживая пушистую головку лениво отбивающегося зверька. В окно, выходившее на эту сторону, я слышал, что Элен вернулась и моет посуду. Солнце грело мне макушку, а зеленые поля за деревней гудели и переливались в неистощимой радости жизни.

Потом нам пришло время уходить, чтобы не пропустить обратный автобус, и я спрятал письма Росси в портфель. Мать Элен стояла в дверях — ей не пришло в голову проводить нас до автобуса через деревню. Она мягко взяла мою руку, сжала, заглядывая в глаза.

— Она говорит, что желает тебе счастливого пути и найти то, чего желаешь, — объяснила Элен.

Я заглянул в темное сияние добрых глаз и от всего сердца поблагодарил. Мать обняла Элен, грустно погладила ее щеку и отпустила.

От дороги я оглянулся. Она стояла, придерживаясь одной рукой за косяк, словно встреча с нами отняла у нее силы. Я поставил портфель прямо в дорожную пыль и, еще не успев понять, что делаю, быстро пошел назад. Думая о Росси, я обнял женщину и поцеловал в мягкую морщинистую щеку. Она схватилась за меня — такая маленькая, что головой едва доставала мне до плеча, — и спрятала лицо у меня на груди. Потом резко отстранилась и скрылась в доме. Я подумал, что ей нужно побыть одной, и хотел идти, но она тотчас же вернулась и втиснула мне в ладонь что-то маленькое и твердое.

Разжав пальцы, я увидел узкое серебряное кольцо с гербовой печаткой. Кольцо Росси — она через меня возвращала ему подарок. Ее лицо светилось, и глаза сияли темным огнем. Я наклонился и снова поцеловал ее, на этот раз в губы. Губы были теплыми и нежными. Потом я отпустил ее и, поворачиваясь к Элен и своему портфелю, увидел на лице старой женщины единственную слезу. Я читал, что слеза не бывает одна, что это устаревший поэтический штамп. И может быть, это верно, только другие бежали по моим щекам.

Едва мы сели в автобус, я достал пачку писем и бережно открыл первое. Переписывая его здесь, я исполняю волю Росси, скрывая имя его друга под псевдонимом — *nom-de-guerre*, как он выразился. Странно снова было видеть руку Росси —

тот же молодой, почти ученический еще почерк — на пожелтевших листках.

— Ты прямо сейчас собираешься читать? — удивилась Элен, заглядывая мне через плечо.

— А что, ты могла бы подождать?

— Нет, — сказала она».

ГЛАВА 45

«20 июня, 1930 г.

Дорогой друг!

Мне совершенно не с кем поговорить, и вот беру в руки перо и представляю, что ты сейчас со мной — именно ты мог бы разделить мой восторг, смягчив его своим сдержанным удивлением перед красотой мира. Я сегодня не верю своим глазам — и ты бы не поверил, если бы знал, где я сейчас — в поезде, но дело не в поезде, а в том, что поезд пыхтит по дороге к Бухаресту. Так и слышу сквозь свист паровоза твой голос: "Боже всемогущий, дружище!" Но это правда. Я сюда не собирался и не собрался бы, если бы не странный случай. Еще несколько дней назад я сидел в Стамбуле, занимался одной темой, которая втемяшилась мне в голову, и одна находка навела меня на мысль, что хорошо бы съездить сюда. Нет, ничего хорошего, честно говоря, я в ужасе, но ехать надо. Тебе, старому рационалисту, не понравилась бы эта история, но мне дьявольски хотелось бы заполучить твою голову вдобавок к моему котелку — чувствую, что моих мозгов может оказаться маловато.

Подъезжаем к какому-то городку. Выйду купить завтрак — продолжу потом.

Вторая половина дня, Бухарест.

Наслаждался бы сиестой, если бы мысли не были так взбудоражены. Здесь чертовски жарко — я-то думал, меня встретит горная прохлада. Впрочем, до гор еще далеко. Славная гостиница. Бухарест — своего рода восточный Париж, великий и тесный и малость обветшалый — все вместе. В восьмидесятых-девяностых он, должно быть, ослеплял роскошью. Я целую вечность искал кеб, еще вечность добирался до отеля, но комната довольно приличная, так что теперь можно отдохнуть, вымыться и подумать, что делать дальше. Мне не слишком хочется выкладывать, что привело меня сюда, но ты, пожалуй, подумаешь, что я морочу тебе голову, так что скажу коротко и ясно: я отправился, так сказать, на подвиг, в погоню по архивам за Дракулой. Конечно, я имею в виду не романтического графа Дракулу из романа, а реального Дракулиа — Влада Третьего, тирана, правившего в Валахии и Трансильвании в пятнадцатом веке — того, который всю жизнь пытался сдержать наступление на свои земли Оттоманской империи. Я почти неделю просидел в стамбульском архиве, разбирая документы, собранные турками, и наткнулся на чрезвычайно примечательный набор карт — думаю, что найду в них ключ к истинному местоположению его могилы. Дома объясню подробнее, что увлекло меня на такую охоту, пока же просто молю о снисхождении. Можешь списать это на безрассудства молодости, мой дряхлый мудрец.

Так или иначе, мои поиски в Стамбуле прервались самым мрачным образом, что порядком напугало меня, хотя тебе издалека мои страхи наверняка покажутся нелепыми. Но ты же знаешь, меня не так легко сбить, если уж я что-то начал, так что я не удержался и поехал в Румынию с копиями тех карт. Надеюсь узнать здесь больше о могиле Дракулиа. Не знаю, известно ли тебе, что, по общепринятой теории, он похоронен на озере Снагов, на западе Румынии. Область называется Валахия. На картах, найденных в Стамбуле, явно обозначена его гробница, но ничего похожего на озеро с островом, и, сколько я могу судить, местность вообще не соответствует западной Румынии. Я всегда стараюсь в первую очередь проверить самые очевидные предположения, потому что нередко самое простое оказывается верным. Поэтому я и решил... вижу, вижу, как ты качаешь головой, дивясь моему дурному упрямству — решил съездить со своими картами на озеро Снагов и удостовериться, что могилы там нет. Как в этом убедиться, пока не представляю, но, не исключив этой теории, нечего и начинать охоту в других местах. Ведь может оказаться, что мои карты — древняя фальшивка, и я найду надежные доказательства, что тиран почиет и всегда почивал на своем месте.

К пятому числу я должен вернуться в Грецию, так что приходится беречь каждый день. Я всего лишь хочу найти местность, обозначенную на карте. Зачем мне это надо, не могу тебе сказать, потому что сам не знаю. Завершить экскурсию я собираюсь объездом Валахии и Трансильвании — хочу посмотреть все, что успею. Что видится тебе при слове “Трансильвания”, если ты задумаешься над этим словом? А, ты не задумываешься, благоразумный друг мой! Ну, а мне представляются дикие и прекрасные горы, древние замки, ведьмы и оборотни — страна волшебных тайн. Можно ли, вступая в эти земли, поверить, что ты все еще в Европе? Ну, когда доберусь туда, расскажу тебе, что нашел: европейские пейзажи или сказочное королевство. Но сначала Снагов — выезжаю с утра.

Твой преданный друг Бартоломео Росси».

«22 июня, 1930 г.
Озеро Снагов.

Дорогой друг!

Пока не нашел, откуда отправить первое письмо — то есть отправить с уверенностью, что оно когда-нибудь попадет тебе в руки, — но все равно продолжаю, потому что написать есть о чем. Вчера весь день мотался по Бухаресту, пытаясь раздобыть приличные карты — купил, в конце концов, просто дорожные карты Валахии и Трансильвании — и тормоша в университете каждого, кто хоть немного интересовался Владом Цепешем. Но никто не рвется говорить на эту тему, и, сдается мне, каждый мысленно, если не в открытую, осеняет себя крестом, стоит упомянуть имя Дракулы. После случая в Стамбуле мне и самому, признаться, немного не по себе, но отступаться не собираюсь.

Во всяком случае, мне удалось найти молодого археолога, который любезно сообщил, что один из его коллег, мистер Георгеску, занимается историей Снагова и сейчас ведет там раскопки. Вдохновившись этим известием, я вручил свои карты, багаж и самое себя в руки шофера, который берется отвезти меня на озеро — по его словам, туда всего несколько часов езды от Бухареста. В час мы выезжаем. Надо пойти куда-нибудь пообедать — здесь полно чудесных ресторанчиков с кухней, не забывшей еще о восточной роскоши, — а потом мы едем».

«Вечером:

Дорогой друг!

Не удержусь, продолжу нашу одностороннюю переписку — надеюсь, рано или поздно ты прочитаешь мои излияния, — после такого дня мне просто нобходимо с кем-то поговорить. Я выехал из Бухареста в опрятном маленьком такси, принадлежащем столь же опрятному маленькому человечку, с которым я едва сумел обменяться двумя словами (одно из них «Снагов»). Краткий обзор моего дорожного атласа и множество одобрительных похлопываний по плечу (по моему плечу) — и мы отправились. Добирались весь день. Дороги в основном асфальтированные, но очень пыльные, а вокруг приятные пейзажи: сельская местность с редкими перелесками.

Я догадался, что мы подъезжаем, когда шофер взволнованно замахал рукой в сторону, где я не видел ничего, кроме леса. Однако то было лишь введение. Не знаю, чего я ждал — должно быть, так погрузился в догадки и предположения, что почти забыл, куда еду, — но вид озера выбил у меня из головы все научные рассуждения. Потрясающе красивое место, друг мой, мирное и неземное. Вообрази, если пожелаешь, как в просветы деревьев открываются сверкающие воды, а по берегам там и здесь разбросаны легкие особнячки — иногда над деревьями поднимается только изысканной формы дымовая труба или изгиб стены, — постройки, пожалуй, начала девятнадцатого столетия, а то раньше.

Выехав на берег — мы остановились у небольшого кафе или ресторанчика, за которым у причала покачивались на воде три лодки, — за полосой воды видишь остров с монастырем и понимаешь, что здесь едва ли что-нибудь изменилось за долгие века. Остров, как и берега озера, лесистый, и над вершинами деревьев поднимаются прекрасные византийские купола монастырской церкви, а над водой разносится звон колоколов (позже я узнал, что звонарь пользуется деревянной колотушкой). Плывущий над водой звон перевернул мне душу: тебе знакомы эти послания прошлого, которые властно требуют, чтобы их прочли, пусть даже язык их уже непонятен. Мы с шофером вполне могли оказаться парой турецких шпионов, разглядывающих в закатном свете бастионы чужой веры, а не двумя запыленными горожанами, опирающимися на крышу автомобиля.

Я еще долго мог бы стоять так и слушать и никуда не спешить, но археолога надо было отыскать до темноты, так что я зашел в ресторан. Язык жестов и моя великолепная "пиджин-латынь" помогли нанять лодку до острова. Да-да, есть там человек из Бухареста с лопатой, сумел втолковать мне хозяин, — и двадцать минут спустя мы высадились на острове. Монастырь вблизи еще красивее и выглядит неприступным: древние стены и высокие купола, увенчанные ажурными семиконечными крестами. Лодочник провел нас к нему по крутой лестнице, и я уже готов был войти в большие деревянные ворота, но проводник сделал знак обойти кругом.

Проходя под прекрасными древними стенами, я впервые осознал, что наконец-то встал на след Дракулы. До сих пор я выслеживал его в лабиринте архивов, но теперь ступил на землю, по которой ступали и его ноги — должно быть, в кожаных сапогах с острыми шпорами. Будь я верующим, непременно перекрестился бы, а так мне вдруг остро захотелось схватить лодочника за плечо под суконной курткой и попросить поскорей доставить нас обратно на безопасный берег. Как ты понимаешь, я не сделал ничего подобного и надеюсь, мне не придется о том пожалеть.

За церковью, посреди величественных развалин, мы в самом деле нашли человека с лопатой в руках. Приветливый на вид курчавый брюнет с закатанными по локоть рукавами белой рубахи. Он заметно старше меня. С ним работали двое парней, тщательно перебиравших руками выкопанную землю, и он время о времени откладывал лопату и присоединялся к ним. Все они сосредоточились на крошечном участке земли, как будто нашли там нечто особенно интересное, и подняли головы, только когда лодочник окликнул их.

Человек в белой рубахе шагнул навстречу, разглядывая нас пронзительными черными глазами, и лодочник при поддержке шофера представил меня. Протянув ему руку, я испытал на нем одну из немногих румынских фраз, выученных от консьержа в гостинице: "*Ма нумеска Бартоломео Росси. Ну ва суперати...*" Эти слова, которыми предполагалось останавливать прохожих, чтобы спросить дорогу, буквально означают: "не гневайтесь" — можешь представить себе более явное свидетельство более воинственной истории? "Не хватайся за кинжал, дружище, — я просто заблудился в вашем лесу и хотел узнать, как из него выбраться!" То ли фраза показалась неуместна, то ли мой выговор слишком уж специфический, но археолог, сжимая мою руку, расхохотался.

Вблизи он оказался крепким загорелым парнем с сеточкой морщин у глаз и в уголках губ. В улыбке открылся полный рот золотых зубов, за исключением двух верхних, которых просто не было. Пожатие было сильным, а ладонь шершавой и мозолистой, как у крестьянина.

— Бартоломео Росси, — повторил он густым голосом, продолжая смеяться. — *Ма нумеска* Велиор Георгеску. Как поживаете? Чем могу служить?

На минуту мне показалось, что продолжается наш прошлогодний поход: я словно снова услышал говор тех обветренных горцев, у которых мы то и дело спрашивали дорогу, только волосы у него были черные, а не песочного оттенка.

— Вы говорите по-английски? — тупо пробормотал я.

— Немножко, — кивнул мистер Георгеску. — Давно не практиковался, но кое-что еще помнится.

Он говорил легко и свободно, чуть раскатывая гортанное "р".

— Прошу прощения, — опомнился я, — мне сказали, что вы занимаетесь Владом Третьим, и мне бы очень хотелось с вами поговорить. Я историк из Оксфорда.

Он кивнул:

— Рад слышать, что вы разделяете мои интересы. Вы приехали в такую даль, чтобы взглянуть на его могилу?

— Ну, я надеялся...

— Надеялись, надеялись... — Мистер Георгеску добродушно похлопал меня по спине. — Но мне придется разочаровать вас, мой мальчик.

Сердце у меня радостно забилось: кажется, он тоже считает, что Влад похоронен не здесь. Но я сдержался, решив сначала выслушать, а уж потом задавать вопросы. Георгеску критически осмотрел меня и снова улыбнулся:

— Идемте, проведу для вас экскурсию.

Он отдал своим помощникам короткое распоряжение, сводившееся, видимо, к указанию прекратить работу, потому что оба отряхнули руки и повалились на травку под деревом. Археолог, прислонив лопату к стене раскопа, махнул мне рукой. Я в свою очередь отпустил своих спутников, перекрестив лодочнику ладонь серебром. Тот приподнял шляпу и скрылся, а шофер уселся у разрушенной стены и извлек из кармана фляжку.

— Очень хорошо, давайте сперва пройдемся кругом. — Георгеску махнул вокруг себя широкой ладонью. — Вам знакома история острова? Немного? Церковь стояла здесь еще в четырнадцатом веке, а монастырь построен чуточку позже, но тоже до конца столетия. Первая церковь была деревянной, а вторая — каменной, но и она рухнула в озеро в 1453 году. Вам это не кажется примечательным? Дракула вторично занял престол Валахии в 1462 году, и у него были свои соображения на этот счет. Думаю, он выбрал монастырь, потому что остров было легко оборонять — он вечно выискивал места, которые можно превратить в крепости против турецкого нашествия. Здесь подходящее местечко, правда?

Я кивнул, стараясь не глазеть на него. Меня так очаровал его выговор, что трудно было сосредоточиться на содержании, но с последней фразой нельзя было не согласиться. С первого взгляда я решил, что такие стены мог бы успешно оборонять какой-нибудь десяток монахов. Велиор Георгеску тоже одобрительно озирал их.

— Так вот, Влад превратил монастырь в крепость. Построил вокруг крепостные стены, добавил темницу и камеру пыток. А также подземный ход и мост к берегу. Большой был умелец, этот Влад. Моста, понятно, давно уж нет, а остальное я раскапываю. Сейчас занимаемся тюрьмой. Уже нашли несколько скелетов. — Его золотые зубы сверкнули в улыбке.

— А это, стало быть, церковь Влада? — Я указал на красивое здание с устремленными в небо куполами, окруженное кущей деревьев.

— Увы, нет, — отозвался Георгеску. — В 1462 году монастырь был частично сожжен турками. На троне Валахии тогда сидел брат Влада, Раду, марионетка турок. А сразу после похорон Влада ужасный шторм снес церковь в озеро…

У меня рвалось с языка: “Так Влад все-таки похоронен здесь?”, но я твердо сжал губы.

— Окрестные крестьяне, верно, думали, что это кара за его грехи. В 1517 году церковь восстановили — отстраивали три года, и результат перед вами. А внешняя стена — новодел, ей не больше тридцати лет.

Мы подошли к подножию церкви, и он похлопал каменную кладку, как хлопают по крупу любимого коня. Пока мы стояли там, из-за угла вдруг показался человек — седобородый согбенный старец в черной рясе и черной круглой шляпе с длинными матерчатыми отгибами, спадавшими ему на плечи. Он опирался на палку, а с веревки, заменявшей ему пояс, свисала связка ключей. На груди болтался на цепочке прекрасной работы старинный крест того же типа, что на церковных куполах.

От неожиданности я едва удержался на ногах: его появление произвело на меня такое же действие, как если бы Георгеску вдруг вызвал призрака. А мой новый знакомец спокойно вышел вперед, улыбнулся монаху и, склонившись к его руке, почтительно поцеловал золотое кольцо, сверкавшее на узловатом пальце. Старец, как видно, привечал Георгеску — возложив ладонь ему на голову, он улыбнулся бледной старческой улыбкой, показав зубы, еще более редкие, чем у археолога. Тот, вероятно, представил меня, потому что я уловил в его речи свое имя и поклонился, как умел, но от целования перстня уклонился.

— Это настоятель, — пояснил мне Георгеску. — В обители, кроме него, осталось всего трое монахов. Он приветствует и благославляет вас. Если у вас есть к нему вопросы, он говорит, что постарается на них ответить.

Я снова поклонился в знак благодарности, и старец медленно побрел дальше. Через несколько минут я заметил, как он тихо присел на край полуразрушенной стены, словно ворон на развалинах, греющийся на вечернем солнышке.

— Они здесь круглый год живут? — спросил я у Георгеску.

— О да. Даже в самые суровые зимы, — кивнул мой провожатый. — Если вы не слишком торопитесь, то скоро услышите, как они служат обедню. — Я заверил его, что обязательно останусь послушать. — А теперь зайдем в церковь.

Мы вышли к деревянным дверям, покрытым резьбой, и, отворив их, я оказался в незнакомом доселе мире, совершенно не схожем с нашими англиканскими церквями.

Внутри было прохладно, и я поначалу ничего не видел в густом сумраке, зато ощущал в воздухе пряный дымок и холодное влажное дыхание каменных стен. Даже когда глаза привыкли к темноте, я сумел различить только медный блеск подсвечников и огоньки свечей. Сверху сквозь толстые темные стекла еле-еле сочился дневной свет. Здесь не было скамей или стульев для молящихся, если не считать высоких деревянных сидений, выстроившихся вдоль одной стены. У самого входа я заметил стойку со множеством свечей — одни были воткнуты в подобие медной короны, другие в песок, на котором она лежала. Тяжелые капли сползали по ним вниз, и в воздухе горячо пахло растопленным воском. Георгеску заговорил:

— Монахи заменяют их каждый день, и если бывают посетители, то и они тоже ставят свечку. Те, что наверху, — за живых, а вокруг, у основания, — за души усопших. Они горят, пока сами не потухнут.

Выйдя на середину церкви, он указал вверх, и я увидел глядящее на нас из-под купола смутное, летящее в высоте лицо.

— Вы уже бывали в византийских церквях? — продолжал Георгеску. — Христос всегда в центре и смотрит вниз. И этот светильник, — люстра в виде огромной короны свисала от груди Христа, заполняя собой пространство церкви, но свечи в ней были погашены, — светильник тоже типичный.

Мы прошли к алтарю. Я вдруг почувствовал, что мне здесь не место, словно вошел без спросу, однако монахов не было видно, а Георгеску держался уверенно и бодро. Алтарь был занавешен вышитым покровом, а перед ним лежала груда тканых шерстяных ковриков, подушечек, украшенных народным орнаментом в стиле, который я назвал бы турецким, если бы не боялся обидеть хозяев. Верх алтаря украшало эмалевое изображение Распятия и лик Девы с младенцем в золотом окладе. Вся стена за ними была полна грустных святых и еще более грустных ангелов, а посреди ее сверкала золотом двустворчатая дверца, полускрытая складками красного бархата, — врата, ведущие в таинственное святая святых.

Все это я с трудом разглядел в полумраке, но мрачная красота церкви захватила меня. Я обернулся к Георгеску:

— И Влад молился здесь? Я хочу сказать, в прежней церкви?

— О, несомненно. — Археолог хмыкнул. — Весьма богобоязненный убийца. Он построил множество церквей и монастырей, чтобы побольше народу молилось за его душу. Здешнюю церковь он любил больше других и был очень близок с монахами. Не знаю, что они думали о его делах, но пожертвования несомненно одобряли. Не говоря о том, что Влад защищал их от турок. Но сокровища, которые вы видите, перенесены из других церквей: в прошлом веке церковь была закрыта и крестьяне растащили все, что смогли унести. Но смотрите — вот что я хотел вам показать.

Он нагнулся и отогнул край ковра, лежавшего перед алтарем. Прямо под ним открылась прямоугольная плита — гладкая, без надписей, но явно могильная.

— Гробница Влада?

— Да, если верить легенде. Мы с коллегами несколько лет назад вскрыли ее и нашли пустую яму — если не считать несколько костей животных.

У меня перехватило дыхание:

— Так его там нет?

— Решительно нет. — Золотые зубы Георгеску блестели, как оклады икон. — Летопись утверждает, что его погребли здесь, перед алтарем, и что новая церковь возведена на фундаменте старой, так что могилу не потревожили. Представляете себе наше разочарование?

Разочарование? Мне пустая могила казалась скорее пугающей.

— Все же мы решили немного пошарить вокруг, и там, — он прошагал через неф к входной двери и приподнял другой коврик, — вот здесь мы обнаружили точно такую же плиту.

Я и сам видел, что камень той же формы и размера и такой же гладкий.

— Ее мы тоже подняли... — Георгеску погладил плиту.

— И нашли?..

— Отличный скелет, — радостно договорил он, — даже часть покровов на гробе сохранилась, как ни удивительно. Когда-то это был королевский пурпур, расшитый золотом, — и сам скелет в хорошем состоянии. И одежда хороша: парчовый кафтан с длинными красными рукавами. И самое удивительное, что на рукав было нашито колечко — совсем простое, но один из моих коллег готов поклясться, что оно составляло часть большого орнамента со знаком Ордена Дракона.

Признаюсь, сердце у меня замерло.

— Знак Ордена?

— Да, дракон с длинными когтями и загнутым петлей хвостом. Члены Ордена всегда носили этот знак, обычно в виде фибулы или пряжки плаща. Наш друг Влад наверняка был посвящен в рыцари, как и его отец, — улыбнулся мне Георгеску. — Но мне кажется, профессор, я повторяю то, что вам уже известно?

Во мне облегчение боролось с разочарованием.

— Значит, это его гробница, а место в легенде просто указано не совсем точно?

— Нет, я так не думаю. — Мой спутник поправил ковер. — Не все коллеги со мной согласятся, но, на мой взгляд, находка наша доказывает обратное.

Я невольно вылупил на него глаза:

— А как же царственное одеяние и то кольцо?

Георгеску покачал головой:

— Может, этот парень и состоял в Ордене Дракона — какой-нибудь высокопоставленный вельможа, — и, пожалуй, ради такого случая его нарядили в лучшее платье Дракулы. Может быть, ему даже помогли умереть, чтобы было кому занять могилу, — кто знает, когда это случилось.

— Вы перезахоронили скелет? — спросил я, невольно отступая с ковра, прикрывавшего могильную плиту.

— Нет-нет, его отправили в Бухарест, в исторический музей, но вы его там не увидите — экспонат поместили в запасники, а оттуда он два года назад таинственно исчез вместе со своим нарядным кафтаном. Просто стыд…

Георгеску неодобрительно покачал головой, но было ясно, что пропажа скелета представляется ему маловажной перед охотой за главной добычей.

— Я так и не понял, — проговорил я, не сводя с него взгляда, — какие еще доказательства нужны вам, чтобы увериться, что погребенный — Влад Дракула?

— А все очень просто, — жизнерадостно пояснил Георгеску, похлопывая по ковру. — У парня голова была на месте. А Дракуле голову отрубили и отправили в Стамбул как ценный трофей. В этом все источники сходятся. Так что сейчас я раскапываю тюремные помещения в поисках другой могилы. Думаю, тело перенесли из первой гробницы, чтобы сберечь от грабителей могил или опасаясь, что турки, захватив монастырь, осквернят гробницу. Но старик прячется где-то на острове.

У меня в голове теснилось множество вопросов, но Георгеску уже встал и потянулся.

— Сплаваем в ресторан поужинать? Я бы целого барана съел. Или вы хотите послушать начало службы? Вы где остановились?

Я признался, что сам еще не знаю и что должен еще найти место и для шофера.

— Но я еще о многом хотел бы вас спросить, — добавил я.

— И я тоже, — кивнул археолог. — Можно поговорить за ужином.

Мы зашли к развалинам, чтобы захватить с собой шофера. Оказалось, что археологи держали тут же на берегу маленькую лодочку, на которой мы добрались до ресторана и узнали, что хозяин найдет, где устроить нас на ночь. Георгеску занес к себе инструменты и отпустил юных помощников, после чего мы вернулись к церкви как раз вовремя, чтобы увидеть, как трое черных монахов во главе с настоятелем выходят из святилища. Два монаха были дряхлыми старцами, но третий казался довольно крепким, и в его каштановой бороде было не так уж много седины. Они торжественно выстроились лицом к алтарю. Настоятель держал в руках крест и державу. На его согбенных плечах лежала блиставшая золотом пурпурная накидка, и огоньки свечей отражались в ней.

Они склонились перед алтарем, и монахи на минуту простерлись ниц — как раз на плите, скрывающей пустую гробницу, заметил я. В какое-то страшное мгновенье мне почудилось, что они поклоняются не Господу, а могиле палача.

Только сейчас я осознал, что слышу странный, нездешний звук: казалось, гудят или поют сами стены церкви от купола до основания. Служба началась. Настоятель прошел сквозь золоченые дверцы — я с трудом удержался, чтобы не вытянуть шею, заглядывая одним глазком в заветное святилище, — и вышел обратно с толстой книгой в эмалевом окладе. Перекрестив книгу, он возложил ее на алтарь. Кто-то из монахов подал ему кадило на тонкой цепочке, и над переплетом потянулся благоуханный дымок. Все пространство вокруг нас заполняли поющие голоса, то гудевшие словно из подземных глубин, то воспарявшие к небесам. По коже у меня пробежали мурашки при мысли, что сердце Византии теперь не в Стамбуле — сейчас я был совсем близок к нему. Едва ли священные напевы и обряды сильно переменились со времен императоров Константинополя.

— Служба здесь долгая, — шепнул мне на ухо Георгеску, — но они не обидятся, если мы потихоньку уйдем.

Он достал из кармана свечу, зажег ее от свечи, горевшей на стойке у входа, и укрепил в песке под короной.

В ресторанчике робкая девушка в крестьянском платье подала нам тушеное мясо и салат. За ними последовал зажаренный целиком цыпленок и бутылка густого красного вина, с которым Георгеску обращался очень небрежно. Мой шофер, как видно, успел завести друзей на кухне, так что в маленьком зале, откуда открывался вид на потемневшее озеро, мы оказались совсем одни.

Утолив первый голод, я стал расспрашивать археолога, где он приобрел такой изумительный английский выговор. Тот рассмеялся с набитым ртом:

— Да от папы с мамой, упокой, Господи, их души! Он был шотландский археолог, а она — шотландская цыганка. Я родился и вырос в Абердине и работал с отцом до его смерти. А потом родня матери позвала ее переехать к ним в Румынию. Ее предки отсюда родом. Сама она тоже родилась и выросла в Шотландии, но после смерти отца готова была уехать куда угодно. Понимаете, семья отца приняла ее не слишком ласково. Она привезла меня сюда, когда мне было пятнадцать лет, и здесь я и остался. И взял себе девичью фамилию матери — здесь она привычнее звучит.

Я на минуту онемел, а он ухмыльнулся:

— Понимаю, довольно необычная история. Ну, а вас что сюда привело?

Я коротко рассказал о себе и своих занятиях и о таинственной книге, попавшей мне в руки. Он слушал, сдвинув брови к переносице, а дослушав, медленно кивнул:

— Да, удивительная история, ничего не скажешь.

Я достал из рюкзака книгу и протянул ему. Он внимательно перелистал страницы, задержавшись на несколько минут на центральной гравюре.

— Да, — сказал он, возвращая книгу, — изображение очень напоминает символ Ордена. Я видел такие на украшениях — в том числе и на том колечке. А вот подобных книг прежде не встречал. Так вы не представляете, откуда она взялась?

— Понятия не имею, — признал я. — Хотел показать ее специалистам, например, в Лондоне.

— Работа великолепная, — заметил Георгеску. — Ну, а теперь, посмотрев Снагов, что вы намерены делать? Вернетесь в Стамбул?

— Нет! — Я не стал объяснять ему, но меня пробрала дрожь при этой мысли. — На самом деле через пару недель меня ждут на раскопках в Греции, а пока я хотел заехать в Тырговиште, посмотреть главную столицу Влада. Вы там бывали?

— Да, конечно. — Георгеску, как голодный мальчуган, до блеска подчистил тарелку. — Всякому, кто интересуется Дракулой, стоит там побывать. Но по-настоящему интересное место — его замок.

— Замок? Так у него и замок есть? Я хотел сказать, он сохранился?

— Ну, там руины, но очень живописные. Развалины крепости. Это в нескольких милях вверх по реке Арджеш от Тырговиште, и туда можно доехать по дороге, хотя к вершине, конечно, придется подниматься пешком. Дракула всегда выбирал места, которые легко защищать, а тот замок у него числился любимым. Вот что я вам скажу…

Порывшись в кармане, он извлек маленькую глиняную трубочку и стал набивать ее ароматным табаком. Я поднес ему спичку.

— Спасибо, дружище. Так что я говорю — я еду с вами. Больше чем на пару дней мне не выбраться, но я успею показать вам дорогу к крепости. С проводником все гораздо проще. Я сам уж невесть сколько там не бывал и охотно посмотрю еще разок.

Я благодарил его от всего сердца: признаюсь, меня смущала мысль оказаться посреди Румынии без переводчика. Мы решили отправляться с утра, если мой шофер согласится довезти нас до Тырговиште. Георгеску вспомнил поблизости деревушку, где можно переночевать всего за несколько шиллингов. Есть и другая, ближе к крепости, но туда ему возвращаться не захотелось, потому что в прошлый раз ее жители чуть ли не забросали его камнями. Мы расстались на ночь очень сердечно, а теперь, друг мой, я задуваю свечу, чтобы отдохнуть перед новым приключением, о котором непременно тебе сообщу.

Твой преданный Бартоломео».

ГЛАВА 46

«Дорогой друг!

Мой шофер согласился-таки отвезти нас до Тырговиште. Теперь он вернулся к семье в Бухарест, а мы устроились на ночь в старой гостинице. Путешествовать с Георгеску — одно удовольствие: всю дорогу он угощал меня историей мест, которые мы проезжали. У него широчайший кругозор, а диапазон интересов — от архитектуры до ботаники, так что я за время пути узнал много любопытного.

Тырговиште — красивый городок, сохранивший много средневекового в своем облике, и тут даже нашлась приличная гостиница, где усталый путник может умыть лицо чистой холодной водой. Теперь мы в самом сердце Валахии, в холмистой стране между горами и равниной. В пятидесятых-шестидесятых годах Влад Дракула несколько раз оказывался у власти; Тырговиште — его столица, и вечером мы успели осмотреть впечатляющие руины его дворца. Георгеску проводил меня из помещения в помещение, описывая, что где, по его мнению, располагалось. Родился Дракула не здесь, а в Трансильвании, в местечке Сигишоара. Посмотреть его у меня не хватит времени, но Георгеску несколько раз там бывал и рассказывает, что дом отца Дракулы, где тот родился, еще стоит.

Самым замечательным из множества замечательных видов, которые мы сегодня повидали, блуждая по улочкам среди руин, была сторожевая башня Дракулы — вернее, удачный новодел, восстановленный в девятнадцатом веке. Георгеску, как положено доброму археологу, воротит от новодела свой румыно-шотландский нос, ворча, что вот те зубцы наверху сделаны неправильно, да и чего еще ожидать, когда историк позволяет себе фантазировать. Не знаю, насколько точно или неточно восстановлена башня, но Георгеску рассказывает о ней страшные вещи. Кроме часового, обязанного предупредить об очередном появлении турецкого отряда, сюда часто поднимался сам Дракула, чтобы полюбоваться сверху на вершившиеся во дворе крепости казни.

Ужинали мы в маленьком пабе в центре городка. Оттуда видны внешние стены развалин, и за гуляшом Георгеску рассказал, что в горные леса Дракулы удобнее всего добираться как раз из Тырговиште.

— Второй раз он занял трон Валахии, — объяснял мой гид, — в 1456-м и тогда задумал построить крепость над Арджешем, где мог бы укрыться в случае вторжения. Валахи всегда спасались от войны в горах, лежащих между Тырговиште и Трансильванией, — и в глухих дебрях самой Трансильвании.

Он отломил кусок хлеба и, улыбаясь, подобрал им соус с тарелки.

— Дракуле, конечно, известны были развалины двух крепостей, построенных над рекой в одиннадцатом веке, а то и раньше. Одну из них он и решил отстроить: древний замок Арджеш. Ему понадобились дешевые рабочие руки — как без них? — и он раздобыл их, проявив свойственные ему мягкость и великодушие. Пригласил всех своих "бояр" — своих дворян, понимаете? — отпраздновать Пасху. Они в лучших нарядах собрались в его замок в Тырговиште — тот, что мы видели, — и Влад щедро угостил их… а потом перебил тех, кого счел непригодным для работы, а остальных отправил — вместе с женами и детьми — пешком в горы, за пятьдесят километров, отстраивать Арджеш.

Георгеску взглядом поискал по столу, не осталось ли хлеба.

— Тут все не так просто: в румынской истории не бывает ничего простого. Дело в том, что за несколько лет до того в Тырговиште был убит заговорщиками старший брат Дракулы, Мирче. Дракула, когда пришел к власти, велел вскрыть его гроб, и оказалось, что несчастный был похоронен заживо. Тогда-то он и разослал приглашения на праздник Пасхи. Одним ударом отомстил и обзавелся даровой рабочей силой. Неподалеку от развалин старой крепости он велел устроить печи для обжига, и те, кто пережил переход через горы, трудились день и ночь, таская кирпичи и выкладывая стены и башни. В здешних местах есть песня, так в ней говорится, что к концу работы богатые кафтаны истлели на плечах у бояр. — Георгеску до блеска протер миску. — Я давно заметил, что Дракула столь же практичен, сколь несимпатичен.

Итак, завтра, мой друг, мы отправляемся по следам тех несчастных бояр, но только не пешком, как они, а в тележке.

Представь себе, здесь крестьяне еще носят народные костюмы, особенно странные среди одетых в современное платье горожан. У мужчин это белая рубаха с черной безрукавкой и чудовищной величины кожаные шлепанцы, подвязанные к колену ремешками — словно ожили древнеримские пастухи. Женщины, тоже смуглые и черноволосые и часто очень красивые, носят толстые тяжелые юбки и такую же безрукавку-жилет поверх блузы, и у каждой одежда богато разукрашена вышивкой. Народ здесь живой, люди громко смеются и шумно торгуются — на рынке я побывал вчера, сразу как приехали.

Отсюда письма уж никак не послать, так что и оно отправится в мой рюкзак.

Твой верный Бартоломео».

«Дорогой друг!

С радостью сообщаю, что нам удалось добраться до деревеньки близ Арджеше, в дне пути по крутой горной дороге в телеге крестьянина, чью ладонь я щедро посеребрил. Все кости теперь ноют, но духом я бодр. Деревушка — чудо: словно не настоящая, а из сказок братьев Гримм; как бы мне хотелось, чтобы ты оказался здесь хоть на часок и сам почувствовал, как бесконечно далеки мы от мира сегодняшней Западной Европы. Крошечные хижины, бедные и облупленные, но все равно веселенькие, с широкими нависающими крышами, а на высоких дымовых трубах — огромные гнезда аистов, которые проводят здесь лето.

Сегодня днем мы с Георгеску обошли всю деревню и выяснили, что народ собирается на площади, где устроен колодец, а также большой водопой для скотины. Стадо два раза в день прогоняют через село. В тени умирающего от старости дерева — таверна: шумное заведение, где мне пришлось угощать местных пьяниц огненной водой — вспомни обо мне в своем "Золотом волке" над пинтой темного! Среди них нашлось два-три человека, с которыми можно было поговорить.

Здесь еще помнят Георгеску, приезжавшего в эти места шесть лет назад, и кое-кто приветствовал его крепкими хлопками по спине, но другие явно сторонятся подозрительного чужака. Георгеску уверяет, что верхом в крепость и обратно можно успеть за один день, но нам не найти проводника. Пугают волками, медведями и, конечно же, вампирами — на местном наречии они называются "приколичи". Я уже затвердил несколько румынских слов, понимать который очень помогают французский, итальянский и латынь. Пока мы беседовали с седобородыми завсегдатаями таверны, вся деревня не слишком скромно разглядывала нас: женщины, крестьяне, стайки босоногих детишек и юные девицы — темноглазые красавицы. Глядя на обступившую нас толпу, где каждый притворялся, что пришел набрать воды, подмести ступени или поговорить с хозяином таверны, я не выдержал и расхохотался вслух, поразив зрителей.

Продолжу завтра... Как хорошо побеседовать с тобой часок на твоем и моем — на нашем — языке.

Твой преданный Бартоломео».

«Дорогой друг!

Мы побывали в крепости Влада и вернулись, и я серьезно напуган. Не знаю, зачем мне вздумалось на нее смотреть: слишком реальной и живой представляется мне теперь фигура того, чье посмертное пристанище я ищу или собираюсь искать, если сумею разобраться в тех картах. Опишу тебе нашу экскурсию: хочу, чтобы ты сумел представить себе происходящее, да и для себя оставить память.

Мы выехали на рассвете в телеге одного здешнего парня, довольно состоятельного по здешним меркам — он сын одного из стариков в таверне. Кажется, он исполняет волю отца и не в восторге от подобного поручения. Когда мы с рассветом погрузились в его экипаж, он несколько раз махнул рукой на горы и повторял, покачивая головой: "*Поенари*? *Поенари*?" Однако в конце концов покорился своей участи и подхлестнул лошадей — двух здоровенных битюгов, на один день отпущенных с полевых работ.

Сам молодой крестьянин — крепкий широкоплечий парень. В своей высокой шляпе он на две головы возвышается над нами. Тем более комическое впечатление производит его робость, хотя не мне бы смеяться над страхами крестьян, после того что я повидал в Стамбуле. (Я уже писал, что расскажу при встрече.) Пока мы ехали лесной чащей, Георгеску пытался разговорить его, но молодой великан сжимал вожжи в безмолвном отчаянии, будто (подумалось мне) заключенный, которого ведут на казнь. Его рука то и дело тянулась за пазуху рубахи, где у него, кажется, висел какой-то амулет, — я видел только кожаный шнурок и с трудом удержался от желания попросить показать талисман. Я проникся жалостью к человеку, которого мы вынудили нарушить запрет, предписанный его верованиями, и решил щедро вознаградить его в конце поездки.

Мы собирались переночевать в развалинах, чтобы не торопясь все осмотреть, а потом подробнее расспросить крестьян, живущих поблизости, начиная с отца нашего возницы, снабдившего нас циновками и одеялами, и его матери, собравшей нам в дорогу узелок с сыром, хлебом и яблоками. Когда мы въехали в лес, меня неизвестно от чего пробрал озноб. Вспомнился персонаж Брэма Стокера, проезжавший леса Трансильвании — сказочные дебри — в таинственном дилижансе. Я подумал даже, что стоило выехать под вечер, чтобы услышать вдалеке волчий вой. Я пожалел Георгеску, не читавшего этой книги, и обещал себе выслать ему из Англии экземпляр в подарок — если, конечно, мне доведется вернуться в наше царство серой обыденности. Но тут я припомнил Стамбул и поскучнел.

Через лес мы ехали медленно — дорога оказалась ухабистой, сильно заросла, а вскоре начала круто подниматься вверх.

Леса здесь очень густые, в них темно даже в самый ясный полдень, и под их сводами всегда царит церковная прохлада. Ты проезжаешь в шелестящем тоннеле деревьев, и впереди и сзади только ряд стволов и непроницаемая стена высоких трав и густого кустарника. Деревья так высоки, что кроны их загораживают небо. Кажется, что едешь под колоннадой собора — темного собора, населенного призраками, где в каждой нише ожидаешь увидеть Черную Мадонну или дух мученика. Я заметил не меньше дюжины различных видов деревьев, в том числе высоченные каштаны и дубы, каких я прежде не видывал.

В одном месте, где дорога шла полого, мы оказались среди серебристых стволов — буковая роща, какие еще встречаются, но все реже, в помещичьих лесах Англии. Ты их, конечно, видел. В такой роще не постыдился бы играть свадьбу сам Робин Гуд: стволы, толстые, как слоновьи ноги, поддерживают свод, сложенный мириадами мелких зеленых листиков, а под ногами лежит бурый ковер прошлогодней листвы. Наш возница даже головы не повернул: должно быть, прожив среди такой красоты всю жизнь, перестаешь видеть в ней "красоту". Он хранил неодобрительное молчание, а Георгеску перебирал какие-то заметки по снаговским раскопкам, и мне не с кем было поделиться восторгом.

Мы были в дороге почти полдня, когда перед нами открылся широкий зеленый луг, отливавший на солнце золотом. Мы уже поднялись высоко над деревней, а от края поляны земля уходила вниз так круто, что верхушки деревьев на склоне оказались глубоко под ногами. Перед нами лежало ущелье реки Арджеш, и я впервые увидел ее далеко внизу, как серебристую жилку в зелени леса. На дальней стороне ущелья склоны поднимались в необозримую высь. Эти места принадлежали орлам, а не людям, и я с трепетом думал о схватках между христианами и оттоманами, бушевавших на отвесных кручах. Мне подумалось, что попытка завоевать страну, где сама земля — неприступная крепость, доказательство полного безрассудства империи. Теперь я хорошо понимал, почему Влад Дракула выбрал для своей твердыни эти места: крепостные стены здесь представлялись едва ли не излишеством.

Наш проводник соскочил с телеги и развернул узелок с полдником. Мы ели на траве под сенью дубов и вязов. Поев, он растянулся под деревом и сдвинул шляпу на лицо, а Георгеску устроился под соседним деревом, словно полуденный отдых был непременной частью поездки, и оба на час уснули, оставив меня бродить по лугу. После гула ветра в бесконечных кронах леса здесь царила удивительная тишина. Над миром раскинулось яркое синее небо. Выйдя на край обрыва, я разглядел внизу такую же прогалину, занятую пастухом в белой одежде и широкой войлочной шляпе. Его стадо — кажется, овцы — плавало вокруг белыми облачками, а сам он, казалось, простоял на лугу, опираясь на свою трость, со дней Траяна. Меня обволакивало ощущение покоя. Мрачная цель нашей поездки забылась, и я, подобно пастуху, готов был застыть в ароматной траве на два-три столетия.

После полудня дорога начала забирать все круче и круче и наконец уперлась в деревушку, по словам Георгеску — ближайшую к крепости. В местной таверне нам подали страшно крепкое бренди, которое они называют *палинка*. Наш возница ясно дал понять, что намерен остаться с лошадьми, а мы можем пешком отправляться к замку, он же и близко к нему не подойдет, не то что ночь провести. На наши уговоры он проворчал: "*Pentru nimica in lime*", то есть: "Ни за что!" — и сжал в кулаке висевший на шее шнурок. Парень был так упрям, что в конце концов Георгеску хихикнул и сказал, что можно дойти и пешком, тем более что к самой крепости лошади не подойдут. Меня удивило, что Георгеску предпочитает спать под открытым небом, вместо того чтобы вернуться в деревню, и, признаться, мне самому не слишком хотелось провести ночь наверху, но я промолчал.

И вот мы оставили возницу над стаканом с бренди, а лошадей над ведрами с водой и, взвалив на плечи мешки с едой и одеялами, отправились в путь. Поднимаясь по дороге за деревней, я вспоминал несчастных бояр из Тырговиште, а потом вспомнил, что случилось — или привиделось мне — в Стамбуле, и поежился.

Дорога скоро превратилась в заросшую травой тележную колею, а потом и просто в тропинку, тянувшуюся через лес. По-настоящему круто было только на последнем участке, и этот взлет мы одолели не спеша. Внезапно тропа вынырнула из леса на вершине скалистого гребня. На самом его верху, можно сказать, на горбу, стояли над россыпью камней из рухнувшей кладки две высокие башни — все, что осталось от замка Дракулы. У меня перехватило дыхание: в глубине ущелья чуть поблескивала серебряная ниточка Арджеша, и вдоль нее там и здесь были разбросаны бусинки деревень. Далеко внизу тянулась холмистая равнина: равнинная Валахия, сказал Георгеску, а к северу высились горные вершины со снежными шапками. Мы добрались до высей, где гнездятся орлы.

Георгеску первым полез по каменистой осыпи, и мы наконец оказались среди руин. Я сразу увидел, что крепость была невелика и давным-давно отдана во власть стихий; вместо людей здесь поселились всевозможные полевые цветы, лишайники, мхи, поганки и согбенные ветрами деревца. Только скелеты двух башен еще торчали на фоне неба. Георгеску объяснил, что в крепости первоначально было пять башен, с которых слуги Дракулы могли следить за передвижением турецких отрядов. Мы стояли посреди бывшего крепостного двора, где когда-то был колодец — на случай осады, а также, если верить легенде, тайный подземный ход, выводивший в пещеру над самой рекой, — по нему Дракула в 1462 году скрылся от турок, оставив крепость, которую пять лет защищал от приступов. По-видимому, больше он сюда не возвращался. Георгеску считал, что ему удалось определить местонахождение замковой церкви: в углу двора мы заглянули в глубину полуобрушившегося склепа. В расщелины башен влетали птицы, из-под ног разбегались невидимые зверьки и шуршали в траве змеи, и я чувствовал, что скоро природа окончательно завладеет руинами.

Ко времени, когда лекция по археологии была окончена, солнце уже коснулось холмов на западе и от башен, камней и деревьев пролегли длинные тени.

— Можно было бы пройтись до деревни, — задумчиво протянул Георгеску, — но тогда завтра, если мы захотим побродить здесь еще, придется повторить подъем. Я бы предпочел переночевать здесь, а вы?

К тому времени я безусловно предпочел бы здесь не ночевать, но Георгеску казался таким деловитым, таким здравомыслящим со своими блокнотами и ослепительной улыбкой, что я не решился с ним спорить. Мы собрали сушняка, и скоро на плитах мощеного двора, тщательно очищенных по такому случаю от лишайника, затрещал костерок. Георгеску явно наслаждался: нянчился с огнем, подкладывал то сучок, то веточку и устраивал первобытный очаг для котелка, который появился у него из рюкзака. Скоро запахло похлебкой, а он нарезал хлеб, улыбался огню, и, глядя на него, я вспомнил, что в нем не только шотландская, но и цыганская кровь. Наш ужин еще не сварился, а солнце уже зашло, руины погрузились в темноту, а башни казались провалами на померкшем небе. Кто-то — совы или летучие мыши? — кружил у пустых бойниц, откуда некогда летели в турецких солдат смертоносные стрелы. Я развернул свою постель и устроился как мог ближе к огню. Георгеску раскладывал по тарелкам свою стряпню — на удивление вкусную — и за едой рассказывал об истории крепости.

— Одна из самых печальных легенд о Дракуле относится к этому замку. Вы слышали историю его первой жены?

Я покачал головой.

— У окрестных крестьян есть предание, которое мне представляется правдивым. Мы знаем, что к концу 1462 года турки выжили Дракулу из этой крепости, и, возвратив себе власть над Валахией в 1476-м, он уже не возвращался сюда, потому что вскоре погиб. В здешних деревнях поют, что когда турки вышли на утес на той стороне, — он указал рукой на темный бархат леса, — они осадили старый замок Поенари и обстреливали его через реку из пушек. Но стены и ворота выстояли, и тогда турецкий воевода велел наутро начать штурм.

Георгеску прервал рассказ, чтобы поярче раздуть огонек костра: свет играл на его смуглом лице, блестел на золотых зубах, а темные кудряшки торчали, словно маленькие рожки.

— Ночью один раб из турецкого лагеря — он был родичем Дракулы — послал стрелу в окно башни. Понимаете, он знал, где спит сам Дракула. На стреле было послание, что Дракула с семьей должны бежать, дабы избегнуть плена. В окно раб видел, что жена Дракулы подобрала письмо и читает его при свете свечи. И, говорится в старинной песне, сказал Дракула, что скорей она достанется рыбам Арджеша, чем туркам. Вы знаете, турки не слишком хорошо обращались с пленными — Георгеску оторвался от тарелки, чтобы послать мне сатанинскую усмешку. — И тогда она взбежала на вершину башни — быть может, вот этой самой башни — и бросилась вниз. А Дракула, разумеется, сбежал подземным ходом. — Он кивнул, словно иначе и быть не могло. — Верховья Арджеша и теперь еще называют "*Riul Doamnei*", что означает: река княгини.

Можешь себе представить, как я вздрогнул, — я еще при свете дня успел заглянуть в бездну, где в неизмеримой дали блестела река.

— А от этой жены у Дракулы были дети?

— О, да. Их сын Минхеа Злой в начале шестнадцатого века правил Валахией. Тоже очаровательная личность. От него пошел целый род Минхеа и Мирче — довольно неприятных. А Дракула женился вторично, на сей раз на мадьярке — родственнице Матьяша Корвинуса, короля Венгрии. От них произошли многочисленные Дракулы.

— Кто-нибудь из их потомков еще остался в Валахии или Трансильвании?

— Не думаю. Если бы остались, я бы их нашел. — Он отломил от хлеба горбушку и подал мне. — У второго рода были земли в Жельцере. Они смешались с венграми. Последняя вышла замуж за благородного Гетци, но их род тоже иссяк.

Все это я, не отставляя тарелки, записал в свой блокнот, хотя и не видел здесь связи с поисками гробницы. У меня был еще один вопрос, который мне совсем не хотелось задавать в углубляющейся бесконечной тьме:

— Есть ли вероятность, что Дракулу похоронили здесь или перенесли сюда из Снагова его останки?

Георгеску хихикнул.

— Не расстаетесь с надеждой, да? Нет, старик прячется где-то в Снагове, поверьте моему слову. Конечно, в здешней часовне был склеп — там остался провал, в который ведет пара ступенек. Я копался там в прошлый приезд. — Он широко ухмыльнулся. — Местные после этого и говорить со мной не хотели. Но там все пусто, даже костей нет.

Он сладко зевнул. Мы передвинули припасы поближе к огню, раскатали постели, улеглись и больше не разговаривали. Ночь выдалась холодная, и я порадовался, что догадался одеться потеплей. Я лежал, глядя на звезды — они казались удивительно близкими к этой темной бездне, — и слушал, как похрапывает Георгеску.

Должно быть, незаметно для себя я уснул, потому что, когда проснулся, огонь почти потух, а вершины были скрыты облаками. Озябнув, я совсем было собрался встать, чтобы подбросить дров в костер, когда рядом раздался шорох, от которого кровь у меня застыла в жилах. Мы были не одни в развалинах, и наш сосед, кто бы он ни был, находился очень близко. Я медленно поднялся, раздумывая, не разбудить ли Георгеску, и гадая, не найдется ли в его цыганском скарбе, кроме котелка, еще и оружие. Шорох сменился мертвой тишиной, и напряжение было так велико, что я выдержал всего несколько минут. Вытянув из кучи сушняка ветку, я сунул ее концом в огонь и, когда тонкие прутья занялись, поднял над собой как факел.

В глубине разрушенной часовни вспыхнули красные огоньки глаз. Не стану врать, друг мой, волосы у меня встали дыбом. Глаза приближались, но в темноте я не сумел определить, насколько высоко они находились над землей. Долгое мгновение глаза изучали меня, и я вопреки разуму ощутил за ними понимание, словно неведомое существо знало, кто я такой, и оценивало мои силы. Потом снова зашуршала трава, и в светлое пятно шагнул крупный зверь. Он осмотрелся по сторонам и снова неторопливо ушел в темноту. Это был волк, очень крупный волк; в отблесках костра я успел рассмотреть косматую шкуру и тяжелую лобастую голову.

Я снова лег. Не стоило будить Георгеску, когда опасность уже миновала, но мне заснуть не удалось. Снова и снова передо мной — в воображении — вставал пронзительный понимающий взгляд зверя. Наверно, дремота все же подкрадывалась ко мне, когда из темноты леса донесся смутный шум. Одеяла больше не грели, и я опять встал и прошел через заросший кустами двор, чтобы выглянуть за край стены. К Арджешу гребень под стенами, как я уже говорил, обрывался отвесно, но налево склон уходил более полого, и оттуда долетал гул множества голосов. В лесу виднелись огни — словно кто-то еще развел костры у крепости. Я подумал, не заходят ли в эти леса цыгане, — утром надо будет спросить Георгеску. Словно на зов моей мысли мой новый друг вдруг вынырнул из темноты рядом со мной. Он завернулся в одеяло и сонно шаркал ногами.

— Что-то не так? — Археолог заглянул вниз.

Я указал рукой, куда смотреть.

— Не цыганский ли табор?

Он рассмеялся.

— Едва ли. Слишком далеко от цивилизации, — он выговорил это, зевая, но глаза уже проснулись и настороженно блестели. — Вообще-то странно. Давайте подойдем поближе, посмотрим.

Мне его предложение совсем не понравилось, но через минуту мы уже натянули сапоги и тихонько крались по тропе в сторону, откуда неслись голоса. Теперь я слышал их переливы отчетливее: не волчий вой, а словно бы пение мужских голосов. Только бы не наступить на сухую ветку. Георгеску опустил руку в карман. Я с облегчением вздохнул: у него действительно есть пистолет! Вскоре между стволов мы увидели отблески света, и он знаком приказал мне пригнуться, а потом и присесть рядом с ним в кустарнике.

Перед нами была поляна, и на ней, вообрази, — толпа мужчин. Они двумя кольцами окружали высокий костер. Один, по-видимому предводитель, стоял в центре у огня, и, когда пение достигало высшей точки, каждый из поющих приветственно протягивал к нему руку, другую же опускал на плечо стоящего рядом. Лица в багровых отблесках огня были жесткими и суровыми, а глаза блестели, как драгоценные камни. Собравшиеся были одеты в какую-то униформу: темные куртки поверх зеленых рубашек с черными галстуками.

— Кто это? — шепнул я Георгеску. — Что они поют?

— Все для отечества! — прошипел он мне в ухо. — Не шумите, если хотите жить. По-моему, это "Легион Михаила-архангела".

— Что за легион?

Я едва шевелил губами. Трудно было представить менее ангельское зрелище, чем эту толпу мужчин с напряженно воздетыми руками и каменными взглядами. Георгеску поманил меня прочь, и мы беззвучно прокрались дальше в лес. Но перед тем я успел заметить движение на дальней стороне прогалины и с возрастающим изумлением разглядел высокого человека в плаще. Взметнувшееся пламя на мгновение осветило бледное лицо и темные волосы. Человек стоял за кругом людей в униформе, и на лице его была радость — нет, мне показалось, что он хохочет! Потом он скрылся из виду — должно быть, за деревьями, а Георгеску утащил меня вверх по склону.

Когда мы вернулись в безопасность руин — представь, теперь они казались мне надежным укрытием, — Георгеску сел к огню и с облегчением раскурил свою трубочку.

— Господь всемогущий, дружище, — выдохнул он. — Еще немного, и нам бы конец.

— Кто они?

Он швырнул спичку в огонь и ответил коротко:

— Уголовники. Их еще называют Железной гвардией. Шляются по здешним селам и учат молодежь ненависти. Особенно ненавидят евреев и мечтают избавить от них мир. — Георгеску свирепо затянулся. — Нам, цыганам, известно, что где убивают евреев, там и цыганам приходится худо. И другим тоже достается.

Я заговорил о странной фигуре, которую заметил на краю поляны.

— Ну, ясное дело, — пробурчал Георгеску, — такие, как они, привлекают очень своеобразных поклонников. Очень скоро каждый пастух в горах будет на их стороне.

Нам не скоро удалось снова уснуть, хотя Георгеску заверил, что легион, занятый своими обрядами, не станет обшаривать горы.

Кое-как мне удалось задремать, и я с трудом дождался рассвета. К счастью, в нашем орлином гнезде он наступил рано. Утро настало тихое и туманное: ни ветерка в кронах деревьев. Как только свет стал достаточно ярким, я отправился к развалинам склепа и часовни поискать волчьи следы. К стене намело земли, и там виднелись ясные глубокие отпечатки тяжелых лап, но была в них одна странность: следы вели только наружу — прямо из провала, и непонятно было, каким образом волк попал в свое логово. Впрочем, может быть, я просто недостаточно искусный следопыт и не сумел отыскать следов в зарослях у наружной стены. После завтрака я еще долго рассматривал отпечатки и сделал несколько набросков, а потом мы спустились вниз.

И я снова должен прерваться, с самыми добрыми пожеланиями тебе из далекой страны...

Росси».

ГЛАВА 47

«Дорогой друг!

Не представляю, что ты подумаешь о нашей странной односторонней переписке, когда она наконец попадет к тебе в руки, однако остановиться не могу. Прежде всего эти заметки нужны мне самому. Вчера во второй половине дня мы вернулись в деревушку на Арджеше, с которой начинали свое паломничество к крепости Дракулы. Георгеску уехал в Снагов, на прощанье чуть не раздавив меня в дружеских объятиях. Он чудесный проводник, и мне будет его не хватать. В последнюю минуту я ощутил укол совести за то, что не рассказал ему всего о своем стамбульском приключении, но говорить об этом выше моих сил. Да он бы все равно не поверил, и не дай ему бог убедиться в моей правдивости на собственном опыте. Так и вижу, как он беззаботно смеется и качает головой, дивясь с высоты своего научного скептицизма моим безудержным фантазиям.

Он уговаривал меня вернуться вместе с ним хотя бы в Тырговиште, но я уже решился провести в этих местах еще несколько дней, осмотреть церкви и монастыри и, может быть, узнать что-нибудь еще об окрестностях твердыни Влада. По крайней мере так я оправдывался перед самим собой и перед Георгеску, который посоветовал мне посетить несколько селений, где несомненно бывал при жизни Дракула. Но думается мне, друг мой, что у меня была и другая причина остаться: не знаю, увижу ли когда-нибудь еще место такой пронзительной красоты и столь далекое от привычного мира. Твердо решив провести здесь несколько оставшихся до возвращения в Грецию дней, я расположился в таверне и попытался склеить из своих обрывков румынского беседу со здешними стариками о местных преданиях. Сегодня я гулял по лесу и наткнулся неподалеку от деревни на старое святилище. Оно сложено из дикого камня и крыто дерном и, сдается мне, стояло здесь задолго до появления всадников Дракулы. На алтаре лежали свежие, едва начинающие увядать цветы, и под свечами у распятия натекли лужицы воска.

На обратном пути мне встретилось не менее дивное зрелище: молодая селянка в крестьянском платье встала передо мной на тропе, словно картинка из учебника истории. Она так и стояла не двигаясь, пока я не попытался заговорить с ней, и тогда, к моему удивлению, одарила меня монеткой. Монета явно старинная — средневековая, и на одной стороне выбито изображение дракона. У меня нет доказательств, но я не сомневаюсь, что это чеканка Ордена Дракона. Девушка, конечно, говорит только по-румынски, но я сумел понять, что она получила монетку от старухи, которая пришла в их деревню откуда-то с гор у замка Дракулы. Кроме того, девушка сказала, что ее фамилия — Гетци, хотя для нее это имя ничего особенного не значит. Вообрази мое волнение: столкнуться лицом к лицу с потомком Влада Дракулы! Несмотря на восторг историка, мне стало не по себе (хотя чистое лицо девушки и ее грациозная осанка отвергали всякую мысль об отвратительной жестокости). Я хотел вернуть монету, но она настояла, чтобы я оставил ее себе, и я решил сохранить подарок до другого раза. Мы договорились завтра снова встретиться, а пока я должен сделать рисунок монеты и порыться в словаре, чтобы завтра расспросить девушку о ее семье и предках».

«Дорогой друг!

Прошлым вечером мне удалось подробнее поговорить с молодой девушкой, о которой я писал тебе накануне. Ее в самом деле зовут Гетци, и свою фамилию она пишет точно так, как продиктовал мне для моих заметок Георгеску. Пытаясь договориться с новой знакомой, я поражался, как быстро она схватывает все. Кроме природной сообразительности, она умеет читать и писать и помогала мне искать в словаре нужные слова. Я не мог насмотреться на ее подвижное лицо и блестящие темные глаза, которые всякий раз вспыхивали радостью, когда ей удавалось понять мои неуклюжие фразы. Разумеется, она никогда не изучала иностранных языков, но я не сомневаюсь, что, будь у нее возможность учиться, она без труда постигала бы чужую речь. Удивительно найти такой острый ум в столь отдаленной и первобытной местности; быть может, это еще одно подтверждение, что девушка происходит от благородных, образованных и талантливых предков. Семья ее отца живет в деревне с незапамятных времен, но, насколько я понял, они числят среди предков каких-то венгров. Девушка сказала, что отец считает князя замка Арджеш своим предком и думает — кажется, разделяя уверенность всей деревни, — что в замке закопан клад. Насколько я понял, считается, что в день какого-то святого над местом, где зарыто сокровище, загораются огни, но в деревне не находится смельчаков, готовых провести там ночь. Девушка явно превосходит одаренностью своих односельчан, и, глядя на нее, я вспоминаю благородную молочницу Тесс из рода Д'Эбервиллей. Я знаю, милый друг, что ты не выходишь за пределы 1800 года, но сам я в прошлом году перечитывал "Тесс", и тебе советую иногда отвлекаться от своих изысканий. Кстати, в существовании клада я сомневаюсь — Георгеску наверняка нашел бы его.

Еще она поразила меня сообщением, что в ее семье одного из детей в каждом поколении отмечают татуировкой дракона. Вместе с именем и монетой это обстоятельство окончательно убеждает меня, что она представляет собой живую ветвь на родословном древе Дракулы. Хотелось бы поговорить с ее отцом, но, когда я заговорил о нем, девушка пришла в такое отчаяние, что у меня не хватило низости настаивать. Здесь живут по обычаям старины, и приходится остерегаться, чтобы не опорочить девушку в глазах односельчан, — она, несомненно, рискует, даже разговаривая со мной наедине, и тем больше я благодарен ей за помощь и внимание.

Сегодня утром я выбрал новую дорогу — по словам Георгеску, продолжение дороги из равнинной части Валахии, по которой поднимались из Тырговиште к горной крепости Дракула со своими боярами: вероятно, следует добавить — еще не казненными. Честно говоря, я выбрал этот маршрут без особой цели, просто чтобы под новым углом взглянуть на земли Дракулы. Хозяйка дома собрала мне узелок с завтраком, и я пешком зашагал по лесной тропинке. К полудню я устал и проголодался и свернул на полянку, чтобы поесть, после чего, по доброму примеру Георгеску, устроил себе послеобеденный сон.

Выспавшись на травке, я побродил вокруг, разминая ноги, и тут на краю поляны увидел узкую тропку, уходящую в лес. Оглянувшись по сторонам, я нырнул под нависшие ветви и пошел по ней. Разве ты поступил бы иначе на моем месте? Я постарался запомнить положение солнца, потому что мне совсем не улыбалось безвозвратно затеряться в чаще, но оказалось, что беспокоился я напрасно: тропа знала, куда идет, и очень скоро вывела на прогалину, вокруг которой мрачно теснились деревья, словно нарочно собравшиеся здесь непроницаемой стеной. Расчищенную от деревьев площадку занимала большая церковь.

Я ахнул, я задрал голову, я огляделся по сторонам, я вытаращил глаза. Георгеску ни словом не упомянул об этом сокровище, хотя рассказывал мне об окрестных церквях и монастырях. Я задохнулся от изумления, увидев ее посреди безмолвного леса. Церковь явно была очень старая, византийской архитектуры, выстроенная из серого камня с вкраплениями более мелких красноватых плиток, с заостренными куполами, крытыми красной черепицей. С первого взгляда меня поразили эти купола: самый большой уверенно венчал главную башню, меньшие же, на боковых башенках, оказались перевитыми, словно закручены великанской рукой в неимоверные смерчи и спирали. От диких вихрей, бушующих над черепичной крышей, в глазах у меня на мгновение зарябило. Трудно было поверить, что в камне можно добиться подобной тонкости линий.

Кажется, я подошел к зданию сзади, и в стене здесь виднелась всего одна узкая дверца. Я обошел вокруг. Вход зарос некошеной жесткой травой. По сторонам росли каштаны и тополя, и я спотыкался об упавшие сухие ветви. Все здесь выглядело заброшенным, и я не сомневался, что найду большую переднюю дверь запертой. От нее в лес вела тележная колея. От красоты фронтона захватывало дух: над крыльцом нависала красная черепичная крыша, а стены украшали полинялые фрески с огромными ангелами. Штукатурка отслоилась, там стерлась ступня, здесь часть одеяния, но они величественно стояли над дверью в развевающихся одеждах, простерев могучие руки в угрозе или благословении. Ступени крыльца были сложены из серого мрамора, и дверь окружала мраморная рама, покрытая сложной резьбой и украшенная по углам изящными изображениями маленьких птиц. Без особой надежды я толкнул рукой створку, и она послушно поддалась, открыв сумрачный интерьер. Я вошел.

Здесь было даже темнее, чем в глубине леса, но через несколько минут глаза мои приспособились и я различил блеск золота на окнах, медные светильники и канделябры, призрачную белизну мрамора под ногами. Уверившись, что не споткнусь, я вышел на середину и поднял голову. Да, надо мной склонялось грозное лицо византийского Христа, потемневшее от вековой копоти. Он воздел три пальца в суровом благословении. От середины его груди свешивались цепи тяжелого светильника, украшенного по кругу пыльными свечными огарками. Я задумался, случалось ли Дракуле входить сюда и простираться ниц под его безрадостным взором. Церковь была достаточно старой, чтобы оказаться его современницей, и стояла недалеко от дороги, по которой он проезжал. Но вообразить убийцу тысяч людей прижимающимся лбом к холодному мрамору... Я отвернулся, отстраняя от себя возникшее видение.

Перед алтарем я снова задержался. Тяжелая глыба красного мрамора, прекрасная сама по себе, формой напоминала саркофаг. Здесь пол не покрывали ковры, и я не увидел под ногами могильных плит, как в Снагове. Но поразила меня яркая ткань, наброшенная на алтарь, свежий воск свечей, ощущение свежести и жизни вокруг. Церковь не была заброшена; казалось, не далее как в прошлое воскресенье в ней служили обедню. Однако мне померещилась некая странность в этом алтаре, да и во всей церкви, хотя я еще не понимал, в чем дело.

Осматриваясь, я не обнаружил примет человеческого присутствия, а мне хотелось расспросить кого-нибудь об ее истории, узнать хотя бы, стояла ли здесь уже эта церковь, когда Дракула со своими боярами проезжал лесной дорогой. Георгеску наверняка рассказал бы, и я почувствовал, как мне не хватает его деловитой веселости. Если церковь так стара, как казалась мне, значит, она пережила нашествие турок. Они могли просто не найти ее, поскольку она была совершенно невидима — по крайней мере теперь — с дороги.

Наконец я с сожалением повернулся к выходу. Подходя к широкой входной двери — из какого-то суеверного чувства я оставил одну створку открытой, — я приметил фрески с внутренней стороны передней стены. Я замедлил шаг, присмотрелся, и тогда ужас развернулся во мне, как атакующая змея, наполнив мои члены звенящим холодом. Изображение потемнело от дыма свечей и курений и потрескалось по краям от времени и морозов, но оставалось достаточно отчетливым.

Слева от двери развернул в полете крылья огромный яростный дракон. Изогнув хвост петлей — двойной петлей, безумно выкатив золотые глаза, он извергал из пасти струю пламени. Он готов был перемахнуть через арку двери, обрушившись на фигуру по правую сторону, изображавшую человека в кольчуге и полосатом тюрбане. Тот скорчился в страхе, сжимая в одной руке кривой ятаган, а в другой — круглый щит. Сперва мне показалось, что человек стоит по колени в траве, но, приглядевшись, я распознал в странных растениях людей, корчившихся на кольях, — целый лес казненных. Некоторые, в том числе один, казавшийся среди остальных великаном, были в тюрбанах, другие в крестьянской одежде. Кое-где виднелись широкие кафтаны и высокие меховые шапки. Я разглядел темные и русые головы, лица длинноусых вельмож и даже нескольких священников или монахов в черных рясах и высоких колпаках. Здесь были женщины с болтавшимися косами, нагие мальчики, младенцы, была даже пара животных. И все корчились в агонии.

Минуту я стоял обомлев, словно прирос к месту, а потом, не в силах больше выносить этого зрелища, бросился прочь, на ослепительный солнечный свет, и захлопнул за собой двери. Они сомкнулись с угрожающим скрежетом, отозвавшимся во мне дрожью. Теперь, стоя среди деревьев и глядя на купола, я понял, какая странность не давала мне покоя внутри. Там не было ни одного распятия, и на куполах тоже ничего — а ведь церковь в Снагове и все остальные, сколько мне приходилось видеть в этой стране, были украшены крестами. Спотыкаясь, пробежал через лес и, только добравшись до первого поворота тропы, оглянулся. Церкви уже не было видно, а я почувствовал, что должен еще раз увидеть ее, и сделал несколько шагов обратно. По-прежнему ничего не увидев, я забеспокоился, не ошибся ли тропой. Не слишком мне хотелось возвращаться к ее дверям, но заблудиться в этом бесконечном лесу было еще хуже, так что я вернулся на прогалину. Церкви не было. Приметный большой дуб на краю леса доказывал, что поляна та самая, но церкви я не видел. Ее не было. Обычная поляна с примятой спутанной травой, усыпанной гнилыми желудями. Все это так странно, что я долго не решался об этом написать. Приходится предположить, что я увидел все это во сне, задремав у дороги, или заплутал в лесу и все же ошибся местом. Я вернулся к главной тропе — не знаю уж, во сне или наяву — и долго сидел в теплой траве, собираясь с мыслями. И теперь, только вспомнив обо всем этом, мне снова придется приходить в себя».

«Дорогой друг, только тебе я могу довериться.

Прошло два дня, и я не знаю, как написать о них, а если писать, как показать потом кому-то. Эти два дня переменили всю мою жизнь. Я живу в надежде и в страхе. Передо мной открывается новая жизнь, и кто знает, что ждет меня в ней. Я самый счастливый и самый встревоженный человек на свете.

Позапрошлым вечером, после того, как писал тебе последний раз, я снова встретил ангельское создание, о котором рассказывал в письме, и наш разговор обернулся вдруг неожиданной стороной — честно говоря, поцелуем, после которого девушка убежала. Я провел ночь без сна и утром ушел из дома побродить по лесу. То и дело я присаживался на валун или пень и в переливах просвеченных утренним светом ветвей рисовал себе ее лицо. Мне приходило в голову, что нужно немедленно уезжать из деревни, что я оскорбил ее.

Так прошел весь день. Я вернулся в деревню только чтобы пообедать, и каждую секунду боялся и надеялся увидеть ее. Но она не показывалась, и вечером я снова пришел к месту, где мы встречались. Я думал, если девушка придет, постараться извиниться и обещать, что больше я не побеспокою ее. Я уже перестал надеяться и решил, что она глубоко обижена и наутро я должен уехать, когда она возникла среди деревьев. В тяжелой юбке и шерстяной безрукавке, гладко причесанная головка блестит, как полированное дерево, а коса свисает на плечо. И глаза у нее были темные и испуганные, но лицо лучилось живым умом.

Я открыл рот, чтобы заговорить, и тут она пролетела разделявшее нас пространство и кинулась в мои объятия. Я с изумлением понял, что девушка целиком отдается мне, и наши чувства скоро привели к близости, столь же нежной и чистой, сколь неожиданной. Мы легко понимали друг друга — не знаю, на каком языке, — и я видел целый мир и свое будущее в ее темных глазах под густыми ресницами, по-азиатски чуть скошенных к внутреннему уголку.

Она ушла, а я остался, дрожа от избытка чувств, и пытался понять, что мы натворили и что теперь делать, но переполнявшее меня счастье мешало думать.

Сегодня я снова буду ждать ее, потому что не могу не ждать, потому что вся жизнь для меня теперь состоит в том, чтобы слиться воедино с существом, таким непохожим на меня и таким близким, что я едва ли понимаю, что происходит».

«Дорогой друг (если я пишу еще тебе, а не себе самому).

Четыре дня я провел в раю, исполненным любви к владеющему им ангелу — что ж, другого слова не подберешь — это любовь. Никогда ни к одной женщине я не чувствовал того, что чувствую теперь, здесь, на чужбине. Будь у меня еще время на размышление, я бы, конечно, обдумал это со всех сторон. Расстаться и никогда больше не увидеть ее для меня так же невозможно, как навсегда покинуть родину. С другой стороны, я представляю, что значит для нее уехать со мной — если я жестоко вырву ее из семьи, из родных мест, и как я привезу ее в Оксфорд, и к каким последствиям это приведет. Предсказать последние особенно сложно, но суть ясна и без того: уехать без нее значит разбить ее сердце — и мое тоже, — и это было бы величайшей низостью и трусостью после того, что произошло между нами.

Я решил как можно скорее жениться. Не сомневаюсь, что наша жизнь пойдет странными путями, но ее природный ум и отвага помогут ей справиться с любыми испытаниями, ожидающими нас. Я не могу оставить ее здесь и всю жизнь тосковать о несбывшемся. Немыслимо и покинуть ее в таком положении. Я почти решился сегодня вечером просить ее стать моей женой. Вернусь за ней через месяц. В Греции я смогу одолжить у коллег или выписать из дома деньги, чтобы задобрить ее отца. У меня в кошельке почти ничего не осталось, а похитить девушку без ведома родных я не решусь. Не говоря о том, что я обещал принять участие в раскопках богатого захоронения под Кноссом. Не сдержать слово означает поставить под угрозу свою будущую работу, а мне необходимо сохранить деловую репутацию, чтобы кормить семью.

После этого я вернусь за ней — и какими долгими будут четыре недели разлуки! Я хочу узнать, не согласится ли обвенчать нас священник из Снагова, а Георгеску был бы свидетелем. Конечно, если ее родители будут настаивать, можно обвенчаться и в деревне. В любом случае она поедет со мной уже как жена. Из Греции пошлю телеграмму родителям, а когда вернемся в Англию, приедем к ним погостить. А ты, дружище, если ты уже читаешь это письмо: не мог бы ты присмотреть квартирку поблизости от колледжа, очень скромную — цена, конечно, самое главное. И надо сразу начать заниматься с ней английским — в превосходных успехах я не сомневаюсь. Осенью жди нас в гости, друг мой. Увидев ее, ты убедишься, что в моем безумии есть логика. Пока ты единственный, с кем я решаюсь поделиться, пошлю письма при первой возможности и прошу, суди меня снисходительно, от глубины твоего сердца.

Твой в радости и тревогах Росси».

ГЛАВА 48

«Мы дочитали последнее из писем Росси, быть может, последнее письмо, написанное им своему другу. Автобус въезжал в Будапешт. Я бережно сложил листок и коснулся руки Элен.

— Элен… — Я понимал, что кто-то из нас должен первым заговорить об этом. — Влад Дракула — твой предок.

Она взглянула на меня и снова уставилась в окно, и по ее мгновенному взгляду я понял, что девушка еще не разобралась в своих чувствах, но кровь у нее в жилах уже застыла от горького холода.

Когда мы вышли из автобуса, уже почти стемнело, но мне трудно было поверить, что всего один день прошел с тех пор, как мы садились в него на этой же остановке. Казалось, с тех пор прошло года два, не меньше. Письма Росси были аккуратно уложены в мой портфель, а описанные в них картины метались у меня в голове, и я видел их отражение в глазах Элен. Она не выпускала мою руку, словно после потрясений долгого дня нуждалась в опоре, а мне хотелось обнять ее и поцеловать прямо на улице, сказать, что я никогда не покину ее, что Росси не должен был — ни за что не должен был бросать ее мать. Я сдержался и только плотнее прижал к себе локтем ее руку, позволив ей выбирать дорогу к гостинице.

Я словно вернулся домой из долгих странствий — как быстро становится домом незнакомое место, подумалось мне. Элен ждала записка от тети, и девушка жадно схватила ее. Нас приглашали поужинать вместе, здесь же, в гостинице. Как видно, предполагался прощальный ужин.

— Ты ей скажешь?

— Про письма? Наверное. Я всегда все рассказываю Еве, рано или поздно.

Я задумался, интересно, что она сказала обо мне, но удержался от вопроса.

У нас едва хватило времени умыться и переодеться; я выбрал более чистую из двух моих рубашек и побрился над изысканной раковиной; и, спустившись вниз, нашел в вестибюле Еву, но Элен еще не было. Ева стояла у окна, спиной ко мне, глядя в густые сумерки за окном. Сейчас в ней меньше ощущалась жесткость отработанных манер: плечи под темно-зеленым жакетом казались расслабленными, даже чуть сутулыми. Внезапно она обернулась, избавив меня от колебаний, стоит ли окликать ее, и, прежде чем для меня расцвела ее лучистая улыбка, я успел заметить, как она озабочена. Она поспешно шагнула ко мне, и я снова поцеловал ей руку. Мы не обменялись еще ни словом, но встретились как добрые друзья после долгих месяцев или лет разлуки.

Тут подоспела Элен, и мы перебрались в ресторан с его сияющими скатертями и ужасным фарфором. Заказывала опять тетя Ева, а я устало откинулся назад, прислушиваясь к их разговору. Насколько я понял, сперва они перекидывались добродушными шутками, но скоро лицо Евы омрачилось, и я заметил, как рассеянно она вертит в пальцах вилку. Потом она шепнула что-то Элен, и та тоже сдвинула брови.

— Что-то случилось? — забеспокоился я.

На сегодня мне по горло хватило тайн и загадок.

— Тетя сделала открытие. — Элен понизила голос, хотя вряд ли многие из ужинавших за соседними столиками знали английский. — Довольно неприятное для нас.

— Какое?

Ева кивнула и снова заговорила, еще тише, и брови Элен сходились все теснее.

— Черт, — шепотом выбранилась она, — тетю спрашивали о тебе — о нас обоих. Она говорит, к ней сегодня зашел в гости старый знакомый — следователь из полиции. Извинился и уверял, что это обычная процедура, но на самом деле он допрашивал ее: о цели твоего приезда в Венгрию и о наших... о наших отношениях. Тетя в таких делах понимает, и ей удалось кое-что вытянуть из него. Следователь проговорился, что, как вы говорите, навел его Гежа Йожеф.

— Гежа! — Я вытаращил глаза.

— Я ведь предупреждала. Он и на конференции пытался меня расспрашивать, но я пропускала вопросы мимо ушей. Видимо, он основательно рассердился.

Элен помолчала.

— Тетя говорит, что он служит в тайной полиции и может быть очень опасен. Там не одобряют последних либеральных реформ и держатся старых порядков.

Что-то в ее голосе подтолкнуло меня спросить:

— Ты и раньше об этом знала? И в каком он чине?

Она виновато кивнула:

— После расскажу.

Я, пожалуй, предпочел бы знать поменьше, но мне стало тошно от мысли, что этот красавец-атлет выслеживает нас.

— Чего ему нужно?

— По-видимому, он полагает, что ты занимаешься не только историей. Заподозрил, что ты ищешь здесь что-то.

— И он прав, — тихо заметил я.

— И он решил во что бы то ни стало выяснить, что тебе понадобилось в Венгрии. Уверена, он уже знает, куда мы сегодня ездили, — надеюсь только, что мать не станут допрашивать. Тетя постаралась сбить следователя со следа, но она беспокоится.

— А твоя тетя знает, что... кого я ищу?

— Да. Я надеялась, что она сумеет нам помочь.

— Может, она что-нибудь присоветует?

— Она только сказала: хорошо, что мы завтра улетаем. Советует до отъезда не вступать в разговоры с незнакомыми людьми.

— Еще бы! — сердито буркнул я. — Может, твой Йожеф подъедет в аэропорт проводить нас и изучить документы о Дракуле?

— Прошу тебя... — чуть слышно шепнула Элен, — не шути с ним, Пол. Все очень серьезно. Если я собираюсь вернуться...

Я пристыженно умолк. Я и не думал шутить, просто хотелось выплеснуть раздражение. Официант принес десерт: кофе и пирожные — и тетушка Ева принялась угощать нас с материнской заботой, словно, хорошенько откормив, надеялась защитить от мирового зла. Пока мы ели, Элен рассказала тете о письмах, и та медленно, задумчиво кивнула, но ничего не сказала. Когда наши чашки опустели, Ева подчеркнуто повернулась ко мне, а Элен, потупившись, стала переводить.

— Милый юноша, — начала тетя Ева, сжимая мне руку, точь-в-точь как ее сестра сегодня днем, — не знаю, доведется ли нам еще встретиться, хотя и надеюсь увидеть вас снова. А пока позаботьтесь о моей любимой племяннице или хотя бы позвольте ей позаботиться о вас.

Она кинула на Элен лукавый взгляд, но та притворилась, что ничего не замечает.

— И постарайтесь, чтобы вам обоим удалось в целости вернуться в университет. Элен рассказала мне о вашем деле — достойная цель, но если вы не добьетесь своего очень скоро, возвращайтесь домой и будьте уверены, что сделали все, что могли. Тогда подумайте о своей жизни, мой друг. Вы еще молоды, и у вас все впереди.

Она промокнула губы салфеткой и поднялась. У дверей гостиницы они с Элен молча обнялись, а потом она склонилась ко мне, чтобы расцеловать в обе щеки. Ева была сурова, и слезы не блестели в ее глазах, но я видел в ее лице глубокую, тихую печаль. Элегантный автомобиль ждал у подъезда. Последний раз я увидел короткий взмах ее руки в окне машины.

Минуту Элен, как видно, не могла заговорить. Она повернулась ко мне и снова отвернулась. Наконец собралась с силами и решительно взглянула на меня.

— Пойдем, Пол. Наш последний час свободы в Будапеште. Завтра надо будет с утра спешить в аэропорт. Я хочу погулять.

— Погулять? — засомневался я. — А как насчет тайной полиции, которая мной интересуется?

— Они хотят выведать, что тебе известно, а не зарезать в темном переулке. И не задавайся, — добавила она с улыбкой, — мной они интересуются ничуть не меньше. Хорошо, будем держаться освещенных улиц, но я хочу еще раз пройтись по городу.

Я согласился с удовольствием: понимал, что сам могу никогда больше не увидеть Будапешта, — и мы снова вышли в благоуханную ночь. Мы бродили по набережным, держась, как обещала Элен, освещенных мест. У большого моста она задержалась и вдруг решительно взбежала на него, скользя ладонью по перилам. Над широкой водой мы снова остановились, оглядывая раскинувшиеся на берегах Буду и Пешт, и я снова ощутил величие Будапешта и страшный след, который оставила на нем война. Элен постояла у перил и медленно, словно бы нехотя, повернулась, чтобы вернуться в Пешт. Жакет она сняла, и я вдруг заметил на ткани ее блузки неровное черное пятно. Склонившись ближе, я разглядел огромного паука, успевшего заткать ей паутиной всю спину — я ясно видел блестевшие в свете фонарей тончайшие нити. Тогда я вспомнил, что видел паутину на перилах моста, по которым она вела рукой.

— Элен, — мягко сказал я, — не пугайся, у тебя что-то на спине.

Она застыла.

— Что там?

— Я сейчас смахну, — еще мягче проговорил я. — Просто паук.

Она вздрогнула, но послушно замерла, ожидая, пока я стряхну тварь с ее спины. Признаться, и меня пробрала дрожь — я впервые видел такого огромного паука: почти с мою ладонь. Он с отчетливым глухим стуком свалился на перила моста, и Элен взвизгнула. Впервые она при мне выдала испуг, и от этого тихого вскрика мне захотелось вдруг схватить и встряхнуть ее или даже ударить.

— Все в порядке, — сдержавшись, поспешно проговорил я.

Она всхлипнула еще пару раз, прежде чем взяла себя в руки. Удивительная женщина: не дрогнув, стреляет в вампира и визжит при виде паука. Правда, день выдался долгий и трудный. Она снова удивила меня, когда, глядя на реку, сказала:

— Я обещала рассказать про Гежу.

— Ты не обязана ничего рассказывать, — процедил я, стараясь скрыть раздражение.

— Не хочу лгать молчанием.

Она сделала несколько шагов, чтобы отойти подальше от паука, хотя тварь уже сгинула в водах Дуная.

— Когда я училась в университете, мы были влюблены — или мне так казалось. Он расплатился со мной, когда помог тете выбить для меня паспорт и разрешение на выезд из Венгрии.

Я отпрянул от нее.

— О, не так грубо, — пояснила она. — Он не говорил, конечно: переспи со мной и можешь отправляться в Англию. Для этого он слишком тонок. Да он и не получил от меня всего, чего хотел, но ко времени, когда чары рассеялись, паспорт был уже у меня в руках. Так уж вышло, а получив билет на Запад, к свободе, я уже не могла вернуть его. Мне очень хотелось найти отца. Так что я продолжала игру с Гежей, пока не сбежала в Лондон, и уже оттуда написала ему о разрыве. Мне хотелось хоть в этом быть честной. Он наверняка был очень сердит, но ответа я не получила.

— А как ты узнала, что он служит в тайной полиции?

Она рассмеялась:

— Сам похвастался. Надеялся произвести на меня впечатление. Я не призналась ему, что испытываю не восхищение, а страх, смешанный с брезгливостью. Он рассказывал о людях, которые по его доносам отправились в тюрьму или под пытки, намекал, что бывало и похуже. Как было не возненавидеть его в конце концов?

— Не могу порадоваться его интересу к нам, — сказал я, — но твои чувства к нему меня радуют.

— А ты что подумал? — возмутилась она. — Я с первой минуты только и старалась от него отделаться.

— Но я еще на конференции почувствовал, что между вами что-то есть, — признался я, — и невольно гадал, любила ты его или, может быть, все еще любишь.

— Нет. — Не отрывая взгляда от темных речных струй, она покачала головой. — Я не могла любить доносчика, палача, быть может, убийцу. И если бы я не отвергла его тогда и тем более теперь, то были бы и другие причины от него отказаться.

Она чуть повернулась в мою сторону, но не подняла взгляд.

— Не такие веские, но для меня очень важные. Он не понимал, когда нужно поговорить, утешить, а когда помолчать. Его на самом деле не интересует история. У него нет добрых серых глаз и косматых бровей, он не закатывает рукава до локтя.

Я молча таращил на нее глаза, а она отважно взглянула мне прямо в лицо.

— Короче говоря, главный его недостаток: что он — не ты.

Не знаю, сколько мы простояли там, минуты или часы, но она вдруг со стоном отстранилась и схватилась за горло.

— Что такое? — вскинулся я.

Она ответила не сразу:

— Та рана. Зажила, но иногда побаливает. И я сейчас подумала: может, мне нельзя к тебе прикасаться.

Мы долго смотрели друг на друга.

— Элен, — сказал я, — покажи. Дай я посмотрю.

Она молча размотала шарф и подняла подбородок, подставив горло свету фонаря. Я увидел на ее коже две багровые отметины, почти затянувшиеся. Страх мой немного отступил: укус явно не повторялся с того первого раза. Я наклонился, коснулся ранки губами.

— Нет, Пол, не надо! — вскрикнула Элен, отшатнувшись.

— Мне все равно, — сказал я. — Я сам тебя вылечу. — Потом я всмотрелся в ее лицо. — Я не сделал тебе больно?

— Нет, наоборот, — призналась Элен, но ранку прикрыла рукой и поспешно повязала шарф.

Я понимал, что должен ежеминутно оберегать ее, хотя бы в кровь Элен попало совсем мало отравы. Порылся в кармане.

— Давно надо было это сделать. Надень-ка.

Я протянул ей один из крестиков, купленных еще дома, в церкви Святой Марии, и застегнул цепочку, так что она свисала поверх шарфа. Мне показалось, что Элен вздохнула с облегчением и погладила крестик пальцем.

— Понимаешь, я неверующая. Мне всегда казалось, что ученому…

— Я знаю. Но ведь тогда, в церкви Святой Марии…

— Святой Марии? — Элен недоуменно насупилась.

— Рядом с университетом. Ты зашла, чтобы прочесть письма Росси, но взяла святой воды у алтаря.

Она задумалась, вспоминая.

— Верно. Просто я затосковала тогда по дому.

Мы медленно сошли с моста и побрели по темной улице, не касаясь друг друга, но мои плечи еще помнили ее объятия.

— Позволь мне зайти в твою комнату, — шепнул я Элен, когда впереди показалось здание гостиницы.

— Не здесь… За нами следят.

Мне показалось, что у нее дрогнули губы.

Я не стал настаивать и даже обрадовался, когда, зайдя в вестибюль, нашел повод отвлечься. Вместе с ключом портье вручил мне клочок бумаги с нацарапанной по-немецки запиской: звонил Тургут и просил перезвонить. Элен терпеливо дождалась окончания ритуала: мольба о телефоне и умасливание клерка небольшим приношением — мне пришлось сократиться в расходах. Потом я долго безнадежно крутил диск, пока не услышал наконец гудки. Тургут ответил невнятным ворчанием и тут же переключился на английский:

— Пол, дорогой мой! Хвала Всевышнему, вы позвонили. У меня для вас новость — важная новость!

Сердце чуть не выпрыгнуло у меня из груди:

— Вы нашли?.. Карту? Гробницу? Росси?

— Нет, друг мой, никаких чудес. Но мы перевели письмо, которое нашел Селим. Поразительный документ! Написано православным монахом в Стамбуле в 1477 году. Вы меня слышите?

— Да, да! — закричал я так, что портье ожег меня возмущенным взглядом, а Элен с беспокойством оглянулась. — Говорите же.

— В 1477 году он дал приют нескольким братьям по вере, которые доставили из Карпат тело Губителя Турок, знатного господина. Там еще много всего, мне кажется, очень важного для вас. Покажу вам завтра, да?

— Да! — выкрикнул я. — Но они не в Стамбуле его похоронили? — Элен затрясла головой, и я угадал ее мысль: телефон может прослушиваться.

— Из письма неясно, — гудел Тургут. — Наверняка так и не знаю, но не похоже, чтобы могила была здесь. Мне кажется, вам надо приготовиться к новому путешествию. И скорее всего, вам опять понадобится поддержка доброй тетушки. — Несмотря на помехи, я расслышал в его голосе мрачные нотки.

— Опять ехать? Но куда?

— В Болгарию, — прокричал издалека Тургут.

Я выронил трубку и беспомощно уставился на Элен.

— В Болгарию?»

ЧАСТЬ ТРЕТЬЯ

Я нашел еще один гроб, более величественный, чем остальные, колоссального размера и благородной формы. На нем было написано одно слово: ДРАКУЛА.

Брэм Стокер. «Дракула»

ГЛАВА 49

Несколько лет назад я нашла в отцовских бумагах записку. Она не имеет никакого отношения к этой повести, если не считать того, что, кроме его писем, это единственная памятка его любви к Элен. Он никогда не вел дневника, а такие случайные заметки обычно относились к работе — размышления о дипломатических проблемах или каких-либо вопросах истории, оказавшихся существенными в разрешении международных конфликтов. Такие заметки, вместе с выраставшими из них статьями и текстами докладов, теперь собраны в библиотеке его фонда, а мне осталась на память одна-единственная записка, сделанная им для себя — и для Элен. Я привыкла видеть в отце человека, приверженного фактам и идеям, но не поэзии, — тем более важен для меня этот документ. Я пишу не детскую книгу, и мне хочется сделать ее возможно точнее, поэтому я решилась включить эту очень личную запись в ее текст. Могу поверить, что отец писал нечто в том же роде и в письмах, но в его характере было уничтожить их — может быть, сжечь в крошечном садике за нашим домом в Амстердаме. Помнится, девочкой я иногда находила там оставшиеся в кирпичной жаровне обугленные клочки бумаги. Эта записка, конечно, уцелела случайно. Она не датирована, поэтому я не могу хронологически точно отнести ее к тому или иному отрезку повествования. Привожу ее здесь, потому что в ней говорится о первых днях их любви, хотя в словах сквозит боль, подсказывающая, что письмо было написано уже не существующему адресату.

«Любимая, мне хочется, чтобы ты знала, как я думал о тебе. Это письмо принадлежит тебе, даже если ты не прочитала еще ни строчки. И память моя принадлежит тебе и то и дело обращается к тем минутам, когда мы впервые остались наедине. Я не раз спрашивал себя, почему никакие привязанности не могут заменить мне твоего присутствия, почему меня всегда преследует иллюзия, что мы все еще вместе, что ты невольно взяла в плен мою память. Твои слова всплывают в ней, когда я меньше всего жду этого. Я чувствую прикосновение твоей руки к своей — руки наши прячутся под моим пиджаком, сложенным на сиденье между нами, и твои пальцы неуловимо легки, а лицо отвернуто в сторону, и ты вскрикиваешь, впервые увидев под крылом самолета горы Болгарии.

Со времен нашей молодости, любимая, совершилась сексуальная революция — ты не увидела этой гигантской вакханалии, но теперь молодые люди на Западе сходятся без долгих предисловий. А я вспоминаю сдерживавшие нас запреты почти с такой же тоской, как их законное разрешение, пришедшее много позже. Этими воспоминаниями мне не с кем поделиться: близость, скрытая одеждами, когда снять при другом хотя бы пиджак казалось мучительно трудно, и я с обжигающей ясностью и порой совсем не к месту вспоминаю твою шею и треугольник груди в узком вырезе блузки — силуэт ее я выучил наизусть задолго до того, как мои пальцы ощутили ее ткань или коснулись перламутровых пуговок. Я помню запах вагона и грубого мыла, задержавшийся в шерсти твоего жакета, и шершавую солому твоей черной шляпки так же явственно, как твои мягкие волосы, почти того же оттенка. Когда мы дерзнули провести полчаса наедине в моем номере софийской гостиницы, я думал, что умру от желания. Когда ты повесила на спинку стула свой жакет, нарочито медленно положила поверх блузку и повернулась ко мне, отважно встретив мой взгляд, меня обожгло огнем и я обессилел от этой боли. Ты обняла меня за пояс, и мне пришлось выбирать между грубым шелком твоей юбки и нежнейшим шелком кожи, и я готов был плакать.

Тогда я нашел в тебе единственный изъян — я никогда не целовал это место: крошечного свернувшегося дракона у тебя на лопатке. Прежде чем я увидел его, его накрыла моя рука. Я помню, как резко вздохнул — вместе с тобой, — когда наткнулся на рисунок и коснулся его любопытными пальцами. Со временем он стал для меня привычной отметкой на карте твоего тела, но тогда трепет лишь подбросил дров в огонь желания. Что бы ни случилось тогда в гостиничном номере в Софии, этот трепет я узнал много раньше, когда запоминал форму твоих зубов, разделенных крошечными щербинками, и паутину первых морщинок у глаз...»

Здесь записка отца обрывается, и я возвращаюсь к более сдержанным письмам, адресованным мне.

ГЛАВА 50

«Тургут Бора и Селим Аксой встречали нас в стамбульском аэропорту.

— Пол! — Тургут бросился ко мне, целовал, хлопал по спине. — Мадам профессор! — Он обеими руками схватил и встряхнул руку Элен. — Слава богу, вы целы и невредимы! Добро пожаловать, с победоносным возвращением!

— Ну, победой это не назовешь. — Я невольно рассмеялся.

— Обсудим, все обсудим! — восклицал Тургут, звонко хлопая меня по спине.

Селим Аксой приветствовал нас более сдержанно.

Через час мы стояли в дверях квартиры Тургута, где нас, не скрывая радости, встретила миссис Бора. У нас с Элен при виде ее вырвалось восторженное восклицание: сегодня она была в бледно-голубом платье и походила на весенний подснежник. Хозяйка удивленно подняла бровь.

— Нам нравится ваше платье, — объяснила Элен, спрятав ладошку миссис Бора в своих длинных пальцах.

Миссис Бора рассмеялась.

— Спасибо. Я сама себе шью.

С помощью Селима Аксоя она подала кофе и кушанье, которое назвала "бюрек" — нечто вроде пирожка с начинкой из соленого сыра, а к ним пять-шесть блюд холодной и горячей закуски.

— А теперь, друзья, расскажите, что вы узнали.

Исполнить его просьбу оказалось нелегко, но совместными усилиями мы описали конференцию в Будапеште, встречу с Хью Джеймсом, пересказали историю матери Элен и письма Росси. Когда я говорил о найденной Джеймсом Книге Дракона, глаза у Тургута стали совсем круглыми. Заканчивая отчет, я почувствовал, что мы в самом деле много сумели узнать. К сожалению, ни одно из наших открытий не подсказывало, где искать Росси.

Настала очередь Тургута, и он сообщил нам, что несчастья в Стамбуле не прекратились с нашим отъездом: позапрошлой ночью повторилось нападение на архивариуса, жившего теперь у себя на квартире. Человек, которого они наняли присматривать за другом, уснул и ничего не видел. Они нашли другого сторожа и надеялись, что этот окажется бдительней. Приняты все возможные меры предосторожности, но бедному мистеру Эрозану очень плохо.

Были новости и другого рода. Тургут залпом проглотил вторую чашку кофе и бросился в свой мрачный кабинет (я порадовался, что нас не пригласили посетить его вторично).

Вернулся он с блокнотом в руках и снова уселся рядом с Селимом. Оба серьезно взглянули на нас.

— Я по телефону говорил, что мы нашли письмо, — начал Тургут. — Оригинал написан на славянском — древнем языке христианской церкви. Я уже говорил, что написано оно карпатским монахом, который рассказывает о путешествии в Стамбул. Наш друг Селим удивляется, что автор не воспользовался латынью, но, по-видимому, он сам был славянин. Прочитать ли его без промедления?

— Конечно, — начал я, однако Элен подняла руку.

— Одну минуту, прошу вас. Где и как вы его обнаружили?

Тургут одобрительно кивнул.

— Мистер Аксой нашел его в архиве — в том самом, что вы посетили. Он три дня перебирал рукописи пятнадцатого века. Письмо оказалось в маленькой подборке документов из церквей неверных — я хочу сказать, из христианских церквей, которым было дозволено действовать в Стамбуле при Завоевателе и его преемниках. В архиве их не так уж много: большая часть хранится в монастырях, и особенно у патриарха Константинопольского. Но некоторые церковные документы попадали в руки султана — в основном те, что касались новых уложений о церквях в пределах империи, так называемые "фирманы". Иногда султану вручались письма... как вы говорите? — петиции по церковным делам, и они тоже попали в архив.

Он коротко перевел сказанное для Аксоя, который коечто добавил:

— Да, мой друг верно напоминает... Он говорит, что когда Завоеватель взял город, то назначил христианам нового патриарха — патриарха Геннадия. — Аксой, услышав имя, горячо закивал. — Султана с Геннадием связывала светская дружба — я ведь говорил, что султан был очень снисходителен к покоренным христианам. Султан Мехмед просил Геннадия написать для него изложение православной веры и заказал перевод для своей личной библиотеки. Другая копия этого перевода хранится в архиве. Кроме того, там есть копии нескольких церковных хартий, переданных султану по его требованию. Мистер Аксой просматривал хартии анатолийской церкви и нашел письмо, вложенное между двумя листами.

— Благодарю вас. — Элен снова откинулась на подушку.

— Увы, я не могу показать вам оригинала — его, конечно, нельзя выносить из архива. Позже, если пожелаете, вы сами можете сходить и посмотреть на него. Написан прекрасным почерком на небольшом куске пергамена. Один край оторван. Теперь я прочитаю вам наш перевод на английский. Пожалуйста, не забывайте, что это перевод с перевода и в процессе некоторые тонкости могли пропасть.

И он прочел нам следующее:

"Ваше преподобие, отец-настоятель Максим Евпраксий.

Смиренный грешник молит преклонить слух. Как я описывал, после вчерашней неудачи между нами возникли раздоры. Город для нас небезопасен, но мы не смели покинуть его, не узнав, что стало с сокровищем, которое мы ищем. Нынче утром, милостью Всемогущего, открылся новый путь, о чем я и должен здесь поведать. Настоятель Панахрантоса, услышав от давшего нам приют настоятеля о нашей горькой и тайной нужде, лично явился к нам в Святую Ирину. Он человек благодетельный и святой, лет пятидесяти от роду, и долгие годы жизни своей провел сперва в Великой лавре Афона, а после настоятелем Панахрантоса. Прежде чем предстать перед нами, он совещался наедине с нашим настоятелем, и они говорили с нами в келье нашего настоятеля, в полной тайне, удалив всех послушников и служек. Он сказал, что до этого утра не слышал о нашем присутствии, а услышав, пришел к своему другу настоятелю, дабы поделиться известием, о котором прежде молчал, чтобы не подвергать опасности его самого и братию. Коротко: он открыл нам, что искомое вывезено из города в гавань покоренной земли Болгарской. Он дал нам тайные указания для безопасного странствия и назвал святое место, в кое мы должны направиться. Мы бы задержались здесь на малое время, чтобы оповестить вас и получить ваши приказы по этому делу, однако настоятели уведомили нас, что некий янычар из свиты султана уже являлся к патриарху и допрашивал его об исчезновении искомого. Поэтому опасно нам оставаться здесь даже на день, и лучше нам пуститься в путь по землям неверных, чем ждать здесь. Да простит ваше преподобие, что мы отправились своевольно, не получив ваших наставлений, и да пребудет на нашем решении благословение Господне и ваше. Быть может, мне придется уничтожить и это послание, прежде чем оно достигнет вас, и докладывать изустно, если прежде я не расстанусь в поисках своих с языком.

Смиренный грешник брат Кирилл.
Апреля года Господа нашего 6985".

Тургут окончил чтение, и долго никто не заговаривал. Селим и миссис Аксой затаили дыхание, а Тургут рассеянно поглаживал ладонью свою серебристую гриву. Мы с Элен переглянулись.

– 6985-й? – переспросил я наконец. – Что это значит?

– Средневековые документы датируются годами от сотворения мира, – объяснила Элен.

– Верно, – кивнул Тургут. – 6985-й – по нашему счету 1477 год.

Я не сдержал вздоха:

– Поразительно живое письмо, и автор явно озабочен чем-то важным. Но я в недоумении, – горестно признался я. – Дата, конечно, наводит на мысль о связи с найденным мистером Аксоем отрывком, но где доказательства, что пишет именно карпатский монах? И в чем вы видите связь с Владом Дракулой?

Тургут улыбался.

– Как всегда, прекрасные вопросы, мой юный скептик. С вашего позволения, постараюсь ответить. Я уже говорил, что Селим прекрасно знает город, и, когда обнаружил письмо и решил, что оно может оказаться полезным, он обратился к своему другу, хранителю библиотеки монастыря Святой Ирины (он все еще существует). Друг перевел ему письмо на турецкий и очень заинтересовался упоминанием своего монастыря. Однако в монастырских хрониках 1477 года он не нашел сведений о подобном визите — записи или не велись, или давным-давно пропали.

— Здесь подчеркивается, что дело тайное и опасное, — напомнила Элен. — Вряд ли они писали о нем в хронике.

— Истинная правда, дорогая мадам, — поклонился ей Тургут. — Так или иначе, друг Селима помог нам в одном важном деле: он перерыл историю монастыря и выяснил, что настоятель Максим Евпраксий, которому адресовано письмо, в конце жизни был главным настоятелем в Афоне. А вот в 1477 году, когда писалось это послание, он был настоятелем монастыря на озере Снагов! — Тургут торжествующе продекламировал последние слова.

Минуту мы от волнения не могли сказать ни слова. Потом у Элен вырвалось:

— Мы люди Божьи, люди карпатские!

— Прошу прощения? — внимательно обернулся к ней Тургут.

— Да! — Я мгновенно подхватил мысль Элен. — "Люди карпатские!" Песня, народная песня, которую мы нашли в Будапеште.

Я вспомнил час, проведенный в библиотеке Будапештского университета, описал гравюру на верху страницы: дракона и церковь, скрытую среди деревьев. Брови Тургута поползли вверх, а я лихорадочно рылся в своих бумагах. Где же они? Наконец я отыскал листок с записью перевода — не дай бог, я потеряю портфель! — и прочел вслух, останавливаясь в конце каждой строчки, чтобы Тургут успел перевести жене и Селиму:

Они подъехали к воротам, подъехали к великому городу.
Подъехали к великому городу из страны смерти.
Мы люди Божьи, люди карпатские,
мы монахи, люди святые,
да несем вести дурные.

Несем в город великий о чуме вести.
Своему владыке служим, пришли смерть его оплакать.
Едут они к воротам, и плачет с ними весь город,
когда в город они въезжают.

— Как странно и страшно, — вздохнул Тургут, — ваши народные песни все такие, мадам?

— Да, почти все, — рассмеялась Элен.

В возбуждении я совсем было забыл, что она сидит со мной рядом, а теперь усилием воли удержался, чтобы не погладить ее руку, не залюбоваться на ее улыбку, на прядь черных волос, упавшую на щеку.

— И наш дракон, скрытый среди деревьев... Наверняка тут есть связь.

— Как бы только отыскать ее, — вздохнул Тургут и тут же хлопнул рукой по медной столешнице, так что все чашки зазвенели.

Жена нежно тронула его за локоть, и он успокаивающе похлопал ее по руке.

— Нет, послушайте, — чума!

Он повернулся к Селиму, и между ними завязался искрометный диалог на турецком.

— Что? — Элен напряженно сощурилась. — Чума в песне?

— Да, дорогая моя. — Тургут пальцами пригладил волосы. — Кроме письма мы обнаружили еще одно обстоятельство, относящееся к этому времени, — хотя мой друг Селим Аксой знал о нем и раньше. В конце лета 1477 года, когда в Стамбуле стояла небывалая жара, началось поветрие, которое наши историки называют "малой чумой". Оно унесло немало жизней в старой части города — Пера. Теперь мы называем эти кварталы Галата. Тела умерших, прежде чем сжечь, пронзали в сердце колами. Селим говорит, это необычная черта — как правило, умерших просто вывозили за городскую стену и сжигали, чтобы прекратить распространение заразы. Но тот мор длился недолго и унес не так уж много жизней.

— И вы думаете, те монахи занесли в город чуму?

— Конечно, наверное сказать нельзя, — признал Тургут, — но если в вашей песне говорится о тех же монахах...

— Мне пришло в голову, — вставила Элен, опустив чашку. — Не помню, Пол, я говорила тебе, что Влад Дракула одним из первых применил в военной стратегии, как вы говорите, — заразу?

— Бактериологическое оружие, — подсказал я. — Мне рассказывал Хью Джеймс.

— Верно. — Она подтянула под себя ноги. — Когда султан вторгся в Валахию, Дракула засылал в турецкий лагерь своих людей, больных чумой или оспой. Он одевал их в турецкое платье, и, прежде чем умереть, они должны были перезаразить как можно больше врагов.

Не будь это так страшно, я рассмеялся бы. Валашский князь был столь же изобретателен, сколь беспощаден: достойный противник. Тут я заметил, что начинаю думать о нем в настоящем времени.

— Понимаю, — кивнул Тургут. — Вы хотите сказать, что монахи, если это были те самые монахи, принесли чуму из Валахии?

— Но одно остается непонятным, — нахмурилась Элен. — Если они были больны чумой, как мог настоятель Святой Ирины укрыть их в монастыре?

— Мадам, вы правы, — признал Тургут. — Хотя, если речь идет не о чуме, а о каком-то неизвестном заболевании... Но проверить невозможно.

Мы все умолкли, чувствуя, что зашли в тупик.

— Даже после завоевания Константинополя многие православные монахи совершали паломничество в древний город, — заметила наконец Элен. — Возможно, речь идет просто о группе паломников.

— Но они искали что-то, чего явно не обнаружили в Константинополе, — напомнил я. — И брат Кирилл сообщает, что они отправляются в Болгарию под видом пилигримов — значит, на самом деле они пилигримами не были.

Тургут почесал в затылке.

— Мистер Аксой тоже об этом думал, — сказал он. — По его словам, при захвате Константинополя было утрачено — потеряно или разворовано — множество христианских святынь: икон, крестов, мощей святых... Конечно, в 1453 году Константинополь уже не был так богат, как во времена расцвета Византии, — вы, конечно, знаете, сколько древних сокровищ было захвачено крестоносцами в 1204 году и отправлено в Рим, Венецию и другие западные города... — Тургут осуждающе вскинул руку. — Отец рассказывал мне о прекрасной конной базилике собора Сан-Марко в Венеции, украденной крестоносцами в Византии. Как видите, христиане были такими же грабителями, как оттоманы. Как бы то ни было, коллеги, при вторжении 1453 года монахи спрятали некоторые сокровища церкви, а кое-что успели вывезти из города еще до осады и скрыли в близлежащих монастырях или тайно отправили в другие страны. Возможно, наши монахи шли на поклонение той или иной святыне и не нашли ее здесь. Возможно, настоятель второго монастыря поведал им, что некая чудотворная икона была тайно вывезена в Болгарию. Но в письме ничто не подтверждает моего предположения.

— Теперь я понимаю, зачем вы хотите отправить нас в Болгарию... — Я снова подавил искушение взять Элен за руку. — Хотя я не представляю, чтобы там можно было узнать больше, чем удалось здесь. Я уж не говорю о том, удастся ли нам пересечь границу. Но вы уверены, что в Стамбуле нам больше нечего искать?

Тургут мрачно покачал головой и придвинул к себе забытую чашку с кофе.

— Я исчерпал все возможные источники, в том числе и те, о которых, простите, не могу вам сказать. И мистер Аксой перерыл все: собственную библиотеку, и библиотеки друзей, и университетские архивы. Я беседовал со всеми историками, кого знаю, и среди них были специалисты, занимавшиеся стамбульскими кладбищами и захоронениями. За нужный период — ни одного подозрительного упоминания похорон иноземца. Не спорю, мы могли что-то упустить, но в скором времени ничего нового не обнаружится. — Он строго взглянул на нас. — Я знаю, вам нелегко попасть в Болгарию. Я поехал бы сам, но для меня, друзья мои, это еще сложнее. Никто не питает такой ненависти к потомкам Оттоманской империи, как болгары.

— Ну, румыны стараются как могут, — заверила его Элен, смягчив суховатую шутку улыбкой, которая вызвала на лице нашего собеседника ответную усмешку.

— Но, боже мой... — Я в смятении откинулся на мягкие подушки дивана. — Не представляю, каким образом...

Тургут склонился ко мне и ткнул пальцем в строку английского перевода письма:

— Он тоже не представлял.

— Кто? — простонал я.

— Брат Кирилл. Послушайте, друг мой, когда исчез Росси?

— Около двух недель назад, — признался я.

— Вам нельзя терять времени. Мы знаем, что могила в Снагове пуста. Мы догадываемся, что Дракула похоронен не в Стамбуле. Но... — он постучал пальцем по листку, — вот единственная нить. Куда она ведет, мы не знаем, однако в 1477 году люди из Снаговского монастыря отправились в Болгарию — или попытались это сделать. Такую нить стоит проследить. Если вы ничего не найдете — что ж, вы сделали все, что могли. Тогда возвращайтесь домой и оплакивайте своего учителя с чистым сердцем, а мы, ваши друзья, всегда будем чтить вашу доблесть. Но если вы не сделаете попытки, вас ждут бесконечные сомнения и печаль без утешения.

Он поднес письмо ближе к глазам и прочитал вслух:

— "Поэтому опасно нам оставаться здесь даже на день, и лучше нам пуститься в путь по землям неверных, чем ждать здесь". Возьмите, мой друг. Храните его в своем дорожном мешке. Вместе с английским переводом отдаю вам копию на славянском, сделанную для мистера Аксоя его другом-монахом.

Тургут наклонился еще ближе к нам.

— Скажу еще, что я узнал, кто в Болгарии сможет вам помочь. Имя ученого — Антон Стойчев. Мой друг Селим — восторженный поклонник его трудов, опубликованных на разных языках.

Услышав имя, Селим Аксой кивнул.

— Никто не знает о средневековых Балканах больше Стойчева — особенно о Болгарии. Он живет близ Софии — спросите о нем там.

Элен вдруг открыто взяла мою руку. Я изумился: мне казалось, что даже среди друзей нам следует скрывать наши отношения. Тургут сразу заметил ее движение, и теплые морщинки у глаз его и губ стали заметнее. Миссис Бора откровенно сияла, сложив на коленях свои девичьи ладошки. Она явно одобряла наш союз, и я вдруг ощутил на себе тепло благословения этих добросердечных людей.

— Тогда мне надо позвонить тете, — твердо заявила Элен, сжав мою руку.

— Еве? Но что она может сделать?

— Ты же знаешь, для нее нет ничего невозможного, — улыбнулась мне Элен. — Нет, на самом деле я не знаю, сможет ли она помочь. Но у нее есть друзья — и враги — в нашей тайной полиции, а у тех друзья по всей Восточной Европе. И враги, конечно, — они все шпионят друг за другом. Единственное, что меня беспокоит, — для нее это может оказаться опасным. И, естественно, понадобится большая-большая взятка.

— Бакшиш, — кивнул Тургут. — Разумеется. Мы с Селимом Аксоем об этом подумали. У нас есть для вас двадцать тысяч лир. И хотя я не могу отправиться с вами, друзья мои, но сделаю для вас все, что в моих силах, как и мистер Аксой.

Теперь уже я пристально уставился на него и на Аксоя — они сидели напротив нас, забыв о кофе, очень подтянутые и серьезные. Что-то в их лицах — крупном румяном лице Тургута и в тонких чертах Аксоя, в их одинаково острых взглядах, прямых и почти яростно-настороженных, — показалось мне знакомым. Я не мог понять, что со мной происходит, но вопрос вертелся у меня на кончике языка, и спустя минуту я крепче сжал пальцы Элен — сильные, жесткие, уже любимые пальцы, и встретил темный взгляд Тургута.

— Кто вы? — спросил я.

Тургут и Селим переглянулись. Они явно понимали друг друга без слов. Потом Тургут негромко, но отчетливо проговорил:

— Мы служим султану».

ГЛАВА 51

«Мы с Элен разом отшатнулись. На миг нам представилось, что Селим и Тургут — в союзе с некой темной силой, и я с трудом подавил порыв схватить свой портфель и Элен и бежать из этого дома. Как могли эти люди, которых я считал уже верными друзьями, служить давно мертвому султану, если не посредством темного колдовства? Неважно, какого именно султана подразумевал Тургут, — все давно мертвы и не принадлежат больше нашему миру. И значит, все, что мы услышали от них, — ложь?!

Голос Элен прорезал мое смятение. Она склонилась вперед, побледнев и расширив глаза, однако вопрос был задан спокойно и звучал обыденно — настолько обыденно, что его смысл не сразу дошел до меня.

— Профессор Бора, — раздельно проговорила она, — сколько вам лет?

Он улыбнулся:

— Ах, дражайшая мадам, если вы интересуетесь, не пятьсот ли мне лет, отвечу — к счастью, нет. Я служу Великому и Несравненному, Убежищу Мира, султану Мехмеду Второму, но никогда не имел великой чести видеть его.

— Так о чем же вы таком толкуете? — взорвался я.

Тургут снова улыбнулся, а Селим добродушно кивнул мне.

— Я не собирался посвящать вас, — сказал Тургут. — Но вы почтили нас, друзья мои, таким доверием и задавали столь проницательные вопросы, что мы объясним. Я родился самым обыкновенным образом в 1911 году и надеюсь столь же обыкновенно скончаться в своей постели году этак в 1985-м. — Он усмехнулся. — Однако многие мои предки жили очень, очень долго, так что я приговорен сидеть на этом диване и тогда, когда стану до неприличия стар. — Он обнял за плечи миссис Бора. — И Селим тоже выглядит на свои настоящие годы. В нас нет ничего таинственного. Но то, о чем я собираюсь вам поведать, — глубочайшая тайна, которую я никому не должен доверять и которую вы должны сохранить во что бы то ни стало. Вот она: мы состоим в Страже Полумесяца при султане.

— Впервые слышу, — нахмурилась Элен.

— Разумеется, впервые, мадам профессор.

Тургут бросил взгляд на Селима, который терпеливо слушал, очевидно, стараясь вникнуть в суть разговора. Его зеленые глаза казались спокойными, как озера.

— Мы надеемся, что никто не слышал о нас, кроме членов стражи. Наша тайная гвардия была избрана среди лучших из лучших янычар.

Мне вспомнились окаменевшие юные лица, виденные на картине в Топкапи Сарай: плотный строй воинов перед троном султана, готовых броситься на любого подозрительного пришельца или, с такой же готовностью, на опального царедворца.

Тургут словно читал мои мысли. Он кивнул:

— Так, о янычарах вы слышали. Но, коллеги, в 1477 году Мехмед Великий и Преславный призвал к себе двадцать офицеров — самых верных и просвещенных из янычар — и втайне вручил им новый символ Стражи Полумесяца. Им поручалось одно деяние, исполнить которое они должны были даже ценой жизни. Цель их была: не допустить, чтобы Орден Дракона снова терзал великую империю, выслеживать и убивать его рыцарей, где бы те ни оказались.

Мы с Элен дружно набрали в грудь воздуха, но на сей раз я ее опередил.

— 1477-й? Год, когда монахи вступили в Стамбул! — Я думал вслух: — Но Орден Дракона был основан гораздо раньше — в 1400 году, императором Сигизмундом, верно? — Элен кивнула.

— Точнее, в 1408 году, друг мой. Разумеется. И до 1477 года султану хватало забот от непрестанной войны с Орденом. Но в 1477 году Преславный, убежище Мира, увидел, что в будущем Орден Дракона может представлять еще большую угрозу.

— Что вы имеете в виду? — Холодная рука Элен неподвижно лежала в моей руке.

— Даже в наших летописях об этом не говорится открыто, — признался Тургут. — Но не случайно султан основал Стражу всего через месяц после смерти Влада Цепеша.

Он молитвенно сложил руки — впрочем, напомнил я себе, его предки молились, простершись ниц.

— В хартии сказано, что Величайший основал Стражу Полумесяца, чтобы преследовать Орден Дракона, презреннейшего из врагов империи, сквозь время и пространство, на земле и на море и даже за порогом смерти.

Тургут склонился к нам, его глаза светились, а серебряная грива растрепалась.

— Я предполагаю, что Преславный догадывался или даже знал, какую угрозу представляет Влад Дракула для империи после его — Дракулы — смерти. — Он пригладил волосы. — Мы уже видели, что султан собирал также и документы, относящиеся к Ордену Дракона, — архив не был тайным, но втайне использовался и используется нашими Стражами. И теперь это чудесное письмо, обнаруженное Селимом, и ваша народная песня, мадам, — они снова подтверждают, что Преславный имел основательные причины для беспокойства.

Мне не терпелось спросить:

— Но как же вы и мистер Аксой оказались членами этой Стражи?

— Это наследство передается от отца к старшему сыну. Сыновья принимают... как сказать по-английски... — посвящение? — в возрасте девятнадцати лет. Если у отца нет сыновей или они недостойны, тайна умирает вместе с ним.

Тургут наконец вспомнил о забытой кофейной чашке, и миссис Бора поспешила наполнить ее.

— Тайна охранялась так тщательно, что даже янычары не знали, что среди них есть подобное общество. Возлюбленный Отец Правоверных скончался в 1481 году, но его Стража продолжала существовать. Иногда, при более слабых султанах, янычары становились могучей силой, но мы хранили тайну. Когда империя распалась, мы выжили, потому что никто о нас не знал. Отец Селима Аксоя сохранил наши хартии в первую великую войну, а сам Селим — во время последней. Он и теперь хранит их в завещанном нам тайнике.

Тургут шумно выдохнул и с удовольствием отхлебнул кофе.

— По-моему, — недоверчиво протянула Элен, — вы говорили, что ваш отец был итальянец? Как же он оказался в Страже Полумесяца?

— Верно, мадам, — кивнул Тургут. — Однако мой дед с материнской стороны был весьма активным членом Стражи и не хотел смириться с тем, что его род прервется на нем. У него была только дочь, но когда он понял, что при его жизни империи настанет конец...

— Ваша мать? — ахнула Элен.

— Да, моя дорогая... — Тургут сочувственно улыбнулся. — Не у вас одной замечательная мать. Помнится, я говорил вам уже, что для своего времени и своей страны она была необыкновенно образованной женщиной, — и мой дед не жалел сил, чтобы пополнить ее знания и поддержать честолюбие, чтобы подготовить ее к службе в Страже. Она заинтересовалась техникой, когда эта область знаний едва начинала развиваться, и после введения ее в Стражу дед отпустил ее учиться в Рим — у него были там друзья. Она освоила сложнейшие области высшей математики и читала на четырех языках, в том числе по-гречески и по-арабски.

Он на турецком пояснил что-то жене и Селиму, и оба одобрительно заулыбались.

— Она держалась в седле как лучший из всадников султана и — хотя мало кто знал об этом — стреляла не хуже.

Он подмигнул Элен, и я вспомнил ее пистолетик — хотел бы я знать, где она его прячет?

— Мой дед посвятил ее в науку о вампирах и научил, как защищать живущих от злых замыслов. Если вы хотите ее увидеть, вот ее портрет.

Он поднялся, взял со стоявшего в углу резного столика карточку и бережно вложил в руку Элен. Удивительный портрет с мягкой отчетливостью фотографических снимков, сделанных в начале века. Дама, терпеливо позировавшая для долгой выдержки в стамбульской фотостудии, выглядела спокойной и собранной, но фотографу, скрывавшемуся под черным полотном, удалось сохранить насмешливую искорку в ее глазах. Отретушированная кожа над черным платьем была безупречно гладкой. Лицо напоминало черты Тургута, хотя нос был тоньше и линия подбородка мягче. Подобное хрупкому цветку на стебле стройной шеи — лицо персидской княжны. Встретив ее улыбающийся взгляд, я вдруг пожалел, что нас разделяют годы.

Тургут снова любовно коснулся рамки портрета.

— Дед проявил мудрость, когда нарушил традицию и сделал ее членом Стражи. Это она собрала разрозненные клочки архива по разным библиотекам и вернула их в первоначальное собрание. Мне было пять лет, когда она убила волка, — мы выехали тогда на лето из города. А когда мне исполнилось одиннадцать, она научила меня стрелять и ездить верхом. Отец горячо любил мать, хотя она пугала его своим бесстрашием: он всегда говорил, что уехал за ней из Рима в Турцию, чтобы хоть как-то оберечь отчаянную девушку. Мой отец, как и достойные доверия жены членов Стражи, все знал о ней и постоянно тревожился за жену. Вот он... — Тургут указал на писанный маслом портрет, висевший рядом с окном.

На нем был изображен солидный, надежный, добродушный мужчина в черном костюме, черноглазый и черноволосый, с мягким выражением лица. Тургут говорил, что отец изучал историю итальянского Ренессанса, но я легко представлял этого человека играющим в камушки с маленьким сыном, между тем как жена заботилась о более серьезном образовании мальчика.

Элен шевельнулась, украдкой вытянула ноги.

— Вы сказали, что дед ваш был активным членом Стражи Полумесяца. Что это значит? Чем вы занимаетесь?

Тургут с сожалением покачал головой.

— Этого, коллеги, я не могу рассказать вам в подробностях. Есть вещи, которым следует оставаться тайной. Мы рассказали вам то, что рассказали, потому что вы спросили... почти угадали — и чтобы вы верили, что можете полностью рассчитывать на нашу помощь. Для Стражи чрезвычайно важно, чтобы вы отправились в Болгарию — и как можно скорее. Нас осталось очень мало, — он вздохнул, — и у меня, увы, нет сына или дочери, кому я мог бы передать свою миссию, хотя Селим воспитывает племянника в наших традициях. Но вы можете рассчитывать, что мы поддержим вас, где бы вы ни были, со всей силой оттоманской решимости.

Я сдержал стон. Можно было спорить с Элен, но спорить с тайной мощью Оттоманской империи мне не по силам. Тургут поднял палец:

— Я должен предупредить вас, друзья мои, и очень серьезно предупредить. Мы отдали в ваши руки тайну, которая заботливо — и успешно, как мы полагаем, — охранялась пятьсот лет. У нас нет оснований думать, что она известна нашему старинному врагу, хотя он, бесспорно, ненавидит наш город и боится его, как ненавидел и боялся при жизни. В хартии нашей Стражи Завоеватель низвергает его власть. Всякого, кто выдаст тайну Стражи нашим врагам, постигнет немедленная казнь. Насколько мне известно, такого никогда еще не случалось. Но я прошу вас быть осторожней как ради вас самих, так и ради нас.

В его голосе не было ни намека на злобу или угрозу, только глубокая озабоченность. Я услышал в нем непоколебимую верность, позволившую султану завоевать великий город — несокрушимую доселе твердыню заносчивой Византии. Говоря: “Мы служим султану”, он имел в виду именно то, что сказал, хотя сам родился спустя полтысячелетия после смерти Мехмеда. Солнце за оконным стеклом спустилось ниже, и розовый луч тронул крупное лицо Тургута, подчеркнув скрытое благородство его черт. Я подумал вдруг, с каким восторгом смотрел бы на Тургута Росси. Он увидел бы в этом человеке живую историю. Сколько вопросов — вопросов, которые мне даже не приходили в голову, задал бы Росси на моем месте!

Но правильные слова нашла Элен. Она с достоинством поднялась, и мы невольно тоже встали, и протянула Тургуту руку.

— Ваше доверие — честь для нас, — сказала она, гордо глядя ему в лицо. — Даже ценой жизни мы сохраним вашу тайну и волю султана.

Тургут поцеловал ей руку. Он явно был тронут. Селим низко поклонился. Мне нечего было добавить: забыв на минуту вечную ненависть своего народа к туркам-угнетателям, он говорила за нас обоих.

Мы могли бы простоять так, молча, пока не спустились сумерки, но телефон Тургута вдруг взвизгнул. Он поклонился, извиняясь, и прошел через комнату, чтобы снять трубку, а миссис Бора принялась составлять посуду на медный поднос. Несколько минут Тургут слушал невидимого собеседника, вставляя возбужденные междометия, а потом резко опустил трубку, обернулся к Селиму и взволнованно заговорил по-турецки. Селим поспешно накинул свой поношенный пиджак.

— Что-то случилось? — спросил я.

— Увы, да. — Тургут ударил себя в грудь кулаком, будто наказывая за что-то. — Наш архивариус, мистер Эрозан.

Человек, которому я поручил его охранять, вышел на минуту, и теперь звонил, чтобы сказать, что на нашего друга снова совершено нападение. Эрозан без сознания, а сторож собирается вызвать доктора. Дело плохо. Третья атака, и как раз на закате.

Пораженный, я тоже потянулся за пиджаком, а Элен сунула ноги в туфельки, хотя миссис Бора пыталась мягко удержать ее. Тургут поцеловал жену, и мы выбежали из квартиры. Обернувшись, я увидел ее в дверях, бледную и испуганную».

ГЛАВА 52

— Где будем спать? — неуверенно спросил Барли.

Мы стояли посреди комнаты с двуспальной кроватью, которую получили, уверив пожилого портье, что мы — брат и сестра. Он безропотно выдал нам ключ, хотя и рассматривал весьма подозрительно. Но мы оба знали, что не можем позволить себе раздельных номеров.

— Ну? — нетерпеливо продолжал Барли.

Мы посмотрели на кровать. Другого места не было: на голом полированном полу не нашлось даже коврика. Наконец Барли принял решение — по крайней мере, за себя. Пока я стояла, примерзнув к месту, он, прихватив зубную щетку и какую-то одежку, скрылся в ванной и несколько минут спустя появился уже в пижаме, такой же светлой, как его волосы. Что-то в этом зрелище, в его неумелой беззаботности, заставило меня громко расхохотаться, хотя щеки у меня и горели. Тогда он тоже рассмеялся, и мы хохотали до слез: Барли — скрючившись и схватившись за тощий живот, а я — ухватившись за угол унылого старого платяного шкафа. В этом истерическом хохоте расплавилось все напряжение пути, все мои страхи, недовольство Барли, мучительные письма отца, наши размолвки. Много лет спустя я узнала выражение fou rire — безумный припадок смеха, но впервые испытала его тогда, в перпиньянском отеле. За первым в жизни fou rire последовало еще одно «впервые», когда мы, словно споткнувшись, оказались совсем рядом. Барли сграбастал меня за плечи так же неуклюже, как я минутой раньше цеплялась за старый гардероб, но поцелуй получился небесно-легким: его юношеский опыт нежно влился в мою неопытность. Теперь я задыхалась уже не от смеха.

Все мои прежние знания о любви проистекали из деликатных фильмов и невнятных мест в книгах, так что я просто не знала, что делать дальше. Однако Барли все сделал за меня, а я с благодарностью, хотя и неумело, повиновалась. К тому времени, как мы оказались на жесткой, гладко застеленной кровати, я уже знала кое-что об отношениях между любовниками и их одеждой. Расставание с каждой деталью костюма представлялось решающим шагом: первой сдалась пижамная куртка Барли, обнажив алебастровый торс и на удивление мускулистые плечи. В борьбе с моей блузкой и уродливым белым лифчиком я была на стороне Барли. Он сказал, как ему нравится моя смуглая кожа, совсем не такая, как у него, — и верно, никогда мои руки не казались такими оливковыми, как на снегу его рук. Он провел ладонью по моему телу и оставшимся одежкам, и я впервые сделала то же самое для него, открывая незнакомые очертания мужского тела. Сердце у меня стучало так, что я беспокоилась, не бьет ли оно в грудь Барли.

По правде сказать, так много надо было сделать, так о многом позаботиться, что мы не успели снять остальной одежды, и казалось, прошло очень много времени, прежде чем Барли свернулся рядом со мной с судорожным вздохом и, пробормотав: «Ты же совсем ребенок», по-хозяйски закинул руку мне на плечо.

Когда он это сказал, я вдруг поняла, что он тоже ребенок — замечательный ребенок. Думаю, никогда я не любила его так сильно, как в ту минуту.

ГЛАВА 53

«Квартира, которую снял для мистера Эрозана Тургут, была не больше чем в десяти минутах ходьбы от его собственной — вернее, в десяти минутах бега, потому что все мы бежали бегом, даже Элен в своих туфельках на высоких каблуках. Тургут бормотал что-то (думаю, что ругательства) себе под нос. Он захватил с собой маленький черный чемоданчик, в котором, должно быть, находились медицинские принадлежности на случай, если доктор не придет или запоздает. Наконец перед нами оказалась деревянная лестница старого дома, и, взбежав по ней, Тургут распахнул дверь наверху.

Дом, по-видимому, был разделен на крошечные дешевые комнатушки: в этой оказалась кровать, стулья и стол, на котором горела единственная лампа. Друг Тургута лежал на полу, прикрытый одеялом, а человек лет тридцати, сидевший над ним, поднялся, чтобы, заикаясь, приветствовать нас. Он почти обезумел от страха и раскаяния: заламывал руки и снова и снова повторял что-то Тургуту. Тот оттолкнул его в сторону, и они с Селимом склонились над мистером Эрозаном. Лицо несчастного было пепельно-серым, а дыхание вырывалась хриплыми толчками. На шее зияла рваная рана, больше, чем мы видели в прошлый раз, и гораздо страшнее, потому что она была странно чистой: только по краям виднелась корочка запекшейся крови. Такая глубокая рана должна была бы обильно кровоточить. От этой мысли к горлу у меня подступила тошнота. Я обнял Элен за плечи и стоял, не в силах отвести взгляд.

Тургут, не прикасаясь к ране, осмотрел ее и повернулся к нам.

— Несколько минут назад этот негодяй ушел, не посоветовавшись со мной, за каким-то доктором, но не застал его. Это хорошо, потому что доктор нам теперь ни к чему. Но он оставил Эрозана одного как раз на закате.

Тургут заговорил с Селимом, и тот рывком вскочил и с силой, какой я не ожидал в нем найти, ударил нескладеху-сторожа и вытолкал его из комнаты. Тот попятился от дверей, и вслед за тем мы услышали грохот его шагов на лестнице. Селим запер дверь и выглянул в окно на улицу, желая, видимо, убедиться, что бедняга не вернется. Потом он опустился на колени рядом с Тургутом и они негромко посовещались.

Через минуту Тургут потянулся за принесенным с собой чемоданчиком и извлек из него предмет, уже знакомый мне: такой же набор охотника за вампирами, какой вручил мне неделей раньше в своем кабинете, только в более изящной шкатулке, украшенной арабской надписью и инкрустированной, кажется, перламутром. Открыв его, он достал инструменты и снова повернулся к нам.

— Коллеги профессора, — тихо заговорил он, — мой друг укушен вампиром по меньшей мере трижды, и он умирает. Если в таком состоянии он умрет естественной смертью, то скоро сам станет не-умершим. — Тургут утер пот со лба. — Теперь наступает ужасная минута, и я должен просить вас покинуть комнату. Мадам, вы не должны этого видеть.

— Пожалуйста, если мы можем чем-то помочь, позвольте нам... — запинаясь, начал я, но Элен шагнула вперед.

— Позвольте мне остаться, — тихо попросила она Тургута. — Я хочу знать, как это делается.

Я задумался, с какой стати она так рвется к этому знанию, и меня посетила мысль, достаточно сюрреалистичная, что Элен как-никак этнограф. Тургут ожег ее взглядом, но, кажется, молча смирился и снова склонился на другом. Я все еще надеялся, что ошибся в своей догадке, но Тургут шептал что-то на ухо другу, взял и стал гладить его руку.

Потом — и это было самое ужасное во всем, что случилось, — Тургут прижал руку друга к своему сердцу и издал пронзительный вопль. Слова его, казалось, дошли к нам из глубины истории, не только слишком древней, но и лишком чуждой, чтобы мой слух мог уловить в нем отдельные слоги:

горестный вопль, сродни призыву муэдзина, какой мы каждый день слышали с городских минаретов, только в крике Тургута звучал призыв не к молитве — к аду, цепь нот, словно вырвавшихся из глоток миллионов устрашенных солдат в тысячах военных лагерей оттоманского войска. Я видел как наяву развевающиеся знамена, блестящие на солнце ятаганы и кольчуги, прекрасные и изуродованные молодые лица, тела; слышал крики людей, отдающихся в руки Аллаха, и вопли их далеких матерей и отцов; обонял гарь пожаров и вонь мертвечины, серу пушечных выстрелов, горящие шатры, мосты и обугленные тела коней.

И всего страннее показались мне прозвучавшие в этом реве знакомые слова: "*Казиклу бей*!" — "Сажатель-на-кол". Словно посреди хаоса возникла вдруг чужеродная фигура — всадник в черном плаще, кружащийся среди многоцветья толпы, яростно ощерившийся, мечом срубающий головы турок, которые тяжело катятся по земле в своих остроконечных шлемах.

Голос Тургута затих, и я снова увидел его на коленях перед умирающим. Элен стояла рядом со мной — настоящая, живая, и я открыл рот, чтобы спросить ее о чем-то, и тут увидел в ее лице отражение своего ужаса. Невольно мне вспомнилось, что в ее жилах течет кровь Цепеша. Она на мгновенье обернулась ко мне, ее бледное, но спокойное лицо — наследие Росси, наследие благородных патрициев, англов и тосканцев, и несравненную доброту Росси в ее глазах. Думается, в тот миг — а не дома, в тесной церквушке моих родителей, перед лицом священника — она стала моей женой. Тогда я обвенчался с ней сердцем и на всю жизнь предался ей.

Тургут же молча опустил цепочку четок на сердце друга, отчего его тело чуть затрепетало, и взял с потускневшего бархата шкатулки орудие длиннее моей ладони, изготовленное из яркого серебра.

— Никогда в жизни, да поможет мне Всевышний, мне не приходилось этого делать, — тихо пробормотал он.

Он расстегнул на мистере Эрозане рубаху, открыв старческую кожу, поросшую на груди курчавым седым волосом. Грудь поднималась и опадала неровными толчками. Селим молча обыскал комнату и подал Тургуту кирпич, использовавшийся, по всей видимости, чтобы подпирать дверь. Тургут взвесил это домашнее приспособление на руке, приставил острый конец колышка к левой стороне груди старика и завел тихий напев, в котором я уловил слова, слышанные уже где-то — в кино? в разговоре? — "Аллах акбар, Аллах акбар" — Аллах велик. Я знал, что невозможно заставить Элен покинуть комнату. Я и сам бы не ушел, но, когда кирпич опустился, я отступил на шаг назад и потянул ее за собой. Большая рука Тургута двигалась уверенно. Селим помог ему направить кол, и с влажным разрывающим стуком он вошел в тело. Медленно проступила кровь и залила бледную кожу. На секунду лицо мистера Эрозана дико исказилось и губы оттянулись назад, как у скалящейся собаки, открыв желтые зубы. Элен не отводила взгляд, и я не посмел отвернуться: я хотел видеть все, что видит она. Тело архивариуса содрогнулось, кол вдруг по рукоять ушел в тело, и Тургут откинулся назад, словно выжидая. Губы у него дрожали, и на лице проступил пот.

Через мгновенье тело расслабилось, а затем и лицо: губы мягко сомкнулись, из груди вырвался вздох, ноги в протертых носках дрогнули и замерли. Я крепко прижал к себе Элен и всем телом почувствовал, как она дрожит, но девушка стояла неподвижно. Тургут поднял обмякшую руку друга и поцеловал ее. Я видел, как слезы катились по его покрасневшим щекам, теряясь в усах. Он закрыл ладонью глаза. Селим расправил четки на груди мертвого, поднялся и сжал вздрагивающее плечо Тургута.

Через минуту тот оправился настолько, чтобы встать и высморкаться в носовой платок.

— Он был очень хороший человек, — срывающимся голосом сказал он нам. — Великодушный, добрый человек. Теперь он покоится с Мухаммадом и не пристанет к полчищам ада. — Отвернувшись, он вытер глаза. — Друзья мои, мы должны убрать отсюда тело. В больнице есть один врач, который... он поможет нам. Селим запрет дверь и останется здесь до моего звонка. Доктор приедет на машине скорой помощи и выпишет необходимые свидетельства.

Вынув из кармана несколько долек чеснока, Тургут бережно вложил их в рот мертвеца. Селим извлек кол и вымыл его над устроенной в углу раковиной, после чего аккуратно уложил в разукрашенную шкатулку. Тургут смыл все следы крови, перевязал кухонным полотенцем грудь покойника и застегнул на нем рубаху, потом снял с постели простыню, и мы укутали тело, скрыв успокоенное лицо.

— Теперь, дорогие друзья, прошу вас об услуге. Вы видели, на что способны не-умершие, и мы знаем, что они здесь. Вы должны ежеминутно быть настороже. И вы должны поехать в Болгарию как можно скорее — если удастся, в ближайшие дни. Позвоните мне домой, когда будете готовы. — Он пристально взглянул на меня. — Если мы не увидимся с вами до отъезда, я желаю вам наилучшей удачи и безопасности. Я буду каждую минуту думать о вас. Прошу вас, позвоните мне, как только вернетесь в Стамбул, если вы сюда вернетесь.

— Мы пойдем, — просто сказала Элен, взяв меня за руку, и мы вышли из этой печальной комнаты и спустились на улицу».

ГЛАВА 54

«Первое, что поразило меня в Болгарии — и что чаще всего вспоминалось после, когда я думал о ней, — был вид гор, открывшихся нам с воздуха: высоких гор и глубокой зелени ущелий, лишь изредка прорезанных бурыми ленточками дорог, связывавших деревни или тянувшихся вдоль отвесных скал. Элен тихо сидела рядом, уставившись в узкий иллюминатор, и ее рука, прикрытая сложенным пиджаком, лежала в моей руке. Я ощущал тепло ее ладони, ее чуть захолодевшие тонкие пальцы без колец. Иногда в расщелинах гор виднелись поблескивающие жилки рек, и я тщетно пытался высмотреть среди них петлю драконьего хвоста — ответ на головоломку. Конечно же, нигде не видно было изгиба, который я узнал бы и с закрытыми глазами.

Нечего было и надеяться, напомнил я себе, отгоняя надежду, всколыхнувшуюся во мне при виде этих древних гор. Самая дикость их, не тронутая цивилизацией, таинственное отсутствие городов и сел внушали надежду. Я чувствовал, что самое забытое прошлое могло сохраниться нетронутым в этой стране. Среди этих гор отыскивали путь монахи, чей след мы потеряли в Стамбуле, — может быть, они видели эти самые вершины, знать бы только, какие именно! Я заговорил с Элен, радуя самого себя высказанными вслух надеждами. Она покачала головой.

— Мы даже не знаем наверное, что они уехали в Болгарию, а тем более добрались ли до нее, — напомнила она, но сухой наставительный тон был смягчен ласковым поглаживанием ее ладони под пиджаком.

— Ты знаешь, я совершенно не знаю истории Болгарии, — признался я. — Я здесь как в потемках.

Элен улыбнулась:

— Я сама не специалист, но могу сообщить, что в шестом-седьмом веке в эти края пришли с севера славяне, а в седьмом сюда переселилось тюркское племя булгар. Они благоразумно объединились против Византии — первый правитель был булгарин по имени Аспарух. В девятом веке царь Борис Первый сделал христианство официальной государственной религией. Несмотря на это, он, кажется, считается здесь великим героем. Византия правила с одиннадцатого по начало тринадцатого века, и Болгария стала сильным государством, пока турки в 1393 году не разгромили его.

— А когда турок изгнали? — заинтересовался я.

Турки, похоже, преследовали нас на каждом шагу.

— Только в 1878 году, — вздохнула Элен. — С помощью русских войск.

— И после этого Болгария в обеих войнах была союзницей стран "оси".

— Да, и русская армия немедленно после войны произвела у них великую революцию. Что бы мы делали без русских? — Элен подарила мне самую ослепительную и горькую улыбку, но я сжал ее руку.

— Говори потише. Если ты забываешь об осторожности, придется мне быть осторожным за двоих.

Софийский аэропорт оказался крошечным — я ожидал увидеть современный коммунистический дворец, но мы спустились с трапа на скромную асфальтовую площадку и вместе с другими пассажирами прошагали по ней пешком. Почти все — болгары, решил я, вслушиваясь в обрывки разговоров. Красивый народ, иногда изумительно красивый: лица от бледных славянских до темной бронзы средиземноморья; калейдоскоп оттенков, косматых черных бровей, длинных, широких носов, орлиных носов, горбатых носов, молодых женщин с волнистыми черными кудрями и благородными лбами и бодрых беззубых старцев. Они улыбались, смеялись, шумно беседовали; какой-то высокий мужчина оживленно жестикулировал, размахивая сложенной газетой. Одежда заметно отличалась от принятого на Западе стиля, хотя я затруднился бы ответить, что именно в покрое костюмов и юбок, в тяжелых ботинках и темных шляпах казалось мне непривычным.

Меня поразило еще, какая нескрываемая радость охватила этих людей, едва их ноги коснулись болгарской земли — или асфальта. Эта радость не вписывалась в мои представления об угнетенном Советами народе, преданно поддерживающем своего "старшего брата" даже спустя годы после смерти Сталина. После того как мы намучились с получением визы, пробивая себе дорогу в Болгарию султанской казной Тургута и звонками софийских знакомцев тети Евы, мой трепет перед этой страной только усилился, а унылые бюрократы, мрачно шлепнувшие печати в наши паспорта, казались мне воплощением тиранического режима. Элен призналась, что ей внушает опасение самый факт выдачи нам виз.

Однако настоящие болгары оказались совершенно другими. В здании аэровокзала мы пристроились в очередь к таможенному терминалу, и здесь смех и разговоры звенели еще громче, а за барьером нам видны были нетерпеливо махавшие руками и окликавшие своих родственники. Люди вокруг нас вносили в декларацию мелкие суммы денег и сувениры, привезенные из Стамбула и других стран, так что мы, когда очередь дошла до нас, последовали их примеру. При виде наших паспортов брови молодого таможенника ушли под фуражку, и он на несколько минут скрылся, чтобы посовещаться со старшими офицерами.

— Черт, — выбранилась себе под нос Элен.

Несколько людей в форме столпились вокруг нас, и старший из них, самый важный на вид, принялся расспрашивать нас по-немецки, затем по-французски и, наконец, на ломаном английском. Следуя наставлениям тети Евы, я спокойно представил самодельное письмо из Будапештского университета с просьбой к болгарским властям разрешить нам въезд в страну для разрешения важного научного вопроса, и второе письмо, которое вручил нам по просьбе тети Евы ее приятель из болгарского посольства.

Не знаю, что понял офицер в научных рекомендациях и нашей причудливой смеси английского, венгерского и французского, но письмо из посольства было на болгарском и с посольской печатью. Офицер молча прочел его, сведя брови к переносице, и лицо его выразило удивление, даже изумление, после чего он обалдело воззрился на нас. Этот взгляд испугал меня еще больше его прежней враждебности, и мне пришло в голову, что тетя Ева довольно расплывчато пересказала содержание письма из посольства. Разумеется, нечего было и думать расспрашивать теперь, что там написано, и я совершенно растерялся, но тут офицер расплылся в улыбке и хлопнул меня по плечу. Затем он бросился к телефону в служебном помещении и, приложив немало усилий, сумел с кем-то связаться. Мне не понравилось, как он улыбался в трубку и то и дело поглядывал на нас в открытую дверь. Элен беспокойно поеживалась, и я догадывался, что ей эти признаки представляются еще более тревожными, чем мне.

Наконец таможенник торжественно опустил трубку, помог нам воссоединиться с нашим пропыленным багажом и отвел к буфетной стойке, где угостил мозголомным бренди под названием ракия, добросовестно приняв участие в возлиянии. На нескольких ломаных языках он расспрашивал нас, давно ли мы посвятили себя революции, когда вступили в партию и тому подобное, и с каждым вопросом мне становилось все неуютнее. Я все больше задумывался, сколько неточностей содержалось в рекомендательном письме, но, следуя примеру Элен, молча улыбался или отделывался ничего не значащими замечаниями. Офицер поднял тост за дружбу рабочих всех стран, не забыв снова наполнить все три рюмки. На каждое наше слово — например, на вежливое замечание о красотах его страны — он с широкой улыбкой качал головой, словно возражая нам. Я занервничал, но Элен шепнула мне, что читала об этой культурной несовместимости: болгары качают головой в знак согласия и кивают, отказываясь согласиться.

Свести к ничьей единоборство с ракией нам помогло появление сурового мужчины в темном костюме и шляпе. Он выглядел немногим старше меня и был бы красив, если бы на его лице хоть иногда появлялось довольное выражение. Однако темные усы не скрывали его брюзгливо поджатых губ, а падавшая на лоб черная челка не закрывала хмурых морщин. Таможенник почтительно приветствовал его и представил нам как гида по Болгарии, пояснив, что нам оказана большая честь, поскольку Красимира Ранова высоко ценят в болгарском правительстве, он сотрудничает с Софийским университетом и прекрасно знает все, что стоит посмотреть в их древней и славной стране. Сквозь алкогольный туман я пожал холодную, как рыбье брюхо, руку и от всего сердца пожалел, что нам не дают повидать Болгарию без гида. Элен, кажется, не особенно удивилась и приветствовала его, на мой взгляд, с подобающим сочетанием скуки и пренебрежения. Мы еще не перемолвились с мистером Рановым ни словом, а он уже явно проникся сердечной неприязнью к Элен, еще до того, как таможенник нарочито громко объявил, что она венгерка, обучающаяся в Соединенных Штатах. При этих словах его усики дрогнули в мрачной усмешке.

— Профессор, мадам, — впервые обратился он к нам — и повернулся спиной.

Таможенник, сияя, потряс наши руки, дружески похлопал меня по плечу и жестом пояснил, что нам надо следовать за Рановым. У дверей аэровокзала тот подозвал такси — экипаж, изнутри дышавший такой древностью, какой я ни разу не встречал в автомобиле: под черной тканью обивки явно скрывался конский волос, — и с переднего сиденья объявил через плечо, что для нас заказаны номера в отеле с наилучшей репутацией.

— Полагаю, вы останетесь довольны номерами и превосходным рестораном. Завтра мы встречаемся там за завтраком, и вы объясните мне, что вам требуется и чем я могу вам помочь. Несомненно, вы захотите встретиться с коллегами из Софийского университета и с соответствующим руководством. Потом мы пригласим вас на короткую экскурсию по историческим местам Болгарии.

Он кисло улыбнулся, а я уставился на него с нарастающим ужасом. Он слишком хорошо говорил по-английски: с заметным акцентом, но с тем безлично-правильным выговором, какой можно услышать в магнитофонных курсах "английский за месяц". И в лице тоже мерещилось что-то знакомое. Я наверняка видел его впервые, но он напоминал мне кого-то, и я тщетно пытался сообразить, кого именно. Это мучительное чувство преследовало меня весь первый день в Софии, пока мы под его неотступной опекой разъезжали по городу. Однако София была красива — смесь изящества прошлого века, средневековой роскоши и сияющих монументов социализма. В центре города мы посетили мрачный мавзолей, где хранилось тело диктатора Георгия Димитрова, умершего пять лет назад. Ранов снял шляпу, входя в здание, и пропустил нас с Элен вперед. Мы влились в ручеек молчаливых болгар, проходивших перед открытым гробом. Темные усики на восковом лице диктатора походили на усики Ранова. Я подумал о Сталине, чье тело год назад легло рядом с телом Ленина в таком же мавзолее на Красной площади. Атеистические культы благоговейно хранили мощи своих святых.

Моя инстинктивная неприязнь к навязанному нам гиду усилилась, когда я попросил его познакомить нас с Антоном Стойчевым. Ранов отпрянул, словно увидел змею.

— Мистер Стойчев — враг народа, — продекламировал он своим магнитофонным голосом. — Зачем вам его видеть?

После чего удивил нас, добавив:

— Разумеется, если вы желаете, я могу это устроить. Он больше не преподает в университете — с его религиозными взглядами невозможно доверить ему воспитание молодежи. Однако он знаменит, и вероятно, поэтому вы хотите с ним встретиться.

— Ранову приказано исполнять все наши пожелания, — тихо сказала Элен, когда мы на минуту остались одни перед отелем. — С чего бы это? Кому это понадобилось? — Мы испуганно переглянулись.

— Хотел бы я знать, — ответил я.

— Нам придется быть здесь очень осторожными, — тихо и серьезно проговорила Элен.

Я не решился поцеловать ее у всех на глазах.

— Давай договоримся с этой минуты обсуждать только научные вопросы, и даже их — как можно меньше, если придется говорить при нем.

— Согласен».

ГЛАВА 55

«В последние годы я все чаще и чаще вспоминаю, как впервые увидел дом Антона Стойчева. Не знаю, почему он так глубоко запечатлелся в памяти: может быть, дело в контрасте между городскими видами Софии и его сельским приютом прямо у городской черты или в той особенной, тонкой атмосфере, которую создавал вокруг себя этот человек. Мне, однако, думается, что у его калитки я ощутил острый холодок предчувствия, потому что встреча со Стойчевым оказалась поворотным пунктом в наших поисках Росси.

Много позже, читая вслух описания монастырей, лежавших за стенами византийского Константинополя, читая об этих прибежищах несогласных с городскими эдиктами, касавшимися того или иного вопроса веры, бежавших из-под защиты городской стены ради свободы от тирании правителей, я вспоминал Стойчева — его сад с корявыми яблоньками и усыпанными белыми звездочками вишневыми деревьями, домик в глубине двора, синие ульи в свежей листве, старомодные двойные ворота с верхней перекладиной, преградившие нам путь, благоговейную тишину над этим домом, приютом добровольного отшельника.

Мы стояли перед воротами, а вокруг машины Ранова оседала пыль. Элен первой решилась взяться за ручку на потемневшей створке: Ранов держался позади, словно боялся, что его застанут здесь, боялся даже нас, — а я почувствовал, что ноги вросли в землю. В трепете утренней листвы и гудении пчел ко мне подступил вдруг тошнотворный ужас. Если Стойчев не сможет помочь — это конец, нам останется только вернуться домой, признав, что весь длинный путь мы проделали зря. Я много раз представлял себе унылый перелет до Нью-Йорка из Софии или Стамбула — хотелось бы еще раз повидать Тургута — и примирение с прежней жизнью, но уже без Росси; расспросы, где я был, объяснения в деканате по поводу долгого отсутствия; возвращение к диссертации о голландских купцах — мирных и скучных людишках, под руководством нового, несравнимо худшего куратора и запертую дверь кабинета Росси. Больше всего меня пугала эта запертая дверь и продолжающееся расследование, неловкие вопросы следователя: “Итак, мистер… Пол, кажется? Вы собрались в путешествие на второй день после исчезновения вашего куратора?” — немноголюдное собрание недоумевающих сотрудников на церковной церемонии, вопросы о наследстве, авторских правах Росси…

Конечно, немалым утешением на обратном пути будет возможность держать Элен за руку. Я собирался, когда все уляжется, просить ее стать моей женой: надо будет сперва отложить немного денег и свозить ее в Бостон познакомиться с родителями. Да, мы вернемся вместе, но с нами не будет отца, у которого я мог бы просить ее руки. Сквозь пелену горя я смотрел, как Элен открывает ворота.

Вступив в сад, мы увидели, что домик Стойчева врос в землю посреди заросшего травой двора. Его фундамент был сложен из красновато-бурого камня, скрепленного белой известкой; позже я узнал, что из такого гранита строились почти все старые болгарские дома. Над фундаментом поднимались кирпичные стены — из теплого, золотисто-розового кирпича, много поколений впитывавшего солнечный свет. Крыша сложена из желобчатой красной черепицы. И крыша, и стены потихоньку ветшали, да и весь дом выглядел так, словно вырос прямо из земли, а теперь понемногу возвращается в нее, а деревья обступили его, чтобы скрыть уход. Первый этаж выбросил влево нелепую пристройку, а с правой стороны прикрывался решетчатой шпалерой, увитой виноградом и окаймленной снизу кустами бледных роз. Под шпалерой стояли стол и четыре простых стула, и я представил себе, как тень под листвой виноградника будет становиться все гуще с наступлением лета. Дальше под самой почтенной яблоней притаились два призрачных улья, а рядом, на солнце, был устроен маленький огород, где кто-то уже высадил ровными рядками нежную рассаду. Я чувствовал аромат пряной зелени, кажется, лаванды, свежей травы и жареного лука. Кто-то любовно заботился о доме, и я почти готов был увидеть Стойчева в монашеской рясе, согнувшегося над грядками с тяпкой в руках.

И тут в доме, за открытым окном, кто-то запел. Не густой голос отшельника, а сильный и нежный женский голос, напевающий бодрую мелодию. Даже Ранов оживился и протиснулся мимо меня со своей сигаретой.

— *Извенете*! — позвал он. — *Добар ден*!

Песня оборвалась, простучали торопливые шаги. Входная дверь распахнулась, и молодая женщина недоверчиво оглядела нас, словно никак не ожидала увидеть у себя на дворе людей.

Я готов был шагнуть вперед, но меня оттер Ранов: снял шляпу и, кивая и кланяясь, многословно приветствовал ее по-болгарски. Молодая женщина, подперев щеку ладонью, слушала его с любопытством, в котором мне почудилась настороженность. Со второго взгляда она оказалась не так уж молода, но в ней была сила и живость, наводившая на мысль, что именно она хозяйничает в цветущем саду и возится на аппетитно благоухающей кухне. Волосы она зачесала назад, открыв черную родинку на лбу. Глаза, щеки и подбородок — как у миловидного ребенка. На ней был фартук поверх голубой юбки и белой блузки. Острый взгляд, брошенный на нас, противоречил невинности ее глаз, но Ранов послушно открыл бумажник и предъявил свою карточку. Была ли она дочерью Стойчева или домохозяйкой — может ли отставной профессор при коммунистическом строе держать домохозяйку? — но глупой она не была. Ранов впервые сделал попытку явить обаяние и представил нас улыбаясь.

— Это Ирина Христова, — пояснил он, пока мы обменивались рукопожатием, — пленница профессора Стойчева.

— Пленница? — Я решил, что столкнулся со сложной метафорой.

— Дочь сестры, — уточнил Ранов, снова закурив и предлагая сигарету Ирине, отказавшейся решительным кивком.

Услышав, что мы из Америки, она вскинула брови и снова очень внимательно осмотрела нас. Ранов снова помрачнел — похоже, улыбка не желала надолго задержаться у него на лице, — а она повернулась и провела нас в дом.

Здесь меня снова ожидал сюрприз — с солнечного двора милого крестьянского дома мы попали в полумрак музейного зала. Дверь с крыльца открывалась прямо в большую комнату с камином, в котором вместо огня играли солнечные зайчики. Мебель — темный резной комод с зеркалом, дворцовые кресла и лавки — сама по себе могла захватить все внимание, но поразили меня — и вызвали восторженный вздох Элен — изделия народного ткачества и примитивной живописи — в основном иконы, превосходящие, на мой неопытный взгляд, даже те, что мы видели в Софии. Мадонны с сияющим взглядом и грустные тонкогубые святые, сверкающие позолотой нимбов или серебряными окладами, апостолы в лодках и мученики, терпеливо взирающие на мучителей. Богатые, потемневшие от копоти древние краски отражались на висящих кругом ковриках и передниках, расшитых геометрическим узором. Был здесь и вышитый жилет, пара шалей и монисто с мелкими монетами. Элен показала мне горизонтальные карманы, нашитые по низу жилета.

— Для пуль, — коротко пояснила она.

Рядом висела пара кинжалов; мне хотелось спросить, кто носил жилет и кинжалы, в кого были выпущены эти пули. В керамический кувшин на столе кто-то поставил охапку роз и зеленых ветвей, выглядевших поразительно живыми рядом с этими потускневшими сокровищами. Пол ярко блестел. За открытой дверью виднелась еще одна комната.

Ранов тоже осматривался и вдруг сердито фыркнул:

— На мой взгляд, слишком много ему оставили. Все это национальное достояние следовало распродать в пользу народа.

Ирина то ли не понимала по-английски, то ли не снизошла до возражений: она отвернулась и провела нас по узкой лесенке наверх. Не знаю, что я ожидал увидеть: быть может, захламленное логово, где дремлет дни напролет дряхлый профессор, или — я уже начал привыкать к чудесам — безупречно-аккуратный кабинет, подобный тому, в котором скрывал терзания своего пылкого разума Росси. Все эти догадки забылись, когда нам навстречу вышел на площадку седой человек, невысокий, но осанистый. Ирина бросилась к нему, обеими руками схватила его руку и быстро заговорила по-болгарски, то и дело прерывая себя взволнованным смешком.

Старик повернулся к нам, спокойный и замкнутый, настолько отчужденный, что минуту мне казалось, будто он смотрит в пол, хотя его взгляд был устремлен мне прямо в лицо. Потом я выступил вперед и протянул ему руку. Он серьезно пожал ее, потом повернулся к Элен и ей тоже пожал руку. Он держался официально, в нем была почтительность, скрывающая под собой достоинство, и взгляд его больших темных глаз переходил от одного к другому, пока не остановился на Ранове, который держался позади, бдительно следя за происходящим. Под этим взглядом Ранов тоже шагнул вперед и протянул руку — так снисходительно, что я проникся еще большей неприязнью к нашему гиду. Я от всего сердца желал, чтобы он убрался куда-нибудь и дал нам спокойно поговорить с профессором. Нечего было и думать говорить откровенно, пока навязчивый, как муха, Ранов вьется поблизости.

Стойчев медлительно повернулся и пропустил нас в комнату. Оказалось, что верхний этаж был разделен на несколько помещений. За несколько посещений этого дома я так и не догадался, где спали хозяева. Насколько я мог разобрать, верхний этаж состоял из длинной узкой гостиной, в которую выходило несколько дверей маленьких комнатушек. Двери их стояли распахнутыми настежь, и солнце, пробиваясь сквозь листву деревьев, вливалось в окна и гладило бесчисленные корешки книг — книг, скрывавших стены и лежащих в деревянных ящиках на полу или кипами на столах. Несколько полок было занято листами документов всех видов и размеров, в большинстве явно старинных. Нет, не аккуратный кабинет Росси — скорее, лаборатория, чердак памяти коллекционера. В солнечных лучах я видел повсюду пергамент, старую кожу, тисненые переплеты, следы позолоты, потрепанные уголки обрезов, бугристую ткань переплетов — дивные книги: красные, коричневые, цвета слоновой кости — книги, и свитки, и листы манускриптов в рабочем беспорядке. Нигде не было пыли, нигде тяжелый том не лежал на хрупком, но не было места в комнате Стойчева, не занятого книгами и манускриптами, и я больше, чем бывало в музеях, где древние сокровища чинно располагались в витринах, погружался в них с головой.

На одной стене гостиной висела старинная карта, напечатанная, к моему изумлению, на коже. Я невольно подошел ближе, и Стойчев улыбнулся, заметив мое любопытство.

— Вам нравится? Византийская империя в 1150 году.

Я впервые услышал его голос, его правильный, непринужденный английский.

— Болгария тогда была ее частью, — припомнила Элен.

Стойчев, не скрывая удовольствия, взглянул на нее.

— Именно так. Думаю, карта изготовлена в Венеции или в Генуе и привезена в Константинополь, возможно, в дар императору или кому-то из его приближенных. Эту копию сделал для меня один друг.

Элен задумчиво улыбалась, поглаживая подбородок, и вдруг едва ли не подмигнула ему:

— Императору Мануэлю Первому Комнину, вероятно?

Я опешил, и Стойчев тоже не скрыл удивления. Элен рассмеялась.

— Византия — мое хобби, — сказала она.

Старый историк просиял и с неожиданной галантностью склонился перед ней, после чего жестом пригласил нас занять стулья у стоявшего посреди гостиной стола. Со своего места я видел двор за домом, полого сбегающий вниз к опушке леса, и плодовые деревья, некоторые уже с мелкой завязью на ветках. В открытые окна доносился тот же шелест листьев и гудение пчел. Я представил, как приятно должно быть Стойчеву, пусть даже в изгнании, сидеть здесь среди рукописей, прислушиваясь к этому гулу, который не заглушит тяжелая рука начальства, от которого не оторвет его никакой бюрократ. Нельзя было представить более удачного места для ссыльного, и, может быть, его ссылка была более добровольной, чем нас уверяли.

Стойчев молчал, внимательно разглядывая нас. Я гадал, что он может думать о нашем появлении и собирается ли наконец выяснить, кто мы такие. Прошло несколько минут, и, не дождавшись от него ни слова, я заговорил сам.

— Профессор Стойчев, — сказал я, — простите, что нарушаем ваше уединение. Мы уже благодарны вам и вашей племяннице за дозволение быть вашими гостями.

Он поглядел на свои лежащие на столе руки — тонкие, испещренные старческими пигментными пятнами — и снова на меня. Я уже говорил, что у него были большие черные глаза — молодые глаза на смуглом гладковыбритом старом лице. Необыкновенно большие уши оттопыривались в стороны над коротко подстриженными волосами. На фоне светлого окна они просвечивали розовым, как просвечивают по краям ушки кролика. И в глазах, нежных и тревожных, тоже было что-то звериное. На переднем зубе блестела золотая коронка, а остальные были желтыми и неровными, но все были на месте, и улыбка преображала его лицо — освещала его неожиданностью человеческого выражения на морде дикого зверя. Удивительное у него было лицо — в юности оно, должно быть, светилось восторженным энтузиазмом, — и устоять перед ним было невозможно.

И теперь Стойчев улыбался, и ни я, ни Элен не могли не улыбнуться в ответ. Он сидел в своем кресле под какой-то иконой — кажется, это был святой Георгий, доблестно пронзающий копьем довольно хилого дракона.

— Я очень рад, что вы зашли меня навестить, — сказал Стойчев. — У нас не так уж много бывает гостей, а гости, с которыми можно поговорить по-английски, — тем более редкость. Я очень рад случаю попрактиковаться с вами в английском, хотя, боюсь, порастерял беглость.

— Ваш английский превосходен, — возразил я, — можно ли спросить, где вы учились?

— О, конечно, можно, — ответил профессор Стойчев. — В молодости я имел счастливую возможность получить образование за границей и некоторое время занимался в Лондоне. Могу ли я быть вам чем-то полезен, или вы хотели просто посмотреть мою библиотеку? — Он сказал это так просто, что я снова невольно улыбнулся.

— И то, и другое. Мы хотели посмотреть библиотеку и задать вам несколько вопросов по вашей специальности. — Я помолчал, подбирая слова. — Мы с мисс Росси интересуемся средневековой историей вашей страны, хотя я знаю о ней гораздо меньше, чем следовало бы, и мы пишем... э... — Я запнулся, потому что, не считая краткой лекции, которую прочла мне в самолете Элен, совершенно не знал истории Болгарии и боялся сказать явную нелепость при ученом — хранителе ее прошлого и потому еще, что за одним столом с презрительно щурящимся Рановым не мог затронуть личной, невероятной стороны наших поисков.

— Так вы интересуетесь Средневековьем? — повторил Стойчев, бросив короткий взгляд в сторону Ранова.

— Да, — поспешила мне на выручку Элен, — нас интересуют монастыри средневековой Болгарии, и мы хотели бы узнать об их жизни как можно больше — для статьи, которую готовим к печати. Особенно нас интересует позднее Средневековье, в частности пути паломничества монахов по Болгарии и к святыням других стран.

Стойчев загорелся, замотал головой с явным удовольствием, и его оттопыренные уши вспыхнули в солнечном луче.

— Прекрасная тема! — воскликнул он.

Его взгляд был устремлен мимо нас, и мне подумалось, что он смотрит в далекое прошлое, в настоящий колодец времени, и, может быть, видит его яснее, чем люди, жившие в те времена.

— Вы пишете о чем-то конкретном? У меня здесь много рукописей, которые могут оказаться вам полезными, и я с радостью позволю вам просмотреть их, если пожелаете.

Ранов шевельнулся на стуле, и я снова задумался, как бы от него избавиться. К счастью, он отвлекся, заглядевшись на милый профиль Ирины, сидевшей у стены.

— Видите ли, — проговорил я, — нас интересует в первую очередь пятнадцатый век — конец пятнадцатого века. Доктор Росси много занималась этим периодом истории страны, откуда происходит ее семья, то есть...

— Румынии, — вставила Элен, — хотя я выросла и училась в Венгрии.

— А, да мы с вами соседи! — Профессор Стойчев послал Элен нежнейшую из своих улыбок. — Так вы из Будапештского университета?

— Да, — сказала Элен.

— Возможно, знакомы с моим другом — профессором Шандором?

— О, конечно. Он декан нашего исторического факультета. Мы с ним почти друзья.

— Чудесно, чудесно, — приговаривал профессор Стойчев, — пожалуйста, когда будет случай, передайте ему мой горячий привет.

— Обязательно, — улыбнулась ему Элен.

— И еще кому-то? Уж не знаю, кто там сейчас остался. А вот ваше имя, профессор, меня очень заинтересовало. Оно мне знакомо. В Соединенных Штатах, — тут он обернулся ко мне и снова к Элен, а я с тревогой заметил, как прищуренный взгляд Ранова уперся в нее, — есть известный историк по имени Росси. Вы не родственники?

К моему удивлению, Элен залилась краской. Я решил, что она еще не привыкла публично обсуждать этот вопрос или сомневается, стоит ли признавать родство, тем более при Ранове, который вдруг весь обратился в слух.

— Да, — коротко сказала она. — Он мой отец, Бартоломео Росси.

Я ожидал, что Стойчев вполне естественно удивится, каким образом дочь американского историка оказалась румынкой, воспитанной в Венгрии, но он, если у него и возник такой вопрос, оставил его при себе.

— Да, известное имя. Много отличных книг — и какое разнообразие тематики! — Он хлопнул себя по лбу. — Читая его ранние работы, я думал, что из него получился бы прекрасный историк Балкан, но он, кажется, оставил эту тему и обратился ко множеству других.

У меня стало легче на душе, когда я убедился, что Стойчев знает и одобряет работы Росси: знакомство с ним могло послужить нам рекомендацией и даже помочь заслужить некоторую симпатию.

— В самом деле, — заметил я, — профессор Росси не только отец Элен, но и мой куратор — я работаю над диссертацией под его руководством.

— Как удачно. — Стойчев накрыл одну ладонь с синими прожилками вен другой. — И о чем же ваша диссертация?

— Ну... — Пришел мой черед заливаться краской.

Можно было только надеяться, что Ранов не слишком пристально следит за этими переливами цветов.

— Вообще-то о торговле в Голландии семнадцатого века.

— Замечательно, — сказал Стойчев. — Весьма интересная тема. И что же привело вас в Болгарию?

— Это долгая история, — ответил я. — Мы с мисс Росси, проводя одно исследование, заинтересовались связью между Болгарией и православной общиной в Стамбуле после оттоманского завоевания города. Правда, это отклонение от темы моей диссертации, однако мы написали несколько статей по этому вопросу. А недавно я выступал в Будапештском университете с докладом о... завоеванных турками областях Румынии.

Я тут же спохватился, что сделал ошибку: Ранов мог и не знать, что кроме Стамбула мы побывали в Венгрии. Однако Элен хранила невозмутимый вид, и я решил брать с нее пример.

— Мы хотели бы закончить свои поиски в Болгарии и надеемся, что вы сможете нам помочь.

— Разумеется, — терпеливо проговорил Стойчев. — Если вы скажете, что именно интересует вас в истории монастырей и маршрутов пилигримов и в истории пятнадцатого века вообще. Для болгарской истории это замечательный век. Вы знаете, что с 1393 года большая часть страны подпала под турецкое иго, хотя несколько областей оставались свободными еще в пятнадцатом веке. В это время духовная культура народа сохранялась, главным образом, в монастырях. Я рад, что вы интересуетесь монастырями, потому что у нас в Болгарии они — один из самых щедрых источников.

Он замолчал и развернул руки вверх ладонями, словно ожидал нашего ответа, желая убедиться, насколько знаком нам предмет.

— Да, — протянул я.

Ничего не поделаешь, приходилось говорить при Ранове. Если попросить его удалиться, он только преисполнится подозрительности. Оставалось только попытаться формулировать вопросы в самой научной и безличной форме.

— Мы полагаем, что между православной общиной Стамбула и болгарскими монастырями в пятнадцатом веке установилась любопытная связь.

— И разумеется, вы правы, — подхватил Стойчев, — тем более что Мехмед Завоеватель поместил болгарскую церковь в юрисдикцию патриарха Константинопольского. Прежде наша церковь, конечно, была независимой, и у нас был собственный патриарх в Велико Тырново.

Я ощутил прилив благодарности к этому старику с его удивительной эрудицией и удивительными ушами. На мою расплывчатую реплику он отозвался с обстоятельной вежливостью.

— Именно так, — радостно подхватил я, — и нас особенно интересует... мы обнаружили письмо... — я старался даже не глядеть на Ранова, — обнаружили письмо, в котором упоминается Болгария — группа монахов отправлялась из Константинополя в один из болгарских монастырей. Для нашей статьи желательно проследить их маршрут по Болгарии. Возможно, они шли на поклонение... мы точно не знаем.

— Понимаю, — проговорил Стойчев, его глаза горели ярче прежнего. — А письмо датировано? Вы не могли бы подробнее изложить содержание, и что вам известно об авторе, и где оно обнаружено? И кому адресовано, и так далее, если это известно.

— Безусловно, — согласился я. — Правда, у нас с собой только копия. Оригинал написан на славянском, и перевод сделал для нас один монах из Стамбула. Само письмо хранится в государственном архиве Мехмеда Второго. Может быть, вам лучше прочесть самому?

Открыв портфель, я достал копию и протянул профессору, в надежде, что Ранов не попросит затем передать бумагу ему.

Стойчев взял письмо и мгновенно пробежал взглядом первые строки.

— Интересно, — произнес он и, к моему разочарованию, опустил письмо на стол.

Кажется, он вовсе не намерен помогать нам, не хочет даже прочесть письмо.

— Дорогая, — заговорил он, обернувшись к племяннице. — Я так увлекся старыми письмами, что даже не предложил гостям поесть. Ты не принесешь нам ракии и какой-нибудь закуски?

Он с подчеркнутой любезностью кивнул на Ранова.

Ирина мгновенно встала и улыбнулась.

— Конечно, дядя, — отозвалась она на прекрасном английском. — Но мне понадобится помощь, чтобы принести все наверх.

Ее ясные глаза на мгновение обратились к Ранову, и он тут же поднялся, приглаживая волосы.

— Я буду рад помочь барышне.

Они ушли вместе: Ранов — шумно топая по ступеням, а Ирина — весело болтая с ним на болгарском.

Как только дверь за ними закрылась, Стойчев склонился над письмом. Проглотив его в несколько секунд, он поднял взгляд на нас и тихо заговорил.

— Поразительно. — Что-то в его голосе заставило нас дружно подняться и пересесть к нему на узкий конец стола. — Это письмо поразило меня.

— Да, и что же, — жадно поторопил я, — вы видите в нем какой-то смысл?

— Отчасти. — Стойчев проницательно глядел на меня своими огромными глазами. — Видите ли, — добавил он, — у меня тоже есть письмо брата Кирилла».

ГЛАВА 56

Мне лучше, чем хотелось бы, запомнилась автобусная остановка, где год назад мы с отцом стояли, поджидая автобуса за город. И сейчас подкатил такой же пыльный автобус. Мы с Барли сели. Широкую сельскую дорогу на Лебен я помнила наизусть. В городках мы останавливались на площадях, украшенных кубиками подстриженных деревьев. Деревья, поля, дома, старые машины — все казалось вылепленным из той же покрывшей все кругом пыли цвета *cafe-au-lait*[1].

И гостиница в Лебене ничуть не изменилась за год: четырехэтажное оштукатуренное здание с железными решетками на окнах и ящиками цветущих роз на подоконниках. Я задыхалась от предчувствия, что вот сейчас, через несколько минут, может быть, найду отца. Первый раз я оставила позади Барли, первой распахнула тяжелую дверь и поставила сумку перед конторкой с мраморной крышкой. Конторка выгляде-

[1] Кофе с молоком (*фр.*).

ла такой высокой и величественной, что меня снова одолела застенчивость, и я с трудом заставила себя обратиться к худощавому пожилому человеку, сидевшему за ней, с вопросом, не здесь ли остановился мой отец. По прошлому разу я не запомнила этого старика, но он терпеливо выслушал меня и через минуту ответил, что иностранный *monsieur* с такой фамилией действительно остановился у них, но его *le cle* — ключ — отсутствует и, значит, он вышел. Он показал нам пустой крючок на стойке с ключами. Сердце у меня подпрыгнуло, и через минуту подпрыгнуло снова, когда из дверцы позади конторки вышел старый знакомый. Это был метрдотель маленького ресторана, все такой же подтянутый, изящный и явно спешащий куда-то. Старик остановил его вопросом, и он повернулся ко мне, *etonne*[1] — как он сразу объявил — снова видеть молодую леди и как она выросла, какой стала взрослой и очаровательной. И ее... друга?

— Кузена, — вставил Барли.

Но *monsieur* не упоминал, что ждет дочь и племянника, — какой милый сюрприз для него! Мы все должны поужинать у них вечером. Я спросила, не знает ли кто-нибудь, куда ушел отец, но никто не знал. Он ушел очень рано, добавил от себя старик, быть может, на утреннюю прогулку. Мэтр заметил, что все номера заняты, но он попробует что-нибудь найти для нас. Почему бы нам пока не оставить багаж в комнате отца? Отец снял номер с прекрасным видом из окна и с маленькой гостиной. Он — метрдотель — даст нам *l'autre cle*[2] и приготовит кофе. Отец, вероятно, скоро вернется. Мы с благодарностью приняли все его предложения. Поскрипывающий лифт поднимался так медленно, что мне представилось, будто мэтр, спустившись в подвал, собственноручно наматывает цепь на барабан.

Мы отперли дверь в номер и оказались в просторной приятной комнате. Я бы с восторгом осмотрела все ее уголки,

---

[1] Восхищенный (*фр.*).

[2] Другой ключ (*фр.*).

если бы не неловкое чувство, что в третий раз за неделю я вторгаюсь в отцовское убежище. Это чувство еще усилилось при виде отцовского чемодана и знакомой его одежды, разбросанной по всему номеру, вместе с потертым бритвенным набором и парадными ботинками. Все эти вещи я видела несколько дней назад в Оксфорде, и привычность этого зрелища нанесла мне тяжелый удар.

Но хуже всего было другое: мой отец по натуре был аккуратист; любое помещение, которое он занимал, пусть даже временно, становилось образчиком опрятности и скромности. В отличие от многих холостяков, вдовцов и разведенных, отец никогда не опускался до того состояния, в котором одинокие мужчины грудами разбрасывают содержимое своих карманов по столам и полкам или сваливают всю одежду на спинки стульев. Я ни разу в жизни не видела одежду отца в таком беспорядке. Полуразобранный чемодан лежал на постели. Отец, как видно, перерыл его, вытащив одну или две вещи и оставив на полу выпавшие носки и майки. Его легкий полотняный плащ валялся рядом. Он переоделся, явно в большой спешке, и прежний костюм грудой лежал на полу. Мне пришло было в голову, что, может быть, это не отец виноват, что кто-то обыскал номер, пока его не было, но эта груда одежды, валявшейся у кровати, как сброшенная змеиная кожа, убедила меня в обратном. В чемодане не хватало дорожных ботинок, а кедровые распялки для обуви, которые он вставлял в них, были отброшены в сторону. Отец явно спешил, как никогда в жизни.

ГЛАВА 57

«Услышав от Стойчева о новом письме брата Кирилла, мы с Элен ошеломленно уставились друг на друга.

— Что вы имеете в виду? — наконец спросила она.

Стойчев взволнованно постучал пальцем по копии, сделанной Тургутом.

— У меня имеется манускрипт, полученный в 1924 году от моего друга, Атанаса Ангелова. В нем, я уверен, описывается другая стадия того же путешествия. Я не подозревал, что существуют другие письма. Дело в том, что мой друг, к несчастью, умер вскоре после того, как передал мне бумаги. Погодите...

Он поднялся, покачнувшись второпях, и мы с Элен дружно вскочили, чтобы поддержать его. Но он выпрямился без нашей помощи и прошел в одну из маленьких комнат, сделав нам знак проходить за ним и предостерегая жестом от преграждающих путь стопок бумаг и книг. Пробежав взглядом полки, он вытащил одну из коробок, и я помог старику спустить ее на пол. Из коробки он достал картонную папку с веревочными завязками, перенес на стол и открыл под нашими жадными взглядами, извлекая документы настолько ветхие, что я невольно вздрогнул, когда он коснулся их пальцами. Он минуту разглядывал пергамент, потом со вздохом сказал:

— Это, как видите, оригинал. Подпись...

Мы склонились над рукописью, и тут, чувствуя, как кожа покрывается мурашками, я увидел отчетливо выписанное кириллицей имя, которое даже я сумел разобрать: "Кирилл" — и год — 6985. Я взглянул на кусавшую губы Элен. Написанное потускневшими чернилами имя монаха было нестерпимо реальным. Когда-то он был таким же живым, как мы теперь, и держал перо теплой живой рукой.

Судя по всему, Стойчев тоже ощутил этот трепет, хотя, казалось бы, каждый день имел дело с древними рукописями.

— Мне пришлось сделать перевод на болгарский, — сказал он, помолчав, и достал листок тонкой бумаги с отпечатанным на машинке текстом. Мы сели.

— Я попробую прочитать вам. — Он прокашлялся и прочел нам вслух, умело переводя с листа, перевод, с тех пор многократно появлявшийся в печати:

“Ваше преподобие, отец настоятель Евпраксий.

Беру в руки перо, чтобы исполнить миссию, возложенную на меня вашей премудростью, и описать подробности ее исполнения по мере их появления, да будет правдиво мое перо и да поможет мне Бог выполнить вашу волю. Мы провели эту ночь в Вирбие, в двух днях пути от вас, в монастыре Святого Владимира, где святая братия ради вашего имени оказала нам гостеприимство. Следуя вашим наставлениям, я один явился к отцу настоятелю и поведал ему о нашей миссии, так что не слышали ни послушники, ни служки. Он распорядился, чтобы фургон заперли в конюшне на монастырском подворье, и назначил стражу: двоих из братии и двоих из нашего числа. Надеюсь, что нам чаще будут встречаться такое понимание и такая заботливость, хотя бы пока мы не вступим в земли неверных. Как вы велели, я оставил одну из книг в руках настоятеля, с вашим наставлением, и он при мне же спрятал ее, даже не открыв.

После крутого подъема в гору лошади устали, и мы проведем здесь еще одну ночь. Сами мы воспрянули, посетив службу в здешней церкви, где две иконы Пречистой Девы всего восемь лет назад творили чудеса. На одной еще видны слезы, которые она пролила за грешников, превратившиеся ныне в редкие перлы. Мы принесли ей горячие моления об успехе нашей миссии, чтобы нам безопасно достичь великого города и среди вражеской столицы отыскать приют, откуда мы могли бы пуститься на исполнение главного.

Смиреннейший Ваш во имя Отца и Сына и Святого Духа

бр. Кирилл.

Апрель года Господа нашего 6985”.

Кажется, мы с Элен ни разу не перевели дыхание, пока Стойчев читал нам письмо. Он переводил медленно и точно, с большим искусством. Я уже готов был воскликнуть, что не сомневаюсь: два письма, несомненно, связаны, — когда стук на лестнице заставил нас насторожиться.

— Они возвращаются, — тихо проговорил Стойчев, складывая письмо и убирая его в папку.

Я тоже спрятал свое.

— Мистер Ранов — его приставили к вам в качестве гида?

— Да, — быстро заговорил я, — и он, по-видимому, очень интересуется нашими делами. Нам еще многое надо вам сказать, но только наедине, и это может быть...

— Опасно? — договорил Стойчев, обращая к нам свое необыкновенное старческое лицо.

— Как вы догадались? — Я не скрывал удивления.

До сих пор мы не сказали ему ничего, что могло бы навести на мысль об опасности.

— Ах... — Он покачал головой, и в его вздохе, исходившем, казалось, из самой глубины его существа, мне послышалась невыразимая жалость. — Я тоже кое-что должен вам рассказать. Никак не ожидал обнаружить второе письмо. Поменьше говорите с мистером Рановым.

— Об этом не беспокойтесь, — вставила Элен, и они улыбнулись друг другу.

— Тише, — предостерег Стойчев. — Я устрою, чтобы нам можно было поговорить еще раз.

Ирина в сопровождении Ранова, гремя тарелками, вошла в комнату, и они принялись расставлять на столе посуду и бутыль с янтарной жидкостью. Ранов подал ей тарелку с хлебом и другую — с белой фасолью. Он улыбался и выглядел почти прирученным. Я пожалел, что не могу поблагодарить племянницу профессора. Она поудобнее устроила дядю в кресле, пригласила нас садиться, и тогда я осознал, как проголодался за утро.

— Прошу вас не стесняться, дорогие гости. — Стойчев царственным жестом указал рукой на стол.

Ирина налила в стаканы бренди — одним его запахом можно было сразить наповал небольшого зверька, — и он галантно поднял тост, открыв желтоватые зубы в широкой сердечной улыбке. — Выпьем за единство ученых всех стран.

Мы единодушно поддержали тост, и только Ранов, иронически усмехнувшись, оглядел нас:

— Пью за то, чтобы ваша наука принесла пользу партии и народу, — проговорил он, слегка поклонившись мне.

У меня почти пропал аппетит: что это — расхожий штамп или он намерен обратить на пользу своей партии что-то, известное мне? Все же я возвратил поклон и залпом опрокинул стакан. Я уже успел понять, что ракию можно пить только залпом, после чего ожог горла третьей степени быстро сменяется приятным теплом внутри. Еще немного этого зелья, с опаской подумалось мне, и даже Ранов может показаться вполне сносным.

— Я рад случаю поговорить о нашей средневековой истории со знатоком, — обратился ко мне Стойчев. — Возможно, вам и мисс Росси интересно будет посетить праздник в честь двух прославленных персонажей нашей истории. Завтра — день Кирилла и Мефодия, создателей великой славянской азбуки. Вы по-английски называете наш шрифт “сирилик”, не так ли? Мы же говорим “кириллица”, в честь монаха Кирилла, изобретшего ее.

На мгновение я замешкался, вспомнив о нашем брате Кирилле, но Стойчев продолжал, и я, поняв, что он задумал, отдал должное его изобретательности.

— Сегодня у меня много работы, — сказал он, — но если вы согласитесь вернуться завтра, то встретитесь с моими прежними студентами, которые соберутся на праздник, и тогда я смогу больше рассказать вам о Кирилле.

— Вы очень добры, — сказала Элен. — Если мы не отнимаем у вас слишком много времени, для нас это была бы большая честь. Товарищ Ранов, это можно устроить?

“Товарищ” не пропал даром: Ранов из-за края стакана ощерился в улыбке.

— Разумеется, если это поможет в вашей работе, я буду счастлив содействовать.

— Вот и хорошо, — заключил Стойчев. — Мы собираемся в полвторого. Ирина приготовит обед повкуснее. Вы познакомитесь со многими коллегами, работы которых вас заинтересуют.

Мы многословно благодарили его и послушно ели, повинуясь уговорам Ирины, хотя Элен, как и я, постаралась уклониться от добавки ракии. Закончив скромную трапезу, Элен сразу поднялась, и я последовал ее примеру.

— Не будем больше утомлять вас, профессор, — сказала она, протягивая ему руку.

— Вы меня ничуть не утомили, дорогая, — отозвался Стойчев, тепло отвечая на рукопожатие, но мне показалось, что он действительно устал. — Я буду ждать завтрашней встречи.

Ирина проводила нас до ворот через зеленый дворик и сад.

— До завтра, — сказала она и добавила что-то по-болгарски Ранову, отчего он, прежде чем надеть шляпу, снова пригладил волосы.

— Очень милая девушка, — самодовольно заметил он, садясь в машину, и Элен у него за спиной воздела глаза к небу.

Только вечером нам удалось на несколько минут остаться наедине. Ранов, осчастливив нас своим обществом за ужином, наконец удалился. Мы с Элен вместе поднялись наверх — лифт снова не работал — и задержались в холле перед моим номером, ловя сладкий миг среди многосложных дел. Дав Ранову время отъехать, мы спустились обратно, прогулялись до кафе на соседней улочке и сели за металлический столик под деревьями.

— Кто-то следит за нами и здесь, — тихо заметила Элен.

Я предусмотрительно положил портфель на колени: теперь я опасался оставлять его даже под столиком кафе.

Элен улыбнулась.

— Здесь хотя бы жучков нет, как у меня в номере. И у тебя. — Она подняла глаза к зеленым веткам над головой. — Липы… через пару месяцев зацветут. У нас дома цветы заваривают вместо чая — может, и здесь тоже. Когда садишься за такой столик, приходится сначала смахнуть осыпавшуюся пыльцу и цветы. Они пахнут медом, так свежо и сладко.

Быстрым движением она будто смахнула тысячу бледно-зеленых цветков.

Я взял ее руку, перевернул ладонью вверх, всмотрелся в тонкие линии. Я надеялся, что они предсказывают долгую жизнь и счастье, вместе со мной.

— Что ты думаешь об этом письме Стойчева?

— Возможно, удача наконец повернулась к нам лицом, — задумчиво отозвалась она. — Поначалу я решила, что это просто очередной кусочек исторической головоломки и нам он ничего не даст. Но с той минуты, когда Стойчев угадал, что наше письмо могло оказаться опасным, я начала надеяться.

— И я тоже, — признался я. — Но может быть, он просто имел в виду, что этот материал остается политически неудобным, как и многие другие вопросы, которыми он занимается, потому что относится к истории церкви?

— Понимаю, — вздохнула Элен. — Возможно, он только это и хотел сказать.

— И поэтому он не захотел говорить о письме при Ранове.

— Пожалуй... Придется подождать до завтра, чтобы узнать, что он имел в виду. — Элен переплела свои пальцы с моими. — Тебя мучает каждый день промедления, да?

Я медленно склонил голову.

— Если бы ты знала Росси... — Тут я осекся.

Она смотрела мне прямо в глаза, поправляя выбившуюся из прически прядь. Жест был таким печальным, что ее слова прозвучали особенно весомо:

— Я понемногу узнаю его, через тебя.

В эту минуту к нам приблизилась официантка в белой блузке и спросила о чем-то. Элен обернулась ко мне.

— Что будем пить?

Официантка с любопытством рассматривала нас — созданий, говорящих на непонятном языке.

— А что ты сумеешь заказать? — поддразнил я Элен.

— Чай, — проговорила она, указывая на себя и на меня. — Чай, *моля*.

— Быстро же ты учишься, — похвалил я, когда официантка отошла.

Она пожала плечами.

— Я учила русский. Болгарский очень похож.

Когда девушка принесла наш чай, Элен мрачно принялась помешивать его.

— Я так рада хоть ненадолго отделаться от Ранова, что просто не хочу думать, что завтра снова придется его увидеть. Не понимаю, как можно всерьез заниматься поисками, когда он стоит за плечами.

— Мне было бы легче, если бы удалось узнать, в чем он нас подозревает, — сознался я. — Странное дело, он мне постоянно кого-то напоминает, но стоит попытаться припомнить, кого именно, нападает какая-то амнезия.

Я взглянул на серьезное милое лицо Элен, и в этот момент мысль моя нащупала что-то, трепетавшее на краю сознания. И таинственный двойник Ранова был тут ни при чем. "Что-то" было связано с милым лицом Элен в сумерках, с чашкой, которую я поднес к губам, с редким словом, подвернувшимся мне на язык. Эта мысль всплывала и раньше, но теперь она вдруг прорвалась в сознание.

— Амнезия, — повторил я, — Элен, амнезия.

— Что? — Она недоуменно нахмурилась.

— Письма Росси! — едва не выкрикнул я и подхватил портфель, чуть не опрокинув чашки. — Его письмо, его поездка в Грецию!

Мне потребовалось несколько минут, чтобы разыскать в бумагах проклятые строчки и прочесть вслух Элен, глядя в ее округлявшиеся потемневшие глаза.

— Помнишь, он пишет о возвращении в Грецию, на Крит, после того, как в Стамбуле у него отобрали карты и как удача отвернулась от него и все пошло плохо? — Я бросил перед ней листок. — Вот, слушай: "В критских тавернах старики куда охотнее потчевали меня своими двунадесятью вампирскими байками, нежели отвечали на вопросы, где можно найти похожий на этот черепок или в каких местах их деды ныряли за добычей к останкам древних кораблекрушений. Однажды вечером какой-то незнакомец угостил меня местным напитком под остроумным названием «амнезия» после чего я проболел целый день".

— О, господи, — прошептала Элен.

— Незнакомец угостил меня напитком под названием "амнезия", — перефразировал я, стараясь не кричать. — Кто, по-твоему, был этот чертов незнакомец? Так вот почему Росси забыл...

— Он забыл... — Я видел, что Элен загипнотизирована этим словом. — Он забыл Румынию...

— Что вообще там побывал. В письмах к Хеджесу он говорит, что собирается вернуться в Грецию из Румынии, чтобы раздобыть денег и участвовать в археологических раскопках...

— И он забыл мою мать, — почти неслышно закончила Элен.

— Забыл, — эхом отозвался я, и передо мной вдруг возникло видение ее матери, стоящей в дверях, провожая нас взглядом. — Он хотел вернуться. А потом вдруг все забыл. И поэтому — поэтому он говорил мне, что не всегда ясно вспоминает свои поиски.

Лицо Элен стало совсем белым, она стиснула зубы, сощурила глаза, в которых блестели слезы.

— Я его ненавижу, — тихо сказала она, и я уверен, она говорила не об отце».

ГЛАВА 58

«На следующий день ровно в полвторого мы стояли перед воротами Стойчева. Элен, демонстративно не замечая Ранова, сжала мне руку, но даже Ранов был сегодня в праздничном настроении: хмурился меньше обычного и нарядился не в черный, а в коричневый костюм. Из-за забора слышались разговоры и смех, пахло костром и аппетитной едой. Я тоже радовался бы жизни, если бы не мысли о Росси. Я чувствовал что сегодня, именно сегодня, должно случиться то, что поможет мне найти его. В предчувствии этого события я решил от всей души повеселиться на празднике в честь Кирилла и Мефодия.

Во дворе под шпалерами собралась компания. Среди мужчин и женщин порхала Ирина: подкладывала кушанья на тарелки, подливала в бокалы могущественный янтарный эликсир. Завидев нас, она устремилась вперед с распростертыми объятиями, словно встречала старых друзей. Мне и Ранову она пожала руки, Элен поцеловала в щеку.

— Я так счастлива, что вы пришли. Спасибо! — воскликнула она и добавила: — Дядя не мог уснуть и ничего не ел после вашего ухода. Надеюсь, вы уговорите его поесть.

Он надула нежные губки.

— Не волнуйтесь, — утешила ее Элен, — конечно, мы его уговорим.

Стойчев принимал гостей под яблоней. Кто-то составил здесь в круг деревянные кресла, и он занял самое большое, а вокруг расселись люди помоложе.

— А, здравствуйте! — воскликнул он, с трудом поднимаясь на ноги.

Гости поспешно вскочили, чтобы помочь ему и приветствовать нас.

— Добро пожаловать, друзья мои. Пожалуйста, познакомьтесь с другими моими друзьями. — Слабым взмахом руки он указал на окружавшие нас лица. — Некоторые учились у меня до войны и по доброте заходят навестить старика.

Многие из этих людей могли считаться молодыми только с высоты его лет — вряд ли кому-нибудь здесь было меньше пятидесяти. Они, улыбаясь, пожимали нам руки, а один даже изысканно склонился к руке Элен. Мне нравились их живые темные глаза и спокойные улыбки с блеском золотых зубов.

Сзади подошла Ирина. По-видимому, она опять приглашала всех к столу, потому что через минуту поток гостей вынес нас к столикам под шпалерами. Столы здесь воистину ломились, источая вкуснейшие запахи, исходившие от барашка, целиком зажаренного над огнем, разведенным в саду. В глиняных мисках на столах стояли картофельный, помидорный и огуречный салаты, творог, ломти золотистого хлеба и те же плоские сырные пирожки, которыми нас угощали в Стамбуле. Было тут и тушеное мясо, и холодная простокваша, и печеные баклажаны с луком. Ирина не давала нам покоя, пока не нагрузила наши тарелки так, что мы едва держали их, а потом проводила в садик, неся следом бокалы с ракией.

Тем временем студенты Стойчева явно соревновались, кто принесет учителю больше еды. Наконец они до краев наполнили его бокал, и профессор медленно поднялся на ноги. По всему дворику послышались призывы к тишине, после чего он произнес короткую речь, в которой кроме имен Кирилла и Мефодия я уловил и наши с Элен имена. Собравшиеся ответили громкими криками: “*Стойчев*! *За здравето на профессор Стойчев*! *Наздраве*!” Вокруг прогремело “Ура!” Сияющие лица были обращены к Стойчеву: каждый старался улыбнуться ему, подняв бокал, и кое у кого на глазах были слезы. Мне вспомнился Росси, скромно слушавший речи и приветствия, которыми мы отмечали двадцатую годовщину его работы в университете, и я отвернулся, чувствуя комок в горле. При этом я заметил, что Ранов со стаканом в руке потихоньку продвигается к шпалерам.

Когда общество вернулось к столам и занялось разговорами, мы с Элен обнаружили, что нам достались почетные места рядом с профессором. Он улыбнулся, кивая нам:

— Как я рад, что вы сегодня с нами. Вы знаете, это мой любимый праздник. По церковному календарю мы празднуем дни многих святых, но этот день дорог всем, кто учится и учит, потому что посвящен славянскому алфавиту и литературе — наследию долгих веков, идущему от великого изобретения Кирилла и Мефодия. Кроме того, в этот день все мои любимые ученики и коллеги возвращаются ко мне, чтобы оторвать дряхлого профессора от работы. За что я им искренне благодарен.

Он с любовной улыбкой оглядел собравшихся и хлопнул соседа по плечу. У меня сжалось сердце при виде его ладони, тонкой и хрупкой, почти прозрачной.

Немного погодя ученики Стойчева начали расходиться: одни по направлению к столу, где разрезали жареного барашка, другие по двое, по трое уходили в сад. Как только они разошлись, Стойчев нетерпеливо повернулся к нам.

— Давайте поговорим, пока есть возможность. Племянница обещала задержать мистера Ранова, сколько сумеет. Я должен кое-что сказать вам, и у вас, насколько я понимаю, тоже есть что сказать.

— Несомненно. — Я подвинулся ближе к нему, и Элен повторила мое движение.

— Прежде всего, друзья мои, — заговорил Стойчев, — я внимательно перечитал письмо, которое вы мне вчера оставили. Вот ваша копия. — Он вынул из нагрудного кармана листок. — Возвращаю вам, храните хорошенько. Я много раз ее перечитывал и убежден, что оба письма написаны одним человеком: неким братом Кириллом. Разумеется, без оригинала невозможно сличить почерки, но если копия точна, стиль и композиция совпадают и даты, разумеется, тоже соответствуют. Думаю, можно не сомневаться, что оба письма составляют одну корреспонденцию, хотя можно только догадываться, каким образом они оказались у столь разных людей. По этому поводу у меня есть несколько соображений, но сперва я хотел бы услышать больше о ваших поисках. У меня сложилось впечатление, что вы прибыли в Болгарию не просто ради осмотра монастырей. Как вы обнаружили это письмо?

Я ответил, что мне трудно изложить причины, которые заставили нас начать поиски, потому что они могут показаться несколько мистическими.

— Вы говорили, что читали работы Бартоломео Росси, отца Элен. Недавно он исчез при очень странных обстоятельствах.

Я, как мог коротко и четко, обрисовал для Стойчева находку Книги Дракона, исчезновение Росси, содержание его писем, карты, которые мы захватили с собой, и наши поиски и находки в Стамбуле и Будапеште, включая народную песню с напечатанной над ней гравюрой и странным словом “Ивиреану”, найденную в будапештской библиотеке. Единственное, о чем я умолчал, была тайна Стражи Полумесяца. Кругом было столько народу, что я не рискнул доставать бумаги из портфеля, но карты и их сходство с силуэтом дракона в книге описал во всех подробностях. Профессор слушал очень внимательно, не скрывая интереса, с широко открытыми глазами под сдвинутыми к переносице бровями. Он перебил меня только один раз: настойчиво попросил как можно точнее описать Книги Дракона — и мою, и Росси, и Хью Джеймса. Я понимал, что знатоку рукописей и первых печатных изданий эти книги представляются особенно любопытными.

— Моя у меня с собой, — сказал я, похлопав по стоявшему на коленях портфелю.

Он едва не подскочил, уставившись на меня.

— Как только будет можно, я бы хотел ее посмотреть!

Однако пока он остро заинтересовался открытием наших стамбульских друзей, что настоятель, которому писал брат Кирилл, проживал, вероятно, в то время в Снаговском монастыре.

— Снагов! — шепотом вскричал он.

Его морщинистое лицо побагровело, и я испугался, как бы ему не стало плохо.

— Я должен был догадаться! Письмо тридцать лет пролежало у меня в библиотеке!

Я подумал, что надо бы при случае спросить, откуда взялось его письмо.

— Как видите, достаточно доказательств, что монахи брата Кирилла, прежде чем направиться в Болгарию, прибыли из Валахии в Константинополь.

— Да, — он покачал головой. — Я-то всегда считал, что речь идет о путешествии монахов из Константинополя, о паломничестве в Болгарию. Мне в голову не пришло... Максим Евпраксий... настоятель Снагова... — В возбуждении он то и дело моргал, и черты его лица были смяты нахлынувшими чувствами. — И слово “Ивиреану”, которое попалось вам и мистеру Джеймсу в Будапеште...

— Вам оно понятно? — жадно спросил я.

— Да, да, сынок. — Стойчев смотрел сквозь меня. — Антим Ивиреану, ученый и печатник, работавший в Снагове в конце семнадцатого века — гораздо позже Влада Цепеша. Я читал о его работах. В свое время он считался выдающимся ученым и его имя привлекало в Снагов множество блестящих посетителей. Он выпустил Святое Писание на румынском и на арабском — по всей вероятности, его типография была в Румынии первой. Но — Господи! — пожалуй, не первой, если Книги Дракона намного старше! Я непременно должен вам показать! — Он покачал головой, широко распахнув темные глаза. — Идемте ко мне в комнату, сейчас же!

Мы с Элен огляделись.

— Ранов увлекся Ириной, — тихо сказал я.

— Да. — Стойчев уже поднялся. — Войдем в боковую дверь. Пожалуйста, скорее.

Нас не приходилось торопить. Одного взгляда на его лицо хватило бы мне, чтобы полезть за ним и на отвесный утес. Старый профессор с трудом поднимался по лестнице, и мы медленно шли следом. У большого стола в гостиной он присел отдохнуть. Я заметил, что стол завален множеством книг и рукописей, которых не было на нем вчера.

— У меня было не слишком много сведений об этом письме, как и об остальных, — едва отдышавшись, заговорил Стойчев.

— Об остальных? — Элен опустилась на стул рядом с ним.

— Да. Известны еще два письма брата Кирилла — вместе с моим и вашим стамбульским получается четыре. Надо немедленно ехать в монастырь Рила, посмотреть остальные. Я никогда не связывал... — Волнение снова помешало ему договорить.

Спустя минуту он бросился в соседнюю комнату и вынес оттуда том в бумажной обложке: как оказалось, старый научный журнал, изданный в Германии.

— У меня был друг... — Он осекся. — Если бы он дожил до этого дня! Я говорил вам, его звали Атанас Ангелов — да, болгарский историк и один из первых моих учителей. В 1923 году он занимался архивными изысканиями в библиотеке Рилы — это настоящая сокровищница средневековых документов. Ему попалась рукопись пятнадцатого века, спрятанная под картонным переплетом фолианта, изданного в восемнадцатом. Он хотел опубликовать эту рукопись: хронику путешествия из Валахии в Болгарию, но смерть помешала ему закончить работу, поэтому я обработал его черновики и опубликовал их. Рукопись по-прежнему в Риле... я и не думал... — Он с размаху хлопнул себя по лбу хрупкой ладонью. — Вот, скорее. Напечатано по-болгарски, но мы просмотрим вместе, и я переведу вам самое существенное.

Он открыл полинялый журнал дрожащей рукой, и голос его дрожал, когда он отрывисто пересказывал нам статью Ангелова. И статья, написанная по черновикам болгарского историка, и сам документ с тех пор много раз переиздавались на английском, с комментариями и бесконечными сносками. Но я и сейчас при виде очередной публикации представляю себе старое лицо Стойчева, тонкие седые волосы, падающие на оттопыренные уши, темные глаза, горящие сосредоточенным вниманием, и прерывающийся голос».

ГЛАВА 59

ХРОНИКА ЗАХАРИИ ИЗ ЗОГРАФУ

Атанас Ангелов и Антон Стойчев

«Хроника Захарии» как исторический документ

«Хроника Захарии», со включенной в нее «Повестью Стефана Странника», невзирая на досаждавшую многим исследователям незавершенность, представляет собой важнейший источник, подтверждающий существование в пятнадцатом веке путей паломничества на христианских Балканах, а также освещающий судьбу тела Влада Третьего Цепеша Валашского, погребенного, по давним предположениям, в монастыре на острове Снагов (в современной Румынии). «Хроника» дает также редкий отчет о судьбе валашских новомучеников (хотя невозможно с уверенностью определить национальную принадлежность снаговских монахов, за исключением Стефана, персонажа «Хроники»). До сих пор существуют жития только семерых христианских мучеников валашского происхождения, и из них, насколько известно, ни один не принял мученичества в Болгарии.

Неозаглавленный документ, ставший известным под названием «Хроники», был написан на славянском в 1479 или 1480 году монахом Захарией в болгарском монастыре Зографу на горе Афон. Зографу — «монастырь художников» был основан в десятом веке и принадлежал болгарской церкви с 1220-х. Он расположен у оконечности мыса Афонит. Как и в случае с сербским монастырем Хиландао и русским — Пантелеймона, братия Зографу пополнялась не только из числа местного населения, и при отсутствии дополнительных сведений о национальности Захарии невозможно установить его происхождение: он мог оказаться болгарином, сербом, русским или даже греком, хотя использование славянского языка говорит в пользу теории о его славянском происхождении. «Хроника» сообщает только, что он родился в пятнадцатом веке и что настоятель Зографу высоко ценил его искусство, судя по тому, что поручил ему выслушать исповедь Стефана Странника и записать ее как важное бюрократическое, а может быть, и теологическое свидетельство.

Маршруты паломничества, упомянутые Стефаном, соответствуют нескольким маршрутам, хорошо известным ранее. Константинополь для валашских паломников был конечной точкой странствия, как и для всего восточнохристианского мира. Валахия и, особенно, монастырь Снагова тоже привлекали паломников, и некоторые маршруты в крайних точках включают и Снагов, и Афон. То, что направлявшиеся в Бачково монахи проходили Хасково, свидетельствует, что они, вероятно, избрали сухопутный маршрут из Константинополя, через Эдирне (современная Турция), в юго-восточную Болгарию: из портов черноморского побережья они должны были бы проходить севернее Хасково.

Упоминающиеся в «Хронике Захарии» пункты паломничества вызывают вопрос, не является ли этот документ историей обычного странствия паломников. Однако две заявленные цели странствия Стефана — изгнание из павшего Константинополя и поиски «сокровища» в Болгарии после 1476 года — отличают его повесть от классической повести паломника. По-видимому, желанием поклониться христианским святыням мотивируется только уход молодого монаха Стефана из Константинополя.

Вторая тема, на которую проливает свет «Хроника», — последние дни Влада Третьего Валашского (1428(?)–1476), более известного как Влад Цепеш — Сажатель-на-кол — или Дракула. Хотя несколько современных ему историков дают описание его войны с оттоманами и борьбы за престол Валахии, но ни один из них не упоминает его смерти и погребения. Влад Третий, по свидетельству Стефана, вносил щедрые пожертвования в Снаговский монастырь и восстановил его церковь. Вполне вероятно, что он завещал похоронить его в монастырской церкви, по традиции основателей и жертвователей по всему православному миру.

В «Хронике» Стефан утверждает, что Влад посещал монастырь в 1476 году, в последний год своей жизни, может быть, за несколько месяцев до гибели. В 1476 году престол Валахии подвергался неодолимому давлению со стороны султана Мехмеда Второго, с которым Влад вел непрерывные войны, начиная с 1460 года. В то же время его положение на престоле было ненадежно из-за группы бояр, готовых в случае нового вторжения войск Мехмеда принять сторону империи.

Если «Хроника Захарии» точна, Влад наносит в Снагов визит, о котором не упоминают другие источники и который должен был оказаться чрезвычайно опасным для него. Захария сообщает, что Влад доставил в монастырь сокровище: то, что он доставляет его лично, рискуя собой, доказывает, насколько важен для него Снагов. Он не мог не сознавать, как серьезна угроза его жизни со стороны оттоманов и его основного соперника в Валахии, Бассараба Лайоты, вскоре после смерти Влада занявшего его трон. Посещение монастыря не давало политического выигрыша, поэтому резонно предположить, что Влада связывали со Снаговом религиозные или личные причины, возможно, то, что он избрал монастырь для своей могилы. Как бы то ни было, «Хроника Захарии» свидетельствует, что в конце жизни он уделял Снагову особое внимание.

Сведения о смерти Влада Третьего очень туманны и в дальнейшем затемнялись противоречивыми народными преданиями и некомпетентными историками. В конце декабря 1476 года или в начале января 1477-го он попал в засаду, возможно, столкнулся с отрядом турецкой армии в Валахии и был убит в стычке. Часть преданий утверждает, что он был убит собственными людьми, принявшими его за турецкого офицера, когда он поднялся на холм, чтобы оттуда следить за ходом сражения. Вариант этих легенд говорит, что его люди искали случая убить его в отместку за ужасающую жестокость. Большая часть источников, описывающих его смерть, сходится в том, что тело Влада было обезглавлено и голова отослана в Константинополь султану Мехмеду как доказательство гибели его великого врага.

В любом случае, судя по «Повести» Стефана, часть людей Влада, очевидно, осталась верна ему, так как они осмелились доставить тело в Снагов. Долго считалось, что обезглавленный труп погребен в снаговской церкви перед алтарем. Если верить Стефану Страннику, тело Влада Третьего втайне доставили из Снагова в Константинополь, а оттуда — в монастырь Святого Георгия в Болгарии. Цель этого перемещения, как и то, какое «сокровище» искали монахи в Константинополе, остается неясной. Стефан утверждает, что сокровище должно было «облегчить спасение души князя», то есть предположительно настоятель считал его необходимым с теологической точки зрения. Возможно, они искали некую святыню, пережившую разграбление Константинополя крестоносцами и турками. Возможно также, что настоятель не желал принимать на себя ответственность за уничтожение тела в Снагове, как и калечить его ради предотвращения превращения умершего в вампира, или опасался, что это будет проделано местными жителями. Учитывая положение Влада Дракулы и запреты на участие в расчленении трупов, предписанные православной церковью, сомнения настоятеля представляются вполне естественными.

К сожалению, в Болгарии не было обнаружено вероятных мест захоронения останков Влада Третьего, и неизвестно даже местонахождение обители под названием Светы Георгий, как и болгарского монастыря Парория: возможно, они были заброшены или разрушены в эпоху оттоманского владычества, и только «Хроника Захарии» подсказывает, в какой области их следует искать. «Хроника» сообщает, что от монастыря в Бачково пройдено небольшое расстояние – «немного дальше», а монастырь этот расположен в 35 километрах к югу от Азеновграда на реке Чепеларска. Очевидно, Светы Георгий находился на юге центральной части Болгарии. Эта область, захватывающая горы Родопы, последней покорилась оттоманскому завоеванию: некоторые особенно труднодоступные районы никогда полностью не контролировались турками. Если Светы Георгий располагался в этих горах, его вполне основательно могли счесть надежным местом захоронения для останков Влада Третьего.

Хотя, по утверждению «Хроники», Светы Георгий после того, как там обосновались монахи из Снагова, стал местом паломничества, он не появляется в основных источниках данного периода, как и в более поздних, и это обстоятельство указывает, что монастырь был покинут или разрушен вскоре после ухода оттуда Стефана. Однако об основании Светы Георгия нам кое-что известно из единственного экземпляра «типикона», сохранившегося в библиотеке Бачковского монастыря. Судя по этому документу, Светы Георгий был основан Георгием Комнином, дальним родственником византийского императора Алексия Первого Комнина, в 1101 году. «Хроника Захарии» говорит, что иноки монастыря к тому времени, как там появились пришельцы из Снагова, были «малочисленны и стары»; по-видимому, эти монахи оставались в обители со времени, описанного в «типиконе», а впоследствии к ним присоединились валашские монахи.

Стоит заметить, что «Хроника» представляет два различных пути валахов через Болгарию: один описывает мученичество двух братьев в руках оттоманов и упоминает, какое внимание оказывало странникам болгарское население страны. Трудно понять, что толкнуло оттоманов, при их общей терпимости к христианской активности, расценить этих валахов как угрозу. Стефан через Захарию сообщает, что в городке Хасково его друзей «допрашивали», прежде чем замучить и казнить, то есть оттоманские власти предполагали, что они обладают некой информацией, ценной с политической точки зрения. Хасково располагается на юго-востоке Болгарии — эта область в пятнадцатом веке полностью контролировалась оттоманами. Представляется странным, что монахи-мученики подверглись традиционному турецкому наказанию за воровство (ампутация рук) и за побег (ампутация ступней). Большинство новомучеников в руках оттоманов подвергались иным пыткам и казням. Такое наказание, вместе с обыском повозки монахов, описанным в «Повести» Стефана, указывает, что хасковские власти предъявляли обвинение в воровстве, хотя и не сумели его доказать.

Стефан сообщает о распространившихся по стране слухах о проезде монахов, которые могли возбудить любопытство властей. Однако же всего восемью годами раньше, в 1469-м, мощи святого Ивана Рильского, отшельника, основавшего Рильский монастырь, были доставлены из Велико Тырново в Рилу. Эту процессию видел и описал в своей «Повести о переносе мощей светы Ивана» Владислав Грамматик. При этом оттоманские власти не препятствовали перевозке, возбудившей внимание населения и послужившей важным символическим событием в деле объединения болгарских христиан. И Захария, и Стефан должны были знать об этом случае, причем в распоряжении Захарии в Зографу должны были оказаться те или иные письменные свидетельства.

Это совсем недавнее проявление терпимости к религиозным процессиям делает особенно многозначительной настороженность, проявленную оттоманами в отношении нашей группы валашских монахов. Обыск повозки — произведенный, кажется, офицером стражи местного паши — указывает, что оттоманские власти в Болгарии получили какие-либо сведения о цели путешествия. Безусловно, оттоманские власти отнюдь не стремились предоставить приют в Болгарии останкам своего величайшего политического противника или поощрять поклонение его мощам. Однако загадочным представляется обстоятельство, что обыск ничего не дал, притом что позднее Стефан упоминает о доставке тела в Светы Георгий. Можно только догадываться, каким образом удалось скрыть целый (пусть даже безголовый) труп, если таковой действительно находился в повозке.

Наконец, любопытной деталью как для историка, так и для этнографа, представляется ссылка на поверья монахов по поводу видения, явившегося им в церкви. Их свидетельства по поводу происходившего с телом Влада Третьего во время их бдения над ним расходятся друг с другом, зато согласуются с различными поверьями о том, каким образом происходит превращение покойника в живого мертвеца — вампира, что указывает, насколько серьезной представлялась им опасность подобного исхода. Одни видели зверя, прыгающего через труп, другим сверхъестественные силы представлялись в виде тумана или ветра, ворвавшегося в церковь и заставившего труп принять сидячее положение. Вариант с животным описывается во многих записанных балканских легендах, как и поверье, будто вампир способен превращаться в туман или дымку. Пресловутая кровожадность Влада Третьего и его обращение в католицизм при дворе венгерского короля Матьяша Корвинуса были, вероятно, известны монахам. Первое было известно всей Валахии, второе же должно было особенно заботить православную общину (в особенности излюбленный монастырь Влада, настоятель которого был, возможно, его исповедником).

Рукописи

«Хроника Захарии» известна в двух рукописях: «Афон 1480» и «P.VIII.132» — последняя известна так же как «Патриаршая версия». «Афон 1480» — манускрипт *in quarto*, написанный одной рукой, полууставом, хранится в монастырской библиотеке Рильского монастыря в Болгарии, где и была обнаружена в 1923 году. Эта, первая из известных «Хроник», была, очевидно, записана самим Захарией в Зографу, возможно, по заметкам, сделанным у смертного ложа Стефана. Несмотря на его утверждение, что он «записывал каждое слово», рукопись, безусловно, подвергалась значительной переработке, так как отличается гладкостью, невозможной при черновой записи, и содержит всего одну поправку. По всей вероятности, этот первоначальный манускрипт хранился в Зографу по крайней мере до 1814 года, поскольку его заглавие фигурирует в библиографии рукописей, относящихся к четырнадцатому-пятнадцатому векам, составленной в Зографу в указанном году. Рукопись снова появляется в Болгарии в 1923-м, когда болгарский историк Атанас Ангелов обнаруживает ее спрятанной в переплете фолианта пятнадцатого века, содержащего жизнеописание святого Георгия (Георгий 1364. 21) в библиотеке Рильского монастыря. В 1924 году Ангелов удостоверился, что в Зографу не сохранилось другого экземпляра. Не совсем ясно, каким образом манускрипт проделал путь от Зографу в Рилу, однако можно предположить, что он был вывезен вместе с другими драгоценными рукописями и реликвиями, когда Святая Гора оказалась под угрозой пиратских налетов в восемнадцатом-девятнадцатом веке.

Вторая и единственная из известных копий или версий «Хроники Захарии» — «P.VIII.132», или «Патриаршая версия», — хранится в библиотеке Вселенской Патриархии в Константинополе и палеографически датируется серединой или концом шестнадцатого века. Вероятно, это позднейшая версия копии, присланной патриарху настоятелем Зографу еще при жизни Захарии. Оригинал этой версии предположительно сопровождался письмом настоятеля, предостерегавшим патриарха о возможной ереси в болгарском монастыре Святого Георгия. Письмо не сохранилось, но возможно, что ради точности и сохранения тайны настоятель Зографу предложил Захарии сделать вторую копию для отсылки в Константинополь, оставив у себя оригинал для библиотеки Зографу. Спустя пятьдесят или сто лет после его создания документ все еще считался настолько важным, что его копировали в Патриаршей библиотеке.

«Патриаршая версия», представляющая собой позднейшую копию, отличается от «Афон 1480» еще одной малозначительной подробностью: в ней опущена часть рассказа о видении монахов Снагова, несших бдение над покойным, а именно: от строки «Один монах видел зверя» до строки «безголовое тело князя зашевелилось и стало подниматься». Этот отрывок переписчик Патриаршей библиотеки мог выпустить, чтобы спасти читателя от ереси, свидетелем которой стал Стефан, или, возможно, чтобы сократить распространение суеверий, связанных с ожившими мертвецами, — род поверий, которых никогда не одобряли церковные власти. Точная датировка «Патриаршей версии» затруднительна, хотя копия числится в каталоге Патриаршей библиотеки с 1605 года.

И еще об одной разительной и загадочной черте сходства между двумя известными версиями «Хроники». Обе рукописи оборваны вручную в одном и том же месте рассказа. «Афон 1480» заканчивается словами: «Я узнал», в то время как в патриаршей версии сохранилось продолжение фразы: «что то была не обычная чума, но» — после чего обе рукописи аккуратно оборваны вдоль строки, по-видимому, чтобы удалить часть рассказа Стефана, повествующего о еще большей ереси или другом зле, творившемся в монастыре Святого Георгия.

Ключ к датировке повреждения рукописи находим в вышеупомянутом библиотечном каталоге, где «Патриаршая версия» числится «неполной». Таким образом, можно заключить, что окончание манускрипта оторвано до 1605 года. Однако невозможно выяснить, совершены ли оба акта вандализма в одно и то же время, или порча одной рукописи вдохновила позднейшего читателя другой, и насколько точно совпадали окончания обеих рукописей. Верность «Патриаршей версии» манускрипту из Зографу, за исключением вышеупомянутого сокращения, указывает, что, по всей вероятности, и окончания обеих версий совпадали или, по крайней мере, были очень близки. Далее, то обстоятельство, что патриаршая версия была оборвана, несмотря на опущенный в ней пассаж о сверхъестественных происшествиях в снаговской церкви, предполагает, что в ее заключении тем не менее упоминалась ересь или иное зло в монастыре Святого Георгия. До сего дня в сведениях о балканских манускриптах это единственный пример целенаправленного исправления документов, разделенных расстоянием в сотни миль.

Издания и переводы

До сих пор «Хроника Захарии из Зографу» публиковалась дважды. Первое издание появилось в греческом переводе с ограниченным комментарием, в «Истории византийских церквей» Ксантоса Константиноса, 1849 г. В 1931 году Вселенская Патриархия опубликовала брошюру со славянским оригиналом. Атанас Ангелов, обнаруживший в 1923 году версию Зографу, намеревался издать ее с развернутым комментарием, но смерть, последовавшая в 1924 году, помешала ему исполнить это намерение. Часть его заметок посмертно опубликована в журнале «*Балкански исторически преглед*» в 1927 году.

ХРОНИКА ЗАХАРИИ ИЗ ЗОГРАФУ

Повесть эту слышал я, грешник Захария, от брата во Христе, Стефана Странника из Царьграда. Он пришел в нашу обитель в 6987 (1479) году. Здесь он поведал нам о делах странных и удивительных, которые видел в жизни. Стефану Страннику, когда он явился среди нас, было пятьдесят три года. Сей мудрый и добродетельный человек повидал множество стран. Благодарение Пречистой Матери, приведшей его к нам в Болгарию, куда он прибыл со множеством братьев из Валахии, претерпев многие муки от неверных турок и видев смерть двух спутников, замученных в городе Хасково. Они с братьями несли через земли неверных реликвии чудотворной силы. С этими реликвиями они углубились в земли Болгарские, и слава о них распространилась по земле, так что православные мужчины и женщины выходили к дороге, чтобы поклониться им или поцеловать край повозки. И везли они ту реликвию в монастырь Святого Георгия, и там схоронили во святости. Так что хотя тот монастырь — обитель малая и тихая, но множество паломников приходило к нему с тех пор на пути из монастырей в Риле и Бачково или со святого Афона. Но Стефан Странник был первым из побывавших в Светы Георгии, кого мы увидели.

Когда он прожил среди нас несколько месяцев, мы стали замечать, что он не говорит свободно о том монастыре Святого Георгия, хотя о других святых местах, где побывал, он рассказывал много, по добродетели своей делясь знанием с теми, кто, прожив жизнь в одной стране, мог из его рассказов узнать о чудесах церкви Христовой в других землях. Так, рассказал он нам о чудесной часовне на острове Котор в море Венецианском, на острове столь малом, что волны плещут во все четыре стены ее, и о монастыре Святого Стефана в двух днях пути от нее к югу по побережью, где он принял имя святого покровителя и оставил свое прежнее. Это рассказывал он нам, и многое другое, даже о том, как видел в Мраморном море внушающих страх чудовищ.

Чаще всего он рассказывал нам о церквях и монастырях града Константинополя, каковы они были до того, как их осквернили воины неверного султана. Благоговейно описывал он бесценные чудотворные иконы, такие как лик Богоматери в великом соборе Святой Софии и ее икону в окладе на алтаре в Блачерне. Он повидал могилу святого Иоанна Златоуста, и могилы императоров, и главу блаженного святого Василия в церкви Святого Спасителя, и множество священных реликвий. Как счастлив был он и мы, слушавшие его рассказы, что в молодости он решился оставить этот город для новых странствий и был далеко, когда нечистый Мухаммед выстроил против града крепость сатанинской мощи, чтобы взять город, и вскоре после того сокрушил великие стены Константинополя и убил или обратил в рабство его благородных жителей. Стефан же, когда вдали от города услышал весть о том, оплакивал город-мученик со всем христианским миром.

И он доставил в седельных сумах в нашу обитель редкие и дивные книги, которые он собрал и в коих черпал божественное вдохновение, ибо сам был знатоком греческого, латыни и славянских языков, а быть может, владел и другими. Он рассказывал нам множество историй и передал свои книги в нашу библиотеку к ее вечной славе, и она прославилась, хотя многие из нас читали лишь на одном языке, а иные не читали ни на одном. И, принося этот дар, он сказал, что и сам окончил свои странствия и навсегда останется со своими книгами в Зографу. Лишь я и еще один из нашей братии заметили, что Стефан умалчивает о своем пребывании в Валахии, говоря только, что был тогда послушником, и мало говорил он также о болгарском монастыре Святого Георгия, пока не пришел конец его жизни. Потому что пришел он к нам уже больным, и много страдал от лихорадки в членах, и меньше чем через год сказал он нам, что скоро склонится перед престолом Спасителя, если тот, кто прощает всех истинно кающихся, простит ему его прегрешения. И, лежа на скорбном одре, он просил настоятеля принять его исповедь, потому что был свидетелем зла, с коим не хотел умирать, и настоятель, пораженный его исповедью, послал за мной, чтобы он повторил ее при мне, а я записал бы все, что им будет сказано, потому что он, настоятель, хотел писать о том в Константинополь. И я исполнил это быстро и без ошибок, сидя у смертного ложа Стефана и слушая, исполнясь в сердце ужаса, повесть, кою он терпеливо рассказывал мне, после чего дано было ему святое причастие и он умер во сне и похоронен в нашем монастыре.

**Повесть Стефана из Снагова,
верно записанная грешником Захарией**

Я, Стефан, странствуя много лет и узнав об утрате любимого мной святого града Константинополя, где я родился, ушел в поисках покоя на север от великой реки, что разделяет земли булгар и даков. Я странствовал по равнинам и дошел до гор и отыскал наконец дорогу к обители, что лежит на острове в озере Снагов, в местах прекрасных и удобных для обороны. Здесь принял меня добрый настоятель, и я разделял трапезу с иноками, смиренными и искренними в молитве. Они назвали меня братом и щедро уделили пищи и пития от своих трапез, и среди их благоговейного молчания я изведал покой, какого не знал уже много месяцев. И так как я трудился прилежно и смиренно исполнял все наставления настоятеля, он скоро даровал мне разрешение остаться среди них. Церковь была невелика, но красоты непревзойденной, и звон ее славных колоколов разносился над водой.

И церковь, и обитель украшались и укреплялись на пожертвования князя тех мест Влада, сына Влада Дракулы, которого дважды сгоняли с трона султан и другие враги. И король мадьяр Матьяш Корвинус долго держал его в заключении. Тот князь, Дракула, был отважен и в отчаянных битвах вторгался в земли, похищенные неверными, и даже отбивал их назад, и захваченное в набегах присылал в обитель с постоянным приказом молиться за него и его семью и за их спасение, что мы исполняли. Среди братии шептали, что он грешен в великой жестокости и к тому же, будучи в плену у мадьярского короля, позволил обратить себя в латинскую веру. Но настоятель не желал слышать о нем дурного и не раз скрывал его и его людей в алтаре церкви, когда соперники искали его, чтобы убить.

В последний год своей жизни Дракула явился в монастырь, как было у него в обычае и раньше. Я не видел его в тот раз, потому что настоятель отослал меня с одним из братьев по делу в другую церковь. Но, вернувшись, я услышал, что Дракула был здесь и оставил большие сокровища. Один из монахов, собиравший провизию от крестьян и знавший, о чем говорят в округе, шептал, что легче золота Дракуле было бы оставить в дар мешок отрубленных ушей и носов, однако настоятель, услышав, сурово наказал говорившего. И так я не увидел Влада Дракулу при жизни, но в смерти я видел его своими глазами, о чем скоро расскажу.

Прошло, может быть, четыре месяца, когда пришла весть, что он был окружен в сражении и убит неверными, успев прежде сразить их четыре десятка своим огромным мечом. И воины султана отсекли у мертвого голову и унесли, чтобы показать своему господину.

И все это стало известно в лагере князя Дракулы, и хотя многие после его смерти скрылись, но другие принесли эту весть и само тело в монастырь Снагова, и затем также бежали. И настоятель плакал, глядя, как тело вынимают из лодки, и молился вслух за душу князя Дракулы, и молил господа о заступе, так как неверные были теперь совсем близко. И он велел обрядить тело и положить в церкви.

И мало приходилось мне видеть зрелищ ужаснее, чем безголовый труп в красных и пурпурных одеждах, окруженный мерцающими огнями сотен свечей. Мы сидели без сна в церкви, неся бдение, еще три дня и три ночи. Я нес бдение среди первых, и все было тихо в церкви, над обезглавленным телом. И во второе бдение все было мирно — так говорили братья, которые молились над телом в ту ночь. Но на третью ночь иные из усталых братьев задремали, и случилось то, что поразило ужасом сердца остальных. Позже они не могли согласиться, что случилось, потому что каждый видел иное. Один монах видел зверя, выскочившего из тени клироса и перепрыгнувшего гроб, но что это был за зверь, он не мог сказать. Другие почувствовали порыв ветра или видели, как в церковь вползает густой туман, погасивший много свечей, и они клялись святыми и ангелами, и особенно архангелами Михаилом и Гавриилом, что безголовое тело князя зашевелилось и стало подниматься. И громкий крик поднялся в церкви, ибо братья в ужасе возвысили свои голоса и тем взбудоражили всю общину. И, выбегая из церкви, монахи описывали свое видение и жестоко спорили между собой.

Тогда вперед выступил настоятель, и я видел в свете факела, как бледен был он, слушая их рассказ, и как часто крестился. Он напомнил нам, что душа властителя в наших руках и наш долг позаботиться о ней. И мы прошли за ним в церковь, и снова зажгли свечи, и увидели, что тело как прежде спокойно лежит в гробу. И настоятель приказал обыскать церковь, но ни зверя, ни демона не обнаружили ни в одном углу. Тогда он велел нам разойтись по кельям, и когда пришел час первой утренней службы, ее служили как обычно, и все было спокойно.

Но на следующий вечер он созвал восемь иноков, оказав и мне честь быть среди них, и сказал, что мы лишь изобразим похороны князя в нашей церкви, на деле же оно должно быть доставлено в другое место. Он сказал, что только одному из нас в тайне расскажет, куда и зачем оно должно быть отправлено, так что других, сколько возможно, защитит неведение, и так он и сделал, избрав инока, известного ему много лет, и велев остальным (из нас) повиноваться ему и не задавать вопросов.

И так я, не думавший больше странствовать, снова стал странником и, оставив позади дальний путь, вступил со своими товарищами в город моего рождения, ставший престолом царства неверных, и нашел, что многое в нем переменилось. Великий собор Святой Софии превращен был в мечеть, и мы не могли войти в него. Многие церкви были разрушены или превратились в руины от небрежения, а другие, даже Панахрантос, превратились в капища турок. И здесь я узнал, что мы искали сокровище, которое поможет спасению души князя, и что сокровище это спасено с великой опасностью для себя двумя святыми и отважными монахами из монастыря Святого Спасителя и вывезено из города. Но янычары султана заподозрили нас, и оттого нам грозила опасность, и мы должны были продолжить странствия, чтобы искать теперь сокровище в древнем царстве булгар.

И, проходя теми землями, мы видели, что некоторые знают уже о нашем деле, и многие и многие выходили к дороге и следовали за нами целые мили, молча кланяясь нашему шествию, или касаясь руками бортов повозки, или целуя ее. В пути случилось ужасное происшествие. Когда мы проходили городок Хасково, наехали на нас городские стражники и силой и грубыми словами принудили остановиться. Они обыскали повозку, объявив, что найдут то, что мы везем, и, найдя два больших узла, схватили и открыли их. Но там оказалась пища, и стражи в гневе разбросали ее по дороге и схватили двоих из нашего числа. Будучи допрошены, добрые иноки повторяли, говоря, что ничего не знают, и тем прогневили злодеев, и им отрубили руки и ступни ног и посыпали раны солью, пока те были еще живы. Остальных же отпустили живыми, но проводили бранью и бичеванием. Позже мы сумели возвратить тела и члены наших дорогих друзей и предать их христианскому погребению в монастыре в Бачково, где монахи много дней и ночей молились за их верные души.

Мы же, в горе и ужасе, двинулись в путь, который лежал немного дальше, и прибыли благополучно в монастырь Святого Георгия. Здесь монахи, хотя были они стары и малочисленны, приняли нас и сказали, что воистину сокровище, которого мы ищем, несколько месяцев тому назад доставлено им двумя паломниками, и все было хорошо. Мы боялись подумать о возвращении в Дакию через множество опасностей и решили остаться в обители. Доставленные туда реликвии мы тайно схоронили в Светы Георгии, и слава их среди христиан привлекала многих, приходивших поклониться им, но и те хранили молчание. И некоторое время мы жили там в мире, и нашими трудами обитель много устроилась. Однако вскоре в окрестных деревнях началась чума, хотя сперва она не поразила монастырь. Но позже я узнал, что то была не чума, но...»

На этом месте рукопись отрезана или оборвана.

ГЛАВА 60

«Стойчев закончил чтение, но мы с Элен на пару минут онемели, да и сам он временами покачивал головой, проводя ладонью по лицу, словно пытался проснуться. Наконец Элен заговорила:

— То самое путешествие — наверняка то же самое!

Стойчев обернулся к ней.

— Думаю, что так. И монахи брата Кирилла, несомненно, везли тело Влада Цепеша.

— А это означает, что, за исключением двоих, казненных турками, они благополучно добрались до болгарского монастыря. Светы Георгий — где это?

Тот же вопрос хотелось задать и мне — из множества загадок эта казалась самой важной. Стойчев коснулся рукой лба.

— Если бы знать, — бормотал он. — Никто не знает. В окрестностях Бачково нет монастыря с таким названием, и никаких свидетельств, что он когда-нибудь был там. Светы Георгий — один из немногих средневековых монастырей в Болгарии, о которых мы знаем, что они существовали, но исчезли в первые века владычества Оттоманской империи. Возможно, его сожгли, а камни разметали или использовали для других построек. — Он грустно взглянул на нас. — Если у оттоманов были основания бояться или ненавидеть этот монастырь, он, вероятно, был полностью уничтожен. И разумеется, они не позволили бы восстановить его, как восстановили Рильский монастырь. Одно время я очень интересовался поисками его местонахождения... — Он на минуту умолк. — После смерти моего друга Ангелова я пытался продолжить его исследования. Поехал в Бачковский монастырь, беседовал с монахами, расспрашивал местных жителей, но никто не слышал о монастыре Святого Георгия. И на старых картах я его тоже не нашел. Мне приходило в голову, что Захария мог ввести ложное название. Однако у местных жителей должны были сохраниться хотя бы легенды, если там похоронены останки столь важного лица, как Влад Дракула. До войны я собирался съездить в Снагов, попытаться что-нибудь выяснить там...

— И тогда вы могли бы встретиться с Росси или хотя бы с тем археологом, Георгеску! — воскликнул я.

— Быть может... — Он странно улыбнулся. — Если бы мы с Росси встретились тогда, то, быть может, успели бы поделиться знаниями, пока не стало слишком поздно.

Я не совсем понял, что он имел в виду: пока в Болгарии не произошла революция? Пока он не стал изгнанником? Я не стал переспрашивать. Однако он сам тут же пояснил:

— Видите ли, я внезапно прекратил розыски. В тот день, когда я вернулся из Бачково, переполняемый планами поездки в Румынию, я застал в своей софийской квартире ужасное зрелище.

Он снова умолк, прикрыв глаза.

— Я стараюсь не вспоминать тот день. Должен сказать вам, я снимал тогда квартиру у Римской стены, в очень древнем квартале — я и выбрал его ради духа истории, окружавшей дома. Я вышел в бакалейную лавку, оставив на столе бумаги и книги о Бачково и прочих монастырях. Вернувшись, я обнаружил, что кто-то перерыл мои вещи: скинул книги с полок, обыскал шкафы. На столе, по всем бумагам, тянулся ручеек крови. Вы знаете, как чернила... кляксы... на страницах... — Он оборвал фразу, пристально вглядываясь в наши лица. — Посреди стола лежала книга, которой я прежде не видел...

Он вдруг встал и прошаркал в соседнюю комнату. Мы слышали, как он ходит там, передвигая книги. Следовало бы пойти за ним и помочь, но я сидел, беспомощно уставившись на Элен, которая тоже словно примерзла к месту.

Вскоре Стойчев вернулся с большим томом в руках. Книга была переплетена в потертую кожу. Он положил ее перед нами, и мы смотрели, как он непослушными старческими руками перелистывает пустые страницы и молча указывает нам на гравюру на центральном развороте. Дракон здесь казался меньше, потому что на больших листах фолианта вокруг рисунка оставались большие поля, но это был тот самый оттиск, вплоть до смазанного пятнышка, который я заметил в книге Хью. Была здесь и еще одна клякса на пожелтевшей бумаге, у когтя дракона. Стойчев ткнул в нее пальцем. Под наплывом чувств страха и отвращения он на минуту забыл, что говорит с нами по-английски.

— *Крев*, — сказал он. — Кровь.

Я нагнулся ниже. На буром пятнышке явственно виднелся отпечаток пальца.

— Господи... — Мне вспомнился мой бедный кот и друг Росси, Хеджес. — В комнате кто-то или что-то было? Что вы сделали, когда увидели?

— В комнате никого не было, — тихо ответил он. — Дверь я запер, и она оставалась запертой, когда я вернулся, вошел и увидел этот ужас. Я вызвал полицию, и они все осмотрели, а потом взяли — как вы говорите? — образцы крови на анализ. И без труда установили, кому она принадлежит.

— И кому? — Элен подалась к нему.

Стойчев ссутулился еще больше, и теперь я с трудом различал слова. В морщинах на лице блестел пот.

— Кровь была моя, — сказал он.

— Но...

— Нет, конечно же, нет. Меня там не было. Но полиция решила, что я сам подготовил всю сцену. Единственное, что у них не сходилось, — этот отпечаток пальца. Они сказали, что никогда не видели такого: для человеческого отпечатка слишком скудный пальцевый узор. Мне вернули книги и бумаги и заставили заплатить штраф за попытку шутить с законом. Я едва не потерял место преподавателя.

— И вы оставили исследования? — догадался я.

Стойчев беспомощно вздернул худые плечи.

— Единственная тема, которую я забросил на полпути. Я бы, наверно, продолжал поиски, если бы не это. — Он медленно вернулся к началу книги и открыл второй лист. — Вот это, — повторил он.

На странице стояло всего одно слово, написанное прекрасным архаичным почерком, выцветшими старинными чернилами. Я уже достаточно изучил знаменитый алфавит Кирилла, хотя первая буква на минуту сбила меня с толку. Элен прочитала вслух, вернее, шепотом:

— "СТОЙЧЕВ". Ох, вы нашли там собственное имя! Как страшно.

— Да, собственное имя, вписанное явно средневековыми чернилами и шрифтом. Я не перестаю жалеть, что оказался таким трусом, но я испугался. Я подумал, что со мной может случиться... то, что случилось с вашим отцом, мадам.

— И у вас были все основания испугаться, — сказал я старому ученому. — Однако мы надеемся, что профессору Росси еще не поздно помочь.

Он выпрямился в своем кресле.

— Да. Если только мы сумеем разыскать Светы Георгий. Прежде всего нужно ехать в Рилу, посмотреть остальные письма брата Кирилла. Я уже говорил, что никогда не связывал их с "Хроникой" Захарии. Здесь у меня нет их копий, а власти Рилы не позволили опубликовать их, хотя несколько историков, в том числе и я, добивались разрешения. К тому же в Риле живет человек, с которым я хотел бы вас познакомить. Хотя, может быть, и он не сумеет помочь.

Кажется, Стойчев хотел сказать что-то еще, но в эту минуту на лестнице послышались торопливые уверенные шаги. Старик попытался вскочить, затем бросил на меня умоляющий взгляд. Я схватил Книгу Дракона и бросился с ней в соседнюю комнату, где как мог надежно скрыл ее между коробками. Мне удалось вернуться к Стойчеву и Элен за миг до того, как дверь в библиотеку распахнулась и показался Ранов.

— Ага, — проговорил он, — совещание историков! Вы бросили собственных гостей, профессор.

Он беззастенчиво рылся в книгах и бумагах, оставшихся на столе, выхватил из груды старый журнал с "Хроникой".

— Вот чем вы занимаетесь?

Он едва не улыбнулся нам.

— Пожалуй, мне тоже стоит прочитать для расширения кругозора. Я слишком мало знаю о средневековой Болгарии. А ваша очаровательная племянница не так увлечена мной, как я думал. Я пригласил ее прогуляться в дальний уголок сада, но она заупрямилась.

Стойчев гневно вспыхнул и, казалось, готов был взорваться, но, к моему удивлению, Элен высказалась за него.

— Держите свои грязные чиновничьи лапы подальше от девушки, — сказала она, глядя Ранову в глаза. — Вас приставили следить за нами, а не за ней.

Я тронул ее за локоть, предостерегая не злить противника: нам только не хватало политического скандала. Однако они с Рановым только измерили друг друга долгими взглядами и отвернулись, каждый в свою сторону.

За это время Стойчев успел оправиться.

— Для наших гостей было бы очень полезным, если бы вы смогли устроить им поездку в Рилу, — холодно сказал он Ранову. — Я бы охотно поехал с ними, чтобы иметь честь лично показать им Рильскую библиотеку.

— В Рилу? — Ранов взвесил в руке журнал. — Прекрасно. Очередная экскурсия будет в Рилу. Думаю, послезавтра. Я сообщу вам, профессор, когда мы сможем за вами заехать.

— А завтра нельзя? — Я старался говорить самым обыденным тоном.

— Вы так спешите? — поднял бровь Ранов. — Исполнение ваших пожеланий требует времени.

Стойчев кивнул.

— Мы будем ждать терпеливо, а тем временем наши ученые гости могут наслаждаться видами Софии. А теперь, друзья мои: обмен мнениями был чрезвычайно приятным, однако Кирилл и Мефодий не станут возражать, если мы, как говорится, станем есть, пить и веселиться. Идемте, мисс Росси... — Он протянул свою хрупкую руку Элен, и та помогла ему подняться. — Дайте мне вашу руку, и будем праздновать день тех, кто учит и учится.

Остальные гости уже стекались под шпалеры, и мы скоро увидели почему: трое молодых людей доставали из футляров музыкальные инструменты и раскладывали их близ столов. Тощий парень с копной темных волос пробовал клавиши черного с серебром аккордеона. У другого в руках был кларнет, и он взял несколько нот, пока третий музыкант доставал большой кожаный барабан и длинные палочки с кожаными подушечками на концах. Они сели на составленные рядом стулья и, улыбнувшись друг другу, сыграли пару тактов, пристраиваясь на местах. Кларнетист скинул пиджак.

Потом, обменявшись взглядом, они начали. Из ниоткуда возникла самая чудесная музыка, какую мне приходилось слышать. Стойчев, восседая на своем троне перед остатками жареного барашка, просиял улыбкой, а Элен, устроившаяся рядом, сжала мне локоть. Мелодия свивалась в воздухе, как смерч, взрывалась ритмом, незнакомым мне, но настолько заразительным, что мои ноги так и просились в пляс. Вздыхал аккордеон, и ноты рвались из-под пальцев музыканта.

Мелодия была такой быстрой и живой, что скоро все собравшиеся вскрикивали, подпевая ей.

Еще несколько минут, и несколько слушателей вскочили с мест, обхватив друг друга за пояс, и начали танец, столь же бойкий, как и музыка. Их начищенные до блеска ботинки притоптывали по траве. Скоро к ним присоединились одетые в строгие платья женщины. Их ноги неслись в вихре танца, в то время как плечи и головы плавно двигались, оставаясь гордыми и неподвижными. Лица музыкантов светились; они неудержимо улыбались, блестя белыми зубами. Кто-то в переднем ряду взмахивал в такт белым платком, кружа его над головой. У Элен блестели глаза, она отбивала ритм пальцами по столу. Музыканты играли и играли, а остальные приветствовали их криками и тостами, пили за их здоровье. Наконец мелодия кончилась и хоровод рассыпался. Танцоры утирали пот и громко смеялись. Мужчины вернулись к своим бокалам, а женщины доставали платочки и приглаживали волосы.

Затем аккордеонист снова заиграл, но теперь это были протяжные переливы трелей, долгие минорные вздохи. Закинув назад лохматую голову, он запел. Песня-плач, разрывающая сердце горечью потери. Я чувствовал, как сжимается мое сердце, оплакивая все жизненные утраты.

— Что он поет? — обратился я к Стойчеву, чтобы скрыть свои чувства.

— Старую песню, очень старую — думаю, ей три или четыре сотни лет. Это рассказ о болгарской красавице, которую преследуют захватчики-турки. Они хотят доставить ее в гарем местного паши, но она отказывается. Она бежит на высокую гору близ своей деревни, и они скачут за ней на конях. У вершины горы обрыв. Девушка кричит, что скорее умрет, чем станет любовницей неверного, и бросается в пропасть. У подножия скалы, где она разбилась, открывается родник, и в нем самая чистая, самая сладкая вода во всей долине.

Элен кивнула:

— В Румынии тоже поют похожие песни.

— Они, я думаю, существуют всюду, где балканские народы испытали тяготы турецкого владычества, — серьезно согласился Стойчев. — В болгарском фольклоре их тысячи. Темы различны, но каждая — крик протеста против поработителей.

Аккордеонист, словно почувствовав, что ему удалось вывернуть нам сердца наизнанку, коварно ухмыльнулся и снова взорвался плясовым мотивом. Теперь почти все гости пустились в пляс, и хоровод змеей вился вокруг террасы. Кто-то потянул нас к танцующим, и Элен, поколебавшись, согласилась, а я упрямо остался сидеть рядом со Стойчевым. Но я наслаждался, глядя на нее. Элен мгновенно подхватила фигуры танца — должно быть, они были у нее в крови. Она держалась с непринужденным достоинством, а ноги уверенно отбивали быструю дробь. Следя взглядом за ее легкой фигурой в черной юбке и белой блузе, ловя сверкающий взгляд из-под разметавшихся кудрей, я молился про себя, чтобы с ней не случилось ничего худого, и гадал, позволит ли она мне защитить ее».

ГЛАВА 61

«Если первый взгляд на дом Стойчева внушил мне внезапные надежды, то вид Рильского монастыря наполнил трепетом. Монастырь располагался в глубокой долине, почти перегораживая ее, и над его стенами и куполами вздымалась гора Рила: поросшие высокими елями крутые склоны. Ранов оставил машину в тени у главных ворот, и мы направились следом за небольшими группками туристов. День был сухой и жаркий — настоящее болгарское лето, и пыль с вытоптанной земли взлетала от каждого шага до щиколоток. Огромные деревянные створки ворот были распахнуты, и за ними открылся вид, которого я никогда не забуду. Вокруг нас высились стены монастыря-крепости, полосатые от смены рядов черного и белого камня, с нависшими над головой деревянными галереями. Треть просторного двора занимала чудная, гармоничная церковь с фресками по фасаду, с бледно-зелеными куполами, светившимися на полуденном солнце. Рядом поднималась мощная квадратная башня из серого камня. Она была явно старше остальных строений. Стойчев назвал ее башней Хрелио и сказал, что она построена средневековым вельможей, который спасался в ней от политических противников. Только она и сохранилась из первоначальных построек монастыря, сожженного турками и восстановленного впоследствии в своей полосатой роскоши местными мастеровыми в 1836 году. Едва мы вошли во двор, как зазвонили, вспугнув стаю птиц, церковные колокола. Птицы взметнулись в небо, закружились над головами, и, провожая их взглядом, я снова увидел вздымающуюся над нами вершину — до нее было не менее дня подъема. У меня перехватило дыхание: не здесь ли Росси, не в этих ли древних местах?

Элен, стоявшая со мной рядом, повязав голову тонким шарфиком, взяла меня под руку, и мне вспомнилась Айя-София, тот недавний вечер в Стамбуле, который казался уже историей, когда она так крепко сжимала мне руку. Турки захватили эту страну задолго до того, как овладели Константинополем; по-настоящему, нам следовало бы начать свой путь отсюда, а не с Айя-Софии. С другой стороны, еще раньше турок проникла сюда, обогатив культуру Болгарии, византийская вера, ее изящные искусства и архитектура. Теперь же Айя-София превратилась в музей среди мечетей, между тем как эта уединенная долина до краев полна Византией.

Стойчев с удовольствием поглядывал на наши изумленные лица. Ирина, в широкополой шляпке, поддерживала его под локоть. Один только Ранов стоял на отшибе, презирая все эти красоты и провожая подозрительным взглядом проходивших мимо нас к церкви монахов в черных рясах. Нам стоило больших трудов добиться, чтобы он заехал за Стойчевым и Ириной: он не против, чтобы Стойчев имел честь показать нам Рилу, но почему бы Стойчеву не воспользоваться автобусом? Весь болгарский народ ездит на автобусах. Я удержался от искушения напомнить, что и сам Ранов не на автобусе разъезжает. Наконец мы взяли верх, что не помешало Ранову всю дорогу от Софии до дома Стойчева ворчать на старого профессора. Стойчев пользуется своей известностью для распространения суеверий и антинародных идей; всем известно, что он отказался порвать свой в высшей степени антинаучный союз с православной церковью, и сын его, который учится в Восточной Германии, ничем не лучше отца. Тем не менее мы одержали победу, Стойчев мог ехать с нами, и Ирина, когда мы остановились пообедать в горной таверне, с благодарностью шепнула мне, что, если бы пришлось ехать автобусом, она постаралась бы отговорить дядю: ему не выдержать дороги по такой жаре.

— В этом крыле до сих пор живут монахи, — объяснял Стойчев, — а там, ближе к дороге, монастырская гостиница, в которой мы переночуем. Вы увидите, какая тишина стоит здесь ночью, когда расходятся дневные посетители. Этот монастырь — одно из величайших сокровищ нашей культуры, и здесь всегда много народу, особенно летом. Но ночью все снова затихает. Идемте, — добавил он, — надо повидать настоятеля. Я вчера звонил ему, и он нас ждет.

Он зашагал впереди на удивление бодро, жадно оглядывая все вокруг, словно само это место давало ему новую жизнь.

Комнаты настоятеля располагались в первом этаже монашеского крыла. Монах в черной рясе, с длинной каштановой бородой, придержал для нас дверь, и мы вошли. Стойчев, сняв шляпу, прошел в комнату первым. Настоятель, сидевший на скамье у стены, поднялся нам навстречу. Они со Стойчевым сердечно приветствовали друг друга: Стойчев поцеловал настоятелю руку, а тот благословил старика. Сам настоятель был худощавым осанистым человеком лет, пожалуй, шестидесяти. В его бороде виднелись белые пряди, а голубые глаза — я был немало удивлен, узнав, что существуют голубоглазые болгары, — выражали спокойствие. Он самым современным образом обменялся рукопожатием с нами — и с

Рановым, который не скрывал неприязни. Потом он жестом предложил всем сесть, и монах принес поднос со стаканами, полными все же не ракией, а прохладной водой, и к ней — блюдца с теми розоватыми печеньями, которые мы уже пробовали в Стамбуле. Я заметил, что Ранов не стал пить, словно опасался, что его отравят.

Настоятель откровенно радовался Стойчеву, и я подумал, что его приезд — редкое удовольствие для обоих. Через Стойчева он спросил нас, из какой мы части Америки, посещали ли уже другие болгарские монастыри, чем он может нам помочь и надолго ли мы собираемся остаться. Стойчев переводил не торопясь, делая паузы, чтобы мы могли ответить на вопросы. Вся библиотека в нашем распоряжении, сообщил настоятель; мы можем остановиться в гостинице; нам разрешается посещать службы в церкви и ходить где угодно за исключением только монашеских келий, — при этом он мягко кивнул в сторону Элен и Ирины, — и они не желают и слышать о том, чтобы друзья Стойчева платили за гостеприимство.

Мы от души поблагодарили его, после чего Стойчев поднялся.

— Теперь, — сказал он, — с вашего любезного разрешения, мы отправимся в библиотеку.

Он уже поцеловал настоятелю руку и, кланяясь, отступал к двери.

— Дядя очень волнуется, — шепнула нам Ирина. — Он мне сказал, что ваше письмо — великое открытие для болгарской истории.

Я задумался, известно ли ей, как много на самом деле зависит от успеха наших поисков и какая тень лежит на нашем пути, но по ее лицу мне не удалось ничего больше угадать. Она помогла дяде выйти, и мы последовали за ними по торжественным деревянным галереям, окаймлявшим двор. Ранов плелся позади с сигареткой в руке.

Библиотеке была отведена угловая комната на первом этаже, больше всего напоминавшая пещерный зал. У входа нас встретил седобородый монах: высокий старец со впалыми щеками. Мне показалось, что, прежде чем кивнуть нам, он бросил на Стойчева долгий пронзительный взгляд.

— Это брат Румен, — представил его Стойчев. — Он сейчас библиотекарь и покажет нам все, что мы ищем.

Несколько книг и манускриптов лежали в стеклянной витрине, снабженные этикетками — для туристов: я бы тоже с удовольствием взглянул на них, но нас уже вели к глубокой нише, открывавшейся в смежную комнату. В глубине монастыря царила чудесная прохлада, и даже электрические лампочки не могли полностью разогнать глубокую тьму, задержавшуюся в углах. В этом внутреннем святилище деревянные полки и шкафчики были полны коробок и подставок с книгами. В углу под маленьким альковом висела икона Девы и худого, состарившегося до времени Младенца, под охраной двух багрянокрылых ангелов. Перед иконой висела золотая лампадка, украшенная самоцветами. Старые-старые стены были чисто выбелены, а запах, окружавший нас, был знакомым запахом истлевающего пергамента, кожи и бархата. Я с удовольствием отметил, что у Ранова хватило совести по крайней мере выбросить сигарету, прежде чем последовать за нами в эту сокровищницу.

Стойчев постучал ногой по каменному полу, словно собирался вызвать духов.

— Здесь, — сказал он, — вы видите сердце болгарского народа: сотни лет монахи берегли наше наследие, часто в тайне. Поколения монахов преданно переписывали эти рукописи и укрывали их, когда к монастырю подступали неверные. Эта лишь малая часть достояния нашего народа — много больше было уничтожено. Но мы благодарны и за то, что удалось сохранить.

Он заговорил с библиотекарем, и тот начал внимательно просматривать надписи на коробках. Через несколько минут он снял с полки деревянный ящик и вынул из него несколько томов. Верхний был украшен изумительным изображением Христа — по крайней мере, я решил, что это

Христос, — с державой и скипетром в руках и с византийской меланхолией на челе. К моему разочарованию, письма брата Кирилла скрывались не под этим роскошным переплетом, а в более простой упаковке следующего тома, напоминавшего цветом старую кость. Библиотекарь перенес его в более светлую переднюю комнату, и Стойчев тут же сел за стол и принялся листать страницы. Мы с Элен приготовили свои блокноты, а Ранов расхаживал вдоль полок, читая от скуки названия.

— Насколько я помню, — говорил Стойчев, — здесь два письма, и из них неясно, были ли другие, не дошедшие до нас письма брата Кирилла. — Он указал на первую страницу. Она была исписана мелким, округлым, каллиграфическим почерком по пергаменту, ставшему от старости темно-коричневым. Стойчев обратился к библиотекарю с вопросом и, услышав ответ, с довольным видом повернулся к нам.

— Да, в Болгарии их переиздавали вместе с несколькими другими редкими документами.

Библиотекарь положил перед ним папку, и Стойчев некоторое время молча сличал печатный текст с древней рукописью.

— Они хорошо поработали, — признал он наконец. — Я постараюсь перевести как можно точнее, а вы записывайте.

И он, чуть запинаясь, прочитал нам свой перевод двух писем:

“Ваше преподобие, отец настоятель Евпраксий.

Мы уже три дня следуем по большой дороге от Лаоты к Вин. Одну ночь мы провели в конюшне доброго крестьянина, а другую — в пещерной обители Святого Михаила, где теперь нет ни одного инока, но мы смогли найти кров в сухой пещере. Последнюю ночь нам пришлось провести в лесу, впервые раскинув подстилки на голой земле и поместив свои тела в кругу между лошадьми и повозкой. Ночью волки подходили так близко, что мы слышали их вой, отчего лошади перепугались и пытались оборвать привязь. С большим трудом нам удалось успокоить их. Теперь я от всего сердца радуюсь, что с нами братья Иван и Феодосий, высокие и сильные, и я благословляю вашу мудрость, подсказавшую вам послать их с нами.

Сегодня нас приютил в своем доме пастух: человек довольно состоятельный и богобоязненный — он владеет тремя тысячами овец и уложил нас спать на мягких овчинах и тюфяках, хотя я, как приличествует моему обету, предпочел голый пол. Лес кончился, и нас окружают открытые холмы, по которым мы равно благословенно можем странствовать в дождь и вёдро. Добрый хозяин дома говорит, что дважды они претерпели набеги неверных, переправлявшихся через реку, до которой нам осталось немного дней пути, если только брат Ангелус поправится и сможет не отставать от нас. Я думаю позволить ему сесть на одну из лошадей, хотя их и без того весьма тяготит ноша священного груза, который они влекут. К счастью, нам в пути не встретились воины неверных.

Ваш смиреннейший слуга во Христе

бр. Кирилл.

Апрель года Господа нашего 6985".

"Ваше преподобие, отец настоятель Евпраксий!

Город остался уже в неделях пути позади нас, и мы теперь странствуем открыто через земли неверных. Я не смею писать, где мы находимся, в страхе, что нас пленят. Быть может, следовало бы нам избрать путь морем, но да защитит нас Господь на избранном нами пути. Мы видели пожарища двух монастырей и одной церкви. Церковь еще дымится. Здесь повесили пятерых монахов как сообщников мятежников, а их уцелевшие братья рассеялись по другим обителям. Это единственная новость, какую мы узнали, потому что не можем подолгу говорить с людьми, выходящими к нашей повозке. Однако нет оснований думать, что среди сожженных монастырей — тот, который мы ищем. Примета того будет ясна глазу: чудовище, равное святому. Если это послание сумеют доставить вам, отец мой, это будет так скоро, как возможно.

Ваш смиренный слуга во Христе

бр. Кирилл.

Июнь года Господа нашего 6985".

Стойчев закончил, но мы сидели молча. Элен чиркала по бумаге, заканчивая запись, Ирина сидела сложив руки, а Ранов стоял, небрежно облокотясь на полку и почесывая шею под воротником. Я и не пытался записывать, положившись на то, что Элен ничего не упустит. В письме не упоминались ни место назначения, ни могила, ни сцена похорон... Меня душило разочарование.

Но Стойчев вовсе не казался подавленным.

— Интересно, — заговорил он, выждав несколько долгих минут. — Интересно. Как видите, письмо из Стамбула попадает в хронологический промежуток между этими двумя. В первом и втором письме они проезжают по Валахии к Дунаю — это явствует из названий мест. Дальше идет ваше письмо, которое брат Кирилл пишет в Константинополе, возможно рассчитывая послать оттуда и два предыдущих письма. Но он не смог их отослать или испугался, если только те, что у нас в руках, — не копии. Этого наверняка мы выяснить не сможем. И последнее письмо датировано июнем. Они выбрали путь сушей, подобный тому, который описан в "Хронике Захарии". В сущности, другого пути и не было: из Константинополя, через Эдирне и Хасково — большая дорога из Царьграда в Болгарию.

Элен подняла голову:

— Но вы не сомневаетесь, что в последнем письме описана Болгария?

— Полной уверенности нет, — признал Стойчев, — однако я считаю это весьма вероятным. Если они выехали из Царьграда — Константинополя — в страну, где в конце пятнадцатого века сжигают монастыри и церкви, эта страна, скорее всего, Болгария. Кроме того, и ваше стамбульское письмо утверждает, что они направляются в Болгарию.

Я не сдержал досады:

— И все же ничего, уточняющего место, куда они направляются. Даже допуская, что это был Светы Георгий...

Ранов уселся за наш стол и принялся рассматривать свои пальцы. Я подумал, что следовало бы скрывать от него свой интерес к Светы Георгию, но как еще я мог спросить о нем Стойчева?

— Верно, — кивнул Стойчев, — брат Кирилл избегает называть в письмах место, куда направляется, так же как из титула Евпраксия выпускает название Снагова. Если бы их схватили, упомянутые монастыри были бы обысканы, даже если бы не навлекли на себя более серьезных преследований.

— Здесь есть интересная строка. — Элен закончила свои записи. — Вы не перечитаете еще раз: примета монастыря, который они ищут, — чудовище, равное святому? Как вы думаете, что это может означать?

Я быстро глянул на Стойчева: эта строка и меня поразила. Он вздохнул:

— Может, имеется в виду фреска или икона в этом монастыре — в Светы Георгии, если они ехали туда. Хотя трудно представить себе подобное изображение. И даже если мы сумеем отыскать сам Светы Георгий, маловероятно, что икона сохранилась с пятнадцатого века, особенно после того, как монастырь, надо полагать, горел хотя бы однажды. Понятия не имею, что это значит. Возможно, всего лишь теологический намек, понятный настоятелю, но не нам, или касающийся какого-то тайного соглашения между ними. Правда, следует иметь в виду, что брат Кирилл называет примету, по которой должен удостовериться, что достиг назначенной цели.

Я все еще боролся с разочарованием: только теперь осознал, что ожидал найти в письмах под вытертым переплетом окончательный ключ к поискам. По крайней мере, они должны были хоть немного прояснить карты, на помощь которых я все еще надеялся.

— Здесь много странностей... — Стойчев погладил пальцами подбородок. — Письмо из Стамбула говорит, что искомое сокровище — возможно, святая реликвия из Царьграда — находится в некоем монастыре в Болгарии и туда они должны направиться. Пожалуйста, профессор, будьте так любезны, прочтите еще раз то место.

Я уже развернул копию стамбульского письма, чтобы она была под рукой, пока мы изучали другие послания брата Кирилла.

— Тут говорится: "...искомое вывезено из города в гавань покоренной земли Болгарской".

— То самое место, — сказал Стойчев. — Остается вопрос, — он постучал по столу перед собой длинным пальцем, — зачем в 1477 году контрабандой вывозить из Константинополя святую реликвию? Город в руках оттоманов с 1453 года, и большая часть святынь уничтожена при разграблении города. Зачем монастырь Панахрантос спустя двадцать четыре года отсылает уцелевшую реликвию в Болгарию, причем ту самую реликвию, за которой наши монахи отправились в Константинополь?

— Ну, — напомнил я ему, — мы знаем из письма, что эту реликвию разыскивали янычары, так что она имела какую-то ценность и для султана.

Стойчев поразмыслил.

— Верно, однако янычары искали ее уже после того, как ее вывезли из монастыря.

— Должно быть, священный предмет имел политическое значение для оттоманов, в то время как для монахов из Снагова обладал духовной ценностью. — Элен, нахмурившись, потерла щеку. — Может быть, книга?

— Да, — подхватил я, заражаясь волнением. — Возможно, в книге содержалась информация, необходимая и туркам, и монахам?

Ранов через стол послал мне внимательный взгляд.

Стойчев медленно кивнул головой, но я почти сразу вспомнил, что это жест означает несогласие.

— Книги того времени, как правило, не содержали политически значимых сведений — это были религиозные тексты, многократно переписанные для использования в монастырях или, в исламской религии, для школ и мечетей. Маловероятно, что монахи предприняли такое опасное путешествие даже ради копии Священного Писания. Подобные книги наверняка имелись и в Снагове.

— Одну минуту. — Элен распахнула глаза, пораженная новой мыслью. — Погодите. Это должно быть связано с нуждами Снагова, или Ордена Дракона, или, может быть, с завещанием Влада Дракулы. Помните "Хронику"? Настоятель хотел похоронить Дракулу в другом месте.

— Верно, — протянул Стойчев. — Он решился послать тело в Царьград, даже рискуя жизнями своих монахов.

— Да... — начал я. Кажется, я собирался добавить что-то, забрести дальше по тропе рассуждений, но Элен вдруг повернулась ко мне и встряхнула меня за плечо.

— Что?.. — оглянулся я, но она уже овладела собой.

— Ничего, — тихо отозвалась она, не глядя ни на меня, ни на Ранова. Я молил бога, чтобы соглядатай вздумал выйти покурить или наскучил нашим разговором и отошел, чтобы Элен могла высказаться свободно. Стойчев проницательно взглянул на нее и вдруг разразился унылым монологом, повествуя о том, как изготавливались и копировались средневековые манускрипты — порой совершенно неграмотными монахами, отчего в них поколение за поколением накапливались мелкие ошибки, — и как современные историки классифицируют различные почерки. Мне его рассказ показался достаточно интересным, хотя и удивил обилием подробностей. К счастью, я терпеливо слушал длинную лекцию, потому что Ранов начал зевать и наконец-то встал, нашарил в кармане пачку сигарет и покинул помещение библиотеки. Едва он вышел, Элен снова схватила меня за плечо. Стойчев с интересом обернулся к ней.

— Пол, — заговорила она, и лицо ее так изменилось, что я обхватил ее за плечи, опасаясь обморока. — Голова! Понимаешь? Дракула вернулся в Константинополь за своей головой!

Стойчев тихо ахнул, но было поздно. Оглядевшись, я увидел выглядывающее из-за книжной полки угловатое лицо брата Румена. Он неслышно вернулся из задней комнаты, и хотя тотчас же отвернулся, убирая что-то на стеллаж, но даже его спина выдавала жадное внимание. Через минуту он так же бесшумно вышел, и мы молча уставились друг на друга. Мы с Элен беспомощно переглянулись, и я встал, чтобы заглянуть в соседнюю комнату. Библиотекарь исчез, и, вероятно, очень скоро кто-то еще — например, Ранов — узнает о восклицании Элен. И что будет делать Ранов с этими сведениями?».

ГЛАВА 62

«За годы поисков, работы над книгами и статьями, размышлений мне не часто случалось испытать такие мгновенные озарения, как в ту минуту, когда Элен вслух высказала свою догадку в библиотеке Рилы. Влад Дракула вернулся в Константинополь за своей головой — или, вернее, настоятель Снагова послал туда его тело, чтобы воссоединить его с нею. Заранее ли Дракула потребовал от него такого обещания, зная, как высоко оценили его прославленную голову еще при жизни, зная об обычае султана выставлять на всеобщее обозрение головы своих врагов? Или настоятель решился на это сам, не желая оставлять в Снагове безголовое тело щедрого, но опасного или еретичного покровителя? Правда, вампир без головы вряд ли представлял большую угрозу — но беспокойство среди братии могло заставить настоятеля обеспечить Дракуле достойные христианские похороны где-нибудь подальше. Вероятно, священник не осмелился взять на себя ответственность за уничтожение тела князя. И кто знает, каких клятв добился от него Дракула при жизни?

Мне представилось удивительное видение: дворец Топкапи в Стамбуле, по которому я не так давно прогуливался солнечным утром, и ворота, над которыми палачи султана выставляли головы его врагов. Наверняка Дракуле досталась самая высокая пика, подумалось мне. Сажатель-на-кол в конце концов сам оказался на колу. Сколько народу приходило полюбоваться на доказательство торжества султана? Элен однажды рассказывала мне, что даже жители Стамбула трепетали перед Дракулой и опасались, что он возьмет штурмом их город. Не придется больше укреплениям турок дрожать при слухе о его приближении. Султан наконец полностью овладеет непокорными землями, посадит на валашский престол, как давно хотел, вассала Оттоманской империи. Все, что осталось от Цепеша, — этот страшный трофей с высохшими глазами и свалявшимися в запекшейся крови волосами и усами.

Как видно, нашему спутнику рисовалась та же картина. Едва брат Румен скрылся за дверью, Стойчев негромко заговорил:

— Да, вполне возможно. Но как удалось монахам Панахрантоса выкрасть голову от дворца султана? Воистину, это было сокровище, как называет его в своей повести Стефан.

— А как мы получили визы на въезд в Болгарию? — вздернула бровь Элен. — Бакшиш — и большой. Монастыри, конечно, обеднели после завоевания, но многим удалось утаить казну: золотые монеты, драгоценности, — хватило бы, чтобы подкупить даже султанскую гвардию.

Я обдумал ее слова.

— В моем путеводителе по Стамбулу говорится, что головы врагов султана, продержав какое-то время на пике, сбрасывали в Босфор. Может быть, кто-то из Панахрантоса перехватил ее по дороге — не так опасно, как выкрадывать от дворцовых ворот.

— Этого мы уже не узнаем, — заметил Стойчев, — однако я думаю, что догадка мисс Росси попала в точку. По всей видимости, именно его голову они искали в Царьграде. И на то, с религиозной точки зрения, есть веские основания. Православная вера требует, чтобы тело хоронили по возможности целым — у нас, например, не практикуют кремацию, — потому что в Судный День мертвые восстанут во плоти.

— А как насчет святых, мощи которых разбросаны по монастырям? — усомнился я. — Каково будет им восставать в целости? Не говоря уже о том, что в прошлом году в Италии я повидал пять рук святого Франциска.

Стойчев расхохотался.

— У святых особые привилегии, — сказал он. — Однако Влад Дракула, хоть и истреблял турок во множестве, никак не святой. Видимо, если верить Стефану, настоятель Снагова серьезно беспокоился о его бессмертной душе.

— Или о бессмертном теле? — вставила Элен.

— Так, — кивнул я, — возможно, монахи Панахрантоса, рискуя жизнями, забрали голову, чтобы обеспечить ей достойное погребение, а янычары заметили пропажу и принялись за поиски, так что настоятель предпочел не хоронить ее в Стамбуле, а отослать подальше. Может быть, они время от времени снаряжали паломников в Болгарию... — Я вопросительно взглянул на Стойчева. — И они послали ее, чтобы похоронить в... в Светы Георгии или в другом болгарском монастыре, с которым имели связь. А тут появились монахи из Снагова, но слишком поздно, чтобы воссоединить тело с головой. Настоятель Панахрантоса услышал о них и переговорил с ними, и тогда посланцы Снагова решили завершить свою миссию, доставив следом и тело. Помимо прочего, им надо было убраться из города, пока ими не заинтересовались янычары.

— Очень хорошее рассуждение, — одобрительно улыбнулся мне Стойчев. — Как я уже говорил, наверняка выяснить невозможно: документы, имеющиеся в нашем распоряжении, говорят о событиях лишь намеками. Но вы нарисовали убедительную картину. Мы еще уговорим вас оставить ваших голландских купцов.

Я почувствовал, что заливаюсь краской удовольствия и смущения, но старый профессор открыто улыбнулся мне.

— А появление и скорый отъезд снаговских монахов насторожил сыщиков султана, — подхватила Элен, — и они обыскали монастыри, установили, что те останавливались в Святой Ирине и предупредили чиновников по предполагаемому маршруту их поездки — вероятно, через Эдирне в Хасково. Хасково был первый крупный болгарский город на их пути, и здесь их — как сказать? — перехватили.

— Да, — закончил Стойчев. — Чиновники империи пытали двух монахов, но отважные иноки ничего не сказали. А, обыскав повозку, чиновники нашли только запас провизии. Но остается вопрос: почему солдаты не нашли тело?

Я замялся:

— Может быть, они и не искали тела. Может, искали только голову. Если янычарам в Стамбуле удалось узнать немногое, они могли счесть, будто паломники вывозят краденую голову. В "Хронике Захарии" говорится, что оттоманы очень рассердились, когда, вскрыв узлы, не обнаружили ничего, кроме еды. Если монахов предупредили об обыске, они могли успеть спрятать тело где-нибудь в леске.

— Или в повозке был тайник, — предположила Элен.

— Но ведь труп наверняка вонял, — прямолинейно напомнил я ей.

— Смотря чему верить, — с очаровательной загадочной улыбкой возразила она.

— Чему верить?

— Да, видишь ли, тело, которому суждено превратиться в не-умершего или если оно уже превратилось, не гниет или разлагается медленнее. По поверьям крестьян Восточной Европы, заподозрив вампира, полагалось выкопать трупы и по традиционному обряду уничтожить те, которые не спешат разлагаться. Это и теперь иногда проделывается.

Стойчев содрогнулся.

— Приятное занятие. Я слышал о таких случаях и в Болгарии, хотя теперь, конечно, это противозаконно. Церковь никогда не одобряла осквернения могил, а наше государство теперь борется с любыми суевериями — насколько это в его силах.

Элен, кажется, готова была пожать плечами.

— Чем эта вера хуже веры в телесное воскресение? — обратилась она к Стойчеву, улыбаясь ему. Ученый не устоял перед ее улыбкой.

— Мадам, — произнес он, — мы очень по-разному интерпретируем наше культурное наследие, однако я преклоняюсь перед быстротой вашего ума. А теперь, друзья мои, мне хотелось бы ознакомиться с вашими картами — думается мне, что в этой библиотеке могут найтись материалы, которые помогут в расшифровке. Дайте мне один час — вам мои занятия покажутся слишком скучными, а мне не хочется тратить время на объяснения.

В это время снова вошел Ранов и встал посреди комнаты, беспокойно оглядываясь кругом. Оставалось надеяться, что он не расслышал последних фраз, где упоминались карты. Стойчев откашлялся.

— Теперь почему бы вам не пойти в церковь? Там очень красиво.

Он кинул на Ранова разве что беглый взгляд, но Элен немедленно встала и, подойдя, отвлекла того каким-то вопросом, дав мне время украдкой вытянуть из портфеля свою папку с копиями карт. Увидев, как живо потянулся к ним Стойчев, я снова воспрянул духом.

К сожалению, Ранов явно не собирался следовать за нами. Его больше интересовали библиотекарь и возможность проследить за профессором. Я попытался увести его:

— Вы не поможете нам раздобыть обед?

Библиотекарь стоял рядом, молча разглядывая меня.

Ранов улыбнулся:

— Уже проголодались? Здесь ужинают в шесть часов. Придется подождать. Разумеется, вас не допустят к монашеской трапезе, но в гостинице подают ужин для посетителей.

Он повернулся к нам спиной и принялся разглядывать кожаные корешки на полках. Тем все и кончилось.

Выходя, Элен сжала мне руку.

— Погуляем? — предложила она, едва мы оказались на дворе.

— Не представляю, как мы обойдемся без Ранова, — угрюмо отозвался я. — Без него и поговорить не о чем.

Она рассмеялась, но я видел, что она тоже встревожена.

— Может, мне вернуться и попробовать обольстить его?

— Нет, — возразил я, — лучше не надо. Чем больше мы стараемся, тем пристальнее он будет следить за профессором. Избавиться от него не легче, чем от мухи.

— А из него вышла бы отличная муха. — Элен взяла меня под руку.

Солнце сияло по-прежнему ярко, и когда мы вышли из тенистого монастырского дворика под стенами и галереей, нас окутала жара. Подняв голову, я видел лесистые склоны над монастырем и отвесные утесы на вершине. Далеко наверху кружил орел. Монахи переходили от церкви к кельям, подметали деревянные полы галереи, сидели в треугольном островке тени у портика ворот. Я дивился, как этим длиннобородым старцам удается терпеть летний зной в своих черных длинных рясах и черных шляпах-колпаках. Зайдя в церковь, я начал понимать: там царила весенняя прохлада, освещенная огоньками свечей и мерцанием золотистого металла и драгоценных камней. Внутренние стены покрывали чудные фрески.

— Девятнадцатый век, — уверенно определила Элен, а я задержался перед особенно мрачной картиной: с нее на нас строго смотрел седобородый святой с расчесанными на стороны длинными волосами.

— Иван Рильский, — прочитала Элен буквы над нимбом.

— Тот, чьи кости перевезли сюда за восемь лет до приезда наших друзей из Валахии, да? О нем говорится в “Хронике”.

— Верно. — Элен задумчиво рассматривала портрет, словно ожидала, что, если подождать достаточно долго, святой может заговорить с нами.

Бесконечное ожидание начало действовать мне на нервы.

— Элен, — сказал я, — пойдем гулять. Можно забраться повыше на гору и осмотреть окрестности. Мне нужно чем-нибудь заняться, а то я сойду с ума, думая о Росси.

— Пойдем, — согласилась Элен и пристально взглянула на меня, оценивая мое нетерпение. — Только не слишком далеко. Далеко нас Ранов не отпустит.

Тропинка в гору вилась в густом лесу, не хуже церковных сводов защищавшем нас от полуденной жары. Так приятно было хоть ненадолго отделаться от Ранова, что мы шагали по тропе, держась за руки и широко размахивая ими в такт.

— Ему, пожалуй, трудно будет сделать выбор между нами и Стойчевым?

— Да ничуть, — хладнокровно возразила Элен. — Наверняка он приставил кого-то следить за нами. Он не решится оставить нас без присмотра, но и Стойчева не выпустит из виду. Уж очень ему интересно, что мы ищем.

— Ты как будто считаешь это самым обычным делом, — заметил я, поглядывая на ее профиль.

Шагая по мягкой тропинке, она сдвинула шляпку на затылок, и лицо ее немного раскраснелось.

— Не представляю, каково это — расти среди такого цинизма, под постоянным надзором.

Элен передернула плечами.

— Все казалось не так уж страшно, ведь ничего другого я не знала.

— Однако тебе захотелось оставить родину и уехать на Запад?

— Да, — согласилась она, искоса взглянув на меня. — Мне хотелось оставить родину.

Мы присели передохнуть на упавшем стволе.

— Я все думаю, почему нам разрешили въезд в Болгарию, — признался я Элен.

Даже здесь, в лесу, я привычно понизил голос.

— И почему отпустили ездить куда хотим, — кивнула она. — Ты что-нибудь надумал?

— Мне представляется, — медленно заговорил я, — что они не мешают нам отыскать то, что мы ищем, — а ведь вполне могли бы, — потому что хотят, чтобы мы нашли.

— Браво, Шерлок! — Элен ладошками обмахивала мне лицо. — Ты быстро учишься.

— Значит, можно сказать, они знают или подозревают, что мы ищем. Значит, их интересует Влад Дракула — неумерший? Неужели они могут верить... — Мне стоило труда произнести эти слова, хоть я и понизил голос до шепота. — Сколько раз ты мне твердила, что коммунистическое правительство презирает крестьянские суеверия! Почему же они помогают нам, вместо того чтобы помешать? Уж не надеются ли они обрести некую сверхъестественную власть над своим народом, обнаружив его могилу?

Элен покачала головой.

— Вряд ли. Несомненно, их интересует власть, но подход у них всегда научный. Кроме того, они, конечно, не пожелают отдавать американцам честь открытия. — Она поразмыслила немного. — Подумай, можно ли вообразить более крупное научное открытие, чем возможность возвращать жизнь — или хотя бы не-умирание — умершим? Особенно в Восточном блоке, где великих вождей бальзамируют и хранят в мавзолеях?

Передо мной мелькнуло желтое лицо Георгия Димитрова в софийском мавзолее.

— Тем больше у нас причин уничтожить Дракулу, — проговорил я, чувствуя, как на лбу проступает холодный пот.

— Хотела бы я быть уверенной, — мрачно добавила Элен, — что, уничтожив его, мы так уж сильно изменим будущее. Вспомни Гитлера и Сталина. Что они творили со своими народами! Им не понадобилось пятисот лет на совершение своих преступлений.

— Понимаю, — сказал я. — Об этом я тоже думал.

Элен кивнула.

— Ты знаешь, как ни странно, Сталин открыто восхищался Иваном Грозным. Вот тебе два вождя: каждый готов убивать и давить собственный народ — готов на все, лишь бы собрать силы. А кем восхищался Иван Грозный, угадаешь?

Я почувствовал, как отхлынула от сердца кровь.

— Ты говорила, что в России много народных сказаний о Дракуле...

— Вот именно.

Я уставился на нее.

— Ты представляешь себе мир, в котором Сталин мог бы прожить пять столетий? — Она скребла пальцем подгнившую кору ствола. — А может быть, и вечно...

У меня сжались кулаки.

— Как ты думаешь, можно отыскать средневековое захоронение так, чтобы об этом никто не знал?

— Очень трудно, почти невозможно. Я уверена, что за нами постоянно следят.

В этот момент из-за поворота тропинки показался человек. Его внезапное появление так поразило меня, что я чуть не выбранился вслух. Но это был мужчина с простым лицом и в простой одежде, с охапкой хвороста на плечах, и он приветственно помахал нам рукой, проходя мимо. Я оглянулся на Элен.

— Вот видишь, — сказала она.

Выше по склону мы наткнулись на скальный уступ.

— Смотри, — сказала Элен, — давай посидим здесь минутку.

Прямо под нами круто уходила вниз лесистая долина, почти заполненная стенами и красными крышами монастырских зданий. Теперь мне было видно, как огромно монастырское подворье. Оно угловатой скорлупой окружало церковь, купола которой светились на ярком солнце. Посредине поднималась башня Хрелио.

— Отсюда видно, как неприступна эта обитель. Представь себе, как часто враги рассматривали ее отсюда.

— А иногда и пилигримы, — напомнила мне Элен. — Для них это была твердыня духа, а не военное укрепление.

Она откинулась назад, на упавший ствол, разгладила юбку. Сумочка валялась рядом с ней. Она сняла шляпку, закатала рукава блузки, чтобы было прохладнее. Легкая испарина выступила у нее на лбу и на щеках. Сейчас ее лицо было таким, какое я больше всего любил: задумчивое выражение, взгляд, обращенный одновременно в себя и вовне. Глаза широко распахнуты, губы крепко сжаты: почему-то этот рассеянный взгляд был мне дороже, чем обращенный прямо на меня. Она по-прежнему носила на шее шарфик, хотя отметина, оставленная библиотекарем, превратилась уже в простой синяк. Под шарфиком поблескивал крестик. От ее резкой красоты я ощутил боль — не просто физического желания, но чего-то подобного трепету перед ее завершенностью. К ней нельзя было прикоснуться: моя, она была потеряна для меня.

— Элен, — заговорил я, не касаясь ее руки.

Я не собирался говорить, но это было сильнее меня.

— Я хочу тебя о чем-то попросить.

Она кивнула, не отрывая взгляда от священной обители внизу.

— Элен, ты выйдешь за меня замуж?

Она медленно обернулась ко мне, и я не мог понять, что выражает ее лицо: изумление, насмешку, удовольствие?

— Пол, — строго спросила она, — сколько времени мы знаем друг друга?

— Двадцать три дня, — вздохнул я, понимая, что представления не имею, как быть, если она откажется.

Но было уже поздно брать назад свои слова, откладывать разговор на потом. И даже если она ответит "нет", я не брошусь головой вниз с обрыва, не доведя до конца своих поисков, хотя искушение и велико.

— И ты думаешь, что знаешь меня?

— Вовсе нет, — упрямо буркнул я.

— И ты думаешь, я знаю тебя?

— Не уверен.

— Мы так мало времени провели вместе. Мы принадлежим совершенно разным мирам. — Теперь она улыбалась, словно желая смягчить жестокость своих слов.

— Кроме того, я всегда считала, что ни за что не выйду замуж. Я не создана для семьи. И что делать с этим? — Она коснулась своего горла. — Ты готов взять в жены женщину, помеченную адом?

— Я защитил бы тебя от любого дьявола, который посмел бы к тебе приблизиться.

— Тяжелая обуза... И как нам иметь детей, — теперь она смотрела на меня прямо и твердо, — зная, что им может передаться эта зараза?

Мне трудно было говорить сквозь подкативший к горлу комок.

— Так твой ответ — "нет" или мне можно будет попробовать еще раз?

Ее рука — я уже не мог представить себе жизни без этой руки с прямыми длинными пальцами, с нежной кожей на жестких костях — сомкнулась на моей, и я подумал мельком, что у меня нет кольца, чтобы надеть ей на палец.

Элен серьезно глядела на меня.

— Мой ответ: конечно, я выйду за тебя замуж.

После недель тщетных поисков другого любимого мной человека я был так поражен простотой этой победы, что не сумел ни заговорить, ни даже поцеловать ее. Мы молча сидели рядом, глядя вниз, на красный, золотой, серый огромный монастырь».

ГЛАВА 63

Барли вместе со мной разглядывал бедлам, оставленный отцом в номере, но он раньше меня приметил то, что я упустила из виду, — разбросанные по кровати бумаги и книги. Среди них мы нашли рассыпающийся на листочки экземпляр стокеровского «Дракулы», новенькую историю средневековых ересей во Франции и очень старый на вид том европейских преданий о вампирах.

Рядом с книгами лежали бумаги: заметки, сделанные рукой отца, и россыпь почтовых открыток, исписанных совершенно незнакомым почерком, красивыми темными чернилами, мелко и ровно. Мы с Барли в едином порыве — и опять как радовалась я, что не одна! — бросились рыться в бумагах, и в первую очередь меня потянуло собрать открытки. Их украшали марки радужного многоцветья стран: Португалия, Франция, Италия, Монако, Финляндия, Австрия. Марки были не погашены, без почтовых штемпелей. Порой письмо, начатое на одной открытке, переходило на следующую, на четыре-пять подряд, и на каждой был аккуратно проставлен номер. Больше всего поразила меня подпись: Элен Росси. И все были адресованы мне.

Барли, заглядывавший мне через плечо, заразился моим изумлением, и мы рядышком присели на край кровати. Первая карточка была из Рима: с черно-белой фотографией останков Форума.

«Май 1962 г.

Доченька моя любимая!

На каком языке писать тебе, дитя моего сердца и тела, не виденное пять лет? Все эти годы мы могли бы говорить с тобой на особом языке взглядов и поцелуев, лепета и улыбок. Мне так тяжело думать о том, что я потеряла, что сегодня я не могу больше писать, хотя только начала.

Твоя любящая мама Элен Росси».

На второй, цветной, хотя уже выгоревшей открытке были цветы в вазах: «Jardins de Boboli» — Сады Боболи... Боболи.

«Май 1962 г.

Доченька моя любимая!

Скажу тебе по секрету: я ненавижу английский. Английский — это грамматические упражнения или хрестоматия по литературе.

В душе я чувствую, что мне было бы легче говорить с тобой на своем языке — на венгерском, или даже на языке, который цветет в глубине моего венгерского, — на румынском. Румынский — язык врага, которого я преследую, но даже он не осквернил для меня этого языка. Если бы ты сейчас сидела у меня на коленях, глядя на утренний сад, я могла бы дать тебе первый урок: *"Ма nитesc..."* — и потом мы бы снова и снова шепотом повторяли твое имя на нежном, мягком языке, языке твоей мамы. Я рассказала бы тебе, что румынский — язык отважных, добрых и печальных людей: пастухов и крестьян, язык твоей бабушки, чью жизнь он погубил издалека. Я бы называла тебе имена красивых вещей, которые узнала от нее: звезд над ее ночной деревней, огоньков на реке. *"Ма nитesc..."* Я сказала тебе это, и счастье слишком велико для одного дня.

Твоя любящая мама Элен Росси».

Мы с Барли посмотрели друг на друга, и он нежно обнял меня рукой за плечо.

ГЛАВА 64

«Стойчева мы застали за тем же столом. Он был очень взволнован. Ранов сидел напротив него, стуча пальцами по столу и поглядывая на документы, которые откладывал в сторону профессор. Вид у него был необычайно раздраженный: по-видимому, Стойчев не удовлетворил его любопытства. Как только мы вошли, Стойчев поднял голову и громко прошептал:

— Кажется, нашел!

Элен присела рядом с ним и склонилась над манускриптами, которые он изучал. Видом и почерком они напоминали письма брата Кирилла: ветхий, искрошившийся по краям пергамент, густо исписанный аккуратными буковками.

Я узнал славянский алфавит. Рядом были разложены наши карты. У меня прерывалось дыхание: против всякой вероятности, я надеялся услышать что-то важное. Может быть, могила даже здесь, в Риле, внезапно подумалось мне. Может быть, Стойчев потому так и рвался сюда, что подозревал это? Однако меня удивило и встревожило, что он собирается объявить о своем открытии при Ранове.

Стойчев огляделся, глянул на Ранова, потер ладонью морщинистый лоб и тихо произнес:

— Я полагаю, могилу следует искать не в Болгарии.

Я почувствовал, как кровь отлила от сердца.

— Как? — Элен неотрывно глядела на Стойчева, Ранов же отвернулся, барабаня пальцами по столу и словно бы не слушая нас.

— Мне жаль вас разочаровывать, друзья мои, но из этой рукописи, которую я не перечитывал много лет, явствует, что группа паломников в 1478 году вернулась из Светы Георгия в Валахию. Передо мной таможенный документ — разрешение вывезти в Валахию некую христианскую реликвию валашского происхождения. Мне очень жаль. Возможно, вам когда-нибудь удастся добраться и туда и окончательно прояснить этот вопрос. Однако если вы решите продолжить исследования путей паломничества в Болгарии, я буду счастлив содействовать вам.

Я, онемев, уставился на него. Нечего и думать добраться до Румынии. Мы и сюда-то попали чудом!

— Я рекомендую вам получить разрешение на посещение еще некоторых монастырей, особенно Бачковского монастыря, лежавшего на большой дороге паломников. Это прекрасный образчик византийского стиля в Болгарии, и его здания намного старше, чем здесь, в Риле. Кроме того, там имеются редкие манускрипты, принесенные в дар монастырю монахами-паломниками. Вам это будет интересно, и вы сможете подобрать достаточно материалов для своей статьи.

Элен ошеломила меня, преспокойно согласившись с его предложением.

— Это можно устроить, мистер Ранов? — спросила она. — И чтобы профессор Стойчев сопровождал нас и дальше?

— О, боюсь, что мне придется вернуться домой, — с сожалением протянул Стойчев. — Меня ждет работа. Я сожалею, что не смогу помочь вам в Бачково, однако я дам вам рекомендательное письмо настоятелю. Мистер Ранов послужит вам переводчиком, а настоятель поможет разобрать заинтересовавшие вас рукописи. Он прекрасно знает историю монастыря.

— Прекрасно. — Ранов, услышав, что профессор нас покидает, просто расцвел.

Я решил, что в таком ужасном положении нам ничего не остается, как притвориться, что мы продолжаем осмотр монастырей, а тем временем решать, что делать дальше. В Румынию? Передо мной снова встало видение: дверь кабинета Росси. Она была закрыта, заперта на ключ. Никогда больше Росси не откроет ее. Ранов молча наблюдал за нами, но в его молчании крылось злорадство. То, чего мы на самом деле искали, оказалось недостижимым. Теперь мы снова остаемся наедине с нашим гидом, который проводит нас по монастырям и как можно скорее выдворит из Болгарии.

Ирина, по всей видимости, была в церкви: выходя, мы увидели, как она переходит раскаленный двор, и Ранов, заметив ее, свернул в галерею покурить, а потом удалился в сторону главных ворот и скрылся за ними. Я заметил, что он, подходя к воротам, зашагал чуть быстрее: возможно, и ему хотелось отдохнуть от нас. Стойчев тяжело опустился на скамью у стены, и Ирина заботливо обняла его за плечи.

— Слушайте, — тихо заговорил он, улыбаясь так, словно затевал пустую светскую беседу, — надо поговорить сейчас, пока наш друг не слышит. Я не хотел пугать вас. Нет никаких документов о возвращении монахов с реликвиями в Валахию. Простите, но я солгал. Влад Дракула безусловно похоронен в Светы Георгии, где бы ни находилась эта обитель, и я обнаружил важные сведения. Стефан говорит, что Светы Георгий расположен недалеко от Бачково. Я не нашел в окрестностях Бачково местности, напоминающей рельеф ваших карт, зато нашел письмо от настоятеля Бачково к настоятелю Рилы. Начало шестнадцатого века. Я не решился показывать его вам при вашем сопровождающем. В письме сообщается, что настоятель Бачкова более не нуждается в помощи настоятеля Рилы или других священников для подавления ереси в Светы Георгии, потому что монастырь сгорел, а его братия рассеялась. Он советует настоятелю Рилы пристально следить за монахами, явившимися оттуда, как и за любым монахом, утверждающим, что дракон сразил Святого Георгия — Светы Георгия, — потому что такова примета их ереси.

— Дракон сразил... погодите, — заговорил я, — вы имеете в виду ту строчку про чудовище и святого? Кирилл пишет, что они ищут монастырь, где чудовище равно святому.

— Святой Георгий — один из важнейших персонажей болгарской иконографии, — тихо пояснил Стойчев. — Идея, что дракон мог сразить его, представляется странным извращением. Но как вы помните, валашские монахи искали монастырь, уже отмеченный этим знаком, потому что именно там тело Дракулы должно было воссоединиться с головой. Теперь я начинаю задумываться, не существовало ли крупное еретическое течение, о котором нам ничего не известно, — известное и в Константинополе, и в Валахии, и, может быть, даже самому Дракуле. Не создал ли Орден Дракона собственную ветвь религии, отдельную от единой церкви? Не развил ли он собственную ересь? До сих пор я даже не рассматривал такой возможности. — Он покачал головой. — Вам следует ехать в Бачково и расспросить настоятеля, где могли уравнять, или даже поменять местами, чудовище и святого. Вам придется говорить с ним втайне. В моем письме — которое ваш гид непременно прочтет — будет сказано только о ваших исследованиях маршрутов пилигримов, но вы должны найти способ переговорить с ним без свидетелей. Кроме того, там есть один монах, бывший историк, серьезно занимавшийся историей Светы Георгия. Он работал с Атанасом Ангеловым и был вторым человеком, увидевшим вновь найденную рукопись Захарии. Тогда его звали Пондев, но я не знаю, какое имя он принял в монашестве. Настоятель поможет вам найти его. И еще одно. При мне сейчас нет карты, но, помнится, на северо-востоке от монастыря есть длинная изогнутая долина, по которой в прошлом могла протекать река. Я помню, что однажды видел ее и говорил о ней с местными монахами, хотя названия не знаю. Не окажется ли она хвостом вашего дракона? И где тогда его крыло? Это вам тоже надо будет проверить.

Мне хотелось встать на колени и целовать ноги старика.

— Но вы с нами не поедете?

— Поехал бы, что бы ни говорила моя племянница, — он через плечо улыбнулся Ирине, — но боюсь навлечь на вас подозрение. Ваш гид насторожится, узнав, что меня по-прежнему интересуют ваши поиски. Если сумеете, свяжитесь со мной, как только вернетесь в Софию. Я буду все время думать о вас и желать вам удачи. Вот, непременно возьмите. — Он вложил в руку Элен какую-то маленькую вещицу, но она сжала пальцы так быстро, что я не успел рассмотреть подарок и не заметил, куда она его спрятала.

— Что-то долго не видно нашего мистера Ранова, — тихо заметила она.

Я быстро взглянул на нее.

— Сходить проверить? — Я уже научился доверять ее чутью и направился к воротам, не дожидаясь ответа.

Сразу за стеной я наткнулся на Ранова, стоявшего вместе с незнакомым мужчиной у длинного голубого автомобиля. Его высокий собеседник выглядел весьма элегантно в летнем костюме и шляпе, но что-то в его внешности заставило меня замереть, притаившись в тени ворот. Оба были увлечены беседой и прервали ее неожиданно для меня. Красавец хлопнул Ранова по спине и нырнул в машину. Я вздрогнул, словно почувствовав хлопок собственной спиной, — мне знаком был этот дружелюбный жест. Как ни трудно в это поверить, человек, ловко выводивший сейчас машину с пыльной стоянки, был Гежа Йожеф. Я метнулся назад и поспешил присоединиться к остальным. Элен выжидательно смотрела на меня: она тоже успела научиться доверять моему чутью. Я на минуту отвел ее в сторону, и Стойчев, если и удивился, был слишком вежлив, чтобы задавать вопросы.

— По-моему, здесь Йожеф, — торопливо прошептал я. — Лица я не разглядел, но человек, очень похожий на него, только что говорил с Рановым.

— Дерьмо, — прошипела Элен.

Кажется, я впервые слышал, как она бранится вслух.

Ранов уже спешил к нам.

— Пора ужинать, — как ни в чем не бывало заявил он, и я задумался, не жалеет ли он, что хоть на несколько минут оставил нас со Стойчевым.

По его тону я решил, что меня он за воротами не заметил.

— Идемте со мной. К сожалению, ужинать придется с монахами.

Безмолвная монастырская трапеза была великолепна. Двое монахов подавали хлеб домашней выпечки. С нами в гостинице остановились и другие группы туристов, и я заметил, что не все говорят по-болгарски. Здесь были немцы — видимо, из Восточной Германии, а другой незнакомый язык я счел чешским. Мы проголодались и ели жадно, и я с надеждой предвкушал ожидавшие нас узкие койки. Нас с Элен ни на минуту не оставляли одних, но я понимал, что появление Йозефа нужно обсудить. Чего он хотел от Ранова? Или, вернее, от нас? Элен предупреждала, что за нами следят. Кто сообщил ему, что мы здесь?

День выпал утомительный, но мне так не терпелось увидеть Бачково, что я охотно отправился бы туда пешком, если бы так было быстрее. Однако пришлось переночевать, отдохнув перед завтрашней поездкой. Среди похрапывания

Праги и Восточного Берлина я слышал голос Росси, рассуждающий о каких-то неясностях в нашей статье, и голос Элен, усмехающейся моей недогадливости: "Конечно, я выйду за тебя замуж"».

ГЛАВА 65

«Июнь 1962 г.

Любимая моя доченька!

Ты знаешь, что ужасы, которые пришлось пережить нам с твоим отцом, сделали нас богатыми. Большую часть денег я оставила твоему отцу, чтобы он мог позаботиться о тебе, но у меня осталось довольно, чтобы вести долгие поиски, вести осаду. Часть я разменяла в Цюрихе и открыла там банковский счет под именем, которого никто не знает. С этого тайного счета я беру деньги раз в месяц: плачу за квартиру, за право работать в архивах, за обеды в ресторанах. Я трачу как можно меньше, чтобы когда-нибудь отдать тебе, моя маленькая, когда ты станешь взрослой, все, что осталось.

Твоя любящая мама Элен Росси».

«Июнь 1962 г.

Любимая моя доченька!

Сегодня у меня опять плохой день (я никогда не отправлю эту открытку. Если отправлю хоть одну, то только не эту). Сегодня один из тех дней, когда я не помню, ищу ли этого дьявола или просто бегу от него. Я стою перед зеркалом, перед старым зеркалом в моем номере в *Hotel d'Este*: на стекле пятна, будто лишайник расползается по неровной поверхности. Я стою и ощупываю шрам на горле: красное пятно, оставшееся навсегда. Что, если ты найдешь меня раньше, чем я — его? Что, если он найдет меня раньше, чем я — его? Не знаю, почему он до сих пор не нашел меня. Не знаю, увижу ли тебя когда-нибудь.

Твоя любящая мама Элен Росси».

«Август 1962 г.

Любимая моя доченька!

Когда ты родилась, у тебя были черные волосы, и они кудряшками торчали на влажной головке. Когда тебя вымыли и обтерли, они превратились в темный пушок вокруг личика: темные волосы, как у меня, но с медным отливом, как у твоего отца. Я лежала в облаке морфина, держала тебя в руках и смотрела, как свет на твоих младенческих волосиках переливается от цыганской черноты к блеску и снова темнеет. Все в тебе было гладеньким и блестело: я выглаживала и лепила тебя в себе, сама не зная того. У тебя были золотые пальчики, розовые щечки, а ресницы и бровки — как перо вороненка. И мое счастье перехлестывало через край, несмотря на морфий.

Твоя любящая мама Элен Росси».

ГЛАВА 66

«Я рано проснулся на своей койке в мужской спальне Рильского монастыря: солнечный свет только что начал пробиваться в маленькие окна, выходившие на монастырский двор, а другие туристы еще крепко спали. Я слышал первый звон церковного колокола еще в темноте, а теперь снова звонили колокола. Первая моя мысль была о том, что Элен согласилась выйти за меня. Хотелось поскорее снова увидеть ее, улучить минуту и спросить, не приснился ли мне вчерашний день. Солнце, заливавшее двор, было бледнее моего счастья, а утренний воздух казался невероятно свежим, сохранившим века свежести.

Но за завтраком Элен не было. Ранов был тут как тут и как всегда уныло курил, пока один из монахов не попросил его выйти с сигаретой на улицу. Как только завтрак кончился, я поспешил по коридору к женской спальне, у дверей которой мы накануне расстались с Элен. Дверь была открыта. Остальные женщины, чешки и немки, ушли, оставив опрятно застеленные постели. Элен, казалось, спала: я видел очертания ее тела под одеялом на койке у окна. Она лежала, отвернувшись к стене, и я тихонько вошел, рассудив, что она теперь — моя невеста и я даже в монастыре имею право разбудить ее поцелуем. Я закрыл за собой дверь, понадеявшись, что монахи нас не застанут.

Элен лежала на девственно белых простынях, спиной к комнате. Когда я подошел ближе, она чуть повернулась ко мне, словно ощутив мое присутствие. Ее голова запрокинулась назад, глаза были закрыты, а темные кудри рассыпались по подушке. Она крепко спала, и с ее губ срывались шумные, затрудненные вздохи. Мне подумалось, что она утомлена поездкой и волнениями вчерашнего дня, но было в ее облике что-то, заставившее меня в тревоге склониться над ней. Мне хотелось поцеловать ее, спящую, и только тогда я с ужасом увидел зеленоватую бледность ее лица и свежую кровь на шее. Там, где во впадинке горла была почти зажившая ранка, теперь сочились красным два рваных пореза. Немного крови стекло на простыню и на рукав ее дешевенькой белой ночной рубашки на закинутой под голову руке. Вырез рубахи был сбит на сторону и надорван, так что одна грудь открывалась почти до темного соска. Все это я, обомлев, разглядел в одно мгновение, и сердце у меня замерло в груди. Потом я бережно подтянул простыню, прикрыв наготу, будто укутывал спящего ребенка. Ничего другого тогда не пришло мне в голову. В горле застряло сдавленное рыдание, крик ярости, которой я еще не прочувствовал до конца.

— Элен! — Я мягко встряхнул ее за плечо, но лицо ее не дрогнуло. Теперь я видел, как оно осунулось, словно даже во сне ее мучила боль. Но где же распятие? Вдруг вспомнив о нем, я внимательно огляделся и нашел его под ногами: тонкая цепочка порвалась. Сорвал ее кто-то нарочно или она сама неловко повернулась во сне? Я снова встряхнул Элен:

— Элен, проснись!

Теперь она шевельнулась, чуть заметно, и я испугался, что поврежу ей, разбудив слишком внезапно. Однако через секунду Элен открыла глаза, нахмурилась. Я видел слабость во всех ее движениях. Сколько крови она потеряла за ночь, пока я спокойно спал в соседней спальне? И зачем я оставил ее, хотя бы на одну ночь?

— Пол? — проговорила она озадаченно. — Что ты здесь делаешь? — Она попыталась сесть и тут обнаружила беспорядок в одежде. Я с мучительной болью смотрел, как ее рука потянулась к горлу и медленно отстранилась. На пальцах осталась густая липкая кровь. Элен уставилась на них, потом снова на меня.

— О, господи!

Она села прямо, и я впервые за эти минуты почувствовал тень облегчения. Хотя на ее лице был ужас, но она потеряла не слишком много крови, раз оказалась в силах приподняться.

— О, Пол, — прошептала она.

Я сел на краешек кровати и крепко сжал ее руки в своих.

— Ты совсем проснулась? — спросил я.

Она кивнула.

— И помнишь, где ты находишься?

— Да, — отозвалась она, но ее голова склонилась на окровавленную руку, и Элен разразилась хриплыми тихими рыданиями: душераздирающие звуки.

Я никогда еще не слышал ее плача. Эти всхлипывания пронзили меня ледяными иглами.

Я поцеловал ее руку — ту, которая осталась чистой.

— Я с тобой.

Она, не переставая плакать, стиснула мои пальцы, потом с усилием овладела собой.

— Нам надо подумать, что… это мой крестик?

— Да. — Я поднял распятие, вглядываясь в ее лицо, и, к своему бесконечному облегчению, не увидел в нем и тени отвращения. — Ты его снимала?

— Нет, конечно же, нет. — Элен покачала головой, и последние слезы покатились по ее щекам. — И не помню, как порвала цепочку. Не думаю, чтобы они… он… осмелился.

Если легенды не лгут... — Она вытерла лицо, избегая касаться ранки на горле. — Должно быть, она порвалась во сне.

— Я тоже так решил, судя по тому, где нашел. — Я показал ей место на полу. — А ты не чувствуешь... неудобства от его близости?

— Нет, — задумчиво проговорила она, — пока не чувствую.

От этого холодного словечка у меня перехватило дыхание.

Она протянула руку, коснулась распятия, сперва нерешительно, потом взяла его. Я перевел дух. Элен тоже вздохнула.

— Я заснула, думая о матери и о статье, которую хотела бы написать по элементам трансильванских орнаментов — знаешь, местные народные вышивки славятся на весь мир, — а проснулась только теперь. — Она нахмурилась. — Мне снилось что-то плохое, но во сне была моя мать и она... она отгоняла от меня большую черную птицу. А когда отогнала, наклонилась и поцеловала меня в лоб, как целовала на ночь, когда я была маленькой, и я увидела отметину... — Она помолчала, как будто эта мысль причинила ей боль. — Я увидела метку дракона на ее голом плече, но метка не казалась чем-то ужасным — просто как родинка на теле. И после ее поцелуя мне стало не так страшно.

Меня охватила странная дрожь: вспомнилась ночь, когда я пытался сохранить трезвость рассудка от ужаса перед существом, сгубившим моего кота, мыслями о голландских купцах, которых успел полюбить. Что-то подобное защитило и Элен, хотя бы отчасти: она жестоко изранена, но потеряла не слишком много крови. Мы молча смотрели друг на друга.

— Могло быть хуже, — сказала она.

Я обнял ее и ощутил, как дрожат ее всегда твердые плечи. Меня и самого трясло.

— Да, — прошептал я. — Но мы должны защитить тебя от худшего.

Она вдруг покачала головой, словно удивляясь чему-то.

— Но ведьмы в монастыре! Не понимаю. Не-умершие чураются таких мест. — Она кивнула на крест над дверью, на икону с лампадкой, висевшую в углу. — Это ведь лик Девы?

— Я и сам не понимаю, — медленно проговорил я, поворачивая ее ладонь в своих. — Но ведь мы знаем, что монахи путешествовали с останками Дракулы, да и похоронен он, скорей всего, в монастыре. Это само по себе странно. Элен… — Я сжал ее пальцы. — Мне еще вот что пришло в голову. Тот наш библиотекарь — он ведь последовал за нами в Стамбул, а потом в Будапешт. Не мог ли он оказаться и здесь? Не он ли напал на тебя этой ночью?

Она поморщилась.

— Понимаю. Он попробовал моей крови однажды и может захотеть еще, да? Правда, во сне я чувствовало что-то другое — гораздо более могущественное. Но как сумел один из них попасть внутрь, даже если они не боятся монастырей?

— Это проще всего, — ответил я, указывая на приоткрытое окно над койкой Элен. — О господи, зачем я оставил тебя здесь одну!

— Я была не одна, — возразила она. — В одной комнате со мной спали еще десять женщин. Но ты прав: он способен менять облик, как говорила моя мать… Летучая мышь, туман…

— Или большая черная птица, — вспомнился мне ее сон.

— Теперь я укушена дважды, можно считать, — чуть ли не мечтательно протянула она.

— Элен, — я встряхнул ее, — я ни за что больше не оставлю тебя одну, даже на час.

— Ни на час не остаться одной? — К ней снова вернулась на минуту прежняя улыбка, саркастическая и любовная.

— И я прошу тебя, обещай… если почувствуешь что-то, чего не чувствую я, почувствуешь, что кто-то ищет тебя…

— Если я почувствую что-нибудь такое, обязательно скажу тебе, Пол, — горячо сказала она, и данное обещание словно подтолкнуло ее к действию. — Идем, пожалуйста. Мне нужно поесть и выпить чего-нибудь: красного вина или бренди, если удастся достать. И дай мне полотенце — вот оно — и тазик: я вымою и перевяжу горло. — Ее страстная практичность была заразительна, и я с готовностью повиновался.

— Потом зайдем в церковь, незаметно обмоем рану святой водой. Если я смогу это вытерпеть, то еще есть надежда. Как странно, — снова та же циничная усмешка, — я всегда считала церковные обряды чепухой и вот сама исполняю.

— Он, по-видимому, не считает их чепухой, — трезво заметил я.

Я помог ей смыть кровь с горла, не коснувшись открытых ран, и сторожил у двери, пока она одевалась. Вблизи раны были так ужасны, что мне пришлось выскочить на минуту за дверь, чтобы выплакаться. Но Элен, хотя пошатывалась на ходу, держалась твердо. Она повязала свой обычный шарфик и отыскала в сумочке шнурок, взамен цепочки крестика. Я надеялся, что шнурок окажется крепче цепочки. Простыня была безнадежно испачкана пятнышками крови.

— Предоставим монахам думать... ну, в этой спальне и раньше бывали женщины, — прямолинейно заявила Элен. — Им наверняка не впервой отстирывать кровь.

Ко времени, когда мы вышли из церкви, Ранов уже томился во дворе. Он, прищурившись, взглянул на Элен.

— Долго же вы спите, — произнес он тоном обвинителя.

Я пристально разглядывал его глазные зубы, но они выглядели не длиннее, чем прежде: нечищенные, сточенные зубы, оскаленные в неприятной усмешке».

ГЛАВА 67

«Прежде меня раздражало явное нежелание Ранова отвезти нас в Рилу, однако энтузиазм, с которым он принял поездку в Бачково, встревожил меня еще больше. По дороге он обращал наше внимание на виды, которые часто были интересны, невзирая на его монотонные комментарии. Мы с Элен старались не встречаться взглядами, но я чувствовал исходящую от нее отчаянную тревогу. Теперь нам приходилось беспокоиться еще и из-за Йожефа. От Пловдива узкая дорога вилась вдоль каменистого ручья, а с другой стороны поднимались отвесные скалы. Мы снова углублялись в горы — в Болгарии, куда бы вы ни направились, горы всегда рядом. Я высказал эту мысль Элен, которая, сидя на заднем сиденье рановского автомобиля, смотрела в другое окно, и она кивнула:

— "Балкан" — турецкое слово и значит "гора".

Подъезд к монастырю оказался не слишком величественным — мы просто свернули с дороги на пыльную площадку и пешком прошли к воротам. Бачковский монастырь располагался среди высоких скалистых холмов, кое-где поросших лесом, у небольшой речки. Даже в начале лета местность выглядела засушливой, и я хорошо представлял, какой ценностью для монахов был близкий источник воды. Наружная стена сложена из того же тусклого камня, что и окрестные холмы, а крыша из той же желобчатой красной черепицы, которую я видел на старом доме Стойчева и на сотнях других домов и церквей вдоль дороги. Ворота представлялись темным зевом, глубоким, как устье пещеры.

— Можно просто входить? — обратился я к Ранову.

Тот помотал головой, что означало "да", и мы вступили в прохладный полумрак под аркой. Через несколько секунд неторопливого шага мы оказались на солнечном дворе, но за эти мгновенья в толще монастырской стены я не слышал ни звука, кроме наших шагов.

Должно быть, я ожидал увидеть такое же людное место, как в Риле; покой и красота Бачкова заставили меня порывисто вздохнуть, и Элен тоже пробормотала что-то про себя. Монастырская церковь с красными угловатыми византийскими башнями заполняла собой почти весь двор. Они не блестели золотом, но поражали древним изяществом — гармонией, созданной простейшими материалами. Плющ обвивал церковные башни, деревья обступали их, и один высокий кипарис возвышался, соперничая с колокольней. У стены, беседуя, стояли трое монахов в черных рясах. В блистающем солнечном свете дрожали клочки тени под деревьями; легкий ветерок колыхал листву. Я с удивлением смотрел на кур, которые скребли землю между древних плит мощеного двора, и на полосатого котенка, высматривающего кого-то в трещине стены.

Как и в Риле, вдоль внешней стены монастыря тянулись крытые галереи, каменные и деревянные, и портал церкви тоже покрывали выцветшие фрески. Кроме трех монахов, кур и котенка, во дворе не было ни души. Мы были одни посреди Византии. Ранов направился к монахам и завязал с ними разговор, а мы с Элен немного отстали. Почти сразу Ранов вернулся.

— Настоятеля сейчас нет, но библиотекарь на месте и может нам помочь.

Мне не понравилось это "нам", но я смолчал.

— Можете осмотреть церковь, пока я его разыщу.

— Мы пойдем с вами, — твердо сказала Элен, и все мы отправились вслед за одним из монахов на галерею.

Библиотекарь работал в комнате на первом этаже и, когда мы вошли, поднялся, чтобы нас приветствовать. Помещение выглядело голым, если не считать железной печурки и яркого коврика на полу. Я подивился, где же хранятся книги и рукописи. Ничто, кроме пары толстых томов на столе, не напоминало здесь библиотеки.

— Это брат Иван, — пояснил Ранов.

Монах поклонился, не протягивая руки: руки, скрытые длинными рукавами рясы, он скрестил на груди. Мне пришло в голову, что он избегает касаться руки Элен. Должно быть, та же мысль возникла и у нее, потому что она отступила назад, спрятавшись у меня за спиной. Ранов обменялся с монахом несколькими словами.

— Брат Иван просит вас, пожалуйста, садиться.

Мы послушно сели. Над бородой брата Ивана виднелось серьезное длинное лицо. Он несколько минут изучал нас.

— Вы можете задавать ему вопросы, — подбодрил нас Ранов.

Я прочистил горло. Никуда не денешься, приходилось задавать вопросы при Ранове. Постараюсь придать им чисто академический вид.

— Не спросите ли вы брата Ивана, что ему известно о паломниках, прибывавших сюда из Валахии?

Ранов перевел вопрос, и при слове "Валахия" лицо библиотекаря просветлело.

— Он говорит, что, начиная с пятнадцатого века, их монастырь поддерживал постоянные связи с Валахией.

Сердце у меня забилось, но я постарался не ерзать от нетерпения.

— Да? И какие же?

После короткого обмена фразами брат Иван махнул длинной ладонью в сторону двери. Ранов кивнул:

— Он говорит, что с этого времени князья Валахии и Молдавии оказывали монастырю щедрую поддержку. В библиотеке имеются манускрипты с перечислением пожертвований.

— А причина ему известна? — тихо спросила Элен.

Ранов передал ее вопрос монаху.

— Нет, — ответил тот, — известны только манускрипты с описанием пожертвований.

— Спросите его, — попросил я, — знает ли он что-нибудь о группе паломников, прибывших сюда из Валахии приблизительно в то время?

Брат Иван открыто улыбнулся.

— Известно, — сообщил Ранов. — Таких было много. Монастырь был важным пунктом на пути паломничества. Многие пилигримы проходили через него в Афон или в Константинополь.

Я чуть не скрипнул зубами.

— Имеется в виду конкретная группа паломников, доставлявшая... своего рода реликвию. Или искавшая некую реликвию. Он ничего такого не слышал?

Ранов с трудом сдерживал торжествующую улыбку.

— Нет, — объявил он, — о таких паломниках он не знает отчетов. В пятнадцатом веке здесь бывало много паломников. Бачковский монастырь считался тогда очень важным. Патриарх Болгарии перебрался сюда, будучи изгнан из древней столицы Велико Тырново захватившими страну оттоманами. Здесь он и скончался в 1404 году, и здесь же похоронен в пещерном склепе. Это древнейшая часть монастыря и единственная, сохранившаяся без перестройки.

Снова заговорила Элен.

— Не могли бы вы спросить его, знает ли он среди братии монаха, носившего раньше имя Пондев?

Ранов перевел ее вопрос, и брат Иван взглянул на нас озадаченно, а может быть, и недоверчиво.

— Он говорит, что это, должно быть, брат Ангел. Его прежде звали Василь Пондев, и он был историком. Но у него теперь... не все в порядке с головой. Из разговора с ним вы ничего не узнаете. Теперь самый лучший историк среди них — отец настоятель, и он сожалеет, что вы его не застали.

— Все-таки мы хотели бы поговорить с братом Ангелом, — сказал я Ранову.

И библиотекарь, недовольно насупившись, провел нас снова во двор, а оттуда, через арку вторых ворот, в другой двор, посреди которого стояло старинное здание. Этот двор был менее ухожен, и здание, и плиты под ногами казались выщербленными. В трещины пробивались сорняки, а на углу крыши росло деревце: со временем, разросшись, оно могло, если его не выкорчевать, обрушить весь угол. Я догадывался, что восстановление храмов Божьих не считалось приоритетной статьей в бюджете болгарского правительства. Рила была туристским аттракционом, где демонстрировалась “подлинная Болгария” и ее борьба с турецкими оккупантами. Но этот древний монастырь корнями принадлежал Византии, а византийцы были такими же захватчиками и оккупантами, как пришедшие после них турки. Этот храм мог стоять в Армении, в Грузии, в Греции — и разве нам не рассказали сию минуту, что он, в отличие от других болгарских церквей, и при турках сохранял независимость? Неудивительно, что власти не обеспокоены тем, что на его крыше прорастают деревья.

Библиотекарь провел нас в угловую комнату.

— Лазарет, — пояснил Ранов.

Его настырная услужливость раздражала меня с каждым часом все больше. Брат Иван отворил скрипучую деревянную дверь, и за ней нам открылось зрелище столь жалостное, что я и сейчас неохотно вспоминаю его. Здесь жили два старых монаха. В комнате стояли только их койки, единственное деревянное кресло и железная печурка; даже с ней зима в горах наверняка насквозь промораживала жалкое помещение. Пол здесь был каменным, а голые стены ровно побелены, и только икона Богоматери с лампадкой, стоявшая на резной полочке в углу, нарушала их однообразие.

Один из стариков, лежавший на койке, даже не взглянул на вошедших. Я почти сразу увидел, что его веки, отекшие и красные, уже не открываются и что он то и дело поводит подбородком, словно пытаясь смотреть им без глаз. Он был плотно укрыт белой простыней, а свободная рука непрестанно ощупывала край койки, словно он боялся скатиться с нее, в то время как другая теребила отвислую кожу под челюстью.

Менее бессильный обитатель комнаты сидел в единственном кресле, а рядом с ним, прислоненный к стене, стоял посох. Для старца путешествие от койки до стула было долгим и трудным. Неподпоясанная черная ряса лежала на раздутом животе. В его открытых глазах светилась яркая голубизна, и едва мы вошли, их бесхитростный взгляд обратился к нам. Тонкие волосы и борода легким пухом окружали его лицо. Почему-то меня более всего поразила его непокрытая голова в мире, где все монахи, не снимая, носили свои черные высокие шляпы. Этот простоволосый монах словно сошел с иллюстрации какой-нибудь Библии девятнадцатого века, изображавшей пророка. Только выражение его лица никак не подходило провидцу. Он морщил крупный нос, словно от нас дурно пахло, и жевал уголки губ, и каждые несколько минут щурил и снова округлял глаза. Лицо его постоянно менялось, выражая то страх, то презрение, то дьявольскую насмешку, а тело и руки на подлокотниках ветхого кресла оставались неподвижными, словно все силы уши в мускулы лица. Я отвел взгляд. Ранов слушал библиотекаря, который обвел рукой помещение.

— Вот это Пондев, — хладнокровно сказал Ранов. — Библиотекарь предупреждает, что мы вряд ли услышим от него много разумных слов.

Ранов опасливо приблизился к больному, словно опасаясь, что брат Ангел может укусить его, и заглянул ему в лицо. Брат Ангел — Пондев — поворачивал голову, чтобы не терять его из виду: так смотрят на посетителей животные в зоопарке. Ранов, видимо, кое-как представил пришельцев, и невероятно голубые глаза брата Ангела обратились к нам. Лицо его морщилось и подергивалось. Потом он заговорил: слова сыпались так быстро, что сливались в невнятное мычание, почти рев. Одна рука его взлетела в воздух, начертив знак, в котором мне почудился незавершенный крест или попытка отстранить нас.

— Что он говорит? — тихо спросил я Ранова.

— Бессмыслицу, — равнодушно ответил тот. — Никогда не слышал ничего подобного. Смесь молитвы — какие-то суеверия из их литургии — и рассуждений о софийских трамвайных маршрутах.

— Вы можете задать ему вопрос? Скажите, что мы историки, как и он, и хотим узнать, появлялась ли здесь в пятнадцатом веке группа валашских монахов на пути из Константинополя, со священной реликвией.

Ранов пожал плечами, но заговорил, и брат Ангел разразился в ответ отрывистыми звуками, резко мотая головой. Я не понимал, значит ли это “да” или “нет”.

— Опять бессмыслица, — заметил Ранов. — Но теперь это что-то о вторжении турок в Константинополь, так что он хотя бы понял вопрос.

Глаза старика вдруг прояснились, словно хрусталики их впервые за это время сфокусировались на нас. В сумятице издаваемых им звуков — какого языка? — я отчетливо различил имя — Атанас Ангелов.

— Ангелов? — вскричал я, обращаясь прямо к старцу-монаху. — Вы знали Атанаса Ангелова? Вы помните, как работали с ним?

Ранов внимательно вслушивался в ответ.

— По-прежнему мало смысла, но попробую передать. Слушайте внимательно. — Он начал переводить, быстро и бесстрастно. При всей неприязни к нему я не мог не восхититься искусством этого человека. — Я работал с Атанасом Ангеловым. Прошли годы или века. Он был сумасшедший. Выключите свет наверху — у меня болят ноги. Он хотел знать о прошлом все, но прошлое не хочет, чтобы его познали. Он говорит: нет, нет, нет. Он бросается и ранит вас. Я хотел поехать одиннадцатым, но он больше к нам не ходит. И все равно товарищ Димитров сократил нам ассигнования на благо народа. Добрый народ.

Ранов перевел дыхание и наверняка что-то пропустил, потому что брат Ангел говорил не переставая. Тело старика оставалось неподвижным в кресле, но голова моталась из стороны в сторону, а лицо передергивала судорога.

— Ангелов нашел опасное место, место, что звалось Светы Георгий. Он слушал песни. Там они погребли святого и плясали на его могиле. Могу предложить вам кофе, но только ячменного, настоящая грязь, ячмень и грязь. Даже хлеба нет.

Элен пыталась удержать меня, но я упал на колени перед старым монахом и сжал его руки. Они были вялыми, как дохлые рыбины, белые и пухлые, с желтыми, устрашающе длинными ногтями.

— Где Светы Георгий? — умолял я.

Еще минута, и я бы расплакался, при Элен, при Ранове, при этих двух иссохших созданиях, запертых в тюрьме лазарета.

Ранов наклонился, ловя блуждающий взгляд монаха.

— Где Светы Георгий? — Но брат Ангел уже ушел вслед за своим взглядом в дальний мир.

— Ангелов поехал в Афон, видел типикон, он ушел в горы и нашел страшное место. К нему домой добираться одиннадцатым номером. Он сказал, приезжай скорей, я что-то нашел. Еду туда покопаться в прошлом. Я бы угостил тебя кофе, но это одна грязь. О, о, он был мертвый в своей комнате, а потом в морге не оказалось тела.

Брат Ангел улыбнулся, и я попятился от этой улыбки. У него было всего два зуба, и десны оказались рваными. Дыхание, вырывавшееся из этого рта, убило бы самого дьявола. Он вдруг запел высоким дрожащим голосом:

Дракон пришел в нашу долину.
Он сжег посевы и забрал наших девушек.
Он спугнул турок, защитил наши села.
Его дыхание иссушает реки,
И он переходит их.

Ранов закончил переводить, и тогда с воодушевлением заговорил брат Иван, библиотекарь. Он по-прежнему прятал ладони в рукавах, но лицо его осветилось интересом.

—Что он говорит? — взмолился я.

Ранов покачал головой:

— Говорит, что уже слышал эту песню. От деревенской старухи, бабы Янки. Она главная певица в деревне Димово, на пересохшей в давние времена реке. У них отмечают несколько праздничных дней, когда поют старинные песни, и она старшина певцов. Через два дня праздник святого Петко, и вы можете съездить послушать ее.

— Опять народные песни! — застонал я. — Пожалуйста, спросите мистера Пондева — то есть брата Ангела, — понимает ли он, что это значит.

Ранов терпеливо перевел мой вопрос, но брат Ангел сидел, гримасничая, подергиваясь, и молчал. Через минуту я не выдержал наступившей тишины.

— Спросите его, что ему известно про Влада Дракулу! — выкрикнул я. — Влад Цепеш? Он здесь похоронен? Он слышал это имя? Дракула?

Элен вцепилась мне в плечо, но я был вне себя. Библиотекарь таращил на меня глаза, но он, кажется, не был встревожен, Ранов же бросил на меня взгляд, который я назвал бы жалостливым, если бы способен был об этом думать.

Но действие моих слов на Пондева оказалось ужасно. Он побелел, и глаза его закатились под лоб, открыв голубоватые белки. Брат Иван рванулся вперед и подхватил сползавшего с кресла старика. Они с Рановым вдвоем перенесли его на койку. Он лежал обмякшей тушей, распухшие белые ступни торчали из-под одеяла, руки бессильно свешивались. Уложив больного, библиотекарь набрал под краном воды и брызнул ему в лицо. Я, обомлев, застыл на месте. Я не думал причинить несчастному такую боль и боялся, что убил единственного человека, который что-то знал. Спустя бесконечно долгое мгновенье брат Ангел шевельнулся и открыл глаза, но теперь в них стоял бессмысленный ужас: это были глаза загнанного в угол животного, и они метались по комнате, не находя нас. Библиотекарь похлопал его по груди и постарался уложить поудобнее, но старик, дрожа, отталкивал его руки.

— Давайте оставим его, — рассудительно предложил Ранов. — Он не умрет — по крайней мере не от этого.

Следом за братом Иваном мы вышли из комнаты, молчаливые и смущенные.

— Простите, — заговорил я, оказавшись на светлом дворе.

Элен обернулась к Ранову:

— Вы не спросите библиотекаря, что он знает об этой песне и о долине, где ее записали?

После короткой беседы с Рановым библиотекарь обратил взгляд на нас.

— Он говорит, что песня записана в Красна Поляна, в долине по ту сторону этих гор, на северо-востоке. Если вы согласны задержаться, можете поехать с ним на празднование дня святого, а старая певица должна что-то знать — по крайней мере скажет, от кого выучила песню.

— Ты думаешь, стоит? — шепнул я Элен.

Она задумчиво смотрела на меня.

— Не знаю, но ничего другого не остается. В песне упоминается дракон — придется отыскать ее источник. А пока можно тщательно осмотреть Бачково и поработать в библиотеке, если библиотекарь согласится помочь.

Я устало опустился на каменную скамью под галереей.

— Хорошо».

ГЛАВА 68

«Сентябрь 1962 г.

Любимая моя доченька!

Черт побери этот английский! Но стоит мне попытаться написать тебе несколько строк по-венгерски, я чувствую, что ты не слушаешь. Ты растешь на английском. Твой отец, поверивший, что я умерла, говорит с тобой по-английски, вскидывая тебя на плечи. Он говорит с тобой по-английски, надевая тебе туфельки — ты уже не первый год носишь настоящие туфельки, — и по-английски, когда берет тебя на руки на прогулке в парке. И если я говорю с тобой не по-английски, я чувствую, что ты меня не слышишь. Первые два года я тебе совсем не писала, чувствуя, что ты не слушаешь никакого языка. Я знаю, твой отец считает меня мертвой, потому что он не пытается найти меня. А если бы попытался, то не сумел бы. Но он не слышит меня ни на каком языке.

Твоя любящая мама Элен».

«Май 1963 г.

Любимая моя доченька!

Не знаю уж, сколько раз я безмолвно рассказывала тебе, как счастливы были мы с тобой первые несколько месяцев. Глядя, как ты просыпаешься после младенческого сна, как первой начинает шевелиться ручка, когда вся ты еще спишь, потом вздрагивают темные реснички, и вот ты уже потягиваешься и улыбаешься, я забывала обо всем на свете. Потом что-то случилось. Это была не внешняя угроза, ничто не угрожало тебе. Что-то изменилось во мне. Я снова и снова осматривала твое совершенное тельце в поисках отметин. Но отметина была во мне, еще до той раны на шее, и она не заживала. Я стала бояться коснуться тебя, мой совершенный ангел.

Твоя любящая мама Элен».

«Июль 1963 г.

Любимая моя доченька!

Сегодня мне особенно не хватает тебя. Я работаю в Риме, в университетском архиве. За последние два года я бывала здесь уже дважды. Меня знают охранники, меня знают архивисты, и официант в кафе напротив знает меня и не прочь был бы познакомиться получше, если бы я не отворачивалась холодно, словно не замечаю его внимания. В архиве оказались записи о чуме 1517 года. На умерших была всего одна отметина: красная ранка на шее. Папа приказал хоронить их, пронзив колом сердце и набив рот чесноком. 1517 год. Я стараюсь составить хронологическую карту его передвижений или — различить их невозможно — передвижений его слуг. Эта карта — список у меня в блокноте — занимает уже много страниц. Но будет ли с нее толк, пока не знаю. Надеюсь, что по мере работы соображу, как ее применить.

Твоя любящая мама Элен».

«Сентябрь 1963 г.

Любимая моя доченька!

Я почти готова сдаться, вернуться к тебе. В этом месяце твой день рождения. Еще один день рождения без меня? Я бы вернулась к тебе сейчас же, если бы не понимала, что все тогда начнется сначала. Я снова почувствую себя нечистой, как шесть лет назад, — и рядом с твоей чистотой это чувство будет еще ужаснее. Как можно мне, оскверненной, быть рядом с тобой? Разве я вправе коснуться твоей гладкой щечки?

Твоя любящая мама Элен».

«Октябрь 1963 г.

Любимая моя доченька!

Я теперь в Ассизи. Вид потрясающих соборов и церквей на крутых склонах холмов наполняет меня отчаянием. Мы могли бы приехать сюда все вместе: ты в своем платьице и шляпке, и я, и твой отец, и гуляли бы, как обычные туристы, держась за руки. Вместо этого я дышу пылью монастырской библиотеки, читая документ 1603 года. В декабре этого года здесь погибли двое монахов. Их нашли в снегу с небольшими повреждениями на горле. Латынь мне очень пригодилась, и денег хватает на все: консультации, переводы, оплата счетов из прачечной… а также визы, билеты и фальшивые документы. В детстве я не представляла, что такое богатство. В деревне, где росла моя мать, немногие знали, как выглядят деньги. Теперь я поняла, что за деньги можно купить все. Нет, не все. На них не купишь того, что мне нужно.

Твоя любящая мама Элен».

ГЛАВА 69

«Никогда в жизни дни не казались мне такими долгими, как те два дня в Бачково. Если бы я мог приблизить обещанное празднество, заставить его начаться немедленно! Проследить единственное слово песни — дракон — до его гнезда! В то же время я боялся почти неизбежной минуты, когда и этот последний ключ обратится в дым или же окажется не подходящим ни к одному замку. Элен уже предупредила меня, что народные песни — скользкая материя: их источник теряется в веках, тексты изменяются и дополняются, а те, кто их поют, редко знают автора или время их сочинения. Оттого-то они и называются народными песнями, вздохнула она, расправляя воротничок моей рубашки. Мы проводили второй день в монастыре, и этот несвойственный ей домашний жест выдавал и ее волнение. У меня словно песка насыпали под веки и голова раскалывалась при виде залитого солнцем двора с разгуливающими по нему цыплятами. Прекрасное место, замечательное, и для меня полное экзотики — здесь чувствовалось течение жизни, не прерывавшееся с одиннадцатого века: цыплята так же искали червячков, и котенок катался по теплым камням, и солнечный свет играл на резьбе красного и белого камня... Но я уже не способен был оценить его красот.

На второе утро я проснулся рано. То ли во сне, то ли наяву мне слышался звон колоколов. Сквозь полотняную занавеску на окне своей кельи я, кажется, разглядел силуэты четверых монахов, направлявшихся в церковь. Я собрал одежду — господи, какую же грязную, но мне было не до стирки, — оделся и тихо спустился с галереи во двор. Еще не совсем рассвело, и за горы спускалась луна. Мне на минуту захотелось зайти в церковь, постоять у приоткрытой двери. Внутри мелькали огоньки свечей, пахло воском и благовониями, и помещение, казавшееся днем темной пещерой, в утренней мгле манило теплом. Монахи запели. Горестный звук песнопения пронзил мое сердце кинжалом. Должно быть, точно так они пели темным утром 1477 года, когда братья Кирилл и Стефан со своими спутниками, оставив могилы замученных друзей — в склепе? — ушли в горы, охраняя везущую сокровище повозку. Куда же они ушли? Я обернулся лицом к востоку, потом к западу, к быстро закатывающейся луне, потом к югу.

Ветерок шевельнул листья липы, и через несколько минут я увидел первые лучи солнца, соскальзывающие по склону к монастырской стене. Где-то в глубине монастыря прокукарекал запоздалый петух. В другом настроении я наслаждался бы мгновеньем полного погружения в историю, но сейчас невольно продолжал поворачиваться в надежде почуять сердцем, в какую сторону ушел брат Кирилл. Где-то там была гробница, возможно, затерянная так давно, что даже память о ее существовании стерлась. До нее могло быть три дня пешего пути, или три часа, или неделя. "...Немного дальше, и прибыли благополучно...” – говорит Стефан в “Хронике”. “Немного” – это сколько? И в какую сторону? Земля уже просыпалась – горные леса с уступами пыльных скал, мощеный двор у меня под ногами, монастырские луга и поля, – но она хранила свою тайну.

Около девяти утра мы выехали из монастыря на машине Ранова. Брат Иван, как штурман, поместился на переднем сиденье. Еще десять километров дорога шла вдоль реки, потом, повинуясь указателю к деревне, которую я назову Димово, мы свернули на пыльный проселок между холмов. У подножия крутой горы дорога сужалась, и за поворотом показалась церковь. Самой деревни еще не было видно.

Церковь Святого Петко мученика оказалась очень мала – и стояла на лугу, на котором летом, наверно, косили траву. Два древних дуба склонялись над ней, защищая от непогоды, а позади раскинулось кладбище, каких я не видел прежде: крестьянские могилы. Здесь хоронили еще с восемнадцатого века. Ранов с гордостью пояснил:

– Народный обычай. И сейчас сельскохозяйственных рабочих часто хоронят на таких кладбищах.

Деревянные и каменные кресты на могилах были покрыты треугольными крышами, а у основания часто стояла лампадка.

– Брат Иван говорит, что церемония начнется только в одиннадцать тридцать, – перевел нам Ранов, пока мы осматривали могилы. – Пока они украшают церковь. Он хочет сначала отвести нас к бабе Янке, а потом мы вернемся и все осмотрим.

Он пристально всматривался в наши лица, словно пытался угадать, что заинтересует нас больше.

– А там что делают? – Я указал на людей, работавших в поле за церковью. Одни складывали в кучу дрова: хворост и целые поленья; другие укладывали вокруг кирпичи и булыжники. Они уже возвели высокую пирамиду.

– Брат Иван говорит, это костер. Я не знал, но, видимо, мы увидим хождение по огню.

— Огнеходцы? — воскликнула Элен.

— Да, — равнодушно отозвался Ранов. — Вам знаком этот обычай? В современной Болгарии он стал редкостью, тем более в этой части страны. Я слышал, что огнеходцы остались только в Причерноморье. Впрочем, до этой бедной и суеверной округи партия еще не добралась. Не сомневаюсь, что со временем о таких вещах полностью забудут.

— Я слышала о таких вещах, — серьезно обратилась ко мне Элен. — Языческий обряд, на Балканах проникший в христианство. Речь идет не о хождении, а скорее о танце. Как я рада, что представился случай увидеть своими глазами!

Ранов передернул плечами и оттеснил нас к церкви, но я еще успел увидеть, как один из работавших мужчин нагнулся и поджег костер. Хворост занялся быстро и полыхнул вверх, а потом пламя перекинулось на более крупные поленья и загудело. Дрова были сухие, как трут, и огонь скоро дотянулся до вершины пирамиды. Теперь горели уже все поленья. Даже Ранов замер. Крестьяне отступили на несколько шагов, потом отошли подальше и остановились, вытирая руки о штаны. Огонь уже поднимался почти до крыши церкви. Впрочем, костер зажгли достаточно далеко и пожара можно было не опасаться. Мы глядели, как пламя пожирает свою богатую добычу, пока Ранов не повернулся к нам.

— Через несколько часов прогорит, — сказал он. — На таком огне даже самые суеверные не решатся танцевать.

У входа в церковь нас встретил молодой священник. Приветливо улыбаясь, он пожал нам руки, а с братом Иваном обменялся сердечным поклоном.

— Он рад чести приветствовать вас здесь в день их святого, — суховато перевел Ранов.

— Скажите ему, что для нас честь — присутствовать на их празднике. — И не спросите ли, кем был святой Петко?

Священник объяснил, что святой был местным жителем, замученным турками за отказ перейти в их веру. Петко служил священником в первой церкви, стоявшей на этом же месте. Турки сожгли ее, но даже после гибели храма он отказался перейти в магометанство. Нынешняя церковь выстроена позже, а его мощи хранятся в старом склепе. Сегодня сюда приедет много народу, чтобы преклонить колени перед святой иконой с его изображением и двумя другими, великой силы. Их обнесут в торжественном шествии вокруг церкви и через огонь костра. Вот сам святой Петко, нарисован на передней стене церкви, — священник указал на выцветшую фреску, бородатое лицо на которой немного напоминало его самого. Нам стоит вернуться и посмотреть на шествие, когда все будет готово. Мы можем увидеть всю церемонию и принять благословение святого Петко. Мы не первые паломники из других стран, которые приходили почтить его и избавлялись здесь от немощи или боли. Священник ласково улыбнулся нам.

Я через Ранова спросил, слышал ли он когда-нибудь о монастыре под названием Светы Георгий? Священник покачал головой.

— Ближайший монастырь здесь — Бачковский, — сказал он. — Иногда бывали и монахи-паломники из других монастырей, но это было уже много лет назад.

Я понял, что паломничество прекратилось с тех пор, как к власти пришло коммунистическое правительство, и решил расспросить об этом профессора Стойчева, когда вернемся в Софию.

— Я попрошу его найти для нас бабу Янку, — сказал затем Ранов.

Священник хорошо знал ее дом. Он сожалел, что не может проводить нас, но церковь простояла закрытой много месяцев — он приезжает сюда только на праздники, — так что у него и его помощников много работы.

Деревенька стояла в ложбине чуть ниже луга, занятого церковью. Впервые за свои странствия по Восточному блоку я видел такое крошечное селение: не больше пятнадцати домиков, боязливо сбившихся в кучу, окруженных яблоневыми садами и огородами. Через деревню проходила песчаная дорога, такая узкая, что по ней едва могла бы проехать телега, а посреди деревни виднелся старинный бревенчатый колодец с ведром, подвешенным к длинному шесту. Меня поразило полное отсутствие признаков современной жизни. Я невольно искал взглядом приметы двадцатого века. Но, по-видимому, наш век еще не добрался сюда. Я почувствовал себя обманутым, заметив у боковой стены одного из каменных домиков белое пластмассовое ведро. Здешние дома словно выросли из серых скал, и штукатурка на верхних этажах казалась нелепым поздним дополнением, в то время как крыши устилали темные пластины мягкого местного сланца. Некоторые жилища щеголяли прекрасными резными украшениями, уместными и в тюдоровской Англии.

Едва мы вступили на единственную улицу Димова, из домов и коровников стали выходить люди. По большей части здоровавшиеся с нами были старики, многие неимоверно изуродованные тяжелым трудом: кривоногие старухи и старики, согбенные, словно под невидимой ношей. Темные краснощекие лица обращались к нам с приветливыми улыбками, и я замечал беззубые рты или блеск стальных зубов. По крайней мере, они пользуются услугами дантиста, подумалось мне, хотя трудно было представить, каким образом они добираются до врача. Несколько человек выступили вперед, чтобы поклониться брату Ивану, и он благословил их, а потом, кажется, обратился с вопросом. К дому бабы Янки нас провожала небольшая толпа, в которой самому младшему было, на мой взгляд, не меньше семидесяти лет, хотя позже Элен сказала мне, что, скорее всего, эти крестьяне были лет на двадцать моложе, чем выглядели.

Баба Янка обитала в крошечном домишке, скорее заслуживающем названия хижины. Ветхий домик покосился, притулившись к более крепкому амбару. Хозяйка вышла к дверям взглянуть, что происходит: мне с первого взгляда бросился в глаза разукрашенный красными цветами платок на голове, затем — полосатое платье и фартук. Она прищурилась с крыльца, глядя на нас, и кто-то из толпы провожатых окликнул ее по имени. В ответ она часто закивала головой. Лицо с острым носом и подбородком было словно вырезано из черного дерева. Глаза почти скрывались в складках морщин, но, подойдя ближе, я решил, что они темно-карие.

Ранов что-то крикнул ей — мне оставалось только надеяться, что он воздержится от приказов и оскорблений, — и хозяйка, внимательно взглянув на нас, скрылась за деревянной дверью. Мы терпеливо ждали у крыльца, и, когда старуха появилась снова, я рассмотрел, что она не так уж мала ростом, как показалось с первого взгляда. Она была всего на голову ниже Элен, и глаза на старушечьем лице весело блестели. Брату Ивану она поцеловала руку, а когда мы все по очереди протянули ей руки для рукопожатия, кажется, несколько смешалась. Потом она загнала нас в дом, как стайку разбежавшихся цыплят.

Внутри домик оказался очень бедным, но чистым, и я сочувственно заметил, что она украсила комнату кувшином с охапкой полевых цветов, стоявшим на выскобленном добела столе. Дом матери Элен казался дворцом в сравнении с этим покосившимся домиком, к боковой стене которого была прибита гвоздями лестница-стремянка. Я задумался, долго ли еще баба Янка будет в силах карабкаться на эту лесенку, но хозяйка двигалась по комнате так энергично, что я постепенно осознал: не так уж она стара. Элен, с которой я шепотом поделился своим наблюдением, кивнула:

— Лет пятьдесят... — Она тоже говорила шепотом.

Это оказалось для меня новым потрясением. Моей матери, оставшейся в Бостоне, исполнилось пятьдесят два, но она на вид годилась этой женщине в дочери. Руки бабы Янки были столь же изуродованы, как легка ее поступь: я смотрел, как она расставляет перед нами прикрытые тряпицей тарелки и стаканы, и дивился, какая работа могла довести их до такого состояния. Рубила лес, колола дрова, жала хлеб, работала в зной и в стужу? Хлопоча, она искоса поглядывала на нас, сопровождая каждый взгляд быстрой улыбкой, и наконец наполнила наши стаканы напитком, густым и белым, который Ранов, одобрительно крякнув, опрокинул в себя и с довольным видом утер губы платком. Я последовал его примеру и чуть не подавился: жидкость оказалась тепловатой и отчетливо пахла коровником. Я постарался скрыть отвращение, и баба Янка наградила меня сияющей улыбкой. Элен, с достоинством одолевшую свою порцию, она похлопала по спине.

— Овечье молоко, разбавленное водой, — утешила меня Элен. — Представь, что пьешь молочный коктейль.

— Теперь я спрошу, согласится ли она петь для нас, — предупредил нас Ранов. — Вы ведь за этим приехали, верно?

Он переговорил с братом Иваном и повернулся к хозяйке дома. Женщина подалась назад, отчаянно кивая. Ответ был ясен без перевода: нет, петь она не хочет. Она указала на нас и спрятала руки под передник. Однако брат Иван продолжал настаивать.

— Сперва попросим ее спеть что она сама захочет, — пояснил Ранов, — потом можете попросить песню, которая вас заинтересовала.

Баба Янка, кажется, поддалась уговорам, и мне пришло в голову, что ее горячий отказ был всего лишь данью скромности. Певица наконец улыбнулась, вздохнула и повела плечами под старенькой цветастой блузкой. Она бесхитростно взглянула на нас и открыла рот. Звук, вырвавшийся из ее горла, поразил меня прежде всего своей громкостью — стаканы на столе зазвенели, и люди, собравшиеся за приоткрытой дверью — там уже собралась вся деревня, — стали просовывать в щелку головы. Первая нота дрожала, отдаваясь в стенах и в досках пола у нас под ногами. Гирлянды лука и перца, висевшие на гвоздях над печью, раскачивались в такт. Я тайком коснулся руки Элен. За первой нотой последовала другая, долгая и протяжная: плач нищеты и отчаяния. Мне вспомнилась девушка, бросившаяся со скалы, чтобы не попасть в гарем паши, и подумалось, что слова этой песни, должно быть, такие же горестные. Но, как ни удивительно, баба Янка, глубоко вдыхая в паузах мелодии, все шире улыбалась нам. Потрясенные, мы молча слушали, пока певица не смолкла и последняя нота не отзвенела, надолго задержавшись в стенах крохотной комнатушки.

— Пожалуйста, попросите ее сказать нам слова, — очнулась Элен.

После некоторого сопротивления, не погасившего, впрочем, ее светлой улыбки, баба Янка повторила слова песни, и Ранов перевел:

На вершине зеленой горы умирает герой.
Умирает герой, девять ран у него в груди.
О коршун, лети к нему, скажи, что его люди спаслись.
Спаслись его люди в горах.
Девять ран у героя в груди,
Но десятая убила его.

Закончив, баба Янка принялась что-то втолковывать Ранову, улыбаясь и грозя ему пальцем. Я не сомневалась, что она вполне способна отшлепать его и послать спать без ужина, если он напроказит в ее доме.

— Спросите, старая ли это песня, — попросила его Элен, — и где она ее выучила.

Ранов перевел вопрос, и в ответ баба Янка разразилась смехом. Она поводила плечами и махала на нас рукой. Даже Ранов снизошел до улыбки.

— Она говорит, эта песня старая, как горы: даже ее прабабушка не знала, сколько ей лет. Она научилась ей от прабабки, а та дожила до девяноста трех лет.

Теперь расспрашивать принялась баба Янка. Когда она обратила на нас взгляд, я рассмотрел ее дивные глаза: миндалевидные глаза под морщинами, оставленными солнцем и непогодой, золотисто-коричневые, почти янтарные, они казались еще ярче рядом с розами платка. Услышав, что мы из Америки, она кивнула, выражая, как видно, недоверие.

— Америка? — повторила она. — Это, верно, за горами.

— Невежественная старуха, — извинился за нее Ранов. — Правительство делает все возможное для распространения здесь просвещения. Это его первейшая забота.

Элен тем временем достала листок бумаги и взяла старую женщину за руку.

— Спросите ее, известна ли ей такая песня — вам придется перевести: “Дракон пришел в нашу долину. Он сжег посевы и забрал себе девушек”.

Ранов повторил слова бабе Янке. Та внимательно слушала, но вдруг ее лицо исказилось страхом и недовольством: она откинулась на спинку деревянного стула и поспешно перекрестилась.

— Не! — сердито выкрикнула она, выдернув руку из пальцев Элен. — Не, не!

Ранов пожал плечами.

— Сами видите. Не знает.

— Напротив, явно знает, — спокойно возразил я. — Спросите, почему она боится о ней говорить.

На этот раз старая женщина сурово взглянула на нас.

— Она не хочет говорить, — повторил Ранов.

— Скажите, что мы ее наградим.

Брови Ранова взлетели вверх, однако он честно повторил наше предложение бабе Янке.

— Она говорит, надо закрыть дверь.

Он поднялся, быстро затворил дверь и закрыл деревянные ставни, отгородившись от собравшихся на улице слушателей.

— Теперь она споет.

Нельзя было представить большего контраста между исполнением первой и этой, второй, песни. Старуха словно съежилась на стуле, ссутулилась и уставила взгляд в землю. Ее жизнерадостная улыбка пропала, а янтарные глаза скрылись под веками. Мелодия песни была такой же унылой, но в последних строках мне почудилась гневная нота. Ранов тщательно переводил. “С какой стати он так любезен?” — снова подумалось мне.

Дракон пришел в нашу долину.
Он сжег посевы и забрал наших девушек.
Он отпугнул турок, защитил наши села.

Его дыхание иссушает реки,
И он переходит их.
Теперь мы должны защищать себя сами.
Дракон был нам защитник,
Но теперь мы должны защищать себя сами.

— Ну как? — спросил Ранов. — Это вы хотели услышать?

— Да. — Элен похлопала по руке бабу Янку, и та разразилась в ответ недовольным ворчанием. — Спросите, откуда это и чего она боится, — потребовала Элен.

Чтобы разобраться в укоризнах бабы Янки, Ранову потребовалась пара минут.

— Она говорит, что этой песне тайно научила ее прабабка и велела никогда не петь ее после заката. Песня приносит несчастье. В ней поется о хороших делах, а приносит она зло. Ее поют только один раз в году, в праздник святого Георгия. Только тогда ее можно петь без опаски: она не принесет несчастья. Она надеется, что из-за вас у нее не сдохнет корова, а ведь может случиться и что-нибудь похуже.

Элен улыбнулась.

— Скажите, что я ее награжу. Мой подарок отведет любые несчастья и принесет вместо них удачу. — Она разогнула узловатые пальцы старухи и вложила в ладонь серебряный медальон. — Эта вещь досталась мне от очень праведного и мудрого человека, и он посылает ее вам, чтобы защитить. Здесь изображен святой Иван Рильский, великий святой Болгарии.

Я догадался, что она отдала певице прощальный подарок Стойчева. Баба Янка с минуту разглядывала медальон, поворачивая на потемневшей ладони, а потом поднесла к губам, поцеловала и спрятала в кармашек передника.

— *Благодаря*, — сказала она, поцеловала руку Элен и села, поглаживая ее, как любимую дочку после долгой разлуки. Элен снова повернулась к Ранову.

— Пожалуйста, спросите ее еще, не знает ли она, что значит эта песня и откуда она взялась. И почему ее поют в день святого Георгия?

Услышав вопрос, баба Янка пожала плечами.

— Песня ничего не значит. Просто старая недобрая песня. Прабабушка говорила, кое-кто верит, что ее сочинили в монастыре. Но этого не может быть, потому что монахи не поют таких песен — они поют хвалу Господу. Мы поем ее в день святого Георгия, потому что просим светы Георгия убить дракона и не дать ему терзать народ.

— В каком монастыре? — выкрикнул я. — Спросите, знает она монастырь Святого Георгия, который давно исчез?

Баба Янка кивнула головой и поцокала языком.

— Здесь нет монастыря. Монастырь в Бачково. У нас только церковь, и там мы с сестрой сегодня вечером будем петь.

Я застонал и потребовал, чтобы Ранов попытался еще раз. Теперь и он зацокал языком.

— Она говорит, что не знает никакого такого монастыря. Никогда здесь монастыря не было.

— Когда день святого Георгия? — спросил я.

— Пятого мая. — Ранов смерил меня взглядом. — Вы опоздали на несколько недель.

Я замолчал, а к бабе Янке между тем возвратилась прежняя веселость. Она трясла наши руки, целовала Элен и заставила нас обещать, что мы обязательно придем вечером послушать их пение.

— С сестрой гораздо лучше. Они поют на два голоса.

Мы сказали, что придем. Она непременно хотела накормить нас обедом, которым как раз занималась, когда мы вошли: там был картофель и какая-то каша, и снова овечье молоко; я решил, что, пожалуй, мог бы к нему привыкнуть, если бы провел здесь месяц-другой. Мы нахваливали угощение, пока Ранов не напомнил, что если мы хотим успеть к началу службы, пора возвращаться в церковь. Баба Янка не хотела нас отпускать, хлопала по плечам и даже погладила Элен по щеке.

Костер рядом с церковью уже почти прогорел, хотя на груде углей еще пылали несколько крупных поленьев. В солнечном свете языки огня казались совсем бледными. Жители деревни понемногу стекались в церковь, хотя колокола еще не звонили. Потом с маленькой каменной колоколенки на вершине церкви раздался звон, и к дверям церкви вышел молодой священник. Теперь он был в красном с золотом одеянии, поверх которого накинул длинную, расшитую золотом пелерину, а шляпа почти скрывалась под черным платком. В руке у него было дымящееся кадило на длинной цепи, и он, стоя перед церковной дверью, размахивал им во все стороны.

Перед ним уже стояла толпа: женщины, одетые, как и баба Янка, в полосатые или цветастые платья, и другие, с головы до ног в черном; мужчины в коричневых безрукавках из грубой шерсти и белых рубахах, заправленных в брюки и застегнутых на горле. Перед священником все подались назад. Он проходил среди них, благословляя знаком креста, и многие склонялись перед ним или преклоняли колени. Следом за священником шел пожилой человек, одетый по-монашески, в черное. Я решил, что это его помощник. Этот человек нес в руках икону, занавешенную пурпурным шелком. Я успел мельком взглянуть в изображенное на ней бледное суровое лицо. Святой Петко, вероятно. Жители деревни тихо устремлялись за иконой, обходя церковь кругом. Кое-кто опирался на палку или на руку родственника помоложе. Баба Янка разыскала нас и гордо взяла меня за руку, хвастая перед соседями редким знакомством. На нас оглядывались: мне пришло в голову, что нам уделяют не меньше внимания, чем иконе. Обходя церковь вслед за священниками, мы прошли совсем рядом с огненным кругом и почувствовали поднимающийся от него запах дыма. Огонь, оставшись без пищи, умирал, и последние поленья, погружаясь в груду углей, сияли красноватым светом. Процессия трижды обогнула церковь, после чего священник остановился у входа и запел. Иногда пожилой помощник отвечал ему, и тогда все собравшиеся тихо подхватывали последние слова, крестясь и преклоняя колени. Баба Янка выпустила мою руку, но держалась рядом. Элен наблюдала происходящее с жадным любопытством, и такой же интерес я подметил в глазах Ранова.

В конце церемонии вся паства устремилась в церковь, которая после яркого солнца показалась нам темной, как могила. В этой маленькой церкви мы увидели изысканную красоту, какой не могли похвастать большие соборы. Молодой священник опустил икону святого Петко на резную подставку перед алтарем. Брат Иван опустился на колени.

Здесь, как обычно, не было скамей для молящихся: люди стояли или преклоняли колени на холодном полу, а несколько старух распростерлись ничком посреди церкви. Боковые стены украшали ниши с фресками или иконами в глубине, а за одной нишей виднелось темное отверстие, ведущее, как я рассудил, в подземную часовню. Здесь ощущались долгие века, слышавшие молитвы таких же крестьян, приходивших сюда или в прежнюю, сгоревшую церковь.

Пение, длившееся, казалось, целую вечность, наконец окончилось. Народ поклонился последний раз и двинулся к выходу. Некоторые задерживались, чтобы поцеловать икону или зажечь свечу и вставить в одну из множества ветвей канделябра, стоявшего под иконой у выхода. Снова зазвонили колокола, и мы оказались снаружи, где солнце, и ветер, и яркая зелень. поляны без предупреждения обрушились на нас. Под деревьями уже успели установить длинные столы, и женщины расставляли на них миски и разливали какие-то напитки из глиняных кувшинов. Теперь я увидел по другую сторону церкви еще один костер, поменьше, и над ним жарился на вертеле ягненок. Двое мужчин поворачивали вертел над огнем, и запах жареного мяса пробудил во мне первобытные чувства, наполнив рот слюной. Баба Янка собственноручно наполнила кушаньями наши тарелки и увлекла к расстеленному одеялу, подальше от толпы. Здесь мы познакомились с ее сестрой, очень похожей на старшую, но повыше ростом и тоньше, и все мы отдали должное великолепному угощению. Даже Ранов, в своем городском костюме, осторожно примостился на одеяле, поджав ноги, и казался почти довольным. Другие крестьяне подходили поздороваться с нами и спрашивали, когда же баба Янка с сестрой будут петь. Те принимали общее внимание со снисходительным достоинством оперных див.

Когда от ягненка остались только кости и женщины отскребли посуду над деревянной бадьей, я увидел, что трое мужчин достают музыкальные инструменты и готовятся заиграть. В руках у одного оказался самый странный инструмент, какой мне приходилось видеть вблизи: отмытый добела мех с торчащими из него трубками. Явно это была какая-то разновидность волынки. Ранов пояснил, что этот старинный народный инструмент, гайда, делается из козлиной шкуры. Старик с гайдой потихоньку надувал ее, как большой воздушный шар; на это ушло добрых десять минут, и к концу процесса его лицо залила яркая краска. Затем он пристроил свой инструмент под локтем, дунул в одну из трубок, и все кругом закричали и захлопали в ладоши. Инструмент и звучанием напоминал козлиное блеяние или кваканье. Элен рассмеялась.

— Ты знаешь, — шепнула она мне, — каждая пастушеская культура в мире обязательно изобретает волынку.

Тут старик принялся играть, и его друзья подхватили мелодию: один на длинной деревянной свирели, звук которой ручейком вился вокруг нас, а другой — отбивая ритм на кожаном барабане. Звук его был смягчен подушечками на концах палочек. Женщины вскочили, встали в цепь, и человек с белым платком, какого мы видели в доме Стойчева, повел их змейкой по поляне. Кто был слишком стар или слаб, чтобы танцевать, остался сидеть, открывая в улыбке ужасные зубы и беззубые десны, прихлопывая по земле рядом с собой или стуча в такт палками.

Баба Янка с сестрой смирно сидели на месте. Их черед еще не пришел. Они дождались, пока флейтист не принялся приглашать их жестами и улыбками, пока все собравшиеся не присоединились к его уговорам, и только тогда, с видимой неохотой, вышли вперед и встали рядом с музыкантами. Все умолкли, и гайда проиграла короткое вступление. И тогда две старые женщины, обнявшись, запели, и казалось, звук —

переворачивающая душу гармония — исходил из одной груди. Гайда звучала все громче, и уже три голоса: двух женщин и козла, вместе взлетели вверх и обрушились на нас стоном самой земли. Глаза Элен наполнились слезами, и это было так не похоже на нее, что я при всех обнял ее за плечи.

Женщины спели пять или шесть песен — после каждой их приветствовал хор похвал, а потом все встали — я не понял, в чем дело, пока не заметил появившегося священника. Он нес икону святого Петко, одетую теперь в красный бархат, а за ним два мальчика в темной одежде несли иконы, полностью скрытые белым шелком. Эта процессия двинулась вокруг церкви, и музыканты, двинувшись следом, заиграли торжественный мотив. Все остановились между стеной церкви и огненным кругом. Язычки пламени совсем исчезли, но кострище теперь светилось адскими багровыми отблесками, и над ним то и дело взлетали струйки дыма, словно там, внутри, дышало что-то живое. Священник с помощниками встали у стены, держа перед собой свои сокровища.

Мелодия снова изменилась: теперь она была одновременно живой и мрачной — и каждый, кто способен был танцевать или по крайней мере идти без поддержки, медленно двинулся в хороводе вокруг костра. Вперед вышли две женщины — баба Янка и другая, еще старше на вид, с тусклым взглядом глаз, казавшихся почти слепыми. Обе поклонились священнику и иконам, затем сняли башмаки и чулки, аккуратно поставили их на ступени церкви, поцеловали суровый лик Петко и подошли под благословение священника. Мальчики помощники передали им иконы, стянув покровы белого шелка. Музыка стала пронзительной, старик с гайдой побагровел и заливался потом, яростно надувая щеки.

Баба Янка и ее слепая подруга, танцуя, направились к костру. Они ни разу не сбились с шага, и у меня прервалось дыхание, когда они босыми ногами ступили на раскаленные угли. Они высоко держали перед собой иконы, и взгляд их был устремлен над головами танцующих в иной мир. Пальцы Элен до боли сжали мне руку. Босые ноги опускались на угли, взметывая вверх фонтаны огненных искр, один раз я заметил, что подол юбки бабы Янки затлел снизу. Женщины танцевали на углях под таинственный ритм барабана и волынки, и каждая кружилась в свою сторону.

Когда они входили в круг, мне не видно было икон, но теперь я разглядел на образе в руках слепой женщины Марию с младенцем на коленях, склоняющую голову под тяжестью венца. Икону в руках бабы Янки я увидел, только когда она закончила второй круг. Лицо ее светилось, взгляд огромных глаз устремлен в пространство, морщинистая кожа рдела от страшного жара. Икона в ее руках казалась, как и образ Марии, очень старой, но под копотью, сквозь дрожащее марево над костром, я отчетливо увидел две фигуры, обращенные друг к другу лицом, словно в собственном танце, одинаково грозные и торжественные. Одна представляла рыцаря в броне и алой мантии, другая — дракона с длинным, загнутым петлей хвостом».

ГЛАВА 70

«Декабрь 1963 г.

Любимая моя доченька!

Я сейчас в Неаполе. В этом году я старалась вести поиски более систематично. В Неаполе в декабре тепло, и спасибо, что так, потому что я сильно простудилась. До того как я оставила тебя, я никогда не знала, что значит одиночество, потому что никто никогда не любил меня так, как любил твой отец — и ты тоже, мне кажется. А теперь одинокая женщина сидит в библиотеке, утирая нос и делая выписки. Не знаю, бывало ли комунибудь так одиноко, как мне здесь или в номере гостиницы. На людях я ношу блузку с высоким воротом и шарф. Я вскрываю свой завтрак и ем его одна. Кто-то улыбается мне, и я улыбаюсь в ответ, а потом отвожу взгляд. Ты не единственный человек, для которого я — неподходящее общество.

Твоя любящая мама Элен».

«Февраль 1964 г.

Любимая моя доченька!

Афины — пыльный и шумный город, и я с трудом получила необходимые мне документы в Институте средневековой Греции, в котором царят совершенно средневековые порядки. Но сегодня утром, сидя на вершине Акрополя, я почти представила, что наша разлука закончится и ты будешь сидеть на этих развалинах — может быть, ты станешь тогда совсем взрослой? — и смотреть сверху на город. Смотри-ка, ты будешь высокой, как я и твой отец, с легкими темными волосами: коротко подстриженными или заплетенными в тугую косу? — и на тебе будут солнечные очки и дорожные туфли, а на голове, может быть, шарфик, если ветер будет таким же резким, как сегодня. Я буду уже старенькой, в морщинках, и стану гордиться только тобой. Официанты в кафе будут пялиться на тебя, а не на меня, и я буду с гордостью посмеиваться, а твой отец — бросать на них гневные взгляды из-за газеты.

Твоя любящая мама Элен».

«Март 1964 г.

Любимая моя доченька!

Придуманная мной вчера сценка на Акрополе оказалась такой яркой, что я снова пришла сюда сегодня с утра, просто чтобы написать тебе. Но пока я сидела здесь, любуясь городом, ранка у меня на шее начала пульсировать, и я подумала, что неотступный преследователь настигает меня. Я оглядывалась, высматривая в толпе подозрительных туристов. Не могу понять, почему этот демон еще не явился за мной из своего темного прошлого. Я уже принадлежу ему, уже отравлена, я почти жду его. Почему он медлит, зачем заставляет мучиться? Но при этой мысли я понимаю, что все еще противлюсь ему, охраняю себя, окружая всеми доступными мне оберегами, и продолжаю поиски его логова — одного из множества — в надежде застигнуть его там врасплох и уничтожить. Да, мой потерянный ангел, ты стоишь за этой отчаянной надеждой.

Твоя любящая мама Элен».

ГЛАВА 71

«Не знаю, кто из нас при виде иконы в руках бабы Янки ахнул первым: я или Элен, но оба мы мгновенно подавили первое движение. Ранов стоял, прислонившись к дереву, в трех шагах от нас, но я с облегчением увидел, что он скучающе и презрительно смотрит вниз, в долину, и к тому же занят своей сигаретой, так что, видимо, не заметил иконы. Через несколько секунд баба Янка отвернулась от нас, и обе плясуньи с той же величественной грацией шагнули на траву и приблизились к священнику. Иконы они вернули мальчикам, которые тут же прикрыли их. Я не сводил глаз с Ранова. Священник уже благословил женщин, и брат Иван, отведя их в сторону, подал им воды. Проходя мимо, баба Янка бросила на нас гордый взгляд, улыбнулась и едва ли не подмигнула, и мы с Элен в едином порыве поклонились ей. Я бросил внимательный взгляд на ее ступни. Усталые мозолистые ступни, и ее, и второй женщины, казались совершенно здоровыми. Только лица их раскраснелись от огня, как от солнечного ожога.

— Дракон, — шепнула мне Элен, не отрывая взгляда от старухи.

— Да, — отозвался я. — Надо узнать, где они хранят икону и насколько она старая. Идем. Священник обещал показать нам церковь.

— А что с Рановым? — Элен не оглядывалась.

— Остается только молиться, чтобы он не пошел за нами, — сказал я. — По-моему, он не рассмотрел иконы.

Народ уже стал расходиться, и священник вернулся в церковь. Мы застали его устанавливающим на место образ святого Петко. Двух других икон нигде не было видно. Я с поклоном поблагодарил его и по-английски восхитился красотой церемонии, размахивая руками и кивая на дверь. Он, очевидно, был польщен. Тогда я обвел глазами помещение церкви и вопросительно поднял брови:

— Вы проведете экскурсию?

— Экскурсия? — Он на мгновенье замялся и тут же снова заулыбался, показав знаком: подождите, нужно переодеться.

Вернувшись к нам в будничном облачении, он проводил нас по церкви, останавливаясь у каждой ниши, чтобы пояснить: “икона” или “Христос”. Это и еще несколько слов мы кое-как понимали. Молодой человек, очевидно, мог бы многое рассказать об истории церкви, если бы только мы могли его понять. Наконец я спросил его, где другие иконы, и он показал на разверстый вход в нише бокового предела. По-видимому, их уже вернули в часовню, откуда выносили для обряда. Священник любезно взял лампаду и провел нас вниз. В подземелье вели крутые ступени, и навстречу нам поднималось такое промозглое дыхание, что в церкви после него показалось бы тепло. Крепко сжимая руку Элен, я шел за фонариком священника, освещавшим древние камни кладки. Однако в самой часовне оказалось не так уж темно: перед алтарем горели свечи, и через минуту, когда глаза привыкли, мы сумели рассмотреть, что перед нами, в сущности, не алтарь, а кованая медная рака, наполовину скрытая богатой красной парчой. На ней стояли две иконы в серебряных рамах: Мария и — я шагнул вперед — дракон с рыцарем.

— Святой Петко, — бодро пояснил священник, касаясь гробницы.

Я кивнул на икону Девы, и он произнес в ответ фразу, где упоминалось Бачково, но остальное осталось для меня непонятным. Тогда я указал на вторую икону, и священник просиял.

— Светы Георгий, — пояснил он, указывая на рыцаря. Затем указал на дракона: — Дракула.

— Скорее всего это просто значит “дракон”, — предупредила меня Элен.

Я кивнул.

— Нельзя ли спросить его, сколько лет этой иконе?

— *Стар*? *Старо*? — попыталась Элен.

Священник согласно помотал головой.

— Много стар, — торжественно заверил он.

Мы уставились на него. Я выставил вперед руку и пересчитал пальцы. Три? Четыре? Пять? Священник улыбнулся. Пять. Пять пальцев — около пятисот лет.

— Он считает, пятнадцатый век, — сказала Элен. — Господи, как бы спросить его, откуда она?

Я указал на икону, обвел рукой склеп-часовню, показал наверх. Поняв, чего я хочу, священник ответил универсальным жестом, выражающим неведение; поднял брови и пожал плечами. Он не знал. Кажется, он пытался объяснить, что икона хранится здесь, в церкви Святого Петко, сотни лет, — а что было раньше, ему ничего не известно.

Наконец он с улыбкой отвернулся, и мы приготовились вслед за ним и его фонариком карабкаться обратно наверх. И мы бы ушли навсегда, окончательно расставшись с надеждой, если бы каблучок Элен не застрял вдруг в узкой щели между плитами пола. Она сердито охнула; я знал, что у нее нет с собой другой пары туфель, и поспешно нагнулся, чтобы помочь ей высвободиться. Священник уже почти скрылся из виду, но свечи перед ракой давали достаточно света, чтобы я сумел рассмотреть резьбу на вертикальной стороне нижней ступени лестницы, у самой ноги Элен. Резьба, грубая, но отчетливая, изображала дракона, того самого, что я видел в своей книге. Я упал на колени и пальцами обвел вычерченные на камне линии. Они были такими знакомыми, будто я сам вырезал их совсем недавно. Элен, забыв про каблук, присела рядом со мной.

— Господи, — выговорила она, — что это за место?

— Светы Георгий, — медленно ответил я. — Значит, это Светы Георгий.

Она вглядывалась в полутьме в мое лицо из-под упавших на глаза волос.

— Но ведь церковь построена в восемнадцатом веке. — Потом лицо ее прояснилось: — Ты думаешь?..

— Церкви часто возводятся на древних фундаментах, верно? А об этой нам точно известно, что она стоит на месте прежней, сожженной турками. Не была ли то монастырская церковь, принадлежавшая давным-давно забытому монастырю? — взволнованно шептал я. — Они могли восстановить ее десятки, а то и сотни лет спустя и назвать по мученику, который остался в памяти.

Элен в ужасе обернулась к медной раке у нас за спиной.

— Так ты думаешь…

— Не знаю, — медленно проговорил я. — Не думаю, чтобы они могли перепутать мощи, но скажи, давно ли, по-твоему, в последний раз открывали этот ящик?

— На вид он слишком мал, — проговорила она, и слова, кажется, застряли у нее в горле.

— Пожалуй, — согласился я, — но придется нам проверить его. Вернее, мне. Я не хочу втягивать в это тебя, Элен.

Она недоуменно взглянула на меня, словно сама мысль о том, что я могу отослать ее прочь, казалась ей удивительной.

— Вломиться в церковь и осквернить могилу святого — серьезное дело.

— Понимаю, — кивнул я, — но что, если в этой могиле — не святой?

Два имени ни один из нас не осмелился произнести в этом темном холодном склепе, где мерцали огоньки свечей и пахло воском и сырой землей. Одно из этих имен было Росси.

Когда мы вышли из церкви, на траву уже легли длинные тени деревьев, а Ранов нетерпеливо искал нас. Рядом стоял брат Иван, но я заметил, что они почти не говорили друг с другом.

— Хорошо отдохнули? — вежливо спросила Элен.

— Пора возвращаться в Бачково. — Ранов снова стал мрачен: мне почудилось, что он разочарован неудачей наших поисков. — Завтра с утра уезжаем в Софию. У меня там дела. Надеюсь, вы удовлетворены?

— Почти, — сказал я. — Я бы хотел еще раз повидать бабу Янку и поблагодарить ее за помощь.

— Очень хорошо, — буркнул Ранов и с недовольным видом зашагал в сторону деревни.

Брат Иван молча шел за нами. Улица в золотистом вечернем свете была пуста, и со всех сторон неслись запахи готовящегося ужина. Какой-то старик вышел к колодцу, набрал ведро воды. На дальнем конце деревни, у дома бабы Янки, нам встретилось стадо коз и овец. Мальчик с хворостиной подгонял жалобно блеющих животных.

Баба Янка встретила нас радостно. Через Ранова мы похвалили ее великолепное пение и хождение по огню. Брат Иван молча благословил женщину.

— Как получается, что вы не обжигаетесь? — спросила ее Элен.

— О, только силой божьей, — тихо ответила та. — Я после и не помню, что было. Ноги у меня потом иногда горят, но ожогов никогда не бывает. Для меня этот день — самый чудесный в году, хотя потом я мало что могу вспомнить. Зато потом много месяцев я спокойна, как вода в озере.

Она достала из буфета бутыль без наклейки и налила всем в стаканы прозрачную коричневую жидкость. В бутылке плавали длинные стебельки — травы, добавленные для аромата, как позже объяснил Ранов. Брат Иван отказался, но Ранов принял у хозяйки стакан. После нескольких глотков он принялся выспрашивать о чем-то брата Ивана голосом, дружелюбным, как осиное гнездо. Скоро они углубились в непонятный для нас спор, в котором то и дело мелькало слово "политически".

Некоторое время мы сидели молча, слушая их, а потом я прервал собеседников, чтобы попросить Ранова спросить бабу Янку, нельзя ли мне воспользоваться ее ванной. Тот неприятно рассмеялся. Он явно вернулся к обычной своей манере.

— Боюсь, что вам там не понравится, — сказал он.

Баба Янка тоже рассмеялась, указав мне на заднюю дверь. Элен заявила, что пойдет со мной и подождет своей очереди.

Сарайчик за домом оказался еще более ветхим, чем сам дом, но был достаточно велик, чтобы прикрыть наше бегство через сад с пчелиными ульями в заднюю калитку. Вокруг никого не было, но мы не пошли по дороге, а прокрались кустарниками по склону холма. К счастью, и у церкви, уже скрывшейся в глубокой тени, никого не было. Под деревьями чуть мерцали красным тлеющие угли костра.

Мы не стали тратить время на главные двери, смутно видные с дороги, а сразу обошли церковь сзади. Здесь было низкое окошко, прикрытое изнутри лиловой занавеской.

— Оно, должно быть, ведет в алтарь, — сказала Элен.

Деревянная рама оказалась плотно закрыта, но не заперта на задвижку, и мы без особых усилий открыли ее и проникли в алтарь, старательно закрыв за собой окно и задернув занавеску. Здесь я увидел, что Элен не ошиблась: мы оказались позади иконостаса.

— Женщины сюда не допускаются, — тихо сказала она, не забывая при этом с любопытством оглядываться кругом.

Здесь был высокий алтарь, покрытый тонкой тканью, и свечи. На медных подставках лежали две старинные книги, а на стене висело варварское одеяние, в котором мы днем видели священника. Было тихо, мирно и страшно. Я нашел святые врата, через которые священник выходит к пастве, и мы смущенно прокрались через темную церковь. Все свечи догорели, и только через узкие окна лился слабый свет. Мне не сразу удалось отыскать на полке коробок спичек. Потом я вынул из подсвечников две свечи и зажег их. С величайшей осторожностью мы спустились вниз. Я слышал, как Элен у меня за спиной бормочет: “Это отвратительно”, — но понимал, что никакие уговоры не заставят ее остановиться.

Я никогда не бывал в такой тьме, какая царила в этом склепе. Все свечи были погашены, и я с благодарностью смотрел на два огонька, которые мы принесли с собой. От своей свечи я зажег остальные, стоявшие перед ракой. Они вспыхнули, и в их свете заблестела начищенная медь с позолотой. Руки у меня дрожали, но я умудрился достать из кармана куртки маленький кинжал в ножнах, подаренный Тургутом. Он лежал там с нашего отъезда из Софии. Я опустил кинжал на пол рядом с ракой, и мы с Элен бережно сдвинули в сторону две иконы — я невольно отвел глаза от дракона перед святым Георгием — и прислонили их к стене. Мы сняли тяжелую парчу, и Элен сложила ее в стороне. Все это время я напряженно прислушивался, но и в склепе, и наверху все было так тихо, что тишина начала стучать и звенеть в ушах. Один раз Элен схватила меня за рукав, и мы оба замерли, но не услышали ни шороха.

Я, содрогаясь, смотрел на обнаженную нами гробницу. Крышка была украшена барельефом: длинноволосый святой с поднятой в благословляющем жесте рукой. Как видно, это был мученик, чьи мощи мы могли обнаружить внутри раки. Я поймал себя на том, что надеюсь в самом деле увидеть несколько обломков святых костей и покончить с этим делом. Но затем неизбежно должна была прийти пустота — ни Росси, ни отмщения. Поражение. Крышка раки оказалась забита гвоздями или привинчена, и я тщетно пытался открыть ее. При этом я немного наклонил ящик, и что-то в нем сдвинулось, сухо ударилось о стенку. Это было что-то маленькое, тельце ребенка или несколько костей, — но очень тяжелое. У меня мелькнула мысль, что сюда в конечном счете добралась лишь голова Дракулы, хотя слишком многое тогда оставалось необъясненным. Меня пробрал пот, и я задумался, не подняться ли наверх поискать подходящий инструмент, хотя мало было надежды найти его в церкви.

— Давай попробуем спустить его на пол, — сквозь зубы пробормотал я.

Вместе мы кое-как сумели поднять раку и благополучно переставить вниз.

— Теперь мне будут лучше видны петли и заклепки, — рассудил я и уже наклонялся посмотреть, когда меня остановил тихий вскрик Элен:

— Смотри, Пол!

Поспешно обернувшись, я увидел, что мраморный постамент не был монолитным и в попытке вскрыть раку мы немного сдвинули его верхнюю плиту. Вдвоем с Элен мы смогли снять каменную крышку и, задыхаясь, прислонили ее к задней стене. Под ней открылась другая плита, такого же камня, из которого были сложены пол и стены, — плита длиной в рост человека. На ней ударами грубого резца был высечен портрет — не лик святого, а лицо настоящего человека: жесткое лицо с выпуклыми миндалевидными глазами, с длинным носом, с длинными усами — жестокое лицо под треугольной шляпой, выглядевшей залихватски заломленной даже на этом примитивном изображении.

Элен отшатнулась, губы у нее стали белыми в свете свечей, и меня охватило желание схватить ее за руку и броситься прочь.

— Элен, — тихо сказал я, но больше сказать было нечего.

Я поднял кинжал, а Элен достала из-под одежды — я так и не понял откуда — свой крошечный пистолет и положила его под рукой, ближе к стене. Потом мы захватили край надгробной плиты и потянули. Камень легко скользнул в сторону, наполовину открыв могилу: чудесный механизм. Мы оба заметно дрожали, и плита едва не выскользнула у нас из рук. Сдвинув ее, мы заглянули внутрь и увидели тело, восковое лицо с закрытыми глазами, неестественно красные губы, увидели чуть вздымающуюся в беззвучных коротких вздохах грудь. Перед нами был профессор Росси».

ГЛАВА 72

«Хотел бы я рассказать, как храбро вел себя, как сделал что-нибудь толковое, как подхватил Элен, опасаясь, что девушка потеряет сознание. Но ничего подобного не было. Трудно представить себе зрелище страшнее, чем любимое лицо, изуродованное смертью или ужасной болезнью. Никакое чудовище не сравнится с таким лицом — невыносимо любимым.

— Ох, Росс, — выговорил я, и слезы покатились у меня по щекам так внезапно, что я даже не почувствовал, как они подступают.

Элен шагнула ближе и смотрела на него сверху вниз. Теперь я видел, что он одет так же, как в ночь нашего последнего разговора, почти месяц назад. Одежда выглядела грязной и изорванной, словно он побывал в аварии. Галстук пропал. Потеки крови тянулись сбоку шеи и собрались бурыми лужицами над потемневшим воротничком. Губы распухли и чуть вздрагивали от слабого дыхания, и грудь еле заметно приподнималась и опускалась, а в остальном он был совершенно неподвижен. Элен протянула к нему руку.

— Не прикасайся к нему, — резко произнес я, и от этих слов мне стало еще страшнее.

Но Элен словно не слышала и не владела собой. Губы ее дрожали, но она погладила его по щеке кончиками пальцев. Не думаю, что мне могло стать хуже при виде его открытых глаз, но, как бы то ни было, он их открыл. Глаза были такими же ярко-голубыми, хотя веки набрякли, а белки налились кровью. И взгляд их был ужасающе живым и недоумевающим, и он заметался, пытаясь поймать наши лица, в то время как тело сохраняло мертвую неподвижность. Потом его взгляд остановился на склонившейся к нему Элен, и синева глаз с огромным усилием прояснилась, стараясь охватить ее целиком.

— О, любимая, — очень тихо сказал он.

Его отекшие губы потрескались, но голос был тем самым, который я давно полюбил, с тем же суховатым акцентом.

— Не я… моя мать, — заговорила Элен, мучительно подбирая слова, и снова провела ладонью по его щеке. — Отец, я Элен… Елена. Я твоя дочь.

Тогда он протянул руку, с трудом заставив ее слушаться, и взял руку Элен. Рука его была в ссадинах, а ногти отросли и пожелтели. Надо было сказать, что мы сейчас же спасем его, вытащим отсюда, но я уже понимал, как страшно он ранен.

— Росс, — заговорил я, наклоняясь к нему. — Это Пол. Я здесь.

Его озадаченный взгляд обратился ко мне, вернулся к лицу Элен, а потом он со вздохом, сотрясшим весь его разбухший остов, закрыл глаза.

— О, Пол. Ты пришел за мной. Зря.

Он снова смотрел на Элен, но взгляд его помутился. Он хотел что-то добавить и после короткого молчания выговорил:

— Я помню тебя.

Я полез во внутренний карман пиджака, выхватил оттуда кольцо, которое отдала мне мать Элен. Я поднес кольцо к его глазам, не слишком близко, так чтобы ему было видно, и тогда, выронив руку Элен, он неловко погладил колечко.

— Тебе, — сказал он Элен.

Та взяла у меня кольцо и надела на палец.

— Моя мать, — повторила она, уже не пряча дрожащих губ. — Ты помнишь? Ты познакомился с ней в Румынии.

В его взгляде мелькнула тень прежней проницательности, и он улыбнулся, перекосив рот.

— Да, — прошептал он наконец. — Я любил ее. Где она?

— В безопасности, в Венгрии, — ответила Элен.

— А ты ее дочь? — В его голосе сквозило удивление.

— Я твоя дочь.

Слезы медленно, будто с трудом, проступили у него на глазах и наполнили морщинки в уголках глаз. Влажные полоски блестели в свете свечей.

— Пожалуйста, позаботься о ней, Пол, — слабо попросил он.

— Я собираюсь на ней жениться.

Говоря это, я положил ладонь ему на грудь. Там что-то нечеловечески взвизгивало, но я не позволил себе отдернуть руку.

— Это... хорошо, — выговорил он. — И мать жива и здорова?

— Да, отец. — У Элен сорвался голос. — Она спокойно живет в Венгрии.

— Да, ты ведь уже сказала... — Он снова опустил веки.

— Она по-прежнему любит вас, Росси. — Я неверной рукой погладил его плечо. — Она посылает вам свое кольцо и... поцелуй.

— Я все время пытался вспомнить ее, но...

— Она знает, что вы старались. Отдохните немного.

Он дышал все более хрипло.

Вдруг глаза его распахнулись, и он попробовал встать. Жутко было смотреть, как он тщетно силится приподняться хоть немного.

— Дети, вам надо уходить сейчас же, — задыхаясь, приказал он. — Здесь опасно. Он вернется и убьет вас.

Глаза его метались по сторонам.

— Дракула? — мягко спросил я.

При звуке этого имени лицо его на мгновенье стало безумным.

— Да. Он в библиотеке.

— В библиотеке? — Я озадаченно огляделся, оторвав взгляд от страшного лица учителя. — В какой библиотеке?

— У него там библиотека... — Он указал глазами на стену.

— Росс, — заторопился я, — говорите, что с вами случилось, как вам помочь?

Глаза, казалось, не повиновались ему, и он часто замигал, пытаясь направить взгляд на меня. Засохшая кровь крошилась от судорожных вздохов, передергивавших его горло.

— Он напал внезапно, в кабинете, и унес далеко. Я скоро... потерял сознание, так что не знаю, где мы.

— В Болгарии, — подсказала Элен, нежно гладя его опухшую руку.

И снова в его глазах мелькнула искра прежнего интереса, знакомого любопытства.

— В Болгарии? Так вот почему... — Он попытался облизнуть губы.

— Что он с вами сделал?

— Он забрал меня к себе, чтоб я занимался его... дьявольской библиотекой. Я сопротивлялся как мог. Я сам виноват, Пол. Я снова начал поиски, для той статьи... — Ему не хватало дыхания. — Я хотел представить его как составную часть... широкого класса преданий. Начиная с греков. Я... я слышал, что им занимается кто-то из новичков, перешедших в наш университет, только имени мне не назвали.

Элен резко втянула в себя воздух. Взгляд Росси метнулся к ней.

— Я подумал, что можно наконец опубликовать... — В груди у него захрипело, и он на минуту закрыл глаза.

Элен, так и не выпустившая его руки, дрожала, прижавшись ко мне. Я крепко обнял ее.

— Это ничего, — сказал я. — Все в порядке. Передохните.

— Ничего не в порядке, — выдохнул он, не открывая глаз. — Он подсунул тебе книгу. Я знал, что он придет за мной, и он пришел. Я сопротивлялся, но ему почти удалось сделать меня... подобным себе.

Поднять вторую руку ему не удалось, но он повернул голову, показав нам глубокий прокол на шее, сбоку горла. Ранка не закрылась, и от движения в ней проступила красная влага. Под нашими взглядами лицо его снова дико исказилось, и он испытующе взглянул мне в глаза:

— Пол, наверху темнеет?

Волна ужаса и отчаяния захлестнула меня до кончиков пальцев.

— Вы чувствуете, Росси?

— Да. Я знаю, когда наступает темнота, и меня охватывает... голод. Прошу вас. Он скоро услышит. Скорей... уходите.

— Скажите, как нам его найти, — отчаянно молил я. — Мы убьем его.

— Да, убейте, только не рискуйте собой. Убейте его за меня, — шептал он, и я понял, что он еще способен испытывать гнев. — Слушай, Пол. Там есть книга. Житие святого Георгия. — Он снова начал задыхаться. — Очень древняя, в византийском переплете — никогда не видел таких книг. У него много великих книг, но эта...

На секунду он, кажется, потерял сознание, и Элен сжала его руку в ладонях. Она не могла сдержать слез. Придя в себя, он снова зашептал:

— Я спрятал ее под первым шкафом слева. Записывал кое-что — и спрятал в ней. Скорее, Пол. Он просыпается. Я просыпаюсь вместе с ним.

— О, господи. — Я огляделся в надежде, что кто-нибудь поможет нам — понятия не имею, на какую помощь я надеялся. — Росс, пожалуйста... Я не могу отдать вас ему. Мы убьем его, и вы поправитесь. Где он? — Но Элен уже собралась с силами и, подобрав кинжал, показала ему.

Он протяжно вздохнул, и вздох его смешался с улыбкой. Теперь я увидел, что зубы у него удлинились, как у собаки, и он успел изжевать себе уголки губ. Слезы свободно покатились у него по щекам, оставляя ручейки на потемневших скулах.

— Пол, друг мой...

— Где он? Где эта библиотека? — все настойчивей добивался я, но Росси уже не мог говорить.

Элен сделала быстрое движение, и я понял и быстро выковырял из пола тяжелую плитку. Она подалась не сразу, и, пока я боролся с ней, мне послышался шорох в церкви наверху. Элен расстегнула ему рубашку, нежно развела края и приставила к сердцу острие кинжала Тургута.

Он еще мгновенье доверчиво смотрел на нас детскими голубыми глазами, а потом закрыл их. И как только его веки опустились, я собрал все силы и с размаху опустил на рукоять кинжала древний камень — камень, уложенный руками безвестного монаха или крестьянина в двенадцатом или тринадцатом веке. Должно быть, этот камень веками лежал под ногами монахов, приходивших сюда похоронить усопшего или принести вина из погребов. Этот камень не дрогнул ни когда над ним тайно пронесли труп иноземного истребителя турок и скрыли его в свежей могиле под соседними камнями, ни когда валашские монахи служили над ним еретическую новую мессу, ни когда оттоманская стража тщетно искала могилу, ни когда факелы оттоманских всадников подожгли церковь, ни когда на ее месте возводили новую и укладывали над ним раку с мощами святого Петко, ни когда паломники преклоняли на нем колени перед мощами нового мученика. Он пролежал здесь веками, пока я грубо не сорвал его с места и не нашел ему нового применения, и больше я не могу об этом писать».

ГЛАВА 73

«Май 1964 г.

Писать мне некому, да я и не надеюсь, что кто-нибудь найдет эти записки, но мне кажется преступлением не попытаться сохранить то, что я узнал, пока я еще на это способен. Не знаю, долго ли.

Меня схватили в моем кабинете, несколько дней назад — сколько именно, не знаю, но исхожу из предположения, что май еще не кончился. В тот вечер я простился со своим любимым учеником и другом, который принес показать мне копию демонической книги, о которой я столько лет старался не вспоминать. Я проводил его взглядом. Он уносил с собой все, чем я мог ему помочь. Потом я закрыл дверь кабинета и просидел несколько минут неподвижно. Меня мучило сожаление и страх. Я понимал, что сам виноват. Не я ли снова взялся за исследование истории вампиров, рассчитывая со временем добраться до легенды о Дракуле и, возможно, даже раскрыть вековую тайну его могилы? Я позволил гордости, вере в разум и времени убаюкать меня и внушить веру в безнаказанность таких поисков. Даже тогда, в первую минуту одиночества, я признавал перед собой свою вину.

Мне было страшно больно отдавать Полу свои заметки и письма, в которых описал случившееся со мной: не потому, что рассчитывал еще воспользоваться ими, — желание работать над этой темой испарилось, едва он протянул мне книгу. Просто мне жаль было взваливать на него ношу горестного знания, хотя я уверял себя, что понимание происходящего поможет ему защититься. Оставалось только надеяться, что если кому-то из нас суждено претерпеть наказание, это буду я, а не Пол с его юношеским оптимизмом, легкой походкой и не раскрывшимся еще блестящим умом. Полу не больше двадцати семи; я прожил на несколько десятков лет больше и испытал незаслуженно много счастья. Такова была первая моя мысль. Вторая была совершенно практичной. Если не считать свойственной мне веры в могущество разума, мне нечем было защитить себя. Храня свои записи, я так и не обзавелся традиционными амулетами, отгоняющими зло, — ни крестиком, ни серебряными пулями, ни даже связкой чеснока. Даже в разгар поисков я не прибегал к ним, но теперь начал раскаиваться, что посоветовал Полу надеяться исключительно на крепость собственного духа.

Эти мысли заняли одну-две минуты — как выяснилось, все оставшееся мне время. Потом с внезапным порывом холодного зловонного ветра я ощутил чужое присутствие. Зрение отказалось мне служить, и тело, казалось, в страхе поднимается над креслом. Мгновенно я был схвачен и ослеплен и чувствовал, что умираю, хотя не знал отчего. И среди всего этого меня охватило видение юности и красоты, нет, скорее чувство, чем видение. Я ощутил себя молодым и полным любовью к чему-то или к кому-то. Может быть, так умирают. Если так, когда придет мой час — а он придет скоро, пусть даже в самом ужасном обличье, — я надеюсь, что в последний миг видение повторится.

После этого я ничего не помню, и беспамятство длилось, но как долго, я не мог — и не могу теперь — сказать. Когда сознание медленно начало возвращаться, я поразился тому, что жив. В первые секунды я ничего не видел и не слышал. Я словно оправлялся после тяжелого наркоза, после какой-то зверской операции, и вместе с сознанием пришла боль. Я был невероятно слаб, и все тело ныло, но особенно горели правое бедро, горло и голова. Воздух был сырым и холодным, и лежал я на чем-то холодном, так что озноб пробирал меня до костей.

Следующим ощущением стал свет — очень тусклый, но его было достаточно, чтобы убедиться, что я не ослеп и глаза мои открыты. Этот свет и боль больше всего утверждали, что я жив. Я стал припоминать то, что поначалу считал прошлым вечером: появление у меня в кабинете Пола со страшной находкой. И тогда я, содрогнувшись, угадал, что нахожусь в узилище зла; вот почему тело мое изувечено и запах, окружающий меня, — запах самого зла.

Я как можно осторожнее шевельнулся и, преодолевая слабость, повернул голову, а потом и поднял ее. Взгляд уперся в смутно различимую прямо перед глазами стену, а слабый свет лился из-за ее верхнего края. Я вздохнул и услышал собственный вздох и только тогда поверил, что не лишился слуха, а просто вокруг стоит глухая тишина.

Я вслушивался, как никогда в жизни, но ничего не услышал, и тогда с опаской решился сесть. От этого движения все мои члены и тело пронзили боль и слабость, а в висках забилась кровь. Но, сидя, я разобрал, что подо мной камень и что плечи мои с обеих сторон опираются на каменные стены. В голове звенело так, что казалось, звон заполняет все пространство. Я уже говорил, что свет был тусклым и по углам пряталась тьма, но я ощупал все вокруг руками. Я сидел в открытом саркофаге.

От этого открытия во мне поднялась тошнота, но тут я заметил, что на мне та же одежда, в которой я был в кабинете, только рукав пиджака и рубахи под ним были порваны и галстук пропал. Вид знакомой одежды придал мне уверенности: это не смерть и не безумие и я не перенесен в другую эру, разве что вместе со мной прихватили и мой костюм. Я ощупал пиджак и брюки и нашел в боковом кармане брюк свой бумажник. Ощущение знакомого предмета поразило меня почти как удар. Впрочем, я с грустью обнаружил, что с запястья исчезли часы, а из внутреннего кармана пиджака — моя любимая авторучка.

Потом я ощупал рукой лицо и горло. Лицо оказалось в порядке, если не считать легкой припухлости на лбу, но на мышце горла я нащупал неприятный прокол, и кожа вокруг была липкой. Если я слишком сильно поворачивал голову или резко сглатывал, ранка издавала чмокающий звук, от которого все у меня внутри холодело. И место прокола тоже оказалось припухшим и отзывалось на прикосновение болью. Я чувствовал, что снова теряю сознание от страха и отчаяния, но утешил себя напоминанием, что у меня еще хватило сил, чтобы приподняться. Значит, я потерял не так уж много крови и, возможно, перенес всего один укус. Я сознавал себя самим собой, а не каким-нибудь демоном: не ощущал в себе ни жажды крови, ни злобы в сердце. Но тут же на меня снова накатило безнадежное уныние. Что толку, что пока еще я не жажду крови? Окончательная гибель – только лишь дело времени. Если, конечно, мне не удастся бежать.

Я медленно повернул голову, добиваясь, чтобы зрение прояснилось, и постепенно отыскал взглядом источник света. Красноватое мерцающее пятно находилось поодаль в темноте – точного расстояния я не сумел определить, – и между мною и этим мерцанием располагались тяжелые черные силуэты. Я пробежал пальцами по наружной стене своего каменного ложа. Саркофаг, по-видимому, стоял низко, так что я нащупал землю или каменный пол и уверился, что мне не грозит падение с большой высоты. Все же я с трудом дотянулся дрожащей ногой до пола и тут же упал на колени. Теперь мне было лучше видно. Я приподнялся и, выставив перед собой руки, побрел к источнику красного сияния. Почти сразу я наткнулся на второй саркофаг, который оказался пустым, а потом на несколько предметов деревянной мебели. Наткнувшись на деревянную стенку, я услышал негромкий звук падения, но не рассмотрел, что уронил.

Так, нашаривая дорогу в темноте, я ежеминутно с ужасом ждал, что тварь, притащившая меня сюда, набросится на меня. Мне снова пришло в голову, что я все-таки умер, что все происходящее – ужасное посмертное видение, которое я лишь по ошибке счел продолжением жизни. Но никто не бросался на меня, а боль в ногах убедительно внушала, что жизнь продолжается, и я медленно приближался к огню, пляшущему в конце длинного помещения. Перед огнем темнела какая-то черная масса. Сделав еще несколько шагов, я разглядел сводчатый каменный камин, в котором догорали красные угли. От них исходило достаточно света, чтобы я сумел разглядеть тяжелую деревянную мебель: большой письменный стол с разбросанными по нему бумагами, резной сундук и пару высоких прямоугольных кресел. Одно из них стояло прямо перед огнем, спинкой ко мне, и в нем кто-то неподвижно сидел: над прямой спинкой виднелась темная макушка головы. Я успел пожалеть, что не направился с самого начала в обратную сторону, прочь от огня, но к возможному выходу. Однако теперь я ощущал уже пугающее притяжение неподвижной царственной фигуры в кресле и теплого сияния огня. С одной стороны, мне потребовалась вся сила воли, чтобы приблизиться, но с другой — я при всем желании не мог бы отвернуться.

Итак, я на дрожащих ногах медленно вступил в свет очага, и человек в кресле так же медленно повернулся ко мне. Теперь он оказался спиной к огню, и в тусклом свете я не мог разглядеть его лица, хотя в первую секунду, кажется, заметил белую, как голая кость, скулу и блеснувший глаз. У него были длинные волнистые темные волосы, коротким плащом спадающие на плечи. И было что-то в его движении невыразимо разнившееся от движений живого человека, хотя я не мог бы объяснить, быстрее или медленнее, чем следовало бы, он двигался. Он был немногим выше меня, но производил впечатление высокого и мощного мужчины, и я видел на фоне пламени уверенный разворот его плеч. Затем он потянулся за чем-то, склонившись к огню. Мне подумалось, что он намерен убить меня, и я застыл неподвижно, желая встретить смерть с достоинством. Но он всего лишь зажег от углей длинный огарок, а от него засветил оплывшие свечи в канделябре у его кресла, после чего снова повернулся ко мне.

Стало светлее, но лицо его по-прежнему оставалось в тени. На голове у него была остроконечная, зеленая с золотом шапочка с приколотой надо лбом тяжелой драгоценной брошью, а широкие плечи обтягивал шитый золотом бархат, и зеленый воротник был плотно застегнут под крупным подбородком. Драгоценные камни надо лбом и золотое шитье на высоком вороте блестели в свете огня. Поверх бархатного кафтана на плечах лежал белый меховой плащ, заколотый серебряной фибулой с драконом. Его необыкновенный наряд вызвал во мне почти такой же испуг, как и само присутствие не-умершего. Я видел такие одеяния в музейных экспозициях, но его одежда была живой, настоящей и новой. И в его фигуре, когда он встал передо мной, было изящество богатства, а белая мантия взметнулась у него за спиной порывом метели. Свечи осветили коротконалую, изрезанную шрамами руку на рукояти кинжала, а ниже — мощные ноги в зеленых рейтузах и сапоги. Он чуть повернулся к свету, но не заговорил. Теперь я увидел его лицо и отпрянул перед его жестокой властностью: большие темные глаза под насупленными бровями, длинный прямой нос, бледные гладкие скулы. Багровые губы кривились в жесткой усмешке под проволокой длинных усов. В уголке рта я заметил пятно запекшейся крови — о, господи, как я сжался при виде ее. Сам вид крови был достаточно страшен, но в глазах у меня потемнело при мысли, что кровь могла быть моей.

Он приосанился и взглянул мне в лицо через разделяющий нас полумрак.

— Я — Дракула, — произнес он.

Слова прозвучали холодно и отчетливо. Мне показалось, что он говорил на неизвестном мне языке, но смысл был совершенно ясен. Я стоял перед ним, не в силах ни заговорить, ни двинуться с места. Он был не более чем в десяти футах передо мной и, живой или мертвый, выглядел неоспоримо реальным и мощным.

— Итак, — продолжал он тем же холодным спокойным тоном, — вы утомлены путешествием и голодны. Я приготовил для вас ужин.

Движение его руки было изящным, даже любезным, и на коротких белых пальцах блеснули драгоценные камни.

Я увидел рядом с камином стол, уставленный блюдами. Теперь я ощутил и запах пищи — доброй, настоящей, человеческой еды — и чуть не упал от ее благоухания. Дракула неторопливо двинулся к столу и наполнил из кувшина бокал. Жидкость показалась мне похожей на кровь.

— Ну же, — проговорил он чуть мягче и вернулся в кресло, видимо, предполагая, что мне будет легче приблизиться, если он удалится.

Я неуверенно добрался до стоявшего у стола кресла. Ноги у меня ослабели, как от лихорадки. Сидя в этом темном кресле, я бессильно обводил взглядом угощение. Какой смысл есть, если в любую минуту я могу умереть? Эту тайну знало только мое тело. Дракула снова смотрел в огонь: мне виден был его яростный профиль — длинный нос, сильная складка щеки, волна темных волос на плече. Он задумчиво скрестил руки, и от этого движения мантия упала с плеч и вышитые рукава сдвинулись, открыв зеленые бархатные манжеты и шрам на тыльной стороне гладкой руки. Вся его поза выражала спокойствие и задумчивость. Я уже не чувствовал угрозы и, как во сне, поднял крышку одного из блюд.

Внезапно на меня напал такой голод, что я едва удержался от желания обеими руками набивать рот пищей. Все же я заставил себя воспользоваться металлической вилкой и костяным ножом и отрезать сперва кусок жареного цыпленка, а затем темного мяса какой-то незнакомой дичи. Рядом стояли керамические миски с картофелем и соусом, темный хлеб и горячий суп, пахнущий зеленью. Я ел жадно, то и дело напоминая себе, что не следует торопиться, если я не хочу, чтобы желудок свело судорогой. Серебряный кубок у моего локтя пахнул не кровью, а крепким красным вином, и я выпил его до дна. За все время, пока я ел, Дракула ни разу не шевельнулся — я то и дело невольно оглядывался на него. Закончив, я почувствовал, что теперь можно и умереть, — такое блаженство охватило меня на минуту. Так вот почему приговоренных перед казнью кормят, подумалось мне. Это была первая ясная мысль с той минуты, когда я очнулся в саркофаге. Я медленно, стараясь не звенеть, прикрыл крышками опустевшие блюда и откинулся назад, выжидая.

После долгой паузы он обернулся ко мне.

— Вы закончили трапезу, — тихо проговорил он. — Теперь, вероятно, можно побеседовать, и я объясню, зачем доставил вас сюда.

Его голос звучал все так же холодно и ясно, но мне почудилось слабое дребезжание в глубине его груди, словно механизм, производивший звук, был неимоверно стар и изношен. Он сидел, задумчиво разглядывая меня, и я почувствовал, как сжимаюсь под его взглядом.

— Вы представляете себе, где находитесь?

Я надеялся, что мне не придется говорить с ним, но и молчать не было смысла. Сейчас он казался вполне спокоен, но в любой момент мог разъяриться. Кроме того, я сообразил, что разговор поможет протянуть время и, быть может, открыть путь к бегству или даже шанс уничтожить его. Он бодрствует, следовательно, снаружи сейчас ночь, если только легенды не лгут. Рано или поздно наступит утро, и если я доживу до утра, то увижу его спящим.

— Вы представляете себе, где находитесь? — терпеливо повторил он.

— Да, — отозвался я, не добавив никакого титула. — Думаю, что знаю. В вашей могиле.

— В одной из них. — Он улыбнулся. — Причем в любимой.

Я не удержался от вопроса:

— Так мы в Валахии?

Он покачал головой, и отблески огня заиграли в его блестящих волосах и в глазах. В этом движении сквозило что-то настолько нечеловеческое, что у меня все сжалось внутри. Люди так не двигаются, хотя опять же я не взялся бы сказать, в чем было различие.

— В Валахии стало слишком опасно. Я должен был упокоиться там навсегда, но это оказалось невозможным. Вообразите: столько лет сражаться за свой трон, за нашу свободу — и после этого они не дали покоя даже моим костям.

— Где же мы тогда? — снова попытался я поддерживать обычный разговор.

Но я уже понимал, что мне мало просто провести время до утра: я хотел еще и узнать о Дракуле все, что возможно. Это создание, каково бы оно ни было, прожило пятьсот лет. Даже понимая, что все услышанное умрет вместе со мной, я не смог сдержать любопытства.

— Да, где мы... — повторил Дракула. — Думаю, это не имеет значения. Не в Валахии, которая все еще под властью глупцов.

Я вытаращил глаза:

— Вы... вы знаете положение дел в современном мире?

Он взглянул на меня, удивленный и позабавленный, и я впервые увидел, как дрогнуло его ужасное лицо. Улыбка обнажила сморщенные десны и торчащие из них длинные острые собачьи зубы. Видение исчезло так же быстро, как появилось: нет, обычный рот, если не считать пятнышка моей крови под темными усами.

— Да, — усмехнулся он, и я на миг испугался, что услышу его смех, — знаю. Познание мира — моя награда, мое излюбленное занятие.

Мне показалось, что настал момент для открытой атаки.

— Тогда зачем вам понадобился я? Я много лет прятался от современности — в отличие от вас, я живу прошлым.

— Да, прошлое... — Он соединил концы пальцев. — Прошлое весьма полезно, но лишь тем, что помогает постичь настоящее. Настоящее — вот богатство. Но мне по нраву прошлое. Идемте. Теперь, когда вы поели и отдохнули, я могу показать вам.

Он поднялся, и мне снова почудилось, что его движениями управляет некая внешняя сила. Я тоже поспешил встать, опасаясь, что это ловушка и он сейчас бросится на меня. Но он неторопливо повернулся и, захватив из подсвечника длинную свечу, высоко поднял ее.

— Возьмите свет, — посоветовал он, отступая от очага в темноту длинной камеры.

Я взял свечу и последовал за ним, стараясь не коснуться даже края его одежды. Я надеялся, что он не приведет меня обратно к саркофагу.

В скудном свете свечей я начинал различать вещи, которых не заметил прежде, — чудные вещи. Теперь я видел перед собой длинные столы, сработанные со старинной основательностью. И на столах этих лежали груды книг: искрошившиеся кожаные переплеты и золоченые корешки, отражавшие мерцание моего огонька. Были здесь и другие предметы — я впервые видел такой чернильный прибор со странными перьями. Рядом лежали стопки лоснящегося пергамента и стояла старомодная пишущая машинка с вставленным в нее листом тонкой бумаги. Я видел блеск драгоценных камней на переплетах и ящиках, свитки рукописей на медных подносах, огромные фолианты и тома in quarto в гладкой коже и ряды более современных изданий на длинных полках. Книги, книги окружали нас. Подняв свечу повыше, я сумел прочитать несколько названий на европейских языках, а рядом на красной коже видел кружево арабского письма. Впрочем, большая часть книг относилась к тем временам, когда еще не начали писать заголовки на корешках. Я видел перед собой сокровищницу несравненного богатства, и у меня уже чесались руки открыть книги, развернуть лежащие на подносах свитки.

Дракула, высоко держа свечу, обернулся, и свет заиграл в самоцветах на его шапочке: в топазах, изумрудах, жемчуге. Не менее ярко блестели его глаза.

— Что вы скажете о моей библиотеке?

— Кажется, замечательная коллекция. Настоящая сокровищница, — сказал я.

На его устрашающем лице отразилось своеобразное удовлетворение.

— Вы правы, — тихо сказал он. — Это лучшее собрание такого рода в мире. Результат веков заботливого отбора. Но у вас будет довольно времени самому исследовать собранные мной диковинки. Теперь же позвольте показать вам другое.

Он подвел меня к дальней стене, и я увидел старинный печатный пресс, какие можно видеть на средневековых иллюстрациях: тяжеловесное устройство из черного металла и темного дерева, с огромным винтовым зажимом наверху. Его обсидиановая круглая пластина блестела чернильным блеском, и в ней, как в дьявольском зеркале, отражались огоньки наших свечей. На плоскости пресса лежал лист толстой бумаги. Приглядевшись, я увидел, что на нем небрежно испытывали пробный набор. Буквы были английскими. "Призрак в амфоре, — гласил заголовок. — Вампиры от греческой до современной трагедии", и более мелкий подзаголовок: "Бартоломео Росси".

Дракула явно ожидал услышать мой изумленный вздох, и я не разочаровал его.

— Как видите, я слежу за лучшими научными исследованиями — в курсе самых свежих новостей, как говорится. Если мне не удается раздобыть публикацию или я не хочу ждать, то печатаю сам. Но вот что, вероятно, заинтересует вас не меньше…

Он указал на стоявший за прессом стол. На нем лежал ряд деревянных клише. Самое большое было прислонено к стене: клише с нашим драконом — из книг, моей и Пола, только, разумеется, реверсное изображение. Я чуть не вскрикнул вслух.

— Вы удивлены, — проговорил Дракула, поднося свечу ближе к дракону. Линии казались мне такими знакомыми, словно я вырезал их собственной рукой. — Вам, думается, хорошо знакомо это изображение.

— Да… — Я крепко сжимал свечу. — Так вы сами печатали эти книги. И сколько же их выпущено?

— Часть напечатали мои монахи, а я продолжил их труд, — спокойно сказал он, любуясь гравюрой. — Замысел напечатать четырнадцать сотен и пятьдесят три экземпляра близится к завершению, но я не спешу, и у меня остается время заняться их распространением. Это число вам что-нибудь говорит?

— Да, — помолчав мгновенье, отозвался я. — Год падения Константинополя.

— Я не сомневался, что вы поймете, — проговорил он с горькой усмешкой. — Худшая дата в истории.

— Мне кажется, на эту честь претендуют многие, — заметил я, но он только помотал своей большой головой на мощных плечах.

— Нет.

Говоря, он поднял свечу, и в ее свете глаза его загорелись красным светом, как глаза волка. Словно взгляд мертвеца внезапно наполнился жизнью: я и раньше готов был назвать его взгляд горящим, но теперь он просто полыхал ненавистью. Я не мог ни заговорить, ни отвести взгляд. Секунду спустя Дракула отвернулся и снова одобрительно взглянул на дракона.

— Хороший посланник, — сказал он.

— Это вы оставили его для меня? В книге?

— Скажем, ее оставили по моему распоряжению. — Он погладил деревянную доску изуродованными в битвах пальцами. — Я весьма внимательно слежу за их распространением. Книги доставляют только самым многообещающим исследователям, которых я нахожу достаточно упорными, чтобы проследить дракона до его логова. Но вы первый, кому это удалось. Поздравляю. Других своих помощников я оставляю в мире, чтобы они работали на меня.

— Но я не следил за вами, — осмелился возразить я. — Это вы перенесли меня сюда.

— Ах... — Снова искривились багровые губы и дрогнули длинные усы. — Вы бы не оказались здесь, если бы не стремились к этому. Вы первый, кто дважды за срок жизни пренебрег моим предостережением. Вы сами определили свою судьбу.

Я разглядывал старый пресс и клише с драконом.

— Зачем я вам здесь понадобился?

Я не хотел сердить его излишним любопытством: если за день я не найду способа бежать, завтра ночью он может убить меня. Но от этого вопроса я не удержался.

— Мне уже давно нужен человек, который составил бы опись моей библиотеки, — просто сказал он. — Завтра вы спокойно все осмотрите, но нынешнюю ночь отдадим беседе.

Той же неторопливой уверенной поступью он вернулся к креслам перед камином. Последние слова внушили мне надежду: как видно, пока он не собирается меня убивать. К тому же во мне разгоралось любопытство. Не во сне, наяву я говорил с тем, кто прожил отрезок истории, какой лучшие из историков за целую жизнь могут изучить лишь поверхностно. Я, держась поодаль, последовал за ним, и мы снова сели у огня. Усаживаясь, я заметил, что стол, где стоял мой ужин, исчез, а его место заняла удобная оттоманка, на которую я осторожно задрал ноги.

Дракула, величественно выпрямившись, занял огромное кресло. Его кресло было средневековым: простое деревянное сиденье и прямая спинка, но мое, как и оттоманка, снабжено было мягкой обивкой. Хозяин снисходительно заботился об изнеженном современными удобствами госте.

Долгие минуты мы просидели молча, и я уже решил, что он собирается провести так остаток ночи, когда он снова заговорил.

— При жизни я любил книги, — сказал он, чуть повернувшись ко мне, так что я видел блеск его глаз и глянец небрежно рассыпавшихся волос. — Не знаю, известно ли вам, что я был в некотором смысле ученым. Кажется, это обстоятельство малоизвестно. — Его голос звучал бесстрастно. — Но вы наверняка знаете, что в мое время книги были редкостью. В смертной жизни я читал в основном тексты, освященные церковью, например Евангелие и ортодоксальные комментарии к ним. В конечном счете эти труды мне так и не пригодились. К тому времени, как я занял законно принадлежащий мне трон, великие библиотеки Константинополя погибли. То, что сохранилось, осталось в монастырях, где я не мог видеть их собственными глазами. Купцы доставляли мне странные и таинственные книги из разных стран: из Египта, из Святой Земли, из великих городов Запада. Из них я узнал о древней магии. Зная, что небесный рай для меня недостижим, — все тот же бесстрастный тон, — я стал историком, чтобы сохранить навечно свою собственную историю.

Он замолчал, и я не смел задавать вопросы. Затем, словно очнувшись, он похлопал ладонью по подлокотнику кресла.

— Так было положено начало моей библиотеке.

Я больше не мог сдержать любопытства, хотя выразить вопрос словами оказалось нелегко:

— А после... вашей смерти вы продолжали собирать книги?

— О, да.

Теперь он смотрел прямо на меня, может быть, потому, что счел вопрос проявлением свободной воли, и сумрачно улыбался. Мне страшно было взглянуть в его глаза, прикрытые тяжелыми веками.

— Я ведь говорил уже, что в душе я ученый не менее чем воин, и эти книги долгие годы составляли мне компанию. Кроме того, из книг можно научиться многим полезным вещам: искусству управления государством, например, или познакомиться с боевой тактикой великих военачальников. Однако мое собрание разнообразно. Завтра вы сами увидите.

— И какой работы вы от меня ждете?

— Я уже сказал: составьте опись библиотеки. Мне нужен полный отчет об имеющихся у меня экземплярах, с описанием происхождения и состояния книг. Таково ваше первое задание, и вы, с вашим знанием языков и широтой кругозора, справитесь с ним быстрее и искуснее любого другого. При этом вам доведется держать в руках книги прекрасные и могущественные — самые могущественные из выпущенных когда-либо. Многие из них сохранились только у меня. Известно ли вам, профессор, что ныне сохранилось не более одной сотой книг, опубликованных в мире? Я посвятил века своей жизни увеличению этой ничтожной доли.

Пока он говорил, я снова размышлял над необычайной ясностью и холодностью его речи, с чуть заметным дребезжащим оттенком, приводившим на ум звон погремушки змеи или капель холодной воды, стекающей по камню.

— Вторая задача ваша займет больше времени. В сущности, она займет целую вечность. Когда вы узнаете мою библиотеку и поймете принцип ее составления так же хорошо, как я, вы отправитесь в широкий мир за новыми приобретениями — и старыми также, потому что я буду продолжать собирательство сокровищ прошлого. В ваше распоряжение я предоставлю множество архивариусов — лучших из них! — и вы будете доставлять мне все новые находки.

В полной мере осмыслив его предложение — если только я осмыслил его в полной мере, — я облился холодным потом. Заговорить мне удалось, но голос звучал нетвердо:

— Почему бы вам не заняться этим самому, как раньше?

Он улыбнулся огню, и снова передо мной мелькнуло иное лицо: собака, волк...

— У меня теперь будут другие заботы. Мир меняется, и я намерен меняться вместе с ним. Быть может, скоро минет нужда в этом облике, — медлительным движением руки он указал на свой средневековый наряд и на мощные члены скрывающегося под ним тела, — и цель моя будет достигнута. Однако моя библиотека дорога мне, и я желаю видеть, как она растет. Кроме того, я порой чувствую, что это место становится небезопасно. Несколько историков были близки к тому, чтобы его обнаружить, как обнаружили бы и вы, если бы я не прервал ваши исследования. Но теперь вы нужны мне здесь. Я чую приближение опасности, а библиотеку, до того как переместить ее в иное убежище, необходимо каталогизировать.

Мне удалось на минуту представить, будто все происходящее — сон, и это немного помогло.

— Куда же вы ее переместите? — (И меня вместе с ней, мог бы добавить я.)

— В древнее убежище, много древнее этого, связанного для меня с множеством воспоминаний. В убежище отдаленное, однако оно расположено ближе к великим городам современности, и мне будет проще покидать его и возвращаться вновь. Мы перенесем туда библиотеку, и вы займетесь ее расширением.

В его взгляде, устремленном на меня, была уверенность, граничащая с приязнью, если бы это нечеловеческое лицо способно было выражать подобное чувство. Затем он поднялся тем же странным резким движением.

— Мы довольно беседовали для одной ночи — я вижу, что вы утомлены. Отдадим оставшиеся часы чтению, по заведенному мной обычаю, а потом я должен буду уйти. Когда настанет утро, вам следует взять бумагу и перо — вы найдете их у пресса — и приступить к составлению каталога. Книги у меня разложены скорее по тематике, нежели по векам или десятилетиям. Вы увидите. Имеется и пишущая машинка — я приготовил ее для вас. Возможно, вы предпочтете вести опись по-латыни — впрочем, оставляю это на ваше усмотрение. И разумеется, вы вправе в любое время читать все, что вас заинтересует.

С этими словами он шагнул к столу, выбрал одну из лежавших на нем книг и снова опустился в кресло. Следуя его примеру — я не посмел отказаться, — я вынул первый попавшийся под руку том. Это оказалось одно из первых изданий «Государя» Макиавелли, включавшее несколько рассуждений о морали, которых я прежде не читал и даже не слышал о них. Я не способен был сейчас разбираться в прочитанном, а просто сидел, бессмысленно переворачивая страницы. Дракула казался полностью поглощенным чтением. Украдкой поглядывая на него, я дивился, как он, после жизни, проведенной в сражениях и действии, приспособился к этому подземному ночному существованию, к одинокой жизни ученого.

Наконец он поднялся, спокойно отложил книгу и, не сказав ни слова, отступил в тень длинного зала, так что я больше не видел его. Затем я услышал сухой скрежет, словно какое-то животное разрывало землю или кто-то чиркал спичкой по коробку, но огонек не вспыхнул, и я почувствовал, что остался один. Как я ни напрягал слух, мне не удалось понять, в каком направлении он скрылся. По крайней мере, он не собирался этой ночью утолять голод мною. Мелькнула испуганная мысль, для чего он приберегает меня. Ведь он без труда мог превратить меня в своего раба и заодно утолить жажду. Несколько часов я просидел в том же кресле, поднимаясь изредка, чтобы размять онемевшее тело. Я не смел сомкнуть глаз, пока длилась ночь, однако перед самым рассветом, должно быть, задремал, потому что, очнувшись, ощутил вдруг, как изменилось что-то в воздухе. В темной камере не стало светлей, но перед огнем появился Дракула в своем тяжелом плаще.

— Добрый день, — негромко проговорил он и повернулся к темной стене, у которой стоял мой саркофаг. Я, внутренне сжавшись, поднялся на ноги. Но он уже снова растаял в темноте, и глухая тишина обволокла мой слух.

Спустя долгое время я поднял свою свечу и зажег от нее все свечи в канделябрах и несколько других, расставленных в подсвечниках вдоль стен. На столах я нашел керамические светильники и маленькие железные фонарики и зажег их тоже. При свете мне стало легче, но я не мог избавиться от мысли, что больше не увижу дневного света и обречен на вечный мрак, прорезанный лишь трепещущими огоньками свечей — они уже воплощали для меня видение ада. Однако теперь я хотя бы мог лучше рассмотреть помещение: оно далеко тянулось во все стороны, а стены были уставлены полками и стеллажами. И повсюду я видел книги, ящики, свитки, рукописи — стопки и груды необъятных сокровищ Дракулы. Вдоль одной стены выстроились три смутно различимых в полутьме саркофага. Два меньших были пусты — в одном из них я, по-видимому, очнулся этой ночью.

Затем я увидел самый большой саркофаг: величественную гробницу благородных пропорций. Вдоль ее стенки тянулось высеченное латинскими буквами единственное слово: *Drakulya*. Едва ли не против воли я поднял вверх свечу и заглянул внутрь. Внутри неподвижно лежало огромное тело. Впервые я подробно разглядел вблизи его замкнутое жестокое лицо и, несмотря на отвращение, стоял, не в силах отвести взгляд. Между бровей его залегла тяжелая морщина, словно спящего тревожил беспокойный сон, но застывшие глаза были открыты, и оттого он казался скорее мертвым, чем спящим. Кожа цвета желтого воска, замершие длинные ресницы, сильные, почти прекрасные черты. Длинные волосы в беспорядке рассыпались по плечам, заполняя свободное пространство в саркофаге. Но ужаснее всего показалась мне яркость его губ и румянца и полнота лица, в беседе у камина показавшегося мне худощавым. Тело его так исполнено было жизни и здоровья, что у меня кровь застыла в жилах, когда я понял: он не дышит. Грудь под бархатом кафтана ни разу не поднялась и не опустилась. И еще одна странность: одежда, столь же богатая и изысканная, как прежде, была все же другой: кафтан и сапоги — темно-красные, мантия и шапочка — пурпурного бархата. Мантия на плечах казалась немного поношенной, а в шляпе было коричневое перо. Воротник блистал самоцветами.

Я стоял так, пока не почувствовал, что готов упасть в изнеможении от этого невиданного зрелища. Тогда я отступил на шаг и попытался собраться с мыслями. День только начался: до заката еще много часов. Прежде всего надо искать пути к бегству, затем — средства уничтожить это чудовище во сне. Тогда, даже если мне не удастся одолеть его, я смогу немедленно бежать. Я тверже сжал свечу. Довольно будет сказать, что за два часа я обыскал камеру сверху донизу, но выхода не нашел. В стене против камина была огромная деревянная дверь, запертая на железный замок, и на ней я сосредоточил свои усилия. Я толкал, и тянул, и бился в нее, пока все тело у меня не заныло, однако она не подалась ни на йоту: по правде сказать, мне казалось, что она не открывалась много лет — а может, и веков. И никаких признаков других дверей, тоннелей, поворачивающихся камней и вообще каких-либо отверстий. Окон, разумеется, тоже не было, да я и не сомневался, что нахожусь глубоко под землей. Единственную нишу в стене занимали три саркофага, но и здесь камни не поддавались моим усилиям. Мучительнее всего было продвигаться вдоль стены, пробуя плиту за плитой, в виду неподвижного лица Дракулы, с его громадными открытыми глазами. Их взгляд был устремлен в потолок и ни разу не дрогнул, но я чувствовал, что они сохраняют таинственную способность видеть и проклинать.

Измучившись, я снова сел в кресло у камина, чтобы собраться с силами. Протянув ладони над огнем, я заметил, что он не прогорает, хотя горит на настоящих поленьях и дает ощутимое утешительное тепло. Только сейчас я осознал, что не чувствую запаха дыма. Как же он горит целую ночь? Я провел ладонью по лицу, сдерживая себя. Мне необходима была каждая унция здравого рассудка. Теперь я твердо поставил себе задачу до последнего мига сохранить неповрежденными свой разум и мораль — единственное, что оставалось мне от меня.

Собравшись, я снова взялся за поиски, систематически перебирая все возможные способы уничтожить своего чудовищного хозяина. Если бы мне это удалось, я, даже оставшись умирать в одиночестве, знал бы, что ему уже никогда не выбраться из логова на поиски жертв во внешнем мире. Не в первый раз промелькнула у меня мысль о спасительном самоубийстве, однако этого я не мог себе позволить. Я и без того рисковал уподобиться Дракуле, а ведь легенды утверждали, что любой самоубийца становится не-умершим, даже не испытав заражения. Жестокое предостережение, но нельзя было пренебречь им, так что этот путь был для меня закрыт. Я осмотрел каждый уголок, открыл каждый ящик, перерыл все полки в поисках оружия, которое можно было бы обратить против него, но тщетно. Когда же я попытался вытянуть из огня обгорелую головню в надежде обтесать ее и использовать вместо кола, огонь полыхнул, взметнулся вверх, опалив мне лицо и руки. Камин защищала какая-то темная магия.

Наконец я снова остановился перед саркофагом. Оставалось последнее средство: кинжал, висевший на поясе у Дракулы. Его покрытая шрамами рука крепко сжимала рукоять. Кинжал вполне мог оказаться серебряным, и тогда, стоит решиться отобрать его у спящего, я сумею погрузить его в сердце хозяина. Я присел, набираясь храбрости, борясь с отвращением, а потом встал и осторожно протянул руку к ножнам, другой рукой высоко поднимая свечу. Мое прикосновение не пробудило ни искры жизни в застывшем лице, но мне померещилось, что выражение его изменилось, сделавшись, если возможно, еще более жестоким. Однако я с ужасом обнаружил, что огромная рука неспроста сжимала рукоять. Чтобы похитить кинжал, мне пришлось бы разжать сильные пальцы. Не стану передавать ужас, который я испытал, опустив руку на руку Дракулы, пусть даже никто, кроме меня, не прочитает о нем. Пальцы на рукояти были словно каменные. Мне не удалось ни разжать, ни хотя бы чуть сдвинуть их. С тем же успехом я мог попытаться отобрать мраморный кинжал у статуи. А в мертвых глазах разгоралась ненависть. Вспомнит ли он об этом, когда проснется? Я отшатнулся, изнемогая от омерзения, и, опустившись на пол, некоторое время бессильно сидел там со своей свечой.

Наконец, не видя способов исполнить первый замысел, я обратился к новому. Прежде всего я решил немного поспать, так чтобы проснуться не позже полудня. Дракула, пробудившись, не должен был застать меня спящим. Мне удалось проснуться часа через два — следовало бы найти способ измерять время в этой пустоте. Я спал у очага, подложив под голову свернутый пиджак. Никакая сила не заставила бы меня вернуться в саркофаг, но тепло огня немного утешило мое измученное тело.

Проснувшись, я первым делом прислушался, но в камере царила мертвая тишина. Перед камином снова возник стол, уставленный вкусными кушаньями, хотя Дракула пребывал в прежнем положении в своей гробнице. Затем я отправился на поиски пишущей машинки, которую заметил ночью. С тех пор я печатаю на ней, как могу быстро, записывая все свои наблюдения. Таким образом, у меня оказался и способ измерять время: я знаю, сколько страниц печатаю в час. Эти последние сроки я дописываю при свете одной свечи; остальные потушил, чтобы сберечь. Умираю от голода и ужасно продрог вдали от огня. Сейчас я спрячу эти записи и займусь работой, к которой приставил меня Дракула, чтобы он, проснувшись, нашел меня при деле. Завтра продолжу, если буду жив и останусь самим собой.

Второй день.

Закончив первые записи, я сложил исписанные листки и засунул их за стоявший рядом шкафчик, так чтобы можно было дотянуться, но увидеть невозможно было ни под каким углом. Затем я зажег свежую свечу и медленно прошелся вдоль столов. В этой громадной комнате были десятки тысяч книг — если не сотни, считая свитки и другие манускрипты. Не все лежали на столах: груды книг заполняли тяжелые старинные шкафы вдоль стен. Средневековые тома вперемешку с изящными фолиантами времен Ренессанса и современными изданиями. Рядом с томом Фомы Аквинского я нашел раннего Шекспира in quarto — исторические хроники. Здесь были тяжелые труды алхимиков шестнадцатого столетия и целый шкаф, отданный иллюстрированным свиткам на арабском — вероятно, оттоманского происхождения. Здесь были рассуждения пуритан о ведовстве, и миниатюрные томики поэзии девятнадцатого века, и толстые монографии философов и криминалистов нашего века. Да, хронологический порядок не соблюдался, но зато явно просматривался другой принцип систематизации.

Разобрать книги в порядке, принятом в обычных библиотеках, заняло бы недели, если не месяцы, но, поскольку Дракула, несомненно, разложил их в соответствии со своими интересами, я имел право оставить все как есть и только разобраться в системе их расположения. Мне показалось, что первый раздел начинался от стены с несокрушимой дверью и занимал три шкафа и два больших стола, я бы назвал его: “Управление государством и военные стратегии”.

Здесь я нашел другие работы Макиавелли, в роскошных изданиях Падуи и Флоренции. Нашел биографию Ганнибала — английскую, восемнадцатого века, и сворачивающийся трубочкой греческий манускрипт, который мог быть современником Александрийской библиотеки, “Геродот об афинских войнах”. Переворачивая книгу за книгой, рукопись за рукописью, я начинал испытывать особый трепет. Вот дагерротип первого издания “*Mein Kampf*” и французский дневник — рукописный, испещренный бурыми пятнами, относящийся, судя по датам на первых страницах, ко временам “царства террора” — точка зрения правительственного чиновника, чье имя ничего не говорило мне. Мне хотелось бы потом просмотреть его внимательней — на первый взгляд казалось, что автор дневника нигде не называет себя. Я нашел большой том, посвященный тактике первых военных кампаний Наполеона, напечатанный, по моим расчетам, в год его ссылки на Эльбу. В ящике на столе обнаружились напечатанные кириллицей листки; я почти не знаю русского, но, судя по заголовкам, это был личное указание Сталина, направленное кому-то из его генералов. Я мало что понял, но разобрал длинные списки русских и польских имен.

Но в этих экземплярах я хоть как-то мог разобраться; а рядом попадались книги и манускрипты, совершенно для меня новые. Меня поразило наблюдение, что среди мириадов этих трудов нет ни одного, посвященного стратегии и государственной политике Оттоманской империи, так заботившей Дракулу при жизни. Я только начал составлять список работ, которые сумел опознать, более или менее разбивая их по векам, когда ощутил усилившийся холод, как бы принесенный ветром, хотя ветра не было, и, подняв голову, увидел его странную фигуру в десяти футах от меня, по другую сторону стола.

Он был в том же красном с пурпуром наряде, в котором лежал в саркофаге, и показался мне больше и тяжелее, чем запомнился по прошлой ночи. Я молча ждал, не бросится ли он на меня тотчас же — запомнил ли он мою попытку украсть у него кинжал? Но он только чуть склонил голову в приветствии.

— Я вижу, вы уже приступили к работе. Несомненно, у вас есть ко мне вопросы. Прежде всего позавтракаем, а потом поговорим о моей коллекции.

Сквозь подземный сумрак я увидел, как что-то сверкнуло на его лице: быть может, блестящий глаз. Той же нечеловеческой, но царственной поступью он прошествовал к очагу, и здесь я нашел горячую еду и напитки, в том числе исходящую паром чашку чая, который немного отогрел мои застывшие члены. Дракула сидел, уставившись в не дающий дыма огонь, гордо держа голову над широкими плечами. Глядя на нее, мне против воли вспомнилось, что все отчеты о его смерти сходились в одном: труп был обезглавлен. Каким образом он вернул себе голову, если это не иллюзия? Воротник его тонкого кафтана подпирал подбородок, и темные кудри спадали на плечи поверх его.

— А теперь, — проговорил он, — пройдемся.

Он снова взял свечу и пошел от стола к столу, зажигая светильники.

— У нас будет что почитать.

Мне не понравилось, как играл у него на лице свет, когда он нагибался к разгорающимся огонькам, и я перевел взгляд на книжные корешки, читая заглавия. Он подошел и вместе со мной двинулся вдоль полок с арабскими свитками и книгами. К моему облегчению, он держался на несколько шагов от меня, но я все равно чувствовал исходящий от него горьковатый запах и боролся с головокружением. Нужно сохранить рассудок, думал я, кто знает, что принесет эта ночь?

— Я вижу, вы нашли мои трофеи, — говорил он с нотой удовольствия в холодном голосе. — Захватил у оттоманов. Здесь есть очень старые, первых лет их дьявольской империи, а вот на этой полке книги последнего их десятилетия. — В мерцающем свете блеснула его улыбка. — Вы не представляете, какую радость доставила мне гибель их цивилизации. Вера их, конечно, не умерла, но султаны ушли навсегда, а я пережил их.

Я ожидал, что он рассмеется, но следующие слова его были серьезны.

— Здесь великие книги, созданные для султана, с описаниями множества стран. Вот, — он тронул один из свитков, — история султана Мехмеда, чтоб ему гнить в аду, написанная христианским историком, превратившимся в придворного льстеца. Пусть и он гниет в аду. Я хотел сам добраться до него — до историка, — но он успел умереть раньше. А вот описания кампаний Мехмеда, составленные льстецами-единоверцами, и рассказ о падении Великого города. Вы читаете на арабском?

— Очень плохо, — признался я.

— А! — Его это, кажется, позабавило. — У меня было время изучить их язык и письмо, пока я был в плену. Вы знаете, что они держали меня заложником?

Я кивнул, стараясь не глядеть на него.

— Да, собственный мой отец выдал меня отцу Мехмеда, в залог того, что мы не начнем войну с империей. Вообразите: Дракула — пешка в руках неверных! Я не терял времени даром — я узнал о них все, что можно было узнать, чтобы превзойти их во всем! Тогда-то я и дал себе обет создавать историю, а не быть ее жертвой.

В голосе его звенела такая ярость, что я невольно вскинул на него глаза и увидел пылающее ненавистью лицо, резкий очерк губ под жесткими усами. И тут он наконец засмеялся, и звук его смеха был так же ужасен, как его лицо.

— Вот я торжествую, а их больше нет. — Он опустил руку на тисненый кожаный переплет. — Султан так страшился меня, что создал для погони за мной собственный рыцарский орден. Они до сих пор существуют где-то в Царьграде и пытаются досаждать мне. Но их все меньше, они вымирают, в то время как мои слуги множатся по всему земному шару.

Он расправил сильные плечи.

— Идемте. Я покажу вам другие сокровища, а вы объясните мне, как собираетесь вести каталог.

Он вел меня от раздела к разделу, указывая на особые раритеты. Я понял, что правильно вычислил систему, по которой он располагал свои богатства. Особый стеллаж был отведен искусству пытки от древнейших времен до наших дней. Темницы средневековой Англии, застенки инквизиции, эксперименты Третьего Рейха... Издания времен Ренессанса украшали гравюры с изображением орудий пытки и диаграммы человеческого тела. Другая часть комнаты была отведена истории церковных ересей, к которым применялись многие из пыточных наставлений. В одном углу хранились труды алхимиков, в другом — ведовские трактаты, в третьем — учения философов самого неприятного толка.

Дракула остановился перед большой книжной полкой и погладил ее ладонью.

— Вот это особенно любопытно для меня, да и вас, я думаю, заинтересует. Мои биографии.

Все тома здесь так или иначе касались его жизни. Работы византийских и турецких историков — среди них редчайшие оригиналы и их переиздания на протяжении веков. Были здесь и памфлеты, изданные в Средние века в Германии, в России, в Венгрии, в Константинополе — с перечислением его преступлений. Многие из них оказались мне незнакомы, хотя я тщательно собирал материалы по теме, и во мне шевельнулось любопытство, но я сдержал его, напомнив себе, что у меня больше нет причин заниматься этим вопросом. Были здесь и многочисленные сборники фольклора, от семнадцатого века и дальше, содержавшие предания о вампирах, — мне показалось странным и страшным, что он настолько откровенно поместил их среди своих биографий. Дракула положил широкую ладонь на раннее издание романа Стокера и усмехнулся, но ничего не сказал. Затем он тихо перешел к следующему разделу.

— Вот это вам также покажется особенно любопытным, — заметил он. — Здесь у меня работы историков вашего века — двадцатого. Прекрасный век — я многого жду от его завершения. В мое время государям приходилось устранять нежелательных элементов по одному. Вы проделываете это широким взмахом. Какое усовершенствование — от проклятых пушек, разбивших стены Константинополя, к божественному пламени, которое ваша приемная родина обрушила недавно на японские города. — Он изящно поклонился мне, как властелин, поздравляющий с успехом царедворца. — Многие из этих работ вам, несомненно, знакомы, профессор, но теперь вы можете взглянуть на них под новым углом.

Наконец он снова пригласил меня сесть к огню, и я обнаружил у себя под рукой новую чашку горячего чая.

— Скоро и мне придет время подкрепиться, — негромко заметил он, — но сперва я хочу задать вам вопрос.

Рука у меня задрожала, как ни старался я удержать ее. До сих пор я старался говорить с ним как можно меньше и отвечал, только опасаясь разозлить его.

— Вы пользовались моим гостеприимством, какое в моих силах было вам предоставить, и моей безграничной верой в ваши способности. Вы, один из немногих, можете получить вечную жизнь. Вы получаете свободный доступ к лучшему архиву на земле. Вам откроются редчайшие труды, которых не найдешь больше нигде. Все это — ваше. — Он шевельнулся в кресле, словно его огромное не-умершее тело устало от долгой неподвижности. — Более того, вы человек несравненной одаренности, обладающий великолепной фантазией, достойной похвалы аккуратностью и глубиной суждений. Я многое приобрел, изучая ваши методы исследования, наблюдая за процессом обобщения информации и воображением ученого. Ради всех этих качеств, как и ради большой учености, которую они питают, я и перенес вас сюда.

Он снова помолчал. Я следил за его лицом, не смея отвести взгляд. Он же глядел в огонь.

— Вы, с вашей бескомпромиссной честностью, — продолжал он, — не можете не признавать уроков истории. История учит нас, что по природе своей человек зол — исключительно зол. Совершенство в добре недостижимо, но совершенство во зле достигается им. Почему бы вам не поставить ваш великий ум на службу тому, что ведет к совершенству? Я прошу вас, друг мой, по собственной воле присоединиться ко мне в моих исследованиях. Сделав это, вы избавите себя от больших мучений и значительно сократите мои усилия. Вместе мы продвинем историческую науку к невиданным миром высотам. Что может сравниться с яркостью живой истории? Для вас исполнится мечта каждого историка: история станет для вас реальностью. Мы омоем свои умы чистейшей кровью.

Только теперь он устремил на меня всю мощь своего взгляда, и его глаза пылали древней мудростью, а багровые губы приоткрылись. Сейчас я осознал, что лицо это поражало бы изысканным умом, если бы не несло такую страшную печать ненависти. Мне понадобились все силы, чтобы не сдаться, не броситься к его ногам, не отдаться под его руку. Он был властитель, вождь. Он не терпел непокорных.

Собрав всю любовь, какую испытал за свою жизнь, я заставил себя твердо произнести одно слово:

— Никогда.

Лицо его вспыхнуло, побледнело, ноздри и губы вздрагивали.

— Вы умрете здесь, профессор Росси, — сказал он, и я чувствовал, что он с трудом сдерживает ярость. — Вы никогда не выйдете из этой камеры живым, хотя в новой жизни вы сможете покидать ее. Согласившись, вы оставите за собой некоторое право выбора.

— Нет, — тихо ответил я.

Он поднялся, и в его улыбке была угроза.

— Тогда вы станете работать на меня против воли, — сказал он.

Тьма начала скапливаться перед моими глазами, но внутренне я еще держался — за что? Кожа у меня натянулась, и звезды вспыхнули перед глазами, на фоне полутемных стен. Он шагнул ко мне, и тогда я увидел его истинный лик: зрелище столь ужасное, что я не могу вспомнить его сейчас — я пытался. И больше я долго ничего не помнил.

Я очнулся в саркофаге. Снова было темно, и я думал, что вернулся в первый день, к первому пробуждению, пока не сообразил, что с первой секунды понял, где нахожусь. Я был очень слаб, гораздо слабее, чем тогда, и ранка у меня на горле сочилась и пульсировала болью. Я потерял много крови, но не так много, чтобы полностью лишиться сил. Через некоторое время мне удалось перевернуться, потом, дрожа, выбраться из своей клетки. Я помнил миг, когда потерял сознание. В свете негаснущих свечей я видел, что Дракула снова спит в своей гробнице. Открытые глаза блестят, как стекло, губы красны, рука на рукояти кинжала, — я отвернулся, ужасаясь душой и телом, вернулся к огню и попытался поесть. Накрытый стол ждал меня.

Как видно, он намерен уничтожать меня постепенно, до последней минуты оставляя открытым шанс, который предложил мне прошлой ночью: отдаться ему свободным, сознательным волеизъявлением. Теперь у меня лишь одна цель — нет, две: умереть, сохранив как можно больше себя, в надежде, что впоследствии нетронутая часть души сможет хоть немного сопротивляться ужасным деяниям не-умершего; и остаться в живых достаточно долго, чтобы закончить эти записи, которые, возможно, рассыплются в прах, никем не прочитанные. Только эти два желания поддерживают меня. Судьба моя слишком страшна, чтобы я мог плакать.

Третий день.

Я уже не уверен, который нынче день: мне начинает казаться, что, прошло несколько дней или что я проспал неделю, а может быть, уже месяц прошел со дня моего похищения. Так или иначе, это моя третья запись. Я провел ночь, осматривая библиотеку: не ради исполнения желания Дракулы, но в надежде, что полученные знания кому-нибудь пригодятся — хотя надежды нет. Однако записываю здесь, что по приказу Наполеона в первый год его правления были убиты два его генерала, о смерти которых, насколько я знаю, нигде больше не упоминается. Я успел также просмотреть краткое сочинение Анны Комниной, византийской принцессы, озаглавленное "Применение императором пытки для блага народа" — если я правильно перевел греческий текст. В разделе алхимии я обнаружил сказочно иллюстрированный том Каббалы, вероятно, персидский. На полках с собранием ересей я наткнулся на византийское Евангелие от Иоанна, однако начало текста в нем неверно — вместо света там говорится о тьме. Надо будет ознакомиться с ним внимательней. Еще я нашел английское издание 1521 года — датированное, под названием "Философия ужасного". Я считал, что это произведение, посвященное Карпатам, утрачено.

Я слишком устал и нездоров, чтобы изучить эти тексты так, как мне хотелось бы, как следовало бы, но, натыкаясь на новую находку, я каждый раз забываю о своем бессилии. Теперь мне необходимо немного поспать, пока спит Дракула, чтобы встретить новые испытания хоть немного отдохнувшим.

Четвертый день.

Мой разум начинает крошиться с краев, как старая бумага. Я теряю счет времени и забываю о своих находках в библиотеке. Я чувствую себя не просто слабым, а больным, а сегодня меня посетило новое ощущение, наполнившее отчаянием то, что осталось от моей души. Я просматривал архив Дракулы, посвященный пытке, и обнаружил отличное французское издание, описывающее новое изобретение: механизм, предназначенный для отделения головы от тела. В нем были иллюстрации: части машин и щегольски одетый человек, чью голову теоретически предполагалось отделить от тела. Разглядывая иллюстрацию, я, помимо удивления перед великолепной сохранностью книги, испытал вдруг острое желание увидеть эту сцену в действительности, услышать рев толпы и увидеть струю крови, заливающую кружевное жабо и бархатный камзол. Каждому историку знакомо желание пережить прошедшее в реальности, но это был новый, иной голод. Я отшвырнул книгу, уронил голову на стол и заплакал. Я ни разу не плакал за время моего заключения. По правде сказать, последний раз я плакал очень давно, на похоронах матери. Соленый вкус слез немного утешил меня — такой привычный вкус.

День.

Чудовище спит, а вчера он вовсе не говорил со мной, спросил только, как продвигается каталог, и несколько минут просматривал мою работу. Сейчас я слишком слаб, чтобы продолжать работу, и чтобы печатать тоже. Посижу у огня, попробую собрать остатки прежнего себя.

День.

Прошлой ночью он снова усадил меня перед камином, словно для обычной дружеской беседы, и сказал, что собирается перенести библиотеку в самом скором времени, поскольку приближается некая угроза.

— Для вас эта ночь будет последней, а потом я ненадолго покину вас здесь, — сказал он, — но когда я вас позову, вы придете ко мне. Тогда вы сможете продолжить свой труд в новом безопасном убежище. Позднее мы подумаем о возможности послать вас в широкий мир. Обдумайте, кого вы могли бы доставить мне, чтобы помочь нам в нашем деле. А пока я оставлю вас там, где вас ни в коем случае не найдут.

От его улыбки перед глазами у меня встал туман, и я попытался перевести взгляд на огонь.

— Вы проявили большое упорство. Пожалуй, стоит скрыть вас под видом святых мощей.

Мне не пришло в голову спросить, что он имеет в виду.

Итак, очень скоро он оборвет мою смертную жизнь. Теперь все силы понадобятся мне, чтобы укрепить меня в последний миг. Я стараюсь не думать о людях, которых любил, в надежде, что в следующем, проклятом существовании забуду о них. Я скрою эти записи в самой прекрасной из найденных здесь книг — в одной из немногих книг в его библиотеке, которые не доставляют мне страшного удовольствия, — а затем спрячу и саму книгу, так чтобы она больше не принадлежала к его архиву. Если бы мне было суждено рассыпаться в прах вместе с ней! Я чувствую приближение заката в том мире, где еще существуют тьма и свет, и собираю все силы, чтобы до последнего остаться собой. Все, что было доброго в жизни, в истории, в прошлом, я призываю себе на помощь, призываю со всей страстью, с которой жил».

ГЛАВА 74

«Элен двумя пальцами коснулась лба своего отца, словно передавая благословение. Она глотала слезы.

— Как перенести его отсюда? Я хочу похоронить его.

— Некогда, — с горечью ответил я. — Поверь, он предпочел бы, чтобы мы сами выбрались отсюда живыми.

Я снял пиджак и бережно накрыл им мертвое лицо. Поставить на место тяжелую каменную крышку нам не удалось. Элен подобрала свой пистолетик. Горе не помешало ей тщательно проверить оружие.

— Библиотека, — прошептала она. — Надо сейчас же найти ее. Ты слышал, минуту назад?

Я кивнул:

— Кажется, слышал, но не понял, откуда шел звук.

Мы замерли, напрягая слух. Над нами повисло ничем не нарушаемое молчание. Теперь Элен принялась ощупывать стены, пробуя каждый камень одной рукой, сжимая пистолет в другой. Канделябры давали досадно мало света. Мы нажимали, толкали, но не находили ни углублений, ни выступающих камней, ни подозрительных значков.

— Снаружи, должно быть, почти стемнело, — шепнула Элен.

— Знаю, — кивнул я. — Еще, может быть, десять минут, а потом нам лучше бы не быть здесь. — Мы снова обошли склеп, обшаривая каждый дюйм. Здесь было холодно, особенно теперь, когда я остался без пиджака, но по спине у меня текли струйки пота. — Может быть, библиотека в другой части церкви или под фундаментом?

— Она должна быть тщательно скрыта, скорее всего под землей, — шепнула в ответ Элен. — Иначе кто-нибудь давным-давно наткнулся бы на нее. И потом, раз в этой могиле оказался отец… — Она оставила недоговоренным вопрос, мучивший меня с той минуты, как я увидел лицо Росси: "Где же Дракула?"

— Нет ли здесь чего-нибудь необычного? — Элен обводила глазами низкие своды подземелья, попробовала даже дотянуться до них кончиками пальцев.

— Ничего не видно… — Меня вдруг осенило, и, выхватив у нее свечу, я пригнулся к самому полу. Элен поспешно присела рядом.

— Да, — выдохнула она.

Я коснулся дракона, высеченного на вертикали нижней ступеньки. В первый раз я только погладил его пальцами, а теперь толкнул, навалился всем весом. Камень держался крепко. Но чуткая рука Элен уже обшаривала камни вокруг, и один из них вдруг подался, остался у нее в пальцах, как выпавший зуб. Совсем рядом с изображением дракона открылась черная дыра. Я просунул в нее руку, повертел кистью, однако нащупал только пустоту. Элен протиснула руку рядом с моей, изогнула кисть назад, к плите с резьбой.

— Пол! — тихо вскрикнула она.

Я нащупал ее пальцы. Да, под ними была рукоять — большая холодная железная рукоять, и, нажав на нее, я без труда сдвинул дракона с места, не потревожив соседних плит. Теперь мы разглядели тонкую работу: рукоять изображала рогатого зверя и была устроена так, что, спустившись в узкий проход, открывшийся под ступенями, можно было, потянув за нее, поставить плиту на место. Элен взяла вторую свечу. Я прихватил спички. Пролезать пришлось на четвереньках: мне вспомнились синяки и ссадины на теле Росси, его разорванный рукав — как его протащили в этот лаз? — но почти сразу поднявшийся над ступенями потолок позволил нам выпрямиться.

Навстречу нам поднимался холодный промозглый воздух, и я с трудом сдерживал внутреннюю дрожь, поддерживая на крутом спуске дрожащую Элен. Пятнадцать ступеней, а за ними начинался проход, темный, как сама преисподняя, хотя наши свечи осветили железные конусы под потолком, предназначавшиеся, очевидно, для светильников. В конце тоннеля — снова спуск, опять пятнадцать ступеней, и за ними — дверь, тяжелая и очень старая деревянная дверь, расщепленная по нижнему краю. Вместо дверной ручки — тот же рогатый зверь, выкованный из железа. Я скорее почувствовал, чем увидел, как Элен подняла пистолет. Дверь была плотно заклинена, но, внимательно осмотрев, я нашел засов с нашей стороны и всем телом навалился на тяжелый брус. Мгновенье спустя дверь медленно отворилась. Страх пробрал меня до костей.

Огоньки наших свечей, как ни слабы они были, осветили просторную камеру. От самой двери тянулись столы — длинные столы, сработанные со старинной основательностью, и пустые полки. После сырого коридора воздух здесь казался удивительно сухим, наводя на мысль о скрытой вентиляции или о глубинах земли, в которые не проникает вода. Мы остановились, цепляясь друг за друга, и вслушались, но не услышали ни звука. Темнота мешала нам разглядеть дальний конец камеры, но рядом блеснул кованый канделябр с огарками свечей, и я поспешил зажечь их. Разросшийся свет осветил высокие шкафы. Осторожно заглянув в один из них, я увидел пустые стены.

— Разве это библиотека? — вырвалось у меня. — Здесь ничего нет!

Мы снова застыли, вслушиваясь в тишину. В руке Элен блестел пистолет. Наверно, следовало забрать у нее оружие, чтобы защитить при необходимости, но я ни разу не держал в руках пистолет, а как она стреляет, уже видел.

— Смотри, Пол! — Свободной рукой она указала вперед, и я увидел, на что упал ее взгляд.

— Элен... — Но она уже двинулась вперед. Мгновенье спустя ее свеча осветила каменный стол, до сих пор остававшийся в тени. Не стол — алтарь. Нет, не алтарь — саркофаг! Рядом стоял другой — быть может, здесь находился потайной склеп монастыря, где его настоятели могли спокойно спать, вдали от факелов византийцев и катапульт оттоманского войска? Потом мы увидели самый большой саркофаг. По его боковой стороне высечено было единственное слово: *Drakulya*. Элен подняла пистолет, а я крепче сжал в руке кол. Она сделала шаг. Я не отставал от нее.

И в этот миг позади нас послышался отдаленный шум, шаги, шарканье о стены. Он почти заглушил доносившийся из глубины гробницы шорох осыпающейся земли. Мы вместе рванулись вперед, заглянули... открытый саркофаг был пуст. Все три были пусты. И этот звук: словно где-то в темноте маленький зверек разрывает землю и корни травы.

Элен выстрелила наугад, вызвав осыпь песка и камушков. Я, прикрывая свечу, бросился в темноту. Библиотека оканчивалась тупиком. Нити корней свисали со сводчатого потолка. В нише на задней стене, где когда-то, наверно, стояла икона, я заметил черный скользкий след на голом камне. Кровь? Просочившаяся сверху влага?

Дверь позади нас распахнулась, и мы повернулись туда. Я сжимал свободную руку Элен. Нам в глаза ударил яркий свет электрических фонарей. За ними теснились неясные тени, слышались возбужденные голоса. Ранов, и с ним высокий человек, мгновенно загородивший нас от света — Гежа Йожеф, а за ними перепуганный брат Иван. Следом в дверь просунулся тощенький чиновник в темном костюме и шляпе, с густыми темными усами. И еще человек — он двигался медленнее, неуверенной походкой. Я представил, как им приходилось дожидаться и поддерживать его на каждой ступени. Стойчев. Лицо его выражало необычайную смесь страха, жалости и любопытства, на щеке виднелась ссадина. Его старые глаза отыскали нас и на долгое грустное мгновенье остановились, а потом губы его шевельнулись, словно он благодарил бога, что видит нас живыми.

Гежа с Рановым немедля насели на нас. Ранов направил пистолет на меня, а Гежа — на Элен. Монах стоял, разинув рот, а Стойчев молча и настороженно застыл позади. Чиновник в темном костюме не выходил на свет.

— Бросьте оружие, — обратился Ранов к Элен, и та послушно уронила наземь пистолет.

Я, стараясь не делать резких движений, обнял ее за плечи. В неверном свете их лица, кроме лица Стойчева, выглядели более чем зловеще.

— Какого черта ты здесь делаешь? — набросилась на Гежу Элен.

Я не успел остановить ее.

— Какого черта здесь делаешь ты, милая? — был его единственный ответ.

Он выглядел сегодня особенно высоким, в светлой рубашке и брюках, в спортивных туфлях. Только сейчас я осознал, как ненавижу его.

— Где он? — зарычал Ранов.

Его взгляд метался от меня к Элен.

— Мертв, — ответил я. — Вы проходили через склеп и должны были его увидеть.

Ранов нахмурился:

— О ком вы говорите?

Вероятно, какая-то догадка, передавшаяся от Элен, заставила меня промолчать.

— А вы о ком? — холодно отозвалась Элен.

Гежа едва не ткнул в нее дулом пистолета.

— Ты знаешь, о ком я говорю, Елена Росси. Где Дракула?

На этот вопрос ответить было проще, и я предоставил слово Элен.

— Здесь его, как видите, нет, — самым неприязненным тоном проговорила она. — Можете осмотреть гробницу. — При этих словах маленький чиновник просунулся вперед и, казалось, хотел что-то сказать.

— Присмотрите за ним, — сказал Геже Ранов, а сам осторожно двинулся вперед вдоль столов.

По тому, как он оглядывался кругом, я понял, что он здесь впервые. Чиновник в темном костюме молчаливой тенью следовал за ним. Подойдя к саркофагу, Ранов высоко поднял фонарь, нацелил пистолет и заглянул внутрь.

— Пусто, — через плечо бросил он Геже и повернулся к другим. — А это что? Подойдите, помогите мне.

Чиновник и монах покорно приблизились. Стойчев неторопливо последовал за ними, и мне показалось, что лицо его осветилось, когда он оглядел пустые столы и шкафы. Приходилось только гадать, что он думает об этом месте.

Ранов уже осмотрел саркофаги.

— Пусто, — тяжело повторил он. — Здесь его нет. Обыщите помещение.

Гежа и сам уже пошел вдоль стен, заглядывая во все углы и распахивая дверцы шкафов.

— Вы его видели или слышали?

— Нет, — ответил я, почти не покривив душой.

Я твердил себе, что если только они не тронут Элен, отпустят ее, я буду считать нашу экспедицию успешной. Никогда в жизни ни о чем больше не попрошу. И еще я с мимолетной благодарностью подумал, что Росси больше не втянут в это дело.

Гежа пробормотал что-то — какое-то проклятие на венгерском, судя по тому, как усмехнулась Элен. Затем он перешел на английский:

— Бесполезно. В склепе ничего, и здесь тоже. И раз его убежище обнаружено, больше он сюда не вернется.

Мне понадобилась минута, чтобы переварить это. В склепе ничего? Где же тело Росси, которое мы только что оставили там?

Ранов повернулся к Стойчеву.

— Расскажите-ка нам, что это такое.

Они наконец оставили в покое свои пистолеты, и я, не замечая кислого взгляда Гежи, притянул Элен к себе.

Стойчев словно ждал этого вопроса и тут же поднял фонарь. Подошел к ближайшему столу, постучал по нему.

— Кажется, дуб, — задумчиво проговорил он, — и стиль средневековый. — Он заглянул под стол, чтобы посмотреть, как крепятся ножки, похлопал по стенке шкафа. — Впрочем, я плохо разбираюсь в мебели.

Мы молча ждали.

Гежа пнул ногой ножку старинного стола.

— Что я скажу министру культуры? Он наш, этот валах! Он был пленником венгров, и его земли были нашей территорией!

— Стоит ли ссориться, пока мы его не нашли? — проворчал Ранов.

Я вдруг сообразил, что им приходится объясняться друг с другом на английском и оба терпеть не могут друг друга. И тогда я понял, кого напоминал мне Ранов, его глубоко сидящие глаза, тяжелые усы. Точь-в-точь фотография молодого Сталина, которая однажды попалась мне на глаза. Люди вроде Ранова и Гежи не причиняют друг другу серьезного вреда только потому, что не обладают серьезной властью.

— Передай своей тетушке, чтобы осторожнее обращалась с телефоном. — Гежа сверкнул на Элен глазами, и я почувствовал, как она напряглась в моих объятиях. — А теперь велите чертову монаху стеречь это местечко, — бросил он Ранову, и тот отдал приказ, заставивший несчастного брата Ивана задрожать всем телом.

В этот момент луч фонаря Ранова сместился. Он поводил им во все стороны, осматривая столы, и свет случайно упал на лицо маленького чиновника в тяжелой шляпе, молча стоявшего у опустевших саркофагов. Может быть, я и не обратил бы на него внимания, если бы не странное выражение, мелькнувшее на этом лице: выражение затаенной горечи, внезапно выхваченное фонарем. Я отчетливо разглядел бледное личико за нелепыми усами и знакомый блеск глаз.

— Элен! — выкрикнул я. — Смотри!

— Что? — мгновенно обернулся Гежа.

— Этот человек… — Элен задыхалась. — Этот человек… он…

— Он вампир, — ровным голосом выговорил я. — Он преследовал нас из университета в Соединенных Штатах.

Едва я заговорил, тварь обратилась в бегство. Он бросился напролом, прямо на нас, отшвырнул стоявшего у него на пути Гежу и шмыгнул мимо Ранова. Тот оказался проворнее: успел схватить библиотекаря. Они сшиблись, и тотчас же Ранов с криком отскочил, а библиотекарь помчался дальше. Ранов успел выпустить пулю почти в спину пригнувшемуся беглецу. Тот даже не замедлил бега. Ранов с тем же успехом мог стрелять в воздух. Затем негодяй исчез — так внезапно, что я не стал бы утверждать, что он выскочил в дверь, а не растворился в воздухе. Ранов бросился за дверь, но почти сразу вернулся. Все мы уставились на него. Он был бледен, зажимал рукой дыру на пиджаке, и сквозь пальцы у него уже просочилась кровь. Прошла долгая минута, и Ранов заговорил.

— Какого черта? — спросил он.

Гежа покачал головой.

— Господи, он вас укусил. — Он отступил подальше от Ранова. — А ведь я несколько раз оставался с ним наедине. Он обещал помочь отыскать этих американцев, но не сказал, что он…

— Еще бы он сказал, — презрительно бросила Элен и продолжала, как я ни старался заставить ее замолчать. — Ему нужно было найти своего хозяина, проследить за нами, а не убивать тебя. Живой ты был ему полезнее. Он отдал тебе наши записи?

— Заткнись! — Геже явно хотелось ударить ее, но я видел в его лице почтительный страх и спокойно оттянул Элен в сторону.

— Идемте. — Ранов снова погонял нас пистолетом, зажимая другой рукой раненое плечо. — Вы не слишком нам помогли. Я намерен отправить вас в Софию и как можно скорее запихнуть в самолет. Вам повезло, что мне не разрешили организовать ваше исчезновение, — слишком много сложностей.

По-моему, ему хотелось пнуть нас ногой, как Гежа пнул стол, но он просто развернулся и решительно выпроводил нас из библиотеки. Стойчева он заставил идти первым: у меня сжалось сердце при мысли, что́ пришлось вынести старику во время этой вынужденной гонки. Я не сомневался, что Стойчев не намеренно помогал нашим преследователям, — достаточно было одного взгляда на его лицо, чтобы увериться в этом. Успел ли он добраться до Софии, или они перехватили его в пути и заставили присоединиться к погоне? Я надеялся, что международная репутация Стойчева защитит его в дальнейшем, как защищала прежде. Но Ранов — вот что хуже всего. Зараженный, он продолжит свою службу в тайной полиции. Мне пришло в голову посоветовать Геже заняться им, но венгр держался так неприступно, что я не решился заговорить.

От двери я еще раз оглянулся, бросив последний взгляд на царственный саркофаг, простоявший здесь столько веков. Теперь его владелец мог быть где угодно или на пути куда угодно. Поднявшись по лестницам, мы один за другим пробрались в лаз — я молил бога, чтобы ни у кого не сорвался курок пистолета, — и тут мне открылась странная картина. Рака с мощами святого Петко открытой стояла на пьедестале. Должно быть, у них были с собой инструменты, раз им удалось вскрыть ящик, не поддавшийся нашим усилиям. Но мраморная плита под ней лежала на месте и была прикрыта вышитой накидкой. Элен круглыми глазами смотрела на меня. Проходя, я успел заглянуть в раку и увидел несколько костей и блестящий череп — все, что осталось от местного мученика.

У церкви, в непроглядной ночи, толпились люди, подъезжали машины. Как видно, Гежа явился со свитой, и двое из числа сопровождающих несли стражу у церковных дверей. Несомненно, Дракула ушел другим путем, подумал я. Вокруг нас высились горы, чернее черного неба. Деревенские уже прослышали о происходящем и с факелами собирались у церкви: при появлении Ранова они расступились, уставившись на его разорванный окровавленный пиджак. В неровном свете было видно, как застыли их лица. Стойчев поймал меня за локоть и шепнул в самое ухо:

— Мы ее закрыли.

— Что? — Я наклонился к нему, чтобы лучше слышать.

— Мы с монахом спустились первыми, пока эти… эти шпики искали вас в церкви и в лесу. Увидели человека в могиле — не Дракулу, — и я понял, что вы побывали там. Так что мы закрыли могилу, и они нашли только раку.

Мне подумалось, каких усилий стоило им сдвинуть каменную крышку. Брат Иван на вид был достаточно крепок, но сколько же силы скрывалось под наружной хрупкостью старого профессора?

— Так вот, они вскрыли ее и так рассвирепели, что я боялся, как бы они не выкинули кости бедного святого. Кто же был там, в могиле, если не?..

— Профессор Росси, — прошептал я.

Ранов распахнул дверь машины и приказал нам садиться. Стойчев послал мне короткий красноречивый взгляд.

— Мне очень жаль.

Так случилось, что мы оставили моего любимого друга в Болгарии, да покоится он с миром до скончания времен».

ГЛАВА 75

«После приключения в склепе гостиная Бора представлялась земным раем. Невыразимым облегчением было снова сидеть здесь с чашками горячего чая в руках — в тот день сильно похолодало, хотя по календарю уже наступил июнь, — и смотреть на Тургута, солнечно улыбавшегося нам с подушек дивана. Элен скинула туфельки у дверей и надела поданные миссис Бора красные мягкие шлепанцы. С нами был и Селим Аксой. Он тихо сидел в уголке, и Тургут не забывал переводить ему и миссис Бора все происходящее.

— Вы вполне уверены, что гробница была пуста? — Тургут уже задавал этот вопрос, но, видимо, не смог удержаться от повторения.

— Совершенно уверены. — Я оглянулся на Элен. — В чем мы не уверены, так это в том, что услышанный нами звук был произведен убегающим Дракулой. Снаружи к тому времени, вероятно, совсем стемнело, и он мог свободно передвигаться.

— И менять облик, если легенды не лгут, — вздохнул Тургут. — Проклятие его глазам! Вы едва не поймали его, друзья мои. Стража Полумесяца за пять веков существования ни разу не была так близка к успеху. Я невероятно рад, что вы уцелели, но ужасно огорчен, что вам не удалось его уничтожить.

— Как вы думаете, куда он мог направиться? — Элен подалась вперед, глаза ее потемнели.

Тургут погладил подбородок.

— Понятия не имею, дорогая моя. Он способен перемещаться быстро и на большие расстояния, но я представления не имею, какое место он мог избрать. Уверен, такое же древнее, тайное убежище, не потревоженное веками. Несомненно, изгнание из Светы Георгия — тяжелый удар для него, но Дракула не может не понимать, что теперь его не оставят без охраны. Я отдал бы правую руку, лишь бы узнать, остался он в Болгарии или покинул страну. Думаю, границы и политические разногласия для него не преграда.

Доброе лицо Тургута непривычно омрачилось.

— Вы не думаете, что он последует за нами? — Элен спросила это очень просто, но что-то в наклоне ее плеч подсказало мне, с каким трудом далась ей эта простота.

Тургут покачал головой.

— Надеюсь, нет, мадам профессор. Подозреваю, что у него есть причины опасаться вас обоих. Ведь вы настигли его в убежище, которое никому не удавалось открыть.

Элен молчала, и мне не понравилось сомнение в ее глазах. И Селим Аксой, и миссис Бора с особой нежностью поглядывали на нее. Мне подумалось, что они дивятся, как мог я позволить девушке ввязаться в такую опасную авантюру, пусть даже нам и удалось выйти из нее живыми.

Тургут повернулся ко мне.

— Я искренне огорчен судьбой вашего друга Росси. Жаль, что мне не удалось познакомиться с ним.

— А я уверен, что вы понравились бы друг другу, — искренне сказал я, взяв Элен за руку.

Каждый раз при имени Росси глаза у нее влажнели, и теперь она отвела взгляд, чтобы скрыть их блеск.

— И с профессором Стойчевым я бы с удовольствием познакомился. — Тургут вздохнул и отставил чашку на медный столик.

— Это было бы замечательно, — улыбнулся я, представив, как эти двое обмениваются мнениями. — Каждый из вас узнал бы много нового об Оттоманской империи и средневековых Балканах. Может, когда-нибудь вам и удастся встретиться.

Тургут покачал головой.

— Не думаю. Барьер между нами высок и колюч — как и прежде, между царем и пашой. Но если вам случится увидеть его или вы будете ему писать, обязательно передайте ему мое почтение.

Я с радостью пообещал.

Селим Аксой обратился к Тургуту с просьбой задать вопрос, и тот серьезно выслушал его.

— Мы хотели бы знать, — сказал он затем нам, — не удалось ли вам, среди хаоса и опасностей, увидеть книгу, о которой успел сказать вам профессор Росси, — кажется, "Житие святого Георгия", да? Что, болгары забрали ее в Софийский университет?

Элен умела иногда рассмеяться совсем по-девчоночьи, и я едва удержался, чтобы не расцеловать ее при всех. С минуты, когда мы покинули гробницу Росси, она редко улыбалась.

— Книга сейчас у меня в портфеле, — объяснил я ее смех.

Тургут так опешил, что только минуту спустя вспомнил о своих обязанностях переводчика.

— И как же она туда попала?

Элен молча улыбалась, так что объяснять пришлось мне:

— Я сам вспомнил о ней, только когда мы оказались в номере софийской гостиницы.

Нет, полной правды я рассказать не мог, и пришлось изобрести приличный вариант ее.

А настоящая правда состояла в том, что, когда нас наконец на десять минут оставили наедине в комнате Элен, я первым делом обнял ее и целовал ее продымленные волосы, прижимал к себе, чувствуя сквозь ткань перепачканной одежды ее тело как часть своего — платоновскую недостающую половинку, подумалось мне, — и, кроме потрясающего счастья быть живым, прижимать ее к себе, чувствовать ее дыхание на своей шее, ощутил какую-то необъяснимую неправильность в ее теле, какой-то твердый выступ на нем. Я отстранился и пристально взглянул на нее. Элен приложила палец к губам, напоминая: комната, скорее всего, прослушивается.

И тут же она направила мои руки к пуговицам своей блузки, ставшей грязной и мятой после наших приключений. Не позволяя себе задуматься, я расстегнул и стянул ее. Я уже говорил, что в те времена женское нижнее белье было гораздо сложнее нынешнего, с множеством потайных проволочек, крючков и странных принадлежностей — настоящая внутренняя броня. Под ней, завернутая в носовой платок и согретая теплом тела Элен, была книга: не огромный том, представившийся мне, когда я слушал Росси, а томик не больше моей ладони. Деревянный, обтянутый кожей переплет был щедро позолочен и усажен изумрудами, рубинами, сапфирами, лазурью, прекрасными жемчужинами — словно миниатюрное звездное небо, усыпанное самоцветами, ради того чтобы почтить лик святого, помещенный в центре. Тонкие византийские черты древнего портрета выглядели так, словно были написаны не далее как на прошлой неделе, а расширенные, грустные глаза, прощающие дракона, будто следили за мной. Над ними тонкими дугами поднимались брови, нос был прямым и длинным, а рот — горестно суров. Портрет поражал объемностью, полнотой, реализмом, каких я не видел прежде в византийских картинах. Он казался скорее римской древностью. Если бы я не был уже влюблен, то сказал бы, что это самое прекрасное из виденных мною лиц: человеческое и в то же время небесное — или небесное, но также и человеческое. По вороту одеяния шли тонко выписанные слова.

— Греческий, — сказала Элен, почти прижавшись губами к моему уху. — Святой Георгий.

Под крышкой переплета маленькие листки пергамента на диво хорошо сохранились. Каждый был исписан тонким средневековым шрифтом, тоже по-гречески. Здесь и там были богатые вставные иллюстрации: святой Георгий вонзает копье в пасть корчащегося дракона на глазах множества вельмож; святой Георгий получает из рук Христа, склонившегося к нему с небесного престола, маленький золотой венчик; святой Георгий на смертном одре, оплакиваемый багрянокрылыми ангелами. На каждой вставке поражало взгляд множество миниатюрных подробностей. Элен кивнула и, снова в самое ухо мне, выдохнула:

— Я не специалист, но думаю, книга сделана по заказу императора Константинополя — какого именно, определят позже. Вот и печать императоров.

И верно, на обороте первого листа был нарисован двуглавый орел: птица, глядящая назад, в царственное прошлое Византии, и вперед, в ее безграничное будущее. Остроты орлиного взгляда не хватило, чтобы предвидеть, как развалится империя под ударами дерзких неверных.

— Значит, датируется не позже первой половины пятнадцатого века, — шепнул я в ответ. — До завоевания.

— Ну, я думаю, намного старше, — шепча, Элен тронула пальцем печать. — Отец... отец сказал, книга очень старая. И, видишь, здесь девиз Константина Порфирородного. Он царствовал... — она перелистала мысленное досье, — в первой половине десятого века. Еще до основания Бачковского монастыря. Орла, должно быть, добавили позже.

Я еле слышно выдохнул слова:

— Ты хочешь сказать, ей больше тысячи лет?

Бережно держа книгу в ладонях, я присел на край кровати рядом с Элен. Никто из нас не издал ни звука: мы переговаривались только глазами.

— Сохранность почти идеальная. И ты надеешься контрабандой вывезти ее из Болгарии? Элен, — взглядом сказал я, — ты сошла с ума. И как насчет того обстоятельства, что эта вещь принадлежит болгарскому народу?

Она поцеловала меня, взяла книжечку у меня из рук и открыла на первой странице.

— Это подарок моего отца, — прошептала она.

На внутренней стороне передней доски переплета был длинный кожаный карман, и в него она осторожно запустила пальцы.

— Я не смотрела, ждала, пока можно будет посмотреть вместе.

Она извлекла из кармашка сложенную пачку тонкой бумаги, покрытой густыми строками машинописи. Потом мы вместе, молча, читали предсмертный дневник Росси. Закончив, никто из нас не заговорил. Мы плакали. Наконец Элен снова завернула томик в носовой платок и вновь бережно спрятала на себе.

Но я изложил подчищенную версию этой истории, и Тургут улыбнулся.

— Я хотел рассказать вам еще кое-что, очень важное, — и сообщил, что мы нашли дневник Росси в прекрасной древней книге.

Затем я пересказал страшный дневник пленника, заключенного в библиотеке Дракулы. Они слушали меня с застывшими, суровыми лицами, а когда я дошел до места, где Дракула упоминал существование Стражи Полумесяца, Тургут резко втянул в себя воздух.

— Мне очень жаль, — сказал я.

Он на ходу переводил Селиму, который слушал, склонив голову, и в этом месте что-то тихо сказал. Тургут кивнул:

— Он высказал и мои чувства. Ужасная новость означает лишь, что мы должны еще неотступнее преследовать Цепеша и лучше охранять от его влияния свой город. Преславный, Убежище Мира, будь он жив, отдал бы именно такой приказ. Это так. А что вы сделаете с книгой, вернувшись домой?

— У меня есть знакомый со связями среди аукционистов, — сказал я. — Конечно, придется действовать очень осторожно и выждать, прежде чем что-нибудь предпринимать. Вероятно, рано или поздно она достанется какому-нибудь музею.

— А деньги? — Тургут покачал головой. — Что вы будете делать с такими деньгами?

— Подумаем, — ответил я. — Постараемся обратить их на службу добру. Пока еще не знаю.

Наш самолет вылетал в пять, и, когда мы управились с бесконечным обедом, Тургут начал поглядывать на часы. У него, увы, была вечерняя лекция, но мистер Аксой обязательно отвезет нас на такси в аэропорт. Когда мы встали, чтобы уйти, миссис Бора принесла нам шарф тончайшего кремового шелка, вышитый серебром, и обернула им шею Элен. Шарф скрыл неприглядный вид ее черного жакетика и несвежий воротничок, и все мы ахнули — по крайней мере, я ахнул, и не я один. Лицо над шарфом было лицом императрицы.

— Вам к свадьбе, — сказала миссис Бора, поднимаясь на цыпочки, чтобы поцеловать ее.

Тургут поцеловал Элен руку.

— Это осталось мне от матери, — просто сказал он, и Элен не нашла ответа.

Я говорил за двоих, пожимая им руки. Мы напишем, мы будем о них думать. Жизнь длинная, может, еще встретимся».

ГЛАВА 76

«Эту последнюю часть моей истории мне, пожалуй, труднее всего рассказать, потому что все начиналось с такого огромного счастья, несмотря ни на что. Мы вернулись в университет и снова приступили к работе. Полиция еще раз допрашивала меня, но они довольно охотно поверили, что поездка моя была связана с темой исследований, а не со смертью Росси. Газеты к тому времени уже подхватили историю его исчезновения и превратили ее в местную тайну. Университет старательно игнорировал их выступления. Мой декан меня тоже расспрашивал, и, конечно же, я ничего ему не сказал, кроме того только, что не меньше других горюю о Росси. Мы с Элен обвенчались той же осенью в Бостоне, в церкви моих родителей — даже торжественность церемонии не помешала мне заметить, какие в ней голые стены, как не хватает здесь запаха благовоний.

Родителей, конечно, все это немного ошарашило, но они не могли не полюбить Элен. С ними она никогда не проявляла своей природной резкости, и, когда мы заезжали в Бостон, я часто заставал Элен с матерью на кухне, где она, смеясь, учила ее готовить венгерские лакомства, или с отцом, за обсуждением этнографических проблем. Что до меня, хотя я часто чувствовал боль потери Росси и замечал меланхолию, поселившуюся с тех пор в Элен, но первый год был для меня полон хлещущей через край радости. Я закончил диссертацию под руководством нового куратора, чье лицо так и осталось в моей памяти расплывчатым пятном. Правда, меня больше не увлекали голландские купцы, но хотелось закончить образование, чтобы уютно устроиться где-нибудь. У Элен вышла длинная статья о крестьянских суевериях в Валахии. Статья была хорошо принята. Затем она взялась за диссертацию по пережиткам трансильванских обычаев в Венгрии.

Еще кое-что мы написали, едва вернувшись в Штаты: записку матери Элен. Оберегая тетю Еву, Элен не решилась написать подробно, однако сообщила матери, что Росси, умирая, помнил и любил ее. На лице Элен, когда она запечатывала письмо, было отчаяние.

— Я все расскажу когда-нибудь сама, — сказала она мне, — когда смогу прошептать ей на ухо.

Мы так и не узнали наверняка, дошло ли то письмо, потому что ни тетя Ева, ни мать Элен не откликнулись, а через год советские войска вторглись в Венгрию.

Я твердо решил в дальнейшем жить счастливо и вскоре после свадьбы заметил в разговоре с Элен, что, надеюсь, у нас будут дети. Сперва она покачала головой, тихонько тронув пальцем шрам на горле. Я знал, о чем она думает. Но я напомнил, что зараза едва коснулась ее и она давно поправилась и окрепла. Прошло время, и видимость полного выздоровления убаюкала и ее. Я стал замечать, что она с завистью поглядывает на коляски с младенцами. Докторскую степень Элен получила весной, после нашей женитьбы. Она так быстро справилась со своей диссертацией, что пристыдила меня; в тот год мне часто случалось, проснувшись в пять утра, застать ее уже за рабочим столом. Она выглядела усталой, была бледна, а в ночь после защиты диссертации я, проснувшись, увидел на простыне кровь и корчащуюся от боли Элен: выкидыш. Она молчала, хотела сделать мне сюрприз. После того она несколько недель проболела и была очень молчалива. Диссертация ее заслужила высшую оценку, но Элен никогда не говорила о ней.

Когда мне предложили первую преподавательскую работу, в Нью-Йорке, она уговорила меня взяться за нее, и мы переехали. Поселились на Бруклин-хилл, в приятном квартале старых особняков. Мы ходили гулять, смотрели, как работают буксиры в порту, как отчаливают большие пассажирские лайнеры — последние, доживающие свой век, — отправляющиеся в Европу. Элен преподавала в другом университете, не хуже моего, и студенты ее обожали. В нашей жизни царила гармония, и мы жили, занимаясь тем, что нам нравилось.

Время от времени мы доставали своего “Святого Георгия” и, не торопясь, перелистывали его; пришел день, когда мы явились с ним в почтенный старый аукцион, и открывший его англичанин чуть не упал в обморок. Его продали анонимно, и в конечном счете он оказался в Галереях Верхнего Манхэттена, а на нашем счете, открытом специально для этого случая, оказалось порядочно денег. Элен не меньше меня любила простую жизнь, и, если не считать попытки послать немного денег ее венгерским родственникам, мы до поры до времени не трогали счет.

Второй выкидыш Элен перенесла еще тяжелее, чем первый: однажды, вернувшись домой, я обнаружил кровавые следы на паркетном полу в прихожей. Она сумела сама вызвать “скорую” и была практически вне опасности к тому времени, как я добрался до больницы. Впоследствии воспоминание об этих кровавых следах не раз будило меня среди ночи. Я начинал опасаться, что нам никогда не завести здорового ребенка, и особенно беспокоился, как это скажется на Элен. Но потом она снова забеременела, и месяц за месяцем проходили без происшествий. Глаза у Элен стали нежными, как у мадонны, стан под голубым шерстяным платьем округлился, а походка стала чуточку неуверенной. Она все время улыбалась и повторяла, что этого собирается оставить.

Ты родилась в больнице над Гудзоном. Когда я увидел, что ты темноволоса и тонкоброва, как твоя мать, и совершенна, как новенькая монетка, и что в глазах Элен стоят слезы радости и боли, я поднял тебя, спеленутую в тугой кокон, чтобы дать тебе поглядеть на корабли внизу. К тому же я хотел скрыть собственные слезы. Мы назвали тебя именем матери Элен.

Элен поклонялась тебе: мне хочется, чтобы ты знала это. Во время беременности она оставила работу, и, кажется, ей ничего больше не надо было, как проводить время дома, играя твоими пальчиками и ножками, совершенно, как она говорила с коварной улыбкой, трансильванскими, или укачивая тебя в большом кресле, которое я ей подарил. Ты рано начала улыбаться, и твой взгляд постоянно следил за нами, чем бы мы ни занимались. Иногда я, повинуясь какому-то порыву, среди дня уходил с работы, чтобы увериться, что обе вы — мои темноволосые женщины — мирно дремлете на софе.

Однажды я вернулся домой раньше обычного, в четыре: принес маленькую корзинку китайских деликатесов и цветы, на которые ты могла бы глазеть. В гостиной никого не было. Элен я нашел склонившейся над твоей кроваткой. Твое спящее личико было безмятежно спокойно, но по лицу Элен текли слезы, и она не сразу заметила мое присутствие.

Я обнял ее и, холодея, почувствовал, как медленно она возвращается в мои объятия. Она не захотела рассказать, что ее тревожит, и после нескольких тщетных попыток я не решился больше расспрашивать. В тот вечер она много шутила по поводу принесенной мной еды и гвоздик, но неделю спустя я снова застал ее в слезах, и она снова молчала, просматривая одну из книг Росси, которую он подписал для меня, когда мы только начинали работать вместе. Это была толстая монография, посвященная минойской культуре, и она лежала у Элен на коленях, открытая на фотографии священного алтаря на Крите. Фотографировал сам Росси.

— Где малышка? — спросил я.

Она медленно подняла голову, уставилась на меня, словно забыв, какой нынче год.

— Спит.

Как ни странно, что-то во мне воспротивилось желанию заглянуть в спальню, посмотреть на тебя.

— Дорогая, что случилось?

Я отложил в сторону книгу и обнял Элен, но она покачала головой и ничего не ответила.

Когда я зашел к тебе, ты как раз просыпалась в своей кроватке, лежа на животике и задирая головку, чтобы взглянуть на меня.

Теперь Элен была молчалива почти каждое утро и почти каждый вечер плакала без видимых причин. Говорить со мной она не хотела, и я настоял, чтобы она обратилась к врачу, а потом и к психоаналитику. Врач сказал, что с его точки зрения все в порядке, что на женщин в первые месяцы материнства иногда нападает тоска, но все пройдет, когда она попривыкнет. Слишком поздно, когда один наш приятель наткнулся на Элен в нью-йоркской публичной библиотеке, я выяснил, что к аналитику она вовсе не ходила. Когда я заговорил с ней об этом, она сказала, что решила развлечься исследовательской работой и предпочла использовать свободные часы, когда мы приглашали няню, для этого. Но иногда вечерами она впадала в такую меланхолию, что я твердо решил: ей необходимо сменить обстановку. Я снял со счета немного денег и купил на начало весны билет на самолет во Францию.

Элен никогда не бывала во Франции, хотя всю жизнь читала о ней и говорила на отличном школьном французском. На Монмартре она казалась веселой и заметила, со свойственной ей в давние времена сухой иронией, что *le Sacre Coeur*[1] превзошел ее ожидания своим монументальным уродством. Ей нравилось катать тебя в коляске по цветочному рынку или вдоль Сены, где мы задерживались у лотков букинистов, а ты в мягкой красной шапочке сидела, глядя на реку. В девять месяцев ты оказалась отличной путешественницей, и Элен говорила тебе, что это только начало. Консьержка нашего пансиона оказалась бабушкой множества внучат, и мы оставляли тебя спать под ее присмотром, пока сами поднимали тосты за здоровье друг друга в барах или, не снимая перчаток, пили кофе в уличных кафе. Больше всего Элен — и тебе, судя по блестящим твоим глазенкам, — понравился огромный Нотр-Дам, а потом мы поехали на юг, чтобы осмотреть пещерные внутренности других чудес: Шартрез с его сияющими витражами; Альби с ее дивным красным собором-крепостью, приютом еретиков; дворцы Каркассона.

Элен захотелось посетить старинный монастырь Сен-Матье-де-Пиренее-Ориентале, и мы решили перед возвращением в Париж провести там пару дней, а потом лететь домой.

[1] Собор Сакре-Кёр (Святейшего Сердца Иисуса).

Мне показалось, что в этой поездке лицо ее заметно прояснилось, и я с удовольствием смотрел, как она валяется на гостиничной кровати в Перпиньяне, листая историю французской архитектуры, купленную мной в Париже. Монастырь был заложен в 1000 году, сказала она мне, хотя я уже читал этот раздел. Это был старейший образец романского стиля в Европе.

— Почти такой же старый, как "Житие святого Георгия", — задумчиво заметил я, но тут книжка захлопнулась и лицо ее замкнулось, и она лежала, жадно глядя на тебя, играющую рядом с ней на кровати.

Элен настояла, чтобы мы добрались до монастыря пешком, как паломники. Мы поднимались по дороге из Лебена прохладным весенним утром и, согревшись на ходу, повязали свитера рукавами на пояс. Элен несла тебя в вельветовом кармашке на груди, а когда она уставала, я брал тебя на руки. Дорога в это время года была пуста; только один мрачный молчаливый крестьянин на лошади обогнал нас на подъеме. Я сказал Элен, что надо было попросить его подвезти нас, но она не ответила на шутку — в то утро к ней вернулась прежняя мрачность, и я с беспокойством и досадой замечал, что глаза у нее то и дело наполняются слезами. Я уже знал, что на мои вопросы она только упрямо тряхнет головой, так что я просто старался понежнее поддерживать ее на крутых подъемах и указывать на красивые виды, открывавшиеся за каждым поворотом, — длинные долины с деревнями и пыльными полями. Наверху дорога впадала в широкое озеро пыли, в котором стояла пара машин и лошадь того крестьянина, привязанная к дереву, хотя хозяина нигде не было видно. Над площадкой поднимался монастырь: тяжелые каменные стены, вздымающиеся к самой вершине. Мы прошли в ворота и отдались под опеку монахов.

В те дни Сен-Матье жил более полнокровной монастырской жизнью, чем теперь, и братия — двенадцать или тринадцать человек — подчинялась вековому укладу, с той лишь разницей, что временами они проводили пару экскурсий для туристов да держали за воротами монастырские автомобили.

Два монаха демонстрировали нам утонченную архитектуру монастырских зданий — помню, как поразился я, когда, выйдя на открытый край двора, увидел под ногами обрыв. Под нависающим уступом скалы склон обрывался к далекой равнине внизу. Горы, обступившие монастырь, были много выше вершины, занятой им, и на их далеких склонах виднелись белые полоски, в которых я, поразмыслив, признал водопады.

Мы устроились на скамье неподалеку от обрыва. Ты сидела между нами, разглядывая бескрайнее полуденное небо и слушая, как булькает вода, падавшая в резервуар из красного мрамора посреди двора — бог весть как им удалось в те далекие века взгромоздить сюда эту глыбу. Элен снова повеселела, и лицо ее казалось умиротворенным. Хотя она все еще грустила иногда, но поездка прошла не зря.

Наконец Элен сказала, что хочет еще раз все осмотреть. Мы засунули тебя в твой спальник и направились обратно к кухонному зданию и длинной трапезной, где до сих пор ели монахи, и к гостинице, где стояли койки для ночлега паломников, и к скрипториуму — едва ли не старейшей из построек монастыря, где переписали и украсили миниатюрами столько великих манускриптов. Там под стеклом хранился образец их трудов: Евангелие от Матфея, открытое на странице с бордюром из множества крошечных бесов, за хвосты тянущих друг друга вниз. Элен даже улыбнулась, рассматривая миниатюру. Дальше шла часовня: маленькая, как все в этом монастыре, но с пропорциями застывшей в камне музыки; я никогда не видел подобных романских построек, таких очаровательных и уютных. Наш путеводитель уверял, будто полукруглая передняя апсида — первое проявление романского стиля — луч света, упавший на алтарь. В узких окнах сохранилось несколько витражей четырнадцатого века, а сам алтарь был разукрашен для мессы белыми и красными покровами, и на нем стояли золотые свечи. Мы тихонько вышли.

Наконец молодой монах, служивший нам гидом, объявил, что мы посмотрели все, кроме склепа часовни, и мы вслед за ним отправились туда. Темная сырая дыра располагалась поодаль от строений и была интересна как образец романской архитектуры: своды поддерживали несколько приземистых колонн, а мрачные саркофаги датировались первым веком существования монастыря — здесь, по словам нашего гида, покоился первый аббат. Рядом с саркофагами сидел, погрузившись в размышления, пожилой монах. Когда мы вошли, он поднял добродушное смущенное лицо и поклонился, не вставая с кресла.

— По вековой традиции один из нас постоянно несет бдение над аббатом, — пояснил наш проводник. — Обычно это один из старших монахов, которому эта честь оказывается до конца жизни.

— Очень необычно, — заметил я, однако в атмосфере склепа было что-то неприятное, и ты возилась и хныкала на груди Элен, и она выглядела усталой, так что я попросил вывести нас на свежий воздух.

Я и сам с облегчением выбрался из промозглой норы и медленно пошел к фонтану.

Я думал, что Элен поднимется сразу за мной, но она задержалась под землей и вышла с таким изменившимся лицом, что меня захлестнула тревога. Она выглядела воодушевленной — такой оживленной я не видел ее много месяцев, — но была бледна, и широко открытые глаза вглядывались во что-то, невидимое для меня. Я подошел к ней, стараясь держаться как ни в чем не бывало; спросил, не нашла ли она там внизу еще чего-нибудь любопытного.

— Может быть, — ответила она, но сказано это было так, словно она не слышала меня за гулом собственных мыслей. Потом она вдруг повернулась к тебе, забрала тебя у меня, обнимала, целовала в макушку и в щеки. — С ней все хорошо? Она не напугалась?

— Все хорошо, — уверил я. — Разве что проголодалась немножко.

Элен присела на скамью, достала баночку с детским питанием и принялась кормить тебя, напевая одну из песенок, непонятных для меня, — на румынском или на венгерском.

— Красивое место, — сказала она немного погодя. — Давай задержимся здесь на пару дней.

— В четверг вечером нам надо быть в Париже, — возразил я.

— Какая разница, здесь ночевать или в Лебене? — холодно заметила она. — Спустимся завтра и успеем к автобусу, раз уж ты так торопишься.

Я не стал спорить — слишком необычно она держалась, — но чувствовал странную неохоту, когда договаривался о ночлеге с молодым монахом-проводником. Тот обратился к старшему, который сообщил, что гостиница пустует и нас будут рады принять. Между скромным обедом и еще более скромным ужином, который нам подали отдельно, мы бродили по розарию, спускались в фруктовый сад на крутом склоне за стеной и зашли еще раз в часовню, чтобы послушать, как монахи поют мессу. Ты спала на коленях у Элен. Один из монахов застелил для нас койки грубыми чистыми простынями. Мы сдвинули три кровати вместе и уложили тебя на среднюю, чтобы ты не скатилась во сне. Ты уснула, а я лежал, читал и притворялся, что не слежу за Элен. Она сидела на краешке своей койки, в черном сатиновом новом платье, глядя в темное окно. Я порадовался, что занавески задернуты, но она вскоре поднялась, раздвинула их и встала, глядя в ночь.

— Темно, должно быть, — сказал я, — без городских огней.

Она кивнула.

— Очень темно, но здесь всегда так, верно?

— Ты не хочешь лечь? — Я протянул руку и похлопал по ее койке.

— Ладно, — отозвалась она без малейшего протеста.

Она даже улыбнулась мне и нагнулась, чтобы поцеловать, прежде чем улеглась. Я на минуту обхватил ее за плечи, ощутив силу ее рук и тонкую кожу шеи. Потом она вытянулась в постели, укрывшись простыней, и, кажется, заснула задолго до того, как я дочитал главу и выключил свет.

Я проснулся на рассвете оттого, что по комнате словно бы протянуло сквозняком. Было очень тихо; ты дышала рядом, завернувшись в пушистое детское одеяльце, но койка Элен была пуста. Я тихо встал, надел ботинки и пиджак. Здания снаружи еще терялись в полутьме, двор казался серым, а фонтан — темной глыбой. Я догадался, что солнце приходит сюда поздно, потому что прежде ему приходится перевалить горную стену на востоке. Я искал Элен молча, не окликал ее, потому что знал, что она любит вставать рано и, может быть, сидит где-нибудь на скамейке, глубоко задумавшись, ожидая восхода. Но ее нигде не было видно, и, когда небо немного просветлело, мои поиски стали беспокойнее. Я сходил к скамье, на которой мы сидели накануне, зашел в часовню, где призрачно пахло дымом.

Наконец я стал звать ее по имени, тихонько, потом громче, испуганно. Через несколько минут из трапезной вышел монах, закончивший, должно быть, первую безмолвную трапезу, и спросил, не может ли он мне помочь. Я объяснил, что исчезла моя жена, и он стал искать вместе со мной.

— Может быть, мадам пошла на прогулку?

Но ее не оказалось ни в саду, ни на стоянке, ни в склепе. К тому времени, как над хребтом показалось солнце, мы обыскали все и обратились к другим монахам, и один из них предложил съездить на машине в Лебен и поспрашивать там. Что-то заставило меня попросить его вызвать полицию. Тут я услышал твой плач и бросился к тебе. Я испугался, что ты упала с кровати, но ты просто просыпалась. Я быстро накормил тебя и не спускал с рук, пока мы по второму разу обыскивали те же места.

Наконец я попросил собрать и расспросить всех монахов. Аббат с готовностью согласился и собрал всех в галерее. Никто не видел Элен с той минуты, как мы, поужинав, ушли в гостиницу. Все были встревожены.

— *La pauvre*[1], — сказал старый монах, и я сердито взглянул на него.

Я спросил, не говорила ли она с кем-нибудь вчера и не заметил ли кто чего-нибудь странного.

— Мы, как правило, не говорим с женщинами, — мягко заметил аббат.

Но один из монахов выступил вперед, и я сразу узнал в нем того старика, чья обязанность была сидеть в склепе. Лицо его было таким же спокойным и добрым, как вчера в свете фонаря, и выражало то же слабое смущение.

— Мадам задержалась поговорить со мной, — сказал он. — Мне не хотелось нарушать правила, но она держалась так смиренно и вежливо, что я ответил на ее вопросы.

— И о чем же она вас спрашивала?

Сердце у меня давно колотилось, но теперь его сжала боль.

— Она спросила, кто здесь похоронен, и я ответил, что это наш первый настоятель, память которого мы чтим. Тогда она спросила, что великого он совершил, и я сказал, что у нас есть предание… — Тут он взглянул на аббата, и тот кивнул, разрешая ему продолжать. — У нас есть предание, что он вел святую жизнь, но в смерти был поражен проклятием и поднимался из гроба, чтобы вредить другим монахам, и его тело пришлось подвергнуть очищению. Когда же он был очищен, из его сердца проросла белая роза в знак прощения Святой Матери.

— И потому-то вы сидите и стережете его? — спросил я.

Аббат пожал плечами.

— Это просто традиция, дань уважения его памяти.

Я обернулся к старому монаху и увидел, что его мягкое лицо побледнело до синевы.

— И эту историю вы рассказали моей жене?

— Она расспрашивала меня о нашей истории, *monsieur*. Я не видел ничего дурного в том, чтобы ответить на ее вопросы.

— И что она сказала в ответ?

---

[1] Бедняжка (*фр.*).

Он улыбнулся:

— Она поблагодарила меня и спросила, как меня зовут, и я сказал ей: брат Кирилл. — Он сложил руки на животе.

Мне понадобилась минута, чтобы распознать имя, прозвучавшее незнакомо из-за франкоязычного ударения на втором слоге, из-за этого невинного "*frere*", то есть "брат". Потом я крепче обхватил тебя, боясь уронить.

— Вы сказали, вас зовут Кирилл? Вы так и сказали? Повторите по буквам!

Потрясенный монах повиновался.

— Откуда это имя? — выкрикнул я. Голос у меня дрожал. — Это настоящее имя? Кто вы?

Аббат шагнул ко мне, видя, что старик совершенно сбит с толку.

— Это имя не было дано ему при рождении, — объяснил он. — Принимая обет, мы принимаем новые имена. Среди нас всегда есть Кирилл — кому-нибудь дают это имя — и Мишель — вот он, здесь…

— Вы хотите сказать, — проговорил я, крепко прижимая тебя к себе, — что здесь и до него был брат Кирилл, и до того тоже?

— О да, — ответил аббат, явно озадаченный моим горячечным допросом. — Всегда, сколько мы помним нашу историю. Мы здесь гордимся своими традициями… мы не принимаем новых обычаев.

— Откуда идет эта традиция? — Я почти кричал на него.

— Этого мы не знаем, *monsieur*, — терпеливо отвечал аббат, — так уж всегда было.

Я шагнул к нему, едва не упершись носом ему в лицо.

— Я требую, чтобы вы вскрыли саркофаг в склепе.

Он отступил, пораженный до глубины души.

— Что вы говорите? Это невозможно!

— Идемте со мной. Вот, — я поспешно передал тебя молодому монаху, который вчера показывал нам монастырь, — подержите мою дочь.

Он подхватил тебя, неловко, как и следовало ожидать, и ты заплакала.

— Идемте, — повторил я аббату.

Я потащил его к склепу, и он знаком приказал остальным не ходить за нами. Мы быстро сбежали по ступеням. Брат Кирилл оставил две свечи гореть в этой холодной яме. Я повернулся к аббату.

— Можете никому не рассказывать, но я должен заглянуть в саркофаг. — Я помолчал, чтобы слова мои звучали весомей. — Если вы не согласитесь, я обрушу на ваш монастырь всю тяжесть закона.

Он взглянул на меня — со страхом? С негодованием? С жалостью? — и, не говоря не слова, прошел к одному концу саркофага. Вместе с ним мы сдвинули тяжелую крышку настолько, что можно было заглянуть внутрь. Я поднял одну свечу. Саркофаг был пуст. Глаза у аббата стали совершенно круглыми, и он одним могучим рывком поставил крышку на место. Мы уставились друг на друга. В другое время его острое галльское лицо показалось бы мне очень привлекательным.

— Прошу вас, не говорите братии, — понизив голос, произнес он и выбрался из склепа.

Я поднимался за ним, лихорадочно соображая, что теперь делать. Надо было немедленно отвезти тебя вниз, в Лебен, и удостовериться, что полиция начала розыск. Может, Элен решила вернуться в Париж без нас — почему, я не мог себе представить — или даже улететь домой. Удары сердца отдавались у меня в ушах, в горле, во рту стоял вкус крови.

К тому времени, когда я выбрался на монастырский двор, где солнце уже играло в струях фонтана и на древних камнях мостовой и слышалось птичье пение, я уже знал, что случилось. Еще целый час я старался не думать об этом, но мне не было нужды слышать весть, принесенную двумя подбежавшими к аббату монахами. Я вспомнил, что этих двоих послали пройти снаружи вдоль монастырской стены, обыскать сад и огороды и сухие выходы скал. Они бежали со стороны обрыва, и один указывал в ту сторону, где накануне мы сидели с Элен, поддерживая тебя между собой, и глядели в бездонный провал.

– Господин аббат! – крикнул один, не решаясь, видимо, обратиться прямо ко мне. – Господин аббат, там на скалах кровь!

Для таких мгновений нет слов. Я бросился к обрыву, обнимая тебя, чувствуя под щекой твою пушистую головку. Первые слезы уже подступали к глазам, и они были горячее и горче всего на свете. Я выглянул за невысокую стену. На скальном выступе в пятнадцати футах подо мной виднелась красная клякса – небольшая, но ясно видная в утреннем свете. Дальше зиял провал, поднимался туман, плавали орлы, гора обрывалась до самых корней. Я бросился к воротам, спотыкаясь, пробежал под стеной. Обрыв был так крут, что, даже если бы я не держал тебя на руках, мне бы не добраться было даже до первого уступа. Я стоял, глядя, как накатывает на меня из пустынного неба, из этого светлого утра волна потери. Потом горе настигло меня. Огонь, которого нельзя описать».

ГЛАВА 77

«Я провел там три недели, в Лебене и в монастыре, обыскивая скалы и лес вместе с местной полицией и командой, вызванной из Парижа. Мои родители прилетели во Францию и проводили часы с тобой: кормили, играли, катали в коляске по городу – думаю, что они делали все это. Я заполнял анкеты в медлительных тесных кабинетах. Я вел бесполезные телефонные разговоры, подыскивая французские слова, способные выразить важность своей потери. День за днем я обшаривал лес у подножия обрыва, иногда в обществе равнодушных детективов, иногда наедине со своими слезами.

Сперва я хотел только увидеть Элен живой, идущей мне навстречу с ее привычной суховатой улыбкой, потом смирился с горькой полунадеждой увидеть ее разбитое тело где-нибудь на скалах или в кустах. Если бы отвезти тело домой или в Венгрию, думалось мне иногда, — хотя как я мог попасть в советскую Венгрию, оставалось неразрешимой загадкой, — если бы сделать что-нибудь для нее, похоронить, покончить с этим и остаться наедине с моим горем. Я ни за что не признался бы себе, что есть еще одна причина увидеть ее тело: убедиться, что она действительно умерла, что мне не придется исполнять для нее тот горький долг, который мы исполнили для Росси. Почему мне не удается найти тело? Иногда, особенно по утрам, мне казалось, что она просто упала, что она никогда не оставила бы нас по собственной воле. Тогда мне удавалось поверить, что она нашла невинную природную могилу где-то в лесу, пусть даже мне никогда не найти ее. Но к полудню мне вспоминались уже только ее депрессии, ее странное уныние.

Я знал, что буду горевать о ней всю жизнь, но потеря тела была для меня пыткой. Местный врач прописал мне успокаивающее, которое я принимал на ночь, чтобы уснуть и набраться сил для новых поисков назавтра. Когда полиция перешла к другим делам, я искал в одиночку. Случалось, я находил среди деревьев другие останки: плиты, смятые трубы, обломок горгульи — упавшей вниз, как упала Элен? На монастырских стенах было несколько горгулий. Наконец отец и мать убедили меня, что нельзя продолжать так без конца, что надо на время вернуться в Нью-Йорк, что я всегда могу вернуться и продолжить поиски. Французы известили полицию по всей Европе: если Элен жива, уговаривали меня, кто-нибудь обязательно ее найдет. В конце концов я сдался не их уговорам, а самому лесу, космической крутизне скал, непролазным зарослям, рвавшим в клочья мою одежду, ужасающей высоте и толщине стволов, молчанию, обступавшему меня, стоило остановиться на минуту.

Уезжая, я попросил аббата помолиться за Элен у дальнего края двора, там, откуда она прыгнула. Он провел настоящую службу, собрав всех монахов, поднимая один за другим священные предметы — меня не интересовало, что это за предметы, — и его голос звучал так торжественно, что уже не казался голосом. Мать с отцом стояли рядом со мной. Мать утирала слезы, а ты ерзала у меня на руках. Я держал тебя крепко. Я почти забыл за эти недели, какие мягкие у тебя волосы, как сильны твои отбивающиеся ножки. Главное, ты была жива, ты дышала мне в подбородок, и твои маленькие ручки ласково обнимали меня за шею. Когда я вздрагивал от рыданий, ты тянула меня за волосы, хватала за ухо. Прижимая тебя к себе, я поклялся, что постараюсь вернуться к жизни, хоть к какой-то жизни».

ГЛАВА 78

Мы с Барли сидели, уставившись друг на друга через россыпь открыток, написанных моей матерью. Они, как и отцовские письма, обрушив на меня гору сведений, мало что прибавили к пониманию настоящего. И только одно горело у меня в мозгу — даты. Она писала их после смерти.

— Он пошел в монастырь, — заговорила я.

— Да. — Барли кивнул.

Я сгребла открытки и переложила их на мраморную крышку туалетного столика, потом откопала в сумке и опустила в карман ножны с маленьким серебряным кинжалом.

— Идем.

Барли удивил меня, наклонившись и поцеловав в щеку.

— Идем, — согласился он.

Дорога в Сен-Матье оказалась длиннее, чем помнилось мне, и к тому же пыльной и жаркой, несмотря на приближающийся вечер. В Лебене не было такси — по крайней мере, мы их не увидели, — так что мы пошли пешком и быстрым шагом миновали распаханные склоны. Дальше начинался лес, и дорога быстро стала забирать вверх, к вершине. Мы вступили в лес, под ветви олив и сосен, среди которых возвышались могучие дубы, как под своды собора; здесь было сумрачно и прохладно, и мы невольно понижали голос, обмениваясь редкими фразами. Мое возбуждение усиливалось голодом — мы не дождались даже обещанного метрдотелем кофе. Барли снял свою легкую кепочку и утирал ею лоб.

— Она не могла выжить после такого падения, — сквозь ком в горле выговорила я.

— Не могла.

— Отец никогда не задавался вопросом — по крайней мере, в письмах, — не столкнул ли ее кто-то...

— Верно. — Барли нахлобучил шапочку на голову.

Некоторое время я молчала. Все было тихо, кроме звука наших шагов по неровному асфальту — здесь дорога еще была вымощена. Мне не хотелось говорить, но слова сами подступали к горлу.

— Профессор Росси писал, что самоубийца подвергает себя опасности превратиться в... превратиться...

— Я помню, — просто сказал Барли.

Лучше бы он промолчал. С нового поворота дороги стало видно, как высоко мы забрались.

— Может быть, проедет кто-нибудь, — добавил он.

Но машины не появлялись, и мы все ускоряли шаг, так что скоро нам стало не до разговоров. Стена монастыря возникла впереди неожиданно для меня: я не запомнила этого последнего поворота, за которым лес сразу обрывался и открывалась вершина горы, окруженная огромным вечерним небом. Пыльную площадку стоянки я более или менее помнила, но сегодня на ней не оказалось ни одной машины. «Где же туристы?» — задумалась я и через несколько шагов увидела плакат с объявлением: «Ремонтные работы — допуск посетителей на месяц прекращен». Мы даже не замедлили шаг.

— Пошли. — Барли взял меня за руку.

Я была этому рада, потому что руки у меня начинали дрожать.

Теперь наружную стену, окружающую монастырь, украшали леса. Дорогу загораживала переносная бетономешалка — цемент? Здесь? Деревянные двери были плотно закрыты, но не заперты, как выяснилось, когда мы нерешительно потянули за железное кольцо. Мне не нравилось вламываться без разрешения, не нравилось, что здесь не было видно и следа отца. Может быть, он все еще в Лебене или еще где-нибудь? Обыскивает подножие утеса, в сотнях футов под нами, продолжая прерванные много лет назад поиски? Я уже жалела, что прямиком направилась в монастырь. В довершение всего, хотя до настоящего заката оставалось не меньше часа, солнце вот-вот должно было спрятаться за высоким хребтом Пиренеев на западе. Чаща леса, из которого мы только что вышли, уже погрузилась в глубокую тень, и скоро на монастырских стенах погаснут последние краски дня.

Мы осторожно шагнули через порог и прошли во двор мимо галереи. Посреди двора по-прежнему бурлил и журчал красный фонтан. Те же тонкие витые колонки, запомнившиеся мне, длинные крытые галереи, розы на дальнем конце. Золотой цвет погас, сменившись темной умброй тени. Никого не было видно.

— Как ты думаешь, может, нам вернуться в Лебен? — шепнула я Барли.

Прежде чем он ответил, мы оба услышали звук — пение, доносившееся из церкви в дальнем углу квадрата галерей. Двери ее были закрыты, но нам отчетливо были слышны песнопения идущей службы, прерывающиеся паузами тишины.

— Они все там, — сказал Барли. — Может быть, и твой отец тоже.

Но я засомневалась.

— Если он здесь, он скорее спустился бы вниз… — Я осеклась и обвела взглядом двор.

Прошло почти два года с моего последнего визита сюда — теперь я знала, что это был второй визит, — и я не сразу вспомнила, где находился вход в склеп. Мне на глаза попалась дверца, открывавшаяся в стене галереи, и сразу вспомнились странные звери, высеченные над ней: грифоны, львы, драконы, птицы и еще какие-то животные, которых я не сумела опознать, — смешение добра и зла.

Мы с Барли то и дело оглядывались на дверь церкви, но она так и не открылась, и мы незамеченными пробрались через двор к входу в склеп. Остановившись там, под взглядами каменных зверей, я видела впереди только непроглядную тьму, в которую нам предстояло спуститься, и сердце у меня сжалось. Потом я вспомнила, что внизу может быть отец — может быть, в большой беде. И Барли, голенастый бесстрашный Барли, все еще держал меня за руку. Я вполне готова была услышать, как он ворчит что-нибудь насчет странных дел, которыми занимается наша семейка, но он молча ждал, так же как я, готовый ко всему.

— Света у нас нет, — прошептал он.

— Не в церковь же идти за свечами, — бессмысленно отозвалась я.

— У меня с собой зажигалка. — Барли вытащил ее из кармана.

Я и не знала, что он курит. Он высек короткую вспышку, осветив на мгновенье ступени, и мы начали спуск в темноту.

Сперва в самом деле было темно, и мы вслепую нащупывали древние ступени под ногами, но потом впереди, в глубине, замерцал свет сквозь вспышки зажигалки, которой Барли щелкал каждые несколько секунд, — и я страшно испугалась. Этот сумрачный свет почему-то показался страшнее полной темноты. Барли так стиснул мне руку, что мне показалось, в ней не осталось ни капли жизни. Внизу лестница заворачивала, и, миновав последний изгиб, я вспомнила слова отца: прежде здесь был неф первой церкви. Вот и каменное надгробие аббата. Я видела тень креста на полукруглой апсиде впереди — первое проявление романской архитектуры в Европе.

Все это я отмечала краем глаза, потому что в этот миг одна из темных теней за саркофагом шевельнулась, отделившись от других, и превратилась в человека с фонарем в руках. Это был отец. Лицо его в неровном свете казалось диким. Думаю, он увидел нас в ту же секунду, как и мы его, и у него вырвалось: «Господи Иисусе!» Мы уставились друг на друга.

— Что вы здесь делаете? — требовательно спросил он, переводя луч фонаря с моего лица на Барли и обратно.

И голос его звучал дико — в нем смешивались гнев, страх, любовь.

Я выпустила руку Барли и бросилась к отцу, обежала саркофаг и вцепилась в его плечи.

— Господи, — повторил он, проводя рукой по моим волосам. — Только тебя здесь не хватало.

— Мы нашли ту главу в оксфордском архиве, — шептала я. — Я боялась, что ты...

Я не смогла договорить. Теперь, когда мы его нашли, когда он был здесь, живой и невредимый, меня трясло с головы до ног.

— Убирайтесь отсюда, — приказал он, но тут же прижал меня к себе. — Нет, слишком поздно — нельзя тебе оставаться там одной. До заката всего несколько минут. Вот... — он сунул мне фонарь, — подержи, а ты, — он оглянулся на Барли, — помоги мне с крышкой.

Барли мгновенно вышел вперед, хотя мне показалось, что и у него дрожат колени, и помог отцу сдвинуть крышку большого саркофага. Теперь я видел, что у отца под рукой прислоненный к стене длинный кол. Он, наверно, приготовился увидеть в саркофаге ужасную тварь, за которой так долго охотился, но никак не то, что там оказалось. Я повыше подняла фонарь, чтобы разглядеть то, чего мне совсем не хотелось видеть, и все мы заглянули внутрь — в пыльную пустоту.

— О, господи, — сказал отец.

Я никогда не слышала в его голосе такой ноты беспредельного отчаяния, и тогда мне вспомнилось, что он однажды уже заглядывал в эту пустоту. Отец шагнул ближе. Заскрежетал по камню сползавший кол. Я ждала, что он зарыдает, станет рвать на себе волосы, склонится над пустой гробницей, но он застыл в горестной неподвижности.

— Господи, — снова повторил он еле слышно. — Я думал, наконец нашел место, вычислил время... я думал...

Он не договорил, потому что в непроницаемой тени древнего трансепта прозвучали шаги и на свет выступило существо, подобного которому я никогда не видела. Зрелище было настолько странным, что я не сумела бы закричать, даже если бы у меня не перехватило горло. Мой фонарь выхватил из темноты ноги, одну руку и плечо, но лицо осталось темным, а я слишком перепугалась, чтобы поднять луч выше. Я прижалась теснее к отцовскому плечу, с другой стороны то же сделал Барли, и мы более или менее преградили ему дорогу к саркофагу.

Существо приблизилось еще немного и остановилось. Лицо так и осталось в тени. Теперь я видела, что это человеческая фигура, но двигалась она так, как не двигаются люди. На ногах у него были черные сапоги, не похожие ни на одни сапоги, какие мне приходилось видеть, и, переступая по камням, они производили странный глухой звук. К их каблукам спускался плащ или, может быть, более густая тень, а колени и бедра были обтянуты темным бархатом. Ростом он был ниже отца, но из-за ширины плеч и широкого плаща казался нечеловечески огромным. Должно быть, плащ был с капюшоном, потому что лицо представлялось сплошной тенью. Когда минули секунды паники, я разглядела его руки, белевшие, как кость, на темной ткани, и перстень на пальце.

Он был так реален, так близок к нам, что захватывало дух, и при этом мне чудилось, что, стоит только пересилить себя и шагнуть ему навстречу, способность дышать вернется ко мне, и скоро меня уже тянуло к нему. Серебряный кинжал лежал в кармане, но никакая сила не заставила бы меня сейчас потянуться за ним. Что-то поблескивало в тени его лица — красноватые глаза? обнаженные в улыбке зубы? — и тут из тени потоком прорвались слова. Я говорю — потоком, потому что в его резкой гортанной речи смешались неразличимо множество языков — или это был один неведомый язык? Мгновение спустя в потоке слов возник для меня смысл, улавливаемый кровью, а не слухом.

— Добрый вечер. Поздравляю.

К отцу вернулась жизнь. Не знаю, где он взял силы заговорить.

— Где она? — выкрикнул он, и голос его срывался от страха и ярости.

— Вы замечательный ученый.

Не знаю отчего, в этот миг мое тело словно бы по собственной воле потянулось к нему. Почти тотчас же отец нащупал и крепко сжал мою руку, так что фонарь в ней покачнулся и по стенам заплясали кошмарные тени и блики. И в их отблесках я на миг увидела лицо Дракулы: изгиб густых усов к углам рта и скулу — наверняка она не была голой костью.

— Вы оказались настойчивее всех других. Идите со мной, и я дам вам знание десяти тысяч жизней.

Не знаю, каким образом я понимала его, но я догадалась, что он зовет моего отца.

— Нет! — крикнула я, в безумном страхе осмелившись обратиться к этому существу и чувствуя, как на мгновение помутились мои мысли.

Мне почудилось, что на лице стоящего перед нами мелькнула улыбка, хотя тень снова поглотила его черты.

— Идите со мной или отпустите свою дочь.

— Что? — чуть слышно спросил меня отец, и тогда мне стало ясно, что он не понимает, а может быть, и не слышит Дракулу.

Он отозвался только на мой крик.

Существо замерло на минуту, словно обдумывая что-то. Носок совершенно реального сапога прочертил по камню. В могучем теле под темной тканью ощущалось изящество позы и движения, старинная привычка властвовать.

— Я долго ждал ученого ваших дарований.

Теперь голос звучал мягко и нес в себе неопределенную угрозу. Темнота, истекавшая от его темной фигуры, постепенно обволакивала нас.

— Придите ко мне по собственной воле.

Теперь мой отец чуть подался к нему, так и не выпустив моей руки. Если он и не понимал, то явно чувствовал что-то.

Плечи Дракулы дрогнули, он перенес тяжесть своего огромного тела с одной ноги на другую. Близость его тела подобна была близости самой смерти, однако он жил и двигался.

— Не заставляйте меня ждать. Если не придете вы, я сам приду к вам.

Мне казалось, что отец собрал последние силы.

— Где она? — крикнул он. — Где Элен?

Фигура перед нами выпрямилась, и я различила гневный блеск глаз, зубов, костей в тени надвинутого капюшона, нечеловеческую руку, сжавшуюся в кулак на краю светлого пятна. Перед нами был зверь, готовый к прыжку, готовый броситься на нас, и тут на невидимой лестнице за его спиной застучали шаги и воздух шевельнулся, отвечая невидимому движению. С воплем, вырвавшимся, казалось, не из моего горла, я вскинула фонарь, и тогда мне на миг полностью открылось лицо Дракулы — я никогда не забуду его, — а за ним я, обомлев, увидела вторую фигуру, такую же неясную и темную, но меньше ростом, угловатее — фигуру обычного человека. По-видимому, он только что спустился по лестнице и шагнул вперед, зажав в поднятой руке что-то блестящее. Однако Дракула уже почувствовал его присутствие и, обернувшись, отбросил его ударом кулака. Удар был настолько силен, что коренастый мужчина отлетел назад, с размаху ударившись о стену склепа. Мы услышали глухой стук, затем стон. Дракула в кошмарной растерянности поворачивался из стороны в сторону — то к нам, то к стонущему человеку.

На лестнице снова зазвучали шаги — легкие шаги — и мелькнул яркий луч фонарика. Дракула был застигнут врасплох — он опоздал обернуться, а когда шевельнулся, мелькнув расплывшимся темным пятном, луч фонаря уже выхватил его из темноты и коротко прогремел выстрел.

Вместо броска, которого ожидала я, — броска к нам через саркофаг — Дракула падал, сперва запрокинувшись назад, снова на миг открыв бледное острое лицо, а потом вперед, вперед, и потом удар о камень, треск рассыпавшихся костей.

Он дернулся один раз и замер, а потом тело рассыпалось в пыль и перед нами осталась только груда истлевшей одежды.

Отец уронил мою руку и бросился в луч фонаря, перепрыгнув темную груду на полу.

— Элен, — кричал он, или, может быть, плакал, или шептал ее имя.

И Барли рванулся вперед, подхватив фонарь, оставленный отцом. У стены лежал человек. Его кинжал валялся рядом.

— О, Элси, — проговорил он.

По его виску медленно стекала темная кровь, и под нашими остановившимися от ужаса взглядами глаза его застыли.

Барли упал на колени рядом с его изломанным телом. Он явно не верил своим глазам и задыхался от горя.

— Мастер Джеймс? — всхлипнул он.

ГЛАВА 79

Украшением лебенского отеля была гостиная с высокими потолками и с камином. Метрдотель затопил камин и решительно закрыл двери перед другими гостями.

— Поход в монастырь утомил вас, — только и сказал он, поставив перед отцом бутылку коньяка и рюмки — пять рюмок, словно мы все вернулись назад и могли выпить вместе перед огнем, — но по взгляду, которым он обменялся с моим отцом, я угадала, что их связывало много большее.

Мэтр весь вечер сидел на телефоне и как-то сумел договориться с полицейскими, которые допросили нас прямо в гостинице и отпустили под его благожелательный надзор. Подозреваю, что он связался и с моргом, или с похоронным бюро, или что у них там было в этом крошечном французском городке. Теперь все формальности были улажены, и я сидела на неудобной дамасской софе рядом с Элен, которая то и дело не глядя поднимала руку, чтобы погладить меня по голове, и старалась не вспоминать доброго лица мастера Джеймса и его окостеневшего тела, вытянувшегося под простыней. Отец сидел в глубоком кресле у огня и смотрел на нее, на нас. У Барли покраснели глаза от молчаливых слез, но он, казалось, не хотел, чтобы его утешали. Когда я взглянула на него, у меня тоже на минуту подступили слезы к глазам.

Отец поглядел на Барли, и мне вдруг показалось, что и он сейчас расплачется.

— Он был отважный человек, — тихо сказал отец. — Его атака дала Элен возможность прицелиться. Она сумела попасть в сердце только потому, что чудовище отвлеклось. Я думаю, в последнюю минуту мастер Джеймс успел понять, что он сделал. Он отомстил за любимую — и за многих других.

Барли кивнул, но говорить он еще не мог, и вокруг нас повисло короткое молчание.

— Я обещала рассказать все, когда выпадет спокойная минута, — сказала наконец Элен, отставив рюмку.

— Может, мне лучше уйти? — неохотно спросил Барли.

Элен рассмеялась, и я поразилась, как мелодично звучит ее смех, совсем непохожий на обычный ее голос. Даже в этой комнате, наполовину заполненной горем, ее смех не казался неуместным.

— Нет, нет, дорогой мой, — сказала она Барли. — Как же нам обойтись без вас.

Мне нравился ее акцент, этот резкий, но милый английский выговор, который казался знакомым мне дольше, чем я себя помнила. Высокая худощавая женщина в черном платье — вышедшем из моды платье, а седеющие волосы были кольцом уложены вокруг головы. Поражало ее лицо: морщинистое, усталое, с молодыми глазами. Я каждый раз изумлялась, глядя на нее, — не только потому, что она была здесь, живая, но и потому, что всегда представляла себе Элен только молодой. Моего воображения не хватало, чтобы представить себе все эти годы, проведенные без нас.

— Рассказывать придется очень-очень долго, — тихо заговорила она, — но я уже сейчас скажу самое главное. Первое — что мне очень жаль. Я знаю, Пол, сколько боли причинила тебе. — Она взглянула на отца, сидевшего по ту сторону камина. Барли смущенно шевельнулся, но она остановила его уверенным жестом. — Еще больше боли я причинила себе. Второе я должна была сказать тебе раньше, но теперь наша дочь, — она блаженно улыбнулась, и в ее глазах блестели слезы, — наша дочь и ее друг будут свидетелями. Я живая, не не-умершая. Он не добрался до меня в третий раз.

Мне хотелось посмотреть на отца, но я не могла заставить себя повернуть голову. Я чувствовала, что эта минута принадлежит только ему. Впрочем, я слышала, что он не всхлипнул.

Она помолчала, переводя дыхание.

— Пол, когда мы приехали в Сен-Матье и я услышала их легенду — про аббата, восставшего из мертвых, и брата Кирилла, стерегущего его, — меня переполняло отчаяние и в то же время страшное любопытство. Я чувствовала, что не случайно меня так тянуло сюда. Еще до поездки во Францию я занималась исследованиями в Нью-Йорке — я тебе не говорила, Пол, — в надежде вычислить его новое убежище и отомстить за смерть отца. Но мне ни разу не попадалось ничего о Сен-Матье. Меня потянуло в монастырь только после того, как я нашла его название в твоем путеводителе. Это был просто каприз, без научного обоснования.

Она оглядела нас, чуть склонив свой тонкий профиль.

— Я снова взялась за поиски в Нью-Йорке, потому что мне казалось, будто отец погиб по моей вине — из-за моего стремления затмить его, разоблачить изменника, предавшего мать, — и эта мысль была невыносима. Потом мне стало казаться, что дело в моей злой крови — крови Дракулы, и пришло в голову, что эту кровь я передала своей малышке, даже если сама с виду совсем излечилась от прикосновения неумершего.

Прервав рассказ, она погладила меня по щеке и взяла в ладони мою руку. Я вздрогнула от ее прикосновения, от близости этой знакомой и чужой женщины, сидевшей на диване, прижавшись плечом к моему плечу.

— Я все сильнее ощущала себя недостойной и, услышав от брата Кирилла легенду, поняла, что мне не знать покоя, пока длится неизвестность. Я уверяла себя, что если сумею найти Дракулу и покончить с ним навсегда, то совершенно исцелюсь, стану хорошей матерью, начну новую жизнь. Когда ты уснул, Пол, я вышла во двор. Я подумывала вернуться в склеп с оружием, попробовать вскрыть саркофаг, но сообразила, что в одиночку не справлюсь. Я колебалась, не разбудить ли тебя, чтобы умолять снова помочь мне, а тем временем присела на скамейку над обрывом. Я понимала, что не следовало бы приходить сюда одной, но что-то влекло меня к этому месту. Так красиво было смотреть, как в лунном свете туман поднимается по склонам гор.

Глаза Элен странно расширились.

— Я сидела там и вдруг почувствовала, как мурашки бегут по спине, словно кто-то стоял у меня за спиной. Я торопливо обернулась и на другом краю двора, куда не достигал лунный свет, увидела темную фигуру. Лицо человека оставалось в тени, но я, и не видя, чувствовала, как обжигает меня его горящий взгляд. Всего секунда нужна была ему, чтобы расправить крылья и обрушиться на меня, а я была совсем одна над парапетом. И тут мне послышались голоса; они отчаянно звучали у меня в голове, твердя, что мне никогда не одолеть Дракулу, что этот мир принадлежит ему, а не мне. Они приказывали мне прыгать, пока я еще остаюсь собой, и я встала, как во сне, и прыгнула.

Теперь она сидела очень прямо, глядя в огонь, а отец провел рукой по лицу.

— Мне хотелось свободного полета, падения Люцифера или ангела, но скалы были не видны сверху. Я упала на уступ, и не убилась, и не переломала кости. Думаю, я пришла в себя через несколько часов, почувствовала, что кровь еще стекает по лицу и шее, увидела луну над собой и пустоту внизу. Господи, если бы я не потеряла сразу сознания, а перекатилась... — Она помолчала. — Я не знала, как объяснить тебе, что я пыталась сделать, и меня охватил безумный стыд. Мне казалось, что никогда уже мне не быть достойной тебя или нашей дочери. Когда силы вернулись, я встала и поняла, что потеряла не слишком много крови. И хотя все у меня болело, но я ничего не сломала и чувствовала, что он не добрался до меня — должно быть, когда я прыгнула, счел, что со мной кончено. От слабости я едва держалась на ногах, но сумела пройти вдоль стены и выйти на дорогу. Я затерялась в мире. Это оказалось не так уж трудно. Сумочка была со мной — выходя, я по привычке захватила ее — и пистолет с серебряными пулями тоже. Я чуть не расхохоталась, вспомнив, как, очнувшись, обнаружила сумочку у себя на плече. И в ней были деньги — много денег за подкладкой. Я тратила их очень скупо. Моя мать тоже всегда носила с собой все свои деньги. Наверное, так поступали все у них в деревне. Она никогда не доверяла банкам. Гораздо позже, когда те деньги кончились, я взяла немного с нашего счета и положила в швейцарский банк. После этого я сразу уехала из Швейцарии, боясь, что ты, Пол, попытаешься выследить меня. Ах, простите меня! — вскрикнула вдруг она, крепко сжимая мои пальцы, и я поняла: она просила прощения за свое бегство, не за деньги.

Отец стиснул руки.

— Ко мне тогда на несколько месяцев вернулась надежда или, вернее, сомнение, но банку не удалось проследить, кто снял деньги. Потерю мне возместили.

«Но не тебя», — мог бы добавить он, но не добавил. Его усталое лицо светилось радостью.

Элен опустила взгляд.

— В общем, я нашла место, недалеко от Лебена, где можно было отлежаться, пока не зажили ссадины и порезы. Там я пряталась, пока не обрела возможность снова показаться на людях.

Пальцы ее сами потянулись к горлу, и я в который раз заметила на нем маленький белый шрам.

— Я чувствовала, что Дракула не забыл обо мне, что он будет снова и снова искать меня. Я наполнила карманы чесноком и постаралась собраться с духом. Куда бы я ни попала, я заходила в местную церковь и просила благословения, хотя иногда старая рана наливалась болью еще у церковных дверей. Я никогда не показывалась с открытой шеей. Позднее я сделала короткую стрижку, покрасила волосы, сменила манеру одеваться, стала носить темные очки. Долгое время я остерегалась городов, но понемногу стала заезжать в архивы, необходимые для продолжения поисков.

Я ничего не упускала. И находила его всюду, куда бы ни направилась: в Риме в 1620-х, во Флоренции Медичи, в Мадриде, в революционном Париже. То сообщения о странном море, то случаи вампиризма на старинном кладбище. Кажется, он всегда предпочитал писцов, архивариусов, библиотекарей, историков — всякого, кто через книгу соприкасался с прошлым. Я пыталась, проследив его перемещения, вычислить, в какую гробницу он перебрался после того, как мы открыли его убежище в Светы Георгии, но никак не могла уловить системы. Я мечтала, как, отыскав и убив его, вернусь и расскажу тебе, что мир стал безопаснее. Я должна была заслужить тебя. И я жила в вечном страхе, что он найдет меня раньше, чем я его. И повсюду, где бы я ни была, мне не хватало тебя — о, как же мне было одиноко.

Она снова взяла мою ладонь, погладила ее движением гадалки, а во мне помимо воли вдруг вспыхнуло горькое негодование: столько лет без нее!

— В конце концов я подумала, что, пусть я даже этого недостойна, я должна хоть издалека увидеть вас. Вас обоих. Я читала о твоем фонде в газетах, Пол, и знала, когда ты бываешь в Амстердаме. Совсем не трудно было найти тебя, или посидеть в кафе у твоей конторы, или провожать вас в разъездах: очень осторожно — очень, очень осторожно. Я никогда не позволяла себе заглянуть тебе в лицо — боялась, что ты меня увидишь. Я приезжала и уезжала. Если работа хорошо продвигалась, я позволяла себе побывать в Амстердаме и оттуда поехать за тобой. А потом настал день — в Италии, в Монтепердуто — когда я увидела его на пьяцце. Он тоже следил за вами, следил среди бела дня. Он снова был в силе, еще больше, чем прежде. Тогда я поняла, что вам тоже грозит опасность, но не посмела подойти и предупредить, боясь приблизить угрозу. Как знать, может быть, ему нужна была я, а не вы, или же он надеялся, что я наведу его на ваш след. Я догадывалась, что ты снова взялся за розыски — что ты снова интересовался им, Пол, и тем привлек его внимание. И я не знала, что делать.

— Это из-за меня... я виновата, — пробормотала я, сжимая ее морщинистую ладонь. — Я нашла ту книгу.

Она поглядела на меня, склонив голову набок.

— Ты историк.

Это был не вопрос — утверждение. Затем она вздохнула.

— Несколько лет я писала тебе открытки, доченька, но, конечно, не отправляла их. Но тогда я решила, что безопаснее связаться с вами издалека, дать знать, что я жива, не показываясь на глаза. Я послала их в Амстердам, к вам домой, на имя Пола.

Теперь уже я к отцу обернулась в изумлении и ярости.

— Да, — грустно ответил он на мой взгляд. — Я не решился показать их тебе, растревожить тебя, не вернув тебе прежде твоей матери. Сама представь, каково мне тогда пришлось.

Я представила. Я вспомнила, каким смертельно усталым казался он в Афинах, в тот вечер, когда я застала его полуживым за письменным столом в номере. Но он улыбнулся нам, и я поняла, что теперь он станет улыбаться каждый день.

— Ах... — Она тоже улыбнулась, и морщины в уголках губ и у глаз пролегли глубже.

— И я начал искать тебя — и его.

Его улыбка сменилась грустью. Она не сводила с него взгляда.

— А я забросила архивные изыскания и просто следила за ним — пока он следил за вами. Иногда мне удавалось увидеть тебя — опять в библиотеках, Пол. Как мне хотелось передать тебе все, что удалось узнать за это время. Потом ты поехал в Оксфорд. Меня мои поиски еще не приводили в Оксфорд, хотя я читала, что в позднем Средневековье там замечен был взрыв вампиризма. А ты оставил книгу открытой...

— Он же ее закрыл, увидев меня, — вмешалась я.

— И меня, — сверкнул улыбкой Барли.

Наконец-то он заговорил свободно.

— Ну а просматривая ее в первый раз, забыл закрыть, — лукаво подмигнула нам Элен.

— Верно, — согласился отец. — Теперь я вспоминаю, и вправду забыл.

Элен послала ему свою чудесную улыбку.

— А знаешь, мне до того ни разу не попадалась эта книга, «*Vampires du Moyen Age*».

— Классика, — отозвался отец, — но весьма редкая.

— Думаю, мастер Джеймс тоже ее видел, — задумчиво вставил Барли. — Знаете, я видел его там после того, как мы застали вас над книгой, сэр.

Отец озадаченно взглянул на него.

— Да-да, — продолжал Барли, — я оставил свой макинтош в главном зале, а через полчаса спохватился и вернулся. Тогда я и видел, как мастер Джеймс вышел из двери на балкон, а он меня не заметил. Мне показалось, что он ужасно озабочен чем-то, вроде как сердит и рассеян одновременно. Я, когда решил позвонить ему, как раз об этом вспомнил.

— Ты звонил мастеру Джеймсу? — поразилась я, уже устав возмущаться. — Когда? Зачем?

— Позвонил из Парижа, потому что кое-что припомнил, — спокойно отозвался Барли, вытягивая длинные ноги.

Мне хотелось подойти и обнять его за шею, но ведь не при родителях? Он поглядел на меня.

— Я тебе еще в поезде говорил, что мне припоминается что-то — про мастера Джеймса. А в Париже я вспомнил. Я как-то видел у него на столе письмо. Он убирал бумаги, и я заметил конверт. Мне понравилась марка, вот я и пригляделся повнимательней. Письмо было из Турции, очень давнее. Я заметил штемпель. Отправлено лет двадцать назад, от профессора Бора. Я еще тогда подумал, что когда-нибудь и у меня будет такой большой стол, а на нем письма со всего света. Мне запомнилось имя Бора — прямо из «Тысячи и одной ночи». Внутрь я, конечно, не заглядывал, — поспешно оговорился Барли. — Мне бы и в голову не пришло.

— Конечно-конечно... — Отец тихонько фыркнул, но мне показалось, что в глазах у него светится симпатия.

— Так вот, когда мы высаживались в Париже, там на платформе стоял старик, мусульманин, должно быть, — в темной красной шапочке с кисточкой и в длинном халате, прямо оттоманский паша. Тут мне и вспомнилось то письмо. И история твоего отца тоже: помнишь — фамилия турецкого профессора. — Он серьезно смотрел на меня. — Я и позвонил. Мне показалось, что мастер Джеймс тоже участвует в облаве.

— А я где была? — ревниво поинтересовалась я.

— В ванной, наверно. Девушки большую часть времени проводят в ванной.

По-моему, ему хотелось послать мне воздушный поцелуй, но не при родителях же?

— Мастер Джеймс чуть не убил меня по телефону, но когда я объяснил ему, что происходит, он сказал, что будет всю жизнь за меня молиться. — Румяные губы Барли чуть дрогнули. — Я не спросил его, что он намерен делать, но теперь мы знаем.

— Теперь мы знаем, — грустно откликнулся отец. — Он тоже подсчитал сроки по той старинной книге и вычислил, что прошло ровно шестнадцать лет с той недели, когда Дракула в последний раз побывал в Сен-Матье. И конечно, сообразил, куда я подевался. На самом деле он тогда, наверно, меня искал в отделе редкой книги. Он несколько раз в Оксфорде пытался выяснить, что со мной: расспрашивал о здоровье и настроении. Мне не хотелось его втягивать в опасное дело…

Элен кивнула.

– Да. Он, я думаю, подошел сразу после меня. Я нашла открытую книгу и как раз сопоставляла даты, но тут на лестнице послышались шаги, и я выскользнула в другую дверь. Я, как и наш друг, сообразила, что ты поедешь в Сен-Матье, Пол, в надежде найти там меня и нашего демона. Я спешила, как могла, но не знала, каким ты едешь поездом, и уж конечно, не знала, что наша дочь тоже бросится вдогонку.

– Я же тебя видела! – вспомнила я.

Она глянула на меня, но не стала расспрашивать. Теперь будет много случаев поговорить. Я видела, что она устала, что все мы вымотаны до предела и этой ночью нам еще не до радости победы. Стал ли мир безопаснее теперь, когда все мы собрались вместе, а его больше нет в нем? Мне представилось будущее, какого я не видела прежде. Элен будет жить с нами и задувать свечи в столовой. Она придет на мой выпускной вечер, и на первый день в университете, и поможет мне одеться к свадьбе, если я вздумаю выйти замуж. Она будет читать нам вслух после обеда. Она вернется в мир и снова станет преподавать, будет водить меня покупать туфли и блузки и ходить со мной в обнимку, как подружка.

Тогда я еще не догадывалась, что временами она будет отдаляться от нас, часами молчать, проводя пальцами по горлу, что через девять лет мучительная болезнь унесет ее от нас навсегда – задолго до того, как мы привыкнем к тому, что она снова с нами, хотя, наверно, мы бы так никогда и не привыкли, никогда не стали бы равнодушны, не могли бы устать от ее присутствия. Я не могла предвидеть, что последним утешением для нас станет мысль, что она упокоилась в мире, хотя могло бы быть по-другому, и что эта уверенность, разбивая нам сердца, в то же время исцелит их. Если бы я могла предвидеть все это, то знала бы, что после ее похорон отец исчезнет на целый день, и маленький кинжал из гостиной исчезнет вместе с ним, и я никогда, никогда не спрошу его, где он был.

Но у камина в Лебене протянувшиеся перед нами годы виделись бесконечной чередой счастливых минут. Они начались почти сразу, когда отец встал, поцеловал меня, с несвойственной ему горячностью пожал руку Барли и потянул Элен с дивана.

– Идем, – сказал он, и она, измученная и счастливая, оперлась на его руку. Он погладил ее ладонь. – Идем спать.

ЭПИЛОГ

Пару лет назад я была в Филадельфии, на конференции историков-медиевистов, и мне представилась необычная возможность. Я никогда не бывала прежде в Филадельфии, и меня увлек контраст между нашим собранием, копавшимся в прошлом феодалов и монастырей, и живой столичной жизнью, кипевшей вокруг и сохраняющей еще аромат более свежей истории республиканского Просвещения и революционной эпохи. Из моего окна на четырнадцатом этаже отеля открывался вид на странное смешение небоскребов и домов семнадцатого-восемнадцатого веков, выглядевших рядом с ними игрушечными.

В редкие свободные часы я сбегала от бесконечных разговоров о византийских артефактах, чтобы посмотреть их вживе в великолепном музее искусств. Там мне попался буклет маленького книжного музея и городской библиотеки, название которой я слышала много лет назад от отца. У меня были причины помнить эту коллекцию: она была известна всем занимающимся историей Дракулы, а их число со времени первых статей, опубликованных отцом, значительно разрослось. Я знала, что у них хранятся заметки, которые делал Брэм Стокер к роману «Дракула», выписанные им из различных источников в Британской библиотеке, а также известные средневековые памфлеты. Соблазн был велик, и я не устояла. Отец всегда мечтал побывать в этой библиотеке: проведу там часок ради него. Он погиб, подорвавшись на мине в Сараево, больше десяти лет назад: пытался помочь разрешить самый острый за десятки лет европейский конфликт. Мне до сих пор не хватало его — каждый день, каждый час.

Вот как я оказалась в маленькой комнатушке с кондиционером, в одном из особняков девятнадцатого века, наедине с документами, которые теперь дышали не только далеким прошлым, но и незабываемой историей поисков моего отца. Под окном стояли обшарпанные уличные деревца, а напротив — такой же особнячок с изящным фасадом, не оскверненным современными пристройками. В то утро в библиотеке, кроме меня, сидела всего одна читательница: итальянка, несколько минут пошептавшая в свой сотовый телефон и углубившаяся в рукописный дневник — я удержалась от искушения сунуть в него нос. Я устроилась в своем легком свитерке поближе к кондиционеру, открыла блокнот, и библиотекарша принесла мне ранние записки Стокера, а чуть позже — картонную коробочку, перевязанную ленточкой.

Заметки Стокера немало позабавили меня. Я никогда не видела таких беспорядочных записей. Одни были коряво нацарапаны на клочках бумаги, другие — отпечатаны на машинке на старинной тонкой бумаге. Попадались вырезки из газет со статьями о таинственных происшествиях, а иногда листки из его личного ежедневника. Как наслаждался бы на моем месте отец, как улыбался бы он стокеровской невинной болтовне на оккультные темы! Я же через полчаса отложила его заметки в сторону и открыла коробку. Там лежала тонкая книжечка в аккуратной обложке — видимо, заново переплетенная в девятнадцатом веке. Сорок страниц, отпечатанных на почти небеленом пергаменте пятнадцатого века, сокровище Средневековья, чудо рассыпного набора. На фронтисписе гравюра: навсегда запомнившееся лицо, большие глаза, округлые и все же словно бы раскосые, пронзительно глядят прямо на меня; густые усы свисают на крутой подбородок, длинный нос, тонкий, но грозный, и еле видные под усами чувственные губы.

Памфлет, отпечатанный в Нюрнберге в 1491 году, повествующий о злодеяниях Драколе Вайды, о его жестокости и кровавых пирах. Я на память могла бы повторить первые строки на средневековом немецком: «В году Господа нашего 1462 Дракула творил дела предивные и ужасные». Библиотека снабдила издание листком с переводом, и я вторично с содроганием прочла описание преступлений против человечества. Людей жарили заживо, сдирали кожу, закапывали по шею в землю, пронзали колами младенцев на материнской груди. Разумеется, отец читал все это и в других источниках, но этот памфлет он особенно ценил за его потрясающую свежесть, за хрусткость его пергамента, за превосходную сохранность. Листки, которые я держала в руках, словно только что вышли из-под печатного пресса. Словно и не было прошедших веков. Их чистота вдруг показалась мне тревожной, и я поспешила уложить брошюру в коробку и завязать ленточкой, удивляясь самой себе: зачем понадобилось мне снова вспоминать о нем? Даже захлопнув обложку, я ощущала на себе его высокомерный взгляд.

С чувством паломника, завершившего странствия, я собрала свои вещи и поблагодарила любезную сотрудницу. Ее, кажется, порадовал мой визит: она высоко ценила этот экземпляр и даже написала о нем статью. Мы сердечно распрощались, и я, пожав ей руку, спустилась вниз, в сувенирную лавочку, и дальше, на теплую улицу, пропахшую бензином, чтобы перекусить где-нибудь поблизости. Контраст между стерильным воздухом библиотечного зала и суматохой города был так силен, что мне показалось, что дубовая дверь, затворившаяся за мной, заперта и опечатана. Поэтому я немного оторопела, увидев выбежавшую вслед за мной библиотекаршу.

— Кажется, это вы забыли! — воскликнула она. — Хорошо, что я вас поймала.

Она улыбнулась застенчивой улыбкой человека, возвращающего вам сокровище — «вам было бы жаль это потерять...» — бумажник, ключи, красивый браслет.

Я поблагодарила и взяла у нее из рук блокнот и книгу, снова обомлела, благодарно кивнула, и она скрылась за тяжелой дверью так же внезапно, как появилась. Да, блокнот мой, хотя я точно помнила, как, уходя, сунула его в портфель. А вот книга... не знаю, что пришло мне в голову в первый момент, когда я увидела обложку из потертого старого бархата, очень-очень старую, одновременно незнакомую и знакомую моим пальцам. Пергамент под обложкой не поражал свежестью, как только что просмотренный памфлет: пустые страницы носили следы прикосновения многих рук. Устрашающая гравюра открылась сама, не дав мне опомниться, и, едва взглянув, я тут же снова захлопнула книгу.

Я стояла, застыв посреди улицы, чувствуя, как рушится мир вокруг меня. Но проезжающие машины выглядели такими же осязаемыми, как прежде, где-то сигналил гудок, мужчина с собакой на поводке все никак не мог обойти меня, протиснуться между мною и стволом дерева. Я торопливо подняла голову к окнам музея, ожидая увидеть лицо библиотекарши, но в стеклах отражались только соседние дома, и кружевные занавески не шевельнулись, и ни одна дверь не закрылась бесшумно под моим взглядом.

Вернувшись в свой номер, я положила книгу на стеклянный столик и умылась. Потом вышла на балкон — мне вдруг подумалось: с какой стати на такой высоте, не заботясь о безопасности жильцов, устроили балконы? — и стояла там, глядя на город внизу. В конце квартала мне виден был патрициански-уродливый городской дворец Филадельфии, украшенный статуей миролюбца Уильяма Пенна. Дальше зеленели квадраты скверов и парков, играло солнце на башенках здания банка. Налево вдалеке виднелось правительственное здание, взорванное месяц назад. Красные и желтые краны склоняли шеи к развалинам, и мне даже здесь слышен был гул строительных работ.

Но перед глазами у меня стояло иное. Мысли мои занимала картина, словно бы виденная когда-то. Склоняясь на перила балкона, я не чувствовала высоты, не боялась ее, потому что знала: если мне и грозит опасность, она исходит совсем из другого мира.

Мне привиделось ясное осеннее утро 1476 года, прохладное ровно настолько, чтобы над гладью воды поднялся туман. Лодка касается носом берега, под стеной, за которой высятся купола с железными крестами. Борта негромко скребут о камень, и два монаха выбегают из-под деревьев, чтобы вытянуть ее на берег. В лодке один человек. Ноги его, ступившие на каменный причал, обуты в сапоги из тонкой красной кожи, и на каждом — острая шпора. Ростом он ниже обоих молодых иноков, но смотрит на них сверху вниз. Он одет в пурпур и алую дамасскую парчу, а черный бархатный плащ застегнут на широкой груди фигурной застежкой. На нем остроконечная шляпа, черная, с пучком красных перьев. Покрытая шрамами рука играет рукоятью висящего на поясе короткого меча. Его зеленые глаза необычайно велики и широко расставлены, очертания губ и носа выдают жестокость, в черных волосах и усах видны белые пряди.

Настоятеля уже известили: он торопится навстречу, и под деревьями встречает гостя.

— Какая честь, господин! — восклицает он, протягивая руку.

Дракула целует его перстень, и настоятель чертит над ним знак креста.

— Благословляю тебя, сын мой, — прибавляет он, вознося в душе благодарность. Он знает, что появление князя граничит с чудом: чтобы добраться сюда, Дракуле пришлось пройти через расположение турок. Не в первый раз их покровитель возникает, словно перенесен сюда божественным соизволением. До настоятеля доходили слухи, что столица — Курте де Арджеш — готова снова провозгласить Дракулу правителем, и тогда тот, без сомнения, очистит всю Валахию от турок. Пальцы настоятеля в благословении касаются широкого лба князя.

— Не увидев вас этой весной, мы предполагали худшее. Слава Богу!

Дракула молча улыбается и долго разглядывает настоятеля. Они уже говорили о смерти, припоминает монах; несколько раз, исповедуясь, Дракула выспрашивал у настоятеля, верит ли тот, святой человек, что каждый грешник, искренне покаявшись, попадет в рай. Настоятель, хотя и не осмелился сказать этого вслух, искренне озабочен тем, успеет ли его духовный сын и покровитель получить последнее причастие, когда настанет его срок. Подчинившись мягкому настоянию монаха, Дракула позволил заново перекрестить себя в истинную веру, доказав тем, что раскаивается во временном отступлении от нее ради еретической латинской церкви. Настоятель простил ему все — про себя — все. Разве Дракула не посвятил жизнь борьбе с неверными, с чудовищем-султаном, разрушившим стены царства Христова? Но так же, про себя, он задумывается, как встретит Всемогущий этого странного человека. Ему не хотелось бы говорить об этом с Дракулой, и он затаенно вздыхает с облегчением, когда князь просит показать ему, что они успели сделать с тех пор, как он был здесь в последний раз. Распугивая цыплят, они обходят монастырский двор. Дракула с довольным видом осматривает новые постройки и пышные грядки огорода, а настоятель торопится показать ему новые подземные ходы.

Потом в келье настоятеля Дракула выкладывает на стол бархатный мешочек.

— Откройте, — предлагает он, разглаживая густые усы.

Он сидит, широко расставив сильные ноги, и неразлучный меч висит у него на боку. Настоятелю хотелось бы видеть в нем большее смирение при принесении даров, однако он молча развязывает мешок.

— Турецкие богатства, — говорит Дракула, улыбаясь еще шире.

У него недостает одного нижнего зуба, но остальные здоровы и белы. Настоятель высыпает из мешка чудные самоцветы — рубины и изумруды, тяжелые золотые кольца и броши турецкой работы, и еще несколько вещиц, среди которых — тонкий кованый золотой крест, украшенный темными сапфирами. Лучше не думать, как он попал в этот мешок.

— Украсим алтарь и закажем новую крестильную купель, — улыбается Дракула. — Приглашайте лучших мастеров. Плачу за все, и еще останется довольно на мою гробницу.

— Вашу гробницу, господин? — переспрашивает монах, почтительно потупив взгляд.

— Да, преподобный. — Рука князя снова гладит рукоять меча. — Я все обдумал. Похороните меня под алтарем и положите мраморную плиту. Не сомневаюсь, что вы отпоете меня как надо. Пожалуй, для такого случая пригласите второй хор певчих.

Настоятель согласно наклоняет голову, но его тревожит лицо собеседника, расчетливый блеск его глаз.

— И еще одно распоряжение — запомните его хорошенько. Пусть на могильной плите нарисуют мой портрет, и никаких крестов.

Потрясенный настоятель поднимает взгляд.

— Как же без креста, господин?

— Без креста, — твердо повторяет князь, глядя прямо в глаза монаху, и тот не осмеливается спорить. Но он — духовный отец этого человека, и, выждав минуту, он заговаривает снова.

— Все могилы отмечены знаком страданий Спасителя нашего, и вам подобает та же честь.

Лицо Дракулы омрачается.

— Я не намерен долго оставаться в плену у смерти, — тихо говорит он.

— Есть лишь один способ избежать смерти, — храбро возражает монах, — милостью Спасителя нашего, дарующего нам жизнь вечную.

Несколько минут Дракула смотрит в лицо настоятелю, и тот не дерзает отвести взгляд.

— Может, и так, — наконец говорит он. — Но мне недавно встретился один человек, купец, побывавший в западных монастырях. Он рассказал, что в Галлии есть место — старейшая из церквей в нашей части света, — где монахи нашли тайное средство пережить смерть. Он предложил продать мне их тайну, записанную им в книгу.

Настоятель содрогается.

— Храни нас Бог от подобных ересей, — поспешно произносит он. — Я уверен, сын мой, что ты устоял перед искушением.

Дракула усмехается:

— Вы ведь знаете, как я люблю книги.

— Есть лишь одна истинная Книга, которую следует любить всем сердцем и всей душой.

Но, говоря это, монах не смеет отвести взгляд от изрезанной шрамами руки князя, играющей драгоценной рукоятью меча. На мизинце этой руки — кольцо; и настоятель, не глядя, может описать изображенный на этом кольце символ — свирепого зверя.

— Но довольно об этом. — К облегчению настоятеля, его собеседник, видимо, утомлен спором и легко поднимается на ноги. — Я хочу повидать ваших писцов. У меня для них особое поручение.

Они входят в тесный скрипториум, где трое монахов по старинке вручную переписывают манускрипты, а четвертый вырезает буквы, чтобы отпечатать страницу «Жития святого Антония». Печатный пресс стоит в углу. Это первый печатный стан в Валахии, и Дракула с гордостью гладит его крышку тяжелой широкой ладонью. Старший из писцов, стоя у пресса, чертит резцом по деревянной доске. Дракула склоняется над ней.

— И что это будет, отец?

— Святой Михаил, поражающий дракона, ваша милость, — лепечет старый монах, поднимая на князя подслеповатые глаза под кустистыми белыми бровями.

— Вырежи лучше дракона, поражающего неверных, — хмыкает Дракула.

Старик кивает, однако настоятель снова содрогается.

— У меня есть для вас новая работа, — говорит резчику Дракула. — Набросок я оставлю у отца настоятеля.

Выйдя на солнечный двор, он останавливается.

— Я задержусь, чтобы послушать службу и принять у вас причастие, — улыбаясь, говорит он настоятелю. — Найдется у вас для меня постель в келье на одну ночь?

— Всегда найдется, господин. Сей дом Господа — ваш дом.

— А теперь поднимемся на мою башню.

Настоятелю хорошо знаком этот обычай покровителя монастыря: он любит озирать озеро и его берега с высшей точки монастыря, подобно часовому, высматривающему врага. И тому есть веские причины, думает настоятель. Турки много лет охотятся за его головой, король Венгерский ненавидит его, и собственные бояре тоже боятся и ненавидят своего повелителя. Кто не враг ему, помимо населяющих этот остров? Настоятель медленно поднимается вслед за ним по винтовой лестнице, заранее готовя себя принять первый удар колокольного звона. Скоро зазвонят к службе, а здесь, на колокольне, звон бьет прямо в уши.

В куполе колокольни пробиты длинные окна на все стороны света. Когда монах добирается до верхней площадки, Дракула уже стоит на своем любимом месте, глядя вдаль, на озеро, и руки сцеплены у него за спиной: обычная поза, когда он обдумывает или задумывает что-то. Настоятелю случалось видеть, как он стоит, заложив руки за спину, перед своими воинами, давая указания для завтрашней вылазки. Он совсем не похож на человека, со всех сторон окруженного опасностями, — этот воевода, которого ежечасно подстерегает смерть, которому следовало бы ежечасно думать о спасении души. Нет, думает настоятель, он выглядит так, словно весь мир лежит у его ног.

РЕГИОНЫ:

- Архангельск, 103-й квартал, ул. Садовая, 18, т. (8182) 65-44-26
- Белгород, пр. Хмельницкого, 132а, т. (0722) 31-48-39
- Волгоград, ул. Мира, 11, т. (8442) 33-13-19
- Екатеринбург, ул. Малышева, 42, т. (3433) 76-68-39
- Калининград, пл. Калинина, 17/21, т. (0112) 65-60-95
- Киев, ул. Льва Толстого, 11/61, т. (8-10-38-044) 230-25-74
- Красноярск, «ТК», ул. Телевизорная, 1, стр. 4, т. (3912) 45-87-22
- Курган, ул. Гоголя, 55, т. (3522) 43-39-29
- Курск, ул. Ленина, 11, т. (07122) 2-42-34
- Курск, ул. Радищева, 86, т. (07122) 56-70-74
- Липецк, ул. Первомайская, 57, т. (0742) 22-27-16
- Н. Новгород, ТЦ «Шоколад», ул. Белинского, 124, т. (8312) 78-77-93
- Ростов-на-Дону, пр. Космонавтов, 15, т. (8632) 35-95-99
- Рязань, ул. Почтовая, 62, т. (0912) 20-55-81
- Самара, пр. Ленина, 2, т. (8462) 37-06-79
- Санкт-Петербург, Невский пр., 140
- Санкт-Петербург, ул. Савушкина, 141, ТЦ «Меркурий», т. (812) 333-32-64
- Тверь, ул. Советская, 7, т. (0822) 34-53-11
- Тула, пр. Ленина, 18, т. (0872) 36-29-22
- Тула, ул. Первомайская, 12, т. (0872) 31-09-55
- Челябинск, пр. Ленина, 52, т. (3512) 63-46-43, 63-00-82
- Челябинск, ул. Кирова, 7, т. (3512) 91-84-86
- Череповец, Советский пр., 88а, т. (8202) 53-61-22
- Новороссийск, сквер им. Чайковского, т. (8617) 67-61-52
- Краснодар, ул. Красная, 29, т. (8612) 62-75-38
- Пенза, ул. Б. Московская, 64
- Ярославль, ул. Свободы, 12, т. (0862) 72-86-61

Заказывайте книги почтой в любом уголке России
107140, Москва, а/я 140, тел. (095) 744-29-17

ВЫСЫЛАЕТСЯ БЕСПЛАТНЫЙ КАТАЛОГ

Приобретайте в Интернете на сайте www.ozon.ru

Издательская группа АСТ
129085, Москва, Звездный бульвар, д. 21, 7-й этаж

Справки по телефону:
(095) 215-01-01, факс 215-51-10
E-mail: astpab@aha.ru http://www.ast.ru

МЫ ИЗДАЕМ НАСТОЯЩИЕ КНИГИ

Литературно-художественное издание

Костова Элизабет
Историк
Роман

Ответственный редактор Е.Г. Кривцова
Выпускающий редактор О.К. Юрьева
Художественный редактор О.Н. Адаскина
Технический редактор Л.Л. Подъячева
Корректоры Г.Д. Бакастова, О.В. Гриднева, А.М. Гроссман, Н.А. Тюрина

Общероссийский классификатор продукции
ОК-005-93, том 2; 953000 — книги, брошюры

Санитарно-эпидемиологическое заключение
№ 77.99.02.953.Д.001056.03.05 от 10.03.05 г.

ООО «Издательство АСТ»
667000, Республика Тыва, г. Кызыл, ул. Кочетова, д. 93
Наши электронные адреса:
WWW.AST.RU E-mail: astpub@aha.ru

Издано при участии ООО «Харвест».
Лицензия № 02330/0056935 от 30.04.04.
РБ, 220013, Минск, ул. Кульман,
д. 1, корп. 3, эт. 4, к. 42.

Открытое акционерное общество
«Полиграфкомбинат им. Я. Коласа».
220600, Минск, ул. Красная, 23.